한국전쟁 언저리

남 원 환

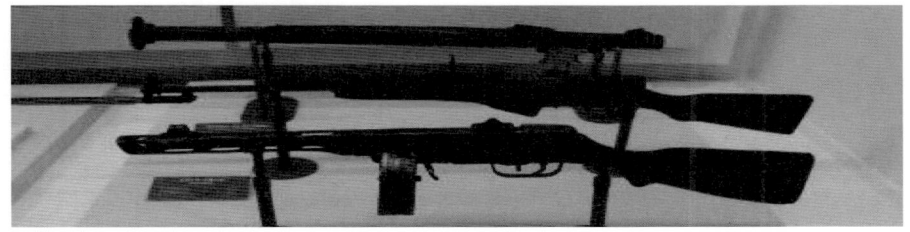

 사 라 출 판 사

차   례

머 리 말

　사람이 살아가는 세상에서 전쟁은 일어난다. 전쟁을 치르는 시간보다는 평화를 유지하는 시간이 더 길다. 영원히 전쟁을 계속할 수는 없다. 마지막 한 명의 사람도 남지 않게끔 전쟁을 치르는 바보 같은 사람은 없을 것이다. 사람이 죽지 않고 남아서 인류의 생존이 영속되어야 하는 점에서 전쟁은 한시적인 명제임을 알 수 있다. 한국전쟁은 인류가 핵무기를 사용해서는 안 된다는 법칙을 만든 이례적인 제한전쟁이다. 한국전쟁 이후의 수많은 지구상의 전쟁에서 핵무기는 등장하지 않았다. 참으로 지구인들이 인내심을 발휘하고 있다. 지구인들이 핵무기를 사용하지 않겠다는 인내심을 상실하는 순간에 지구는 멸망의 문턱에 다다른다. 한국전쟁에서 미국이 핵을 사용하지 않은 것은 3차 세계대전을 피하기 위한 고육책이었다. 재래식 무기로 치른 제한전쟁인 한국전쟁이지만 피해는 엄청났다. 자유와 평화를 지키기 위한 대가는 너무나 어렵고 힘든 것이었다. 자유와 평화는 피를 요구하고 영혼을 요구하는 큰 시련이었다. 한국인들은 한국전쟁에서 심한 고통을 당하였다.

　'전쟁은 싫다.'란 것을 누구나 체험한 일이지만 '피할 수 없는 전쟁은 사람을 괴롭게 만든다.'란 것을 잘 아는 사람들이다. 한반도는 평화를 이루기 위한 과도한 비용을 오랜 세월 동안 지불하고 있다. 되돌려 받기가 거의 불가능한 돈이다. 쓰고 싶지 않은 돈이지만 지출이 이어지는 나날이다. 대륙과 해양이 마주치는 한반도가 역동적으로 꿈틀거릴 날이 분명이 오고 있건만 물길이 가로막혀 있다. 대륙과 해양의 물길이 트인다는 것은 다 아는 일이지만 너무나 더디 오는 것이 한반도에 삶을 유지하는 우리들을 우울하게 만든다. '밤이 지나면 새로운 아침이 오듯이 한반도에도 막힌 길이 열릴 것이다.' 꽃피는 한반도를 우리는 간절히 바라고 있다. 시베리아의 하늘과 태평양의 하늘을 맞닿아 있다. 대륙과 바다도 붙어 있다. 인위적으로 떼어 놓은 한반도는 많이 잘못된 현상이다. 한국전쟁을 넘어서서 평화의 세상이 오는 것을 우리는 너무나 희망한다.

한반도의 휴전선이 사라지는 날이 올 것이다. 내일이면 더 좋고, 오늘이면 더욱 좋다. 온다는 것을 부인하지 못하는 사람들이다. 한국전쟁을 되풀이하는 일이 일어나면 한반도는 슬픔이 너무 크다. 한국전쟁 언저리에서 많은 사람들이 어려움에 처하여 희생을 강요받았다. 또 다시 한국전쟁의 언저리가 아니라 한국전쟁의 한복판에 빠지게 되는 불행을 우리는 원치 않는다. 전쟁의 소용돌이에 휘말리지 않도록 한반도인들은 정신을 똑바로 차려야 한다. 한국전쟁의 언저리, 한국전쟁의 한복판을 만들지 않기 위해 할 수 있는 노력을 모두 하여야 하는 한반도인들이다. 한반도가 되살아나는 날은 반드시 온다. 그날을 우리는 끈기 있게 맞이해야만 한다. 사람이 살아가는 세상에서 전쟁은 일어난다. 전쟁을 치르는 시간보다는 평화를 유지하는 시간이 더 길다. 영원히 전쟁을 계속할 수는 없다. 마지막 한 명의 사람도 남지 않게끔 전쟁을 치르는 바보 같은 사람은 없을 것이다. 우리는 바보가 아니다. 바보가 되기 싫다.

추 천 사

사회운동가 **서 정 달**

    동서고금의 역사를 보면 인류는 하루도 빠지지 않고 싸워왔다. 땅따먹기 싸움이고, 도둑질이고, 재물약탈의 강도짓, 더 나아가 살인행위 즉 중범죄 행위다. 그런데 전쟁에서 승리자에겐 이 법이 적용 안 된다. 사람(적군)을 많이 죽일수록 또 약탈을 잘 할수록 영웅이고, 위대한 싸움꾼으로 상도 받고 존경까지 받는다.

    세상에 정의가 무엇인지? 국가란 이름으로, 애국이란 이름으로 포장되어서 무죄가 된다. 도대체 모순도 이런 모순이 없다. 법보다 주먹이 가깝다는 말이 여기에 적용된다. 그래서 인류의 역사는 전쟁의 역사라고 본다. 또 인류의 역사는 패자의 역사가 아니고 승리자의 기록물이다.

    현대사의 전쟁에는 이념과 종교적 갈등까지 추가되고 있다. 남원환 소설가의 한국전쟁 언저리도 이런 여러 복잡한 원인의 충돌이고 우리 민족의 아픔과 전쟁의 모순과 민중들의 내면세계를 너무도 리얼하게 잘 표현해 보여주고 있고 세계대전의 축소판이라고도 말하고 싶다.

    남원환 소설가도 대학 졸업 후 지금까지 시와 소설을 20년 이상 써 오시면서 소설가의 기본소양을 다 갖추셨고, 한국전쟁 언저리도 산전수전, 노심초사, 와신상담하면서 면려각고 초탁 끝에 만 25년 이상 세월이 걸린 소설이라고 봅니다. 앞으로 국민의 사랑과 존경받는 최고의 작가로 등장할 일만 남았다고 생각합니다.

한국전쟁 언저리 줄거리

1. 개 전

김태봉 군관 동무와 장영 인민소학교(초등학교) 교사는 연인 사이이다. 행복한 두 사람에게 예기치 않은 상황이 전개된다. 평양에 조선의용군이 들어온다. 장영 양은 학교를 군인들에게 내어주고 대동리 동민들은 동네를 떠나 신대동리로 이사 간다. 비행장이 건설되기 때문이다. 비행장이 만들어지기 전에 전차부대의 훈련이 계속되고 비행장 건설과 더불어 대규모의 병력이 주둔하게 된다. 착착 전쟁준비가 이루어진다.

새로운 땅에서의 생활도 적응을 하면서 살아가지만 두 사람은 점점 만나기가 어려워진다. 모처럼 만나게 되자 그들은 영영 헤어질 두려움과 전쟁터에서 혹시 태봉 동무가 전사라도 한다면, 떨어지기 싫어서 대동 강변의 보리밭에서 달콤한 사랑을 나눈다. 사랑하고 있기에 모든 일을 이겨내리라 생각한다. 튼튼한 두 육신이 불이 붙었다.

장영 양은 이제 어쩌나. 미혼모의 삶도 견뎌야 한다. 후회도 하지 않는다. 전쟁은 한치 앞도 전개되는 방향을 알 수 없다. 평양은 국군과 미군이 지나갔다가 다시 중공군과 인민군이 지나갔다. 정신 차리기가 힘들다. 태봉 동무는 경북 의성을 지나 낙동강전선까지 갔다가 후퇴하여 강계, 개마고원의 눈 속에 파묻혀 생사가 불투명한 지경이다. 장영 양은 배가 불러도 남편 없이 독수공방 자기 집에서 어머니의 도움으로 지낸다. 김태봉은 의성에서 끌고 온 남한의 강제 징집된 의용군과 단 둘이 살아남아 하루하루 연명하고 있다.

인천항을 통해 유엔군은 대규모로 북한 땅을 점령했고 중공군도 참전하여 전쟁은 국제전이 된다. 맥아더와 팽덕회가 전쟁을 지휘하고 있다. 한반도에서 남북한 한민족은 고통 속에 신음한다. 여기에 16개국의 연합군, 소련의 공군, 국지전이나 복잡하다. 다행히 확전을 바라지 않는 세계여론이 형성되어 지친 싸움은 흐지부지 되지만 많은 사람이 피해를 입었다. 전쟁은 정말 바람직하지 않다.

몸은 떨어져 있는 두 사람, 생사도 확실히 모르는 두 사람이 꿈속에서 대화를 하고 아기 이름도 짓는다. 김덕아, 김의성, 김대동, 김하늘, 태어날 아이는 한 명이나 이름은 네 개다. 장영 양이 두 개, 김태봉이 두 개를 짓는다. 아들, 딸을 생각하여 만들어진다. 서로가 죽지 않고 살아서 만나기를 간절히 바라지만 희망하는 대로 일이 진척되면 얼마나 행복하랴! 아아... 두 사람은 정말 바보처럼 살고 있는 것일까?

명리합소대시설, 이것도 좋은 것일까? 궁금하기도 하다. 모인미선 이것은 좋은 것 같다. 장영 양은 아름다우며, 착한, 어머니가 되고 싶다. 그런 사람이 되고 싶다. 아가에게 참 좋은 엄마. 엄마는 아가에게 절대적이며, 헌신적이며, 봉사적이며, 무조건적이며, 어떤 경우에도 아가를 사랑할 것이다. 전쟁은 죽음이 많고, 파괴가 많고, 분열이 많지만, 어머니와 아기는 미혼모이지만 사랑이고, 새로운 창조가 된다. 새 삶이 된다. 희망이다.

2. 후 방

전쟁은 아무런 연관도 없는 사람들을 끌어들여 그들의 인생을 180도로 뒤바꾼다. 유중필은 서울에서 공부하다가 공산군 치하에서 맘에도 없는 인민의용군이 된다. 총알받이의 소모품으로 낙동강전선까지 끌려와 국군을 향해 총을 쏘다가 목숨은 붙어 있는 체로 포로가 되어 거제도에 오게 된다. 생명의 질긴 끈이 그래도 그의 삶을 버리지는 않는다. 그의 아버지 유만우 박사는 병원에서 군인들과 같이 일을 하다가 전황이 호전되어 군인들이 다시 전선으로 투입됨에 따라 일상적인 병원으로 되돌아오지만 전쟁의 궁핍함과 고단함이 배인 나날을 보낸다. 생사를 알 수 없는 아들 때문에 눈물이 앞을 가리는 나날이다. 서로가 소식을 접하지는 못해도 아버지는 고향에서 아들은 거제도 포로수용소에서 두 사람은 운 좋게도 살아 있다. 현무광 중령은 병원 일을 보다가 야전으로 투입되어 북한땅까지 진격을 하게 된다. 죽을 고비도 몇 번 넘기면서 한국전쟁의 중심에 있다. 유엔과 전 세계의 많은 나라들이 한국전쟁에 관련이 된다. 당사자인 남북한에다가 미국, 소련, 중국, 16개국과 더 많은 나라들이 발을 들여놓는다. 무기상이나 군수물자를 조달하는 사람 중에는 국제적으로 거대한 부를 축적하는 일도 일어난다. 중필이나 유만우 박사는 전쟁이 정말로 싫다. 거의 모든 사람들이 전쟁을 싫어한다. 그런대도 전쟁은 일어난다. 비극적인 일이다.

3. 미국행

중필은 한국전쟁이 끝나자 고향으로 돌아왔다. 1,954년에 가족들의 반대에도 불구하고 미국으로 이민을 갔다. 뉴욕에서 두 달을 버티다가 무작정 기차를 타고 미네소타 메사비에 내려서 구걸을 하면서 실질적인 미국 생활이 시작됐다. 고국에서 아버지 유만우 박사 내외도 중필 내외가 사는 곳에 와서 머무르다 돌아가기도 했다. 군사쿠데타가 일어나 어수선했다. 미국에선 잉여농산물 원조를 끊어 버렸다. 비민주적인 처사에 대한 문책이었다. 그런 와중에 중필의 가족은 미국 국내여행을 하게 된다.

여행 계획표는 미네소타 주 메사비→대륙북부철도(위스콘신 주를 지나) 매키노시티→미시간 호→시카고→산타페 태평양철도→캔자스시티 평원→콜로라도(고원지대)→콜로라도 강(고원지대)→모하비사막→헐리우드→LA →LONG BEACH 이렇게 정했다. 메사비는 그가 처음 정착할 때 첫날에는 수중에 무일푼이라 구걸하던 일이 생각났다. 매키노시티에서 하룻밤을 묵고 미시간 호를 지나서 시카고로 가려다가 어린 남매의 여행에 대한 위험을 고려해서 미시시피 강을 따라 미니애폴리스로 갔다가 도로 시카고로 오는 기차로 여행을 했다. 뱃길을 포기한 길이었다. 시카고는 바람의 도시답게 미시간 호의 바람이 세게 불어왔다. 한국인 오페라 가수의 연극을 관람하고 놀라게 되었다. 어떻게 2,009년의 시카고가 1,961년에 펼쳐지는지 아리송하기도 했다. 다음날은 야구를 구경하고 하루를 보냈다.

산타페 태평양철도를 타고 태평양 바다 위로 기차가 지나간다고 아이들에게 말을 해도 아이들은 믿지를 않는다. 기차는 캔자스시티의 평원을 지나고 있다. 한반도보다 더 넓은 밀밭과 옥수수 농장이 연이어져 나타난다.

아울러 한국의 배고픈 모습이 너무도 가슴이 저미었다. 요구르트의 균주처럼 밀이나 쌀이나 고기를 만들어 물만 첨가하면 쌀이나 밀이나 고기의 영양분이 그대로 재현되면 넓은 땅이 없어도 식량이 해결될 것 같은 상상도 했다. 요구르트를 걸쭉하게 젤리처럼 만들거나 더 건조시켜 딱딱하게 만들거나 이차나 삼차의 가공을 통해 식량이 해결되는 꿈을 꾸고 있었다. 콜로라도 고원지대로 오르니 춥다. 콜라를 마셔야 한다는 아이들의 말대로 콜라를 마시면서 숭늉이나 막걸리의 미감이 너무도 그리웠다. 아이들은 이 콜로라도의 산세나 콜로라도강의 모습을 그들의 고향의 산천으로 간직하게 되는데 중필 내외는 그것이 아이들과는 메울 수 없는 차이가 일어나는 부분이었다. 기차 안에서 세계의 가수 원더걸스의 노래를 들으면서 기차는 가고 있었다. 그랜드캐니언은 사람을 감동시키는 곳이었다. 아내와 아이들과 이곳에서 하룻밤을 묵으면서 대자연에 조화된 자신들을 발견하기도 했다. 모하비 사막으로 들어서면서는 사막이 다이아몬드로 변한 라스베이거스가 생각났다. 사막에 물이 들어가면 상황이 달라졌다. 모하비 사막에 물의 폭탄이 터져서 사막이 옥토가 되었다. 아이들은 눈 기차를 타고 가면 사막도 좋은 곳이 된다고 했다. 모하비 사막을 지나서 눈 기차는 LA에 도착했다. 이 도시는 도시가 상하로 움직이고 좌우로도 움직이고 모든 방향으로 움직였다. 계절도 구분이 없이 사계절이 동시에 나타나고 그것에 적응하는 옷도 있었다.

중필의 가족은 메사비로 돌아왔다. 여행 중에 생긴 불가사의 한 일들을 말해도 사람들은 믿어주지 않았다. '아무 가치 없는 한 사람일지라도 신의 눈에는 보석으로 보인다.' 말을 새기면서 자신을 더 가치 있게 보고 싶기도 했다. 케냐 마시이족은 사자를 사냥했다. 한민족의 선조들도 울주에서 고래

사냥을 하다가 미국에까지 진출했다. 사자를 사냥하던 용맹한 전사의 후예가 버락 오바마가 아닐까? 그러면 고래를 사냥했던 한국계의 조상의 후예인 한국계 미국인들도 제51대나 제52대에서 미합중국의 대통령이 나올지도 모른다고 하니 그 믿음에 기운을 얻어서 열심히 살 것을 중필은 다짐한다.

4. 이수자 여인의 앞길

한국전쟁 통에 이수자 여인은 흑인병사를 따라 미국으로 들어간다. 9남매의 여섯째로 태어난 그녀의 '기탄잘리'가 시작된다. 인도의 명문거족의 14남매의 막내아들로 태어나서 '기탄잘리'를 지은 타고르와는 차이가 많이 난다. 미국에 도착하니 남편은 유부남이다. 남편이 총각이라고 생각하던 때는 행복했지만 뇌가 유부남이라고 인지하자 청천벽력이 하늘에서 내리치는 것 같다. 딸아이가 태어난다. '아름답다'에서 '아름'을 따서 지은 이름은 아름 행비이다. 갓난아기에게 젖을 먹이는 것은 하루에 10킬로미터를 달리는 정도의 일이라니 그녀는 모유수유로 인해 자연적으로 운동을 많이 하는 셈이다. 그렇게 미국생활이 시작된다.

숨이 막히는 세상은 힘든 세상이다. 새로운 땅인 미국은 여자가 우대받고 자유가 숨 쉬는 곳이다. 정치적 의사를 표현하는 데도 암호를 쓸 필요가 없다. 경찰국가이거나 독재국가가 아니기 때문이다. 두 번째 부인이지만 유령인구가 되지 않아 복지혜택을 누릴 수도 있다. 그녀는 '수자 행비'로 이름 짓고 뉴욕의 할렘에 살고 있다. 숨통이 좀 틔었지만 견디기 어려운 인종차별이 존재하는 선진국이란다.

'할렘은 무지개다.' '할렘의 무지개가 가장 아름답다.' 할렘을 변화시키고 싶어 하는 수자 행비이다. 아프리카에서 온 할렘의 사람들은 가장 뜨거운 태양을 느꼈던 사람들이다. 하루에 한 번 시원한 스콜을 맛보았던 사람들이다. 하루에 한 번씩 내리는 스콜과 스콜 뒤의 무지개는 대단한 환희의 호르몬이고, 천연의 마약이고, 들뜬 축제이다. 수자 행비는 자신도 모르는 사이에 스콜이 몸에 배인 사람으로 새로워져 있다.

그녀는 아기를 안고 할렘 강으로 산책을 나간다. 뉴욕, 새로운 곳에서 욕을 본다는 말인가? 남편이 밤마다 오지 않는다. 부인이 둘이니 말이다. 남편을 독점할 수 없다. 남편의 적은 월급으로 두 가장을 꾸리려니 답답한 나날이다. 그래서 그녀는 콜롬비아대학의 청소부 일을 하다가 소뼈 가루나 소의 부산물에 옥수수를 섞는 사업 쪽으로 방향을 튼다.

사업으로 달러를 모으자 새 애인까지 생긴다. 그녀가 한국으로 송금해주는 달러는 가족들에게 보탬이 되고, 그 달러가 보증수표가 되어 남동생을 미국으로 불러들인다. 마음이 편해지자 새 애인의 아이도 잉태한다. 할렘도 벗어났다. 너무 많은 달러에 부담을 느낀 그녀는 돈을 교회에도 기부하고, 가까운 이에게도 나눠주는 공중을 한 다음날 교통사고를 당한다. 가장 기쁜 날 다음날이 가장 슬픈 날이 되었다. 교통사고로 아름 행비와 새 애인은 죽고 만다. 그녀는 두 다리가 부서지고, 어깨도 부서진다. 뱃속의 아이는 기적적으로 살아 있다.

기적적으로 아이를 출산하여 태어난 아기의 이름을 '기적'이라고 하려다가 한국에서 아이 이름을 험하게 지어 화를 면하려 하는 의미를 따라 '개똥'이라 짓는 것처럼 발음이 비슷한 '기저귀'라고 지으려다가 '할렘'을 붙여 '기저귀 할렘'이라고 이름을 짓는다. '기저귀 할렘'이 수자 행비의 행복의 증표이고 그녀의 '기탄잘리'도 끊어지지 않고 이어진다.

5. 마리안느의 눈물

마리안느는 아버지를 모르고 살아왔다. 김윤철도 그렇다. 두 사람은 동독에서 만나 우중충한 독일의 날씨와는 반대로 뜨거운 사랑을 나누면서 연인을 넘어 부부가 되었다. 어머니와 할머니의 가계로 이어진 마리안느의 집에 평양 출신의 동양인이 사위가 되었다. 이것이 문제의 시작이다. 김윤철은 북조선으로 돌아가야 하건만 돌아가기 싫어서 도망을 친 것이다.

마리안느의 가족들의 도움으로 겨우 살아가는 나날이지만 언제나 불안하고 힘겨운 나날이었다. 동독에서 김윤철은 고립을 맛보기기도 하고 극한으로 몰리기도 하면서 자유와 행복의 나날을 꿈꾸며 지친 심신을 이어가고 있었다. 마리안느도 힘겨운 나날들은 사랑의 힘으로 견뎌내고 있었다. 북조선의 체포조에게 잡히지 않고 서독으로 탈출하려는 계획을 세우고 실천을 하려던 참이었다.

임신한 몸으로 국경선에 다다른 마리안느는 극도의 불안감으로 탈진도 하고 서독으로의 탈출계획이 늦춰지기도 하면서 힘이 들었다. 행운의 여신이 이들 부부를 서독으로 인도하여야 하건만 김윤철은 체포되고 급기야는 북조선대사관으로부터 김윤철이 죽었다는 통보를 받는다. 마리안느의 인생은 먹구름으로 덮히고 앞길이 막혀버렸다. 그러나 죽었다던 김윤철이 살아 돌아옴으로써 그들의 행복한 미래는 재설계되었다. 중공인 팽가이가 김윤철과 닮을 외모로 인해 김윤철의 죽음의 길을 대신해 줌으로써 뒤바뀐 운명이 된다.

김윤철 부부는 서독으로 탈출하고 예쁜 딸까지 태어나 마리안느의 눈물은 많이 줄어들었지만 아직도 김윤철은 서독의 감옥에서 완전히 풀려나진 않았지만 자유의 세상에서 자유롭게 살 날이 곧 다가오고 있다. 팽가이의 죽음이 다른 사람을 살려낸 것이다. 세 식구는 팽가이에게 마음의 빚을 지고 있다. 김윤철은 서독의 감옥에서 마음의 행복을 너무나 깊게 느끼고 있다. 공포와 억압과 불안이 사라진 상태이기 때문이다. 갓난아기 딸이 해맑게 웃고 있는 이 날이 너무나 행복하다.

6. 유중필의 작은 성공

유중필 가족은 앨도라도주 스핑크스시로 이사를 한다. 미국의 52번 째 주인 앨도라도주, 오이주에서 주지사로 선거에 출마하기 위해서이다. 황금과 사자와 그 무엇이 있는 주이다. 유중필은 엠티비 여전사 매향아씨를 만나 어려운 선거전을 대비한다. 밑천이 미약한 유중필이지만 선거에 당당하게 뛰어들어 그의 길을 간다. 선거 유세기간의 막바지에는 꼬마들과 장애인과 노인들과 한국전 참전용사들과 지지자들이 다 같이 자전거 유세를 한다. 참전용사들의 영혼을 담은 선거운동으로 마음의 기쁨을 서로가 누리기도 한다.

불가능하게 보이던 일이 가능하게 되어 유중필은 당선 성명서를 발표한다. 오이주의 역사가 새로이 시작된다. 많은 황당한 선거공약들을 이제는 실제로 이행하는 단계로 들어선다. 오이주의 지하에 지하 바다를 만들기 위해 고래로봇을 만들고, 그 고래로봇을 부릴 고래부리라는 직업의 신설이 이루어진다. 고래로봇이 지하 바다를 만들면 그 부산물인 흙과 돌덩이로 지상에는 히말라야 산맥 같은 높고 큰 지상의 도시가 만들어진다.

힘들게 일하다 보니 몸살이 나서 쉬면서 몸의 기운을 회복하기 위해 명을 때리는 시간을 강제로 가지게도 된다. 유중필은 어마어마하게 큰 성공을 거둔 것이 아닌가? 그렇게도 생각이 되지만 고조선의 후예, 징기스칸의 후예라는 설들이 드러나다 보니 작은 성공으로 비치기까지 하나? 유대인들은 힘들고 어려운 일을 대비해 다이아몬드를 다루다보니 다이아몬드 세계시장을 좌지우지하게까지 되었다. 유중필도 간직하고 간직한 한 알의 다이아몬드가 빛을 발하듯이 앨도라도주의 주지사로 빛이 난다.

앨도라도주의 사람들은 늙으면 자신의 몸속의 **뼈**를 인공진주로 대체를 하게 된다. 죽은 자의 시신이 썩고 나면 그들의 **뼈**는 인공진주로만 남아 오랜 세월을 버텨간다. 앨도라도주는 황금과 진주와 다이아몬드가 많은 주이다. 인공의 황금, 인공의 다이아몬드가 사람의 **뼈**가 될 날이 올 것이다. 지금은 인공진주라는 보석이 노인들의 **뼈**가 되어 역할을 한다. 앨도라도주는 황금과 자유와 인공진주로 만든 **뼈**가 많은 세상이다. 그 주의 주지사가 유중필이다. 유중필은 작은 성공을 했나?

7. 휴전선

휴전선에는 겨울바람이 남북한의 병사들을 힘들게 만든다. 오른손 집게 손가락은 더욱 시리다. 장갑을 끼고 있지만 방아쇠를 당기기 위해 가장 방한이 안 되기 때문이다. 겨울은 눈은 낭만적인 것보다 눈을 치우는 일이 더 괴로운 휴전선이다. 눈은 사람에게도 힘이 들지만 노루가족에게도 힘들다. 수컷은 허벅지까지 차는 눈을 헤치고 나가지만 새끼는 눈속에 파묻혀 죽고 만다. 몽골초원에서 날아온 독수리의 밥이 된다.

휴전선은 지뢰밭으로 사람이 오고가지 못하게 막아놓고 있다. 바람과 구름은 이곳을 지나 마음대로 남북을 오고 간다. 지뢰를 이기는 것은 하늘의 천뢰(天雷)이다. 천뢰는 지뢰를 없애주고 전쟁이 아니라 평화와 사랑과 행복을 가져다주는 하늘의 폭탄이다. 천뢰를 맞은 아가씨들이 휴전선으로 몰려와 휴전선은 정말로 낙원이 된다. 북구라파의 군대처럼 여군과 같이 한 내무반에서 군대생활을 하게 된다. 그것은 꿈속의 일이지만 북구라파는 현실의 일이다. 북한군이 먼저 초소 꼭대기에 여군을 올려 보내고 변화를 먼저 시작하긴 했다. 정말이지 거짓말 같은 이야기다.

남북한의 휴전선의 지하로는 '자유의 강'과 '평화의 강'이 만들어져서 동해의 바닷물이 흘러들어 서해의 바다로 흘러간다. 지하의 강에는 수력발전이 이루어지고 지하도시까지 생긴다. 세계의 사람들이 몰려오고 새로운 문명의 발상지가 휴전선에서 이루어진다. 세계의 역사가 새로 써진다.

그러나 한반도의 휴전선은 이탈리아반도의 로마처럼 아니면 발칸반도의 쪼개지는 유고슬라비아처럼 어떻게 될지 모른다. 남북한의 선택과 세계인의 선택에 따라 달라진다. 우리는 남북한의 젊은이들이 휴전선에서 천뢰를 쏘고 천뢰로 인해 바뀌는 세상을 그들에게 선물하기를 진심으로 바란다. 그런 아름다운 휴전선을 바란다. 아! 아! 천뢰가 터진 휴전선! 그것이 맞는 일이고 일어나야 할 일이다.

1. 개 전 (開 戰)

순간 불꽃이 일어난다. 누가 먼저랄 것도 없이 앞만 보고 앉아 있던 두 사람은 서로 똑바로 마주 앉아 있다. 김태봉은 장영 양의 두 손을 꼭 쥔다.

"아이, 왜 이러지비. 누가 보면 어떻하기서리."
"보긴 누가 본단 말이디. 아무도 없는디."

보드라운 손이 김태봉의 두툼하고 거친 손에 잡힌다.

"아이고, 곱기도 하디"
"너무 기러지 말라우야요. 가슴이 답답해디잖아요."
"기런데 말이디. 아무래도 던선으로 리동할 것 같애."
"언제 말인가요?"
"기것은 확실히 모르갔어."
"남조선 해방사업 말인가요?"
"기렇치비."
"어째서리 우리 민족은 왜놈들 때문에 그렇게 압박 받았는디 또 갈라져서 해방을 해야 된다는 것이디요?"
"쓸데없는 기딴소리 말라우야."

"왜 기렇게 화를 내고 기래요."

"디금은 중요한 시기란 말이요. 우리 동지들이 모두 사회주의 세계건설을 위해 일로 매진할 힘찬 순간인기야요."

"누가 기렇지 않다고 기랬음메. 학교에서 학생들에게 교사 세포학습에서 강습 받은 걸 늘 주입시키고 있음둥. 너무 성내지 말라우야."

"기러면서 왜기래."

"아무래도 같은 핏줄끼리 리상하단 말이야요. 우리 북조선 인민들이 무엇인가 귀신에 홀린 것 같아 설라무네."

"아, 장영 동무. 아기 같은 발언 자꾸 하지 말란 말이우다. 어째 교사 동무가 어린아이 같은 소리만 하기요."

장영 양은 잠시 마음을 가라앉힌다. 한 쪽이 차분해져야 되기 때문이다. 아무래도 자신이 져주는 것이 나을 것 같은 생각이다. 다음에 만나면 지난 일을 미안해 할 것이 뻔하다. 괜히 남자인 것을 확인하고 싶어 하는 태봉 동무가 싫지는 않다. 끝까지 말싸움을 해보아야 서로가 손해만 날 뿐이다. 어째서 태봉 동무는 융통성이 없을까? 싶은 것이다. 약간 구부러졌다가 다시 펴지는 가는 나무 회초리 같지 못하고 한 번에 딱 부러지는 걸 좋은 나무막대기 같다고나 할까? 사고의 경직성을 늘 부닥치게 된다. 학생들 교육에도 원칙이란 것이 있긴 하지만 아무래도 군관동무라서 그런지 한 가지 이상의 변수를 생각하지 않는 것 같다. 왜? 에 대한 의문이 전혀 없다. 육하원칙이 무슨 일이나 시작의 근본인데 유독 가치판단의 기준에 대해서는 일언반구의 틈이 없는 곳이 무척 안타깝다. 원래 군사작전은 육하원칙 중에서 왜? 에 관한 항목을 빼고 하기 때문이다. 전쟁 중에 왜? 적을 죽이는

가? 문제를 아예 군인들에게 인식 못하게 한다.

"미안하기요. 태봉 씨. 기럼 됐지비."

"아님메. 무시기 소리요. 장영 씨, 마음을 아프게 해서리 되레 미안해요. 같이 있으면 어째 시간이 이리 잘 가지비. 벌써 한나절이 지났음둥."

"저도 기래유. 하루수업이 무척 길게 느껴지는 디 오늘은 얼마나 후딱 지나가 버리는 디."

"군 막사에 있으면 장영 씨 만나서 보내는 시간밖엔 생각나딜 않두만."

"이젠 다음에 만나길 약속하고 일어섭시다래."

"기래야겠음메."

아쉬움을 남긴 채 두 사람은 자리를 뜬다. 태봉 동무는 머뭇머뭇 거리면서 저만치 가다가 돌아보곤 한다. 수풀이 무성하게 우거진 펄을 지나니 시야가 확 트인 너른 들판 같은 넉넉한 대동강변이다. 다음 날을 기약하고 손꼽아 기다리는 하루하루가 얼마나 설레는 일인가? 어느새 집 사립문에 도착했다. 기와는 낡아서 흙이 비죽이 나온 곳도 있다. 예전에는 언제나 열어두던 사립문이건만 밤이 되면 꼭꼭 닫는다. 소련 군인들이 평양에 들어온 뒤로는 소문들이 흉흉해서 부녀자들은 밤에 동네를 얼씬거리는 것조차 무섭다. 언제, 어디서 휙 나꿔 채가여서 욕을 볼지 모르기 때문이다. 덩달아서 건달패들도 치안유지랍시고 길길이 날뛰니 딸 가진 부모들이야 늘 불안하기 그지없다.

"오마니 동무래, 갔다 왔시우"

"기래, 빨리 돌아왔구먼. 기래야디, 원채 시끄러운 세상일라서릉."

"오마니, 집에는 별일 없음둥?"

"뭐, 별일이 있간디. 늘 고롷지비. 저녁이나 해서 먹자우야."

"알갔시우. 오마니."

두레박을 거머쥐는 두 팔에 생기가 돈다. 물맛은 언제나 좋다. 아무리 가물어도 물이 마른 적이 없으니 무엇보다 대동 강변에 있는 동네라 강의 덕분이다. 보릿단이 타닥타닥 타들어가는 소리와 마디마디로 새어나오는 매캐한 연기로 온 마당 안이 얼얼하다. 빙빙 돌아가면서 집집마다 굴뚝에서 몽실몽실, 뭉게뭉게 하얀 연기가 솟아오른다. 흉년이 들 때는 어느 집에서 굴뚝에 연기가 며칠째 나지 않기도 한다. 봄에는 간혹 그런 집들이 생기지만 큰 탈은 없다. 이럴 때 마을 이장은 인심을 잃어서는 안 된다. 새로운 공화국이 들어서서 일제보다야 공출이 적지만 그래도 허리가 휘기는 매일반이다. 무슨 남조선 해방 사업이라고 설쳐대는 통에 집집마다 편치 않다. 입조심해야지. 어쩌다 쌀가마니라도 부담하라고 하면 누구라도 감당할 형편이 못된다. 근근이 지탱하는 판에 불만들이 많다. 안 그래도 학교에 가면 그런 소리들이 들린다. 남조선은 미군들이 밀가루자루라도 돌리고 있는데 소련군 이래 환장을 해가지고 팔목에 시계나 챙기고 하니 무엇이 되겠는가라고 수군수군 거리기도 한다.

평양 대동리 소학교 육학년 담임을 맡고 있는 장영 양은 오늘도 초롱초롱한 어린 학생 동무들의 빛나는 마음과 마주 대하고 있다. 모두 하나같이 귀엽다. 각기 제 재주를 가지고 있고 재잘재잘 개구쟁이들, 사고뭉치 같지만 한풀 벗겨보면 아무런 악의가 없는 동심, 아이들에게는 전쟁의 의미도 아무 것도 없는 백지의 공간에 무엇을 그리고 있을까? 장영 동무는 그들의 깨끗한 정신에 무엇으로 박혀가고 있으며 자기가 하는 일이 어떤 것인지 늘 괴롭힘을 무심결에 당한다. 이들에게 전쟁을 가르치고 있는 것이 아닌가? 이들에게 마르크스·레닌이 아바이·오마니보다도 더 소중하다고 가르치고 있지 않는가? 하루 종일 그들과 지내면서 무의식 속에서 이런 것들을 누구보다 앞장서서 심어주고 있는 것이 아닌가?

'나는 그것이 아니다. 단지, 집에 있는 것보다 꼬마들과 학교에 있는 것이 무엇보다도 좋고 내게 맞는 것이다. 그리고 남자들이 선생 동무라고 하는 것이 좋아서이다. 별다른 것이 있나. 입에 풀칠한 식구는 많은데 내가 월급이라도 쥐고 가면 반가워하는 가족이 있기 때문이다. 그것 외에는 내가 전쟁광도 아니고 마르크스·레닌의 딸도 아닌 판에 무엇이 마음에 걸리는가?'

학생 동무래 날카로운 질문이 튀어나온다.

"선생 동무"
"무슨 일이간디?"
"소련군이래 해방군이지요?"
"기렇지비"
"해방군인데 왜 수풍발전소래 뜯어가고 합네까?"
"에, 소련군이래 좋은 사람들이야요. 일본의 압박아래 있는 북조선 인민들을 구해줬으니까 말이지비."

"기렇군만요. 기런디 잘 모르갔시오."

"기럴기야요. 아딕 어리디니까니. 좀 더 나이가 들면 잘 알게 되겠지비."

"선생 동무"

"무시기 질문인가?"

"공화국은 모든 것이 국가소유인데 같은 형제인민 국가끼리 소련에서 좋은 것을 얻어 오면 돼잖갔수다래."

"음. 기래요. 우리 공화국은 마르크스·레닌의 나라 소련에서 많은 것을 섭취해서 우리 것으로 하고 있음메. 고럼 호상간에 도우면서 살아가는 것이디요. 기래요. 형제의 나라들이니까내."

모든 것을 잊어버렸는지 꼬마들은 운동장에서 신나게 놀고 있다. 잠깐 쉬는 동안 마음대로 보내다가 종소리가 나면 후다닥 교실로 들어오는 것이다. 가을이면 인민중학교로 진학할 학생을 뽑아야 하는데 아무리 공화국이 평등하다지만 능력에는 차이가 있고 부모의 출신배경에도 차이가 있음을 무시하기는 힘들다. 인민중학교 진학이 안 되면 그냥 집에서 지내든지, 농사나 돕던지 하게 된다. 태봉 동무처럼 누가 군관 동무가 될 지 알 수가 없다. 여자애들을 둘러보면 당에서나, 어디에서 할 일이 별로 없어 보인다. 선생 동무가 가장 적당하고 할 만한 것이 보이지를 않는다. 인생의 갈림길이 서서히 드러난다. 종이 한 장 차이뿐인 이들이 수많은 조건과 비교사항을 정해놓고 기준에 따라 저울질을 하는 것이다. 참으로 힘든 작업이다. 무엇이 되겠다는 신념이나, 어떻게 인생을 살 것인가? 별반 알 수가 없다. 다만, 훌륭한 사람이 되겠다. 공화국의 일꾼이 되겠다. 천편일률적인 물음에 너무 식상한 대답이 있을 뿐이다. '모르갔음둥' 이런 답이 제일 많다. 사실, 어떻게 잘 알 수가 있으랴!

플라타너스는 간격을 맞추어 그늘을 만들어 준다. 사이사이로 키 큰 전나무도 서 있다. 교사 앞쪽, 즉 운동장 가장자리로는 꽃들을 심어 놓았다. 오후 시간이 되면 텅텅 비는 것이 학교다. 그렇게 신나게 놀다가도 석양이 질 무렵이면 꼬마 조무래기들은 어느새 집으로 다 가고 어쩌다 한, 두 명의 학생이 보일 뿐이다. 서산으로 넘어가는 해는 한층 마음을 부드럽게 해 준다. 붉은 무리가 온 하늘에 웅장하게 깔려 있다. 유독 그 중에서도 태양은 빨갛다 못해 노란색을 엷게 띄우면서 광채를 은은히, 줄기차게 비추어 준다. 운동장의 누런 황토는 붉은 빛을 반사하면서 어둑어둑 거무스레한 색으로 변해가다가 어느덧 어둠이 깔린다. 모두들 퇴근 준비를 한다. 오후엔 학생들이 수업이 끝난 교실을 청소하면 그날 일은 일단 끝나고 교무실에서의 남은 서류정리와 기타 시험정리 등을 하다 보면 저녁시간이다. 열기를 더하던 낮 시간도 지나면 텁텁하게 느껴지던 옷소매가 선선하게도, 춥게도 느껴진다. 며칠 후면 학교운동장에서 꼬마들의 모습도 선생 동무들의 모습도 사라질 것이다. 중공군에서 넘어오는 조선의용군 부대가 교사를 주둔지로 정했기 때문이다. 교장 동무는 그런 줄 알고 모두들 이삿짐을 챙기라고 한다. 이삿짐이라야 몇 뭉치 될 것도 없지만 조선의용군에게 정든 학교를 내줄려니 몹시 서운하다. 넘어가는 석양은 서러움을 보태준다. 중화인민공화국의 건설을 위한 대투쟁에서 중공군에 배속되어 있던 한인(조선인)부대라고 한다. 본토에서 대일항전과 장개석 군대를 몰아내는데 최선봉을 달렸다고 한다. 칠십만의 관동군을 몰아내는데 중공군과 힘을 합해 온갖 고초를 겪었다고 한다. 마지막 판에는 소련이 들어와 만주의 알짜배기를 빼가는 동안 속이 아프고 고통스러웠다고도 한다. 이차대전에서 이천만 명의 희생을 당한 소련으로서는 모든 것을 차지하여야 할 절박한 처지였다. 양자강을 넘어서 북경에 진입할 때는 백만 대군의 기세로 밀어붙였다는 이야기들이 나도는데 긴가민가 하여간 싸움을 무척 많이 한 사람들이란 생각이 든다.

"오마니"
"왜기래. 풀이 죽어설라무네."
"학교가 쉬기로 했음메."
"아딕 방학이 될라믄 멀었씀메."
"기게 아니라 학교를 비켜줘야 해서라무네."
"뭣이라고."
"학교를 왜 비킨담?"
"중공에서 조선의용군들이 온대서리. 기래서 학교에 주둔해야 한다지 않갔시오."
"하, 기래. 소련군들이 들어오더니만 이제는 뗸놈 군대도 들어오는 게지비."
"아니야요. 조선사람들이례요. 소속은 중공군이었디만 원래는 조선사람들이라는기야요."
"하기야 중국천하가 통일이 돼 가지고 설라무네. 조선사람들 돌아온다는 소문이 진짜임둥."
"기래요. 진짜로 돌아왔음둥."

다음날 학교에 가니 온통 조선의용군을 맞이할 깃발이며 광목천에 글을 새기고 팻말을 준비하느라 야단법석이다. 중국을 통일시킨 역전의 용사들인 조선의용군 부대를 목이 쉬도록 맞이했는데 군인들이 대포도 없고 총도 없이 빈손으로 줄을 지어서 들어온다.

"하, 리상한 군대도 다 있으메. 무기를 안 가지고 오는 군대가 어디에 있지비."

모두들 한마디씩 했다.

"압록강에서 모두 반납하고 빈손으로 왔다지 뭡네까?"

장영 양은 소련군보다는 얼굴이 왠지 낯익어 보인다. 양코백이 에미나이들이란 희멀건 얼굴에 눈이 새파랗고 머리털은 노랑이며 따발총을 옆구리에 꽉 끼고 어쩐지 험상스런 것이다. 그래도 조선의용군 부대는 누리끼리한 얼굴에 옷들은 누추하지만 키도 알맞고 안심이 된다. 환영식이 열렸다. 교장 동무는 차례가 돌아오지도 못하다가 겨우 몇 마디하고는 후다닥 내려온다. 권총을 차고, 모자를 깊숙이 눌러쓰고, 어깨에 견장이나 달린 군인 동무들이 시간을 끌어가면서 연설들을 했다. 대부분 환영해줘서 고맙다는 인사와 한 핏줄임을 내세우면서 남조선 해방에 빛나고 영웅적인 실전의 경험을 살려야한다고 주장한다. 이해하기가 쉽지 않다. 더 넓은 중국 땅에서 피로써 싸움만 하던 조선의용군이 북조선에 와서도 열심히 그 싸움 솜씨를 버리지 않고 써 먹어야 한다니 어처구니가 없다. 도대체 앞뒤가 맞지를 않다. 그런데 시간 전개상 1,949년 10월 1일 중화인민공화국이 선포됐다. 그러더니 1,950년 6월 25일 한국전쟁이 터진 것이다. 우연이라고 보기엔 여운이 남는다. 60년 세월이 지난 지금도 중국은 2,006년 1조 달러의 외환보유고를 유지하다가 2,007년 7개월 사이에 4,500억 달러가 불어나는 놀라운 저력을 보여준다. 한 달에 400~500억 달러나 불어나는 것이다. 1조 5천억 달러에 이른다. 일본도 풍신수길(도요토미 히데요시)이 통일하더니 곧 조선으로 쳐들어왔다. 전쟁을 위한 것이면 아예 오지를 말던지 왔으면 사회주의 북조선 건설이나 할 일이지 또 총을 메고 해방전쟁을 하려고 할까? 그것도 빈손으로 돌아와서. 하기야 너무 힘센 전사들이라 총을 회수했는지 모르지만.

'소련놈 에미나이들은 따발총을 들고 있는데 어째 허수아비 꼴 같지비.'

하는 생각들이다. 부대장인 듯 조선의용군 군관 동무의 연설이다. 장영양은 몇 마디를 기억해 본다.

'우리는 대일항전에서 장작림과 일본 관동군을 피로써 몰아냈고, 그전에도 이만 오천 리 연안(옌안)장정에 참가했으며, 장개석의 군대를 양자강으로부터 추풍낙엽처럼 쓸어버려 북경에 중화인민공화국이 서는데 헌신의 일을 했습니다. 오늘 우리는 조국의 부름을 받고 조국의 하늘 아래서 우리의 뜻을 펼칠 것입니다. 머잖아 혁명의 우방인 중국은 우리를 형제의 나라로서 서로 협조하면서 살 것입니다.'
'우리의 뜻이 도대체 무엇이지비. 알 수가 없수다래.'

평양거리에는 그 많던 교회당들도 자취를 감추었다. 아무도 교회신자인 것을 내세우지 않는 세상이 됐다. 무산 프롤레타리아 계급의 천국이라는데 곧 전쟁이 터질 것 같은 징조다. 이리저리 들러보아도 전운이 감돈다.

　장영 양은 집에 돌아오니 할 일이 없다. 꼬마들이야 학교에 공부하러 가지 않아도 되니 신날지도 모른다. 며칠이 지나도 찾아오는 꼬마 동무도 없고 태봉 동무라도 연락이 오지 않는지 기다려진다. 동생을 시켜서 심부름을 보내 보려다가 좀 더 참아야지 하면서 지낸다. 마을 뒷산에는 꼬부랑 소나무가 띄엄띄엄 서 있고 침엽수들이 제 몫을 톡톡히 하고 있다. 백여 호 되는 자연부락이 부챗살 모양으로 퍼져 있다. 동네 가장자리로는 논으로 둘러져 있고 마을 앞쪽엔 대동강이 유유히 흐르고 있다. 기와집이 열대 엿 채 있고 나머지는 초가지붕이다. 푸른 박과 호박 덩굴이 뒤섞여 있다. 담장도 흙으로 지어졌고 담이 없는 집도 많다. 조무래기들이 뒷산에서 노는 모습이 보인다. 새소리도 잘 들리고 옆집에서는 풍산개가 멍멍거린다. 레그호온 흰 닭들이 마당을 쪼아대며 발길질을 하고 있다.

　태봉 동무는 요즘 몹시 바쁘다. 서류철이 쌓인다. 그놈의 노어를 하나도 모르는 판에 무기조작 방법이나 모든 것이 노어 일색이다. 정신 바짝 차리고 군사 고문관을 따라 하는 수 밖에 없다. 아무래도 소련에서 계급장을 달고 온 쪽이 유리하다. 이동화 소좌를 빼고는 모두 대위들이다. 소련파들을 잘 사귀어두지 않을 수 없다. 베를린 전투에 참가한 남일, 만주에서 하바로스크 지역으로 활동한 김일성, 김책, 강건, 등이다. 무정, 김두봉, 최용건 등의 연안파도 들어와 있다. 무정 휘하의 중국말 잘하는 패들도 많이 있다. 제자리 서기가 쉽지 않다. 장영 양의 학교에 온 부대도 그 지휘자가 처음에는 왕조명과 협력하다가 청산하고 주덕 휘하로 들어가 연안장정에다가 북경정부 수립 때까지 한솥밥을 먹었다고 한다. 어쩔 수 없이 큰 나라에 얽힌 사람들과 지내면서 호흡을 맞춘다. 그놈의 일제 학병에 끌려가서 죽을 고비 넘겨서 살아왔건만 대하는 태도가 일본 냄새나는 쪽으로만 몰아치니 죽을 지경이다. 사실, 태봉 동무가 천왕폐하를 위해 죽을 만큼 어리석은 사람인가? 도망쳐 나온 덕에 군관 동무라도 되었지 쳐 박고 눌러 앉았더라면 친일파로 몰려 인민재판에서 돌멩이로 안 맞은 것만도 천우신조랄 것이다. 태봉 동무는 남경까지 갔다가 일본군의 중국인 학살에 치가 떨려서 죽어도 군복이 싫어 이왕 죽을 바에야 사람답게 죽고자 탈출 했던 몸이 또 다시 군복을 입고 있는 자신이 안타깝다. 무용담이 있을 리 없다. 굶어 죽지 않으려고 중국 땅을 방랑하다가 기진맥진 하여 고향에 돌아왔다. 태봉 동무는 유럽전투, 연안장정, 양자강 대도하작전, 앉아서 들어보노라면 얼마나 무고한 사람이 죽었을까? 그 생각만 떠오른다. 그렇지만 작전회의 때의 발언차례가 돌아오면 딴 사람이 된다. 태봉 동무는 무서운 자기혐오에 빠진다. 개인이 필요 없는 조직이다 보니 조직이 원하는 규칙에 따라 앵무새처럼 발언한다. 군복을 입은 형편에 반전주장을 펴다가는 어느새 사형감이 될 지도 모른다. 내심의 양심과 주위 사람들과의 관계에서 나오는 행동양상은 이율배반적이다.

　세계사회주의 건설을 위해서 전쟁은 필연적이다. 역사는 언제나 싸움으로 얼룩져 있지 않은가? 우리는 기꺼이 조국 해방전쟁을 해야만 한다. 결론은 너무나 뻔하다. 묵묵부답 듣고만 있는 동무들도 많다. 형편이 말이 아니다. 힘겨운 일이라는 점을 모두들 잘 알고 있다. 특히 중국 쪽의 사정은 더 그러하다. 겨우 굶어죽지 않을 정도의 생활고를 인민들이 겪고 있는데도 세력 확장을 노린다. 중공 정권이 들어서자 무수한 군대와 노후장비들을 다른 곳으로 돌려서 재활용해야 하는 처지가 됐다. 허벅다리에 살찔 겨를도 없이 싸워온 중공군이지만 통일이 되자 모택동(마오쩌둥)에게는 무척 위협적인 존재들이다. 논공행상을 따지려 들것이고, 수많은 전쟁 소영웅들을 어떻게 다독거리며, 패잔병 장개석 군대의 처리며, 싸움에서 지친 중공 인민들이 폭발적으로 요구사항을 증폭시킬 것이 뻔하다. 대륙의 강력한 힘의 대두는 필연적으로 해양 쪽으로 향하여 내리 뻗치려는 순간에 조선의용군부터 밀어내어서 고향에 빈손으로 쫓아 보낸 셈이다. 태봉 동무도 모르는 바 아니다. 만주사변으로부터 중일전쟁, 남방경략까지 엄청난 일본군이 무장해제 당한 고물 총과 대포를 접수한 무력적 배경을 중공은 등에 업은 것이다. 소련에게 많이 내주게 됐지만. 쓸데없이 부풀어난 인구에 불만을 가라앉힐 방법은 별로 없다.

모택동이나 주은래는 스탈린에 대하여 좋지 않은 감정이 사라지지 않는다. 일본군을 무장해제할 때도 소련군은 만주에 버티고서 칠십만 관동군의 모든 물자와 만주의 알맹이는 몽땅 기차에 실어서 도둑질을 했을 뿐더러 장개석의 군대에까지 협조를 하면서 어기적어기적 제 욕심만 끝가지 챙겼기 때문이다. 모택동은 만주에서 일본군을 몰아내고 소련군까지 견제하는데 피눈물 나는 분투를 하였음은 물론이다. 관동군이 칠십 만인데 중·소의 협공이 없이는 어렵지 않았겠나? 미국이 히로시마·나가사키에 원자폭탄을 사용하지 않았다면 일본군이 항복했을 것인가? 미국이 거의 일을 했지 않았나? 추측은 해볼 수 있다.

강력한 황색인종인 중공의 대두는 소련 사람에게 공포의 대상이다. 항상 부동항을 차지하려고 안간힘을 쓰고 있지만 칭기즈칸의 몽고군대가 만주 금나라의 천팔백 만 명을 학살하고 유라시아대륙으로, 동유럽까지 쳐들어와 무시무시한 전율을 안겨주었던 사실이 늘 잠재적 적국에 대해 분열정책으로 일관하고 있다. 같은 형제 사회주의 국가라고 허울 좋은 약속을 하건만 중공이 소련과 같은 정도의 교육수준과 경제력, 군사력, 기술력이 될 때는 더 넓은 시베리아, 우랄산맥 너머까지도 지탱할 수 없음을 스탈린의 군대가 모를 리가 없다.

모택동은 늘 영구전쟁론을 주장한다. 반외세, 중공의 실지회복을 위해서 내부 힘을 축적하여 소련과의 한판 승부나 해양세력과의 힘겨루기를 늘 인식하고 있다. 그러려니 전쟁은 불가피하고 죽으나 사나 자력갱생, 굶어죽어도 스스로 일어서려고 하지만 무기나 과학기술이 뒤지니 답답하다. 모택동은 두 달 가까이 모스크바에 머물면서 무슨 얘기들이 오갔는지 알 수는 없다. 소련제 구식 무기들이 북한으로 밀려들어 오고 군사고문단으로 하여금 병기조작과 중공 측의 인적지원에 동원체제의 북한이 되어 간다.

조선의용군 부대는 옳은 대접을 받지 못한다. 중공에서는 이민족이기에, 북조선에서는 소련 측의 견제를 받아서 무장해제까지 당하니 숱한 죽을 고생에 대가는 비참하리만치 별 볼일 없다. 그래도 소련군과는 질적으로 다른 것이 약탈행위를 하지 않으니 무엇보다도 동족임이 중요한 사실이다. 마상(馬上)에서 천하를 얻을 수는 있어도 다스릴 수는 없다더니 모택동이나 무정 부대도 역할이 끝나 버렸다. 새로운 역할을 창안해야 할 고비이다. 영국을 이차대전에서 피와 땀과 눈물로 지킨 처칠도 종전이 되자 국민으로부터 버림을 받았다. 중공이나 소련도 이러한 꼴이 되지 않으려고 방도를 찾는 중에 선택의 대상에 재수 없이 걸려든 것이 북조선이다. 태봉 동무가 고전을 면치 못하는 것도, 장영 동무가 집에서 쉬는 것도 자기 뜻과는 상관없는 더 큰 힘에 밀리는 현상이다.

태봉 동무는 T-34 전차(탱크)가 신기하다. 탱크가 전선에 처음 투입된 것이 일차대전 때인데 그 괴물 같은 것을 직접 다룰 북한 군대의 교육이 가장 큰 일이다. 전차병들의 대우는 급식이나 피복 지급 면에서 약간 좋게 해준다. 그래봐야 별 차이는 없지만 부족한 군량미에다가 남조선 해방 사업을 위한 비축까지 고려하니 농민·노동자들의 말 못할 고초는 대단하다. 노동자·농민의 프롤레타리아 무산계급의 천국이란 것이 전쟁 짓거리에 광분하는 소련과 중공의 역할과 북한 내부의 사정이 혼합되어서 무모한 한판을 착착 준비하는 중이다.

"동무래 이게 꼭 뭐 같수다래?"

"기래요. 꼭 부랄 같음메. 툭 튀어나온 포신도 기렇고 탱크 덩치는 부랄 뭉테기 갔음둥."

"고롱고롬, 참 리상하오. 대포란 것도 남자의 물건을 닮았고 탱크도 그렇지비. 정액을 쭉 쏘는 원리와 같지 않네?"

"기런데 대포는 구식이야요. 탱크는 전후좌우로 움직니니깐 최신식이지비."

"맞음둥. 대포래 어린아이 물건이라면 탱크는 어른 것 같수다래. 아무래도 힘도 월등함메."

"쉿, 저기 군관 동무래 오고 있시오. 빨리빨리 합세다. 괜히 빈둥거리다가 한마디 들으면 손해니까니."

"기래요. 자 기름통 이리주오."

"자 넘어갔음메. 여기 기름걸레도 있음둥."

"음, 부지런히들 탱크래 정비하고 있음메. 기래야디."

태봉 동무는 어깨에 힘을 한 번 주면서 휙 지나간다. 선임자인 듯 하사관 동무래 척 거수경례를 붙인다.

"해방"

　태봉 동무는 해방이라는 구호가 낯설지가 않다. 하루에도 수십 번은 '해방' 구호를 듣는다. 자신도 상급자에게 대여섯 번은 '해방'이라는 거수경례 구호를 외치니 온통 그 생각이 떠나질 않는다. 사단참모회의에서는 최고의 급선무가 조선의용군 식량조달 문제이다. 하루 세끼를 장정들에게 먹여야 하는데 사단 비축 군량에서 어느 한도 이상은 축 낼 수가 없으니 갈수록 심각하다. 조선의용군이 압록강을 건너면 건널수록 고민은 커진다. 애국미 공출도 한계이다. 거주지야 학교, 야산, 교회당, 절, 있는 대로 접수해 가면 되지만 양식은 나올 길이 막연하다. 날이 갈수록 조선의용군 부대는 한국전쟁 동안 300만 명에 이르는 중공군과 만난다. 팽덕회와 다른 한 명만 중공 군복을 입고 나머지 300만 병력이 북한 군복으로 위장해 한국 전선에 동원됐다. 미국의 눈을 속이기 위한 전략이다. 1,500대의 소련제 비행기도 중국표식을 달아 속였다. 공군은 사실 소련이고, 육군은 중공이다. 이에 대한 16개국 연합군이 대항군이었고 미군도 한국전쟁 막바지엔 남한에 32만 명이 있었다.

　모택동은 중공군의 만주집결과 아울러 이들의 식량해결 문제를 미국곡물시장에 건다. 소련은 원래가 식량이 늘 부족한 나라이고 밀이나 콩이 엄청나게 남아도는 곳은 미국뿐이다. 모택동과 고향이 같은 팽덕회를 총사령관으로 한국 전선으로 보낼 계획을 짜맞춘다할지라도 어려움이 있다. 대만의 중공 계 비밀요원들과 미국에 뿌리박고 있는 중국인을 통해서 시카고 곡물

시장이나 텍사스에서 엄청난 양의 밀과 콩을 그것도 가격조작을 통해서 입수하여야만 한다. 먹지 않고는 싸울 수도 살 수도 없는 것이다. 손문 휘하에서 같이 지내던 사람 중 미국에 터를 잡은 이들을 통해 곡물시장 로비에 들어갔다. 미국의 콩과 밀을 비밀리에 중공으로 들여올 수 있었다. 아울러 콩 투기에서 그 당시로서도 이천만 달러가 넘는 거금을 중공정부는 거머쥐게 되었다. 그 돈으로 구식무기에서 교체할 것을 구하고 소련에 대해서는 비행기 등 제공권의 협조를 얻었던 것이다. 태봉 동무는 무슨 내막인지 알길은 없었으나 만주에서 들어오는 콩과 밀가루, 옥수수에는 미국에서 생산된 것도 다수 섞여있다는 소문만 들을 뿐이다. 먹는 음식인지라 아무런 분간도 할 수 없지만 어쨌거나 계산상으로는 중공에서 식량공급이 거의 불가능에 가까운 것이 현실인데 그 부족분은 어떤 경로이던 서방세계를 통하여서 들어오는 것이라는 정보차원의 냄새만 맡을 뿐인 것이 자신의 위치이다. 남조선을 해방하면서 조선의용군이나 만주의 중공군이 미국산 밀가루와 콩을 먹으면서 전쟁을 치르려고 하는 아주 우습고도 사실적인 모습이 전개되고 있다. 대만은 중간에서 잇속이나 채우면서 헐값에 식량을 미국으로부터 제공받는 셈이다. 미국은 인심이 좋은지, 어리벙벙한 것인지, 아니면 미국 농민들 때문에 썩어서 바다에 쳐 넣어 버리기 아까운 곡물을 가축사료로서도 남아도니 폐기처분하는데도 돈이 드는데 돈 받고 파는 것은 당연지사일지도 모른다. 그런데 아시아 인민들은 주식으로 사와서 굶어죽지 않으려고 먹고 있으니 세상은 이래저래 불공평하고 경제사정은 마르크스·레닌도 하나님·부처님도 해결할 수 없는 면이 섞여 있다. 그래도 소련군은 제 스스로 식량을 해결하고 있지만 야만의 냄새가 물씬물씬하다. 시커먼 빵을 그것도 돌만큼이나 딱딱한 것을 잘 때는 베고 자고 엉덩이에 눌러

앉는 것을 먹는다. 소금에 절인 고등어도 날 것으로 질겅질겅 씹어 먹는 모습은 원시인처럼 보인다. 조선의용군들은 옥수수가루・콩가루(미숫가루)를 둘러메고는 물도 없이 기차게 잘들 먹는다. 태봉 동무는 아무리 급식이 나쁘지만 소련군이 먹는 시커먼 빵은 돌덩이 같아서 도저히 먹지를 못하겠고 조선의용군의 중공군과 같은 식량인 미숫가루도 입에 맞지를 않다. 그들은 그것으로 모질게 연명을 하면서 북조선에서, 한반도에서 무엇을 챙길 것인가? 그 생각뿐이라는 예감이 든다. 분명 그들은 한반도를 일본군이 강점하여 식민지 정책을 펴듯 그들의 배를 채우려 할 것은 삼척동자도 알 수 있다. 정보에 굶주려 있는 태봉 동무이지만 외신을 타고 들어오는 내용에는 미군들이 입고 먹는 것은 중공군이나 소련군에 비해서 미군사병들 조차도 중공・소련군의 영관급 장교보다도 낮다는 믿지 못할 소문들이 나돌기도 한다. GNP(국민총생산-지금은 GDP개념)나 일인당소득을 발표하는 통계자료로 볼 때 분명 중공군은 아프리카의 기아선상의 나라와 다름없지만 소련은 약간 나을지라도 미국은 한 발이나 서너 발 앞서 있는 것이 사실이므로 그런 것도 가능할지도 모른다는 예감이 들 뿐이다. 이렇게 먹는 것이 안 되는 배고픈 사람과 배에 기름이 좔좔 흐르는 미군과의 싸움이 성공할 것인지 태봉 동무는 내심으로 의아심이 생긴다. 그렇지만 그 누구에게도 수많은 사람들이지만 부모형제간이라도 이 말을 할 수는 없다. 점점 고민만이 쌓여간다.

북해도를 통하여 블라디보스톡을 거쳐서 태봉 동무의 사단까지도 일본 동경의 모습이 들어온다. 미군은 배에 기름이 차고 다리에 살이 쪄서 전쟁 칠 마음이 없다는 것이다. 미군 흑인 사병이나 백인 사병들의 월급이 일본의 각료급보다 실제로 많아서 일본여자들과 살림이나 차리고 댄스파티에나 줄기차게 나다니므로 전쟁터에서 피눈물 나는 생활을 완전히 잊어버리고 있다는 정보가 입수된다. 남한의 장비는 탱크도 없고, 무기 면에서도 형편 없을 뿐더러 내부 결속도 약한 편이므로 승산이 있다는 것이다. 거기엔 미군이 개입하지 않아야 한다는 절체절명의 문제가 걸려있기는 하다. 미군사병이 패전국 일본의 장관급보다 호화로운 생활을 하고 있다는 점이 태봉 동무로 하여금 미국이 과연 어떤 나라인가? 의문을 가지지 않을 수 없다. 그 무시무시한 대일본제국을 집어삼킨 것이나 무엇이 있어 그처럼 엄청난 힘으로 하여 가능하게 하는지 뇌리를 떠나지 않는다.

사단에 있을 동안에는 구차하고 자존심 상하는 일들이 접수되곤 한다. 주민들의 진정이 들어온다. 애지중지하던 황소를 소련군들이 따발총을 들고는 찾아와서 '드르륵' 황소 머리통에 쏴 죽이고는 대검으로 휘적휘적 살코기만 챙겨서 한 동리에 몇 마리씩 가져간다는 것이다. 총과 대검 앞에 저항하기가 힘든 상황이다. 이런 것들을 상급부대에 연결하여 처리하려 해보았자 어찌된 셈인지 영영 소식이 오지를 않는다. 인민들만 온갖 불평불만에다가 소련군에 대한 엄청난 반감만 심어준다. 조선의용군은 그런 말썽을 부리지는 않지만 간혹 회식 때에는 돼지를 몇 마리나, 어떨 때는 합법적으로 지원해 달라는 것이다. 소련군처럼 무법천지로 행세하지는 않지만 이 부담도 엄청난 것이다. 소련군은 제멋대로 황소나 돼지를 끌고 가버리니 문제가 이만저만이 아니다.

스탈린은 자신의 오른팔인 베리야를 통하여 극동지역에서 한 번 이용할 계획을 가지고서 심어둔 조선인 소수부대의 인원들로서 북한정권을 창출하기 시작한다. 소련파들은 운이 좋게 좋은 줄을 섰다. KGB(국가안보위원회) 극동지역 책임자가 베리야의 심복 중의 한 사람이다. 한반도를 떠나서 소

만국경을 넘어 이국땅에서 죽을 고생으로 연명하던 조선인 17만 명을 일본에 협력할 위험이 있다고 여겨 가축운반용 기차에 실어 중앙아시아 타시켄트까지 강제로 수송하여 황무지에 내팽개 쳐놓고 살아가길 강요한 스탈린의 일국 사회주의 노선이 북한에서도 여지없이 드러난다. 조선인들은 그 비참한 환경에서도 중앙아시아 타시켄트에 벼농사를 성공시켜서 죽지 않고 살아났다. 스탈린이나 베리야도 조선인의 끈질긴 생명력에 놀랐다. 하기야 미국에서 한국인들은 유대인이 손해가 난다고 손들고 나간 상업지역을 적자가 나도 붙들고 살려내는 특이한 족속이다. 어쩌면 그 길 외에는 방법이 없으니 그럴 수도 있다. 바이칼 호수에서 영하 40~50도의 칼바람에도 철갑상어를 낚아 캐비아를 공급하는 일도 조선족이 한다. (유전학적으로 몽골계가 동상에 덜 걸리는 것으로 나타났다. 한국전쟁 중에 미군이 왜 그렇게 동상에 많이 걸려 북한의 장전 호, 개마고원에서 피해를 입었는가? 연구하던 중에 발견됐다. 백인들이 몽골계보다 추위에 약하다.) 그 어느 민족도 성공하지 못한 것을 조선인들은 빈손으로 굶어죽지 않으려고 그 땅을 일구어서 옥토로 바꾸었다. 소련 정부는 이런 조선인들이 내심으로는 필요하다고 생각했을지도 모른다. 패색이 짙어진 일본에 대하여 선전포고를 하여 거저먹기로 만주에, 한반도 삼십팔도선까지 밀어붙인 것이다. 동유럽지역까지 힘닿는 대로 차지하고 독일의 V2 로켓 개발 과학자들 중에서 일급 과학자들은 미국이 데려가고 이급 기술진을 소련(구소련)은 데려와서 이들을 수용시켜 연구를 진행하는 방식으로 제 하고픈 식으로 하던 스탈린이지만 미국이 사용한 원자폭탄 앞에서는 기세가 푹 꺾여서 미국의 일거수일투족에 신경을 날카롭게 세우고 있었다. 필리핀을 석권하고 북상하는 맥아더 휘하의 미군이 오키나와에 올 때 벌써 지리적으로 소련은 월등히 유리한 입장에 서 있었다. 피맛을 아는 스탈린이 한반도를 그냥 넘겨줄 리는 천만의 말씀이었다. 신학교에 다니면서 목사가 되겠다고 했던 사람이 무자비한 공산주의자가 되어서는 북조선까지 요리하고 있다. 스탈린의 어머니가 볼 때 성직자보다도 더 좋은 것이 없었다. 스탈린의 엄마는 노예였다. 주인에게 다른 사람보다 두 배, 세 배 이상 더 열심히 일할 테니 그 기간이 끝나면 노예 신분을 해방시켜 달라고 했던 그 어머니였다. 그녀는 하도 일을 잘 하니까 주인이 감탄을 하여 계약기간 보다 더 빨리 노예의 신분을 해방시켜 줬다. 스탈린의 어머니는 그렇게 해서 노예 신분에서 해방되어 자기 아들만은 가장 고귀한 성직자를 만들고 싶었던 것이다. 그 스탈린이 엉뚱하게도 종교가 인정되지 않는 공산주의를 건설하고 얼마나 많은 사람들을 강제와 억압으로 내리 눌렀는가? 처칠이 만나서 한마디 한 말은 섬뜩한 정도를 넘어선다.

"소련을 통합하기 위해 강제노동이나 사형으로 백만 이상을 다치게 하지 않았소? 스탈린 씨."

이 말에 스탈린의 대답이

"처칠 씨. 백만으로서 소련이 일국사회주의가 될 것 같습니까?"

스탈린은 무자비한 사람이다. 그 무자비한 통치권자의 최고의 충복이 베리야였으니 베리야의 한마디에 꼼짝 못하는 극동지역 KGB(국가안보위원회) 책임자 밑의 북조선 소련파들이 어떤 사고방식으로 인민을 대할 것인가는 큰 관심의 대상이다. 김일성도 외가 쪽이 기독교 집안이었다. 힘이 없는 조선인으로는 독립을 위해서는 협조할 수밖에 없었다 치더라도 그들의 의사보다는 오히려 소련 쪽의 베리야의 입김이, 스탈린의 뜻대로 간 것이 아니라고 장담할 근거가 없다.

그렇지만 미국에 대해서는 공포를 느끼는 소련이, 더욱이 소련보다는 열세를 면치 못하던 중공인데 무엇으로 합작이 되어서 애꿎은 한반도만 핏빛으로 물들였을까? 아무래도 스탈린은 중공의 대두가 가장 마음 내키는 일이 아니었던 것이 분명하다. 두만강으로부터 시작되는 그 엄청나게 길고도 긴 중소국경에서 중공의 힘을 빼버리는 방법은 미국과 중공이 한판 붙어서 두 쪽 다 기진맥진해지면 스탈린은 가만히 앉아서 원자폭탄의 위력의 나라, 이차대전 후 세계경제의 60%를 차지하는 초 일류국가 미국과 황색인종의 최대의 인구를 가진 중공을 맞붙여 놓고 어부지리를 얻던지 수수방관만 해도 되겠다는 심보를 짐작해 볼 뿐이다. 가상으로는 가장 위협적인 황색인종 최대의 국가와 제일 힘센 쪽이 다툰다면 그 중간에 끼어들지만 않으면 땡이다 싶었겠지만 그것은 어쩌면 어리석은 도박이었는지도 모른다. 재수 없게도, 제한전쟁이라고 하지만, 국지전이라는 한계성을 서로가 인식을 했겠지만 조선인들은 억울하기 그지없다. 무엇 때문에 고래 싸움에 새우등 터지는 수모만 당하여만 한단 말인가? 태봉 동무는 새우등 터지는 꼴을 뼈저리게 느꼈으므로 가장 민감하다. 일본군이 중국을 치는데 조선인들은 무엇이었던가? 그저 소모품이었다. 소모품으로 끌려간 학병이었는데 그런 전쟁 기운이 또 보이기 시작하니 암담하다. 칭기즈칸의 원 제국 때도 내리 눌리었고, 임진왜란 때는 조선 땅만 쑥대밭이 되고, 청일전쟁, 노일전쟁, 한 번도 편할 날이 없다. 원 제국의 몽고는 고려의 여자들을 끌어가고,

임진왜란 때는 도공이나 수많은 포로들을 끌어가고, 노일전쟁 때는 일본이 조선의 모든 산의 아름드리나무를 베어서 전쟁비용으로 써먹고, 이차대전 때는 남방으로 내몰아 십만 명이 넘게 전사를 하고, 태봉 동무는 죽고 싶지가 않다. 전쟁터에서 살아오고 부턴 백 살을 못 넘기는 인생이건만 악착같이 살고 싶은 욕망이 강하다. 그것은 생물의 맹목적이고도 단순하며 본능적인 자기보호의 형편이다.

'소쩍' '소쩍' 소쩍새의 울음소리도 처량하기 그지없는 오후이다. 아직 모판에 싹을 겨우 띄울만한데 하루해는 무척 길다. 장영 양은 식구들의 뒤치다꺼리에 시간을 겨우 내어 태봉 동무와 냉면집에서 만났다. 몇 군데 없는 음식점이지만 만나면 서로가 반갑고 자꾸 마음이 이끌리는 것이다.

"태봉 동무"

"왜 기래"

"소쩍새, 종달새, 제비 소리가 들리지 않음둥?"

"모르갔음메. 워낙 바빠서리 어드렇게 날짜가 휙휙 가버리고 잠도 못자게시리 불을 켜고 돌아가는 판이라서리."

"기럴테지요."

시원하게 얹힌 배맛이며 시큼한 국물맛이 평양을 잊지 못하게 한다.

"소쩍새는 어쩌면 기렇게도 인민들의 마음을 잘 알까요?"

"무시기 소리요."

"인민들의 밥솥이 늘 작아서 오마니 동무래 말씀이 부엌에 있는 안식구들은 무쇠솥만 긁어대지 않갔시우."

"기러치비. 뎡말이지 소쩍새래 기런면 있지비. 소쩍새 울시면 굶어죽는 사람들이 많다고들 옛날 할아방들이 기러셨지비."

"인민들이래 뎐쟁을 일으키는 것을 돟아들 하디 않을 것 같지 안음둥?"

"음, 기런 발언은 하디 않기로 하디 않았수다래."

냉면집을 나서면서 두 사람은 어디로 갈까? 결정을 못 내리고 있다. 발길이 닿는 대로 대동 강변으로 향한다. 봄 아지랑이가 아물거린다. 따뜻한 기운이 천지에 가득하다. 참 좋은 날씨다. 만물이 약동하는 모습이 강가의 물이 오른 왕버드나무나 개나리가 알린다. 봄나들이 나온 사람들도 많다. 뱃놀이를 즐기는 모습이 한 폭의 그림 같다. 수시로 그림들이 바뀌지만 전체의 구도는 변하지 않는 상태이다. 풍경을 만들면서 이리저리 자신을 그림의 모양새를 꾸며주는 데 역할을 자동으로 해주고 있다. 두 사람은 행복하다. 그저 좋다. 그렇지만 사정은 자꾸 만들어진다. 장영 양도 동네 전체가 가까운 곳으로 이사를 곧 한다. 상황이 두 사람을 움직이게끔 한다. 마음에는 변화가 없지만 외부환경이 달라진다. 서로의 안부를 확인하고 사랑하는 감정을 더 도닥이고 두 사람은 아쉬운 작별을 한다. 다음에 만날 것을 너무나 당연하게 생각하면서 말이다. 봄날의 향연은 달콤하기만 하다.

대추나무의 잎사귀는 새롭게 돋아나 있다. 가장 늦게 틔우는 이파리이지만 밑둥치는 오랜 세월을 견디어서 두껍게 각질이 굳어 있다. 뽕나무는 가지가지가 넓게 하늘을 향해 뻗쳐 있다. 서까래는 연기에 그을려서 거무스름하다. 이삿짐을 꾸밀수록 작은 뭉치들이 많아진다. 하나같이 필요한 것들이다. 쓸모없이 생각되는 것도 새로 장만하려면 돈이 들어야 한다. 대강 짐들을 꾸려 놓고 나니 저녁이 된다. 밥을 해먹고 나니 어스름 달빛이 비치는 초저녁을 지나 점점 깊은 밤으로 넘어간다. 호롱불에 어기적어기적 제 모습을 추스르는 생활과 진한 추억을 간직한 물건들, 손때가 묻어 있고 땀 냄새가 배어있는 꾸러미, 자신의 지나온 인생과 엄마의 인생, 가족의 삶, 조상대대로 땅을 파먹으며 짓눌려온 집안 구석구석 가느다란 불빛이 심지에 연이어 파르스름한 흔적을 짓이기고 있다. 마음의 편린들을 엮어주는 이동의 새로운 출발이 내일인데 은은하게 흘러내리는 달빛은 무심히도 창호지의 틈새로 간간이 제 모습을 부끄러운 듯 내비친다. 달을 쳐다보면서 송편 빚던 숱한 추석날을 바랬던 그 얼굴들, 언젠가는 저 달빛 속에서, 계수나무 아래서 방아 찧던 토끼와 같이 초가삼간일망정 내 낭군이 누구일까? 수없이 바라보던 달빛, 더 좋은 세상으로 훨훨 날아가고파 달을 보면서 남몰래 약속하던 수많은 밤들, 기쁨에 어울려 쳐다보던 달, 슬픔에 울음 짓던 달, 왠지 서러움이 한바탕 밀려오던 날의 달, 살고 싶던 어쩌면 몹시도 행복해지고 싶으면서 올려다보던 달, 태봉 동무와 무엇인가 아름다움이 피어나던 때의 달, 엄마의 얼굴이 어른거리는 달, 가족의 웃음과 비참함과 수많은 세월이 아로새겨진 달, 저 멀리 선산에 묻혀 있는 얼굴도 모르지만 말없이 내려다보고 있는 그 얼굴들을 느끼게 하는 달, 동리에서 같이 뛰놀던 친구들의 모습이 어른거리는 달, 오늘 따라 달빛이 제 몫을 톡톡히 하고 있다. 장영 양은 잠이 오지 않는다. 동생들은 벌써 잠이 들어있는데 지나온 기억들과 앞으로의 기대 앞에서 무척이나 많은 물음들이 쏟아진다. 알 수 없는 땅에서 행복이 보장될 것인가?

다음날 아침이 되니 동네 사람들이 마을정자 나무 아래 모두 모였다. 통통하게 살찐 돼지머리를 상 중간에 올려놓고 한바탕 굿판이 벌어진다. 뭉텅뭉텅한 느티나무의 밑둥치는 수백 년을 버텨온 힘을 자랑하고 있다. 몇 그루의 잘 뻗어있는 느티나무는 장영 양이 살고 있던 역사의 숨결인 셈이다. 거기에서 얼마나 많은 할아버지들이 시원한 그늘에서 커가는 손자들을 바라보면서 무슨 생각으로 그 들녘과 집터들을 바라보았을까? 원숭이 표 소주를 한잔씩 돌리면서, 막걸리 한 사발을 마시면서 이 동네는 흔적 없이 사라진다. 무당의 흥얼거림은 구슬픈 대동리 동민들의 흐느낌이면서 다시 만나지 못할 땅에 대한 연민의 감정이다. 집들은 뜯길 것이고 논밭은 없어지고 아름드리 정자나무가 쿵쿵 넘어지는 것은 사회주의 건설을 위한 비행장이 들어선다는데 의미가 있는 것인지, 남조선 해방이 좋은 것인지, 무엇인지는 모른다고 해도 안타까울 뿐이다. 굿판은 오래가지 못한다. 모두들 소달구지에, 손수레에 짐짝들을 싣고는 새로운 이주지에 빨리 짐을 옮겨야 하기 때문이다. 사십 리 정도 거리의 지역이라지만 몇 번은 왕복하기에 한나절은 넘게 걸린다.

"자, 빨리 실어야지비"
"무엇부터 실어야 겠음메"
"아, 쌀가마니와 패물꾸러미, 식사도구부터 옮기고 너서리 이부자리하고 옷가지 한몫 옮기라시우."
"기 다음에 두 번 더 오기로 합세다. 빨리빨리 하자구야"

점심도 간단하게 먹고 모든 식구들이 동원되어서 왔다갔다 이쪽저쪽에서 짐을 지키면서 새로운 땅으로 짐들을 옮겼다. 태봉 동무는 동민들의 이사 소식은 들었지만 몸을 빼지 못해 부대에서 잘 되어가기만을 염원한다. 미쳐 다 옮기지 못한 집도 좀 있었지만 그 다음날 이 되기가 무섭게 온 동네가 새로운 곳으로 완전히 옮겨간다. 대동리의 역사가 바뀌고 만다. 새로운 동네도 예전 이름을 그대로 붙여서 신대동리라고들 부른다. 신대동리에 온 동민들은 곧바로 신대동리 지신(地神)께 문안 인사차 한바탕 농악에 굿판이 벌어진다. 부디부디 자손만대 행복하고 길이길이 잘 살기를 신대동리 천신(天神)과 지신(地神)께 삼가 배례 합니다. 이장과 마을 어른들이 땅바닥에 간절히 절을 한다. 장영 양은 한편으로는 우습기도 했지만 노인네들의 표정과 행동은 제사나 차례를 지낼 때보다 더 경건하게 자식들과 자기 집의 행복을 비는 것이다. 어쩌면 미신이랄 것도 같지만 전에 살던 곳의 느티나무의 햇수를 생각하면 하찮게 볼일은 아니다 싶기도 하다. 제일 먼저 이장과 남자 어른들이 옛 느티나무 같은 정자 터부터 살피고는 그 자리에다가 굿판을 벌인다.

새로 이사 온 집들은 평수가 비슷비슷하고 집 모양새도 똑같게 지어놓았다, 마당에는 한 그루의 나무도 없고 아직 사람의 발걸음이 없어서 다져지지도 않은 땅이다. 집 모양은 새로 흙벽으로 세웠고 기둥은 튼튼하게 보이나 단청은 되지 않은 덜 다듬어진, 사람의 부딪힘이 없는 밋밋한 서까래며 지붕이다. 먼저 방안부터 도배를 하고 집안 곳곳으로 회칠을 입히니 조금 나아진다. 앞마당은 갈아엎어서 채소를 심고 시장에 가서 뽕나무, 배나무도 몇 그루 구해다 심고 하니 어느 정도 사람이 살고 있는 집처럼 꾸며진다. 황량한 신대동리가 일주일이 안 되어서 사람들이 움직이고 있는 숨 쉬는 동네가 된다. 인간이란 존재가 무형물인 자연과 땅과 인공구조물인 집과 길들에 생명감을 불어넣어서 같이 살아가는 것임을 일깨워준다. 앞마당, 뒷마당, 골목길이 사람의 손이, 발걸음이 닿음으로써 신비로운 기지개를 켜는지 장영 양은 자못 놀라움을 느낀다. 보름이 지나자 어느새 들녘까지 변모되기 시작한다. 제일의 급선무는 논바닥에 모를 심어서 쌀을 생산해야만 그해 한 해 굶어죽지 않는다는 절박감이 깔려있어서인지 누구 한사람 간섭하지 않아도 자연의 이치에 따라서 엄숙하게 적응한다. 신대동리의 그 누구도 농사를 외면할 수 없는 목구멍이 포도청인 사람이다. 농사짓지 말자고 할 사람은 아무도 없다. 그렇지만 백여 호나 되는 마을에서 약간의 집들은 영영 신대동리와 인연이 끊어진 집도 생겨나고 아예 땅 부스러기조차 없는 집들은 사정이 다르다. 그래도 절대다수가 땅 파먹고 사는 집들이라서 그 해 농사가 제일로 중요하다. 입에 풀칠을 하고 못하고는 얼마나 열심히 논밭에서 일했는가에 달려있다고 하지만 비가 오지 않는다거나 홍수가 진다거나 제힘으로는 어쩔 수 없는 때에는 도리 없는 것이다. 숨 돌릴 틈이 생기면 수로보수나, 저수지 제방 돌보기, 부역들도 해야 할 판인데 동원체제가 되가니 갈수록 자꾸 모여서 그 외의 일들도 해야 한다.

장영 양의 식구들도 눈 코 뜰 새 없이 집 단장에 새로운 땅에 한 해 먹을 것들을 싹을 틔울 존비를 하고 나니 한시름 놓인다 싶어도 매일매일 일거리가 많다. 하다못해 길도 서툴고 동생들도 새 학교에 나가게 되고 어느 정도 틀이 잡히기까지는 새로 이사 온 집이 어떨 때는 푸근하기도 하다가 낯선 이물질을 대하는 듯 하고 완전하게 하나가 되기에는 심리적 요소나 이런저런 사정들이 시간을 필요로 한다. 옆집, 뒷집, 앞집도 모두 대동리에서 같이 살던 사람들이지만 좀 떨어져 있었던 집들과 마주 대하게 되고 봉건적인 구질서랄 것이 새로운 신 질서체계로 재편이 된다. 장영 양은 신대동리 소학교로 수용이 되므로 학교도 옮기게 된다.

태봉 동무는 비행장 건설을 위해 마련된 넓은 땅에서 제일 먼저 전차 부대의 기동연습을 시종 관찰하게 된다. 육중한 캐터필러 소리를 울리면서 쉰대가 넘는 전차가 뚫을곤 변(丨)전법으로 일렬로써 앞서가는 것이다. 앞 전차와는 간격을 유지하고 포신은 모두가 전방을 향한 것이 아니고 좌우와 앞뒤 방향으로 돌린 전차와 맞추어서 사주경계 형태로 한번 지나가고 나서는 다음번에는 보병이 옆에 가면서 속력을 늦추고 전진한다. 보병 없이 갈 때는 차 속력에 가깝게 빨리 움직인다. 매복 집단이나 항공기의 방해 없이 행진하는 것이다. 두 번째는 야전에서 적용하는 한일 (一)자 전법으로 평야 같은데서 상대방의 엇비슷한 전차 부대나 보병 병력을 상대로 펼치는 전법이다. 이 땐 보병과 합동으로 치르는 방식이다. 어느새 한나절이 지나고 나니 점심 후엔 메산(山)전법으로 선봉 전차 부대가 적진을 괴멸하면서 좌우측은 약간의 거리를 두면서 메산 모양으로 전차가 포진하면서 개활지를 치고 들어가는 방법으로 시가지에 입성할 때 주도로를 장악하면서 시 외곽을 포위하는 형세이다. 물론 분지 지형에도 이용할 수 있는 방법이다. 다음은 포위망 구축 작전인 위튼 입구(凵)방식으로 조그만 지형을 완전 감싸버리는 형상으로 보병의 도움으로 완벽하게 성공시키는 방법이다. 다음날 더블유(W)자 작전으로 동시에 주공격 방향을 세 곳으로 밀어붙이는 전법을 연습한다. 새을(乙)자 전법도 시험하고 좌우로 틀어서 엔(N)자로 작전을 펴기도 한다. 자유자재로 신속하게 전차대형을 바꾸어야 적의 화력을 피할 수가 있다. 쉽지 않은 일이다. 그렇지만 한반도는 산지가 많고 도로사정이 1,950년대엔 열악하여 응용을 해야 하는데 실제로 전투를 해보지 않아 소련 군사 고문단의 지시에 따를 뿐이다. 사흘 내내 훈련해도 보병과의 호흡 맞추기뿐만 아니라 가상 적의 반격 없는 상황의 전개이므로 두 편으로 나누어 연습도 한다. 추가하여 분지 지형 작전 전개, 시가지 작전 전개, 산간

오지에서의 전차이동 방법, 상대방 대포나 바주카포 화력에서의 전개, 항공기 중에 폭격기나, 전투기, 수송기에 대항하는 전차의 산개 방법 등을 연습한다. 시가지에서 터진 입구나 메산, 새을 작전을 펼칠 때 적의 항공기에 대처하는 전차의 이동 방향과 보병의 화망구성을 연습하고 이주 째에는 직접 전차의 사격을 시도한다. 물론 전차의 야간 이동도 삼일 간 병행하여 훈련했다. 수용된 비행장에서 맨 끝과 맨 끝에서는 활주로가 만들어지고 있는 상태에서 온 들녘이 전차와 보병병력으로 짓밟혀 있는 중에 빈 마을을 적진으로 간주하여 포격이 시작된다. 거리조정으로 모조리 쑥대밭으로 박살을 내버린다. 조용하고 평화롭던 수십 개 자연부락이 풀이 자라기 힘들 정도로 밟힌 위에서 성냥갑처럼 놓여 있던 무수한 집들이 푹푹 쓰러져 버린다. 일단, 전차 부대의 역할이 끝나면 보병이 그대로 밀어붙여 접수하는 방식으로 이틀 만에 주민인 소개된 수십 동리의 자연부락은 초토화된다.

허망하기 짝이 없는 실제 전쟁연습 후엔 중공군에서 넘어온 사단 병력이 넘는 삼만 명의 의용군이 모택동 전법으로 야간에 빛이나 소리를 내지 않는 게릴라 전법으로 끝에서 끝까지 이동하는 연습을 수십 차례 되풀이 한다. 실전에 참가한 부대여서 인지 놀랍게도 전혀 빛이나 소리 하나 나지 않은 채 삼만의 병력이 기가 차게 야간에 이동을 한다. 무시무시하게 고도로 훈련이 된 집단이다. 야간 이동 중에 실전처럼 상황이 부여되어 조명탄이 터지거나 적항공기 출현, 폭탄투여, 기총소사에 대하여 야간 화망구성, 흩어지는 방법, 야간의 전차 전개 방법, 수십 가지 상황에 맞춘 훈련을 하는데 기도비닉을 유지하는 데는 가히 무서울 따름이다. 낮에 대병력이 이동하기에는 제공권을 소련 측이 약속을 했지만 전적으로 기대하기 어려우므로 야간 이동과 작전 전개에 온갖 방법을 동원한다. 제공권이 빈약하므로 실제로 남한보다는 엄청난 공군력이지만 동경 사령부에 있는 미 공군을 생각하면 새 발의 피다. 산골짜기에 숨어서 병력손실을 막는 것이 최선이다. 태봉 동무가 보기에 의용군은 아무리 훈련과 모든 것이 우수해도 총알받이의 소모품 같은 느낌이 든다. 압록강을 넘어오는 대로 병력은 불어날 것이고 계속적인 군수품의 보급은 큰 문제다. 만주에 집결할 유사시에 투입이나 중공 측의 방어를 위한 예비 사단의 병력이 육십 만 명이나 백만 명에 육박한다고 하더라도 전쟁 초기에 투입된 지금의 병력과 전차 부대는 목숨이 붙어 있으리라는 것이 기적에 가까울 것이다. 이미 제 목숨이 아닌 것처럼 태봉 동무는 인식된다. 이 선봉 전차 부대와 최선봉 조선의용군이 삼팔선을 넘을 때는 이 세상 사람이 될 가망성이 희박하다는 공포가 서서히 엄습해온다. 전차 부대의 위력은 반시간 이내에 사방 오십 리의 시가지 적어도 인구 이십, 삼십 만 명의 도시도 초토화 시킬 수 있는 화력을 실제로 본 것이기 때문이다. 원자폭탄의 위력이야 상상을 초월하는 것이지만 지금의 기동 연습도 매우 무섭다.

한 달도 채 되기 전에 비행장은 그런대로 모습을 갖추면서 활주로가 생기고 다시 투입되는 병력으로 인해 합해서 육 만에 가까운 삼 개 사단병력이 비행기 격납고, 지하무기 저장창고, 갱도 구축, 지하호 구축, 물자비축 시설, 지하 기름 탱크, 육 만 병력이 사용할 막사, 등을 갖춘다. 의용군의 막사는 하루, 이틀에 뚝딱 만든다. 몽고족의 후예라서 그런지 천막 치는 기술은 참 빠르다. 순식간에 비행장은 백대 가까운 비행기, 이백 대 가까운 전차, 군단병력이 포진한다. 이제는 날이면 날마다 비행기 이착륙 연습과 편대비행 연습, 지상에서 군단에 가까운 육군이 사격연습에 실제 군사훈련을 맹렬히 받고 있다. 태봉 동무는 중공의 위력을 실감한다. 만주에 집결만

하면 백만 대군을 만들어낸다. 북조선의 인민들을 아무리 짜 맞추어 보아도 한계에 이른다. 이 점에서 중공은 세계 어느 나라보다 유리한 입장이다. 무기만 똑같은 수준에 도달하면 감히 대적할 국가가 드물 것이다. 사단, 군단, 백만, 몇 백만, 천만 군대까지도 만들 수는 있지만 실제로 그런 일이 벌어져 엄청난 인력이 전사해버리면 중공이 일어서기에도 치명적이란 점도 무시하기 어렵다. 아무래도 팔다리 힘이 가장 센 노동력을 투입하는데 의용군으로 밀어 보내는 인력은 감당하기에 귀찮은 인구라 계산을 하여도 만주에 병력이 집결한다는 것은 소련이나 미국도 잠재적 위협이 될 것이다. 정보 분석에선 어쩔 수 없이 터진다면 몰라도 이런 일을 내심으로는 반기지 않는 것이 분명하다. 미국과 소련은 제한전쟁의 성격을 인정하지만 제삼차 세계대전은 원치 않는다. 제한된 지역전쟁이지만 북조선이나 한민족은 피가 말리고 온 산천과 남북한 사람들의 목숨이 걸려 있는 무서운 일이다.

태봉 동무는 전차의 굉음과 군단에 가까운 병력이 훈련을 하면서 남조선을 해방한다지만 결국은 자신과 동족이 죽어야 한다는 사실을 골수 깊이 인식할수록 자꾸만 의욕이 떨어지고 회의가 나타나지만 절대로 겉으로는 모르는 채 남조선 해방이 최고의 덕목이라고 떠들면서 서로가 감시의 눈빛을 번득인다. 실제로는 전쟁 물자를 조달할 수 있는가? 라는 문제와 비행기나 전차의 정비, 사용 등의 기술 문제가 크다. 전쟁 비용과 군사기술은 하루아침에 되는 일이 아니다. 소총부대는 싸우면 되겠지만 군사기술은 한두 달, 일이년에 완벽하게 달성될 수 없다. 어쩔 수 없이 중공의 인력과 소련의 군비 지원을 등에 업고서 시작된다. 거부할 수 없는 이 힘은 사회주의 건설을 위한 진정한 이념이란 것인가? 그것도 저것도 아닌 대국(大國)을 유지하려는 국가이기주의란 것인가? 소련과 중공의 국가이기주의 앞에 태봉 동무만 재수 없을 때는 파리 목숨이 되어 버릴 공산이 커졌다. 시간을 빼내기가 갈수록 힘들고 통제가 거세진다. 외출·외박이 허용될 리 없다. 꼼짝없이 손발이 묶이기 시작하는 점이 갈수록 억울하다. 대동리 소학교는 임시막사로 쓰고 있지만 자연부락들은 거의 황폐해졌다. 하늘은 무심하고 짓밟힌 논밭에서 그래도 기어 올라오는 벼나 식물들이 끈질긴 생명력을 과시한다. 누구 한 사람 가꾸고 다듬어 줄 수도 없는 들판에 콩이 튀는 듯 사격 소리와 대포 소리, 비행기 소리, 길 내는 중장비 소리, 뚝딱뚝딱 지하구조물 만드는 소리, 거기에 더하여 훈련만, 훈련만이 반복된다. 반복, 반복, 수없이 되풀이한다. 눈만 감아도 손가락 끝에 권총 방아쇠의 금속성 감촉이 닿아오는 듯하다. 군화 끈을 조이면 밀물같이 밀고 내려가 영웅칭호에, 개선장군에 축배를 드는 환영이 어른어른 거리다가 제정신이 들라치면 소모품인데, 총알받인데 싶은 감정이 휙 지나간다. 끊임없이 세포학습을 한다. 어느 누구도 화약 냄새의 달콤함과 전사의 빛나는 환상을 지우려 들지 못하게 반복교육을 한다. 늘 정신교육을 한다. 주입에 주입에다가 노동을 하면서 작업량을 맞춘다. 불평불만이라는 단어는 없다. 오직 남조선 해방이라는 성전을 신앙처럼 병사들에게 마춰시킨다. 마춰제의 효과는 분명 있다. 그런데 이들이 전쟁이란 마춰주사에서 깨어나면 큰일이다. 계속적으로 마춰의 강도를 높일 방법만 동원된다. 갈수록 마춰의 강도가 세어지는 것은 전쟁이 터질 징조이다. 마춰의 강도를 낮춘다거나 되돌릴 때는 병사들의 총부리가 군관 동무로 향하고, 북조선 정권으로, 급기야는 중·소의 배후세력으로 돌아갈 위험도 보인다. 잘못 가르친 이념의 손에 총과 칼을 든 인간이 돌아선다면 자멸이나 어떤 대상물을 향하여 마춰의 강도에 따라 수류탄을, 폭약을 터트릴 것이 분명하다. 폭약을 누가 쥐고 있는 것인가?

그 폭약을 누구를 향하여 던지라고 강요하고 있는가? 태봉 동무는 가끔씩 물어보다가도 온 몸이 부르르 떨리는 증세에 깜짝깜짝 놀란다. 그 폭탄은 사실 필요 없는 것인지도 모르는 데 내가 왜 이렇게 즐거운 표정으로 전쟁을 사랑하듯 할까? 전쟁을 원하고 있다고 누구나 인정할 그런 나의 행동, 나의 모습, 나의 생이며, 그 끝나는 시점도 그렇게 될 것이며, 누구나 그렇게 생각해 버릴 것이 아닌가? 장영 동무, 나는 그게 아니요. 아니란 말이요. 그런 소리를 산꼭대기에 올라가서 외쳐도 누구 하나 들어줄 사람도 없고 오히려 군 영창에 개 끌려가 듯 잡혀가서 사형이나 당해야 하니 사형당하지 않으려고 남조선 인민이나 북조선인민이 다 같이 죽어야 할 이 싸움에서 어쩌면 나는 죽지 않을 것이고 영웅이 될 것이란 야무진 꿈을 꾸면서 이 일을 하고 있다는 것인가? 물론, 인류의 전체가 살아나는 거대한 문제가 관심과 관찰의 대상이 되기엔 너무도 엄청나고 오로지 살아남기 위해서, 내가 내 생명을 연장하기 위해, 이렇게 그렇게 하라는 타율의 흐름에 몸을 맡기고는 하루하루를 보내고 있다는 것인가?

동경 사령부에서 맥아더는 푹신한 안락의자에서 세계지도를 들여다보면서 태평양의 시저답게 미소를 머금은 채 시거를 한 대 물고 있다. 아버지도 미 육군 참모총장에 중장 출신이고 자신은 웨스트포인트 미 육군사관학교에서 개교 이래 최고의 성적을 올렸고 이차대전 때는 드넓은 태평양과 호주, 뉴질랜드, 인도네시아, 말레이 반도, 필리핀, 버마(미얀마), 인도차이나 반도, 중국, 대만, 한반도, 일본, 캄차카 반도, 시베리아까지 작전구역으로 삼아서 징검다리 전법으로 일본의 도조히데끼를 격멸하고 이천만 명을 대동아공영권을 외치면서 이차대전에 끌어넣어 생사를 비참하게 했던 일본 천황 히로히토를 무릎 꿇게 하고 그 자리에 차지하고 앉아서 벌써 근 오년이나 태평양과 아시아의 최고의 위치에서 황제의 직위에 있는 맥아더이다. 일본은 원폭에 대한 기초 지식은 과학자들이 갖고 있었으나 믿지 않았는데 실제로 겪게 되자 천황은 외무대신을 매일 맥아더에게 보내 무슨 말을 하는지 듣고 오게 하여 그대로 일본 국민에게 따르게 한다. 맥아더의 말이 천왕 위의 법이다. 나라가 망하니 평화헌법이라 하여 군대를 못 가지는 법을 시키는 대로 만든다. 따르지 않으면 원자폭탄을 맞으니 별 수 없다. 군대를 유지할 필요가 없는 절름발이이지만 그 덕분에 어마어마한 돈을 절약하고 부자가 되었다. 미국 때문에 거의 공짜로. 유럽에서는 아이젠하워가 몽고메리와 더불어 이차대전의 영웅이지만 동유럽은 스탈린이 이미 철의 장막을 쳤고 이 경고는 처칠이 예언을 했지만 수수방관 할 수 없는 미국이라서 트루먼 대통령 휘하의 마셜 국무장관이 서유럽에 무지무지한 원조를 제공하여 공산주의 파급을 저지하는 마셜플랜을 하고 있는 중에 맥아더는 늘 하지중장으로부터 남한의 보고를 받다가 이제는 남한 단독정권의 흐름을 일본 동경에서 파악하고 있다. 남한으로부터 들어오는 보고서는 북한에 이십만의 병력과 이백 여대의 전차, 이백 여대의 비행기가 남한보다 우월한 입장에 힘의 균형이 삼대일 쯤 되므로 위험하다는 것이 책상 위에 올라온다. 맥아더는 회심의 미소를 짓고 있다. 드디어 낚싯밥에 서서히 걸려들어 오고 있구나 싶다. 사실, 맥아더는 세계의 반 이상을 통치하는 미합중국의 대통령은 못 되었지만 그 비슷한 천황보다는 우세한 아시아·태평양의 통치권자이다. 그 어느 것에도 없는 별을 다섯 단 오성장군으로 기분이 흡족하다. 군인은 전시라야 빛이 나는 법이다. 이제는 전시체제가 시들해졌으므로 그 빛이 바래지는 순간이다. 그는 불꽃 피고, 피 맛이 진동하고, 화약이 퍼부어지는 곳이 매력적으로 느껴진다. 소총이야 400미터 넘으면 명중률이 희박하고, 탱크도 1킬로미터 넘으면 목표물을 맞히지도 못하니, 전쟁터에서 굳이 철모를 쓰고 할 필요도 없는 것이다. 오성장군이 각개전투를 하지도 않으니 말이다. 북한의 이십만의 병력은 우습게 보인다. 그의 눈에는 중공 모택동의 천만 군대, 소련 스탈린의 오백만 소련군이 보이지 김일성의 이십만은 마음에 차지도 않는 것이다. 불이 붙어서 뒤의 것이 보여야 한바탕 세계지도에 징검다리 전법으로 일본천황이 허풍선이 납작코가 되어 자기 통치에 굴복하는 것처럼 스탈린이나 모택동이 그랬으면 싶은 환상에 잠깐 젖어본다. 분명, 북조선이 삼대일이면 밀어붙일 수 있다고 여겨 시작을 하면 간단하다. 항공모함이면 제공권, 해상봉쇄를 충분히 한다. 대만이나 황해에서 만주, 북경, 상해, 남경 등을 향하여, 동해상·베링해협에서 모스크바, 시베리아를 택해 목을 조이면 별것 아니다 라는 점을 누구보다 자신하고 있다. 본국의 트루먼 행정부에 올리는 보고서에서 맥아더 사령부는 무의식적으로 한반도의 힘의 균형에 대해서 슬쩍슬쩍 걱정 말라고 하면서 방기해 버린다. 낚싯밥에 스탈린이나 모택동도 한번 콧잔등을, 물보라를 살짝 건드려 보고 싶은 충동이 일어난다. 스탈린은 독일의 히틀러가 모스크바까지 밀어 닥쳤어도 동장군에게 박살났던 것이나, 프랑스의 나폴레옹이 왔어도 별 볼일 없었으니 맥아더야 더 더욱 아무런 걱정도 없으리란 생각이었으리라. 모택동, 임표가 와서 자꾸 보채대니 스탈린으로서는 마지못한 듯 과학기술을 도와주겠다고 언약은 했지만 북조선의 책임자 김일성이 또 와서 손길을 내미니 마음이 흔들리기도 한다. 미국이 서유럽에 정신이 팔려 아시아에 눈길을 돌리지도 않으니 슬쩍 밀어보고 싶은 생각이다. 스티코프가 그런대로 북조선에서 터를 다졌다고 계산해도 스탈린은 트루먼의 심사를 알 수가 없다. 늘 한쪽 팔이 저리고 몸도 쑤시는 판에 스탈린은 중앙아시아에서 끈질긴 조선인들을 한 번 느껴 본 적이 있어서 약간의 미심쩍은 마음의 확신이 든다. 모택동은 일본 세력과 장개석이 물러난 중국 땅에서 더 이상 피비린내 나는 전쟁은 싫지만 미국이 장개석을 지지하다가 계속해서 대만과 일본에서 세력을 부식시키고 있으니 코쟁이 미국은 쉽지 않은 상대인 것은 분명하다. 소련과는 협력을 하면서도 국경선이 있으니 감시의 눈초리도 동시에 일어나는 묘한 관계이다. 안경을 끼고 전임자 루스벨트를 이어 대통령에 오른 트루먼이지만 태평양의 맥아더를 이러지도 저러지도 못하고 그냥 보고만 있다. 이차대전의 영웅인지라 함부로 인사권을 행사하기도 조심스럽고, 미 국민들의 여론도 있고, 이래저래 자신의 뜻대로 하기가 거북하다. 서유럽은 마셜로 인해 걱정을 덜었다. 전통적으로 한반도에 종주권을 행사해 온 모택동으로서는 무정을 보내고도 북한 정권에서 신통찮은 영향력으로 인해 마음이 상한다. 스티코프 패들만 활개를 치니 북한을 달래야 하는 문제도 걸려 있다. 스탈린은 도대체 항구 하나가 마음에 드는 것이 없다. 발트 해는 막히다시피 되어 있고, 동유럽은 서유럽에서 차단되고, 흑해와 카스피 해는 터키나 이란으로 밀고 나갈 수도 없고, 지중해나 인도양은 원천적으로 접근이 불가능하고, 태평양 상에는 구멍이 뚫려 있으나 블라디보스톡만 오면 꽁꽁 얼어서 별 소용이 못되니 북조선 정도면 동해에서 태평양으로 진출할 수 있는데 동경에 맥아더가 버티고 있으니 걸림돌이다. 원산, 청진, 주문진, 포항, 부산, 한반도만 들어오면 무궁무진한 항구가 있는데 따뜻한 항구가 없는 것이 불만이다. 중국 본토를 가로질러서 황해, 대만으로, 인도차이나로 나가는 것이 불가능해 보이고, 북조선이 안성맞춤이다.

집을 나서면 대문의 문고리에는 아직 세월의 이끼가 익어 있지는 않다.

골목길은 반듯하게 닦여 있다. 담들은 똑같은 형태를 띠고 있다. 대동리의 담벼락은 불규칙적이고 집집마다의 형편에 따라 약간씩 달랐다. 똑바른 직선보다는 휘휘 구부러진 곡선이면서 추억의 무더기가 스며있던 정취가 줄줄 흘러내리는 길이었다. 풀씨가 날아와서 담벼락 가로 잡초의 싹이 돋아나려는 참이지만 자연스럽게 끈질긴 생명력이 뿌리를 내리는 데는 다소의 시간이 필요하다. 신대동리의 모습을 뒤로하면서 들판으로 나오면 맑은 공기와 아침의 상쾌함이 온 몸을 즐겁게 해준다. 새파란 보리는 내려 쪼이는 태양에 감나무 꽃잎 마냥, 오이의 새순 마냥, 조금 노르스름한 빛을 못내 아쉬워하듯 점점 더 진하게 바뀌어가기를 무척 기다리고 있다. 동네의 학생들도 학교로 가고 있다. 학교가 가까워올수록 큼지막한 교사가 압도해온다. 대동리 소학교보다 서너 배 넓은 운동장이며 다니는 학생도 몇 배나 많다. 꼬마들의 수가 불어나면서 교문에 다다르면 행복한 어린이들이 기쁜 마음으로 교문으로 자랑스레 밀어닥친다. 그 많은 학생들 중에는 대동리에서 전학 온 학생들도 있지만 첫 출근을 한지 꽤 되었지만 낯이 익은 얼굴은 쉽게 눈에 띄지 않는다.

키가 낮은 철봉부터 시작해서 다섯 높이의 철봉이 평행봉과 같이 서 있는 왼쪽부터 일학년 학생들이 줄을 지어서 있고, 오른쪽에는 농구대가 설치돼 있는데 그쪽에는 육학년 학생들이 고르게 줄을 지어서 있다. 왼쪽에서 오른쪽으로 쭉 둘러보면 삼십도 정도의 언덕이 경사를 이루듯 비스듬한 선이 나타난다. 왼쪽 어린 학생들은 아무래도 줄이 약간씩 흐트려지고 직선이 삐딱하게도 보인다. 오른쪽으로 올수록 서 있는 줄이 곧아지면서 일직선에 가깝다. 새로 부임해 온 선생님들이 단위에서 학년 별로 인사를 하고 있는데 학생들의 모습은 천진난만하기만 하다. 꼬물꼬물 움직이는 일이

학년 학동들이 너무 귀엽다. 장영 양은 예전보다 훨씬 많은 학생이 다니는 학교에서, 학교 역사는 짧지만, 정성으로 그들을 보살피고 싶은 마음이 부풀어 오른다. 머리가 허옇게 쉰 교장 동무의 훈시를 끝으로 그날 일은 끝마쳤지만 음산한 시절인지 교사들끼리의 회식자리는 곧 한다면서도 소식이 감감하다. 갈수록 아침의 조회시간이 길어지고 상급기관의 지시사항이 많다. 교사 동무들의 쑥덕공론도 전혀 없고, 불평불만이나 어쭙잖은 우스갯소리도 들리지 않는 침묵만이 흐른다.

오전 사회수업 시간에 지도를 펴놓고 공부를 한다. 한반도에는 백두산, 한라산도 나오고 황해, 남해, 동해도 있다. 질문이 나온다.

"선생 동무"

"왜 기러지비?"

"우리는 땅이 어디까지 임메요?"

"음, 백두산에서 한라산까지 인기야요."

"기래요. 선생 동무. 기런데 왜 삼팔선 리남에는 가 볼 수 없는 지 말씀해 주시라요?"

"하, 참. 고것은 정치적 리유 때문인기야요."

"정치적 리유가 뭣임메?"

"기것은 사회주의 우리 북조선 인민공화국과는 다른 것이라서 설라무네……."

장영 양은 말꼬리를 흐리면서 어물어물 넘어간다. 학생들은 갈수록 호기심이 많아서 끝도 없이 물어오면 더 이상 대답하기는 점점 어려워지기 십상이다. 수업이 끝나면 교무실로 돌아오지만 아직 친한 교사 동무도 없다.

남자 동무들이 월등히 많고 미혼인 여교사 동무는 몇몇 되지도 않는데다가 학년도 각기 다르고 앉은 자리도 뚝뚝 떨어져 있어 하루 종일 마주치기도 쉽지 않다. 점심시간에는 비로소 대화를 나눌 수 있어도 날씨 이야기나 고리타분한 것만 오갈 뿐 대화다운 것이 없다. 시간만 때우면서 톱니바퀴의 나사처럼 묵묵히 자기 일들을 한다. 노동인지, 사명감인지 희미해 보인다. 장영 양은 사명감과 불타는 정신이 교육의 밑바닥이고 그렇게 알고 있는데 정신노동일 뿐이라는 흐름이 있다. 불꽃이 시들어버리면 분명 자신도 기계의 부속품처럼 학생들을 가르치는 노동자로 전락해버리지 않고 있나? 두렵다. 그것은 양심에 대한 목소리이다. 인격자를 만들고 있나? 보잘 것 없는 내 지식을 미끼삼아 어리고 어린 학동들을 지식상품화 하여 기계의 조립품마냥 길들이고 있는 것이 아닌가?

산천은 싱그러운 계절의 마음을 넉넉한 기분으로 장영 양이나 학동들에게 즐거운 소풍나들이로 선사하며 진심으로 반기고 있다. 올망졸망 터를 차지하고 자기 몫의 행복과 아름다움, 가정의 단란함을 느끼게 하는 마을들이 길가로 얼기설기 시야를 즐겁게 해주면서 서서히 그 모습을 뒤로 밀어제치고는 새로운 동네가 나타나곤 한다. 이름 모를 잡초가 돋아난 시골길이 심리적 불안감과 지친 육신과 정신을 새롭게 태어나게 한다. 쫑알쫑알 옆 친구와 이야기하는 중에 학동들은 목적지에 도착한다. 비스듬히 양지바른 산비탈에 모두 모여서 인원파악을 한다. 한 번, 두 번 맞추어 보아도 숫자에는 이상이 없다. 전체 학년이 모인 데서 각기 반에서 재주꾼이 나와서 장기자랑을 할 차례이다. 돌아가면서 대표들이 노래를 하기도 하고 웃기는 행동들도 요령껏 한다. 장영 양은 흐뭇하며 즐겁고 아름다운 지금이 계속되기를 바란다. 흩어져서 장영 양의 반만 잠시 놀이를 하다가 점심

식사 시간이라 맛있는 도시락을 먹으면서 하루해를 보낸다. 봄 소풍, 가을 소풍, 일 년에 두 번이지만 오늘처럼 신나는 날은 운동회 날 하고 많지 않다. 장영 양은 어린 시절을 되돌아보아도 소풍가고 즐거웠던 일, 집안에 좋은 일이 있었던 날들만 오늘따라 떠오른다. 어른들이 환갑잔치 하던 때나 친척들이 시집장가 가던 날, 그런 날은 농악 한차례에 흥겨움이 돋아나고 맛있는 음식에 기분이 흡족했다. 오랜 만에 학생들은 친구들과 삼삼오오 봄볕을 즐기고 있고 선생 동무들도 기분이 좋아서들 한바탕 신나게 몇 곡 뽑고는 세상사를 실컷 소리 내어서 꾹꾹 눌려왔던 목구멍의 언어들을 배설하기 시작한다. 의례히 그렇듯 도마 위에 올라가는 사람은 감히 엄두도 못 낼 상대를 향하여서 보이지도 않는 힘세고 엉뚱한 곳으로만 화살이 가는 법이다. 세상이란 것이 사람만 모이면 그렇게 되는 것인지 알 수 없는 노릇이다. 인간 본성 속엔 시기심과 자신이 감당할 수 없는 무엇에 대한 반항심, 아울러 경외심 이런 것이 복합이 되어 있는 모양이다. 입을 잘 열지 않다가 한 사람이 열면 그 다음부터는 덩달아서 너도나도 같은 발언을 한다. 그러다가 반론을 제기하면 그런 같다며 일면 수긍을 한다. 대부분은 이쪽, 저쪽에 양다리를 걸치고 그렇고, 그렇지 하면 제일 안심이 되니 이러나 저러나 아무 편에도 들지를 않는 부류가 가장 많고 어느 쪽을 주장하는 사람은 둘, 셋을 넘지 않는 듯하다. 이 편 가르기에 잘못 끼이면 억울한 경우가 생긴다. 인간은 합하는 것도 있지만 흩어지려는 본성이 숨어 있다. 그런데도 북조선의 투표는 백에 백 명이 찬성하는 것으로 모든 것이 끝이 나니 알 수 없는 노릇이다. 장영 양은 요 몇 년 새 어째서 사람의 생각이 똑같이 같을 수가 있을까? 싶은 점이 속으로 끙끙대고 있는 것 중의 하나이다.

태봉 동무는 모처럼 만에 대화의 시간이 생겼다. 호남성 장사현 출신의 중공군 참모와 이르쿠츠크 출신 소련 군사 고문관과 세 사람의 술자리가 마련된다. 뻬갈(白幹 백간· 바이칸), 보드카 동동주 세 가지의 술을 준비해 두고 먼저 살이 동동 떠있는 달콤한 동동주를 한잔 마시고 서로들 자기 고향을 소개한다. 양자강을 흘러내리는 물줄기가 동정호에 이르면 넓고 넓은 호수가 끝이 보이지 않는 수평선만이 아득한 곳이라고 한다. 앙가라 강이 얼어 붙어버리는 이르쿠츠크는 날이면 날마다 차가운 바람만 휘날리고 바이칼 호수의 맑은 물과 침엽수림을 잊을 수가 없다고 한다. 태봉 동무는 자신이 태어난 곳은 이곳 평양 어귀의 조그만 농사꾼 집안이라고 말문을 연다. 중공군 참모는 우리가 이 자리에서 만난 것은 어쩌면 우연일 수도 있지만 진지한 좋은 내용도 나올 수 있기도 하겠다면서 뻬갈을 한잔 들면서 동정호를 회상하듯 이야기를 쭉 꺼낸다.

'동정호에는 수많은 배들이 떠다니는데 그 많은 사람들이지만 세상에는 단지 이름 명(名)과 이로울 리(利) 즉, 이름과 이익의 두 가지 배뿐이다. 명예를 바라는 인간군, 부를 바라는 인간군, 각기 다른 것처럼 보이나 사실은 큰 차이 없는 인간의 모습이다. 명(名)이란 풀이에서 인간은 항상 저녁석(夕)을 맞이하는 유한한 존재이다. 아침이 있으면 저녁이 오듯 인생도 출(出)하면 곧 사(死)하는 것이 본질인데 이 원칙은 모든 만물이 동일하다. 그런 인간이 저녁이 되어 이 세상에서 자신의 입구(口) 즉, 주의·주장·자신의 목소리를 생명이 사(死) 하게 될 때 남는 것은 곧 이름 명(名) 뿐이지 않는가? 저녁이 되었을 때 나의 것이 어떻게 펼쳐지는가? 수없이 생각하는 것이 우리의 모습이 아닌가? 그러면서 이로울 리(利) 이익을 늘 추구한다. 벼화(禾), 양식(재물)을 선 칼도(刂·刀) 칼이나 무력 그 밖의 동원가능한 모든 수단을 통하여 가장 필요한 쌀과 재물, 이익을 차지하려고 피비린내 나는 싸움질을 하는 것이 아닌가? 명(名)과 리(利)는 권(權)과 재(財)의 문제이면서 어쩌면 우리가 이점 때문에 이름이라는 괴물과 이익이라는 변수 때문에 같이 앉아 있는 것이 아닐까요?'

소련 군사 고문관은 보드카를 한잔 들고서는

'우리는 화할 합(合) 때문이지요. 헤겔이 변증법에서 정(正)·반(反)·합(合)의 이치로써 설명하듯 우리는 같은 목적이 있어서 이겠지요. 인류의 합(合)을 위한 기초이면서 삶의 기초가 아닌가요? 우리들이 지어 놓은 모든 집들이 지붕(∧)을 쓰고서 입구(口) 그 가족들이 자기의 주장·목소리·양식(식량)을 한일(一) 하나로 통일 시키면서 같이 울고, 웃고, 먹고, 자고, 살아가는 합(合) 때문이지 않을까요? 물론, 명(名)과 리(利)도 중요하지만 우리 서로가 분열이라는 것과 통합이라는 점에서 합(合)에 더 큰 뜻을 두어야겠지요.'

태봉 동무는

'결국은 소(小)와 대(大)의 문제이기도 합니다. 인간은 서로가 떨어지려는 속성도 있지요. 인(人)은 받쳐주어야만 일어서는 외로운 인간이 삐침 (丿)과 불똥 주(丶)로 서로 갈라질 때 〔뚫을 곤(丨)〕 전쟁이며, 투쟁이며, 만인이 만인에 대한 홉즈의 견해가 나오지요. 그러한 소(小)를 전혀 무시할 수는 없죠. 인류는 파멸을 향해 가는 중에도 멈추려는 반작용도 있음을 우리는 아니까요. 그러나 소(小)만을 위할 수도 없고 대(大)가 중심이겠지요. 사람 인(人)은 혼자 설 수 없는 인간이므로 받쳐주어야만 살 수 있는 인간인데 서로 뜻이 통하여 하나 일(一)로 될 때 창조나 건설이 되겠지요. 언제나 소(小)와 대(大)는 분열과 통합으로 그 생성의 원칙을 이어가지요. 물론 귀글 시(詩)나 말씀 설(說)에서 우리의 뜻을 다시 찾아보는 것도 필요하지요. 인생은 시(詩)란 것이지요. 불똥 주(丶)를 한 사람, 한 인간이라 가정하고, 한 일(一)을 큰 인간(위버멘쉬·초인), 니이체적 초인이라 볼 때, 그런 각성한 큰 인간 셋에서 그들의 주의·주장(口)을 아래에 두고서 한 인간을 위하여 올바른 그 무엇을 제시하면서 마디 촌(寸) 우리가 살아가는 시간, 시간, 그 마디, 마디에 흙 토(土) 흙을 세우는 것이지요. 우리는 흙 한줌으로 돌아가는 것 아닙니까? 미미한 인간의 그 무엇을, 영원한 우주의 시간에서 흙 한줌이 되지만(장자의 노장사상의 견해처럼), 그것을 지키고 가꾸는 것이 곧 세상인 것 같군요. 말씀 설(說)이란 두 점(丷)을 인간 전체로 볼 때 그들의 주의·주장·목소리 즉, 입 구(口)를 어진 사람인(儿) 어진 사람으로 지탱하여 세워줄 때 그 말씀은 설(說)이 되면서 우주와 자연에 대한 진정한 뜻이겠죠. 명(名)과 리(利)나 합(合)도 소대(小大)의 문제고 시(詩)와 설(說)로 승화하여서 명리합소대시설(名利合小大詩說)이란 우리의 뜻을 세상에 펼쳐보는 것이 어떨까 싶군요.'

'그렇지요. 소대(小大)도 중요하고 시설(詩說)은 더 근본이 되는 물음인 셈이지요. 인간적 합(合)이 되도록 하는 것이 일차적 우리의 목표이지만 인류구원의 차원에서는 시설(詩說)에서의 어진 사람인(儿)들의 밑받침이 시간마다 〔마디 촌(寸)〕흙 한줌 〔흙 토(土)〕으로 돌아감을 잊지 않게 하는 것이 있어야겠지요.'

'명리(名利)는 없어서는 안 될 생존의 일일 수 있지만 합(合)이나 대(大)는 이념 구조적 유산이겠지요.'

'대(大)나 시설(詩說)은 공자·예수·석가적 견해일 수도 있겠지만 우리 세 사람의 확대된 세상에서의 명리합소대시설(名利合小大詩說)이 될 수 있습니다. 그 근원에서 새롭게 진지한 자세로 탐구하여 큰 뜻을 펼쳐 이루는 것이지요.'

숙소로 돌아온 태봉 동무는 여러 상념들이 뇌리를 떠나지 않는다. 동정호에는 태봉호라는 이름의 큰 배가 둥둥 떠다니면서 어느새 통일된 조선의 영원한 인물로 천 년, 만 년 길이길이 남아 있는 이름표가 춤을 추기도 하고, 전 세계의 지도자로서 지구인의 가슴과 마음에 남아 있는 태봉이란 명(名)의 배가 갑자기 우주를 제 집으로 차지하여 진시황보다 수천 배의 리(利)를 취하는 꿈속의 태봉호가 순식간에 동정호에서 붕붕 하늘로 날아오르더니 바이칼 호수에 내려서는 합(合)의 우주선으로 온 지구를, 은하계를 빙빙 돌면서 태봉의 꿈이 이룩되는 듯 하더니 그 우주선이 명리합(名利合)이라고 외치자 곧바로 소(小)의 조그만 돌무더기로 변하여 에베레스트 산에서 굴러 내려 태평양 한복판의 깊고 깊은 수면 밑에 가라앉았다가 다시 대(大)의 거대한 대륙으로 용솟음 쳐 올라 태평양을 땅으로 만들더니 다시 시(詩)의 세계로 침잠하고선 설(說)을 만나 새로운 창조를 이루면서 우주에 대폭발(빅뱅·Big Bang)을 이루더니 천상천하(天上天下)에 명리합소대시설(名利合小大詩說)이라는 구름이 끼고, 비가 내리고, 천둥이 치고, 번개가 번쩍이더니, 온 우주에 태봉이가 보이는가 싶더니 장영 양의 모습과 겹쳐지면서 그 세계는 아름다운 무지개가 빛나면서, 이태백의 동정호, 두보의 달이 떠오르고, 타고르의 시가 인도에서 피어나고, 하인리히 빌이 서독에서 일어서더니, 다시 한 번 그의 잠자리에서 어른거리던 그 무엇이 그의 몸속으로 들어가더니 내일의 태양을 기다리면서, 밤의 달빛을 은은히 바라보고 있다.

태봉 동무는 모처럼 군 막사를 빠져 나올 수 있다. 제일 먼저 집으로 달려가서 큰 절을 올리고 묘소에 한번 들르고는 장영 양을 만나러 불이 나게 시간을 맞춘다. 늙어가는 부모님과 가족들의 안타깝고 비감한 눈빛을 뒤로 돌리면서 애써 잊으려 해도 선명하게 아로새겨지는 하나, 하나의 순간들이 진실로써 각인이 찍힌다. 이사를 한 장영 양의 집에서 융숭한 대접을 받았지만 마음은 편치가 않다. 딸자식 가진 부모에게 고통만 안겨 주는 일이 될 것 같아서 목이 멘다. 두 사람은 자연스럽게 대동 강변으로 나왔다. 날은 점점 어두워져 가고 있다. 한참을 조용하게 걸어오면서 내심의 뜨거운 정을 느낀다. 멀리 능라도의 희미한 불빛이 흐물흐물 거린다. 강변에 앉아서 하염없이 하늘을 쳐다보다가, 강물줄기를 바라보다가, 으스스, 으스스 추워지고 있는 때라 살며시 두 사람은 자리를 뜬다. 찬찬히 앞서가는 태봉 동무를 따라가는 장영 양은 오늘밤 떨어지기가 싫다. 꼭 같이 있고만 싶다. 앞으로 언제 만날 수 있을 지도 보장이 되지 않지 않은가? 제방 둑을 앞에 두고 보리를 심어둔 두둑이 어스름 달빛에 드러나 보인다. 키 높은 보리를 바람막이 삼아서 편편한 고랑을 찾아 터를 차지하고는 두 사람은 보리밭 속에 두 몸을 숨긴다. 일렁이는 보리의 물결이 두 사람과 호흡을 나눈다. 친구하자면서 살포시 보리이삭이 몸을 숙이기도 한다. 꼭 쥔 두 손에서 차츰 사랑이라는 감정이 움트기 시작한다. 흥분이 된다. 공기는 맑다. 하늘에는 별들이 총총하니 제 모습을 뽐내고 있다. 많은 별 중에 개밥바라기는 더욱 밝다. 태봉 동무의 팔이 슬슬 감기면서 두 사람은 입맞춤의 달콤함에 온 몸이 쾌감에 부르르 떨린다. 꼭 껴안은 두 육신이 탱탱해진 가슴과 몸을 추스르지 못해 스르르 쓰러진다. 한참을 엎드려 있던 참에 태봉 동무는 자신의 윗도리를 벗고, 장영 양의 윗도리도 벗겨 보리 위에 밑바닥에 깔고는 억센 힘으로 슬쩍슬쩍 그녀 위로 올라온다. 장영 양은 흥분되고 고조된 기쁨에 빠져 은근히 그의 행동을 도와준다. 유방의 탄력이 드러나고 그의 숨 가쁜 입술과 혀가 가만있지를 못한다. 치마끈을 풀어 제치고 태봉 동무는 아랫도리를 훌쩍 내벗어 던지고는 힘찬 생식기를 곧추세우고는 물밀듯이 밀어 붙인다.

아픔과 쾌감이 교차되면서 처음 느끼는 환희의 순간이다. 태봉 동무의 무서운 힘이 한풀 꺾이면서 달콤한 꿀이 서서히 온 몸을 달아오르게 하면서 즐거움을 상승시킨다. 장영 양은 이처럼 재미있는 일을 왜 진작하지 않았는지 후회스럽기조차 하다. 그 순간만은 그렇다. 쇼펜하우어의 맹목의지로 생식에 대한 자연의 법칙을 두 사람은 엄숙하게 해치웠다. 프로이드의 분석은 어떻게 인간이 핏덩어리 하나를 잘 건사하여서 또 하나의 핏덩어리 육신을 만들어 내는가? 참 자세히도 분석해 두었다. 아기가 입술로 젖을 쪽쪽 빠는 것은 가장 엄마 젖을 잘 먹어야 생존이 가능하니 그 입술의 쾌감이 어느 것보다 우월하게 작용하게 한다. 커 가면서 많은 영양분을 섭취해야 어른이 되니 그 가장 큰 즐거움을 배설작용에 두어서 항문에 가장 큰 쾌감이 가도록 된 것도 잘 생존하라는 자연의 법칙이다. 성인 되어서는 생식기의 쾌감이 높으니 남녀가 결합하게 된다. 과정이 이러니 인류는 멸망하지 않는다. 장영 양이나 태봉 동무가 그런 재미가 없었다면 두 사람이 성교를 하지 않았을 뿐 아니라 아기도 낳을 수 없을 것이다. 자연은 인간에게 즐거운 일을 어느 한도까지의 나이만 허용하고는 흙으로 돌려보내고 마는 것일까? 장영 양은 매일 이런 일을 하면 좋으련만 전선으로 가는 태봉 동무만 떠나고 나면 생과부로, 유복자라도 낳아야 할, 혹은 미혼모로서 온갖 수모를 겪을지, 그런 것은 잠시 동안 잊어버린다. 이미 한 남성을 선택하여 자연의 순수함을 처음으로 치른 그 기분은 자못 크다. 사랑하는 사람이었기에 망정이지 이 순간이 사랑하지도 않은 상대와 또는 야수적인 폭력에서 이루어졌다면 평생 불쾌한 감정을 떨쳐버리기 어려울 것이다. 떳떳하고 당당하다. 장영 양은 태봉 동무를 자신의 짝으로 진정으로 생각한다. 태봉 동무도 마찬가지다. 피붙이라도 하나 생겨서 이 땅에서 자신이 책임을 지고 떠날 수만 있다면 얼마나 좋을까? 그런 심정이다. 확률이야 어쩔지 몰라도 자연에 배반하지 않은 것만도 일단은 안심이다. 이것이 자연인가? 사랑인가? 아니면 두 사람의 애정 도피 행각이란 것인가? 태봉 동무가 자식을 갖고 싶고, 장영 양이 아기를 안고 싶은 것은 몸과 마음이 땅과 하늘과 사람 사이에서 합일되었기 때문이다. 천상천하에 명리합소대시설을 외치면서 태어날 창조를 기뻐하는 것이다.

달라붙어 있던 두 몸은 떨어지지를 않는다. 추위를 느끼기 시작하자 태봉 동무는 주섬주섬 옷가지를 주워 그녀에게 입히고 자신도 입는다. 그리고는 두 사람은 가만히 있다. 침묵만이 고요한 밤하늘에 수를 놓고 있다. 말이 필요 없다. 오직 가만히 있는 것이다. 누구도 입술을 떼어 어떤 언어가 나오지 않는다. 언어가 상실된 시간이 무척 길어도 일어서지를 않는다. 주저앉아서는 일어나기도 싫고 그저 더 있다가 두 사람은 힘에 겨운지 스르르 다시 드러누워 버린다. 보리, 보리, 보리, 달도 떠 있고 별도 반짝반짝이 밤이 더디 새기를 바란다. 영원히 이 밤이면 좋으련만 새벽이 온다. 날이 밝지 않으면 싶은 데도 시간은 어김없이 흐른다.

새벽녘이 되면서 찬 공기가 몸을 감싼다. 그럭저럭 날이 밝아지면서 그 자리를 일어서서 시내로 향하여 발길을 옮긴다. 빈속에 배도 출출하고 몸도 부석부석 하니 피곤하다. 아직 사람들의 모습이 보이지는 않는다. 아침을 하는 곳을 찾기도 어렵고 이제는 서로가 돌아서야 할 때이다. 헤어지긴 싫지만 떨어지지 않는 발걸음을 두 사람은 뗀다. 장영 양은 얼마 후에 태봉 동무가 전선으로 이동했다는 소식을 받는다. 그 날 그녀는 눈물이 흘렀다.

장영 양은 어느새 배가 부르다. 그 사이에 한국군과 미군이 평양을 들어왔다가 다시 중공군과 인민군이 들어왔다가 했다. 동네는 말이 아니다. 피난 간 사람도 좀 있고 안 간 사람도 있었다. 한국군이 올 때는 태극기를 흔들고, 인민군이 들어올 때는 인공기를 흔들었다. 장영 양은 배가 불러 집에만 있었지만 식구들은 이쪽저쪽으로 불려 다녔다. 먹을 것도 부족하고 인심도 흉흉한데다가 왜 처녀가 애를 배었느냐? 고 질시하는 눈초리를 견디기가 무척 힘들다. 장영 양은 팔자 탓이려니 생각하고 태봉 동무를 그리워한다. 임신이 너무 쉽게 됐다. 딱 한번 몸을 섞었는데 아기가 생겼다. 핑계 없는 무덤이 없고 처녀가 애를 배도 할 말이 있다고 하듯이 그녀도 할 말이야 많다. 들어줄 사람 없고 우스갯감만 되니 입이 있어도 벙어리 신세다. 다섯 달 쯤에는 아기의 발길질, 손을 꼬물거리는 진동이 배를 움켜쥐게 한다. 아기가 살아 움직인다. 장영 동무는 세상만사가 급작스럽게 정신없어도 뱃속에 아기만큼은 놀라지 않아야 된다고 생각하니 아무리 힘들고 견디기 어려운 일들도 태평스럽게 생각해버리는 방법을 배웠다. 누구보다도 아기가 중요하지 전쟁도 필요 없고 피비린내 나는 감시와 보복도 귀에 눈에 보이지도 들리지도 느껴지지도 않는다. 자신의 목숨에 자그마한 태어날 생명이 하나 더 있다는 것은 엄청난 차이이다. 장영 양은 이제껏 강아지나 닭이나 모든 짐승들의 새끼를 대수롭지 않게 보아 넘겼으나 자신이 아기를 낳아보려니 최고의 중요성이 태어날 아기로만 초점이 맞추어진다. 우울한 생각, 비참한 생각을 버리고, 아주 밝게 생각을 하려고 애쓴다. 전쟁의 소용돌이 속이지만 인간의 아름답고 숭고한 일들이 이루어지는 면에 무게중심을 두고 하루하루를 지내고자 한다. 억지로라도 심리적인 상태와 환경을 아이에게 나쁘게 작용하지 않기를 간절히 염원한다. 남편은 어디 가고 없는 데도 아이는 잘도 큰다. 제발, 살아서 돌아와서 튼튼한 아이를 서로가 볼 수 있으면 좋으련만. 평양의 숨결이 거칠어지고 삼라만상이 찌푸린 얼굴을 하는 듯 인심도 괴이하다. 예배당의 종소리가 조용한 새벽을 열던 일이 엊그제 같은데 외국인 선교사들은 어디로 가 버렸는지 흔적도 없고 전쟁의 폐허 위에 중공군의 흔적, 소련제 무기, 연합군의 뒷일거리들이 흩어져 있다. 인민들이 갈피를 잡을 수가 없다. 유엔군의 북상으로 숨죽이고 있던 사람들이 설쳐대다가 보따리 짊어지고 남으로, 남으로 내려가 버리고 평양의 사람 수는 무척이나 줄었다. 어느 쪽을 따라가던지 문제가 안 되는 직업이며 사상이 무엇일까? 참으로 운명적인 일이다. 전쟁 앞에서 일단 살아남아야 하는 것과 이데올로기의 괴물과 맞닥뜨려 양쪽에게 걸려들지 않는 인생을 살고 있어야 하니 그러한 곡예에 떨어지지 않을 재주꾼이 몇이나 되겠는가? 사돈에 팔촌에 걸고넘어지면 백 명에 반 수 이상은 얽히고 엉키는 것이 인간사인데 남조선 군대에도, 북조선 군대에도 하자가 없는 인민이나, 국민이 되어야 하니 장영 양은 참으로 한심하고 답답하다. 정신구조상에서 핵분열이 일어나 버린다. 제일 좋은 것은 모르겠다는 방식이다.

찌는 여름 폭염 속에서 정신없이 밀고 내려온 김태봉의 부대이지만 최전선부터 남조선을 거미줄을 치듯 쭉 훑으면서 내려왔다. 경북 의성까지 올 때 들판의 벼는 어느덧 누렇게 바뀌고 온 산천은 싱그러운 가을 단풍에 한가로운 농촌의 풍경이다. 자연 부락 중에 간혹 주민들이 빠져버린 으스스한 집들이 즐비하지만 늙은 노인들, 조무래기들, 부녀자들은 보인다. 젊은 사람들은 다 숨어버렸는지 한국군이 징발해 갔는지 보이질 않는다. 부대가 접수하는 관공서는 하나같이 텅텅 빈 채로 흉물스런 몰골을 하고 있다. 비포장 자갈길을 끼고 맑고 고운 하천이 흘러내리고 있다. 전쟁의 상처와는 무관하게 모래 살이 허연 시내에는 피라미들이 춤을 추고 있다. 동글동글 조약돌이 깔려 있고 굵은 바위들을 주섬주섬 옮겨 놓아 징검다리를 만들어 놓았다. 허벅지가 빠질만한 깊이에는 푸른 수초가 엉켜 있고 하늘에는 더 높은 푸른 하늘이 끝이 보이지 않도록 높다. 고추잠자리가 빙빙 날개를 날리면서 '왱왱' 거리면서 떼를 지어 휙 지나간다. 개울가 두렁에는 풀들이 누런색으로 말라서 들판의 물결과 일치를 이룬다. 메뚜기들이 후두두 도망을 치고 동네로 들어가는 길가로는 수많은 개구리들이 태봉 동무 부대의 이동을 먼저 알고 있다. 마을 앞산에서 '쏴' 내려온 솔개는 휘파람 마냥 동네에 소식을 전하는지 쥐죽은 듯 조용한 부락에 개 짖는 소리만이 허공에 요란하다. 맑고 청명한 쪽빛 남쪽 바다의 하늘에서 갑자기 구름이 일렁이더니 한 줄기의 소나기를 퍼붓는다. 말라서 비틀어진 육신과 푹푹 찌는 군복과 장비에 샘솟는 힘을 붙여 준다. 해갈을 시켜 잠깐의 즐거움이 지나자 하늘에는 일곱 색깔 무지개가 산허리를 걸치면서 유유히 아름다운 광채를 허드러지게 펼쳐보이다가 점점 멀어져 가는 무지개는 희미해지면서 넓은 면적의 둥그런 띠가 작아지면서 오므라들다가는 시야에서 언제 보았냐 하면서 슬금슬금 사라져 버린다. 마을에 가까워 올수록 초가지붕의 부드러운 곡선이 여인의 둥그스름한 유방곡선을 생각게 한다. 나지막하게 흘러내린 앞, 뒤, 옆의 산들도 여인의 성숙한 몸매 마냥 매끈매끈, 부들부들 연한 선들이 지긋이 곱게, 곱게 연이어져 있다. 눈에 들어오는 동네가 생김새부터가 여성적이다. 개울은 양쪽으로 흘러내리는데 둥글게 감싸주면서 좌우측을 빙 둘러치고 옴팍한 동네가 논과 밭으로 소복하게 가라앉아서 소쿠리를 엎어둔 형상으로 오밀조밀 집들이 반갑게 줄을 지어서 있고 산으로 오르는 오솔길에 몽실몽실 연기가 일어난다. 앞산의 누런 잔디의 자지러짐에 동실동실한 묘가 층계를 이루어 동네를 내려다본다.

한 시간도 채 안 되는 시간에 흠뻑 심신이 자유로웠지만 동네로 뚜벅뚜벅 들어서던 태봉 동무의 부대는 허공에 공포를 쏘아대면서 마을의 형편을 살핀다. 반응이 없다. 제일 무시무시하고 소름 끼치는 순간이다. 반격이나 총소리가 진동해야 즉각적으로 대응하는데 상대방이 숨어서 대비할 때는 찰나에 역습을 당하기 때문이다. 동네 초입의 몇몇 집은 샅샅이 둘러보아도 텅텅 비어 있다. 확성기를 통해서 사람이 있으면 나오라고 요구한다. 생명을 보장한다는 언급도 한다. 묵묵부답이다. 반대로 말한다. 안 나오면 불 질러 버리겠다. 소리친다. 그래도 소식이 없는 것이 늘 그렇다. 꼭 집에 불을 질러야만 동민들이 꾸역꾸역 나오는 것이다. 중간에 한 집을 택해서 기름을 붓고 불이 타오르면 튀어나온다. 눈엔 공포의 빛이 역력하다. 불을 지르지 않을 때 나오면 좋으련만. 드문 일이다. 어려운 전쟁이다. 삼백 명 가까운 동네 주민들을 창고로 밀어 넣는다. 이 순간만은 반항하면 즉시 사살한다. 공포심을 이용한다. 그렇지 않으면 무기를 가지고 있는지 없는지 알 수 없는 수백 명이 동시에 달려들면 문제가 어려워지기 때문이다. 제일 먼저 무장해제를 시키고 몸수색을 한다. 일단, 선봉 부대가 접수한 읍면이라도 일일이 작은 부락을 새로운 공화국의 체제로 만들기는 쉬운 일이 아니다. 무기를 가지고 사람을 살상하는 방법으로 통치하는 것이다. 태봉 동무는 먼저 마을 책임자를 찾아서 쌀과 부식, 소와 돼지, 전쟁 물자를 징발한다. 의용군을 강제징집하기 위해 젊은 남자들을 모두 끌어낸다. 숨어 있던 삼십 명이 넘는 건강한 남자들이 사시나무 떨듯 두려워하고 있다. 일단 생선 엮듯 줄줄이 묶는다. 이제 시작이다.

강제징집 된 의용군을 끌고 오면 골치가 아프다. 실제로 사람이 죽는 일이 발생하는 경우가 생기기 때문이다. 첫째 이유는 반항할 세력을 만들어주지 않기 위해서다. 남자이면 무조건 붙잡아 오지만 늙어 빠진 노인이나 어린애는 빼고 청·장년은 절대로 방치할 수 없다. 왜냐하면 적으로 간주하고 있기 때문이다. 그리고는 무기를 주지 않고 소나 말처럼 부려먹어야하는데 말을 듣지 않으면 총으로 죽여 버린다. 공포심을 이용한다. 숫자가 많을수록 본보기로 처형당하는 상황이 연출될 수도 있다. 그래야만 죽지 않으려고 복종하기 때문이다. 그 외의 방법으로는 절대로 말을 듣지 않는다. 전시이므로 방식을 이리저리 바꿀 수 없다. 전투규칙대로 하지 바보스런 일은 하지 않는다. 굴비 엮이듯 잡혀 오면 인간 이하의 대우이다. 점점 전력 중에서 북조선 출신들도 전사를 하고 남조선에서 강제징집한 의용군을 북조선 군대에 보충해야 하는데 일이 그렇게 진행된다. 총알받이로 써먹기는 하지만 끌고 다니기 여간 귀찮고 감시하기는 밤낮으로 신경 쓰인다. 제일 간단한 방법은 탄약을 아끼면서 사살해 버리는 것이지만 그래도 부려먹기 위해서 조금씩 생명의 연장을 해주기도 한다. 급할 땐 언제든지 따발총으로 갈겨 버린다.

의성군 미사리에서도 개죽음을 당한 동민이 서너 명 된다. 창고로 몰아붙일 때 한 명이 본보기로 죽었고 의용군으로 끌려와서 반항하다가 보는 앞에서 한 명을 죽였다. 어느 마을이나 들어서면 수많은 눈동자 앞에서 몇몇은 공개처형으로 희생이 된다. 그러면 일단은 잠잠하다. 내부적으론 어찌 되었건 강제와 총으로 지배한다. 병사들 중에는 피를 보지 못하면 불안해 하는 자도 있다. 어떤 마을에서 동민이 전혀 죽지 않고 고분고분 말을 들을 때는 억지로라도 인민재판으로 공개처형을 한다. 그래야만 안심이 된다. 자료를 정해두고 시작하므로 거기에 얽혀 들어가면 태봉 동무도, 더 높은 사령관도 빼내기가 힘들다. 남조선 반동분자들이라 간주하고서 시작된 일이니 그 중에서도 처단해야 하는 명단은 가차 없이 시행하지만 접수된 지역에서 없는 경우도 허다하다. 그러면 속죄양이 한 명 죽어야 한다. 전투를 하면서도 사상자나 나오지만 비전투에서도 사상자가 나온다. 크게 보면 같은 민족인데 실제 전투지역과 공산주의 세계건설을 위한 기초 밑바닥에서는 너와 나가 아니라 너를 죽이지 않으면 내가 죽는다는 등식이 성립된다. 형편이 이르니 태봉 동무나 그의 부하들, 상관들까지도 인간 백정의 일을 열심히 하고 있다. 훌륭한 전사이다. 아울러 유엔군도 똑같은 논리에서 너를 죽이지 않으면 내가 죽는 일이 되고 민족이나 한 핏줄은 없어져 버린다. 무모하고도 바보짓이며 전쟁이 없는 세상을 누구라도 염원할 수밖에 없는 마음이다. 어떤 일이든 간에 죽고 죽는 전쟁은 싫다. 무기도 없지만 미사리 동민 중에 총을 들고 싸울 그 누구도 이 달갑잖은 전쟁이 혐오스럽다. 태봉 동무는 접수하는 마을마다 평정을 찾고 북조선 체제의 치안이 유지되었다고 좋아하지만 내심으로는 죽은 사람을 생각하면 악몽에 온 몸이 흠뻑 땀에 젖기도 한다. 사람을 죽인다는 것은 좋은 일이 아니다. 나는 군관 동무이므로 괜찮다. 군인이므로. 합리화 시킬 만한 아무 것도 없다. 내가 잘못하면 죽으니까 죽지 않으려고 할 뿐이다. 앞뒤가 맞는 것이 없다.

제일 큰 기와집을 임시주둔지로 정하고 근처의 대여섯 채의 가옥을 징발한다. 백 년은 더 된 한옥이다. 집안은 정취가 물씬하고 양반사대부의 기운이 배어 있다. 노동자·농민의 세상이므로 양반·지주 계층은 처단 일번이다. 당연히 반동분자가 된다. 반동으로 몰아칠 때는 집이 제일 크고 동네에서 인심을 잃었거나, 친일 세력인가, 전직직업을 기준으로 한다. 이유 없이 집만 가장 크고 좋으면 접수해서 구실만 갖다 붙이면 그만이다. 참 손쉬운 점령정책이다. 문제는 여기서 발생한다. 집을 징발당한 집이나 수백 명의 동민 동향과 감시가 어렵다. 강압적으로 처리해 버리지만 신변의 위협을 늘 느끼는 생활이다. 언제 전사할 지 모르는 판에 그래도 살아서 평양으로 돌아가고픈 것이다. 인간이 전쟁을 하는 이유가 무엇인가 빼앗겠다는 것이 들어 있다. 생명, 재산, 자유, 등을 말이다. 노예가 되는가마는가 하는 점을 가정해야 하므로, 지금은 실제이므로 죽기 살기로 덤비게 된다. 사람을 죽이려면, 목을 조른다고 하면, 역으로 자기 목이 달아날 정도로 힘이 든다. 모든 것을 잃은 쪽이 분명 반격을 할 것이다.

인천항은 말이 없다. 이백 육십 척이 넘는 대 선단이 둥둥 떠 있다. 요새화 된 인천 근해의 포는 아무리 많아도 이백 육십 문이 될 지 의문이다. 인천항에 작전을 개시하기 전에 한국 해군이 미리 미미한 공산군의 소부대들, 작은 섬의 요새를 무력화시켜 놓았다. 맥아더는 함상에서 인천을 살펴보고 있다. 곧 서울이 들어올 것이고 만주에 원폭을 떨어뜨릴 구상까지 가지고 있다. 만주와 화북, 화중지역, 사할린, 캄차카, 시베리아가 인천항과 겹쳐진다. 함포사격 명령이 떨어지자 불꽃이 천지를 진동한다. 맥아더는 일본이 미주리호 함상에서 항복문서를 건네던 생각이 떠오른다. 기필코 김일성이나 모택동에게서 항복문서를 받아내고픈 것이다. 일본 천왕은 무조건 항복했다. 너무 과욕일까? 생각이 들기도 한다. 수많은 상륙장면을 보아온 그로서는 인천항의 물 빛깔을 유심히 주시하고 있다. 상대방의 방어여하에 따라서 바닷물의 색깔이 달라진다. 만 명이 덮을 때, 오만 명이 덮을 때, 핏빛의 강도가 달라진다. 시체를 밟고 상륙용 주정이 올라갈지, 시체를 방패막이 삼을지 생각중이다. 그런데 너무도 쉽게 끝난다. 맥아더는 인천에 밀어붙이는 병력에 대해 기어 나오는 공산군을 보고는 하품이 나올 뿐이다.

인천이 탈환되자 한국군 해병 부대는 어떤 일이 있어도 서울에 입성하는 선두를 미군에게 뺏길 수가 없다. 미군이 먼저 중앙청에 들어서 버리는 날엔 보통 문제가 아니다. 인천 상륙작전에서 제일 앞에 나섰지만, 상징적인 의미에서도, 전략적인 선전문제에 있어서도 한국 해병이 해야 하는 것이다. 공산군으로서는 완전히 끝나버린 꼴이다. 예상도 못한 대규모로 밀어붙이니 붙어봐야 승산이 없다. 도망이 최선의 방법이다. 서울에 도착한 맥아더는 트루먼 대통령 앞으로 보고서를 제출한다. 앞으로 38도선을 넘어야 하며 만주에 집결할 중공군과 배후의 소련을 의식할 때 두만강, 압록강 선을 따라서 핵무기(코발트 폭탄·중성자흡수·방사능 오래 남아 있음)로써 사막처럼 아니면 불모의 땅으로 만들어 즉, 인간이 거주할 수 없는 지대(코발트 폭탄 지대)로 만들어서 중공, 소련을 견제해야 한다고 주장한다. 맥아더 사령부의 견해는 옳은 것이라고 찬성할 사람도 있다. 남한의 단독정권과 대만의 반응은 이런 식이지만 16개국의 참전 국가 중 한 나라 미국 이외는 어느 나라도 찬성하지 않는다. 트루먼은 맥아더가 미친 사람으로 보이기 시작한다. 삼차대전을 꿈꾸고 있으니 한심하다. 트루먼 행정부는 드디어 맥아더의 목을 날려야겠다는 생각을 굳힌다. 맥아더의 의중을 살핀 남한의 일부 인사들이 제 힘으로는 턱도 없는 일을 목이 터져라 찬성하고 있는 모습을 보고서 트루먼은 답답하다. 남한의 책임자도 갈아치워야겠다고 생각한다.

온통 전 미국이 전쟁이 필요 없다는 쪽과 갈라져서 난리판이다. 그 멀리까지 가서 사람이 죽고 돈을 퍼부어서 득이 될 것이 무어냐는 것이다. 아무 이득이 없다는 주장이다. 그렇다고 남한이 미국식의 이상적인 민주주의도 잘하지 않는데 미운 오리 새끼 같은 존재에다가 미국 땅의 한 주보다 미미하다고 여길 곳을 가지고 힘을 빼고 정신을 쏟을 값어치가 있느냐이다. 아무 짝에도 쓸모 없는 한반도를 가지고 재수 옴 붙었다는 식이다. 맥아더의 귀에는 도대체 미국이나 세계여론이 잘 들리지 않는다. 천만의 중공 군대, 오백 만의 소련 군대를 박살을 내고 싶다. 위험천만한 일이다. 영국은 집요하게 맥아더와 미국 군부의 일부의 이런 생각들에 대해서 미친 짓이라고 공개적으로 비판하고 나선다. 정말이지 삼차대전을 일으킨 자는 역사에 길이 미친놈으로 기록될 것은 틀림없다. 중공측의 수차의 경고는 무시된다. 중공측은 계속해서 유엔 연합군이 북위38도선(이차대전 때 미소가 일본군을 무장해제 하기 위해 남북한에 진격할 때의 경계선)을 넘으면 자국의 방위를 위해서 출병하겠다는 메시지를 보냈다. 미군과 한국군은 38선의 벽을 허물어 버렸다. 모택동이 움직이게 된다. 우리는 핵폭탄이 없다. 그러나 그 핵폭탄을 다 사용해도 목숨이 붙어 있을 인구가 있다. 중공의 배짱은 사람 숫자이다. 아무리 절대 병기를 사용해도 중공은 다 죽지 않는다는 계산이다. 무지막지한 사람들이다. 비참하기는 한국군이다. 유엔군 사령관에게 남한정권은 작전권 자체를 넘겨줬다. 한반도를 좌지우지하는 생명의 문제가 한국군 참모총장이 가진 것이 아니라 오성장군 맥아더에게 있으니 어떻게 해야 하나? 북조선도 마찬가지다. 북쪽의 군사책임자는 허수아비다. 중공군 총사령관 팽덕회가 전쟁을 지휘한다.

한국, 대만을 방위선 상에서 제외시킨 애치슨라인은 발표문안 중 150단어만이 미군을 빼내는 듯, 포기한 듯 느껴지나 전체 내용은 약간 다르다. 그렇지만 일본, 필리핀 선으로라도 미군이 세계경찰 노릇하기도 귀찮으니 한국은 별 볼일 없어졌다. 유럽중시정책에다가 1과 1/2전쟁개념으로 유럽이 터질 때 스윙전략을 채택했다. 한반도에서 미군이 빠졌다가 트루먼의 신속대응으로 재투입이 되었건만 예전에 취했던 외교상의 먼로주의도 아니고, 클라우비츠의 전쟁론에서처럼 고전적 전쟁이 아니다. 제로섬 게임식도 아니다. 전쟁에는 이등이 없다는 것도 통하지 않는다. 이기지도 져서도 안되는 방식의 전쟁을 하면서 핵무기를 사용하지 않는 식의 전쟁을 쳐야 한다. 이제껏 해본 일이 없는 방정식이다. 제한전이며, 대리전이며, 국지전이며, 이념전이며, 냉전을 합한 희한한 게임이다. 소련은 신통찮은 수준이지만 핵실험에 성공했다. 트루먼은 맨하턴 계획으로 써먹은 핵의 사용을 절대로 원하지 않는 방식이다. 이차대전 중에 맨하턴 계획이 비밀리에 행해졌지만 공식적으로 미합중국 부통령 이었던 트루먼이었지만 그 사실을 몰랐던 일이라니 대단하다. 대통령이 되어서야 알게 됐다고 한다. 시골 고향의 도서관 책을 몽땅 다 읽었던 고졸 출신의 대통령이다. 미국 부통령이 모르는데 일본이 원폭을 믿을 수가 있었으랴! 강경 군부세력은 코발트 폭탄지대를 설정하니 까닥하면 국제연합도 무용지물이 될 형편이다. 손익계산은 당초부터 틀린 일이고 미국의 체면이나 상하지 않고 마무리되어야 한다. 인명피해 앞에 미 국민이 가만히 있지를 않는다. 자기 아들이 전사해 시신이 오거나 시신조차 오지 않고 전사통지서만 날아오는데 무슨 기분이 좋겠는가?

북한 상공을 비행하는 폭격기, 정찰기 조종사들은 속이 부글부글 한다. 코앞에 수풍발전소, 중공군의 배후가 포착되건만, 두만강 위로는 소련 땅이 보이지만, 폭격을 해서는 안 되는 것이다. 보기만 하고 돌아오고, 되돌아온다. 날씨는 가을이 지나면 곧 겨울로 접어든다. 한국군과 유엔군은 서쪽으로, 동쪽으로 갈라서 평양, 원산을 쭉쭉 탈환했다. 가운데 중간 지역은 모호하게 맡은 부대도 희미하다. 올라갈수록 동서쪽을 차지하면서 가운데가 비는 브이(V)자형 전선이 된다. 압록강, 두만강이 얼어붙자 중공군 의용군은 걸어서 한국 땅 끄트머리 깊고 깊은 산속으로 수도 없이 밀고 들어온다. 한국전쟁에 300만 명이 참전했다. 북조선 인구를 생각하면 아주 많은 군인이다. 중공은 명칭 자체를 군인이라 하지 않고 의용군이라 한다. 계급장도 없는 부대인데, 책임자는 물론 있지만, 겉으로는 소대, 중대, 대대 급이라도 계급장을 달지 않고 있다. 옷의 주머니 개수로 높은 사람이 구별된다니. 예를 들어, 호주머니가 두 개면 사병, 네 개면 장교 그런 식이다. 그런데도 엄청난 규율을 유지하니 껍데기론 계급이 없는 듯이 행세하지만 엄연히 계급이 없는 군대가 지구상에 있을 수가 없다.

태봉 동무는 낙동강 전선까지 밀고 갔다가 밀리고 밀리어 강계, 개마고원 뒤로 까지 후퇴하여서 산속에 쳐 박혀서는 넘어오는 중공군 의용군을 보고서 죽지 않고 살게 되는가 싶다. 죽을 생각에 모든 것을 단념하고 있던 차에 팽덕회의 군대들이 속속 밀고 들어오니 살맛이 난다. 그 동안 다 잃어버리고 자신에게 남아 있는 사람이라고는 경북의성 미사리에서 끌고 온 남한출신 강제징집 된 한 명 뿐이다. 거기에서 초모사업으로 젊은 사람들을 많이 끌어내었다. 그 중에 끌어낸 사람이다. 이곳까지 도망치면서 태봉 군관은 평양에도 가보지 못했다. 추위에 덜덜 떨면서 산골짝에 숨어서 남한 출신병과 신경전을 펼쳐야 한다. 저 녀석이 총을 뽑아서 나를 죽이지 않을까? 죽이던지, 말던지 모르겠다. 지쳐서 방어할 힘조차 없다. 상대방도 비슷한 상태이다. 오히려 두 사람이 의지하고 있는지도 모른다. 극한상황을 협력하여 겨우겨우 버티고 있는 것이다. 한 명이라도 죽는다면 더 힘들 것이라는 공통의 끈이 연결돼 있다. 공존을 위해 존재를 서로가 말없이 인정한 꼴이다. 사선을 넘나들며 같이 살아난 것에 대한 생명의 의미를 느끼기 때문이다. 동질의식이 깔린다. 내면 깊숙이는 틀리지만 지금은 공감대가 다른 가운데 살아있다. 둘 다 살아서 고향으로 가던지 행복해지고 싶은 것이다. 편안하고 싶은데 현실이 말이 아니다. 살인적인 추위, 배고픔, 외로움, 공포, 모든 것이 싫은 상태다. 따뜻한 집, 맛있는 식사, 즐거운 하루하루, 꿈속을 헤매보지만 방향감각조차 아리송하다. 알고 보니 두 사람은 패잔병이다. 패잔병은 어떻게 해야 하나? 군관 동무인 그조차 모르는 사항이다. 본능적인 감각으로 살아야한다. 이것뿐이다. 중공군 의용군에게 찾아가 그 무리에 합류해야 하나? 그런 것 같기도 아닌 것 같기도 하고 판단이 서지를 않는다. 물론, 생명을 연장하기 위한 양식이나 피복은 얻어야 한다. 그 이후를 도대체 모르겠다. 북조선 부대로 복귀해야하는데 당연한 일인데 또 전쟁을 계속해야 하나? 먼저 배고픔과 추위를 해결하기 위해 큰 부대에 붙어야 한다는 것만 느껴진다. 그 이상은 생각하기가 싫다.

장영 양도 견디기 힘든 시기다. 외부 환경은 전시이고, 내부적으론 미혼모가 되어 애기를 키워야 할 것이고, 현실적으론 배가 불러 남의 손에 의지해 지탱해야 한다. 다행히 집이라 엄마가 있고, 집안이 풍비박산이 나지 않아 겨우 숨을 쉰다. 하루하루가 왜 이리 되었는가? 물음이 꼬리를 물지만 나이가 차서 애가 생긴 것이고, 생각지 않은 전쟁이 있을 뿐이다. 인간사에서 전쟁도 많이 있었다. 정상적인 결혼이 아니라 남편과의 잠자리도 없고, 밤마다 타오르는 욕정을 참아야하는 청상과부 신세다. 한번 맛본 쾌감을 해소할 방법이 없다. 남자 없이 살아야 한다. 그럴 수는 없다. 현실은 살아서 태봉 동무가 돌아와야 하건만 가능성이 희박하다. 시간이 지나야 아기는 태어날 것이다. 꿈속이 행복하다. 매일 마약을 먹고 행복한 날을 보내고 싶지만 뱃속의 아기 때문에 불가능하다. 즐겁고 아름다운 인생이라 최면을 걸어야 한다. 살아 있고, 새 생명을 가진 축복을 노래해야 한다. 실제로 그렇게 여겨야 한다. 그렇지 않으면 제 정신이 아니게 될 지도 모르니 착각을 만든다. 아기와 사는 멋있는 내일을 말이다. 목숨이 하나가 아니라 둘이므로 새로운 목숨을 지켜줘야 하는 어머니의 숭고한 마음을 생각하니 절대로 약해질 수 없다. 자신의 의지여하에 따라 새 생명은 다르게 될 수 있다. 새 생명에게 좋지 않은 것을 주기 싫다. 정말로 나는 어머니이므로 새 생명에게 최선을 다해야 하지 않는가? 그렇다. 그러므로 잘못되어서는 안 된다. 올바르게 되어야 한다. 한결 견디기가 나아진다. 아름답고, 행복하고, 희망에 찬 목표, 미래를 버릴 이유가 없기 때문이다. 세월이 지난다면 새 생명에서 또 새 생명이 태어나지 않는가? 전쟁이 그렇게 앞을 가로막는 일인가? 끊임없이 새 생명이 태어날 것인데. 이상스런 일이지만 처녀가 애를 낳아도 아무런 부끄러움이 없이 되는 느낌이다. 유전자를 대물림하는 일은 중요한 일이다. 거의 본능적으로 일어나는 일이므로 무엇이 문제란 말인가? 그래도 제 정신이 들면 좀 이상하다. 몸이 무거우니 만사가 부담스럽지만 태봉 동무를 생각하면 즐겁다가 슬프기도 하다.

태봉 동무는 남한 출신병과 결국에는 중공군을 찾아가서 고픈 배를 달래고 옷가지도 얻었건만 어떻게 북조선 인민군을 찾아갈까? 앞이 캄캄하다. 그냥 중공군이 받아주면 좋으련만 싶기도 하다. 그게 마음대로 될 일이 아니다. 정말로 낙오병이며, 패잔병이다. 우군을 만났지만 애매한 상태이다. 남한 출신병은 북조선 인민군을 찾아갈 필요가 없고 그럴 마음이 있는지 없는지 정신 상태를 잘 알 수도 없다. 추측컨대 남한의 고향으로 가고 싶을 것이 분명하다. 참 어려운 희망사항이다. 각자가 살길을 찾아서 헤어져야 하나? 이 추위에 어떻게 연명해야 한다는 것인가? 무언의 합의점은 겨울을 넘기고 보자는 것이 된다. 그것이 쉽지 않고 목숨을 담보해야 하는 대단한 일이다. 중공군과 같이 살면 좋겠지만 여의치가 않다. 우방군의 양식을 축내는 방법이 살 수 있는 길이라니 한심도 하다. 태봉 동무는 꿈에라도 평양으로 가게 되고, 남한 출신병도 꿈속에서 고향을 찾아간다. 눈을 뜨면 눈 속에 갇혀 있는 험준한 산이다. 잘못 움직이면 얼어 죽는다. 움직인다는 것이 참으로 어렵다. 진퇴유곡의 형국이다. 여러 날이 지나도 결론이 중공군을 따라가야 할 것 같다. 계획이나 정상적인 방법이 없다. 두 사람은 무작정 중공군의 꽁무니를 따라나선다. 산속을 벗어나 평야지대나, 사람이 사는 곳으로 가야 한다. 중공군은 계속 산속 깊은 곳만 찾아다니니 서로가 일치점이 없다. 다시 결정해야 한다. 무슨 일이 있어도 평야지대로 가야한다. 곡식이 자라는 평야, 기름진 들녘으로, 꿀과 젖이 흐르고, 행복한 땅을 찾아가야 한다. 원시인이 농경지대에 정착하듯 말이다. 두 원시인은 그 길 이외에는 달리 뾰족한 묘수가 떠오르질 않는다. 따뜻하고 양식이 풍부한 동굴이 나타나길 바라지만 너무도 거리가 있다. 답답하고 짜증이 나지만 산천은 너무도 아름답다. 설경이 깨끗하고 눈을 시원하게 해주지만 목숨을 살려줄지 모르겠다.

장영 양은 대동 강변으로 오랜만에 나가본다. 태봉 동무가 걸어오고 있다. 환하게 웃으면서 두 팔을 벌리고 자신을 안아 준다. 너무도 행복하다. 죽은 줄 여기던, 늘 살아서 돌아올 것이란 꿈을 꾸던 일이 현실이다. 어쩐 일인지 몸이 무거워 걸음걸이가 둔하다. 몸을 조심조심 움직이고 있다. 그도 몹시 기뻐한다. 아이가 생겼구나. 이름을 어떻게 지을까? 아들일지 딸일지 알 수 없는데. 두 가지 모두 지어두면 되겠지. 장영 양이 이름을 말하자 태봉 동무는 그게 좋다고 맞장구를 친다. 이름은 지었고 그 다음은 무엇을 하지.

'뱃놀이를, 아차, 몸이 무거우니 그냥 천천히 걸읍시다래.'

'너무 느리지 않씀메.'

'기렇지 않수다래. 비행기 타고 날아가는 것 같음둥.'

'뎡말로 비행기를 타보고 싶음메.'

'내래 꼭 기렇게 해줄기야. 걱뎡 말라우야.'

'비행기를 타믄 북조선 말고 다른 나라도 갈 수 있지비. 기렇지 않씀메.'

'고렇고럼, 어디로 가 보면 둏을까? 뎡말, 뎡말 둏을기야요.'

'하늘에는 구름도 있고, 무지개도 있디비. 예쁜 무지개 말이야요.'

'당연히 있음둥. 장영 양보다야 덜 예쁘갔지만서리.'

'오색, 칠색 무지개보다 내가 더 멋지다고 말했음메. 기렇단 말이디.'

'물론이야요. 예쁜 아기까지 낳아주는데 기렇지. 고렇고롬.'

'나두 둏은 오마니 되고 싶음메. 둏은 오마니.'

'나두 둏은 아바이 될끼야. 암.'

대동 강변은 좋은 곳이다. 태봉 동무를 만나서 아기 이름도 짓고 앞일도 의논하니 정말로 좋은 곳이다. 행복한 날이다. 하루 중에 남편을 만나는 것이 즐겁다. 힘들던 날들이 한순간에 기쁨으로 바뀐다. 영원히 놓치기 싫다. 이 순간이 정지하기를, 멈추어 가지 않기를 빈다.

태봉 동무도 눈 속에서 장영 양을 만난다. 입안에서 돌지만 한 번도 말해 보지 않은 말이 나온다.

'이보기요, 당신. 아기 간수하느라 고생 많수다래.'
'뭣이라고 했음둥. 이보기요, 당신.'
'기랬음메. 왜 기리 놀라기요.'
'아님메. 당연한 것 아님메.'
'기래요. 틀린 것 아님메. 명상인기야요.'
'하얀 눈이래 무시기 깨끗합네다.'
'에미나이같이 깨끗합네다. 갓 태어난 에미나이.'
'겨울은 춥디만 태어날 에미나이 생각에 멀로 신이 나누구만.'
'나두 신이 납메다. 뎡말 기분이 좋수다래.'
'기럼 백 명 낳으면 백배나 둏갔구만.'
'꿈같디만 기렇 둏고 말기야요.'

태봉 동무는 장영 양과 간절한 몇 마디를 해보곤 마음이 부드러워진다. 내 아이가 태어난다. 나는 아버지다. 살아서 돌아가야 할 분명한 목표가 당연히 생긴다. 죽으면 안 된다. 평양으로 돌아갈 것이다. 어느새 신앙 같은 일이 되는 순간이다. 궁하면 통한다. 절실하면 성사된다. 꿈은 이루어진다. 부처님의 환한 미소며, 예수의 넓으신 사랑, 그런 것이 스치는 듯하다. 어머니도 위대하지만 아버지도 위대하다. 아들인지, 딸인지 예쁜 아이가 눈밭에서 강아지와 놀고 있다.

정신을 차리니 꿈길 속에 노닐고 있었다. 앞에는 자신의 아기가 아니라 남조선 징집병이 있다. 두 사람 다 모든 이야기를 다 했고 더 이상 비밀도 없다. 김태봉은 한 번도 여자 경험이 없는 어린 사람에게 경험담도 애기했고 이제는 정말 아이 이름을 지어보아야 할 시간이다. 시간이 너무도 지루하기 때문이다.

김덕아로 짓는다. 여자 아이 이름 같다. 팽덕회의 중간자 덕과 맥아더의 중간자 아를 합해서 만든다. 두 사람 다 작전권을 가진 총사령관들이다. 의성에서 데려온 징집병을 생각해 김의성이라 짓는다. 남자 이름 같기도 하고 김일성 같기도 한데 이상하다. 김의성(金義成), 지명(地名)의 경상북도 의성은 의성(義城)이다. 김의성 김(金)자는 사람인(人)과 임금 왕(王)과 두 점(··)으로 이루어져 있다. 사람인(人)은 받쳐주어야 쓰러지지 않는 외롭고 한심한 존재이나 서로 기대어 협력하면 설 수 있는 글자 모양과 유사한 존재이다. 한 점(丶)을 한 사람이라 여기고 두 점(··)을 인류 전체라 하자. 한 일(一)을 각성한 큰 사람이라 하자. 석 삼은 각성한, 깨달은 사람 셋이다. 깨달은 초인, 큰 사람 셋이 모든 인류를 가슴에 품고 이끌고 보담아 주는 형상이다. 인류 전체와 초인이 사람을 받들어 올바른 세상을 만드는 것이 김(金)이다. 의(義)자는 두 점(··)과 임금 왕(王)과 손수(手)와 창과(戈)로 이루어졌다. 두 점(··)을 인류 전체라 하면 임금 왕(王)은 깨달은 세 사람이 뜻이 통하여 하나로 통합하여 왕이 된다. 이 왕이 인류 전체를 받들고 나는 가장 아래에서 내가 가진 손수(手)의 재주나 인격이나 창과(戈) 내가 가진 힘, 무력이나 그 모든 나의 것을 아래에 두는 것이 옳다는 것이다. 이룰 성(成)은 역사 역(歷)과 (ㄱ)과 창과(戈)로 이루어졌다. 기역(ㄱ), 한글, 한국적인 무엇을 창과(戈) 즉, 힘이나 무력을 가지고 역사를 만든다. 역사를 이룬다는 것이다.

그래도 산속은 춥고 눈이 쌓여 사람이 다니지도 못하게 한다. 시간도 하염없이 두 사람을 막고 있다. 아이 이름은 지었건만 만나 볼 수 있으면 얼마나 좋을까? 얼마나 좋을까?

'난, 참 바보처럼 살았군요. 난, 참 바보처럼 살았군요. 으으음, 으으음…….'
'난, 참 바보처럼 살고 있어요. 난, 참 바보처럼 살고 있어요. 으으음, 으으음…….'

장영 양은 자기도 모르게 입에서 웅얼거리고 있다. 아무리 정신훈련으로 이성적인 방향으로 이끌어도 바보 같단 느낌이 번쩍 든다. 그렇다. 아기가 태어나면 이름을 김바보라 할까? 아이에게 너무 잔인한 것 같다. 김바보라 하기엔 무리다. 장바보라 할까? 좋은 것 같은데 성을 남편 쪽으로 해야지 어째 여자 쪽으로 하랴. 그렇다. 그것도 문제다. 아이의 이름을 지어야 하네. 지어야지. 대동 강변에서 남자 맛을 봤으니 대동이라 할까? 괜찮은 것 같다. 김대동. 김태봉하고 비슷한 것 같기도 하고. 김대중하고 닮은 것 같기도 하네. 남자 이름은 되겠는데 여자아이면 뭐라 해야 하나? 김○○, 뭐라 해야 하나? 하늘, 땅, 물, 별, 김하늘, 김땅, 김물, 김별, 김하늘이 좋다.

김별이 좋다. 김하늘로 하자. 김대동, 김하늘, 아이 이름이 만들어진다.

　김덕아, 김의성, 김대동, 김하늘, 네 개의 이름이 생긴다. 태어날 아이는 한 명이다. 사람은 이름이 있구나. 아기는 이름을 자기가 짓는 것이 아니라 누군가 가까운 아주 가까운 사람이 지어주는구나. 김태봉과 장영 양은 지금 서로 보지도, 만나지고 못해도 태어날 아이의 모든 것을 마련해주고 싶어 한다. 간절하게 해주고 싶지만 너무도 안타깝게 그 길이 희미해 보인다. 어둠이 깊으면 깊을수록 빛은 밝게 빛날 것이다. 산이 높으면 골이 깊을 것이다. 두 사람의 안타까운 사랑이 클수록 아이에 대한 모성애도, 부성애도 크질 것이다. 김대동(金大東)도 풀어보면 풀릴 듯도 하다. 두 사람은 몸은 떨어져 있으나 마음은 전해지고 있는 것이다. 영혼이 울리고 있다. 영혼이 있단 말인가? 그 참. 알 수가 없네요.

　장영 양은 아기를 위해 배냇저고리, 기저귀, 포대기, 인형, 장난감 등을 준비한다. 사람이 꽤나 꼼꼼해진다. 아기의 탄생과 아기의 일로 모든 것이 계획된다. 인생의 축이 완전히 바뀌는 것을 경험한다. 나를 찾던 일이 엊그제 같았는데 내가 아니라 다른 더 소중한 무엇이 있는 것 같다. 아기가 더 소중해지는 대단한 일이다. 아기를 위해서, 아기에 의한, 아기의, 무엇인데 아기에 의한, 아기의 무엇은 좀 어색하고 아기를 위한, 정말 그렇게 되는 것이다. 나는 엄마다. 엄마가 되는구나. 어머니가 된다. 저절로 희생적이고, 헌신적이고, 사랑을 듬뿍 쏟아 붓는 나날로 변하다니. 김대동일 될지, 김하늘이 될지, 모르나 어머니의 사랑이라는 감정이 생기는 상태다. 어머니는 사람이고, 아름다우며, 착한 사람이다. 모인미선(母人美善). 장영 양은 아름답고 착한 사람 어머니를 생각한다.

2. 후 방

아스팔트의 열기가 진하게 피어오르고 있다. 길거리에는 사람들이 붐빈다. 그래도 대학병원 근처에 오면 오래된 가로수가 그늘을 만들어 견디기에는 한결 수월하다. 문을 들어서면 아픈 사람들의 모습이 눈에 띤다. 환자복을 입고 어정거리는 사람도 보이고 소독약의 냄새가 코를 자극한다. 늘 마주치는 일이 낫게 해달라고, 살려달라고 발버둥치는 인간들만 대하니 자신이 그들을 치료하는 일이 중요한 일이긴 하지만 자신의 유한한 생명도 책임질 수 없는 판에 환자인들 조금 더 연장하는 생명이지 영원할 수 없는 육신덩어리일 뿐이다. 오늘은 수술이 있는 날이다. 일주일에 반 이상의 시간을 수술만으로 보내니 신경이 무척 예민해진다. 방안에 들어서면 일찍 나온 간호원(간호사)들이 깨끗하게 방을 정리해 두었다. 책상 위에는 환자의 병력카드와 병상일지, 오늘 치를 수술에 대한 서류가 고르게 배열되어 있다. 명패는 반짝반짝한다. 외과 전문의 유만우. 병원 문을 들어서는 사람들은 머리가 좀 희끗희끗하고 과장자리에 앉아서인지 연신 허리를 굽히면서 자신을 바라보고 실낱같은 희망의 불빛이 꺼지는 것을 막아달라고 하소연을 한다. 딱한 경우가 한두 번이 아니다. 방법이 없는 경우도 허다하다. 아예, 수술을 할 수 없는 경우도 많이 벌어지기도 하고 그래도 성공할 확률이 보이는 때도 있지만 안 되는 데도 부득부득 보챌 때는 잘 타일러서 안심을 시키고 돌려보내는 길 밖에는 없다. 무언가 붙잡아 보려다가 그것도 안 되어서 좌절감을 안고 돌아가는 그들은 어쩔 수 없는 인생의 생로병사와 정면으로 마주쳐야 한다. 수술을 할 순간이 되면 대부분의 환자들이 죽음이라든가 현재의 괴로움에서 지푸라기라고 붙잡으려 하고 무슨 신앙이건 믿어보려는 연약한 인간의 처참한 상황이 늘 나타난다. 생명을 주관하는 그 무엇에겐 인간은 그저 봄에 돋아나서 여름에 무성하게 피었다가 가을에 떨어져 길바닥에 뒹굴고 밟히는 낙엽신세이다. 한 조각 낙엽인 인생이건만 망망대해에서 떠다니는 항공모함보다도 더 찬란한 뜻을 가지고 있으니 문제다. 항공모함은 설계이론상 침몰하지 않는다고(미국에서 과학자, 공학자 5,000명을 동원해 연구)하지만 그래도 인위적으로 폐기처분 할 때는 침몰시킬 경우도 있지만 낙엽쪼가리야 떠다니는 일은 잘 하지만 침몰이란 없다. 썩어서 가루가 될 지 언정 바다 밑에 쿡 침몰을 하지 않는다. 아직 큰 문제가 되지 않는 경미한 환자들의 진료를 마치고 잠시 화장실을 들르고는 오는데 시체실로 향하는 죽음이 보인다. 흰 천을 덮어씌워서 얼굴은 보이지 않는데 죽은 자의 두발이 드러나 있다. 앞에는 젊은 의사가, 뒤에는 간호사가 밀고 있고 가족들이 눈물을 흘리면서 따라가고 있다. 병원에 근무하다 보니 죽는 사람을 많이 보아서 무디어진 감정이라고 하지만 오늘은 살려보고 싶은, 영원히 살 수 있는 육신덩어리를 왜 주지 않았는지, 그 절대자를 만나서 한 번 속 시원하게 화풀이라도 하고 싶다.

수술복을 입고 수술대에 누워 있는 환자를 본다. 레지던트 둘, 인턴 한 명, 간호사 한 명, 다섯 명이 숨을 죽이고 이 일을 시작한다. 고통에 얼굴이 일그러져 있던 환자는 마취주사로 잠시 모든 것을 잊어버리고 죽음의 연습에 빠져서 아무 것도 인식하지 못한 채 나무토막 마냥 덜렁 누워 있다. 확대경을 갖다 대면 인체의 한 부분을 차지하는 다리가 배율조정에 따라 어마어마하게 크게 된다. 환자의 미세한 털은 깨끗이 제거시켜 놓았다. 육안으로는 피부 끄트머리의 털이 하나도 보이지 않지만 현미경으로는 레이저에 지져진 끝 모양이 제각기 다르게 보인다. 절개한 피부를 수술용 현미경으로 살피면 가느다란 실핏줄이 볼펜심 정도의 굵기로 나타난다. 더 확대비율을 높이면 실핏줄이 형광등처럼 커진다. 그러면 어느 부위의 위치인가? 가늠하는 것이 이제껏 쌓아온 기술이다. 근육질이 축구공보다 커진다. 더 확대비율을 올리면 오히려 식별이 곤란하다. 레이저 빛을 쪼여야 하는데 문제는 세기이다. 강하면 근육이 파열되고 약해서도 안 된다. 칼로써도, 손으로도 거의 불가능에 가깝다. 손끝의 강도가 조절되지 않기 때문이다. 기계의 힘을 빌려 정확한 측정치를 맞춘다. 실패하면 멱살 잡히고 박사 가운 마저 찢길 지도 모른다. 그런 일이야 없었지만 만에 하나라도 발생할 확률은 있다. 실패가능성이 있는데도 백퍼센트 완벽하길 요구하는 것이 환자와 가족의 바램이다. 열 번에 한 두 번은 레지던트에게 맡겨본다. 긴장의 시간이 지나면 몸이 피곤하다. 유만우 외과 과장은 늘 마음속의 주문을 외운다. 절이나 교회에 나가는 것은 아니지만 수술실에 들어서서 집도할 때는 절대자 앞에 공손히 절을 한다.

날씨도 초여름으로 접어들면서 덥다. 병원에 들어섰더니 그 날은 신문도 안 보고 출근을 했는데 낮이 되자 술렁이기 시작한다. 전쟁이 터졌다는 것이다. 공산군이 탱크를 앞세우고 창동고개를 넘고 서울로 들어서기 시작한다는 것이다. 깜짝 놀라서 라디오를 켜놓고 모든 병원 사람들이 들어보니 우리 국군은 혁혁한 전공을 세우면서 북진을 거듭한다고 하니 안심을 하고 있다. 다음날이 되자 한강다리가 끊어져서 피난민들이 떼거지로 한강에 빠져죽고 지옥이 되었다는 것이다. 알쏭달쏭, 오리무중, 진짜 전쟁이 터진 것 같다. 정부를 대전으로 옮겼다는 소문이 나돈다. 유만우 외과 과장은 놀란다. 대전이 적의 수중에 떨어졌다고 한다. 사흘 만에 서울이 공산군에게 함락되다니 믿을 수가 없다. 잠이 오지를 않는다. 아들이 서울에서 대학공부를 하고 있기 때문이다. 아직까지 아들의 생사확인이 되지를 않는다. 서울로의 모든 통신수단은 두절되어 있다. 안절부절 제 정신이 아니다. 하루는 병원일도 미루어 놓고 북쪽으로 아들 찾아 간답시고 대구역에 나갔더니 헌병들이 총을 거세게 휘두르면서 절대로 움직일 수 없다는 것이다. 여행, 통행의 자유가 없다. 유만우 박사는 이제야 실제로 전쟁이 터진 것을 피부로 느꼈다. 진짜구나. 그러면 내 아들은 어떻게 되나? 얼마 지나자 인턴 한 명과 레지던트 한 명이 국방부의 징집영장을 받고 전선으로 배치된다. 눈 깜짝 할 사이에 가장 필요한 오른팔, 왼팔 격인 두 명의 젊은 의사가 군의관으로 가버린다. 이제는 나이든 레지던트 한 명, 간호사만 달랑 남는다. 대학병원 일이 제대로 돌아가지도 않는다. 갑자기 상태가 경미한 환자들은 자취를 감추고 만다. 곧 죽을만한 중환자만 남게 되고 엄청난 수의 부상자들이 들이닥치는 데 정신을 차릴 수가 없다. 갓 입학한 어린 의대생을 조수로 뽑아둘 수밖에 없다. 하루는 병원에 있다가 원장의 긴급호출을 받는다. 중요한 사람이므로 우선적으로 최고의 수술을 빨리하라는 것이다. 그 많은 환자가 밀리는 판에 죽고 사는 문제가 차별이 생긴다. 포탄에 짓이겨진 이마며, 가까스로 실려 온 사람은 반송장이나 다름없다. 그렇지만 그는 의사의 임무를 수행한다. 옆에는 별을 두 개나 단 장군이 권총을 옆구리에 차고 유심히 수술실 안에서 그 과정을 보고 있다. 유만우 박사는 신원을 알 수 없는 사람이 예사로운 사람은 아닌 상 싶다. 수술실에는 원래 아무도 들어올 수 없기 때문이다. 응급처치에 이어 혼신의 힘을 쏟아 세 시간

넘는 수술을 마쳤다. 그러자 장군은 독방을 마련하고는 내부인, 외부인의 출입을 통제한다.

집에도 못 가보고 연락을 취해보니 아직도 아들은 소식이 감감하다. 이틀도 채 못 되어서 신원을 알 수 없는 사람은 죽었다. 그러자 밤사이에 군용차들이 들이닥치더니 재빨리 시신을 옮겨버리고는 병원원장과 수술에 관계한 사람을 불러 모은다. 장군이 입을 뗀다.

'지금은 전시입니다. 며칠 사이에 병원에서 일어난 일을 발설할 때는 즉결처분(총살형)이니 어떠한 경우에도 입을 다물어야 합니다.'

하면서 옆구리의 권총을 툭툭 쳤다. 그리고는 서류뭉치를 가져오더니 모두들 손도장을 꾹꾹 찍게 했다.

'여기 있는 사람들은 오늘부터 귀가할 수 없습니다. 당분간 외부와 두절한 채 어느 기간까지 대기해야 합니다. 병원 일은 긴급한 것만 처리하도록 하시오.'

그가 가버리고 나니까 현역 중령이 들어와서 그들을 통제하고 병원도 접수해 버린다. 원장이 두 명이다. 군인 원장과 병원장이 공존하면서 군인 부상병을 우선 치료한다. 민간인 환자는 좀 소홀해진다. 졸지에 유 박사는 집에도 못가고 아들소식도 모르겠고 병원에서도 부자연스러운 생활이다. 하여간에 중요한 사람일거라는 생각뿐이지만 아들도 지금의 경우처럼 생명이 끊어졌거나 살아있어도 어떤 고초를 겪고 있는지 걱정이다. 잠도 오지 않고 머리가 쑤시고 생병이 난다.

일주일이 지나서야 집으로 돌려 보내준다. 겨우 심신의 피로를 풀고 집에 있어 보니 집안 꼴이 말이 아니다. 꼭 초상집 같이 되어 있다. 자신이 돌아오니까 약간은 안심이 된 듯 가족들이 두 눈을 동글동글 한다. 그렇지만 아들 소식은 없다.

"참모총장이 죽었다카던데예."[1]

"흐음, 뭣이라꼬?"

"그라이 우야겠는기요? 군인 중에 제일 높은 사람도 죽는 판이니 우리 아는(아들은) 살아있다고 보기 어려봐예."

"음음"

괴로운 한숨이 나온다. 집에 있는 마누라가 더 먼저 알고 있는 것 같다. 발 없는 소문이 천리를 간다더니 어찌된 영문인지 어리둥절하다.

"미군 소장도 대전 근처에서 포로가 됐다캅디다."[2]

"뭣이라꼬?"

"삐라가 날라 댕기기에 주서봤는데 공산군이 그렇다카네에. 벌써 칠곡

---

[1] 채병덕 참모총장 전사, 워커 중장 전선시찰 후 돌아오다 교통사고로 전사, 모택동 큰 아들 모안령 29~30세 때 전사

[2] 딘 소장 공산군에게 포로로, 딘 소장 철모, 계급장, 군화 아직도 북한이 보관 전시. 푸에블로호도 대동강에 전시. 공산군 중공군 300만, 북한군 100만 중에서 거제도에 17만 명이 포로, 포로 중에 북한군 이학구 대좌(대령), 포로수용소장 돗드 준장 포로에게 납치됐다 풀려남 : 그 때문에 대령으로 강등되어 불명예제대

다부동, 팔공산 골짜기까지 와 있다캅디다. 낙동강 방어선으로 막는데 죽기 아니면 까무라치기라고 야단이라예."

집에는 벌써 쌀이 떨어졌고 배급제라고 한다. 시골의 친척집을 통해 쌀을 구하려고 해도 이미 공산군이 점령했다. 온 식구가 배고픔과 공포에 떨기 시작한다. 박격포탄의 소리가 들릴 때도 있다.

현무광 중령은 병원에서 죽어나오는 병사들의 시체처리가 가장 골칫거리이다. 날씨는 여름이라 썩는 냄새가 진동하고 전염병이라도 번지면 모든 일이 허사이다. 더군다나 이제는 후퇴도 더 이상 없고 현재 자리에서 미군이나 유엔군이 들어올 때까지 죽지 않고 지키라는데 꼭 죽으라는 것 같다. 전사하던지 대구가 적의 수중에 들어가 포로가 되던지 운이 좋으면 살던지 선택의 여지가 없다. 화장터로 옮겨서 일일이 화장을 하지만 하루에 천명이 넘는 경우처럼 한도를 넘으면 화장도 불가능하다. 산골짜기에 가서 쓰레기더미 마냥 트럭에서 쏟아 부어버린다. 그것도 주간, 야간으로 두 번씩이나 한다. 이삼만 명의 시체더미를 처리하다보면 계급이 별이 달린 시체가 한 구 정도 나온다. 그러면 따로 수습을 해서 예우를 하여 안전한 곳으로 보내 보관 처리한다. 죽어서 잿더미나 썩어 없어지는 데도 분명히 차별이 있다. 현무광 중령은 자신도 전사하면 산골짜기의 썩어 문드러지는 살덩어리, 뼈다귀 속에서 구더기가 득실득실 할 것이란 생각을 하면 정신이 띵하다. 별을 달았으면 죽어서도 뼛가루라도 가족에게 보내줄 텐데 싶은 생각이다. 해골바가지가 무수히 나뒹구는 야산에는 이 사이에 화투장만한 군번양철이 햇볕에 반짝반짝 거린다. 군번줄도 수십 년이 흘러 부식되어 없어지면 해골바가지만 남는다. 요새는 유전자감식을 하지만 완벽하다고 믿기는 여운이 남는다. 인간이 형편없는 존재가 아닌데도 불구하고 전쟁이라는 괴물이 그렇게 만든다. 위생병들의 불평도 있다. 이왕 전쟁터에서 총이나 한 번 쏘는 것이 낫지 허구한 날 시체더미만 트럭에 싣고 갖다버리는 인간 백정일이나 하려니 견디기 어렵다. 공산군 포로들을 노동력으로 쓰기는 하지만 감시하기가 골치 아프다. 현무광 중령은 쓰디쓴 전쟁의 뒤치다꺼리만 맡아서 한다는 것이 내심 답답하지만 어쩔 수 없다. 이차대전 때 남방에서 한국인 노무자들이 일본군 노동력으로서 비행장 건설, 시체처리, 등을 했는데 똑같은 일을 되풀이하는 자신이 노동자 십장 꼴이다. 야전군으로서 빗발치는 다부동이나 낙동강전선에 투입되지 않은 것이 신경질이 나다가도 그래도 목숨이 붙어 있을 확률이 높다는 것이 위안이다. 유만우 박사는 늘 이 일을 같이해야 한다. 하필이면 많은 의사들 중에 걸려들었는지 모를 일이다. 부처님, 하나님이 시키는 일이라 여기면서 매일매일 죽어나가는 송장의 인원이나 사후처리에 날이 새고 밤이 진다.

그 북새통에도 간호사들이 임신이 되어서 법석을 떨고는 집으로 돌려보내기도 한다. 몸이 무거우니 더 이상 강제적으로 노동을 시킬 수도 없고 그런 맹점을 이용이나 하듯이 병사들 누구나 이 일만은 가장 좋아한다. 눈이 맞으면 재미를 보고 싶은 것이다. 원초적인 먹는 문제와 성욕의 배출구가 없으니 엉뚱한데서 일이 불거지곤 한다. 병원에 있는 여자들을 분리해야 할 필요성이 생긴다. 그것도 어려운 것이 여의사도 좀 있고 전적으로 간호사들을 병사들로 대체한다 해도 인원의 보충도 해야 하고 현 중령은 이래저래 신경이 쓰인다. 씁쓰레한 일이긴 하지만 그래도 이런 일을 생각하면 웃음이 저절로 나온다. 아무리 병원구석을 둘러보아도 일을 치를만한 장소가 보이지 않는데 괴이하다. 하루는 밤늦게 시체실의 점검을 위해서 보초병으로 하여금 시체실 문을 따라고 하니 머뭇머뭇하면서 변명들을 늘 어놓는다. 약간 위압적인 태도를 취하자 덜컹덜컹 문을 연다. 가득한 시체 더미만 쌓여 있고 냄새가 코를 찌른다. 그런데 분명 움직이는 물체가 있다. 움직인다는 것은 죽지 않았다는 것인데 어찌 된 영문인가? 전지불빛을 비 추자 거기에는 놀랍게도 남녀가 있다. 도저히 이해가 가지 않는다. 그러면 보초병도 공범이란 말인가? 체념한 듯 보초병은 부들부들 떨고 있다. 현 중령은 시체더미 곁에 있는 남녀가 수치심에 폭력을 휘두르면 큰일이라 생 각된다. 문을 닫도록 했다. 문을 닫고서 한참 생각하니 그들이 부끄러움에 순간적으로 자살해 버릴지 모른다는 직감이 스친다. 이래저래 골치 아프다. 죽는다면 문제가 더 커지니 죽지는 않아야 된다. 보초병을 불러서 문초를 해보니 여자는 어디에서 데려온 여자였다. 현 중령은 자신의 손으로 관계 된 병사들, 여자를 즉결처분으로 권총을 뽑아야 할 판이다. 일이 이 지경이 된 데에는 분명히 공산군 첩자가 섞여 있을 것이란 예감이 든다. 목숨이 오고가는 전시에 누구인지 가려낼 시간적 여유가 없다. 자신의 부대원에게 총을 뽑아야 할 처참한 지경이다. 시체더미 처리하는 일보다도 문제해결이 어렵다. 전선에서 공산군을 향하여 포탄을 퍼붓는 일이 오히려 쉽다.

유중필은 서울에서 미처 몸을 피하지 못한 채 공산군의 포로가 된다. 대 구에 있는 아버지 유만우에게로 연락이 된 것도 없고 아직까지 죽지는 않 았다. 한강다리가 끊어지고 사흘도 못 넘기고 굴비를 엮이듯이 손에 밧줄 이 묶여서 구름떼같이 학교운동장으로 끌려갔다. 반항을 하는 사람은 그 자리에서 공산군이 개머리판으로 개 패듯이 쳐버린다. 반송장을 만들어 버 린다. 누구도 덤벼들지 않는다. 죽지 않으려고 시키는 대로 한다. 유중필은 주먹밥에 강제노역으로 지샌다. 다행히 인민재판에서 돌멩이로 쳐 맞아 죽지는 않았다. 별 볼일 없는 젊은 학생이기에 천만다행이다. 조를 짜서 지하호를 파거나, 지하갱도 전쟁물자 옮기는 일, 잡다한 힘들고 고통스런 것만 시킨다. 하루 중 가장 일을 못하는 조는 저녁에 주먹밥 한 덩이를 주지 않는다. 미치고 환장할 지경이다. 뼛골이 빠지게 부려먹고는 굶기기도 예사다. 살짝살짝 일을 하거나 그런 기미가 보이면 사람이 아니라 개 패듯 두들겨 패고 짓이겨 버린다. 사람이 아니다. 유중필은 자신이 이제는 사람이 아닌 것 같다. 이왕 죽을 바에야 하고 몇몇은 목숨을 걸고 대들다가 진짜로 모든 사람을 모아 놓은 곳에서 공개적으로 총살을 당했다. 그러니 살고 싶은 사람은 개, 돼지의 노예가 된다. 흑인노예들의 모습이 어른어른한다. 백인 노예상인의 꼬임에 빠진 아프리카 다른 부족에게 붙잡히어 다시 백인 노예상인에게 넘겨져 아프리카에서 아메리카 대륙에 건너와 흩뿌려져 지금껏 살고 있는 흑인들이 떠오른다. 그는 흑인들이 미국에서 살고 있는 것을 생각하니 아무리 노예라도 씨는 남는 것이니 잘하면 미국의 흑인들처럼 자손을 퍼뜨리면서 생명을 부지할 수 있지 않을까? 희망을 가진다. 어떻게든 살아서 씨앗을 뿌려야겠다고 정신을 차린다. 이제는 젊은 사람만 골라서 전선으로 배치한다. 의용군이다. 위대한 붉은 군대의 전사가 된다. 계급도 없고, 군복도 없고, 총알받이로 써 먹는다. 늘 공격의 제일 앞에 내세우고 식량도 하루, 이틀 치 밖에 주지 않는다. 지뢰밭지역이나 건너라 하고 완전히 죽으라는 것이다. 유중필은 죽지 않고 국군의 포로나 되었으면 싶은 심정이다. 그것은 거의 불가능에 가깝다. 공산군이 그런 틈을 주지 않을뿐더러 마지막 순간에 도주할 경우가 생길 때는 먼저 사살해 버리기도 한다. 전투에서는 죽지 않으려고 국군을 향해 총을 쏘는 것이다. 소속은 공산군에다 계급도 없고, 총은 국군을 향하고 있고, 앵무새처럼 정치적 세뇌는 되어 있지만 양심은 남쪽 대구의 가족에 가 있다. 이쪽, 저쪽 어느 쪽에도 들어맞지 않는 사람을 죽이는 도구에 불과하고 공산군이 살아남는데 보조역할을 하는 방패막이의 쓸모이다. 그의 심리구조에는 제일 편한 것이 국군의 포로가 되는 것이다. 그게 안 되면 공산군에서 흑인들처럼 살아남는 방법이다. 서울을 떠날 때는 수천 명이 움직인 것 같은데 지금은 아는 사람이 없다. 절대로 같이 붙여놓지를 않는다. 분대장도 일주일 이상을 같은 사람을 시키지 않는다. 일주일이면 그의 생명을 쥐고 흔드는 공산군의 하전사가 바뀌는 것이다.

내려오다가 낙동강까지 왔다. 죽지 않은 것은 모진 생명이기 때문이다. 낙동강에 오고부터 더 이상 이동이 없다. 장거리 이동이 없고 죽을 위험은 점점 많다. 소모품인 유중필을 이제는 죽으라고 발목에 쇠고랑을 채우고는 기관총에 실탄만 몇 시간 사용할 것만 주고는 공산군은 뒤로 빠지는 것이다. 수십 번을 당한 일이라 죽을 것 같으면서도 그 자리에서 아무리 설쳐봐야 자살할 방법뿐이다. 자살은 하고 싶지 않다. 국군의 포사격에 죽을 지경이다. 수류탄도 터지고, 토치카도 박살이 나고, 흙더미에 파묻혀 목만 버둥버둥 대고 있다. 생매장된 셈이다. 흙무더기, 암석, 돌멩이의 무게가 몸뚱이를 쥐어튼다. 버티고 버티다 정신을 잃는다. 죽는 순간이다.

깨어보니 몸이 부자연스럽다. 손발이 묶여 있고 몸뚱이도 나무에 매어져 있다. 힘이 하나도 없다. 희미하게 사람의 모습이 보인다. 차츰 사람의 모습이 커지면서 정확하게 보인다. 국군이다. 둘러앉아서 밥을 먹고 있다. 허기진 뱃속에서 창자가 소리도 나지 않는다. 몸을 뒤척이니까 쑤시고 아프기만 하다. 소리를 질러보려고 해도 목구멍에서 말이 나오지를 않는다. 육신은 기진맥진해졌고 정신은 들어오는 중이다. 시간이 무척 지나자 감시하는 병사가 쳐다보고는 죽지 않은 것이 신기한 듯 여긴다. 나무에 매어둔 몸을 풀어서 꿇어 앉히고는 총부리를 겨누면서 신문을 한다. 사실대로 쭉 이야기 한다. 못 믿겠다는 투다. 구차한 온갖 살고 싶은 태도와 간절함으로써 거제도 포로수용소로 옮겨졌다. 수용소 안에서는 천국과 같은 심정이다. 죽을 공포는 일단 사라진 듯하고 먹고 자는 것이 최소한이나마 보장되는 것 같다. 지난 기간은 죽지 않으려는 생각만으로 겨우 겨우 버텨왔다. 그런데 공기가 심상치 않다. 거제도 수용소 안에 공산군 포로가 기세를 부리면서 남한의용군 포로를, 자유의지를 가진 쪽을 공격하고, 몰래 죽이는 일이 발생한다.

유만우 박사는 현무광 중령의 안색을 보니 예사롭지가 않다. 무슨 일이 난 듯하다. 유 박사는 눈치가 늘어났다. 환자만 보면 그 환자에 대해 꿰뚫어보던 직감이 현 중령에게로 향한다. 혹시 철수하는 것이 아닌가? 대구가 곧 공산군의 수중에 접수되는 것이 아닌가? 별의별 생각을 다 해본다. 현 중령을 따라서 유 박사는 헌병과 같이 시체실로 갔다. 시체실 문을 열자 역겨운 시체 냄새와 소독약이 코를 찌른다. 총을 빼들고 헌병들이 들이닥치니 아무런 반응이 없다. 불을 켜고 뒤적이니 여자는 정신을 잃고 누워 있고 병사는 약을 먹은 것 같다. 재빨리 해독제를 사용하여 두 사람을 응급조치한다. 일단, 두 사람과 보초병을 헌병대로 이첩하고 급히 마무리한다. 현 중령은 보직이 바뀌어 병원에서 전선으로 배치된다. 한편으론 차라리 잘 된 것도 같다.

유 박사는 오랜만에 집에 들른다. 위태위태하게 집안은 돌아가고 있다. 아들은 생각해보아야 답답하고 식구들이 침묵을 지킨다. 예전처럼 월급을 타 와서 즐겁게 살 물건도 없다. 양식은 배급제이고 기초적인 식료품은 자급자족이다. 이제는 월급이 아니라 배급표만이 손에 쥐어진다. 화폐가 별 쓸모가 없다. 전시인플레가 되니 쌀 한 되 값이 엄청나게 오르니 휴지일 따름이다. 아무리 돈이 있고, 금붙이가 있어도, 암시장에서조차도 구할 수 없다는 점이다. 배급표가 떨어지는 날에는 끝이다. 진짜 하늘에서 미군들이 쌀가마니라도 떨어뜨려 주었으면 하는 바람이다. 들리는 소식은 낙동강에서 시체만 쌓여가고 팔공산에서는 한 치라도 밀리지 않으려고 온갖 수단방법을 다 동원하여 분골쇄신한다는 얘기뿐이다.

북조선 책임자 김일성은 한달음에 영천, 김천까지 달려왔다. 다 된 밥에 어찌된 셈인지 더 이상의 진격이 안 되니 안달이다. 권총을 휘둘러가면서 야전군들을 독전하고 책임추궁을 할 태세며 죽으라고 밀어 넣어도 더는 못 나가는 것이다. 기갑부대를 뒤에서 포진하면서 낙동강 선을 밀어붙이던 박성철도 더 이상 승산이 없어진다. 독무대로 밀어붙이던 T-34도 점점 줄어들고 미군이 드디어 한두 대씩 전차를 영천, 하양 쪽으로 소대, 대대 급으로 증강한 것이다. 이제는 틀린 것 같다. 갈수록 보급로는 늘어지면서 물자, 식량수송은 어렵다. 전의는 떨어지는데 국군은 미군의 전차투입으로 무기보급의 확대로 인해 다 죽어가다가 팔팔하게 살아난다. 거기다 땅에 쳐박힌 국군이 충천한 사기로 재무장되고 낙동강이 무너지면 죽는다는 절체절명의 위기감을 느껴 싸우는 방식이 결사항전이라 북조선의 책임자 김일성도 마지막 끝판내기가 안 된다. 양코배기들이 들어오니 수가 틀린다. 일본에서 날아와서 낙동강의 공산군에게 퍼붓는 미 공군의 융단폭격은 두 손을 들게 만든다. B29 폭격기다. 비구(B29)라는 비행기. 일본 땅에서 조센징의 아내는 남편도 잃고 도마 위의 고기 신세에서 세 자식을 키우려 새까맣게 많은 비구(B29)가 공습을 해도 피하지도 않고 오방 구르마를 끌며 배급으로 받아 모아둔 설탕을 양식이나 돈으로 바꾸려고 시골로 물물교환 하러 갔다고 한다. 어머니는 무섭다. 어머니의 한 마디는 어린 아들에게 칼을 쥐게 하고 어린 딸이 주먹을 쥐게 만든다. 군인도 대피하는 폭격을 무서워하지 않는다. 그렇지만 낙동강전선에서 면적을 정하여 한 평당, 셀 수 없을 정도의 폭탄을 떨어뜨리니 땅굴을 파고 두더지처럼 지하로 기어들어갈 도리 외에는 막아낼 재간이 없다. 미군 탱크들을 본 순간 북조선 책임자도, 박성철도, 야전군 사령관들도 풀이 죽어 버렸다. 공산군은 미군에 대하여 한없는 증오심을 가진다. 골수에 미군이라는 단어는 견디기 어려운 고문이 된다. 야전군사령관들은 영웅칭호에다가 적어도 남한의 행정구역상 한 도씩을 자기차지가 되리라는 꿈과 정권의 한자리씩을 바라보다가 미군이란 존재, 탱크가 투입됐다는 데서, B29의 폭격이 시작되자 날이 새고, 밤이 되고, 꿈속에서도 미군이 싫어죽을 지경이다.

낙동강 방어선상의 한국군도 침략군인 북한군도 사실은 엄청난 착각에 빠져 있다. 미군이 한쪽에게는 구세주로, 다른 쪽에게는 악마같이 보일지라도 엄연히 한국 사람이 아닌 외국인이다. 어쩌면 허깨비를, 귀신을 상대로 자기편이라고 혹은 아니라고 우격다짐을 하는 참담한 현실이다. 용병이며, 그들의 한계성이 있는 것이며, 그들 나름의 계산이 있는 것을 누구나가 다 안다. 미·소 강대국의 대리전쟁의 희생물이 되어 똑같은 한민족이 이데올로기의 괴물 앞에 물고 뜯고, 허수아비마냥 처신하고, 형이 아우를 죽이는 카인과 아벨처럼, 아담과 이브가 선악과로 인해 에덴동산에서 추방당하듯 선악을 구분 못해 한 핏줄이 죽고 죽이는 싸움판이다. 이념의 허구가 무지막지하게도 몇 십억의 인류에게 적대감을 만들어준다. 인간은 싸우고 싶은 속성을 가지고 있고 자기의 생각이 옳다고 죽음을 불사하고 강제하려는 본성이 숨어 있다. 인간과 가장 유전자가 비슷한 침팬지 수컷들도 이유 없이 살육을 한다. 인간이 전쟁을 치는 것과 흡사하다. 그렇지만 인간은 동시에 그 싸움을 버릴 수 있는, 이념을 포기할 수 있는 양심도 있다.

맥도날 더글라스 항공회사 국제영업담당 부사장인 토마스는 뉴욕 9번가 헤이븐 호텔 38층 특실에서 기분 좋은 정사를 끝내고 잠시 눈을 붙인 뒤 한밤중에 깨어나서 그 특유의 업무지시를 내린다. 토마스의 일하는 스타일 때문에 죽어나는 것은 말단에서 실무진을 접촉하는 사람들이다. 무선연락으로 유엔빌딩에 진을 치고 있는 부하들을 호출한다.

"아무 일 없는가?"

"아직까지 안전보장이사회 대표들이 이동하지 않았습니다. ABC, UPI 우리가 손을 써둔 기자들도 움직이지 않았습니다."

"그래. 기자들이나 대표들의 숙소 불빛이 켜지는, 꺼지는 시간도 정확히 확인을 했는가?"

"예, 전부 포착했습니다."

펜타곤을 부른다. 국방성에도 비상근무를 하고 있다.

"새로운 것 없어?"

"예, 전황브리핑이 새벽 5시쯤 있을 예정입니다."

"그래. 잘 체크하고, 국방성에 우리가 접촉할 이십삼 명에 대해 일일이 연결되어 있는가?"

"물론입니다. 가까운 사람까지 5배수의 인원에 대해서 그물을 쳐 놓았습니다."

"실패할 때는 자네 모가지 달아날 줄 알아."

"물론입니다."

동경을 부른다. 동경의 낌새도 보고받고, 유럽지역의 재보험관계, 선박회사들과도 연락을 취해 둔다. 토마스는 이판에 몇 년 고생을 면할 수 있다. 전쟁이 터져서 불이 붙으면 그는 제일 신난다. 제발 유엔군이 결성되어서 물밀듯이 한국으로 밀어붙여야 한다. 그래야 사업이 흥한다. 잘 팔아먹으면 아프리카의 조그만 나라나, 대만, 이스라엘 정도의 땅덩어리는 살 수 있으니 놓칠 수가 없다. 순이익만 쳐도 남한의 경상도 중에서 부산이나 대구 정도의 한 도시를 집어삼킬 달러를 만지는데 잠이 올 리가 없다. 펜타곤의 군수물자 조달국장의 한마디, 그의 서명 한 자가 맥도날 더글라스로써는 비행기 백대, 탱크 이백 대, 소총, 기관총, 대포, 등등 땅덩어리가 오고가기 때문이다.

토마스에게 보고가 들어온다.

"뭔가?"

"유엔주재 미국대사가 숙소에서 일어났습니다."

"그래. 잘 추적하게."

"뭔가?"

"UPI 기자의 육감이 오늘 아무래도 소련대표들이 불참하리란 소문을 띄웁니다."

"그래. 소련대표가 불참하면 끝난 일 아닌가?"

"그렇지만 신중해야 합니다. 아! 지금 차가 보이네요. 링컨 콘티넨탈은 미국대사 차고 소련대사의 차량은 안 보입니다. 영국, 프랑스, 중국의 유엔 주재 대표들의 차량과 색깔, 차량번호판 모두 확인됐습니다."

"그래도 잘 살펴봐야지."

"아직 확인되지 않은 두 대의 차량도 있습니다."

"잘 살펴보도록"

로비스트들과 직원들을 이용해 국방성에 꿀을 쳐 바르고 웃음과 동원가 능한 모든 것을 비밀리에 뿌려 놓았다. 그래도 걸려들지 않으면 부사장자 리 내놓을 각오도 되어 있다. 소련대표가 불참했다. 토마스는 기분이 하늘 을 찌를 것 같다. 무기장사의 제일보는 성사될 가능성이 커지는구나.

삐죽이 솟아오른 유엔빌딩은 날씬한 몸매를 자랑한다. 휘날리는 만국기 들은 각기 제 나라를 뽐내고 있다. 성조기를 쳐다보면서 미국대표는 감히 미국에 반대할 국가가 없어 보인다. 심통이 터지기는 소련대표다. 안보리에 서 거부권이 있지만 표 대결은 틀린 일이다. 표수를 따지면 편드는 나라가 없어 불리하다. 아예 거부권을 행사할 필요가 없어졌다. 모스크바의 지령이 불참으로 정했기 때문이다. 미국 쪽에서 소련제 무기들의 제원과 증거품들 을 남한에서 가지고 와 제시하니 발뺌을 하기도 힘든 판에 불참으로 상황 을 모면함이 상책이다. 안보리에서는 침략군을 격퇴하기 위해 유엔군의 창 설과 아울러 한국 전선에 파견하기로 결정했다. 군비지원, 군인 수는 절대 다수 90%가 미국이 주축이 된다. 여기에 영국, 프랑스, 중국(대만)이 두 손 들고서 찬성한 것이다.

맥아더는 16개국 연합군의 지휘권을 행사하는 유엔군 사령관으로서 오성장군이 된다. 유엔기를 접수하고 한국 전선에 미군을 투입할 차례이다. 한 주먹거리로 보이던 북조선이 드디어 맥아더의 눈앞에 맛있는 샐러드로, 점심식사로 올라왔다. 불쾌하긴 딘 소장[3]이 포로가 돼 버려서 미군의 자존심이 땅에 떨어진 것이지만 특유의 징검다리 전법을 구상하고 있다. 한반도가 38도선으로 분할되어 있으니 원산, 인천, 군산, 어느 곳으로 허리를 자를까? 생각 중이다.

토마스의 노력과 여러 사항이 복합적으로 작용하여 펜타곤의 군수물자 조달국장은 맥도날 더글라스을 군납업체로 도장을 찍었다. 토마스는 돈방석에 올라앉는다. 부사장에서 끝날 것 같던 회사승진에서 사장자리도 가능하다. 그가 팔아먹은 살인무기들이 한반도에서 수많은 인명을 살상하고 있는 순간에 카리브 해의 시원한 야자수 밑에서 샴페인을 한 잔 마신다. 요트로 한바탕 바닷물을 덮어쓰고 숙소로 돌아와 민물로 샤워를 하니 심신이 흡족하다. 아름다운 바하마 여인이 시중을 들고 있다. 토마스는 처음 회사에 입사했을 때 좋은 직장이며 장래가 보장되는 것이 좋았다. 나이가 들어 머리가 희끗해지고 자식들도 독립할 때 쯤 되어서야 부사장이 됐다. 아들이 대학 다닐 때 찾아와서 그에게 무엇 때문에 화가 나서 퍼부은 한마디에 온 마음과 정신이 아직도 아찔아찔 하다. 맞는 말이지. 그렇지만 되돌릴 수 없는 자신이 원망스러우나 선택의 폭은 좁다. 참 괜찮은 아들을 둔 셈이다. 멋있는 아들이란 생각이 든다.

---

(3) 딘 소장은 부하 중에서 부상병의 물을 뜨러가다가 생포됐다. 부하들이 말렸지만 듣지 않아서 그렇게 됐다. 포로교환으로 살게 됐다. 유엔군 포로 중 터키, 한국군 포로들은 중공군이나 북한군이 주는 된장을 먹고 풀도 뜯어먹어 생존율이 높았으나 미군은 된장을 먹어내지 못하고 풀을 거의 먹지 않아 상대적으로 많이 죽게 됨.

'아버지, 아버지는 무기 상인이며 더구나 약소국가의 사람들을 죽이고 있어요.'

　동경변두리 치바현에서 구두를 수공업으로 만들고 있는 마쓰다 나스무에게로 미군 장교 한 사람과 공무원이 찾아왔다. 찌들어지고 어두컴컴한 집 구석에 마련한 작업장에서 신발을 똑딱똑딱 만들고 있던 네댓 명의 직공이 눈을 부릅뜬다. 미군에게는 적대감이 든다. 마쓰다 나스무에도 미국인에게 경계의 눈초리를 보낸다. 이 보잘 것 없던 공장이 한국전에 참전한 유엔군과 한국군의 군화를 만들기 시작한다. 동네에, 치바현에서 할 일 없이 빈들빈들 배고픔을 참고 있던 만 오천 명에게 일자리가 생겼다. 마쓰다 나스무에는 네댓 명의 직공에서 대기업의 사장이 된다. 원래가 불학무식한지라 골치 아픈 일이지만 주먹구구로 맞추어도 장사가 되니 별탈이 없다. 잘 돌아가면 백만 켤레도 후딱 만들어서 배에 실어 남한으로 보낸다. 하루에 다섯이서 한 사람당 열 켤레 이런 식으로 일하다가 엄청난 발전이다. 마쓰다 나스무에는 한반도에서 공산군과 유엔군이 끝이 없이 전쟁을 계속하면 좋겠다 싶다. 소학교(초등학교)도 미처 마치지 못한 그이지만 아무리 멍청한 바보라도 형제간에 죽이고 살리는 일을 십년, 오년도 하지 않을 것 같다. 부자도 되고 형편도 몰라보게 풀려서 다섯 명의 직공들도 엄청나게 잘살게 되었다. 마쓰다 나스무에는 아무리 생각해도 한국 사람들이 멍청하게 보인다. 자기가 잘살게 되어 반갑고 고마운 것은 하나도 없고 그저 머저리 같은 조센징으로만 보인다. 거나하게 술을 마셔 기분이 좋으면 병신 같은 조센징들 때문에 나는 거저 사장이 되었다고 목구멍에서 이 말이 튀어나오려다가 약간은 포장된 이야기를 할 줄 알게 되었다.

'에에, 미국과 일본이 한국의 비참함을 물심양면으로 도와준 것으로써……'

마쓰다 나스무에는 뱃삯도 비싸고 이왕이면 남한에서 생산하면 일본에서
보다야 월급도 쥐꼬리만큼 주어도 되니 얼마나 좋으냐? 늘 그 생각이 그를
괴롭힌다. 그렇지만 전쟁 중에 불타버린다거나 한국인들이 일본사람이라고
칼을 들고 쳐들어오면 안 되겠고 방법이 막연하다. 그렇지. 일본에 있는 재
일교포를 엉터리 사장으로 앉히면 되겠구나. 불학무식한 마쓰다 나스무에
의 생각은 어쩌면 그렇게도 돈 버는 데는 일가견이 있다. 엉터리 사장을
시킬 만한 사람들을 불러 모아보니 너무도 많다. 문제는 자신을 철저히 믿
어주는 것이 관건이다. 인척관계를 맺어놓으면 아무래도 서로가 직원 사이
보다야 낫겠지 싶어서 그는 예쁘고 똑똑한 조센징 여자를 후처로 맞아들인
다. 그는 꿩 먹고 알 먹고 살다보니 이렇게 잘 풀리는 팔자가 있구나 싶다.
그의 심리 밑바닥에는 늘 머저리 같은 조센징이 깔려 있다. 그런데 후처로
들어온 조선여자는 대하기가 어렵다. 능력이 상당하다. 상대해서 이길 수
있는 것은 남자라는 완력과 억지로 몰아붙이는 것이다. 하루하루 지날수록
엉터리 사장이 꽤나 재주 있는 사람이란 걸 알게 된다. 아프리카 땅에서
추장의 아들이라면 아무리 백인이 우월하다고 해도 밑바닥의 백인보다 낫
지 않을까? 그렇게 느껴진다. 그는 부하들을 시켜 자료들을 모아본다. 미
개한 민족이라도 백 명에 한 두 명은 똑똑한 사람이 있는 것이 자연현상이
란 것이다. 만 오천 명 모아 놓으니 능력 있는 사람도 있다. 전부 월급쟁이
들이니 월급이라는, 직장이라는, 올가미로써 조이면 모두 복종하니 문제가
없다. 남한에 엉터리 사장을 심어두고 계속해보니 갈수록 엉터리 사장이
아니고 차츰 진짜 사장이 되어 간다. 사실은 엉터리 사장이 마쓰다 나스무

에보다 능력이 더 우수한 사람이다. 그는 차차로 머저리 같은 조센징이라는 말을 삼가게 되고 동등해야 한다는 인식이 싹트기 시작한다. 그렇지. 똑같은 것인데 싶다. 그렇지만 전쟁 중이라 대책이 잘 서지 않는다. 원래 자신도 별 볼일 없는 헐벗은 축이었지만 한국인은 더한 것 같다. 그에게 변한 것은 양코배기들과 사이좋게 지내는 사교술이 엄청나게 늘어났다. 눈알을 부라리며 쳐다보던 미국인에게 이제는 넙죽넙죽 절도 하고 호흡도 잘 맞추고 온갖 방법을 다 동원하여 그들의 환심을 사도록 한다. 돈 버는 일과 관계된 기술이나 기계 같은 것은 미국기술자의 머리에서 발끝까지 다 훑어서 그것을 알아내려고 혈안이 된다. 어떻게 살고, 어떻게 생각하고, 왜 그들이 이로운 기계와 기술을 만드는지 자나 깨나 그것을 모방하고, 재생하고 머리와 온갖 것을 흡수하려고 발버둥 친다. 마쓰다 나스무에의 방침은 첫째가 공장에서 제일 근면하고 머리 좋은 사람들을 미국기술자에게 붙여서 그 기술과 기계의 제작법을 알아내도록 하는 것이다. 둘째는 팔아먹는 것이다. 그의 이런 법칙은 돈이 벌려진다. 어찌된 영문인지 한 번 한국전쟁을 통하여 어마어마한 거금이 쌓이더니 줄지를 않는다. 매일매일 불어만 가고 돈이 돈을 먹고 기술이 기술을 낳고 갈수록 번창만 한다. 일이 잘 풀리니 신명이 절로 나고 하루하루가 즐겁다. 그는 마음이 편안해지니 과거에는 생각도 못했던 여유를 갖고 사물을 보게도 되는 자신에 대해 놀란다. 시야가 좀 트이는 느낌이다. 바쁜 시간에 짬을 내어 몇 사람과 후지산을 올라보니 자신이 너무 쩨쩨하게 살아온 느낌이다. 한심한 인생이었던 것이다. 베풀 수 있는 정신적 틈이 없었던 지난 세월이었다. 불가의 세계나 종교의 세계에서는 아무런 값어치가 없어 보이는 평생. 너무도 허전하다. 부정할 수 없는 이 현실이다. 돈만 많으면 뭐하나? 더 좋은 것도 있는데.

그렇다. 다른 길도 많다. 바꾸질 못하는 인생이다. 깨달으면 삶이 바뀔 수 있지만 살아온 인생행로를 홱 꺾기에는 용기가 없다. 그전 보다는 착하게 살아야겠다는 막연한 마음을 먹고 여행을 마친다. 그래도 엄청나게 에너지가 충전된 나날이다.

유 박사는 갈아입을 내의보따리를 쥐고는 여름햇볕이 쨍쨍 내리쬐는 거리로 나선다. 숨이 턱턱 막힐 지경이다. 이글이글 땅바닥에서 불이 일어난다. 불바다를 이루리라는 예언이 들어맞는 것 같다. 인간 스스로가 불의 심판을 히로시마, 나가사키에서 시험해 보았는데 제발이지 대구에서만은 그런 불바다를 원치 않는다. 인간의 끝없는 탐욕과 자만심이 스스로를 죽이고 있으니 전쟁이 없는 세상을 만들 수 없단 말인가? 대량으로 인간의 멸종을 자초하는 방법을 택하고 있는 어리석고 유한한 피조물이다. 모든 민족이 총과 칼을 낫과 보습을 만들어 농사를 짓는 세상이 돌아오면 좋으련만 인간과 인간의 투쟁을 격화시켜서 파리, 모기 죽이듯 서로를 살상하니 참으로 한심하다. 늘어나는 인구를 조절하는 가장 원시적 방법이 예전부터 전쟁 아니면 전염병으로 해결해 왔다지만 현재는 의학이 갈수록 발전하여 잘 죽지도 않는다. 가톨릭에선 반대하는 낙태나 피임도 선진국에선 가능한 시대지만 그래도 선택할 방법이 전쟁밖엔 없는지 해답이 막연하다. 병원으로 향하는 발걸음이 솔직한 심정에서 즐거운 일이 아니다. 히틀러가 써먹은 단종법은 유대민족을 열등민족이라고 생식불능의 내시들처럼 만드는 것은 인간성에 대한 범죄이다. 합리적인 방법이 떠오르질 않는다. 전쟁에 들어가는 엄청난 노력, 돈, 시간, 정력을 늘어난 인구들이 살아가는 방법으로 바꿀 수 없는가? 이왕 죽을 바에야 체계적으로 연구나 해보았으면 싶다. 전쟁이 없는 지구의 건설. 국제연맹, 국제연합, 적십자사, 군비제한조약, 동맹조약, 부전조약, 이제껏 인간이 고안한 방법들을 이용했지만 별 수가 없다. 인간의 마음을 변화시켜야 되는데 인간의 마음을 치료하는 종교가 오히려 더 피비린내 나는 종교전쟁이나 이념전쟁을 하기도 하니 어떻게 전쟁 없는 한반도, 세계를 만들 수 있을지 자못 궁금하다. 성인, 철인, 초인이 통치하는 세상, 그것도 앞뒤가 맞지 않고 유 박사는 해결할 묘안이 없다. 어차피 벌어진 일 빨리 끝이 나던지 중단했으면 좋겠다. 그런데 잘못 입을 열면 큰일이다. 끝이 나도 남한이 이기는 것으로 끝이 나야 하고 중단해도 남한이 유리하게 중단이 되어야 한다. 술이 취해서 북조선이 이겨야 된다는 말은 꿈속에서도 해서는 안 된다. 인간 스스로가 정해 놓은 법과 규칙에 자신의 목숨을 걸어야 하는 묘한 존재이다. 이와 똑같은 이치로써 북조선의 어느 누구도 북조선이 이겨야 한다고 말해야 하는 엄연한 북조선의 법과 강제가 똑같은 아니면 더 큰 압박으로써 인민에게 요구되는 것이다. 그러면 이런 상황에서 제멋대로의 말을 할 수 있는 지구인은 얼마인가? 그 숫자도 과히 많지 않다. 어느 편도 아니고 아무 상관없다고 내팽개칠 수 있는 인류의 명단도 한계가 있다. 그러면 유 박사는 싸워야 하고 북조선의 침략자를 죽여야 한다. 싸우기 싫다고 돌아서면 국가반역자가 된다. 북조선이 져야 한다는 신념도 철저히 가지고는 있는데 왜 같은 핏줄끼리 죽여야만 하는가? 그것이 안 풀리는 문제이며 고민이다. 내가 살기 위해서는 방어적 본능에서 최후의 것은 내 것이며 내가 우선이니까 어찌 되었건 내가 문제이니 나를 위협하는 것은 제거해야 되고 내 목숨을 요구하는데 지켜야 한다는 논리를 펴면 합당하기도 하다지만 집단적 범죄, 객관화된 전쟁은 누구를 위한 것일까? 서로가 죽기 위한 것이다. 이 결론 밖에는 없는 것인지 안타깝다.

땟국이 줄줄 흐르고 몸은 햇볕에 새까맣고 다 헤진 옷에 머리와 팔다리에는 부스럼이 나 있고 두 눈에는 눈물 자욱이 흘러 있고 손에는 미제 초콜릿 한 조각을 쥐고 어깨엔 깡통을 메고 있는 칠팔 세 된 어린이가 맨발에 척척 갈라진 발바닥에서 피가 흐르고 배고픔에 두 눈을 부릅뜨고 길바닥에 주저앉았다가 일어섰다가 지나가는 행인들을 쳐다보면서 증오의 얼굴을 해보이고 배가 고플 때면 동냥을 하고 있는 수많은 손자뻘 되는 아이들을 병원 문 앞이나 시내곳곳에서 철철 넘치는 것을 보면 유 박사는 전쟁이 더욱 싫어진다. 그들이 무슨 잘못이 있어서 전쟁고아로서, 걸인으로서 지내야 한단 말인가? 그들이 무슨 죄가 있는가? 유 박사는 그들이 자신의 옷소매를 부여잡을 때 그들에게 해줄 것이 없다. 동전 몇 푼 던지는 것뿐이다. 그것으로 모든 것이 면죄될 수도 없지만 그곳을 벗어나려면 그 정도의 통과의식이라는 허튼 수작 때문에 별로 내키지도 않는 행위를 반복한다. 마음으론 안 됐다고 하지만 그들이 떼거지로 덤벼들 때는 차마 옷에 더러움이 타는 것도 싫은 것이 인간인 그의 본색이다. 그의 마음이 이런데 다른 사람도 비슷할 것이고 정도의 차이가 있을 뿐이다. 백에 한 명쯤 슈바이처나 나이팅게일이 있을 것이다. 유 박사는 슈바이처도 나이팅게일도 페스탈로찌도 아니고 그저 이래선 안 되는데, 이래선 안 돼 라는 정도이다. 어린 거지들은 측은지심이라도 들지만 어른 거지들을 대하면 경계심부터 든다. 강도로 돌변하지 않을까? 겁도 난다. 유 박사도 식량배급을 못 받고 대학병원일이라도 없으면 꼬마 거지나 어른 거지처럼 된다. 똑같이 거지가 될 뿐이다. 그의 눈앞에는 아들이 어른거린다. 유중필이가 죽지 않고 이 거지들이라도 되어 있으면 좋으련만. 살다보니 별 희한한 것이 다 아쉽다. 죽는 것보다야 낫겠다는 약하고 비겁하면서 자신의 혈육이 이 땅에 존재해 주기를 바라는 처절하고 가련함이 내부에서 꿈틀거리고 행동반경을 축소시키고 생에 대하여 순응을 요구한다. 살아서 만나고 싶다. 죽어서 저승에서 볼 수도 있겠지만 그것보단 얼마나 좋은 일이 전쟁이 어서 끝이 나서 아들의 젊고 씩씩한 모습을 보고 싶다. 시체더미들이 실려 나가는 대학병원에서 팔다리가 아들의 것으로 보이고 얼굴 모양이 아들로 보이다가 제 정신이 들곤 한다. 끈질긴 인연의 끈이다. 알 수 없는 힘으로 유지되는 생명줄이다. 살다보니 태어난 자식이고 천륜의 끈이 끊어지는 듯 아픔이 있다. 눈 감으면 아내를 만난 때부터 아이의 전체 일생이 알알이 재현되고 느껴진다. 금방 지우기는 무리수이다. 지금 보다 몇 배는 행복한 일이 생기면 잊어버릴까? 행복하면 오히려 더 괴롭게 생각날 것인데. 정상적으로 감정이 조절되지 않으니 문제다. 지금은 정상이 아니다. 정말로 정상이 아니다. 좀 안정된 시간, 편안한 세상이 너무도 그립다. 태평성대 참 어려운 일인 모양이다. 해마다 평온하고 풍년이 드는 세상이 왜 쉽지 않은지. 강한 자만이 살아남는 것인가? 부드러운 것이 이기는 것인가? 가치기준이 혼란스러운 지경이다. 생존은 정석이 없는 야생의 광포함도 섞인 듯하다. 자꾸만 사람으로 하여금 절벽으로 모는 일이 생길까? 인간이 야생들소를 사냥할 때 절벽으로 몰아 떨어져 죽게 하드니 사람들이 서로서로가 절벽으로 밀어붙이다니 어떻게 된 것이냐? 이성이 마비된 전쟁이다. 지금은 전쟁 중이다. 그렇다. 아들이 너무 안타깝다. 제발 내 아들이 해당되지 않아야 되는데 그게 아니다. 해당이 된다. 어째서 이런 일이 일어날까? 글쎄 말이다. 유 박사는 아들 생각을 푸른 하늘에 흩뿌린다.

사랑하는 나의 아들아!
너는 나의 행복이란다.

사랑하는 나의 아들아!
너는 우리의 보배란다.

사랑하는 나의 아들아!
너 없는 세상이 무슨 의미가 있을까?

사랑하는 나의 아들아!
너로 인하여 세상이 밝았건만…….

사랑하는 나의 아들아!
엄마 뱃속의 너를 얼마나 애타게 기다렸는지 아느냐?

사랑하는 나의 아들아!
너 태어난 날 얼마나 기뻤는지!

사랑하는 나의 아들아!
너 엄마 젖을 쪽쪽 빨아먹을 때 얼마나 귀여운지!

사랑하는 나의 아들아!
엉금엉금 기어 다닐 때 참 대단하더구나.

사랑하는 나의 아들아!
입안에서 엄마, 아빠 옹알옹알 거릴 때 얼마나 사랑스러운지!

사랑하는 나의 아들아!
씩씩하게 걸음을 내디딜 때 장하더구나.

사랑하는 나의 아들아!
어쩌다 아픈 날은 너무도 가슴이 철렁하더구나.

사랑하는 나의 아들아!
폴짝폴짝 뛰어 다니기 시작하니 정말 기뻤다.

사랑하는 나의 아들아!
말귀를 알아듣고 말을 할 줄 아니 얼마나 신기했는지.

사랑하는 나의 아들아!
키도 커지고 골목을 돌아다니고 싸움도 하더구나.

사랑하는 나의 아들아!
하루 종일 놀다가 저녁에 늦게 들어올 땐 힘도 들었단다.

사랑하는 나의 아들아!
초등학교에 입학도 하더구나.

사랑하는 나의 아들아!
삐뚤삐뚤 글씨도 쓰고 셈도 시작하고

사랑하는 나의 아들아!
동네 친구들도 데려오고 같이 놀더구나.

사랑하는 나의 아들아!
어느새 초등학교도 졸업하고

사랑하는 나의 아들아!
중고, 대학도 입학하고

사랑하는 나의 아들아!
어른스러워지기도 하고

사랑하는 나의 아들아!
지금은 어디에 있는 거니?

사랑하는 나의 아들아!
보고 싶은 나의 아들아!

사랑하는 나의 아들아!
영원히 살아 있을 나의 아들아!

사랑하는 나의 아들아!
염라대왕 앞에 내가 먼저 가야하는데.

사랑하는 나의 아들아!
네가 살고 내가 죽는 것이 순서여야 하지 않겠나?

사랑하는 나의 아들아!
목이 메고, 눈물이 마르고, 힘이 빠지는구나.

사랑하는 나의 아들아!
저승은 싫고, 이승에서 다시 만나야 하지.

사랑하는 나의 아들아!
인간의 수명이 너무 짧고, 허무한 것이 세상 이치인 것을 이제야 깨닫다
니…….

사랑하는 나의 아들아!
나는 사랑을 쏟아 부을 수 있는 너 있어 행복했구나.

사랑하는 나의 아들아!
너 있어 세상이 그처럼 황홀했던 것이구나.

사랑하는 나의 아들아!
너 있어 나는 아버지였고 어른이었다.

사랑하는 나의 아들아!
고맙고, 고맙고, 좋았네, 너 있음에.

밥숟갈을 들면 밥알 하나하나가 살아있는 생명으로 되살아난다. 죽은 자의 얼굴이 그들대로의 존재이유와 삶의 의미를 가졌지만 유한한 생이었으니 어쩌랴! 동물에서 유기물로 움직일 수 없는 형태로 변형이 되어 살아있는 자의 생존을 연장하는 매개체로서 하루에도 어김없이 유 박사의 식탁에 있다. 먹는 음식이 죽은 자의 썩어 빠진 살과 뼈다귀에서 흙이 되어 식물이, 벼가 필요한 성분을 빨아들여 새롭게 태어나 그의 삶을 지배하고 있다. 지금 일도 바쁜데 한 가지 일이 추가된다. 적십자사의 사업의 일부분으로써 전쟁미망인들의 구호문제이다. 남편이 없어진 미망인들은 대부분 어린 미성년의 자녀들로 가족이 구성되어 있기 때문에 배급의 우선순위를 주선해주어야 한다. 굶어죽지 않을 정도의 양곡배급과 장기적인 일자리를 제공해주어야 하지만 노력동원에 적절하게 참가시키고는 그에 대한 계획된 정부보조 물품과 약간의 돈을 지급한다. 아무래도 공정성과 여러 가지 복합적인 일로 유 박사를 선택한 것이다. 수술만 책임지면 되었는데 행정적인 업무까지 겹쳐서 힘이 월등히 많이 든다. 정신없이 일을 처리하다보면 상념이나 긴 한숨에 빠질 적은 적어져도 전쟁전의 상태가 좋은 것이지 불안정한 현재의 생활은 달갑지 않다. 현재 상황에 변화가 생겨 탈출구가 보이길 바라지만 전선은 교착되어 있다. 가끔은 희망적인 전황이 들려오기도 한다. 이젠 무슨 일이든지 덥석 믿지 않는 심리상태이다. 무엇보다도 병원에서 군인들의 모습이 사라지는 것이 바람직하다. 비정상적인 구조로 운영되고 있는 병원의 일처리를 아무런 불평 없이 모두들 받아들이고 있지만 빨리 이 지친 싸움을 그만 두었으면 바라고 있는 것이 한결같은 밑바닥의 저류이다. 더욱이 병원에서 일하는 처지로서는 누구를 원망하고 책임전가를 씌울 권모술수의 정략가도 없다. 쓸데없는 사람들이 죽으나 사나 정치선전으로 한 쪽을 죽여야 하고 지구상에서 말살해버리려야 한다고 무시무시한 주장을 너무나 쉽게 이야기를 하지만 병원에서는 죽어가는 사람을 치료해야 할 의사의 의무가 있다. 그런데 이 점이 마비가 되는 날에는 인류에 대한 범죄자가 된다. 엄청난 유혹에 집단적으로 빠져버리는 때 죽어가는 생명에 차별이 생기고 적군과 아군을 분리하고 인간의 이성에 반하는 일이 생길 것이다. 똑같은 인간이지만 먹을 양식도 없고 너와 나의 생존의 보장이 위협받는 순간에 죽는 순서를 정한다면 자신이 제일 늦게 죽고 싶은 것이 인간의 본능이다. 그렇다면 잡아온 포로는 먹을 것이 없을 때, 약이 부족할 때, 자신이 죽게 될 상황에선 대신 죽게 한다면 동물 취급이 되는데 그러한 일이 벌어진다고 상상하니 유박사는 끔찍하다. 히틀러의 독일군이 유태인에 대한 가스실에서의 600만 명 학살, 일본군의 남경에서 30만 명 학살, 일본군의 생체실험 이런 것은 사실이다. 짐승같이 살육하는 일이 인류가 살아오면서 수없이 반복했던 일이다. 팔을 자른다. 눈알을 뽑는다. 이런 일을 부지불식간에 할 수 있는 환경이 까닥하다간 조성된다는 불안감이 엄습해온다. 세균무기, 화학무기, 기상을 이용한 살상무기, 전염병, 전쟁을 칠 수 있는 방법은 얼마든지 있다. 유 박사도 악마가 된다면 전염병을 만들 수 있다. 그렇지만 절대로 해서는 안 된다. 아들, 가족이 있고 어떻게 제 정신이면 할 수 있겠나? 문제는 이 점이 모호해지면 어떻게 되느냐이다. 나는 안 그러겠다고 절대자에게 맹세하고 있지만 상대방인 적군이 그와 같은 방식의 전쟁을 하면 어떻게 해야 한단 말인가? 공산군이 상상으로 생각되던 일을 시작하면 방어도 해야 되고 죽지 않을 묘책을 찾아야 하지 않나? 유 박사는 인간에 대하여 한없는 환멸과 경멸, 짐승만도 못한 점을 발견하고선 자신이 인간인가? 아니면 살인전문가인가? 어리둥절하다. 평생을 아픈 사람을 고치고 죽어가는 생명을 살리려고 히포크라테스 선서를 하고서 의사가 된 마당에 무슨 해괴한 일들을 주섬주섬 생각하느냐고 힐문을 해보지만 완전 무방비로 있어서도 곤란하다. 세균전이나 의학을 이용해서 일이 벌어지면 막아야 할 책임이 유 박사도 분명 있다. 인간의 옳고 선한 면만을 이제껏 보면서, 보려고 살아온 그의 인생이 이렇게 험악하고 추악한 것만을 펼쳐서 생각하고 실천하고 대비하고 있는 하루하루가 즐거운 인생인지 괴롭고 고통스런 인간의 삶인지 날짜만, 날짜만 무시무시하게 잘가지를 않는다. 시간이 이처럼 무서운 고문이 되기는 인생에서 처음이다. 살인자가 법정에서 사형언도를 받고 사형날짜만 헤아리고 있듯이 빨리 가버리는 세월이 아니라 이제껏 살아온 나날보다 더 길게 느껴지는 하루하루의 심리적인 괘종소리는 금방 더 늙게 만들고 머리카락을 훨씬 빨리 희게 만든다. 이처럼 시간은 그를 괴롭힌다.

그가 우려하던 일들이 현실이 되어 간다. 상수도원이 있는 낙동강 상류 지역을 적군이 차지했고 첩자들을 이용해서 우물이나 정부양곡보관소 같은 곳에 대규모의 의학적, 생화학적 일들이 벌어지면 막아낼 방법이 막연하다. 식수원, 정부양곡에 대해서 매일매일 식용가능 여부를 체크해야 할 일까지 생겼다. 그는 군인이 아니다. 이제는 거의 군인이 다 되어서 인간이 가장 악랄한 살인자로 변모되어서 할 수 있는 모든 인류에 대한 파괴에 방비를 생각해보니 너무나 엄청난 일이다. 하나에서 열, 백 가지, 천 가지 모두가 사람을 해칠 수 있는 것뿐이다. 그러면 천, 만 가지의 막아낼 방법도 찾아내거나 계획하겠지만 너무도 바보같이 서로가 이것 때문에 피가 말리어 죽어가는 것이다. 낙동강 하나를 두고서 못 먹게, 죽는 물로 만들면 상대방도 똑같이 보복을 하게 되고 서로서로가 죽게 된다. 서로가 이 넓고 긴 낙동 강물이 식수로 사용되게끔 감시하려니 얼마나 골치 아프고 힘이 드나? 미군은 월등히 유리하다. 이런 문제에 가장 잘 적응할 장비와 무기를 가지고 있기 때문이다. 공산군은 한계가 있다. 공산군과의 싸움에서 절대로 핵폭탄을 일본에게 했던 것처럼 사용하지 말아야 한다고 유박사는 생각하지만 거기에 대한 결정권은 우리 스스로가 가지고 있지 않다. 원폭을 가진 나라는 미국뿐이다. 미국정치지도자, 최고책임자의 양심에 몇 백만의 생사박탈이 직결되어 있다. 평양이나 북경에 한방이면 끝이다. 이것이 인간의 멸망을 자초하는 무시무시한 유혹이다. 그는 소총으로, 대포로 쿵쾅거리면서 싸워도 이 원폭은 쓰지 않았으면 간절한 바람이다.

현무광 중령은 야산에서 굽이굽이 굽이치는 낙동강의 풍광을 바라본다. 흐드러지게 하얀 살색의 모래벌판과 길이길이 솟아 있는 이태리포플러 숲이 더욱 아름답다. 육안으로는 공산군의 진지가 어렴풋이 보인다. 전선은 무서우리만치 조용하다. 정감이 가는 우리나라의 산하이다. 대대병력을 산개시켜 놓고 쌍안경을 들고서 호 속에서 나와서 적진을 자세히 관찰하려는 순간에 비 오듯이 총탄이 날라 온다. 적의 저격병이 정조준으로 포착했다. 쌍안경은 어디로 날아갔는지 철모가 텅하고 땅바닥에 나뒹군다. 풀숲에 오징어포가 되어 더러 붙었다. 꼼짝할 수가 없다. 되도록 지면에 납작해져야 한다. 머리를 쳐들 수가 없다. 전방에서 흙먼지가 푸득푸득 일어난다. 일어나서 뛰다가는 어디에 한방 맞을지 아찔하다. 잽싸게 사과나 돌덩이가 언덕에서 구르듯이 데굴데굴 굴렀다. 온 힘을 다 쏟아서 내리구르니 퉁하고 쳐 박히는 곳이 길게 파놓은 참호 속이다. 탄약과 권총은 붙어 있는데 철모와 쌍안경 잡다한 물건들은 떨어지고 없다. 수류탄이 가슴팍에서 하나는 떨어지고 왼쪽 가슴에 붙어 있는 것이 덜렁덜렁 곧 떨어질 것 같다. 잠깐 사이에 몸에서 떨어진 수류탄이 불과 십여 미터도 안 되는 전방에서 '꽝' 터진다. 흙먼지와 굉음이 귀청을 때린다.

'아이고, 대대장님. 천만다행입니다.'

모두들 수군수군 거린다. 진짜 개죽음을 할 뻔 했다. 총도 못 쏴보고 저격병의 총알에 황천길로 접어들 찰나였다. 벌겋게 충혈 된 수천, 수만 개의 눈동자들이 강 하나를 사이에 두고 총구를 유심히 조준하고 있다. 미군의 B-29가 떴다. 새까맣게 온 하늘을 뒤덮은 미 공군의 폭격기가 강 너머에 우박 퍼붓듯 폭탄을 떨어뜨린다. 새하얀 물줄기가 치솟아 오른다. 야산에서도 불이 일어난다. 불꽃이 소나무를 어느새 꺼멓게 그을려놓고, 온 산을 벌건 황토 흙으로 까뒤집어 버린다. 폭격기 폭격이 끝나자마자 화기중대의 박격포, 대포, 57mm 무반동총, 수없이 날려 보낸다. 터져 버린 토마토 상자를 한 번 더 밟아버리는 꼴이다. 사흘이 지나도 군화 끈을 풀 수 없다. 엎드리면 코 닿을 곳에 시원한 강물이 흐르건만 고양이 세수도 못하고 눈알만 벌겋고 수면부족에 귀청이 얼얼하면서 환청, 환시가 생기는 것 같다. 그렇게 얻어맞은 공산군이지만 강 너머에서 대대가 포진한 곳으로 기총소사와 포탄을 퍼붓곤 한다. 일정한 시간도 없이 콩 볶듯이, 비 오듯이 쏟아지다가 멈추곤 한다. 기진맥진한 몸에 뱃속의 창자는 달라붙고 목구멍에선 목소리가 기어 나오지를 않는다. 주먹밥 한 덩이 배급받아 꿀꺽 삼켰지만 간에 기별도 안 간다. 일주일째 이르자 병사들이 저절로 푹푹 쓰러진다. 대대병력의 오분의 일이 이미 저 세상 사람이다. 오분의 이는 부상병이고 사십 퍼센트만이 기진맥진하면서 제 발로 비칠비칠 걸을 수가 있다. 부속부대와 자리바꿈으로 뒤로 밀려나온다. 시체도 내버리고 몸만 빠져나온다. 중상자들은 후송한다. 경상자와 살아남은 자들로 새로이 부대편성을 마치고 몸에 물을 끼얹었다. 들어붙은 군복과 흙더미, 피, 온갖 냄새가 물씬물씬한다. 골아 붙은 창자에 포식을 하니 배탈설사를 하는 병사가 대부분이다. 몰골이 말이 아니다. 발에 무좀이 안 걸린 사람이 없다. 너부러져 자는데 몽땅 생포해 가도 모를 지경이다. 일주일이나 잠을 자지 못 했으니 사람이 아니다. 교대로 잠을 자라고 명령했지만 그 자신도 모르게 군화 끈을 풀고는 한없는 휴식에 빠져버린다. 흔들어 깨우는 부관 때문에 일어난다. 참으로 처참한 꼴이다. 이것은 어쩔 수 없는 일이라 해도 그 모든 병사들이 손에는 총기를 꼭 거머쥐고 있다. 무의식중에 소총이 자신의 신체일부처럼 붙어 있다. 신기한 모습이다. 부관의 눈동자에도 핏기가 가셨다. 제 정신들이 돌아온다. 피비린내, 화약 냄새, 귀청을 때리는 굉음, 배고픔, 공포만이 휘날리다가 안도의 한숨을 돌리고 있다. 이틀이 지나자 현 중령의 대대는 재투입이 된다. 강물은 색깔이 변해있다. 푸른 물이 핏빛으로 얼룩져 있다. 시체더미들이 떠다니고 허접스러운 병기, 포, 물에 빠진 탄약, 타버린 양식, 전쟁의 잔해가 강에 널려 있다. 모래사장은 모습이 변형되어 있다. 강을 보고 버티고 있는 것만도 고마운 일이다. 몸을 움직여 전투가 벌어지면 전사자는 불을 보듯 당연히 생길 것이다. 강을 건널 때는 모래만큼이나 시체를 갈아야 될 판이다. 공산군의 저항도 완강하다. 제공권을 미군이 쥐고 있으니 망정이지 그렇지 않다면 일은 간단치가 않다. 밤이 되면 공포가 엄습해 온다. 낮 동안은 비행기가 '왱왱' 폭격을 하니 숨이라도 돌리지만 어두워지면 어느 곳으로 척후부대가 기습을 해올지 알 수가 없다. 뚫려버리는 날엔 만사가 허사다. 조명탄을 대낮같이 밝혀놓고 눈알을 부라리고 있다.

예광탄이 풍풍 날아온다. 사격이 끝이 나지를 않는다. 예전 같지가 않다. 서너 시간이면 반시간 정도는 멈추기도 하건만 어찌된 일인지 24시간, 48시간 내리 볶아댄다. 미군의 융단폭격을 흡사 모방한 것 같다. 현 중령의 대대방어선은 이미 탄약이 바닥났다. 하루를 넘기면서 공산군은 아군의 낌새를 알아챘다. 탄약보급이 되기 전에 적군이 강을 건너오면 백병전이나 화력 없이 적 앞에 노출이 된다. 현 중령과 대대 병사들은 눈앞이 캄캄해진다. 낮이 지나자 어둠이 깔린 강 너머에서 공산군이 도강을 시작한다. 미치고 환장하게 됐다. 벌떼보다도 많이 넘어오는 숫자는 어림잡아도 연대급이라고 판단된다. 목이 터져라 무전기로 상급부대를 불러도 곧 후속부대가 도착할 것이니 버티란 것이다. 이젠 죽는 순간만이 떠오른다. 반시간이 채 되지 않아서 다섯 배가 넘는 대병력이 모래사장에서 계속해서 코앞까지 물밀듯이 들이닥친다. 탄약이 떨어진 현 중령은 바리케이드, 매설한 지뢰나 가능한 조치를 취하고는 뒤로 빠질 수밖에 없다. 야전군으로서 이처럼 비참한 심정을 느껴보기는 처음이다. 공격하기보다, 방어하기보다, 탄약이 떨어진 부대를 진격해오는 대병력을 피해서 위치를 옮기는 것은 죽음을 각오해야 한다. 병사들의 얼굴에는 죽음의 그림자가 얼씬얼씬 한다.

전우들의 죽음으로 방어하던 능선을 버리고 뒤로 돌아서 재차 후속부대와 연결을 목이 빠지게 기다리던 현 중령은 공산군의 화력의 전개 앞에서 혼신의 힘을 다해 병력손실 없이 후속부대와 접선하게 된다. 탄약과 비상식량의 재보급을 받은 현 중령은 반격에 앞장선다. 빈손으로 죽어버릴 것 같다가 새롭게 살아났다. 후속부대도 도강한 공산군보단 열세다. 더 많은 병력이 넘어오기 전에 결판을 내야만 승산이 있다. 일주일이나 혈전에 혈전을 거듭하면서 사단 급 아군병력의 투입이 되어서야 겨우 밀어낸다. 공산군을 전멸하다시피 되어 다시 강 너머로 허겁지겁 도망갔다. 현 중령의 대대도 처음 인원에서 20%만이 생존하고 나머지는 전사, 부상이다. 희생만이 따르는 소모전이다. 공산군의 기세가 서서히 꺾이기 시작한다. 유엔군의 참전과 인천이 탈환되고 서울이 수복됐다는 소식이 들려올 때쯤 낙동강 상의 공산군 총격이 멈춰지고 조용해진다. 이젠 진격뿐이다. 낙동강을 넘어가도 별 저항이 없다. 공산군은 방어선에서 북쪽으로 도망을 치고 있다. 낙오병, 패잔병이 가끔씩 가뭄에 콩 나듯이 걸려든다.

유 박사는 병원안의 공기가 한결 부드러워진 것을 느낀다. 죽음의 숨결과 압박감만이 내리누르다가 모든 이들의 눈동자나 몸놀림이 되살아나 생명이 꿈틀대는 듯하다. 공산군의 힘이 빠져버리고 대구와 낙동강 선이 지켜지고 계속해서 추격하는 상황이 됨으로써 시민들의 공포도 사라진 순간이다. 병원의 의약품 사정도 다소 호전된다. 미국과 유엔의 원조약품이 들어왔다. 치료도 한결 나아진다. 적십자사 일이나 배급에도 구호물자들이 대부분이다. 유 박사는 꼬마들이 미군들을 졸졸 따라다니면서 껌, 초콜릿, 과자 부스러기를 얻어먹는 모습을 보면서, 병원에서는 그들의 의약품을 쓰면서 연명하고 있는 자신의 모습이 처량하다. 그런데 약품들이 월등히 좋고 한국에선 구할 수도, 만들 수도 없는 형편이니 어쩔 도리가 없다. 미제약품, 원조품 앞에서 유 박사도 꼬마거지 꼴이다. 이만저만 자존심이 상하지 않는 것이 아니지만 전쟁을 치르는 나라의 백성으로선 참을 수밖에 없다. 간혹 다 죽어가는 민간인이 입원을 하기도 한다. 몸이 부지깽이 마냥 말라 있다. 지하실이나 다락에 숨어서 서너 달을 햇빛도 못 보고 식물인간 마냥 버텨온 사람들이다. 납북이나 인민의용군으로 끌려가지 않으려고 모든 방법을 동원해서 목숨을 부지한 사람이다. 국군이 낙동강을 넘어서 북쪽으로 올라갈수록 이런 환자들이 많다. 몸은 반 이상이 망가지고 기력이 형편없다. 죽음의 공포만을 느끼던 이들이 심리적으로 살게 되었다는 사실 만으로고 슬슬 기던 사람이 벌떡 일어나기도 잘한다. 기초적인 치료와 영양공급이면 거뜬히 살아난다. 문제는 부상병들이다. 마취로 자다가 일어나보니 팔다리가 없는 이들이 울부짖는다. 간혹 병원에 있는 사람들에게 한풀이를 하다가 제풀에 꺾이기도 한다. 육신이 떨어져나가거나 고통에 평생을 보내게 되는 병사들이 모두들 처음에는 절망하다가 죽는 것보다는 낫다는 안도를 하는 쪽이 월등히 많지만 이왕이면 죽어버렸다면 좋았을 것을 하는 부류도 있다. 심리적인 치료를 받아야 하는 병사들도 많고 민간인들도 비정상적인 죽음의 공포를 느낀 환자들이라서 물리적인 치료에는 한계가 있다. 상처 입은 영혼을 어떻게 치료할 수 있겠는가? 가족의 비극과 일상생활의 비참한 하강을 겪은 것이다. 원래 상태에서 천 길 낭떠러지로 곤두박질 친 심정을 대부분 가지고 있고 병원에는 그런 심리구조의 사람들로 초만원이다. 간혹 신분의 엄청난 상승이나 폭리로서 벼락부자가 된 사람도 있겠지만 그 숫자는 미미하다. 유 박사는 세상이 요지경임을 느낀다. 의약품, 한약재료 등을 통해 전시이므로 평상시보다 어마어마한 이윤을 챙길 수 있음을 알게 된다. 전쟁 중에 가장 궁핍한 것은 쌀, 식료품, 의약품, 등 생각할 수 있는 여러 가지가 있다. 얼토당토않게 돈방석에 올라앉는 일도 생긴다. 유 박사는 아무리 하나님, 부처님을 찾아보지만 전쟁이라는 것이 한국 사람들의 마음을 너무나도 황폐화 시킨 책임을 발견한다. 치료할 수 없는 이 아픔은 누가 해결해주나?

연합군 사령부는 의외의 일이 한 가지 생긴다. 참전하는 중공군이 늘어갈수록 엄청난 수의 포로들이 늘어난다. 이들을 수용할 지역을 골라보니 가장 후방이면서 육지와 가까워야 수송이 유리하고 바다로 둘러싸여 탈출이 쉽지 않고 일반 국민들과 거리가 있는 지역을 골라보니 거제도가 선택된다. 급하게 터를 장만하고 임시막사를 세우고 처리해간다. 한국에는 섬이 많다. 최후 보루로 제주도도 고려했으나 상황은 나아져서 최악의 시나리오는 가동되지 않았다. 섬은 유배의 성격이 약간 섞여 있다. 나폴레옹을 엘바섬에 가두거나 죄인을 흑산도나 제주도로 유배 보낸 적이 역사에도 나타난다. 날씨가 좋지 않은 날은 예외이나 그렇지 않은 평범한 날은 바다 경치가 무척 아름답다. 거제도 구조라 해수욕장의 여름날은 낭만이 있기도 하다. 겨울날의 바닷바람은 차갑고 가슴 시리지만 여름철의 시원한 물놀이는 즐겁다. 보드란 모래가 밟히는 촉감이며 태양이 눈부신 하루는 축복이다. 밤에는 모닥불을 피우고 둘러앉아 노래도 부르고 춤도 추고 잊지 못할 날들이다. 중필은 자신이 오게 될 땅을, 섬을 꿈속에서도 생각해 본 적이 없는 곳이다. 결정은 순간, 순간의 선택에 의해 급조된 틀에 꿰매어 맞추고 있다. 우연성이 내포돼 있다. 사람의 일생이 불확실성과 애매모호한 나날들이 아닐까? 예측이 불가능하므로 가장 예측이 비슷하거나 가장 안정된 사회를 우리는 원하지 않는가? 그런 안정된 나라를 선진국이라 칭하기도 한다. 전쟁이 터진 이 나라는 정말 생각하기 싫은 상태다. 미국은 개인의 신용을 바탕으로 돈을 빌려준다. 이런 저런 직업은 평생 어느 정도 번다는 기준을 정해 미리 돈을 쓰게 해주는 예측 시스템이다. 한국의 1,990년대의 보험회사도 신용이 가장 좋은 층을 대학교수로 정해 돈을 빌려줬다. 그러면 포로인 그에게는 무슨 예측이 있나? 끔찍하다. 생존본능의 앞길에 커다란 암초가 가로놓여 있다. 마약, 종교, 정신, 신념 이런 것이 필요하다. 무엇에 의지할 절대적인 대상이 나타나길 바라는 심정이다. 잠이 든 시간이 가장 행복한 듯하다. 생각할 필요도 없고 망각에 빠져버린 바보 같은 행복이 좋다. 정신이 들면 공상을 해야 한다. 현실과 공상은 차이가 너무나 크다. 잠을 자는 동안은 자유가 있는 듯 착각을 하지만 깨면 만사 헛방이다. 신념을 꿋꿋하게 지키기가 쉽지 않다.

유중필은 꾸불꾸불 길게 내리뻗은 줄에 서서 한 덩이의 먹을 것을 기다리고 있다. 죽을 공포에서의 위험이 어느 정도 가셔지자 허구한 날 먹고 싶은 생각이 앞선다. 아무리 주워 먹어도 양이 차지 않는 것 같다. 창자에서 늘 소식이 요란하다. 늘어지게 잠이나 자고 싶다. 제발이지 간섭이 없으면 좋으련만 포로 주제에 더 이상 요구하는 것은 턱도 없을 것이고 견디는 연습이다. 자기와의 한없는 싸움에서 자신의 무엇을 지켜야 한다. 억울한 마음은 하소연 할 곳이 없다. 왜 포로가 되어야 했는가? 자기로서는 해결할 수가 없다. 팔자 탓이려니 해보아도 마음에 와 닿지 않는다. 내 나이가 몇인가? 그 생각을 하면 아직도 어림없다고 생각된다. 아닌 밤에 홍두깨 격이고 지진이나 홍수를 만난 것처럼 여겨지기도 하다가 도대체 언제쯤 풀려날 지 궁금하다. 살기위해서 할 수 없이 총을 쏘았다고 생각하면서도 자기가 만진 총으로 얼마나 많은 사람이 죽었고, 그 총으로 그 전에 사용한 사람이나, 그 후에 사용할 사람이 얼마나 많은 사람을 살상할 것인가? 그런 생각을 할 수 있는 여유까지 생긴다. 손에 총을 안 잡은 것은 좋은 것 같은데 감시하는 미군병사나 한국군 헌병의 총부리를 보면 아무리 유중필이 국군에게 적대감이 없다고 하지만 반갑지는 않다. 무기를 가진 사람은 싫다. 더구나 자신은 포로이니까 저 사람이 언제 마음이 홱 바뀌어 질 지 총구멍은 겁이 난다. 중필이 고통스러운 것은 잠자리가 비좁다거나 의복이 나쁘거나 먹을 것이 부족한 것이 그렇다하더라도 말을 마음대로 못 하는 것이다. 입이 달려있건만 한 마디, 한 마디 자유스럽게 할 수 없는 현실이 미칠 지경이다. 포로 심사 때는 남한의 고향으로 돌아가고 싶다는 말을 하지만 무리지어 있는 수많은 포로들과는 여간 힘든 일이 아닐 수 없다. 잠깐 사이에 쥐도 새도 모르게 반공포로가 공산군 포로들로부터 죽임을 당한다. 자기 입을 달고 있으면서 상상 속의 사고와 입에서 나오는 말을 분리시켜야 하는 엄청난 고문이 매일 매일의 정신적 피해이다. 말은 무의식의 생각에서 툭 튀어나오는데 벙어리 행세를 해야 하니.

식사당번을 하면 좋으련만 북조선 하전사 출신들이 배급을 하고 중필은 늘 식기나 닦고 청소나 한다. 견디기 어려운 순간순간이지만 자신에게 타이른다. 포로들이지만 잡힐 때 계급이 있으니 장교 축엔 끼지도 못하고 계급도 없는 의용군이니 정말이지 목숨을 쥐고 흔들던 북조선 하전사는 치가 떨린다. 그런데도 계급대로 중요한 것을 시키니 장교는 늘 놀고먹고 배급은 하전사가 하니 제발 남쪽의 의용군 포로만 분리해 모아주면 좋겠는데 이만저만 불편하지 않은 것이 아니다. 의용군 포로들은 자신의 동료들이 죽어나가자 남쪽 의용군 포로, 기독교 신자들인 북쪽 포로, 출신성분이 지주라고 자아비판을 받던 포로들이 합심해 죽음을 불사하고 탄원서를 혈서로 제출하기에 이른다. 확실히 미군은 포로들에게 너무나 신사적이다. 포로들이 쓸 물품을 나누어주면서 자치제로 운영하게 하니 편한 것은 좋은데 북조선 출신 포로들이 포로수용소 안에서 사상교육을 하니 중필은 아무리 세뇌가 되어도 집으로 가고 싶지 북으로 갈 이유가 없다. 그들의 피맺힌 소식이 통했는지 수용소 안에서 반공포로를 공산군포로와 분리를 해준다. 그런데 월등히 많은 포로가 중공군 포로이고 그 다음이 북조선 출신 포로, 남쪽 의용군 포로이다. 북쪽, 남쪽 포로는 밤이건 낮이건 죽자 사자 난리판 이다. 인원수로는 의용군 포로가 적다. 포로들은 무기가 없으니 전쟁터에서 처럼 무기로써 무지막지하게 싸우지는 않지만 그래도 죽어나가는 수가 많 다. 그렇지만 이제는 생존할 가능성이 더욱 커진다. 남쪽 의용군, 북쪽 기 독교신자 포로, 지주출신이라 비판받던 북쪽 포로들이 섞여서 아쉬운 데로 자치를 한다. 말할 수 있는 자유가 무척 늘어난다. 북쪽 출신 포로들은 공 산주의자들의 피비린내를 자기에게 속 시원히 털어놓는다. 죽을 지도 모르 는 공포 때문에 입을 가지고서도 답답하기 그지없던 그들이 목구멍의 자유 를 얻는다. 교회인사를 탄압하던 일, 지주들을 학살하던 일, 이런 일을 직 접 당한 당사자이거나 피붙이들이니 북쪽으로 가봐야 뻔하다는 것을 알고 선 유중필에게 터놓고 이야기 한다. 그런데 친일반동분자로 처벌받은 사람 은 한 사람도 없는 현상이 일어나기도 한다. 중필은 머리를 굴려보면 좀 의아스럽게 느껴진다. 열 명 중에, 백 명 중에 한 명은 있을 것인데. 자신 도 의용군이니 마음 놓고 입을 뗄 수 있는 것이 제일로 살맛나는 것이다.

중필은 새로운 일들을 주워듣게 된다. 곧, 한국전쟁이 터지기 전에 남과 북은 토지개혁의 문제가 있었다. 북은 거의 완료된 단계였고 남쪽은 시작 이 될 판인데 전쟁이 터져 콩가루 집안 꼴이 되고 말았다. 농경사회로 살 아온, 살아갈 그 당시의 한민족에게 땅이라는 것은 목숨과 같다. 땅뙈기가 있으면 풀칠이라도 하지만 그것이 없으면 입에 풀칠이 안 되는 것이 농경사회이다. 대단한 개혁인 토지분배가 이룩되어서 남과 북이 중간층의 형성을 이루기도 전에 처참하게 신분의 박살 말하자면 쫄딱 거지꼴의 형상으로 처박혀버린 것이 전쟁이다. 중필도 전쟁 통에 신분이 처박힌 것이다. 인간은 내면에 신분이 상승되기를, 보다 좋은 자리를 차지하고서 놀면서 잘 먹고 살고 싶은 본능이 숨어 있다. 포로들이지만 계급이 중좌이면 손가락 하나 까닥하지 않고도 살아갈 수 있는 것이 포로들 특수사회에서도 통용이 된다. 중필이 보기엔 북조선이 이 처박혀버린 지주출신, 기독교 계통의 수많은 신자들, 친일반동분자라고 낙인찍은 많은 사람들, 이들의 불만을 북조선에서 해결하기가 쉽지는 않았다는 점이다. 엉뚱하게 화살을 남한으로 쏘아버린 형국이다. 무산 프롤레타리아들인 노동자, 농민의 천국이라지만 그것은 피라미드의 계급구조상 불가능해 보인다. 짐승들의 세상에서 제일 약한 동물이 가장 많고 제일 힘센 육식 동물인 사자나 호랑이는 숫자가 적어야 유지되는 것이 자연이다. 인간이야 예외적으로 많지만. 그러면 먹이사슬에서 더 많은 숫자인 노동자, 농민이 어떻게 지배엘리트라 할 수 있는 사자나 호랑이처럼 놀고먹을 수 있을까? 안 될 것 같아 보인다. 계급이 없는 사회를 건설하겠다는 것은 역설적으로 계급이 탄생할 수 있다는 증거이다. 그것은 평화를 바란다고 하지만 전쟁을 염두에 두어야 하고 전쟁을 하면서도 평화를 바라는 어처구니없는 인간의 이중성에 근거한다. 포로들이 모이니 제일 하고 싶어 하는 일이 배급담당, 밥을 나누어 주고, 피복을 나누어 주는, 일을 하고 싶어 한다. 일반 사회에서는 잘하지 않는 밥 푸는 일을 서로 하려고 하니 얼마나 인간이 먹는 일에 환장을 하는지 대책이 없다. 지주출신들이야 배불리 먹고 살았을 터인데도 염치도 없다. 기독교신자들도 하나님이 최고라 하지만 밥알이라도 더 얻어먹으려 한다. 그리고는 입심 좋은 사람으로부터 허구한 날 듣고 들어서 재미도 없건만 기생, 첩 이야기로 날이 샌다. 먹는 일, 여자이야기뿐이다. 감시가 소홀하고 자유시간이 나면 그렇다. 그리고 개인적으로 비참한 일인 가족이 살육당한 이야기와 골수에 사무친 공산당에 대한 증오를 보이기도 한다. 북조선에서 행한 공산당의 일들은 평양이 그 당시에 기독교가 성하여 예배당, 성당이 많고 선교사도 많은 곳인데 정반대의 이념이 부닥쳐 희생이 더 커지고 아픔도 훨씬 컸다. 순교를 통해 전파된 종교를 송두리째 뽑아버리는 무리수를 거침없이 행하는 북한에서 피눈물이 나는 것은 당연한 수순이기도 하다. 정신을 없애버린다. 한강 백사장에서 조선 시대에 칠천 명의 가톨릭 신자들을 참수하고도 막지 못한 일을 북한에서 해냈다니 어안이 벙벙하다. 조선시대 보다 더 큰 탄압을 했단 말인가? 회유책을 섰단 말인가? 북한 사람들이 자발적으로 변했단 말인가? 상세하고 꼼꼼한 분석은 어렵지만 희생이 있지 않았나? 크지 않았을까? 짐작해본다.

한편, 놀라운 것은 공산주의자들은 그들이 하는 일에 대해서 종교처럼 그것을 믿는다. 기독교도, 불교도가 자신의 종교를 받들듯이 공산주의자들도 그렇게 하고 실천을 한다. 거제도를 뒤덮은 십칠만 명에 이르는 포로는 대단한 숫자이다. 무기만 주어지면 적게 잡아도 6~7개 사단, 2개 군단 정도의 병력이다. 이 숫자를 먹여야 하니 피난민들도 굶어 죽는데 미국이 하는 일이 포로들 입장에서는 전쟁치는 것보다 훨씬 먹고 자는 생활면에서, 목숨의 부지 면에서 유리하다. 그렇지만 그들의 내면에는 언제 학살될지 모르는 공포가 내재한 것도 엄연한 현실이다. 거제도(巨濟島)가 크게 구제한다는 뜻의 섬인데 크게 사람을 구제하고 있는 것인지 알쏭달쏭? 공산군

포로들의 막사는 늘 요란스럽다. 어떨 때는 살기가 등등하다.

파죽지세로 하루에도 몇 개 군을 통과하면서 행정구역을 접수한다. 발이 닿는 데로 실지회복이다. 현 중령은 국방부로부터 대령으로 진급을 명받는다. 연대장이 된다. 현 대령의 사단은 진격 방향이 일번국도와 경부선이 인접한 서울행이다. 연대별로 진격목표를 정하여 선두다툼이 치열하다. 공산군 주력부대는 도주한 상태이고 미처 빠지지 못한 병력들은 유격대가 되어 깊은 골짜기로만 밀려들어간다. 이 쫓기는 소수부대의 잔학상은 무시무시하다. 최후발악적인 형태로 양민을 학살, 수탈한다. 전투부대가 비전투원을 상대로 무기를 사용하니 피해가 커진다. 행정 관서들을 접수하는 즉시 인공기가 내려지고 태극기가 다시 올라간다. 이처럼 신나는 전쟁도 있는가 싶다. 저항이야 연대 병력이 지나가는데 소대 단위 정도이니 싸움판이 성사될 형편도 아니다. 현 대령의 사단도 38도선 상에서 일단 발이 묶인다. 병사들의 열화 같은 절규가 솟아나도 마음대로 북쪽으로 발걸음을 뗄 수 없어 이러지도 저러지도 못하고 있다. 미군들의 태도가 이상하다. 어찌된 영문인지 미군 장성은 이기지도 지지도 않는 전투를 한다. 공산군을 추격하되 범위를 정해 놓고 더 멀리 가지 않는 싸움을 한다. 현 대령은 이런 것이 어디 있나? 싶다. 한달음에 평양으로 백두산에 태극기를 꽂고 싶은데 우물쭈물 못하고 있다. 현 대령의 사단장도 삼팔선 이상 진격에는 주춤하면서 상부의 지시를 기다린다. 그 사이에 선봉부대는 삼팔선을 넘고 있다. 폐허가 된 대전, 을씨년스러운 조치원, 박살이 난 수원비행장, 중앙청에 휘날리는 태극기를 뒤로 하면서 떠난 서울. 현 대령은 이 기회에 남북이 통일 되었으면 싶다. 그런데 유엔군은 유엔군의 90%인 미군도 마찬가지인데 한결 같은 마음으로 전쟁을 좋아하지 않는다. 멀고 먼 한국 땅에 와서 죽고 싶은 사람이 어디에 있겠는가? 더구나 확전이 되어서 삼차대전이라도 터져서 자신의 발이 묶이고 핏빛으로 멍들기는 누구 한 사람도 원치 않는다. 대만은 생각이 다른 것 같다. 만주까지 전선이 되면 군대까지 보내겠다고 하니 어리둥절하다. 대만은 속사정이 있다. 중국대륙에서 패권을 빼앗겼으니 원통한 심정은 하늘을 찌를 지경이지만 대세는 기울었고 지금 같은 경우가 아니면 뒤집을 수가 없다. 뒤집을 발판을 놓칠 수 없다. 승산이 없지만 국제정치 역학상 비비고 파고들 순간이다. 그렇지만 행운은 대만 편이 아니니 참 애석하나 현실이 그렇다. 자유중국은 유엔에서 중국 전체를 대표하나 불법적인 중공이 무력으로 힘을 행세하니 연합군도 공산국가 중공을 무시하기 어려운 형편이다. 중국을 자유중국 대만이 대표하는데 공산국 중공이 군대로 밀어붙이니 무력을 인정해야 하는 모순 앞에 남한정부는 머리가 아프다. 정말 복잡하다.

현 대령은 개마고원까지 온다. 올 때는 손쉽게 왔지만 이제부턴 진퇴유곡이다. 갈수록 날씨가 차가워진다. 이북의 개마고원의 추운 바람은 전쟁을 칠 기력을 인간에게서 뺏어간다. 굶주림, 추위, 사기의 저하, 개죽음의 공포만이 흐른다. 중공군의 개입은 심한 압박으로 현 대령도 별수 없이 흥남 철수작전으로 배에 실려 내려온다. 원통하지만 작전상 후퇴하지 않으면 병력손실뿐이다. 선택의 방법은 미군의 도움으로 LST(군대·전차 등의 상륙에 쓰이는 함정 : landing ship tank)를 이용해 신속히 이동한다. 현 대령은 또 한 번 미국의 힘을 본다. 철수하는 물량, 인원, 계획 등을 볼 때 마음만 먹으면 얼마든지 반격가능 한데 안 하는 것처럼 생각된다. 발을 빼고 싶어 하는 군사대국 미국의 고민이 담겨 있다. 싸울 수 있는 힘은 있지만 싸우지 않겠다. 그런 식으로만 느껴진다. 상대방인 중공군도 혀를 내두를 지경이다. 병력이 많아서 꽹과리 치고 내려올 때는 개미떼, 벌떼가 한 사람에 달려들듯이 나오니 아무리 무기가 좋아도 사람숫자에는 싸움이 안 되는 기현상이 일어난다. 쥐가 번식하는 것을 보면 집쥐의 경우 임신기간이 21일인데 출산 후 몇 시간 지나면 금방 발정하여 교미를 하는데 이론상 한 쌍의 쥐가 한 배에 10마리씩 연간 5회 새끼를 낳을 경우 3년 뒤에는 3억 5천만 마리로 불어난다. 인간이 멸종해도 쥐는 살아남는다고 한다. 군사가 많으니 유리한 쪽은 공산군이기도 하다. 사람의 인력도 무서운 것이다. 전쟁은 알 수 없는 일들도 많고 새로운 발명도 만들어낸다. 중공은 무엇을 만들고 있는지 수수께끼다. 미국은 양심상 써먹지도 못하는 핵무기가 있으나 무슨 수로 막을지 신경 쓰지 않을 수 없다.

유중필은 거제도 포로수용소에서 철조망 바깥으로 나오는 기회가 생긴다. 그것은 다름 아닌 자신들의 인분을 바다에 버리는 일이다. 냄새나는 똥통을 여럿이서 대열을 맞추어 들고 나왔지만 해방감을 맛볼 수 있다. 감시하는 헌병들의 총부리에 탄약만 없으면 무조건 도망가고 싶지만 어리석을 일을 저지를 만큼 바보도 아니다. 그날따라 날씨는 왜 그리 좋은지 천고마비의 가을 하늘은 너무도 야속하다. 얼마 만에 고개를 쳐들고 하늘을 쳐다 보았나? 이제껏 마음의 여유가 없었다. 흉물스런 옷매무새에 똥통을 메고서 마음이 풀리는 것은 왜인가? 철조망이 좀 떨어진다. 어쩐지 민간인은 한 사람도 보이지 않는다. 감시하는 자와 붙잡힌 자가 얼굴을 맞대고 살아 왔다. 무심히 한 마리의 나비가 그의 얼굴 쪽에서 하늘거리다가 사라진다.

'나는 나비만도 못한 존재란 말인가? 저 나비는 훨훨 날고 싶은 데로 날아가건만 나는 무엇이란 말인가?'

새털구름이 높고도 높이 떠서 빙글빙글 그의 온 몸을 감싸는 듯하다. 따스한 햇살이 살갗에 애무를 해온다. 똥냄새는 잊어버린다. 코가 무디어진다. 그의 마음속에는 자유란 것이, 자유란 것이 꿈틀대면서 용솟음 처 오른다.

'난 갇힌 자가 아니다. 내가 왜 감시받아야 되나? 나는 나비처럼 훨훨 날고 싶다.'

바닷가에 다다르니 웅장한 물굽이가 해변으로 밀려온다. 더 넓은 수평선이 가슴의 답답함을 없애준다. 몸을 던져서 시원한 바닷물에 첨벙 뛰어들고픈 자유의 충동이 일어난다. 그것은 가능하지가 않다. 철조망을 벗어났을 뿐 여전히 포로이다. 바닷물 속에 누런 똥이 섞여 들어간다. 중필이 그처럼 원하던 것이 먹고 싶다는 욕구인데 음식이 똥으로 변하여 바닷물에 쳐 넣어지고 있다. 저 바다에 그의 욕망이 스며들어가고 있다. 도망치고 싶은 욕망, 자유롭고 싶은 갈구가 한없이 솟아오른다. 헤엄을 쳐서 바다를 건너 도망칠 수 있을까? 필경 총에 맞아죽거나 물귀신이 되겠지. 그것보다야 철조망 안으로 다시 돌아가서 더럽고, 자존심 상하고, 구차하지만, 더 살아야 한다는 목소리가 들린다. 자유롭고 싶은데 죽음을 선택하기보다는 노예적 굴종이 낫다는 선택을 하고 있다. 빈 똥통을 메고 돌아오는 대열에서 그는 왜 바닷가에서 이 일을 하고 있을까? 의아스럽다. 해변에서 풍만하고 아름다운 여인과 사랑을 해도 시원찮을 판에 이것이 그가 실존하고 있는 모습이란 말인가? 현실은 그렇다. 중필은 아름다운 산과 들이 이름 모를 잡초들이 자랑스럽기도 하다. 그 잡초의 한 부분이고 바다 속의 한 움큼의 물이지만 살아있지 않은가? 어쨌든 죽지는 않았다. 그것이 위안이다. 되돌아오는 발걸음이 무거워진다. 이 자리에서 풀어주면 얼마나 좋을까? 얼마나 좋을까? 똥 색깔과 그의 피부 색깔은 왜 비슷할까? 바닷물 색깔과 하늘의 색깔은 왜 비슷할까? 입고 있는 옷 색깔과 들판의 색깔은 왜 비슷할까? 총부리를 든 헌병의 옷과 그의 옷, 들판의 색깔은 왜 비슷할까? 통통을 메고 대열을 지은 동료들은 생긴 것이나 하는 일이 왜 비슷비슷한 인간일까? 소나 말이나 돼지가 아니고. 이윽고 철조망이 더 겹겹이 쳐진 정문 앞에 다다른다. 정문을 통과하고 뒤를 돌아보니 문이 닫힌다. 얼떨결에 그는 두 다리에, 두 팔에 힘이 쭉 빠지더니 털썩 주저앉게 된다. 자유의 바람이, 자유의 숨소리가, 자유의 해방감이, 자유의 여신이, 자유의 그 모든, 어떤 것들이 원점으로 돌아와 버린다. 그는 아직도 포로이다. 그는 포로이고 싶지가 않다. 현실은 포로일 뿐이다. 전쟁이, 원수는 그놈의 전쟁이다. 전쟁이 없는 세상을 건설하는 것이 가장 큰 일이구나. 그렇지, 전쟁 때문이지.

'전쟁은 싫다. 전쟁은 싫다. 전쟁은 싫다.'

중필은 속으로 뇌까린다.

'전쟁은 정말로 싫다.'

3. 미 국 행

　자유의 날은 중필에게도 다가왔다. 지긋지긋한 전쟁은 덧없이 막을 내렸다. 그토록 많은 사람들에게 정신과 육체의 고통을 안겨주던 괴물이 달아났다. 고향으로 돌아오던 그는 믿기지 않는 현실에 마주하여서 심장의 고동이 가빠졌다. 죽음과 공포만을 의식하던 나날에서 긴장이 완전히 풀어지자 몸이 아픈 것을 느꼈다. 어딘지 모르게 오장육부가 정상이 아닌 듯하다. 타율에 이끌려 살아온 나날에서 스스로 하루하루를 연명해야 했다. 주워들은 소문과 아련한 기억을 바탕으로 집 앞에 들어서면서 예전과 달라지지 않은 모습을 마주치자 안도의 숨을 쉬었다. 폐허와 허무만을 상상했던 그에게 대구의 집은 그 난리 통에도 부서지지 않았다. 죽은 줄로만 알고 있던 가족들은 그를 본 순간 어안이 벙벙한지 잠시 말문이 막혔다. 그럭저럭 일주일이 지났다. 정말로 심신이 자유로웠다. 날짜는 무심히 한 달이 휙 지났다. 새로운 세상에 적응하기에는 모자라는 기간이지만 전쟁후의 궁핍의 그림자가 드리우기 시작했다. 모든 것이 부족했다. 양식, 피복, 연료, 어느 것 하나 흔한 것이 없었다. 차츰 가까운 이들의 죽음, 부상, 이별들이 현실이 되었다. 완전하게 이방인이 아니라 어디에 기준을 두더라도 문젯거리와 연결되었다. 전쟁의 뒤치다꺼리에는 자유로울 수 없는 한국인이었다. 시간이 흐를수록 거제도 수용소의 사람이라는 딱지가 있었다. 부역한 사람들이 쥐도 새도 모르게 사라지거나 공공의 적이 되었다. 중필에게도 의용군이었다는 사실이 얼마나 무서운 정신적 압박인지를 모르고 있는 상황에서 그에게 돌아오는 사회의 시선은 차갑고 견디기 어려운 일들로 연속되었다. 길을 가다가 상이군인을 만나면 이유 없이 슬슬 피하는 사람이 되었다. 그것은 참모습의 그가 아니다. 총은 그가 잡고 싶은 것이 아니었지만 어쩔 수 없이 쏘았을 뿐이다. '어쨌거나 너는 살아서 멀쩡히 활보하는데 우리 상이군인들은 무엇이란 말인가?' 중필은 풀리지 않는 방정식 앞에서 갈수록 신분을 숨기는 나날이 되어 가니 자유로운 대한민국에서 별로 자유로울 수 있기까지가 엄청난 일로만 부대끼어 왔다. 미국이민의 기회가 그에게 소개되었다. 한 번도 실천해 보지 않았던 미국에서의 삶이 인생의 단계로 왔다. (1,954년 여름, 휴전이 된 후 일 년 남짓 지났다.) 가족들의 반대에도 불구하고 그는 이민선에 몸을 실었다. 멀고 먼 태평양을 건너는 일은 지겹게도 길었다. 무심한 시간과 낯선 세상에 대한 꿈, 잊고 싶은 전쟁기간, 그럴수록 망각의 동물인 인간에게 잊어버리고 싶은 것과 그렇게 되지 못하는 상황의 전개가 겹쳐지게 된다. 신대륙에 드디어 도착했다. 미국은 정말로 부자나라였다. 한국은 눈물에 겨울 정도로 안타깝고 가슴이 저미었다. 왜 똑같은 지구에 사는데 이처럼 차이가 나야 하는가? 끝없는 물음표가 따라 다녔다. 기름지고 맛있는 음식, 화려한 옷, 편안한 잠자리, 그런 것이 있고, 모든 것이 낙원인 듯 했지만, 한국말을 할 줄 아는 한국인은 한 사람도 없었고 김치를 먹는 사람, 된장 맛도 볼 수 없었다. 이것은 포로수용소의 갇혀진 억압에서 마음대로 열어 놓아도 알 수 없는 충격이 떠나질 않는다. 웬일인지 다른 동네에 잘못 이사 온 것 같은 감정에다가 누구와 같이 협력을 해야 할까? 알 수가 없다. 적대적이진 않지만 마음의 척도가 융합을 해내지 못한다. 더욱 더 견디기 어려운 점은 백인만이 사는 미국이 아니라 흑인, 다른 혼혈 인종도 있고, 직업선택의 자유가 있지만 그에게 돌아올 수 있는 일거리는 정해져 있었다. 한국적 기준에서의 사고는 버렸지만 이것이 그토록 도피해서 얻을 수 있었던 전부라는 것인가라는 점이다. 차차로 안정된 생활이 되자 고향생각이 간절해졌다. 힘겹게 살아가는 피붙이들을 생각하면 이처럼 살기 편한 미국으로 하루라도 빨리 초청하고 싶었다. 그렇지만 쉬운 일이 아니다. 내면의 고통을 이겨내기는 보통 힘든 정도를 넘는다. 노력의 대가는 조금씩 쌓여져서 결실을 맺었다. 한국에서 미처 마치지 못한 대학공부를 새롭게 시작할 수 있었다. 캠퍼스에 발을 들여 놓았다. 그런 점은 미국이 기회의 나라였다. 기회를 제공해준다. 그만큼 배부른 곳이고 지원이 있다는 증거였다. 전쟁, 한국전쟁, 이것이 아니었다면 중필은 미국에 오지도 않았을 것이고, 미국의 대학생이 되지도 않았을 것이다. 전쟁이 끝날 무렵 한국에 주둔하던 32만 명의 미군은 미국으로 돌아왔다. 그들은 한국의 산하를 똑똑히 체험하고서 그들의 조국으로 왔다. 중필이 의식하지 못하는 중에도 그들의 머릿속에, 그들이 접촉하는 사람들에게서 한국은 살아있다. 그와 같은 이치로 중국본토인들에게도 한국은 꿈틀거린다. 그들은 미국이라는 거대한 힘을 인식했을 것이다. 대중화(大中華)를 외치는 그들이지만 신대륙의 미국인을 연구하지 않을 수 없게 됐다. 중필은 주어진 상황에서라도 장래를 염려하니 어느 분야가 공부해야 할 부분인가를 점찍어 보지만 여건들과 자신의 능력을 결부시키는 과정에서 정확한 예측을 해내기가 어렵다. 매일 느끼는 것은 왜 잘 살고 못사는 것인가? 그것이며 왜 인종 간에는 자유스러운 미국에서도 보이지 않는 층이 존재하느냐이다. 중필은 식당이나 화장실, 심지어 공원입장까지도 백인만 허용함이라던가, 기가 막힌 경우를 당하곤 했다. 아무리 가난했지만 한국에서는 그것만은 없었다. 물론 이조시대에는 신분의 차별이 엄연히 존재하긴 했다. 미국은 이주민이 세운 나라이니 만큼 그들 방식으로 가장 적합한 쪽을 늘 선택하는 것을 피할 수는 없다. 원주민 인디언은 아시아에서 이민 온 사람보다도 훨씬 적으니 질서와 법자체가 보수성과 역사보단 합리성을 찾아가는 것이라 여겨지지만 인종문제는 법과 질서도 감당을 못하는 것이다. 중필은 언제 돌아갈 것인가? 계속 영주권과 시민권을 통해서 다음 세대까지도 살 것인가도 생각을 해야 하는 압박을 받게 된다. 우선은 졸업이나 하고 볼 일이지만 고달프기는 매일반이다. 미국에 온 흑인들은 원래 노예가 아니었다. 그들은 계약기간을 정하여 정당한 보수를 받으면서 그 동안만 봉사하기로 했다. 그런데 백인 농장주들의 탐욕으로 인해 노예제도가 생겼다. 공짜로 일을 시키고 계약기간이 끝나도 돌아가지 않게 하여서 계속해서 노동력을 착취할 생각을 했다. 그것이 현실이 되었다. 이처럼 어처구니없는 일을 링컨이 해결했다지만 완전하지는 않다. 1,776년 이전의 역사는 묻혀버린 나라, 인디언은 얼마나 무참히 살육되었는지 씨도 말라 버릴 지경의 나라가 미국이다. 메이플라워호를 타고 온 청교도들은 영국에서 종교박해를 피해서 온 사람들이다. 그들이 과연 인디언을, 흑인을 박해할 수 있다는 논리가 어떻게 성립할 수 있겠는가? 무엇 때문에 그렇게 되었는가? 인간은 선한 동물이라는 사상은 그 근본이 정확한 정의라고 하기엔 설득력이 부족하지만 그래도 선한 동물이라고 생각하기를 거부하기에는 인간자신의 모습이 너무나도 비겁하고 처참해지기 때문일까? 중필은 백인의 나라에서 백인이 아닌 흑인, 인디언, 혼혈인에서 살기에도 힘든 이 골칫거리를 참아야 했다. 중필은 학업을 마치고 사업의 길로 들어섰다. 맨주먹의 이주민에게 달가운 일거리는 없었지만 물러서기에는 더욱 말이 되지 않는다. 그래서 목표를 정하기를 일은 사람을 위해서, 일은 모부럼(모든 부드러움)을 위해서, 일은 코스모스를 위해서라는 사업원칙을 세웠다. 인(人), 평(平), 물(物)의 조화로운 질서와 체계화였다. 모든 인종을 위한 사업은 무엇인가? 그리고 종교적 갈등과는 관련되지 않아야 했다. 여러 사항들을 조정했지만 이상과 현실에서는 엄청난 거리감이 있었다. 그가 할 수 있는 일은 미국인이 기득권을 쥔 곳은 피하는 것이고 열 명에서 삼십 명 정도의 서로 다른 인종들을 일을 시키는 데도 그 통솔이나 이익을 찾기가 쉽지 않다. 아무리 구해도 한국인만 열 명도 못 구하고, 열 명이 모두 흑인도 아니고 백인, 흑인, 완전한 혼혈회사가 됐다. 그러니 도대체가 언제까지고 하겠다. 이런 법칙이 성립이 되지를 않는다. 종업원이 싫으면 어느 때던지 인적구성이 너무도 쉽게 바뀐다. 변화무쌍한 일이 늘 생긴다. 같이 식사도 잘 하지 않으려는 백인과 흑인이 같이 일을 하겠나? 싫어도 이익이 있으면 하기는 하는 것이다. 희한한 점이다. 근본에 있어서는 동양인 젊은 사장에게 좋은 시선을 보낼 리 없다는 인식을 중필은 잊지 않는다. 미국은 확실히 사업에는 유리한 것이 세계를 시장으로 움직이기가 쉽다. 보잘것없는 사업이지만 중남미로, 어느 쪽이던 발을 뻗히기는 할 수 있었다. 미국이라는 간판 때문이다. 미국이라는 상표와 간판으로 뚫지 못할 지역이 몇이겠는가? 북한이나 한국전을 치른 소련(러시아), 중공(중국)이지만 그 외에는 완전개방이다. 중필은 어느새 중견기업으로 직원도 꽤 있는 사업체가 되었다. 세월은 흘러 결혼도 하고 행복한 때였다.

그런데 한국에서 5·16이 일어났다. 만나는 미국인들은 그런 일이 일어난 것도 잘 몰랐다. 혹 아는 사람은 군사쿠데타라고 했지 혁명(리벌루션)이라는 사람은 한 사람도 없었다. 쿠데타, 밀리터리쿠데타라는 것이었다. 더더구나 이런 미국인이 중필을 쳐다보고는 불쌍하다고 표정을 짓는다. 혁명공약에 '기아선상을 헤매는 민생고를 해결하고'라는 문구가 없었으면 좋으련만 밀리터리쿠데타(군사쿠데타)를 아는 미국인은 누구나가 중필을 굶주림에 허덕이는 아시아의 한 사람으로 밖에 보이지 않는 것이다. 어떤 사람은 군사쿠데타를 일으킨 사람들은 나쁘지만 기아선상의 한국인을 위해서는 '식량은 보내줘야 하지 않겠나?'한다. 중필은 속으로 외쳤다. '나는 어쨌거나 미국에 있는 잘사는 사장이란 말이요.' 아무도 중필을 그렇게 봐주지 않았다. 기아선상에 허덕이는 사람으로만 취급했다. 왜 공약에 그런 말을 넣었을까? 이왕이면은 그럴 듯한 문장이 많고도 많은데. 그런 일로 해서 자존심이 구겨지고, 장사 안 되고, 한국인을 미개인에다가 거지정도로만 느껴지게 만들었는가? 그가 아무리 달러를 주머니에 두둑이 넣고 돌아다니면서 행세를 해봐야 기아선상의 한국인이었다. 이 비참한 이미지를 개선시킬 수 없는가? 전쟁의 폐허의 나라, 궁핍의 나라, 이 얼굴의, 이 한국인의 부정적 측면을 바꿀 수 없다면 중필은 그가 아무리 우수하고 세계 제일의 갑부가 되어도 기아선상의 나라에서 살다온 아시아인이기 때문이다. 코리아가 굶주림이라는 단어를 버리지 못하는 한 중필의 사장 노릇은 정신적으로는 허수아비인 셈이다. 가장 큰 애국하는 길은 미국의 잉여농산물 원조를 많이 받아내는 것이며 그것이 외교관의 할 일이었다. 말인 즉, 잉여농산물이지 엄밀하게 따지면 고급의 양식은 아니란 말인 것이다. 질이 떨어지는 먹이를 받아와서는 나누어주는 과정에서 사장이 생기고 정치집단의 정치자금이 조성되어서 불미스런 일들이 벌어지니 중필의 입장으로서는 어떤 경우에는 한국인이 아니라고 속이는 일까지 생겼다. 그런 날은 그는 집에 돌아와서 제살을 꼬집어보면서 양심에 물음을 던지기도 했다. 결국은 국력이 약하고 못살기 때문이다. 일본 천황이 원폭의 미국 앞에서 항복 선언을 하듯이 한국은 밀리터리쿠데타에서 굶주림에 항복 선언을 했다. 더욱이 한국의 군사정부가 비합법적으로 합법적인 정부를 전복하였으므로 그에 대한 문책으로 PL480호 잉여농산물 원조조차 미국은 중단했다. 당황한 군사정부는 구 정치인이나 경제인의 돈을 찾아내려고 화폐를 백대일로 가치를 떨어뜨려 돈을 찾아내려 해보았지만 한국에는 돈이 없었다. 한국인들은 더욱 배가 고프게 되었다. 공포분위기의 군정이 한국인의 입을 틀어막고 있었다. 중필은 인(人), 평(平), 물(物)이고 간에 유학 온 한국학생들이나 한국인들을 어떻게 하면 이렇게 한심스런 이미지를 바꾸어 볼 수 있을까? 밤낮으로 생각해 보아도 방법이 없었다. 첫째는 자신부터 그렇지 않은 한국인으로 미국사회에 나타나 주어야 했다. 한국이라는 나라 자체를 모르는 미국인이 많았다. 이럴 때는 눈물이 왈칵 쏟아져 내렸지만 어쩔 수 없었다. 어떻게 그 많은 미국사람들이 조그만 한국을 알아 줄 수 있겠는가? 역으로 중필이 아는 나라도 그와 같지 않은가? 오랜 시간이 필요했다. 약간의 노력으로 되는 일이 아니다. 그로서는 아무리 연구해도 개인적 차원과 소그룹의 힘 밖에는 없었고 더 해내기가 어려웠다. 이런 와중에 한국에서 몸을 피해오는 사람들이 있었다. 서슬 퍼르른 군정에서 용케도 빠져 나왔다. 하기야 이름이 상당한 사람들은 다시 잡혀 가기도 했다. 중필은 대사관으로부터 연락을 받았다. 빠져 나갈 묘책은 하나도 없었다. 일부러 피할 이유와 조건도 또한 없었다. 본국에 투자해야 하는데 좋은 사업이 무엇이며 도울 수 있는 것이 무엇이겠는가라는 물음이었다. 모금운동이었다. 그런데 돈이, 달러가 쉽게 모이지 않았다. 큰 부자가 없으니 시원찮은 수준이었다. 군사정부는 달러전쟁을 생각하는 것이었다. 중필은 장사가 아니라 목숨을 건 달러를, 빵을 얻기 위한 변형된 전쟁이라는 느낌이 왔다. 중필은 장사개념을 생존권방어를 위한 달러전쟁의 의미로 바꾸었다. 백 달러 이하의 국민소득인 나라의 국민으로서 어떻게 하든 미국에서, 다른 곳에서든 달러를 만들어야 했다. 그의 인간성이 바뀌는 싹이 텄다. 전에도 경험한 한국의 전통적인 선비의 사고체계를 끝까지 붙들고 있을 수 없었다. 미국에서는 사농공상의 이조 오백 년의 틀에서 상(商)을 위로 올려야 했다. 이것은 대단한 심리적 와해작업이었다. 군사정부는 당연히 이런 쪽으로 가고 있었다.

그는 가정적으로 어린 남매가 태어났다. 곧 국민학교(초등학교)에 입학하는데 영어로 살아가야 했다. 한국말도 더듬거리는 애에게 영어까지 시켜야 했다. 친구들은 영어로 놀고 사귀고 있으니 집밖에서는 한국말이 무용지물이 된다. 한국말을 몰라도 살 수 있는 땅이다. 그렇지만 가르쳐야 했다. 꼬마 둘은 영어, 한국말이 뒤섞인 말을 하기도 했다. 아내는 하루 중에 꼭 시간을 내어서 아이들과 학습을 했다. 남매는 길에 나가면 피부색깔이 같은 친구를 만나기가 어려웠다. 아래 동생은 너무 어려서 인종의 감정을 모른다. 중필은 자신의 분신들이 학교에 들어서는 순간부터 힘들 것이 예상됐다. 꼬마 친구들은 한국이라는 나라를 모를 것이다. 어떻게 해서 알고나면은 경멸할지, 불쌍하게 여길지 태도변화도 궁금하다. 어차피 각오한 삶이긴 해도 적절한 공식은 없다. 하와이 사탕수수밭에서 노동으로 연명하던 최초의 미국이주 한국인들이 새로운 땅에서 터를 닦기 시작했지만 중필은 그들 일세와는 또 다르게 그의 이세가 미국에서 살아가고 있다. 유만우 박사는 참으로 오랜만에 아내와 같이 만리타국의 자식들을 만나러 대구에서 서울로 올라와서는 미국행에 올랐다. 아직까지는 병원 일을 하고 있지만 점점 나이가 들고 힘이 부치기 시작할 때가 온다. 손자, 손녀가 태어났지만 한국 땅에 살지 않으니 보고 싶은 마음은 간절하다. 자주 왔다 갔다 하면 오죽 좋으련만 쉽지 않다. 유 박사는 피붙이들이 넓은 마당에 양옥에다가 한국에서는 보지 못한 편리한 생활도구로 꽉 차 있고 대단한 갑부보다도 더 좋은 삶을 사는 것처럼 보였다. 죽었을까? 염려하던 일이 엊그제 같은데 이렇게 행복하게 살고 있었다. 그렇지만 아이들이 한국말인지 영어인지 분간이 안가는 소리를 할 때는 가슴이 덜컹 내려앉는 기분이다. 유 박사는 손자 친구들이 놀러 와서 꼬마들이 노는 모습을 지켜볼 수 있었다. 백인 아이, 흑인 아이, 뒤섞여 노는데 아무런 적대감이나 갈등이 보이지 않았다. 그런 것을 모르는 모양 같았다. 나중에 성인이 되고 사회에 나가면 달라질 것인 데 이러한 충격을 흡수할 만한 안전장치란 것도 존재하지 않는다. 어른이 잘못 만들어 놓은 관습과 제도 때문에 고통을 받는 쪽은 후세대이다. 유 박사 자신도 그의 아들을 위해 해 준 것이 무엇인가? 더듬어 생각해보아도 아무 것도 없었다. 괴롭고 어려운 전쟁을 겪게 했을 뿐이다. 유 박사는 한국전쟁에서 절대적으로 잘못한 것이 없는 사람이라고 해도 누가 문제 삼을 사람도 없다. 결과는 멀리 떨어져 살아야 하고 삼대에 이르러서는 엄청난 뒤바뀜이 된다는 사실이다. 유 박사 내외는 고국으로 돌아왔다. 자식들은 미국에서 돌아오지 못했다. 받아들이는 방법이다. 어차피 생로병사의 삶이건만 한 가지 떨어져 사는 업보가 붙은 것이다. 나머지 자식들은 한국에 있으니 그럭저럭 지내기는 한다. 남은 것은 사진 몇 장과 선물 몇 가지이다. 얼굴은 한국인이지만 껍데기는 몽땅 미국으로 뒤덮여 있다. 손끝에서 발가락 끝까지 서양과 관련이 되어 있다. 반지, 시계, 구두까지 무엇이 좋고 나쁜지 모르게 다른 사람이 입은 대로, 먹는 대로, 사는 집형태도 닮아간다. 안 닮아가고는 배겨낼 재주가 없다. 짚신을 신으니 비올 때 물이 올라오지만 운동화나 장화를 신으니 훨씬 낫다. 그러니 모두들 짚신을 잊어 버린다. 편리하고 쓸 만한 생활도구와 방식들이 하나에서 열까지 닮아간다. 어느 것이 확실히 좋은 지는 판단이 안 되는 경우도 있지만 대부분 미국식 이다. 유 박사는 미국의 모습에서 한국이 바뀌어 갈 부분이 너무 많았다. 위생적이며 깨끗한 수세식 변소, 편리한 자동차 문화, 풍요로운 물질생활, 빌딩들 가지 수가 무척 많았다. 하여간에 비교할 수 없게 잘 산다는 점이 다. 따라가기는 가야겠는데, 능가하는 문제가 아니라 어떻게 빨리 미국의 좋은 것에 비슷해질 수 있는가이다. 그 점은 유 박사도 뼈저리게 느꼈다. 군사정부의 방침과도 부합되는 이러한 감정과 상황판단은 한국인이면 백에 백 명이 똑같이 당하는 당혹감이다. 이 비교가 안 되는 것을 비슷할 정도 라도 이것이 목표였다. 아무리 세 배, 네 배의 노력으로 미국의 근사치에 가더라도 그 동안 미국은 가만히 있을 리 만무하다. 한국의 선택은 너무 절박하다. 쌀 백 가마니를 가진 미국인에게 쌀 두 가마니를 가지고 한국인 은 생존경쟁을 해야 한다. 물론 가정이지만, 그러면 정신력으로 똘똘 뭉쳐 서 국가적인 힘과 재물을 늘려야 하는데 유 박사가 하는 일은 병원일이나 열심히 하고 제자들 잘 키우고 연구에 힘을 쏟는 것인데 미국과 어깨를 나 란히 할 처지는 못 되었고 그렇다고 노력을 포기할 수도 없다. 어쨌거나 우리가 기댈 언덕은 없었다. 유 박사는 만들어야 했다. 아픈데 필요한 약을 만들어야 했다. 집도 좋게 지어야 했고 무엇이든지 이룩해야 했다. 무엇인 가 창조를 해내야 했다. 그렇지 않으면 생존자체가 위협을 받았다. 이 절박 함이 한국인을 일하게 만들었다. 당장 배가 고프니 배를 채우기 위해서, 밥 을 얻기 위해서 행동으로 옮겨야 했다. 모든 사람들에게 행동을 하게끔 유 도되는 사회원리가 성숙되어졌다. 아예 어디엔가 도움을 바라는 발상자체가 사라졌다. 전쟁은 도움이 아니라 파괴였으므로 그것에 버금가는 건설을 해야지만 비슷하게라도 되었다. 부수고 다시 세우고 죽이고 다시 번성하고 이율배반적인 삶에서 한국인이 기댈 희망은 정말로 없었다. 부서진 산하, 조각난 나라가 더 부수고 더 조각내기에는 힘이 없었는지 그렇게 하기가 싫었는지 새로 만들어야 했다. 부서진 집을 짓는데 가난한 가장이 금방 지을 수가 없었다. 어디에서 그 많은 건축자재와 노동력을 만들 수 있을까? 그렇게 인명피해가 났어도 노동력은 철철 넘치는 한국이었다. 오히려 일할 곳이 없었다. 정말로 일을 하고 싶어도 공장도 없고, 땅도 없었다. 죽지 않고 용케 살아온 병사가 일터도 없이 살아야 하는데 이들에게 불을 당겨야 했다. 이것이 군사정부가 건설로 몰아간 것이다. 그 중에도 일자리를 못 구한 배고픈 사람들이 이민을 간 것이다. 돈 많이 가지고 도피성 이민을 간 사람도 있을 것이고 별의별 상황이 한국인을 밖으로 내몰았을 것이다. 집 안에 먹을 것, 입을 것, 잠잘 곳이 없으면 사람들은 어쩔 수 없이 밖으로 나갈 것이다. 앉아서 서서히 죽기도 하겠지만 그렇지 않으면 행동이 나올 것이다. 배가 고프니 자기표현을 한 것이고 생명이 문제가 되니 행동이 나온 것이다. 공부할 학생이 공부하도록 여건이 조성되지 않으니 공부를 팽개치고 더 급한 것에 행동이 나온 것이다. 이렇게 급하고 절박하고 것이 무엇인가? 학생들은 독재를 없애야 한다고 표현했고 이승만 정권은 국민 앞에 굴복했다. 1,950년 전쟁으로부터 10년이 지나자 한국인들은 더 이상 참을 수가 없었다. 10년이 세월이 폭발하자 정권은 허물어졌다. 죽음과 공포의 기간, 궁핍과 억압의 기간, 사람들은 밖으로 내몰렸고 앉아서 죽기보다는 자기가 누구인가를 소리쳤다. 이차 세계대전 말기의 고통과 한국전쟁의 힘겨움을 견디다 못한 한국인들이 몸부림치기 시작했다. 승산이 있었다.

왜냐하면 수탈을 일삼던 일본, 그 일본을 부순 미국에 대항한 중·소의 압박이 잠시 동안 잠잠한 채로 머물러 있기 때문이다.

중필은 참으로 오랜만에 미국 국내여행을 했다. 미네소타 주 메사비→대륙북부철도(위스콘신 주를 지나)매키노시티→미시간 호→시카고→산타페 태평양철도→캔자스시티 평원→콜로라도(고원지대)→콜로라도 강(고원지대)→모하비사막→헐리우드→LA→LONG BEACH

정착한 곳이 미국 중북부지역의 미네소타 주였다. 습지와 산림으로 울창하고 철광산과 정유소도 있는 자원이 풍부하지만 사람이 그렇게 많지는 않다. 장사 때문에 왔다 갔다 하므로 일 년 내내 미네소타의 메사비에 머물러 있지는 못했다. 그가 처음 미국 땅을 밟았던 곳은 뉴욕이었다. 두 달간 그곳에서 생활하며 남은 몇 푼으로 무작정 기차를 타고 오대호로 왔다. 오대호에서 이리저리 배를 타다가 매키노시티에서 대륙북부철도를 타고 가다가 여비가 떨어져서 내린 곳이 미네소타의 메사비였다. 혈혈단신으로 마주친 미네소타의 풍경은 너무도 아름다웠다. 1,954년 10월 말의 가을 하늘은 푸르고 맑았다. 얼마나 자유로운 순간인가? 그를 얽매는 아무런 제약이 없었다. 가족의 부양, 결혼생활에 대한 의무, 국가에 대한 충성, 아무런 의무도 없었고 또한 권리도 없었다. 빈털터리 젊은 아시아인이다. 잠깐 동안 속박에서 벗어났지만 살기 위해서, 먹기 위해서, 새로운 방식을 맞추어야 했다. 메사비에서 먹을 것, 잠잘 곳, 그 다음에는 입을 것을 구해야 했다. 중필은 구걸을 해야 했다. 배는 고프다가 아프다가 정신이 희미해진다. 뉴욕의 거지가 자신으로 변했다. 그는 그 길 외에는 방법이 없었다. 열 번도 넘게 퇴자를 맞고서야 죽을 만큼의 힘을 다해 백인 여성에게 구원의 거지 손길을 뻗쳤다. 놀랍게도 일 달러짜리 지폐가 한 장 생겼다. 니클(5센트)이나 다임(10센트)이 아니었다. 5센트, 10센트 동전이 아니었다. 그렇지만 그것으로 가계에서 배를 채워도 몇 시간 지나면 또 큰일이다. 미네소타의 첫날이 이랬다. 중필은 그 때의 백인 여성을 아직도 못 잊어 하고 있다. 그 후에는 미네소타 주립대학의 학생이 되었고 사장까지 됐지만 그 때의 일 달러를 건네주던 백인 여성을 영원히 기억 속에 간직한 채 살고 있었다. 그는 그 때와 비교가 안 될 정도의 부자이다. 수중에 일 달러도 없었지만 당장 호주머니에 오천 달러는 있다. 그 동안이 얼마나 힘든 과정이었는지는 표현하기가 힘들 정도다. 이것이 미국에서 악착같이 살아온 것인가? 허무하기까지 하다. 아무리 돈이 많으면 무엇이랴! 메사비 그곳이다. 일 달러를 구걸하던 그곳에서 그는 자신도 모르게 흘러내리는 눈물을 감추려고 급히 화장실을 찾아서는 나오지도 않는 오줌을 누고 있었다. 그의 옆에는 부인과 어린 남매가 있었다. 백인 여성의 모습이 한 번 더 지나갔다. 메사비에서 위스콘신 주를 지나서 매키노시티까지 가는 기차 안에서 그는 모든 것이 이루어진 것 같았다. 불타버린 산, 부서진 집들이 아니라 아름드리나무만 둘러서 있고, 깨끗하고 선명한 그림들만 나타났다. 기차 꼭대기에 매달려 거지행색으로 피난 오는 사람이 아니라 기차 안의 승객들은 부유했다. 지나온 날들이 주마등처럼 스쳤다. 짧지 않은 세월을 지그시 눈을 감은 채 생각하고 있다. 망각의 동물인 인간이 잊어야만 하는 일들을 자기도 모르게 떠올려지니 감당하기가 곤란하다. 구걸하던 일, 포로수용소의 일, 전쟁터의 비참함, 이런 것들을 잊으려 해도 더욱 생생해지기만 했다. 행복한 서울에서의 대학시절, 고향의 향수, 미국에서의 성공, 단란한 가정생활 이런 것들이 나아질수록 비참함이 더욱 진하게 다가왔다. 종업원이 늘어나면 배급을 받던 포로들이 눈에 어른거리고, 많은 달러가 들어오면 이민선에서 꼬깃꼬깃 몸에 감추었던 그 몇 푼 안 되는 달러가 춤을 춘다. 깨끗하고 멋진 집으로 이사를 가면 부서진 전쟁터의 초가집, 불타버린 기와집이 나타났다. 이것은 중필에게 고문이었다. 어느덧 기차는 매키노시티에 도착했다. 어린 남매들 때문에 무리한 여행은 곤란했다. 네 식구는 여기에서 하룻밤을 지내기로 했다. 미시간 호수의 수평선은 끝이 보이지를 않았다. 모텔입구에서 방을 구하는데 문제가 생겼다. 빈 방도 있고 아담한 이층이지만 침대를 두 칸이나 세 칸 중에서 어떻게 맞추느냐라는 문제였다. 어린 남매를 따로따로 다른 침대에서 자도록 할 경우 침대가 세 개 있는 방은 너무 비싸고 그렇다고 두 칸짜리도 힘들고 방을 세 개 따로따로 얻기는 더욱 비싸다. 한국식이면 한 방에서 잘 수도 있는데 미국의 침대문화에서는 곤란하다. 수중에 많은 달러도 여행이 끝나면 많이 줄어들 것이다. 아무 생각 없이 길을 나섰지만 생각을 해야 할 일이 많다. 집에서는 제 방을 각각 쓰던 아이들인데 어쩔까 말까 하다가 침대를 두 칸짜리로 정했다. 결국은 부부가 다른 침대에서 자야만 했다. 매키노시티의 하룻밤을 보냈다. 중필은 배를 타고 시카고까지 가야 했다. 뱃길은 꽤나 멀다. 구급약도 준비해야 하고 철도보다는 위험했다. 미시간 호수 면적이 $58,016Km^2$로 매우 넓었다. 남한의 $98,779Km^2$ 보다 작지만 엄청나게 큰 호수이다. 그는 계획을 수정하여서 다시 미니애폴리스로 되돌아가서 거기에서 미시시피 강을 따라서 기차로 시카고로 가기로 바꾸었다. 시간과 돈이 많이 소요되었지만 미시간 호가 너무 큰 때문에 일차계획을 바꾸었다. 또 지겨운 기차를 타야 했다. 아이들은 영문도 모르고 따라 다녔다. 이유는 아이들을 더 안전하게 하기 위해서였다. 아이들이 드디어 힘들어 하기 시작했다. 하루 종일 기차에 몸을 싣고 있기는 대단한 인내심이 필요했다. 움직일 수 있는 공간은 한정되어 있고 목적지에 도착하기 전에는 내리기도 힘들기 때문이다. 무심히 흘러내리는 강물도 홍수 때에는 무서운 공포로 다가올 것이다. 그는 아버지가 되었다. 또한 남편이 되었다. 당연한 일이다. 그러니 아이들을 생각하고 끔찍이 여기게 됐다. 기차가 달리는 동안 내내 바깥 경치를 구경하는 것도 한계에 다다랐다. 결국은 눈을 붙이고 졸게 됐다. 졸면서도 아이들의 행동을 주의 깊게 관찰하고 있어야 하는데 주의력이 떨어졌다. 별일이야 없겠지 하면서도 완전히 마음을 놓을 수가 없다. 그래도 졸음이 오니 졸 수 밖에 없었다. 기차의 난간은 정말로 위험하다. 어른도 사고가 날 수 있는데 눈 깜작할 사이에 아이들은 큰 사고가 일어날 수 있으므로 한시도 방심할 처지가 못 됐다. 겨우 생각해 낸 것이 줄을 자신의 팔에 매어 아이들과 같이 묶어두고 잠을 푹 청하기로 했다. 궁여지책이 통한다. 중필의 경우에 부모와의 그런 끈이 전쟁이란 것을 당하면 아무런 소용이 없었다. 불가항력이 되었다. 아이들이 매우 어리다. 돌보지 않을 수가 없다. 네 살 이전의 기억을 아이들은 잘 하지 못한다고 했다. 교도소에 수감이 된 여성제소자가 교도소 내에서 아이를 낳으면 한국은 더 빨리 아기를 내보낸다. 아기가 교도소의 기억을 하지 못하게 하기 위해서이다. 남미의 경우엔 네 살이 되어서나 넘어서도 내보내기도 한다고 한다. 네 살 이전의 똥 싸고 오줌 싸던 어린 아기의 기억은 사람들은 해내지 못한다. 기억을 해내지 못하는 나이일수록 엄마와 아빠는 끈으로 묶어 서로가 헤어지거나 길을 잃지 않게 더 힘들게 돌보아야 했다. 우스꽝스럽게 네 가족이 가족임을 증명하고 있는 셈이었다. 긴 긴 시간 때문에 졸면서도 서로가 서로를 잃지 않으려는 안간힘을 쏟고 있는 여행이었다. 여행이 즐거워야 하지만 가족이 헤어지면 만사가 잘못된 일이 되니 그 문제를 방지하려는 일로 인해 볼썽사납지만 그런 일화가 기억에도 남으려나? 아이들은 기억을 못 하겠지만 그래도 사진이라도 찍어두면 사실을 더 확실하게 남기는 물증이 될 것이다. 사진을 찍어보니 아이 둘과 엄마는 사진 속에 들어가지만 자신은 사진 속에 들어가기를 않았다. 아내에게 부탁하여 자신도 두 자식과 끈을 묶고 있는 사진을 찍으니 이젠 분명히 증거가 있다고 생각되나 유치한 행동이 멋쩍기도 했다. 가장 유치하지만 가장 사랑하는 모습이기도 했다. 에베레스트를 등정하는 등산가들이 크레바스를 지나기 위해 밧줄로 대원들을 모두 연결하여 생사를 책임지는 꼴과 다르지 않았다. 아이를 잃어버리는 것은 크레바스보다 더 무서운 것이기도 했다. 세상에는 크레바스처럼 느껴지는 것이 무척 많았다. 여행만 잔뜩 계획했지 아이들을 잃어버릴 것이란 계산은 전혀 하길 못했다. 실제로 여행을 해보니 상황변수가 만만치 않은 현실에 맞닥뜨린 것이었다. 여행의 길이 뒤바뀌고 그것도 모자라 끈으로 연결하고 또 그것을 사진을 찍고 그러면서 졸면서 놀면서 여행을 하고 있었다. 오줌 누러, 똥 누러, 아이들이 움직일 때마다 아버지, 엄마가 졸졸 따라다녔다. 교도소의 여성제소자는 칼을 사용할 수 없다. 아기에게 입으로 과일이나 음식을 조각내어 먹인다. 칼을 사용하지 않으면 무척 불편하지만 그 불편을 강제한다. 중필 내외는 지금 칼을 사용할 수는 있지만 별반 다르지 않게 불편을 불편이라 여기지 않고 적응하면서 여행을 하는 중이었다. 칼은 늘 문제가 되는 모양이다. 중국의 황제의 첩들도 황제와 동침을 할 때는 알몸을 내시에게 보이고 알몸인 채로 비단에 싸여 방에 들여보내졌다. 결국은 칼을 몸에 숨기지 말게 하자는 취지라 볼 수 있다. 아이들과 맺어 놓은 줄은 칼로 끊어버리면 끊어져 버린다. 네 명의 가족은 그 끈이 칼로도 끊어지지 않기를 바라지만 칼로는 끊어진다는 당연한 사실이다. 마음으로 맺어진 끈은 풀리지도 않고 끊어지지도 않을 것이라고 위안해 보았다. 아무리 마음이 강하다고 하지만 졸음이 오면 만사가 다 틀려버렸다. 마음이 강한 것이 아니라 졸음이 더 강했다. 졸음을 이기기 위해선 끈이 해결사 역할을 하고 있었다. 황제의 후궁이지만 내시에게 알몸을 보여야 하는 것이 황실의 법칙이었다. 내시는 황제의 후궁이라도 알몸을 검사해야 하는 직책이기도 했다. 교도소는 엄마이지만 그 엄마에게 칼을 주지 않는 교도소의 규칙이 있다. 중필은 우연히 생각해낸 것이었다. 끈을 묶으면 서로 잃어버리지 않을 것이라고 여겼다. 기차 안에서 지나가는 사람들에게 보이게 되는 그 끈은 후궁이나 교도소 내의 엄마처럼 보이기 싫은 면이 그대로 드러나는 것 같기도 하고 당당한 것 같기도 하고 이런 저런 생각이 들었다. 힘차게 달리는 기차도 쉬지 않을 수 없었다. 사람도 지치지만 기차도 지치는 모양이었다. 기차가 지치면 사람들은 기차 밖으로 나와 상쾌한 공기를 마실 수 있었다. 그럴 때는 더 단단히 끈을 묶어야 했다. 여행에서 즐거움을 만끽하려 했지만 오히려 더 많은 에너지와 정성을 아이들을 끈으로 묶는 일에 할당해야 했다. 네 사람이 생리주기가 다르지만 아들은 아빠와 딸은 엄마와 같이 가서 같은 시간에 맞추려고 노력하니 한 번에 네 명이 움직이는 분주함은 줄어들고 요령이 생겼다. 아무래도 어른보다 아이가 졸음이 많을 것이라 여겼으나 오히려 아이들이 말똥말똥하게 정신을 더 잘 차리고 있어 정반대로 일이 진행되어가는 것 같았다. 아이들은 밤에 잠을 아주 깊게 푹 자기에 어른보다 졸음이 덜한지 잘 모를 일이었다. 아이들을 재미있게 해주는 것도 한계에 다다르니 긴 시간에 무료함을 더하여 잠이 쏟아진다. 어른들만 관찰력이 있는 것이 아니라 아이들도 관찰력이 대단하다. 아이들은 기차 차창 밖의 경치나 기차 안의 분위기나 모든 것들을 머릿속에 기억시키고 있었다. 중필은 아이들이 무엇을 빨아들이고 있는지는 알 재간이 없었다. 무의식의 세계에 아이들은 그들만의 그림을 차곡차곡 그려 넣고 있었다. 아이들은 좋을 것 뿐 만 아니라 온갖 나쁜 것들도 모두 기억해낼 것이 분명하다. 부모의 입장에서는 좋은 것이 기억되길 바라는 마음이 간절하지만 좋지 않은 그림도 분명히 들어갈 것이 너무나 뻔하다. 어쩔 수 없는 일이다. 시간이 지나면 기차는 시카고에 도착한다. 시계가 어떻게 돌아갔는지 모르겠으나 시카고에는 옥주현이라는 대형입간판이 눈을 사로잡았다. 여자 그림이 그려져 있고 중국인 여자인지 한국인 여자인지 구분이 되질 않았다. 중필과 아내는 시카고의 첫 모습이 너무도 다르게 와 닿았다. 시카고를 상징하는 것이 옥주현이라니 이상도 했다. 오페라 공연을 선전하고 있었다. 어쨌거나 일반적인 생각과는 다른 그림이었다. 1,920년의 시카고나 1,961년의 시카고나 2,009년의 시카고의 하늘이나 땅이나 기후나 날씨는 별반 변하지 않았다. 거기에 사는 사람이나 방문하는 사람이나 그들이 어떤 생활을 하고 건물을 짓고 살아가는 가는 많이 달랐다. 1,920년의 아주 앞선 시대에는 인디언이 살았을 것이고 인디언이 거주하기 전은 고고학적인 지식이 있어야 상상이 가능해진다. 피곤한 가족들은 일단은 모텔에서 짐을 풀고 몸을 쉬어야 했다. 시카고에는 물이 많고 배가 많다. 바람도 세어 바람의 도시라 한다. 다음날은 오페라 구경이나 가면 되겠다고 생각했다. 사전에 예정되지 않았던 일정이 하나 더 생긴 경우였다. 아이들이 긴 시간을 잘 참아낼지도 궁금한 일이기도 했다. 아이들이 좋아하는 아이들의 연극이 아니다. 과자나 잔뜩 먹이면서 아이들을 달래야 할지 마땅한 방법은 많지 않았다. 시카고엔 옥주현이라는 여인이 사는 모양이었다. 연극을 하는 프리마돈나인 모양이다. 연극이 길면 아이들은 졸음이 와서 졸면 다행이다 싶기도 했다. 중필은 세상이 의외의 일에 부닥친다는 것을 부인하지 않았다. 미국 땅에서 시카고에서 한국인 여성이 연극 주인공으로 출연하는 것을 본 적도 없었고 들은 적도 없었고 너무나 흔치 않는 일이었다. 다음날 연극을 보았다. 1,920년대의 시카고 뒷골목을 다룬 내용이었다. 40년 전의 시카고이었고 경제공황의 답답한 시카고의 묘사였다. 많은 미국 인구 중에 한국인 여인도 있었다. 아내도 물론 멋있는 여인이지만 연극속의 프리마돈나는 정말 멋있었다. 네 식구가 미국을 한 바퀴 정말로 잘 돌아다니는 것이네. 생각되어졌다. 다음날은 시카고 레드삭스 팀의 야구경기를 보면서 하루를 보내기로 해보니 아이들에게는 크게 즐겁지 않아도 마땅히 찾을 즐거운 무엇이 많지도 않았다. 아이들은 무의식중에 야구규칙을 알게 되고 미식축구 규칙도 알게 될 것이다. 딸아이는 치어리더도 될 것이고 아들은 야구나 미식축구를 늘 하면서 자랄 것이다. 필라델피아 필리스 팀인지 피츠버그 스틸러스 팀인지 다른 팀을 응원하러 시카고까지 온 사람들도 많았다. 잔디구장과 높은 하늘의 구름은 아름답다. 시카고 연극의 여인의 목소리도 아름답다. 중필은 연극 속의 록시, 그 역을 맡은 옥주현이라는 여인이 몹시 마음에 들었다는 사실이다. 그렇지만 아무런 일도 생길 수 없고 그저 그렇다는 심정일 뿐이다. 산타 할아버지는 빨간 모자를 쓰고 빨간 옷을 입고 크리스마스 전날인 크리스마스이브에 세상의 아이들에게 행복을 선사한다. 빨간 양말은 색이 빨갛다. 석양은 빨갛다. 중국 사람들은 빨간 색을 무척 좋아한다. 중필은 재즈를 잘 모른다. 한국에서 듣던 선율과는 전연 딴판인 것은 분명했다. 사는 곳이 다르니 귀에 들리는 소리들도 다르다. 새소리, 물소리, 천둥소리 등 자연의 소리는 똑같지만 인공의 소리들은 다른 것이 들린다. 분명 동양인 여성인데 미국말을 하고 미국노래를 부른다. 아이들은 귀가 미국말에 적응하여 중필 내외보다 더 감각적으로 잘 듣는다. 엄마와 아빠를 뺀 모든 사람이나 주위에서 영어가 사용되니 아이들은 가족 간에는 한국어가 통용되지만 그 외에는 영어만이 그들의 귀와 눈과 입에 익숙하다. 시카고는 한국이 아니다. 미국 땅이다. 미국이지만 의외로 옥주현이 있다. OJH는 여인이다. 시카고의 이틀은 지나갔고 이제는 여행계획표에 따라 다른 곳으로 이동해야 했다.

산타페 태평양철도를 타야 했다. 또 철도이다. 철도를 타고 태평양 바다를 건넌다고 아이들에게 말을 했다. 아이들이 믿지를 않는다. 기차는 바다를 다니지 못하고 바다에는 배가 다닌다고 한다. 태평양철도이니까 태평양을 달릴 수 있다고 거짓말을 하고 아내도 덩달아 맞장구를 쳤다. 산타크로스가 있다고 믿는 아이들이지만 속아 넘어가지 않는다. 은하철도999는 우주에도 칙칙폭폭 잘 다니고 있었다. 아이들은 그렇다고 했다. 기차여행의 적응력도 커져서 2인 1조로 2개조로 서로가 잃어버리지 않게 행동한다. 엄마와 딸이 같이 끈으로 연결돼 졸게 돼도 흩어지지 않고 화장실로 같이 가게 됐다. 아빠와 아들도 그렇게 됐다. 좁은 공간에서 시간이 많으니 카드놀이나 간단한 게임으로 시간을 보내기도 하고 책을 보기도 한다. 경치는 매우 좋지만 며칠 내내 보기는 힘들다. 캔자스시티 평원을 가로질러 기차는 가고 있었다. 밀밭과 옥수수 농장이 끝없이 이어지고 있었다. 거대한 물결을 이루고 있는 한가운데로 기차가 지나가고 있었다. 밀보다는 옥수수가 키가 훨씬 크다. 보이는 것은 노란 황금의 들녘이 하루 종일 보인다는 것이다. 한반도 전체가 밀밭이고 옥수수를 생산하는 밭이니 식량이 남아도는 미국이다. 한반도의 600억 평 중에 20~30%의 땅이 농경지인데 미국 중부의 곡창지대 자체가 한반도보다 넓을 뿐만 아니라 한 개 주도 한반도에 버금가거나 더 넓으니 세계의 식량창고가 미국이다. 많은 인구를 먹여 살리는 황금의 땅을 지나고 있었다. 여기의 밀과 옥수수가 가난한 한국으로 원조되는 것이기도 했다. 미국의 중부는 정말로 넉넉한 땅이다. 배고픔과는 거리가 멀고 배부름만이 느껴지는 곳이었다. 아! 배가 부르다. 아! 배가 부르다. 저절로 기쁨이 일어나니 엔도르핀이 돌고 너무나 많은 양식이 있다고 생각하니 감동이 물결쳐 다이돌핀이 생겨났다. 한국보다는 축복받은 미국임이 현실로 다가왔다. 아들과 딸을 보니 미국에서 배고프게 살 이유가 전혀 없어보였다. 너무 곡식이 많다. 비행기로 씨를 뿌리고 관리한다니 어안이 벙벙하다. 농가 한 집이 수백 만 평을 농사짓는다니 예전의 천석꾼, 만석꾼들이다. 모두 집은 천 평이 넘고 수영장도 있고 도시 전체의 각각의 집들이 각각 천 평이 넘으니 놀랄 지경이다. 수백 만 평의 땅을 농사지으니 각자의 집이 천 평이 넘는 것은 정말로 당연한 결과이다. 중필은 고향에서 초가삼간에 사는 고국의 동포들이나 고작 열 마지기(2천 평)도 안 되는 땅에 목숨을 거는 한국이 너무도 안쓰럽다. 수백 만 평의 농장을 가진 중필은 아니지만 미국 농촌의 농가가 대부분 그렇다니 비교의 대상이 되지를 못한다. 미국에 와서 정말로 소고기도 많이 먹게 됐다. 음식 자체가 그러니 먹을 수밖에 없었다. 사람은 공평한 것 같다는 말이 틀린 것 같았다. 시작부터가 공평하지 않았다. 오대호의 엄청난 수자원과 기름진 땅도 많고 자유도 많고 살기도 편하고 사회체계도 매우 선진적이고 나무랄 데가 없어보였다. 중필이 한국에서 가족여행을 꿈도 꿀 수 없었다. 불가능한 일들이 조국이 아닌 제이의 조국에서는 가능하다. 미국에 살고 싶다는 것이 실제로 일어나는 일이었다. 이런 좋은 조건을 버리고 더 나쁜 조건을 택하는 바보는 잘 없을 지경이었다. 마음속의 부조화는 있지만 더 좋은 것들 앞에 참아낼 수 있다고 생각하는 많은 사람들이 미국을 부지불식간에 사랑하게까지 된다는 점이었다. 입에 풀칠하기 어렵던 사람들이 천석꾼이 만석꾼으로 신분이 바뀌게 된다면 모두가 신분이 바뀌는 것을 선택하는 것은 너무나 명백하다. 이민자에게 무조건 수백 만 평의 농토가 주어지지는 않겠지만 가능성의 길은 열려있다는 점이 놀라울 뿐이다. 기차를 타고 가는 내내 중필의 땅이 한 평도 없지만 그래도 그곳에서 나는 생산물이 그를 그의 가족을 배부르게 해줄 것이라는 마음이 있으니 절대로 일어날 수 없는 일이 아니라 당연히 그렇게 되는 일이니 너무 기분이 좋고 배가 부르다는 사실이었다. 들소들이 그 넓은 평원을 차지하고 있었지만 유럽인들이 미국에 발을 들여놓자 들소들의 천국은 사람들의 천국으로 변모하면서 들소들은 멸종에 이르게 됐다. 인디언도 멸종에 이르게 됐다. 곡창지대는 들소와 자리바꿈을 한 결과이었다. 세상이 어떻게 변하여 사람보다 더 놀라운 지능을 가진 동물이 사람을 들소처럼 미국중부에서 멸종을 시켜버리면 사람도 들소 신세마냥 모두 죽게 된다는 것인가? 일어나지 않을 상상을 중필은 해보기도 했다. 들소를 잡는 중필이 머릿속에 그려졌다. '아이들과 아내는 안전한 곳에 놔두고 부족의 핵심적인 일을 하는 청장년의 남자들이 들소를 잡으러 캔자스시티 평원에 나왔다. 중필도 들소를 잡는 일에 동참하고 있었다. 성공하면 들소 몇 마리나 열 마리를 잡아 꽤 오랫동안 들소고기를 양식으로 먹을 수 있었다. 그 와중에 다치는 사람도 생길 수도 있었다. 들소무리를 절벽으로 몰고 가서 절벽에서 들소들끼리 떨어져 죽게 만들어야 했다. 모두 죽일 필요는 없고 양식이 될 만큼이면 충분하다. 들소무리가 절벽으로 가다가 되돌아서서 사람들에게 달려들어 방향을 바꾸면 대참사가 일어나 많은 남자들이 죽게 되는 불행도 일어날 수 있었다. 가장 싫은 경우이었다.' 들소무리를 절벽으로 끝까지 몰고 가고 있었는데 아들이 끈을 잡아당겼다. 화장실에 가고 싶다고 했다. 중필은 마지막 순간을 놓치고 기차간의 화장실로 갔다. 두 사람은 소변을 보고 다시 자리로 돌아왔다. 기차 차창 밖에는 노란 밀과 옥수수가 보였다. 들소무리를 보지는 못했다. 티피(Tepee)는 원주민들의 원뿔형 천막집이었다. 들소 가죽으로 만들었다. 천막이 천 개나 쳐져 있다. 들소가 천 마리도 넘게 가죽이 벗겨졌다. 천명도 넘는 부족의 구성원이 식량으로 들소를 잡으려면 어마어마한 마리의 들소를 잡아야했다. 겨울을 나려면 들소는 많이 잡아야 했다. 어차피 겨울에 풀이 모자라 들소무리도 생존이 힘드니 개체수가 여름보다는 적어야 하니 인간들이 잡아먹어야 하는 것이 틀린 자연의 질서도 아니었다. 들소를 잡아먹던 원주민 대신에 밀과 옥수수를 먹는 수많은 미국인이 생겨났다. 중필의 네 가족도 그 일부분에 들어가는 지금의 상황이었다. 티피보다는 기차 안이 너무나 더 좋다. 좁은 티피 안에서 몸을 떨면서 겨울에 들소 말린 고기를 우걱우걱 씹고 있는 네 명의 사람들이 있었다. 중필의 가족이었다. 나이 많은 노인들은 이가 부실하여 말린 고기를 오히려 불리거나 얇게 저며서 먹어야 했다. 어린 아이도 마찬가지였다. 길게 연결된 기차에는 식당차가 있다. 거기에서 식사를 해결하면 된다. 식당차에 가기 싫으면 앉은 자리에서 간단히 음식을 먹을 수도 있다. 말보다 기차는 더 빠르다. 기차는 들소보다 힘이 더 세다. 어마어마한 들소무리가 기차를 이길 수도 있다. 그렇지만 사람들은 총을 가지고 들소무리를 죽일 것이고 들소의 세상을 사람의 세상으로 바꾸었다. 들소는 엄청난 양의 풀을 먹는다. 엄청난 양의 풀밭이 밀과 옥수수로 대체되어 가꾸어지고 있었다. 예전에는 밀밭과 옥수수 농장이 들소의 먹이를 공급하던 곳이었다. 그렇게 재해석을 하다보면 한반도는 아주 오랜 옛날에 공룡의 서식지였으니 공룡의 먹이 공급처였다. 캔자스시티의 그 넓은 평원이 공룡, 들소, 인간, 인간 아닌 또 다른 무슨 생물의 먹이 공급처가 된다는 말인가? 실제로 식사를 하지 않았지만 식량창고를 보고 저절로 배가 부르다니 그러면 늘 식량창고만 보면 밥을 먹지 않아도 된다는 말은 아닐 것이다. 아무리 큰 식량창고일지라도 너무나 빨리 달리는 기차로 인해 시간이 지날수록 식량창고는 바닥을 드러낼 것이다. 태평양 앞에 이르면 기름진 식량창고는 끝이 난다. 그러면 정말 끝인가? 태평양은 또 다른 식량창고가 아닌가? 물고기가 많지 않느냐? 엄마는 간난 아기에게 모유수유를 하면 살이 잘 빠져 날씬해진다고 한다. 10Km 달리기보다 젖을 먹이는 것이 더 에너지를 소모하기에 그렇다고 한다. 네 사람은 기차 안에서 에너지를 소모하는 일이 전무한 실정이다. 기차 여행이 힘든 일은 맞지만 아무래도 에너지를 사용하는 젖을 먹인다거나 운동을 하지 않고 있다. 식량을 많이 섭취하는 것보다 몸에 들어온 식량의 힘을 사용하는 일이 더 급선무이다. 아니면 섭취량을 줄이든지 식량이 많다고 많이 먹다보면 건강에 적신호가 올 수 있다. 너무 배부르면 역효과가 일어난다. 아이들이 비만이 되어 비만세포가 몸에 자리 잡으면 어른이 되어도 해결이 어렵다고 한다. 기차 여행 중에 아이들의 먹성을 약간 줄여야 하는 문제가 생겼다. 엄마가 물론 잘 대처하겠지만 신경을 써야 할 부분이기도 했다. 어쨌거나 심리적으로 배가 부르니 세상에 대한 불평불만은 사라지고 감사하는 마음으로 살겠다는 참 좋은 현상이 생겨났다. 먹을 게 풍부하니 생존에 지치지 않고 여유로운 상태를 경험한 것이었다. 중필은 눈을 감고 생각을 했다. 좁은 땅을 더 넓게 하기 위해선 100층을 만들면 되겠다 싶어도 너무 힘이 드니 아예 땅 없이 농산물을 100배 1,000배 늘이는 방법은 요구르트처럼 고기나 쌀, 밀을 균주화 하여 물을 섞으면 요구르트처럼 되어 비슷한 영양성분이 되게 하면 가능한 것 같은 생각이었다. 너무 요구르트 같아서 입맛에 맞지 않으면 수분을 줄여 끈끈하게 만들거나 수분을 제거해 딱딱하게 만들든지 이차로 약간의 변형을 가하면 가능해진다. 그러면 넓은 땅이 없어도 온갖 식량의 생산이 가능해지고 맛도 이차의 삼차의 변형을 통해 해결할 수 있다. 그러면 쌀, 밀, 콩, 모든 곡식과 고기와 식량으로 가능한 것들이 요구르트 균주처럼 바뀌고 물만 타면 영양성분이 비슷해지고 다시 재처리를 통해 고체나 반고체로 만들고 이리저리 이것들을 조합하면 식량문제가 풀린다는 것인지. 캔자스시티의 평원은 그에게 상상력을 자극하여 도술을 부리는 기초를 자리 잡게 해주었다. 농사를 짓는 농부는 직업이 없어져도 배부르게 먹고 살게 된다. 누구나 배부르게 살 수 있다면 너무 행복한 세상이 되었다는 것이고 이루어 질 수 없었던 영역이 풀리는 기분이 될 수 있었다. 생각을 할수록 불가능하지 않을 수 있다는 점이 나타나자 중필은 잠시 어리둥절한 기분이었다. 가능한 것이라는 점이 느껴지자 문제는 실제로 증명을 해야 했다. 실제로 만들어내어 사람들이 먹을 수 있게 되어야 했다. 전 세계의 농부는 없어지게 된다. 전 세계의 농경지는 불필요한 부분이 된다. 전 세계의 농부는 놀면서 살아도 된다. 전 세계의 농경지는 다른 용도로 사용할 수 있다. 인간에게서 식량이 해결되면 의식주 중에 삼분의 일이 풀리니 나머지 삼분의 이를 풀어내면 도대체 어떤 세상이 펼쳐진다는 것인가? 한국인들은 인삼을 홍삼으로, 콩을 된장이나 청국장으로, 마늘을 흑마늘로 자꾸만 바꾸어 왔다. 산삼을 산삼배양균으로 산삼배양균을 다시 끈적끈적하게 만들거나 고체로 만들면 새로운 영역이 또 열린다. 쌀을 쌀배양균으로 다시 가공하면 답이 나올 수 있다. 그러면 넓은 캔자스

평원은 주택단지가 될 수 있고 모든 가능한 방법으로 변형이 될 수 있다. 밀과 옥수수의 끝없는 물결은 인간에게 필요한 무엇으로 또 다시 새로운 물결로 바뀐 그림을 볼 수 있게 된다. 생각에 생각을 하여 꼬리를 물고 잠을 자고 있으니 중필은 잠시나나 행복하다. 꿈을 깨고 싶지가 않다. 정말로 꿈을 깨고 싶지가 않았다. 기차 안에서의 불편한 잠자리이지만 그래도 달콤했다. 잠시나마 매우 기분이 좋았다. 그러나 잠이 깨니 현실은 아직도 기차 안이고 넓은 들판은 계속되고 있었다. 아내와 아들과 딸이 곁에 있었다. 아빠가 기적 같은 일을 실제로 행하는 것을 본다면 기적으로 여길까? 아니면 대수롭지 않게 보아 넘길까? 생각만 말로 하거나 글로 전해줄 수 있지 실제로 증명하기까지는 쉽지 않은 과정들이 기다린다. 중필이 해낼 수 없어도 다른 누군가가 해내면 사람들은 덤으로 잘살게 된다. 배고픔이 사라지고 안정적인 인생을 설계할 수 있는 바탕까지 깔릴 수 있다. 결국은 누군가가 해낼 것이다. 기차가 발명되었다. 그 혜택을 잘 누리면 된다. 식량의 문제가 해결되었다. 그 혜택을 잘 누리면 된다. 인터넷이 개발되었다. 그 혜택을 잘 누리면 된다. 기차는 달리고 있었다.

이제는 캔자스시티의 평원을 지나 콜로라도의 고원지대로 올라가게 될 것이다. 차창을 통해 들어오는 바람은 가을이지만 차갑게 느껴졌다. 곡창지대는 사라지고 이제는 계속하여 산림지대만이 나왔다. 콜로라도의 달 밝은 밤이 기차 차창으로 비친다. 중필의 네 가족 앞에 콜로라도는 무엇을 선물할까? 궁금해졌다. 콜로라도에는 콜라라는 단어가 들어 있다. 콜라도로, 콜라가 콸콸 쏟아지는 도로인지 알 길이 없다. 원더걸스(wonder girls)라는 영어 알파벳을 조합해보면 월드싱어(world singer)라는 조합이 나온다. 콜로라도에서 콜라가 많이 나오고 도로가 콜라로 만들어질 수 있나? 시카고가 바람의 도시라 미시간호수의 바람을 잊지 못하지만 콜로라도 고원의 바람도 매우 세다. 콜로라도 강이 나올 것이고 그랜드 캐니언 협곡을 지나 모하비 사막으로 LA로 이어질 길이다. 딸아이가 콜로라도를 지날 때는 콜라를 마셔야 된다고 했다. 콜라를 각자 한 병씩 마시면서 콜라와 콜로라도의 길을 가고 있었다. 이제는 아이들도 확실히 알게 됐다. 목적지에 도착하기 전까지는 기차에서 내릴 수 없다는 사실을 인식한 것이다. 기차 안에서 살아야 된다는, 잠시 동안은 살아야 한다는 점을 잘 아는 아이들이었다. 절대로 부모와 떨어져서도 안 된다는 점도 알게 됐지만 정말로 잘 아는지는 의구심이 들었다. 스코틀랜드의 수의사였던 던롭은 몸이 약한 아들이 나무바퀴 자전거를 타면서 엉덩이가 너무 아픈 아들을 위해 고무호스로 바퀴를 칭칭 감아 자전거를 타게 하다가 지금의 자전거 타이어가 되었다. 칭칭 감은 모습을 무어라 이름 지을까 고민 하던 중에 던롭의 어린 딸아이가 '자동차는 바퀴가 가장 먼저 피곤해져요(tired)'라는 말에 타이어라고 명명했다. 콜로라도는 콜라가 맞다. 중필은 콜로라도가 콜라를 마시는 곳이라고 여겨진다. 콜로라도의 고원지대를 콜라를 마시면서 세계의 가수인 원더걸스의 노래를 들으면서 기차는 산위로 또 산위로 가는 것이었다. 원더걸스에는 딸아이가 다섯 명이 있다. 막걸리를 막콜리로 부르면 다시 막콜라로 부르면 아주 이상해 보인다. 막껄리, 막꼴리, 전혀 비슷한 감은 없어 보인다. 껄리, 꼴리, 콜라, 꼴라, 등은 비슷해 보인다. 콜로라도는 달이 밝을까? 달이 밝다. 산이 산으로만 연결되어 있으니 자연만이 존재한다. 자연 속에 달과 해와 별과 정말로 만나기 힘든 사람들이다. 사람구경하기가 얼마나 힘든 콜로라도인가? 중필에게 콜라나 커피의 맛은 이국적인 맛이었다. 거제도 포로수용소에서 처음으로 커피의 맛을 보았고 콜라는 미국에 와서 맛을 보았다. 커피는 숭늉처럼 보였으나 맛은 숭늉 맛이 아니었다. 콜라는 단연 낯이 설은 맛이었다. 그에게 적응되어 있던 맛은 보리숭늉의 맛이나 막걸리의 맛이었다. 미국에는 보리숭늉이나 막걸리는 없었다. 이것이 중필에게는 사람을 미치게 하는 요소였다. 숭늉 대신에 커피를 마셔야 하고 막걸리 대신에 다른 술을 먹어야 하고 된장이나 시래기죽이나 국은 꿈속에서 맛볼 수 있게 되었다. 딸아이는 콜라를 잘 마신다. 보리숭늉의 미감은 존재하지 않는다. 중필과 딸아이는 세대가 끊긴 꼴이었다. 음료수의 느낌을 공유하지 못하고 있는 지금이다. 아! 이 딸아이에게 한국의 가난이나 그 잊히지 않는 맛을 맛보게 해주고 싶었다. 그러나 한국으로 여행을 하지 않으면 언제 가능한가? 콜로라도의 산은 한국의 산과 너무 다르다. 한국의 산은 유연한 곡선적인 산이 계속 나타나고 부드러운 면이 나타난다. 콜로라도의 산과는 전연 다르다. 딸과 아들은 콜로라도의 산세를 그들의 원초적인 느낌으로 간직한다. 캔자스의 평원이 기억될 것이고 그런 그림들은 중필의 그림들과 일치하지를 못한다. '산천은 의구한데 인걸은 간 데 없고'라는 시조 구절의 산천은 변하지 않았는데 중필의 가족에게서의 산천은 다른 것이다. 서거정의 금호강은 지금의 금호강과 같아야 하는데 이제는 인공폭포도 생기고 정자가 아닌 호텔도 생기고 300년 전의 산천이 약간 다르다. 흘러가는 강물은 그 길이 그대로다. 콜로라도의 달이나 숲은 300년 전이나 다른 것이 뭐 있으랴! 없던 철도가 달리고 있다. 달빛이 비치는 기차 안에서 아내는 더 아름다워 보였다. 아이들과 같이 있는 아내는 더욱 아름다워 보였다. 그 아름다운 여인이 중필의 아내이다. 그는 행복했다. 사랑으로 이루어진 지금의 이 가족이 더 많이 불어나고 더 행복해야 함은 너무도 당연한 것이지만 이 행복이 유지되고 깨지지 않기를 얼마나 중필은 바라고 있느냐? 콜로라도의 밤하늘에는 달뿐만 아니라 별도 많이 떠 있었다. 별들도 행복을 축복해주고 있었다. 그들의 행복을 증언해 주는 많은 것들이 있었다. 달, 별, 기차, 나무, 콜로라도, 콜라, 찬바람, 많은 것들이 같이 있었다. 기차는 달리고 또 달렸다. 요구르트보다 유산균이 백배나 많은 막걸리를 마실 수 없으니 매우 안타까운 일이었다. 콜라는 마실 수 있었다. 중필은 얻은 것도 많았지만 잃은 것도 있었다. 가난과 고향을 잃어버렸다. 콜로라도는 얻었지만 시골길은 잃어버렸다. 소달구지 덜컹대던 시골길을 잃어버렸다. 캔자스의 평원을 얻었지만 다랑논을 잃어버렸다. 거제도 포로수용소의 부자유를 버리고 미국에서 자유를 얻었지만 속박당하는 부자유의 답답함과 한숨을 잃어버렸다. 콜로라도의 깊은 산속으로 기차가 올라갈수록 산에는 눈이 쌓여 있었다. 겨울이 온 것 같은 계절의 출현이었다. 겨울은 사람을 오그라들게 한다. 겨울을 넘기기 위해 곰은 가을까지 엄청나게 몸에 영양분을 저장한다. 중필은 콜로라도의 겨울이나 이 겨울을 넘기기 위해 무슨 저장을 하고 있나? 저장을 하지도 않고 살고 있는 지금이다. 겨울 동안 먹을 김장김치를 담지도 않고 양식을 준비하지도 않고 땔감이나 겨우살이를 준비하지 않고 살고 있는 그이다. 땔감과 김치가 없이도 겨울을 날 수 있다니 중필은 다른 세계에 와 있음이 분명했다. 무청이 없이도 겨울이 넘어간다니 미국이 분명했다. 그는 미국에 살고 있었다. 김칫독도 없다. 김치를 먹을 자유도 박탈당했다. 한국의 가난한 겨울이 아니라 미국의 겨울이었다. 온돌도 잃어버렸다. 쇠죽을 끓이던 그 냄새도 잃어버렸다. 초가삼간도 잃어버렸다. 아! 부자가 되었건만 왜 이렇게 잃어버린 것이 많아서 거지같은 느낌이 드는지 이상했다. 마음과 추억속의 보물들이 하나하나씩 되새겨지니 그는 향수병에 온몸이 아프다. 고향을 떠나니 아프다. 다시 찾아가기가 어려우면 더 아플 것이다. 이북에 고향을 둔 실향민은 60년 동안 아팠다. 아프다가 또 아프다가 치유되지 않는 만성병이 되었다. 처음 30년은 명절마다 이불을 뒤집어쓰고 울다가 30년이나 울어도 아무런 소용이 없자 그 후로는 명절에 등산을 가거나 울지 않고 움직이게 됐다는 실향민들이다. 중필은 아프다. 콜로라도를 달리고 있는 기차 안에서 고향을 그리워하면 아파졌다. 그러나 그의 자녀들은 미국이 고향이다. 아버지의 고향과는 개념이 많이 다른 고향이 자녀들의 고향이다. 중필은 너무도 이질감에 쌓이는 이 자유의 땅이 고향으로 와 닿진 않으나 자녀들은 이곳이 고향으로 느껴진다니 차원이 달라지는 정서에 대해 이해의 폭이 넓어져야 하나 쉽지 않은 마음의 문제이다. 한곳에 수천 년을 뿌리내려 사는 사람에게 고향은 세대를 거쳐도 같은 것이었으나 불과 한 세대 만에 전혀 다른 고향이 그려졌다. 아이들은 콜라 맛이 숭늉 맛이고 커피 맛이 숭늉 맛이 될 것이다. 기차를 타고 가니 피곤하고 힘이 들어 몸이 무거워진 것을 고향에 갖다 붙이니 너무 쉽게 향수병과 결합이 됐다. 돌아가고 싶다. 어릴 적 내가 살던 고향으로 정말로 돌아가고 싶다. 미국이 아무리 좋은 곳이지만 못 살고, 배가 고프고, 자유가 적을지라도, 그래도 고향으로 돌아가고 싶었다. 도망을 치고 싶었던, 좋은 곳으로 달아나고 싶었고, 버리고 싶었던 고향이 다시금 찾고 싶어지는 것은 어쩔 수 없는 인간의 숙명과 같았다. 콜로라도 고원지대에는 기찻길이 놓여 있다. 처음 길을 만들 때는 무척 힘이 들었을 것이다. 서부로 또 서부로 향한 초기 이주민들의 행렬이 기찻길을 요구했고 길은 놓였다. 인디언들은 밀리고 밀려서 갈 곳도 없었을 것이다. 동양인 네 명이 콜로라도를 넘어가고 있다. 한국인 네 명이 콜로라도를 넘어서 태평양 해안에 다가가려고 안간힘을 쏟고 있었다. 태평양은 넓고도 먼 길이었다. 그 길을 건너온 사람이 또 되돌아 그 길을 넘고 싶은 것이었다. 천리 타향이 아니라 만리타향에 발을 붙이고 용케도 살아가고 있었다. 천리가 아니라 만 리가 넘는 타향이었다. 해와 달은 어디를 가도 똑같은 해와 달 이었다. 어디를 가든 사람이 사는 것은 완전히 다를 수는 없었다. 사람이 살 수 있는 곳이 지구촌이다. 살 수 있었다. 아이들도 이렇게 먼 기차여행 을 해내고 있었다. 엄마와 아빠를 믿고 잘 해내고 있었다. 엄마, 아빠가 하 는 일은 그대로 따라하는 어린이들이었다. 부모가 가는 길을 성인이 되기 전까지는 늘 따라 올 것이 너무도 분명했다. 부모가 세계여행을 하면 아이 들도 어쩔 수 없이 따라 세계여행을 하게 될 것이다. 지금은 부모의 의도 에 따라 진행되는 하루하루이지만 아이들도 스스로 자신의 길을 찾아내고 닦아 갈 것이다. 산을 넘으면 강도 나타나게 되는 것이 당연지사이다. 고원 지대가 있으면 평야지대가 있고 이런 저런 지리적인 분포가 펼쳐졌다. 기 차가 달리고 달리더니 콜로라도 강이 서서히 모습을 드러냈다. 새벽의 안 개가 희미하게 물감을 풀어 수채화를 그려 놓고 있었다. 강물이 하늘로 올 라 수증기와 안개와 습기를 머금어 고원지대이지만 별천지의 풍경을 만들 고 있었다. 나무만 보이든가 곡식만 보이다가 길고 긴 강줄기가 눈을 즐겁 게 해주었다. 산세가 험한 협곡이니 강은 가파르고 물살도 세어보였다. 이 렇게 험한 지형에도 기차는 잘 나아가고 있었다. 위험해 보이지만 아무런 사고도 없이 잘 운행되고 있었다. 차창 밖을 보면 아찔아찔 했다. 기차는 구름 위를 요리조리 잘 헤쳐 나가는 용처럼 힘이 있고 용맹스러웠다. 협곡 을 가로지르는 다리에선 무섭기도 했다. 콜로라도 강은 흘러서 바다로 갈 것이다. 기차도 바다로 갈 것이다. 두 가지의 사물의 목적지는 같다. 가는 방법이 자연적인 방법과 인공적인 방법의 차이였다. 네 명의 가족이 가는 방향도 일치했다. 인공물인 기차와 자연물인 강과 그리고 인간의 가는 길이 같다니 신기하기도 했지만 아무런 의미도 없기도 하다고 할 수도 있었다. 기차는 기찻길로만 다녔다. 강물은 물길로만 흘렀다. 사람은 자기가 가고 싶은 대로 돌아다녔다. 중필은 망각의 강인 레테 강을 건너고 있는 것일까? 아니면 아이들에게 새로운 기억을 만들어 주려고 건너고 있는 것일까? 후자의 강을 건너고 있었다. 벌써 지나왔던 미시시피 강도 잊어먹을 수가 없었다. 불과 얼마 전의 일이니 더욱 잊어버리기가 쉽지 않았다. 미시시피 강은 대서양으로 흘러 들어갔다. 콜로라도 강은 태평양으로 흘러 들어간다. 강은 어마어마한 대양으로 이어졌다. 대서양과 태평양의 시초를 알려주는 두 강을 네 사람은 이미 경험하고 있는 상태였지만 큰 감동이나 마음의 흥분은 없었다. 아들은 강을 보고 '강이다.' 산을 보고 '산이다.' 그렇게 말한다. 산은 산이요. 물은 물이다. 그렇게 말한다. 바다를 보면 바다다. 할 것이다. 한국에 가면 이곳은 '한국이다.'하고 말을 할 것이다. 미국에선 '미국이다.'라고 말은 하지 않는다. 미국에 있으면서 미국이라고 말하지 않는다. 산을 보고, 강을 보고, 달을 보고, 평야를 보고 그렇게 살아간다. 천하가 보이는 것은 큰 즐거움이다. 아주 멋진 세상을 보는 것이 정말로 좋은 것이다. 콜로라도 고원지대를 지났고 콜로라도 강을 지나고 있음이다. 선사시대 인류는 콜로라도의 대협곡을 따라 이동했다. 자연 상태의 고속도로였다. 자연 상태의 고속도로를 지금은 인공적인 철도나 비행기가 길을 열고 있다. 아무리 어렵던 상황이었지만 대협곡이나 강은 초기 인류의 이동의 길이었다. 중필은 눈을 감았다. '그를 따라 수천 명의 사람들이 따라 걸었다. 그랜드캐니언의 대협곡으로 이동하고 있었다. 그가 가장 앞에서 길을 가고 있었다. 그가 지도자였다. 이 많은 사람들이 길을 잘못 가게 되면 그 잘못은 중필에게 있었다. 이 길로 들어서서 배가 고프지도 아무런 불상사도 일어나지 않았고 잘 지내고 있는 나날이었다. 가다가 낯선 무리들을 만나는 것이 오히려 더 부담스런 지경이라 여겨질 정도였다. 사람이 사람을 만나는 것이 정상이지만 큰 무리끼리 조우하는 것은 크게 반기지 않는 정서도 있었다.' 눈을 떠보니 현실은 기차 안이었다. 무리의 중심적 존재인 지도자도 아니고 기차 안의 승객에 불과했다. 기차를 오래 타 지친 몸들이라 내려서 그랜드캐니언의 멋진 신세계에서 하루나 이틀을 머물다 다시 갈 길을 가기로 하고는 네 가족이 내려서 숙소를 찾았다. 이번에는 아파트처럼 네 식구가 부부 방, 남자 아이 방, 여자 아이 방으로 이뤄진 좋은 곳을 찾아서 편안히 쉬게 되었다. 잠자리에 들기 전에 아내와 나눠 마신 약간의 술로 인해 기분도 더 좋아져서 아내와 둘이서 서로의 몸을 탐하게 되었다. 대자연의 좋은 공기 속에 그 풍경 속에 부부도 한 부분인 양 자연적인 에너지를 발산하고 나니 몸과 마음이 흡족하고 만족스러웠다. 아이들도 한층 더 사랑스러워 보였다. 아내가 즐거워하고 '랄라랄라' 흥얼거리며 하루를 시작하는 것은 너무도 반갑고 흐뭇했다. 매일 매일이 그런 나날이었어야 하는 것이 정상이었지만 꼭 그렇지만은 않았다. 그랜드캐니언의 트래킹을 나서니 두 부부를 따라오는 사람은 두 아이뿐이고 네 가족은 많은 트래킹 족에서 맨 꼴찌에 처져서 따라 걷고 있었다. 눈을 감은 상태의 꿈속에서 보던 일과는 전혀 반대의 일로 진행된 지금의 일이었다. 사실, 어려웠다. 이 좋은 시간을 회사 종업원들과 모두 오고 싶지만 회사를 보름이나 한 달 동안을 멈출 수도 없고 몇 개의 조를 나눠 시행한다 해도 그 엄청난 비용을 사장인 중필이 부담해야 했다. 해보고 싶지만, 간절히 원하지만, 아주 힘든 일이었다. 희망사항은 그렇게 해보고 싶었다. 그렇게 무리수를 써서 일을 꾸며본들 그를 따라오는 인원은 정말로 적을 것이란 현실 앞에서 그는 꿈속에서나마 지도자로 군림하는, 아니면 봉사하는 염원을 나타내보는 것이었다. 너무나 좋은 것이기에 누구나가 동참하고 기꺼이 기쁨을 누리기를 바라는 소박한 마음의 발로에서 나타난 현상이었다. 아이들이 밟아본 그랜드캐니언의 흙과 돌과 마신 공기와 눈에 보이는 광경은 영원으로 남아서 정서상의 평화와 가족 간의 사랑과 자연에 대한 경외심과 그 무엇을 전해주는 것이 분명했다. 아이들의 눈을 즐겁게 해주고, 상상력을 펼치게 해주고, 경치의 아름다움을 간직하게 해주는 부부는 참 멋있는 부모이었다. 대협곡이 있다는 것은 콜로라도 강이 엄청나다는 것과 콜로라도고원이 무척 넓고 헤아리기 어렵다는 증거였다. 태평양의 바다 속에도 대서양과 인도양의 바다 속에도 똑같은 현상이 존재한다고 볼 수 있었다. 히말라야가 솟아오르듯이 그랜드캐니언 대협곡은 그와 비슷한 경이로운 자연의 세계와 맞닿아 있음이다. 그 중간에 그 핵심의 자리에 네 가족이 있었다. 네 사람이 있었다. 더 많은 사람들이 그 자리에 있길 원하는 것도 사실이었다. 땅이 있으면 하늘이 있고 중필이 있으면 아내가 있었다. 오늘 따라 음양의 조화가 무척 잘 맞는 날 같았다. 아침이면 태양이 떠오르고 밤이면 달이 뜬다. 이곳에서는 매일 일어나는 이런 일이 너무나 장엄하고 대단하게 보였다. 또 그렇게 느껴졌다. 상황이 허락한다면 꼼꼼하게 계획하는 것이 아니라 무작정 이곳으로 이동해서 싫증이 날 때까지 살면 되는 날이라면 더 좋다고 생각되었다. 싫증이 나지 않으면 그냥 눌러 앉아 정착해도 좋다고 생각되어졌다. 현대의 세상은 주거를 마음대로 옮기지만 자연의 장엄함이 서리는 곳에 정착을 하기보다는 인간이 만들어 놓은 인공구조물의 혜택을 누리는 곳에 정착을 하고 있었다. 자연물의 가치에 기준을 두는 것이 아닌 삶을 살아오고 있었다. 과연 자연물을 떠난, 자연적인 것을 떠난 곳이 더 좋다는 것은 어불성설이라는 것이 너무나 확연히 드러난 오늘이었다. 사람의 생활이 이런 좋은 곳에서 무리 없이 유지된다면 가장 자연적인 모습으로 사람을 즐겁게 해주는 곳이 살기 좋은 곳이라 여겨졌다. 아! 그냥 이대로 이곳에서 살고 싶어라! 그러나 며칠이 지나면 일상의 생활을 위해 인간이 만들어 놓은 인공의 도시로 와야 한다는 것이 못내 못마땅했다. 사람은 움직이다 보면 살기 좋은 땅에 머물기를 원했다. 누군가가 먼저 자리를 차지하고 있으면 전쟁이라도 벌여서 살던 사람들은 죽이고까지 그 터전을 빼앗으려고 했던 족속들이 인간들이었다. 남의 삶의 터전을 불 질러 태우고 죽이는 잔인한 족속이 인간이었다. 빼앗기지 않으려고 목숨을 걸고 싸우기도 했던 사람들이었다. 전쟁보다는 평화의 기간이 길었기에 인간이 아직도 존재하는 것이기도 하지만 인간의 탐욕이 인간을 서로가 증오하는 대상으로 만들기도 했었다. 역설적으로 한국전쟁의 탐욕과 비이성적인 전개로 말미암아 중필은 아내와 두 자녀가 이곳에서 이런 행복의 시간이 만들어졌다는 것이라니 계산이 잘 맞아떨어지지 않는다. 불행이라고 해도 영원한 불행이 연속될 수는 없는 것이 사람의 세상이기도 한 모양이다. 영원한 행복이 영원하게 이어진다고도 장담할 수도 없다. 행복과 불행은 오기도 하고 가기도 하고 없는 것이기도 하고 있는 것이기도 하고 상황에 따라 그 색깔이나 분위기가 달라졌다. 지금의 행복의 바이러스와 무지개가 그들을 향해 축복을 해주고 있었다.

이 시간을 보내고 나면 이제는 모하비 사막으로 향하는 기찻길이 열리게 될 것이었다. 좋은 곳도 있지만 목이 타고 물 한 방울이 없는 사막도 동시에 존재했다. 네 명의 식구가 사막에 발을 들여놓으면 죽음이 기다리겠지만 기차로 통과하는 여정이라 그런 불상사는 일어나지 않겠지만 사막이라는 말 자체에 두려움이 배여 있는 것을 부인하기는 어려웠다. 젖과 꿀이 흐르는 땅과는 반대되는 사막, 콜로라도의 강과는 정반대의 사막, 콜로라도 고원의 숲과는 조화되지 않는 사막, 그 사막이 곧 그들과 만나게 될 다음의 길이었다. 사막에도 많은 사람들을 초대하고 싶지는 않겠지만 그 사막에 대해서 아는 것이나 경험한 것은 전무했다. 사막의 길은 전적으로 중필의 힘으로는 감당하지 못하고 사람들이 만들어 놓은 기존의 방식과 헤쳐 나가는 식에 따라 여행을 해야만 했다. 중필은 아주 나약한 존재로 떨어지는 기분이 들기도 했다. 여행을 할수록 자연의 힘이 많이 느껴졌다. 동시에 인간의 무엇도 많이 깨닫게 되었다. 사막은 더울 것이다. 당연히 생각되는 점이었다. 기차 안에도 더위가 전달될 지는 경험하지 못했으므로 짐작만 하고 있는 중이었다. 사막의 밤은 춥다. 낮과 밤의 기온 차는 살인적이다. 그러나 기차 안이니 걱정은 없다 해도 근원적인 불안은 있었다. 캘리포니아가 너무 더워서 용광로 같다고 해서 지은 지명인데 모하비사막도 근처에 있고 기후조건이 복잡하다. 스페인 계통의 사람들이 먼저 터를 닦은 모양이었다. LA나 캘리포니아가 스페인어의 흔적들이 들어있었다. 사막에 사람이 살기는 어렵다. 그러나 미개척의 땅을 사람들이 거주하기에 적합하도록 방법을 찾아내는 것이 인간의 지혜이기도 하다. 동부에 정착을 했지만 서부로 또 서부로 향하여 태평양에 다다랐다. 태평양이 육지였다면 더 나아 갔을 것이 분명했다. LA의 롱비치로 가는 길목에서 사막을 지나야 하는 여정이었다. 어린 아이 두 명과 사막을 횡단한다는 것은 어불성설이었다. 기차가 실어다주니 간다는 것이었다. 낙타는 사막에서 진가를 발휘한다. 쌍 봉이거나 단봉이거나 혹에 저장된 지방을 녹여 물도 만들고 대단한 동물이다. 사막에 먹을 것도 없어 보이지만 낙타는 살아있었다. 아프리카나 아라비아 반도에는 낙타가 있다. 모하비 사막은 낙타가 없었다. 중앙아시아의 타클라마칸 사막이나 고비 사막에도 낙타는 있다. 남북 아메리카 대륙은 식생이 무척 달랐다. 말도 없었다. 중앙아메리카나 남아메리카에는 바퀴로 움직이는 것이 없었다. 지금 네 가족은 기차의 바퀴로 엄청난 호강을 하고 있었다. 기차는 무척 편리하다. 공간이 좁아서 몸을 놀리기가 수월하지 않지만 견딜만했다. 힘들면 한 번씩 내려서 시간을 보내면 해결이 되었다. 사막지역을 달리는 동안에 풍경은 황량했다. 지금까지 왔던 길에서 가장 볼 것이 없었다. 사람의 기준이나 눈에는 볼 것이 없는 사막이었다. 그런데 존재하고 있었다. 왜 사막은 지구상에 존재하는 것일까? 사막이 존재하는 이유나 역할이 있지 않을까? 인간의 기준이 아닌 다른 차원의 기준에서 말이다. 사람들은 모든 것을 자신의 잣대로 보고, 자신을 우선시 한다. 사람이 아닌 무생물의 잣대나 우주의 잣대나 다른 잣대에 대해 익숙하지 않았다. 사막은 인간에게 분명히 불모지이만 왜 있는 것일까? 다른 무엇에게는 불모지가 아니라 유토피아가 될 수 있지 않을까? 사막이 유토피아가 되는 것은 어떤 생물이나 존재란 말인지. 사막에는 모래가 많다. 사막에는 기후변화가 크다. 사막에는 돌이 많다. 자갈이 많다. 암석이 많다. 사람은 거의 없다. 사람이 번성하는 지구이지만 사람이 번성하기 어려운 것이 기준이 되는 영역이었다. 사막은 사람에게 호의적이지 않다. 사람의 일방적인 판단이었다. 기찻길을 잘 놓아 놓으면 기차에게는 사막이 큰 장애물로 작용하지도 않는다. 비행기도 사막이 그리 큰 장애물이 아니다. 모래로 무엇을 할 수 있을까? 유리도 만들고 건축도 하고 태평양의 바닷물만 잘 활용하여 뿌려주면 인간이 원하는 것을 얻을 수도 있다. 물을 잘 뿌려 사막이 모두 옥토로 변해 버리면 사막이 없는 지구는 정말로 좋은 지구일까? 의문스럽기도 했다. 사막이 영원히 없어지면 낙타는 어디 가서 살아야 하고 어떻게 변해버린단 말인가? 사막을 없애버리는 순간에 낙타는 환경난민의 신세가 된다. 사막을 없애버리면 불모지의 개념이 사라져 버리면 인간은 너무도 자신감에 사로잡혀 지구를 몽땅 뒤집어 바꾸어 버릴 것인데 그래도 정말로 아무 문제가 없을까? 기차의 차창 밖의 풍경은 사막지대임을 여실히 증명해주고 있었다. 중필은 사막을 사막인 채로 그대로 두지 않으려는 사람의 생각이나 마음이 아주 강하게 작용함을 느꼈다. 지구에 대해 변화를 가하려는 인간들의 잠재된 알 수 없는 모습이 있었다. 동양적인 생각은 자연에 조화를 더 염두에 두지만 서양의 관점은 자연을 자꾸만 개조하려 했었다. 사막을 그대로 두면 더 나은가? 사막을 변화를 가해 인간에게 유리하게 바꾸는 것이 더 나은가? 후자에 더 무게가 가니 사막은 변화와 바뀜을 강요당할 것이다. 그러면 인간이 사막에게 진다면 별 문제가 아닌데 사막을 정복하는 순간부터 이상한 세상이 열린다는 점이다. 벌써 중필의 가족이 사막을 횡단한다는 사실 자체가 여간 대단한 일이 아닐 수 없었다. 왜 사람들은 사막에 변화를 가하는 것일까? 더 나아가 달에 변화를 가하고 달에 인간이 살 수 있는 기지를 만들려고 한다. 달로 가기로 마음먹고 그러고 있는 상황에서 사막은 달보다 아주 낮은 단계에 해당하니 사막이 변한다는 것은 분명해졌다. 그러면 사막의 땅을 팔지도 않겠지만 많이 사두면 엄청난 부자가 되는 것은 기정사실이지만 사막을 땅이라고 거래한다고 생각하기에는 너무 앞서고 있었다. 개인이 사막의 땅을 산다니 정신 나간 사람처럼 들린다. 사막을 사고 싶지만 실제로 거래가 일어나는지도 궁금했다. 그러면 사막은 대부분이 그 나라의 국가소유이거나 거의 주인이 없는 상태라

할 수 있다. 바보 같은 생각이나 태평양 바다도 사두면 되지 않나? 공해인데 무슨 거래가 일어나나? 태평양도 분할하여 각각 나라의 영역이 있기도 하다. 망간단괴의 값어치 때문에 채굴권을 정한 것이 있기는 하다. 중필은 증명을 하는 사람이 되어 정말로 사막을 소유하는 그런 사람이 되어야 하건만 많이 황당했다. 낙타를 많이 가진 부자가 아니라 사막을 많이 가진 부자라니 우스운 일이기도 했다. 알래스카도 너무 황무지라 팔아버렸더니 지금은 미국이 알짜배기를 뽑아먹고 있다. 그러나 중필이 할 수 있는 한계란 것이 있으니 이 한계를 정복한다면 일은 다르게 될 것이다. 사람은 스스로 자신의 한계를 그어버린다. 사막을 소유할 수 있지만 그럴 수 없다고 단정지어버리는 것이다. 그렇게 단정지어버리면 그 순간부터 그 일은 중단되고 만다. 과대망상가라고 할지언정 달을 정복하려면 달에 날아가야 했다. 태평양을 건너야 미국에 올 수 있었다. 세계일주 여행을 하기는 어렵다. 그렇지만 자신의 능력을 단정지어버리지 않고 온갖 노력을 하여 준비를 통해 성공할 수도 있다. 서부로 끝없이 서부로 가게 한 것은 골드러시(황금을 차지하려는 욕심)가 사람들을 서부로 내몰았다. 황금에 눈이 멀지 않았다면 그 황금을 단정지어버리지 않았기에 서부의 문은 열리고 길은 뚫리고 기차는 달리고 있었다. 포장마차의 대열이 기차로 바뀐 것이었다. 사막에 황금이 있다면 다이아몬드가 있다면 사막은 서부처럼 바뀐다. 중필은 사막을 황금이 있는 곳으로 다이아몬드가 있는 곳으로 바꾸면 사막은 변한다. 라스베이거스가 그런 곳이다. 불모지를 황금의 땅으로 다이아몬드의 땅으로 바꾼 곳이다. 모하비 사막이 라스베이거스로 바뀐다는 것은 전혀 불가능한 사항이 아니다. 아주 전형적이 모델이 환락의 도시 라스베이거스이다. 모하비 사막이 라스베이거스가 된다는 사실이 충격적이지만 태평양의 물이

들어오면 가능한 일이다. 라스베이거스도 강물이 들어가서 바뀐 경우이다. 물이 세상을 바꾸어버렸다. 사막에 물이 들어가면 바뀐다. 사막을 황금으로 다이아몬드로 바꾸는 것은 결국 물이다. 물을 끌어다 집어넣으면 천지개벽이 일어난다. 황당한 것이지만 한계를 그어버리지 않고 진행하면 가능해진다. 사람들이 한계를 넘어서려고 작정하면 그렇게 될 수 있는 것이 지금이다. 중필은 모하비 사막이 라스베이거스로 변한 날이 눈에 보였다. 그러면 두 자녀는 아버지가 사막을 사둔 덕에 세계에서 가장 부자가 되겠지만 그 달콤한 열매와 과실을 중필이 누리지 못해도 뒤에 오는 사람들이 누릴 수 있다. 전 세계의 모든 사막이 그런 식으로 변해버리면 일정지역의 사막은 보존을 해야 할 처지가 될 것이다. 그렇다. 기차가 사람만 실어 나를 것이 아니라 태평양의 물이나 오대호의 물을 실어 날라 모하비 사막을 바꿀 수 있다. 운송수단인 기차가 사람이나 화물만 실어 나르라는 법은 없다. 물을 실어 나를 수도 있다. 물만 실어 나르는 기차가 있다. 도대체 얼마나 실어 날라야 한다는 말인가? 그러면 물과 같이 수증기도 같이 끌고 가는 기차를 만들면 훨씬 쉬워진다. 기차가 움직이면 물뿐만 아니라 수증기를 몰고 간다. 사막지역으로 끝없이 수증기를 몰고 가는 기차는 사막을 수증기로 덮어서 무슨 일을 꾸밀 것이다. 수증기를 몰고 가는 기차는 결국엔 비를 몰고 가는 기치가 되고 홍수를 몰고 가는 기차가 되면 문제는 더 심각해질 수도 있다. 수증기와 비를 몰고 가는 기차가 만들어진다. 아! 그렇게 될까? 한계를 정하지 말라고 했는데 또 잊어버렸단 말인가? 모하비 사막으로 가는 물 기차, 수증기 기차, 비 기차, 재미있는 기차여행이다. 아빠는 비 기차를 타고 사막으로 간다고 하니 딸 아이는 눈 기차를 타고 가겠다고 했다. 그러면 덥지 않으니 말이다. 눈 폭탄, 눈 로켓, 눈을 내리게 하는 원자폭탄의 개조, 실제의 요오드 탄, 비행기가 쏘는 요오드 탄, 수만 개의 핵폭탄을 사막에 내리는 눈 폭탄으로 개량하면 사막은 한순간에 사막이 아니다. 원자폭탄이나 무기에 들이는 노력의 적은 노력을 이쪽으로 돌리면 얼마든지 해결점이 나타나 보였다. 사막에 미사일이 날아가더니 비나 눈이나 물이 생성되어 강이 만들어지고, 호수가 만들어지고, 수영장이 만들어지고, 참말로 쉬운 세상이다. 원자폭탄이나 수소폭탄이나 질소폭탄이 생성하는 양이나 질만큼 물이 생성되게 설계하면 불이 아니라 물이 설계되면 물의 폭탄이 사막에는 좋지만 불의 폭탄만큼이나 무섭기도 하다. 이제껏 불의 폭탄만을 사람들은 만들어왔지만 이제는 물의 폭탄도 만들면 상황은 달라진다. 불의 폭탄을 터트리면 물의 폭탄을 쏘아 꺼버리면 불로 이루어지는 폭탄은 무용지물이 되나? 아리송하다. 원자폭탄, 질소폭탄, 중성자폭탄, 수소폭탄의 불의 폭탄을 물의 폭탄으로 무용지물을 만들면 얼마나 많은 물을 사용해야 하며 그 후유증도 대단할 것이다. 어쨌거나 물의 폭탄을 누군가가, 어느 나라가, 개발을 하여 실용화한다면 사막의 환경도 바꾸고 전쟁의 양상도 바꾸고 변화가 일어나는 세상으로 탈바꿈한다. 딸아이나 아들이 사는 세상에서는 눈 기차가 다니고 물의 폭탄들이 너무 많아 무시무시한 불의 폭탄들이 아무 쓸모없게 되는 미래의 날을 기대한다. 실현가능성이 희박해도 생각만으로도 즐겁다. 아예, 말만 한 마디하면 불의 폭탄이 없어지고 물의 폭탄도 마음대로 사용할 수 있으면 이상한 나라의 세상이 되기도 할 것이다. 모하비 사막에 이런 저런 물의 폭탄이 쏟아진다. 지구의 이런 저런 사막에 물의 폭탄이 쏟아진다. 중필이 꿈꾸는 세상은 곧 올 것이라고 억지를 부려본다. 그러면 캘리포니아의 더위도 식어지고 선선한 날씨를 유지하는 곳이 되면 사람들의 문화생활도 바꾸어질 수 있다.

딸아이의 눈 기차는 서서히 LA을 향해 들어서고 있었다. 근처에 있던 라스베이거스는 돌아갈 때 노선을 조정하여 들리든지 아예 비행기로 되돌아오게 되어 다음번에 방문하든지 해야 했다. 기차가 눈을 몰고 도시에 들어서니 사람들이 쏟아져 나와 축제를 벌였다. 눈의 축제가 일어났다. 기차가 도시를 들썩거리게 했다. 30년 만이나 혹은 100년 만에 눈을 보면 사람들은 즐거워한다. 눈이 오지 않는 곳에서 눈이 온다면 가장 마음이 들뜬다. 북부에서는 눈이 너무 많이 와서 탈이지만 눈이 오지 않는 지역에선 눈이 얼마나 반가운 존재인데 기차가 눈을 몰고 오니 얼마나 신기하고 재미있는 현상인가? 이제는 사막에서 인공으로 눈을 만들어 실내에서 스키를 타고 하는 세상이기도 하다. 사막에서 눈이 있다. 스키를 탄다. 꿈이 아니라 현실로 일어나고 있는 일이다. 그러면 사하라 사막에 눈이 있게 된다는 것이고 눈을 이용하여 농사도 짓고 즐기고 사는 세상이 틀린 세상이 아니라 정상인 세상이다. 정반대의 기후를 한 곳에서 병존시킬 수 있는 점이 놀랍지만 지금은 가능한 세상이다. 한 곳에서 사계절을 동시에 실현시키는 도시는 이상한 도시가 아니라 그런 도시가 즐비하게 존재하는 땅이 괜찮은 곳이다. 네 식구가 LA에서 네 가지의 기후를 느껴볼 수 있을까? 불가능하지가 않다고 한다. 인공산도 만들고, 인공섬도 만들고, 인공의 무엇도 만든다. 그러면 네 가지의 기후를 수초보다도 더 빨리 감지하여 적응시키는 의복을 입고 있어야 한다. 그래야 사람들이 건강에 이상이 생기지 않는다. 사계절이 수초 만에 바뀌어도 아무런 이상이 없으려면 사람들이 모두 우주복을 입어야 하나? 불편하기도 하겠다. 너무 발달이 되어 우주복이 아주 얇은 손수건마냥 얇은 것 하나 만으로 해결이 되면 문제가 되지도 않는다. 중필과 아내, 두 자녀와 도착한 도시는 손수건 마냥 얇은 옷 한 벌로 네 가지의 계절을 견뎌낼 수 있다니 상상 속의 도시이다. 정말로 엄청난 미래의 도시이건만 과거의 도시처럼 그들은 관광을 하고 있었다. 시간이란 것도 상대적인 것이므로 상상 속의 과거는 현재의 미래일 수 있고 지금으로부터의 미래가 과거였다고 이리저리 타임머신의 골치 아픈 방식을 적용할 수 있었다. 미래로 갔는데 과거였고 과거로 갔는데 미래였다. 시간개념이 파괴되고 언어의 문법이 파괴되는 혼돈이 지금이고 여행의 길목에서 일어난 일들이었다. 그러면 롱비치에는 태평양의 해안선이 나타나야 하는데 해안의 백사장이 아니라 히말라야 산맥 같은 산이 우뚝 서서 보인다는 말인가? 그런 유추를 하게 된다. 아이들도 사막에는 눈 기차가 있으니 눈은 사막이고 그러니 해안에는 거대한 산이 있지 않을까? 당연히 생각한다. 아니 과거에 그렇게 생각했다. 아니나 다를까? 롱비치가 끝없는 해안선이 아니라 거대한 산맥으로 이루어져 있고 틈틈이 해안선이 보이는 산맥이 더 많고 해안선이 더 적은 복합의 구조로 되어 있었다. 도대체 누가 도술을 부렸을까? 사람들을 즐겁게 하려고 눈의 착시현상을 조절한 것일까? 정말로 아무도 모르는 사이에 변해 있는 것일까? 변해 있었다. 도시는 사계절이 수시로 변하면서 공존하고 사람들은 얇은 옷을 입었을망정 적응이 되는 의류이고 긴 해안선은 산맥과 해안선이 혼재해 있는 형태였다. 아! 그렇게 짧은 시간 안에 기차가 도착하는 동안에 바뀌다니 희한한 요술의 세상이었다. 어제와 오늘이 천양지차로 달랐다. 다랑논에서 농사를 짓던 중필에게 중부의 대평원은 환희의 대상이었다. 지금은 그것보다 더 큰 천지개벽의 상황을 맞닥뜨렸다. 앞의 것은 예견된 일이었으나 뒤의 것은 전혀 예견되지 않는 돌발적인 것이었다. 네 식구에게 충격이 가해졌다. 누구나 기차를 타고 여행을 하다보면 지금의 충격에 놀라게 될 것이다. 원자폭탄의 열을 식히는 물의 폭탄은 원자폭탄보다 더 힘이 있다고 여겨지고 순식간에 사막이 예전의 사막이 아니게 되니 충격을 충격으로 느끼는 것이 아니라 수초 만에 발생하는 어이없는 일이 되었다. 이런 어이없는 일을 당할 때 그와 동시에 적응력이 일어나는 의류도 그와 같은 엄청난 무엇으로 변하거나 발전이 일어나므로 조화적으로 앞뒤의 연결이 되고 맞는 것이 되었다. 그러니 물과 불의 어마어마한 힘에 의해 산맥이 생기고 해안선이 바뀌는 지진이나 해일이나 그런 형태로 불과 수초나 몇 시간 만에 바뀔 수 있음이고 그런 상황을 적절하게 적응한다는 것이 사람이라니 믿을 수가 없었다. 그런데도 사람이 죽지도 않고 동요하지도 않다니 정상적인 일상의 생활을 유지한다니 도대체 세상이 어떻게 돌아가고 있다는 말인가? 우주와 세상은 인간과는 무관하게 잘 돌아가고 있으니 사람의 영향력이 엄청나다고 여겼으나 아무 것도 아닌 것 같고 도무지 정리가 안 되고 머리가 복잡했다. 충격을 잘 흡수하는 이상한 유전자가 인간에도 내재해 있는 것일까? 지구의 땅덩어리도 갈라지고 붙었다가 떨어졌다가 하지만 너무도 긴 수 억 년에 이루어지니 느껴지지 못하지만 수초 만에 일어나면 눈이 휘둥그레질 수밖에 없었다. 이런 황당한 여행을 사람들에게 입이 근질근질하여 말하지 않고는 배기지 못하게 될 것이다. 그러면 이러저리 소문은 소문을 낳고 발 없는 소문이 너무나 빨리 퍼져 세상의 변화는 곧 감지가 되고 미국의 천지개벽은 다른 곳의 천지개벽을 자연스레 예고해주는 일이 되었다. 롱비치에 솟아오른 산들은 태평양의 물의 폭탄이 밀려오면 그 꼭대기에 올라가서 생존을 영위하는 최후의 장소가 되는 것이란 말인가? 가만히 보니 산이 땅 밑으로 서서히 가라앉고 있었다. 시간이 어느 정도 지나자 산은 사라지고 말았다. 도시를 둘러보니 도시의 빌딩들도 지하로 가라앉는 것도 있고 땅 밑에서 솟아 올라 오는 것도 있었다. 모든 지형지물들이 가만히 있는 것이 아니라 올라가거나 내려가고 있었다. 신기하기도 하고 이상한 일이기도 했다. 왜 그러냐고 물으니 불의 폭탄이 떨어질 때는 지하 수백 미터로 순식간에 내려가고 물의 폭탄이 떨어질 때는 지상으로 수백 미터 올라가기 위해 늘 일상적으로 그렇게 작동이 되도록 운영하므로 하루에도 수십 번씩 당연한 듯이 이루어지는 일이라고 했다. 산이나 건물이 엘리베이터 식으로 설계되어 불편 없이 살고 있다고 했다. 그러면 타임머신을 타고 수백 년이나 천 년 후의 세계에 온 것이냐고 따져보니 20세기의 미국이란 것이었다. 태평양에서 해일이 몰려오면 해안선에 천 미터의 산맥이 지하에서 올라와 막아버린다니 어안이 벙벙하다. 핵폭탄이 터지면 도시전체가 지하 수백 미터로 내려가 버린다니 그러면 핵폭탄과 물의 폭탄이 불과 수초 사이로 터진다면 수초 사이에도 적용이 될 수 있는 시스템인가하고 물으면 거기까지는 잘 모르겠고 전문가에게 물어보라며 얼버무렸다. 산과 강이 움직이지 않는다는 고정관념에 대한 도전 앞에 사고의 유연성을 발휘해야 하지만 굳어진 사람의 인식체계가 무너져야 하는데 쉽지 않은 일이기도 했다. 어떻게 산과 강과 도시가 땅 밑으로 꺼졌다가 하늘 위로 솟아오른단 말인가? 그런 세상을 상상은 할 수 있었지만 실제로 보지 못했기에 믿을 수가 없었다. 그것도 사전에 설명이 있는 것도 아니고 여행을 하는 중에 찰나에 변한 사실 앞에서 환각과 환청이 아닌가? 놀라고 있었다. 아이들이 오히려 적응력이 높았다. 아이들의 입장에서는 놀이동산에 놀러온 것처럼 이해될 수 있는 영역이었다. 어른이 더 고통스런 입장이었다. 참말로 놀랄 일이었다. LA가 도대체 왜 이런가? 시민들이 정신이 돌아버린 것일까? 헐리우드 영화를 많이 보다가 도시 전체를 영화 세트장으로 변신시킨 것일까? 그렇게 생각하면 그럴 수 있으리라 여겨졌다. 아무리 사람의 착시현상을 잘 이용한다 해도 착시만의 문제가 아니었다. 실제로 그렇게 변한 도시였다. 불의 폭탄과 물의 폭탄을 완벽하게 차단하는 사람들이 되었고 지하와 지상의 개념을 동일시할 수 있는 삶의 구조로의 진화가 이루어졌음을 알아차려야 하고 적응력을 키워야 하지만 어리둥절한 시간을 지나서 신비감이나 충격이 없는 일상적으로 받아들일 정도의 준비된 상태가 되어야 했다. 중필은 가족과 여행하면서 많은 것을 보고 듣고 느끼고 놀라고 있었지만 갈수록 충격의 단위가 세어졌다. 시내관광을 하면서 지상이나 지하로 건물이나 지형지물이 몽땅 움직이는 것이 너무 단순했고 아무런 어려움도 없었다. 에스컬레이터나 엘리베이터나 기차를 타고 있을 때나 비행기를 타고 있을 때나 배를 타고 있을 때와 별반 다르지 않았다. 일상적인 패턴이었다. 신비감이 사라지고 적응이 되는 첫 단계였다. 그래도 뭔가 영화 속의 장면 같고 믿지 못해 의심을 하는 듯하나 전혀 의심하지 않을 수 있는 처지로 진화하는 단계였다. 아이들은 즐거워하고 재미있다고 했다. 아내는 중필처럼 완전히 동화되기에는 거리감이 약간 있었다. 바다 같은 호수나 한반도만한 평야나 모든 것이 거대했지만 더 거대한 모습으로 사람을 놀라게 했다. 도시전체가 빙그르르 돌고 있는 형국이었다. 들쑥날쑥 장난감놀이처럼 도시가 움직였다. 무슨 설계된 방식으로 돌아가는지는 몰라도 어지러울 수 있는 곳이지만 지구자체가 하루에 한번 씩 자전을 하는 곳이니 사람들은 빙빙 도는 것에 대해서 유전적으로 적응이 되어 있고 저항을 하지 않았으니 별 탈은 없었다. 처음으로 도시를 방문하는 사람에게는 충격이 컸다. 운동을 하고 있는 중에도 밥을 먹는 중에도 어떤 행위를 하고 있는 중에도 도시의 모든 것이 위아래로 움직이고 있는 상태에서 행해진다는 것이 정답이었다. 그러면 움직이지 않고 정지된 상태에서 살 수 있는 영역이 정말로 없단 말인가? 있을 것이었다. 그곳은 이 도시로 들어오기 전의 지역과 같은 방식의 공간일 수 있었다. 지금 이곳이 더 어지럽다는 설명이었다. 다른 지역이 모두 움직이는 데 어떤 곳만이 움직이지 않으면 다른 곳의 움직임이 일상으로 일어나는 착각 같은 느낌으로 말미암아 가장 적응하기 어려운 곳이 움직임이 없는 지역으로 오해되면서 그렇게 사람들에게 느껴지는 묘한 일이었다. 키다리만 사는 동네에서 정상적인 키의 사람이 오히려 이상한 꼴과 흡사했다. 불의 폭탄과 물의 폭탄이 무용지물인 세상은 사람들이 그토록 바랐던 신세계였다. 신세계가 눈앞에 전개되어 있었다. 신세계는 상하로만 자유자재로 움직이는 도시였다. 중필은 생각했다. 좌우로도 자유자재로 움직일 수 있는 도시라면 또 어떤 차원의 세상이 되는가? 상하로 멋대로 움직이면서 좌우로도 움직이고 또 360도 모든 방향으로 자유로이 움직일 수 있는 도시란 무엇이란 말인가? 삼라만상의 사물이 전후좌우 360도로 움직인다고 하니 어지럽지 않을까? 하는 우려가 앞섰다. 상하로 움직이는 세계에 적응하는 인간은 차차로 더 어려워지는 부분으로 진화한다는 가정을 가지면 그럴 수 있음을 인정할 수 있었다. 피겨 선수들도 더 많이 회전할수록 우수한 선수였다. 훈련과 노력으로 더 많이 회전하여도 적응이 되는 것이었다. 빙판에서도 회전이 가능한 사람이 되는 것을 볼 때 빙판이 아니면 적응은 더 쉽다. 상하로 도시를 움직인다는 것은 좌우로도 도시를 움직일 수 있다는 점을 유추하게 만들었다. 그러다가 어느 순간부터 모든 방향으로 움직이려고 무의식중에 시도하다가 그리 될 것이라고 생각할 수 있었다. 동물의 체세포를 이용해서 똑같은 동물을 복제하는 지금의 지구에서 크게 고민하지 않아도 사람도 동물과 별반 다르지 않으니 사람의 체세포로 똑같은 사람을 복제할 수 있다는 점을 알 수 있었다. 그러자 사람들은 머리가 아팠다. 산삼의 뿌리로 산삼을 대량복제할 수 있으니 인삼도 가능하고 무 뿌리로도 무한정 무 배양근을 만들 수 있음을 너무도 쉽게 알 수 있었다. 인삼은 잔뿌리가 사포닌 성분이 큰 뿌리보다 많다고 하니 인삼 잔뿌리를 무한으로 증식배양하면 인삼을, 사포닌을 쉽게 얻을 수 있다는 점을 알 수 있었다. 그러면 모든 뿌리로 된 것들을 무한대로 배양근을 만들어내면 농업이 무슨 소용이 있는 세상이란 말인가? 농업이 없이도 생존이 가능하다는 약간의 희망적인 전망을 조심스레 말할 수는 있지만 장담하기에는 자신감이 덜한 사람들이었다. 산삼배양근으로 비빔밥을 먹으면서도 앞으로 농업이 없이도 살 수 있을 것이란 점을 느끼면서도 집에 오면 텃밭을 가꾸는 사람들이었다. 도시전체가 회전하고 움직이고 묘한 조화를 부리는 세상이 없는 것이 아니라 실제로 존재할 때부터 원자폭탄이 정말로 무용지물일까? 의심스런 믿음을 가져보지만 인간이 원자폭탄을 그렇게 쉽게 물의 폭탄이나 상하로 움직이는 지형지물의 도시로서 방어할 수 있을지 반신반의할 수 있었다. 그 수많은 핵폭탄을 지하로 이동시켜 물의 폭탄으로 감싸두고 전기나 평화적인 방법으로 이용할 때 인간은 수천 년이나 에너지 문제를 잊어버리고 더 나은 에너지원으로 완전히 바꿔놓고 불필요하여 물의 폭탄으로 없애버릴 지도 모를 일이었다. 천연두 바이러스처럼 연구실에서 인위적으로 보존해야 할 지경의 상황이 올 수도 있었다. 인간이 바이러스를 정복한 것 중에 유일한 것이 천연두인데 이 병원균이 사라졌지만 그래도 실험실에서는 보존을 하고 있다. 핵폭탄이 물의 폭탄으로 인해 사라졌지만 지하 수천 미터의 안전한 곳에 물의 폭탄으로 덮어 보존할 수 있다고 생각할 수 있었다. 도시가 자유자재로 상하로 움직인다는 것은 여러 가지를 암시하는 대단한 증거였다. 엘리베이터처럼 도시전체가 작동하는 모습에서 중필은 핵전쟁의 공포가 사라지는 대단한 단초를 찾아내었다. 그냥 알 수 있는 사실이었다. 산삼배양근으로 만든 비빔밥을 맛보면서 오래 살 수 있다는 느낌도 받았다. 인삼도 아닌 산삼이 밥과 같이 먹을 수 있다니 건강하게 살 수 있고 오래 생존한다면 자꾸 더 높은 단계의 혜택을 누군가의 도움으로 인해 누릴 수 있다는 점에서 인간에 대한 놀라움과 존경심을 가질 수도 있었다. 움직이는 도시로 가서 살게 해주고 산삼으로 생존하게 한다면 즐거운 나날이 아니라고 부인하기 어렵게 되는 점이었다. 좋게 해주겠다고 하얀 거짓말로 남녀가 사랑에 이르고 같이 살게도 되는데 약속만이 아니라 실제로 증명하게 될 때 실제로 증명해줄 때 인간은 감동할 수 있고 잘 살아보려는 의욕이 넘친다. 산삼배양근은 증명을 하고 있고, 상하로 움직이는 도시는 증명을 하고 있는 셈이었다. 그것까지 가지 못하더라도 핵발전소의 발전능력을 수억 분의 일이나 수조 분의 일의 능력으로 저감시켜 각 가정이나 자동차나 공장이나 모든 요소에서 사용한다 해도 성공이었다. 백신인 예방주사가 독성이 무척 강한 것을 수백만 배나 약하게 만들면 오히려 예방약이 되듯이 핵폭탄도 수억 배나 수조 배로 낮추면 에너지가 되는 일이 생길 수 있었다. 문제는 증명을 해내면 됐다. 제너처럼 백신을 만들어내면 됐다.

이제는 미네소타의 메사비로 되돌아 올 차례였다. 반복하여 정반대로 똑같은 형태로 되돌아 올 수도 있었지만 비행기가 있으므로 더 손쉽고 빠르게 해결하기로 결정했다. 롱비치에서 비행장을 찾았지만 공항까지는 거리가 있었으므로 마음의 준비는 하고 있었지만 아직 비행기에 탑승한 상태는 아니었다. 그런데 건물에 들어가서 이리저리 바깥을 구경하고 있었건만 그

건물 자체가 하늘로 서서히 오르더니 비행기처럼 메사비로 향해 날아가고 있다는 것이었다. 뭔가 속은 기분이었지만 사실 건물이 움직여 LA을 벗어나고 있었다. 날렵한 비행기가 아니라 사람이 살고 있는 건물이나 모든 지형지물이 비행기처럼 둥둥 떠서 움직일 수 있다는 사실이었다. 당연히 그럴 수도 있지만 너무 황당한 기분이었다. 사전에 설명이나 그런 경우를 경험하지 못했기에 적응을 할 수 없었고 사고가 일어나거나 무슨 착오가 발생한 것이라고 여길 수밖에 없었다. 비행기가 너무 편안하게 순식간에 메사비에 도착하니 또 한 번 더 심하게 도깨비에게 홀린 기분이었다. 주위 사람들에게 여행 중에 겪은 일들을 말해주면 믿지를 못했다. 그들도 똑같이 경험을 해야만 수긍을 할 수 있는 문제였다. 그들을 싣고 온 건물 비행기는 사라져 버렸다. 신기루처럼 없어졌다. 메사비에 있는 사람들이 보았다면 말들이 많았을 건데 투명 비행기인지 사람들의 눈에 드러나지 않았다. 사람의 시각 안에 잡히지 않거나 사람들이 알 수 있는 방법으로 확인이 안 되는 일에 대해서는 사람이 판단능력이 한계에 직면했다. 그렇다. 사람이 모르는 일은 모르는 것이었다. 사람의 힘으로나 상상력으로도 증명이 되지 못하면 인식이 안 되는 한계점의 인간의 문화나 문명이나 인간의 세상이었다. 인간이 아닌 다른 세상도 엄연히 있을 수 있으며 인간이 알지 못하는 세계가 존재했고 존재한다고 여길 수 있었다. 분명히 여행을 다녀온 것은 맞으나 과정 중에 석연치 않은 부분에 대해서 중필의 가족들은 다른 사람들과 불필요한 마찰을 피하려면 모른 척 하면 만사가 형통이었다. 그런데 입이 달린 사람이다 보니 자꾸 말을 하게 되는 것을 어찌할 도리가 없었다. 영원히 잊고 지내기가 되지 않았다. 신기한 사실을 말할수록 점점 병신병자가 되어야 하는 모순도 동시에 존재했다. 천 년이나 앞선 사람들의 문명을 본다면 전혀 틀리지 않는 사실들이 천 년 전의 세상에서는 절대로 받아들여지지 않았다. 문명의 진행속도가 천 년이나 차이가 나게 같이 병존할 수 없다는 사실을 사람들은 강조했다. 크게 자세히 관찰하지 않아도 문명의 속도가 서로 다른 문화체계가 공존하는 것을 우리는 잘 알고 있었다. 그러나 대부분이 이해를 할 수 있는 수준이었기에 문젯거리가 안 되었다. 그 차이를 인정하기 어려울 정도로 커지면 사람들은 믿지를 못하게 됐다. 과거로의 여행은 많은 부분이 밝혀진 것을 토대로 삼을 때 무리수가 많지 않지만 미래에 대한 것들은 상상이나 예측의 분야이므로 틀릴 수 있음이 매우 많았다. 건물 자체나 산이나 강이 비행기에 실리듯이 날아가서 다른 지역으로 이동하고 흔적도 없이 사라진다면 그런 세상에 살지 않았다고 하면서 끝끝내 인정하기 않을 사람들이지만 그런 일이 일어났다고 중필의 네 식구가 증언하지만 증언이 먹혀들지를 못했다. 수많은 사람들이 경험을 하고 일상적인 일이 되어야만 가능한 것이었다. 건물이 비행기처럼 움직이는 상태에서는 전 세계를 여행하는 것도 그리 어려운 일도 아니고 쉽고 빨리 편안하게 할 수 있는 일이었다. 미국 본토 전체만이 아니라 세계를 둘러본다는 일이 간단하게 일어나는 일이라고는 생각하기가 벅차지만 그럴 수 있는 일이고 그렇게 세계여행을 해보고 싶은 중필이기도 했다. 짧은 여행이 그들의 생활에 변화를 주고 있었다. 일상적인 나날로 돌아와야 하는데 그것이 잘 되지 않았다. 전쟁터에서 돌아온 병사들처럼 현실과 전쟁터가 다른데도 불구하고 현실의 생활에 적응이 안 되는 것 같은 문제였다. 보이지 않았던 새롭던 세상의 일로 인해 현실이 다른데도 다른 현실을 받아들여야 하건만 충돌이 일어나는 현상이었다. 신분이 매우 높거나 잘살던 사람이 하루아침에 신분이 내려앉거나 거지가 되었을 때에 그전의 생활이 현실을 인정하기 싫어함으로 인해 하루하루가 현실이 아니라고 부정하며 적응이 안 되고 앞뒤가 틀리는 행동거지가 나타나 힘들어지는 일과 흡사했다. 남자의 육체의 달콤함을 맛본 처녀가 혼자 살기 힘들듯이 결국은 남자를 찾게 되듯이 그렇게 좋은 것들을 버리고 뒤떨어진 것들을 가지고 살아야 하는지 의문이 생겼다. 꿈속의 세상이 너무 황홀해 이제는 잊어야 할 꿈속의 여행이 그들 가족을 괴롭히는 것이라니 심각한 지경일 수도 있었다. 남들과 같이 그런 상태라면 모두 겪는 일이라 덜 괴롭지만 단지 몇 명이 견뎌내야 하니 특수한 경우에 속해 소수자만의 고통이나 어려움으로 끝내야 하는 일이 되었다. 그렇다면 다시 그 길을 반복해서 여행을 해보면 해답이 나올 수도 있었다. 먼저 번과 같은 일이 반복된다면 굳이 메사비에 살 것도 없이 신세계로 이사를 가서 살면 되었다. 그런데 그 여행길이 똑같이 반복되지 않고 많은 사람들이 주장하는 대로 환상적인 일들이 없다면 영영 증명할 길이 없게 되고 이상한 지경으로 지탱하면서 살아야 했다. 금방 다녀온 여행을 또 가기도 뭐 하지만 궁금증을 떨쳐버리기가 여간 쉬운 일은 아니었다. 어린 아이들이라면 동화속의 일이라고 넘겨버리면 처리가 간단할지 몰라도 성인이 자꾸 말을 하면 정신병자에 속했다. 정신병자가 되지 않는 길은 미래학자나 미래를 연구하는 과학자의 길을 걸어가면 수긍을 해주는 꼴이 되었다. 그러면서 모든 과정들을 실제로 재현해내거나 설계를 통해 현실화시켜 주면 숙제가 풀리는 일이었다. 중필의 능력으로는 해결점을 풀어낼 재간이 없었지만 한계를 넘어서는 능력을 발휘해내면 증명이 되었다. 살다가 보니 엉뚱하게 그런 길로 들어서야 하는지 판단이 서지 않았다. 시간과 돈을 모으고 계획을 세워야지만 한 번 더 여행을 할 수 있었고 이상한 일들을 증명하기 위한 일들은 더 어려운 선택이었다. 지금 이곳에서 누리는 행복도 대단한데 그 큰 행복을 보게 되어서 이 행복이 작아지니 행복이란 것도 늘 바뀌는 것이었다. 더 큰 행복을 지워야했다. 지우개로 쉽게 지우면 지워지면 좋으련만! 아이들은 어릴 적 기억으로부터 성인이 되면서 점점 그 그림들을 생각하면서 하나하나 차곡차곡 그려나가면서 실제로 만들어낸다면 세상은 한층 더 발전된 모습이 될 것이었다. 중필의 입장에서도 수십 년을 투자한다면 불가능한 영역이라고 버리지 않아도 되었다. 꼭 성사시켜야 할 절박감도 없으니 재미삼아 계속 관심의 영역으로 남겨두고 관심을 해결하는 쪽으로 가닥을 잡으면 부담도 적어지고 그럭저럭 타협하면서 일이 이루어지길 기대해 볼 여지도 남게 됐다. 혼신의 힘을 쏟을수 없으니 적당한 거리에서 바라보는 것이 현명한 대처방안으로 보였다. 시간이 지나면 한국전쟁의 기억처럼 희미해질 것이라고 생각했다. 시간이 지나면 한국의 기억처럼 엷어질 것이라고 생각되었다. 손목에 감겨진 시계는 오랜 시간을 돌아가고 있었다. 그 많은 시간 동안에 극히 일부분이 여행이었다. 시간은 사람이 해결할 수 없는 분야였다. 시간은 오늘도 가고 내일도 가고 모든 사람들에게서 가고 있었다. 사람마다 그 사람이 느끼는 시간은 다르기도 하고 같은 것일 수도 있었다. 중필에게 느껴지는 시간은 중필의 개인적인 고유한 시간이었다. 시계의 바늘이 메사비로 되돌아왔다. 메사비는 그가 행복을 느낀 곳이고 행복을 이룬 곳이고 행복이 계속되어야 하는 곳이었다. 아내의 행복과 아이들의 행복이 끝없이 현재진행형으로 가야 하는 곳이었다. 행복의 파랑새는 미국에서 날아다녔다. 이 행복의 비상이 한국에도 일어나고 세계에도 일어나고 그 누구라도 맛볼 수 있는 지난 여행 같은 것이라면 아낌없이 공평하게 제공되어야 했다. 한국에서는 전쟁이 일어났었다. 한국에서는 군사쿠데타가 일어났었다. 한국에서는 즐거운 소식이 별로 없었다. 해방이 되었다는 즐거움도 잠시 만에 두 나라로 분단이 되고 기쁜 일이 별로였다. 한국 땅이 몽땅 들려져서 행복한 곳으로 여행을 한다. 한국이 행복한 곳으로 변한다. 한국 땅이 행복한 곳이어서 수많은 사람들이 살려고 이민을 오고 여행을 온다. 그것이 맞는 일인데 중필은 맞는 일이 잘 일어나지 않는 것은 왜 일까? 궁금해지기도 했다. 지금 당장에도 그랬다. 한국으로 여행을 한다는 것이 그렇게 간단하기가 않았다. 미국 본토의 여행보다 더 어렵게 느껴지고 어려우니 왜 이럴까? 내 집을 활보하는 것이 불편하고 남의 집을 돌아다니는 것이 편하다니. 아! 절망을 느끼는 심정이었다. 메사비를 돌아다니는 것이 불편하고 꿈속의 세상이 더 편하다니. 아! 이 답답함이여! 꿈은 꿈으로 존재하도록 마음의 한 구석을 비워두는 것이 좋은 것인가? 기아선상의 땅으로, 그 기아선상의 땅에서 무상원조식량마저 끊겨 더 배고픈 땅으로, 돌아가야 하나? 그런 배고픔의 역의 선택을 하는 사람은 드물었다. 거의 없다고 해도 과언이 아니었다. 사람들은 배고픔을 싫어했다. 사람들은 편안함을 좋아했다. 사람들은 일만하기보다는 놀기를 더 좋아하고 한 곳에 계속 있기보다는 여행도 좋아했다. 사람들이 원하는 바를 할 수 있게 해주는 쪽을 택하는 것은 너무나 자연스런 이치였다. 배고프지 않는 미국이 더 좋고 편안한 미국이 더 좋다. 그렇지만 한국인을 만나면 애국심을 말하지 않을 수도 없었다. 애국심을 말하지만 한국으로 되돌아갈 엄두는 내지 못했다. 애국심과 현실은 약간의 간격이 있었다. 배가 고파도 애국심만 있으면 배가 부르면 좋으련만 그렇지가 않았다. 배가 부르지 않으면 여러 가지 문제가 꼬여들었다. 의식주가 어느 정도의 선이 아니고 비참한 지경에서는 밥이 먼저였다. 한국에서는 배가 고팠는데 미국에서는 배가 고프지 않았다. 엄청난 차이였다. 아주 단순한 차이였다. 배가 고픈 곳으로 가야 한다. 정신적으론 맞는 말이다. 그러나 몸이 그리 갈려고 하지 않는다. 총알이 날아온다. 총알을 몸으로 막아 타인을 보호해야 한다. 그러나 몸이 총알을 막지 못하고 피할 뿐이다. 특이한 경우의 사람이 배가 부른 곳에서 일부러 배가 고픈 곳으로 간다고 보아야 했다. 중필은 특이한 경우의 사람에 들지 않는 사람일 뿐이었다. 그러면서 사무치게 그리운 고향이 눈앞에 아른거리기는 했다. 여우도 죽기 전에는 머리를 고향 방향으로 돌린다고 하더니만 사람인 중필도 다르지는 않지만 지금은 배가 고픈 곳으로 자발적으로 움직인다는 것은 일어나지 않을 일이었다. 정신병자처럼 말한다고 하는 것도 단순한 차이로 인해 발생했다. 여행을 하다가 보고 들은 것이 그렇게 된 것이었다. 여기와 많이 다르고 상상하기 힘들 정도로 달랐다. 전혀 일어날 수 없는 일에 대해서 사람들은 거짓말이라고 했고 중필의 가족은 거짓말쟁이가 되어야 했다. 거짓말을 유포하는 사람이 되지 않기 위해서는 입을 다물어야 하지만 입이 잘 다물어지지 않는 어려움이 있었다. 중필은 한국인이다. 맞는 말이지만 엄밀히는 한국인이었다라고 말하여지고 이제는 미국인이다. 미국시민권자이다. 이렇게 되는 것이었다. 두 개의 국적을 가지고 있으면 두 나라 사람이지만 현실은 미국사람이었다. 아니! 생김새는 한국인이지만, 동양인이지만, 미국인이 되어버렸다. 그러면 미국인만 되면 누구나 배가 고프지 않단 말인가? 거의 그렇다는 것이었다. 아주 예외적으로 배가 고픈 사람이 있겠지만 전반적으로 배가 고플 수 없는 구조란 것이었다. 대단한 차이인가? 간단한 차이인가? 무엇인가 약간 다른 것이 있다는 점이었다. 사람은 물론 다를 수 있다. 근본적인 것이야 같은 것일지라도 살면서, 아니면 장소에 따라 약간 있는 차이를 인정해야 할 것이었다. 고국으로부터 들려오는 소식은 마음을 우울하게 만들었다. 쿠데타 주동이 일본 육사출신으로 일본을 위해 일했던 장교라니 더욱 마음이 상했다. 광복군이나 독립군이 아닌 정반대의 집단이었다. 더욱이 만주군관학교에 입학하기 위해 혈서를 써서 학교당국에 보냈다니 더욱 실망이었다. 나이가 많아 입학이 되지 않아 이런 방식을 취하자 만주군관학교에서 규정을 고쳐서까지 받아들일 정도로 일본의 군인이 되고자 했다니 어이가 없었다. 현실은 그들이 조국의 앞길을 열어간다고 나서고 있었다. 불과 해방된 지 15~16년이 지나고 있었다. 프랑스나 중국이나 대부분의 나라에서는 식민지배 시절에 협력했던 세력들이 사형을 당하거나 청산되었건만 유독 한국만이 친일세력이 청산되지 못하고 그대로 살아남아 이상한 방향으로 나라가 돌아가고 있었다. 분통이 터져 안 먹던 술까지 마실 지경이 되었다. 국적은 미국 사람이 되어 있으나 한국의 내부사정이 정말로 화나는 일이었다. 한국인에게는 비위가 상하는 일이었지만 일본의 입장에서는 참으로 기분 좋은 진행이었다. 그들 입맛에 딱 맞는 집단이 등장하니 그렇게 한국을 괴롭혔지만 일이 술술 풀리는 형국이었다. 사람에게는 감정이라는 것이 있었다. 이성적으로 판단하면 해결이 되지만 도저히 마음이 허락을 하지 않는 것은 알게 모르게 속이 많이 뒤틀린다는 것이었다. 미국에서 배가 부른 생활을 할수록 고국의 배고픈 동포들이 어서 빨리 중단된 무상 식량원조가 재개되어 배가 고프지 않아야 했다. 해방된 나라에서 친일세력은 당연히 발붙일 틈이 없고 생존에 어려움을 느껴야 한다고 여길 수 있으나 정반대의 흐름으로 흘러가는 상황이 지금이었다. 쥐를 너무 궁지로 몰아세우면 오히려 고양이에게 달려든다고도 하나 거의 발생하지 않는 일이었다. 그런데 약자인 세력이라 여길 수 있는 집단이 전혀 다른 힘을 발휘하는 세상이 되었다. 미국에서 보면 미국의 입장에서는 약한 집단일지 몰라도 한국에 있어서는 그렇지가 않은 것이었다. '성공도 잘못 소화시키면 설사가 되고, 실패도 잘만 소화시키면 쾌변이 되는 게 인생이 치'라고도 하는데 한국인들은 성공을 설사가 되게 만든 꼴이 되었다. '아무 가치도 없는 사람이라 해도 신의 눈에는 보석처럼 보인다.'는 코란경의 구절이 사람을 다르게 만들었는지 분명히 지는 패인 친일 전력의 패로도 역전이 된 한국이었다. '한국이 잘 돼야 될 텐데. 진심으로 잘 돼야 될 텐데.' 첫 단추가 끼이는 모습은 대단히 실망이었다. 중필은 자신이 하는 직업을 열심히 해야 하는 사람이었다. 아내와 두 아이가 행복하게 잘 살게 만들어야 했다. 아무리 그가 노력을 한다 해도 미국이라는 좋은 환경이 주어지지 않으면 어려웠다. 그가 노력을 하는 데는 한계점이 있고 더 나은 전체적인 구조가 그를 꽤 나은 사람으로 만들어주는 것이었다. 그가 배가 부른 것은 미국의 식량생산이 많고 물자가 풍부하고 자유스런 국가이기 때문이었다. 그가 이룩한 일이 아니라 무상으로 얻어 걸린 행운이었다. 한국도 미국처럼 식량이 많고 다른 나라에 무상으로 식량을 원조해주고 그러면 얼마나 좋을까? 중필이 해결한다면 정말 좋겠는데 불가능한 영역으로 보였다. 고작 생각하는 일이라곤 남아돌 식량을 몇 년이고 십 년이고 저장을 잘해서 오래 오래도록 먹을 수 있는 정도의 가능성을 생각하는데 생각만 용처럼 하면 무얼 하나? 지렁이처럼이라도 실제로 실천을 해야 맞는 일이고 가능성이 열릴 수 있었다. 미국이 남북전쟁을 할 때 만약 노예제도를 유지하려던 남군이 승리했다면 아직도 미국에는 노예제도가 남아 있는 나라였을까? 얕은 물에서도 배가 이동할 수 있도록 생각해낸 특허를 냈던 지혜롭던 링컨이 전쟁에서 졌다면 미국이 자존심이 강한 나라가 되었을까? 아직도 노예제도가 남아 있는 미국은 생각하기 싫었다. 그렇게 미국이 유지되고 있었다면 사람들이 지렁이처럼이라도 반대하여 노예제도를 없애려 줄기차게 노력을 했을지 아무런 싸움도 하지 않은 채로 세월을 흘러 보냈을 지 알 수 없는 문제였다. 노예제도가 계속되고 있었다면 미국 인구의 육분의 일에 해당하는 흑인들의 한숨이 미국 땅에서 늘 떠나지 않았을 것이었다. 그들은 코란경의 구절을 정말로 좋아하게 되었을 지도 모를 일이었다. '아무 가치도 없는 사람이라 해도 신의 눈에는 보석처럼 보인다.'는 것이 그들의 희망의 끈이 될 수도 있었을 것이었다. 분명히 노예제도가 없어졌는데도 버스를 타면 흑·백인이 앉는 자리가 달랐고 식당의 출입도 흑·백인의 구분이 있었다. 동양인도 유색인종이므로 흑인의 대우와 별반 다르지 않았다. 그래도 배가 고프지 않으니 참을 만하다 해도 감정이 상하는 것은 다반사였다. 미국에서 동양인은 엄청나게 소수자였다. 따져보면 백인이 월등히 많은 구조 속에 끼인 중필이었다.

감정을 배제하기 위해서 스님처럼 행동하기는 무척 어렵다. 땅바닥의 생물을 밟지 않기 위해 땅을 보고 걷는 것도 어렵고 채색만 하고 육식을 금하기도 어렵다. 아이들은 아직도 어려서 인종개념도 희박하고 한국인이라는 것이 들어맞지 않는 상황의 전개였다. 엄연히 미국인이다. 한국인이 아니다. 핏속에 흐르는 것은 한국인이 맞지만 아이들이 살아가는 환경은 한국적인 것이 없었다. 중필과 아내가 아이들에게 가르치거나 세뇌시키지 않으면 한국인이라는 것은 사라지는 형편이었다. 100년이 지나면 전혀 한국인이라는 점이 드러나지 않을 위험한 점도 느껴졌다. 이민 1세대의 고민이 점점 커진다. 아이들은 성장하여 한국인과 꼭 결혼한다는 것을 바라지만 그렇지 않을 확률이 너무도 커 보이니 불과 한 세대만 지나면 한국인이라는 것이 어떻게 뒤섞여 버릴지 가늠이 안 되는 나날이었다. 중국계와 결혼할 지, 일본계와 결혼할 지, 남미계와 결혼할 지, 흑인이나 백인계통과 결혼할 지, 미지수였다. 결과는 중필 자신만이 한국을 지키고자 고군분투하는 미래상이 어렴풋이 보이니 힘들고 고통스런 고국이 마음에 당기는 것도 무리는 아니었다. 중필은 여행 중에도 놀랐지만 미국인들은 각 개인이 총을 가지고 있었다. 섬뜩 놀라는 일이 아닐 수 없었다. 무서운 개도 겁나지만 몸에서 총이 나올 때 황량한 서부에서 목숨을 지켜야 하는 자신의 처지처럼 간담이 서늘했다. 그도 미국인이므로 총을 구입할 수 있고 몸에 지니고 다녀도 됐다. 총을 많이 모으고 대포도 모으고 탱크도 모아서 미국에서 쿠데타로 정권을 잡을 수 있을까? 인디언이 미국의 정권을 비합법적인 수단을 통해 잡았다. 인디언의 세력에도 못 미치는 중필이 권력을 미국에서 비합법적인 방법으로 잡았다. 아니 합법적인 선거를 통해 권력을 잡았다. 그런 해괴한 뉴스는 발생하지 않았다. 생각을 용처럼 하는 것보다는 지렁이처럼 행동으로 옮겨서 제도권의 영역에서 선거에 나선다는 것을 시도해야 맞는 일이지만 거기까지 가기에는 중필이 힘이 없었다. 그러면 힘을 기르다가 100년이 지나고 중필은 이 세상의 사람이 아니다. 35세가 되면 미합중국의 대통령에 입후보할 수 있는 나이가 되지만 중필이 성공시킬 수 있는 영역이 아니라고 하고 생각도 하지 않지만 여행 중에 본 것들이 이루어지는 것을 미루어보고 그런 기적 같은 능력을 발휘한다면 성공이 안 된다는 것도 아니었다. 실제의 상황에서는 흑인들이 미국 땅에 먼저 발을 들여놓았고 그들이 차지한 낮은 분야의 영역들 일지라도 중필이 건지기에도 벅차다는 지금의 현실이었다. 참으로 좋은 미국이지만 중필에게 낮은 곳으로 임하라고 말하고 있고 행동하길 요구하는 듯했지만 그는 미국의 주류사회에 발을 들여놓고 미국을 바꾸는 무엇이 될까? 무언중에 관심이 가는 것은 부인할 수 없었다. 수사자가 자신의 프라이드를 지키듯이 미국이라는 거대한 정글에서 가장 우뚝 선 수사자가 중필이거나 한국인이라면 반대할 이유가 전혀 없었다. 아프리카의 정글도 넓지만 미국이라는 정글도 만만찮다. 총을 구입해야 하나? 총을 구입하니 정말로 총을 가진 중필이 되었다. 총으로 사람을 향해 쏜다. 좋지 않은 일이었다. 총을 가지고 있으면 심리적인 불안감이 감소하나? 아니 아내도 총을 가질 수 있고 너도 나도 총을 가질 수 있었다. 정글에서 중필 자신도 한 마리의 맹수가 아닌가? 맹수끼리 싸우면 죽거나 다치는 것은 일어날 수 있는 일이었다. 총이 맹수의 이빨이고 발톱이고 무시무시한 무기인데 그런 총을 가진 그였다. 총보다는 마음이 더 무서운 것이기도 하지만 일단은 개인이 무장을 하게 되는 것이 그의 현재였다. 미국에서 돈을 차지해야 하나? 군대를 차지해야 하나? 중필의 몫은 너무도 작았고 한국계의 힘은 너무도 작았다. 고고학적으로는 미국에 먼저 도착한 인종이 코리안이라는 설이 많다. 3,000년 전에 미국에 살던 사람들의 온돌이나 여러 흔적들이 4,000년 전에 울산 지역에서 고래사냥을 하던 한국인과 흡사하다고 하니 전혀 근거 없다고 하기도 어려웠다. 얼음이 얼어 있었을 때 걸어서 베링해협을 건너 알래스카로 북미로 남미로 갔던 루트가 확실하기 때문이다. 서양인은 콜럼부스 이후에 들어온 사람들이었다. 서기 1,492년이었다. 조선이 건국된 1,392년 보다 100년 후이었다. 500년 동안에 변한 모습을 500년이 걸리지도 않아서 바뀌기는 어렵지만 불가능한 영역도 아니다. 버락 오바마가 제44대 미합중국의 대통령이 되었다. 500년이 걸리지 않았다. 중국도 왕조가 200~300년마다 교체되는데 미국도 그런 시점인지 아리송하다. 한국은 왕조가 500년씩 유지되었다. 한국계 폴신이 정말로 희망적인 말을 하기는 했다. 한 세대 후엔 한국계가 미국 대통령이 된다고 말했다. 제51대나 제52대의 미합중국 대통령이 한국계가 된다고 하니 정말로 믿고 싶다. 골드만삭스도 2,050년엔 한국이 미국 다음으로 세계 2위의 경제대국이 된다고 하니 믿고 싶다. 북한과 통일이 되어 힘을 발휘한다는 것이다. 일본계인 후지모리가 페루에서 대통령이 된 적이 있다. 한국계가 미합중국의 대통령이 되는 것이 전혀 가능성이 없다고 생각할 수는 없다. 세계 2위의 경제대국이 되고 거기다가 미국의 대통령까지 한국계가 된다면 기분이 좋아지는 일이다. 유엔 사무총장도 배출되는 것을 보면 상당히 나아진 모양이다. 버락 오바마가 대통령이 되었다고 해서 그의 아버지의 나라인 케냐가 특별히 달라지는 것도 느껴지지 않는다. 일본계가 페루에서 대통령이 되었지만 페루가 좀 나아졌는지 큰 느낌이 없다. 한국인들이 미국에서 유대인처럼 상권을 장악해 나가고 있다고도 하나 유대인들이 손해가 난다고 버린 지역을 손해를 보면서도 그 뒤를 이어 들어가는 것이 한국인들이다. 이익이 나는 곳은 차지할 수 없으니 이익이 없어지는 곳을 찾아가는 아프리카 정글의 사자가 아니라 하이에나처럼 살아가는 한국인이다. 중필의 지금은 하이에나 무리의 힘조차 없으니 답답했다. 하이에나 보다 힘이 없다가 하이에나가 겨우 되어가고 있고 나중에는 사자가 된다는 것인데 정글에서 사자가 되기가 호락호락하지 않을 것이다. 정말로 인디언은 여러모로 아시아의 한국계통이나 몽골계통이 분명하다. 1,954년이나 1,961년의 미국에서 한국인은 존재의 흔적이 희미했다. 2,050년이면 100년이다. 100년이란 시간이 폴신이나 골드만삭스로 하여금 다르게 말하게끔 만들었다. 실제로는 아직 40여년이 모자라는 시점이고 50~60년이 한국인을 다르게 보이도록 작용하게끔 되었다. 두 세대가 지나면 천지개벽의 단초가 보이는 모양이다. 중필의 아이들의 아이들이 미국에서 백악관에 입성하게 된다니 믿어보면 좋다. 그런 신나는 일이 일어난다고 여기고 살면 훨씬 하루하루가 즐겁고 이국땅에서 견디기가 좋다. 사람은 자신이 원하는 방향으로 변해 간다. 원하는 방향으로 틀이 지어진다. 희망하는 가고자 하면 그리로 가게 된다. 장애는 항상 나타날 것이다. 중필이 총을 가지고 가고자 하는 길은 무엇이란 말인가? 미국에서 주류가 되고자 하는 것이 아닌가? 주류가 된 사람들이 500년이나 공을 들여놓았는데 중필이 짧은 시간 만에 도달한다면 특이한 경우일 것이다. 심리적으론 인디언이 꼭 조상 같고 아메리카에 먼저 도착한 선조가 분명 아시아의 한국계란 것이 마음으로 받아들여지고 있고 서양으로 변한 역사의 시간은 매우 짧다. 그러나 현실은 매우 적은 힘의 소수자이다. 중필은 과다한 욕심의 소유자이기도 하다. 배가 고픈 것이 고작 해결되니 온갖 부귀영화를 몽땅 꿈꾸는 지금이다. 그냥 용 같은 생각만 하고 지렁이처럼 실천하지 않으니 결과가 없을 것이다. 지렁이처럼이라도 행동을 해야 했다. 사업의 길을 가야하는데 그러면 정치의 길로 방향을 바꾸어야 한다는 것인지? 사업도 너무 힘든데 욕심이 과하다. 그러나 두 세대나 세 세대에 도약을 하기 위해선 그 밑바탕을 깔아주어야 하는 것이 그의 역할이기도 했다. 구한말부터 미국 땅에 발을 들여놓은 선조들이 있긴 했다. 중필은 폴신의 말을 잘 이해할 수가 없는 처지였다. 골드만삭스의 미래예측도 받아들이기가 매우 힘든 상황이었다. 유엔 사무총장은 여러 나라의 사람들이 해본 적이 있으므로 꼭 엄청난 것으로 해석하기에도 무리는 있었다. 믿어지지 않는 것을 아무런 불편 없이 믿어버릴 묘안은 없을까? 사람들이 그의 여행담을 믿어주지 않았다. 왜 믿어주지 않는 것일까? 실현가능성이 전혀 없기 때문이고 불가능하다고 여기기 때문이었다. 실현가능성과 불가능이란 영역에 대해서 그

산을 넘어버리고 그 바다를 건너버리면 누구나 수긍하게 된다. 중필은 산을 넘고 바다를 건너야 했다. 큰 산과 큰 바다를 건너기 전에 낮은 산과 얕은 바다를 먼저 건너야 했다. 수많은 낮은 산을 넘고 수많은 얕은 바다를 건넌 다음에 약간 더 높은 산과 약간 더 깊은 바다를 건너야만 중필의 능력이, 한국의 능력이 증명이 되는 최초의 무엇이 이루어진다. 태권도를 알리기 위해 목숨을 걸고 도전을 해야 했다. 일본의 공수도가 먼저 퍼져 있고 태권도는 뒤에 진출했다. 공수도 도장을 찾아가서 결투를 신청하고 그 결투를 이기고는 공수도장이 태권도장으로 바뀌어 갔다. 그 과정에서 결투를 하다가 죽는 경우도 많았다고 한다. 태권도는 결투를 하여서 이겨야 증명이 되었다. 그런데 미국의 주류사회에 진입하기 위해 결투를 신청하려 해도 큰 산과 큰 바다인 주지사나 미합중국의 대통령은 아직 결투를 신청하기에 중필이나 한국계가 턱없이 상대가 되지 않음이었다. 태권도를 알리기 위해 도장 하나에 도전을 하지만 주지사에 도전할 수 있을까? 중필이 자꾸만 현실감을 잃어가고 있었다. 50년 후를 100년 후를 자꾸만 생각하고 있었다. 생각은 4,000년 전의 것이나 3,000년 전의 것도 할 수 있었다. 고래를 잡으려고 한국 동해안의 울주에서 미국의 시애틀까지 움직인 3,000년 전이나 4,000년 전의 용감무쌍한 사람들이었다. 그렇게 열악한 조건으로 고래를 잡으러 미국까지 진출하는데 주지사를 고래라고 생각하면 잡을 수도 있다. 그 고래를 미합중국이 대통령이라면 그렇게 생각하고 잡을 수 있다. 상원의원이나 그런 것도 고래의 일종이라 여기면 잡을 수 있다. 그런데 중필이 어떻게 한국계의 사람들을 세뇌시킬 수 있나? 고래로 인식하게끔 한단 말인가? 고래를 잡아야 배불리 먹고 기름을 짜고 고래의 뼈를 어떤 용도로든 사용할 수 있다. 인디언들은 들소를 잘 잡았다. 그렇지만 백인들의 총이란 무기 앞에서는 굴복하고 말았다. 고래를 잡다가 죽은 사람도 많았을 것이다. 죽지 않고 고래를 잡아야 한다는 것이 부담이기도 하다. 부담이 아니라 정확히 죽지 않고 고래를 잡아야 맞는 일이다. 줄타기를 잘하고 줄에서 떨어지지 않고 박수를 받아야 하는 것처럼 미국에서 기가 막힌 줄타기를 해야만 했다. 기가 막힌 줄타기를 하기 위한 전단계의 노력이 얼마나 힘든 것이냐? 힘들지 않다고 최면을 거는 것이다. 습관은 제이의 천성이기도 한데 힘들지 않다고 습관을 들이면 힘들지 않게 되는 기적적인 일들로 인해 차츰 진짜 기적이 이어질 것이며 그것이 새롭게 고래를 잡는 표준이 되고 사람들의 등불이 된다면 그 등불이 꺼지지 않는 등댓불이 되기도 할 것이다. 바다에서 배를 몰고 가면 뱃사람에게 등대는 중요하다. 등대의 길잡이처럼 중필과 그의 힘과 많은 한국계의 사람들이 정성이 합쳐서 영원한 등대로 인해 많은 고래가 잡히길 희망하는 것이다. 고래가 잡히면 잔치가 벌어지고 희망이 춤을 추고 앞길이 밝아진다. 고래가 잡히면 배도 부르고 고래 기름도 많아지고 고래의 뼈로 할 것도 많다. 설령 고래를 못 잡는다고 해도 고래를 잡으려고 연구한 모든 것들이 고래보다 작은 고기들을 쉽게 잡게 해줄 것이다. 바다에는 고래보다 더 큰 물고기는 없다고 알고 있다. 고래를 잡다가 고래보다 더 큰 물고기도 잡을 수 있다고 하게 되면 멋진 일이 되고 만다. 그러면 고래를 잡으려는 목표조차 작은 목표라니 고래를 키운단 말인가? 고래를 키우면서 고래를 이용하면 더 좋겠네? 고래가 금붕어 마냥 키울 수 있다니 생각만 해도 즐겁다. 그러면 고래는 잡히는 것인데 고래를 양식하는 것이 더 앞선 것이라 여겨진다. 중필의 아이들이 고래를 양식하는 신기한 재주를 가지게끔 교육되어진다면 그 다음의 과정은 한 단계 나아진 모습의 한국계 미국인을 만나게 될 것이다. 고래를 몽땅 잡아버려서 멸종으로 가는 길이 아니라 고래를 잘 길러서 오히려 더 많이 이용할 수 있는 길이 현명한 길이다. 주지사나 미국의 대통령이나 그 무슨 다른 것일지라도 발상의 전환을 통해 고래라 여기고 잡는 것보다 앞선 기르는 것이라 여기면 또 다른 세상을 맛볼 수 있다. 거대하고 힘든 대상인 고래가 아니라 아예 강아지라고 여기고 도전한다면 너무 얕보게 되는 우를 범할지 몰라도 너무도 쉽게 이룰 수 있다고 생각하게 될 수도 있고 아니면 오판이 될 수도 있지만 고려해 볼 수 있는 방법론의 하나로 선택되어질 수도 있다. 범의 무서운 면을 아는 동물은 범을 상대로 싸움을 걸지 않는다. 범이 무서운 줄을 모르면 범에게 쉽게 다가갈 수 있다. 범이 무서운 동물임을 망각해버리면 의외로 쉽게 범을 다룰 줄 알게 될 희박한 즐거움도 있다. 사실, 고래는 아주 가까이에 사람이 접근해도 모른다고 한다. 바로 앞에까지 가서 고래의 귓구멍을 창이나 작살로 찍을 때까지도 모른다고 한다. 그러니 겁 없이 사람이 고래에 다가가서 창을 귓구멍에 박아 넣어 고래를 사냥하는 사람들이 에스키모들이라고도 한다. 귓구멍이 박힌 고래가 발광을 하는 동안 바로 그 옆에서 조그만 카누를 타고 있는 그들은 카누가 뒤집히지 않게 초인적인 힘과 기술로 그 자리를 지키면서 고래를 잡는다고 한다. 범도 무슨 약점이 있을 것이고 주지사나 미합중국 대통령도 무슨 약점이 있을 것이고 목표를 정한 사람들에게 그 자리를 내어주게 될 것은 분명하다. 잉카의 왕은 불과 소수의 스페인 군에게 사로잡혀 남미 전체가 뒤바뀌는 일도 일어났다. 상상하기 힘든 정도의 소수의 인원에게도 큰 나라가 무너진다. 위엄 있고 아주 당당하게 미국을 차지하면 더 좋겠지만 그런 힘이 안 되니 온갖 꼼수를 생각하지만 그러한 꼼수들이 세상을 이어가는 길이기도 했다. 고래를 잡거나 범을 잡는 것은 꼼수라고 하지 않고 인간의 지혜라고 한다. 그러면 마시이족은 흑인들인데 그들도 사자를 잡는 재주를 가지고 있다. 케냐의 마사이족이 아닌가? 버락 오바마가 마사이족의 후예란 말인가? 마사이족은 케냐와 탄자니아의 국경선 근처에서 살고 있고 평균 키가 173cm이며 남자 아이는 사자를 잡아야지만 진정한 성인으로 인정받는다. 아프리카에서 사자를 잡았다면 동해바다와 태평양을 거쳐 고래를 잡은 족속들이 가볍지는 않다. 나중에는 들소도 늘 잡았지만 사자를 잡는 습성과 고래를 잡는 습성이 별반 다르지 않을 것이다. 중필은 도전해야 할 목표가 생긴 듯하다. 목표가 생기면 사람들은 잠재적으로 그쪽으로 신경이 모이게 된다. 일상생활을 하지만 그 목표에 필요하거나 그 목표를 위해 해야 할 일이 있을 때 집중적으로 에너지를 쏟게 된다. 힘들 것 같은 사자사냥이나 고래사냥이 성공하는 것도 엄청난 에너지를 집중하여 죽지 않으려 살기 위해 혼신을 불사르기 때문이다. 그 대상이 히말라야 에베레스트이건, 재계의 정상이건, 정계의 정상이건, 우러러볼 높은 봉우리라면 그러한 노력을 퍼부을 준비가 있게 되고 실제로 정열을 투자하게 된다. 미국의 넓은 땅에서 기회의 나라에서 한국계가 어떤 봉우리를 정복한다는 것이 목표가 됨으로써 한결 의미 있게 전진하는 나날이 될 수 있다. 어떻게 하든지 고래의 귓구멍에 창을 꽂아야 한다. 어떻게 하든지 사자의 심장에 창을 찔러야 한다. 마사이족들은 맨발로 사자를 추격하여 잡는다. 사자는 사람과 맞닥뜨리는 것을 피한다. 상처를 입거나 괴롭힘을 당하지 않으면 사람을 해치지 않는다. 상처를 입거나 괴롭힘을 당하면 사람에게 공격한다. 약한 상태의 사자가 더 무섭다. 백수의 제왕이지만 사자도 사람을 피한다니 사람이 무서운 존재이다. 고래 중에 돌고래는 아예 사람과 놀려고 하기도 한다. 사람은 잠재적으로 야생성을 간직하고 있다. 중필이 총을 가지게 되자 은연중에 야생성이 더 돋보이게 드러나는 형국이다. 칼과 총과 무기들은 인간의 무시무시한 야생성을 적나라하게 보여주는 물건들이다. 십만 명의 기병이 말을 타고 몽고초원을 지나 중국대륙으로 진격하는 야생성을 보라! 전쟁은 백만 명의 병사를 전쟁터로 나가서 싸우게 만든다. 총이 있고 대포가 있고 원자폭탄까지 있다. 고래나 사자도 인간을 무서워하는 것이 맞는 모양이다. 고래나 사자가 인간보다 매우 약자의 입장에 서있는 것이 현실이다. 미국이라는 큰 야생의 터전에서 무슨 힘을 길러서 올바른 자리에 설 것인지는 중필의 고민이기도 하고 한 발, 두 발 앞서서 나가면 한국계의 고민이기도 하다. 로댕의 생각하는 사람이 오른손으로 턱을 괴고 앉아서 골똘히 내일을 생각하고 있는데 중필도 왼손으로 총을 쥐고서 무슨 생각을 한다는 말인가? 아내에게도 숨겨야 하고 아이들은 영원히 총을 못 보게 숨기면서 지녀야 하는 이상한 물건이 아닌가? 더욱이 다른 사람에겐 더 숨겨야 하는 물건이 아닌가? 사자는 발톱을 숨긴다. 고래는 무엇을 숨기는가? 고래는 수영에 방해가 되기에 수컷의 생식기가 몸속으로 숨겨져 있다고 한다. 교미를 할 때만 꺼낸다고 한다. 중필은 숨길 것이 없는 사람일 순 없다. 발톱을 숨기고, 생식기를 숨기고, 총을 숨기고, 그리고 야심을 숨기고, 또 무엇을 숨겨야 하나? 아무리 숨겨도 한국계는 힘이 약해 보인다. 너희들은 숨길 만한 것이 없어 보인다고 해석해버리는 지금이다. 원자폭탄을 가진 사람은 원자폭탄을 숨긴다. 금덩어리를 많이 가진 사람은 금덩어리를 숨긴다. 가진 것이 없는 자는 숨길 것이 없다. 오히려 배가 고프면 배가 고프다고 자꾸만 보채고 도와달라고 애걸복걸만 하고 있다. 양식이 많은 쪽은 마냥 양식이 많다고만 말을 하기가 거북스럽고 신경이 몹시 쓰인다. 부자의 곡간은 쥐에게 섣불리 보여선 안 된다. 앞으로 중필에게 무슨 행운이 있어서 숨길 것들이 많아질까? 원자폭탄보다 나은 물의 폭탄의 존재를 숨길 수 있을까? 의식주를 해결해 주는 첨단의 과학기술을 숨길 수 있을까? 가장 높은 산에 오르고, 가장 깊은 바다에 들어가고, 가장 많이 숨기는 그가 되고 싶지만 그가 원하는 방향으로만 미국이 갈 것인가? 꼭 그렇지도 않지만 그렇다고 믿고 싶고 그리된다고 희망을 가지는 그이다. 틀릴 수 있지만, 틀린 답이지만, 틀리지 않다고 우기고 가는 그이다. 중필이 가는 길이다.

4. 이수자 여인의 앞길

인도의 명문거족 집안의 14남매 중에 막내아들로 태어난 타고르는 기탄 잘리로 노벨문학상을 받으며 시성(詩聖)으로 추앙받았다. 하지만 이수자 여인은 9남매의 여섯째로 태어나 궁핍한 나날들을 보내는 사람이다. 14남매나 9남매 모두 많은 자식들을 낳은 가정이다. 타고르의 집안과 이수자 여인의 집안과는 상당한 차이가 나는 경우이다. 타고르가 '동방의 등불'이라 축복을 해준 한국이지만 해방되고 얼마 되지 않아 한국전쟁이 터진 나라가 됐다. 복이 지지리도 없는 한국이다. 타고르는 영국유학을 갈 정도의 좋은 가정환경이지만 이수자 여인은 흑인병사를 따라 미국으로 들어가고 있다. 이수자 여인이 '동방의 등불'이 되나? 이수자 여인의 기탄잘리는 어떻게 시작될까? 미국 땅에 발을 들여놓으니 남편의 본부인과 자식들이 나타난다. 청천벽력이 이수자 여인에게 내리친다. 남편은 총각이 아니고 유부남이다. 이수자 여인은 두 번째 부인의 신분이다. 뱃속의 아이 때문에 몸은 무겁고 한국으로 돌아갈 형편도 아니다. 전쟁 통의 한국 땅은 견디기 어려운 곳이었다. 낙원을 찾아 미국으로 왔건만 낙원이 아닌 듯하다. 이수자 여인이 14남매를 낳을지 9남매를 낳을지 모르지만 첫 아이부터 이상하게 먹구름이 덮친다. 한국 땅에 흑인이 상륙한 것은 언제가 처음일까? 임진왜란 때일까? 한국전쟁 때일까? 미국의 미군은 이차대전 때에도 백인 병사와 흑인 병사가 같이 생활하지 않고 따로 생활했다. '나바론'이라는 전쟁영화에서는 흑백의 병사가 혼성으로 전쟁을 치루지만 영화로 인해 더 혼동이 오는 것도 사실이다. 한국전쟁에서 미군은 흑백인 병사가 같이 훈련받고 같은 소대로 편성하여 한국전을 치렀다. 한국에 16개국 이상의 나라 사람들이 들어온 것도 처음 있는 일이었다. 독일어로 17은 '집첸'이다. 16다음이 17인 '집첸'이다. 이수자 여인의 남편은 두 부인으로부터 17명의 자식이 혹시 생길까? 독일어를 처음 배우는 사람의 입장에서는 독일어 17이 쉽지가 않다. 독일어 시험점수를 17점을 받고서야 '집첸'을 평생 잊어먹지 않는 것이다. 이수자 여인은 두 번째 부인이구나! 평생 잊어먹을 수가 없다. 17점이 절대적 점수로 17점이 아니고 학점 C나 D로 환산되니 그래도 낯이 좀 덜 부끄럽다. 두 번째 부인이지만 또 다른 C나 D로 환산되지 않을까? 미국의 다인종국가의 모습을 한국은 한국전쟁에서 16개국 이상의 나라들로 인해 아주 조금 맛을 보았다. 한국인과 흑인이, 한국인과 아프리카인이 결혼하는 일이 거의 없지 않았나? 16, 17을 14, 9를 알아가고 있다. 14, 9에서는 4·19라는 조합이 16, 17에서는 조합을 찾기가 쉽지 않다. 이수자 여인이 자신의 본가에서 집을 나설 때가 16세, 17세 나이 때였다. 굳이 예를 들면, 31회 리우올림픽이 17일 동안 지구촌축제를 벌였다. 지금은 미국에 와 있지만 나중에 터질 4·19를 예견해내는 점쟁이는 아니다. 어머니가 9남매를 낳았으니 9남매를 낳을 수도 있다는 것은 예견이 가능하다. 여섯 째 아이는 혹시 먼 나라로 보내게 되나? 그 정도는 경험상 예측이 된다. 이수자 여인은 한국사람 여섯 명 중에 한 명이 죽는 전쟁 통에 죽는 한 명이 아니었으니 행운이 아닌가? 부인으로서는 두 번째이지만 그리 나쁘다고 할 수 있나? 9남매와 부모를 합하면 11명인데 거의 두 명이 죽었다는 전쟁터였는데! 사실, 한국전쟁에서 오빠 한 명이 전사했다. 딸인 이수자 여인은 미국으로 왔다. 9남매 중에 한 명은 하늘나라로, 한 명은 머나먼 타국으로 갔다. 이수자 여인에게도 17인 '세븐틴'은 쉬운 일이 아니다. '럭키 세븐'에 열을 더 한다. 그러니 알기가 쉽다. '행운의 7'에 열을 더 한다. '칠전팔기'를 하면 저절로 행운이 오나? '칠월칠석'이 동양의 느낌인데 어째 서양의 느낌과 같나? 하나님이 쉬신 날 일곱째 날, 안식일이 일요일 아닌가? '칠칠이' 사십구, '사십구제', 불교와도 느낌이 있나? '삼칠일', 아이를 낳고도 21일 간은 사람 출입을 금한다. 일주일이 세 번이다. 칠일이 세 번이다. 인삼보다 더 효험이 좋은 인삼열매(진생베리)는 4년짜리 인삼에 빨갛게 열리는 열매이다. 7월 중순에 7일간만 채취를 할 수 있다. 초등학교 6년을 마치면 7년 째 중학교에 간다. 중고등 6년을 마치면 7년 째 대학에 간다. 6년이 지나 7년째에 변화가 온다. 7년쯤에 인생에 의미를 준다. 굼벵이가 땅속에 7년을 있다가 매미로 나온다. '칠종칠금', 일곱 번을 잡았다가 놓아준다. 미국에 칠 년을 있어 보나? 자식을 일곱 명 낳아 보나? 17년이 지나면 어떻게 되어 있나? 정상적인 부부라면 17년이 지나면 자식이 무려 대엿 명은 넘어서는 대가족이 된다. 뱃속의 아이는 낳게 되겠지만 앞으로의 일은 정답이 없다. 이수자 여인은 한국전쟁이 터지는 것도, 미국으로 오게 될 줄도 상상하지 못한 일이었다. 전혀 예측이 되지 않은 일들이었다. 앞으로의 17년도 전혀 알 수가 없나? 아이를 낳으면 낳자마자 한 살로 치면 17년이 지나면 아이는 17살이 된다. 그것은 정확하게 알 수가 있다. 세는 나이로 열일곱 살의 자식이 있게 된다. 17년을 같이 살지 몰라도 거의 백 퍼센트 17년을 같이 살게 되지 않을까? 남편은 같이 살지 않을 확률이 높지만 자식은 같이 살 확률이 매우 높다. 남편이 도와주지 않는다면 혼자 키워야 하지 않나? 새로운 남편이 도와줄까? 쉽지 않을 17년이 전개되지 않을까? 걱정이지만 묘책은 보이지 않는다. 9남매를 키운 어머니가 보고 싶다. 아버지와 남편을 겹쳐 보니 그림이 이상해진다. 피임법을 가장 연구한 집단은 히틀러 정권이다. 유대인을 단종 시키기 위해 반인륜적으로 연구한 것이다. 이제껏 피임방법이 거의 없었다. 없는 살림에 흥부처럼 12명의 자식을 낳게 되는 것이다. 계속 자식을 낳는 동안 남편이 벌어오지 않으면 살 방법이 마땅찮다. 남편을 믿기에는 시작부터 금이 가고 말았다. 그렇지만 미국 땅에서 지금 기댈 수 있는 사람은 단 한 사람 남편뿐이다. 미국에는 교회나 성당은 있지만 절은 없다. 빵은 있지만 밥은 없다. 브라질은 쌀을 많이 먹는다고 하는데 미국은 쌀을 먹지 않는다. 한국에서는 일 년에 한두 번 겨우 먹을까 말까 하는 소고기국을 국이 아니라 알고기로 너무 자주 먹는다. 소고기를 국이나 곰국 형태로 먹는 민족이 한국밖에 없다고 한다. 적은 양으로 많은 사람이 맛보게 고안한 방법이다. 구석기시대나 신석기시대에 동물의 뼛속에 있는 골수를 발라먹는 것을 사람만 할 수 있었다고 한다. 그래서 그 영양분이 대단해서 인류가 멸종을 면한 중요한 점이라고도 한다. 곰국이 골수를 발라먹는 방법 중에서는 최선의 방법이라고도 한다. 곰국도 두 번까지는 영양분이 충실하나 더 이상 자꾸 고면 인이 뼈에서 빠져나와 건강에 좋지 않다고 한다. 묘지 같은 데서 습한 날이나 밤에 파란 불로 보이는 인이다. 녹차는 두 번 우려낼 때가 더 맛있다고 한다. 곰국도 두 번 정도가 좋다고 한다. 소고기나 먹지도 않고 버리는 쇠뼈가 많아도 너무 많으니 자식이 많아도 밥걱정이 아니라 고기 걱정을 안 해도 될 상황이기는 하다. 독일 사람들이 소머리를 버리니 공짜로 얻어서 독일로 간 광부나 간호사들이 소머리를 푹 고와 소머리곰탕으로, 소머리국밥으로 영양도 챙기고 돈도 절약하고. 미국에서 소뼈곰탕거리는 공짜가 아닌가 싶기도 하다. 시래깃국이 입맛에 맞는데. 시래기된장국이 입맛에 맞는데. 된장을 먹을 수가 없으니! 된장, 고추장, 김치, 쌀밥은 구할 수가 없고 미국식으로 먹어야 한다. 쉬운 일이 아니다. 옷과 집도 다르다. 한복이나 초가집은 전혀 없다. 알게 모르게 고통스러운 부분이 있다. 한국말을 하는 사람이 없다. 미국말을 해야 한다. 문화적 충격이 크다. 일본 사람들이 버리는 돼지창자를 주워와 그 창자를 음식으로 만든 재일교포들처럼 고생을 해야 하나? 그 정도로 고생은 안 하겠지. 소머리, 돼지창자 같은 것이 이수자 여인에게도 적용이 된다는 말인가? 남편 덕에 그 정도는 아니지 않을까? 결국에는 그와 비슷한 것이 아닐까? 남미의 흑인들도 소의 혓바닥이나 소의 내장 같은 백인주인이 버리는 것을 음식으로 만들어 먹다가 이제는 그것들이 일반 요리로 더 인기를 끌고 있으니. 어쨌거나 의식주는 훨씬 나은 것 같지만 문화적으로 꼭 맞는 것은 아닌 불편이 있다. 그런데 사람을 화나게 만드는 일은 공원이나 식당에서 유색인종의 출입을 금지하는 일들이다. 그 부분에서는 남편도 당하는 일이다. 도대체 이게 무슨 말인가? 양반 상놈의 구별이 미국에 있는 것이다. 이조시대에나 있던 일이 미국에 있다니! 선진국이다가 갑자기 봉건시대의 유물이 현실에 있다니! 현실인 것이다. 미국의 원래 주인이던 인디언은 보이지도 않는다. 인디언은 북미대륙에서 일만 년이나 들소를 사냥하여 고기와 가죽으로 살아왔다. 들판의 들소가 식량이었다. 서양인들이 기골이 장대해진 것이 그리 오래된 일이 아니다. 불과 이백 년 전에 네덜란드에서 소고기를 먹고부터 시작된 일이다. 지금도 네덜란드는 돼지고기를 인공으로 배양하여 만들어먹는 기술을 꽤 오래전부터 알고 있지만 인공배양 돼지고기가 잘 팔리지를 않아 대중화가 시들시들 할 뿐이다. 인디언들은 들소고기를 일만 년이나 많이 먹었다. 같은 황인종이지만 사는 지역이 달라 북미의 인디언과 아시아의 황인종은 먹는 것이 약간 달랐다. 이수자 여인은 인디언처럼 소고기를 많이 먹는 것이다. 아프리카의 마사이족도 소고기를 많이 먹어 기골이 장대하기도 하다. 그런데 인디언이 기골이 장대하다는 말은 거의 없다. 이수자 여인이 기골이 장대해지기는 물 건너갔지만 낳을 자식들은 기골이 장대해질 조건이 있는 듯하다. 그러면 풀만 먹는 코끼리가 힘이 세고 덩치가 산처럼 큰 것은 어떻게 설명하나? 키 작은 나폴레옹이 그 당시 유럽인의 평균키로는 별로 작지 않다고도 하기는 하는데. 키 작은 나폴레옹이었지만 영웅으로 불리지 않나? 유목민들도 고기는 많이 먹지 않나? 열대지방에 사는 사람은 과일을 많이 먹나? 에스키모는 고래 고기나 생선을 많이 먹지 않나? 이수자 여인은 농경사회에서 유목민사회도 아니고 약간 다른 미국인사회로 편입이 된 지금이다. 전혀 생각한 적이 없는 흑인이나 아프리카를 관심을 가지는 정도를 넘어서는 것이다. 현실로 마주하는 부분이다. 아이를 낳으려니 남편의 뿌리도 좀 더 더 정확하고 많이 알고픈 심정이기도 하다. 당장 급한 것은 일상생활이 불편하지 않을 정도로 영어를 해야 하는 문제이다. 생존의 문제이다. 한국말은 실생활에서 전혀 쓸모가 없다. 미국의 흑인들은 아프리카 말을 완전히 잊어먹었다. 아프리카 말을 잊어먹지 않고 자식에게 전해주는지 궁금한 영역이다. 이수자 여인이 당면하는 현재의 일이 되는 것이다. 이수자 여인의 영어실력은 형편이 없는데 자식에게 영어를 잘 가르쳐내기가 어려울 것이다. 아이는 영어가 서툴러지지 않나? 그러면 생존에 힘이 들지 않나? 머리가 아파진다. 아이가 영어도 잘 안 되는데 한국어를 더 가르치나? 아이는 두 나라말을 알게 될 것이 기정사실이기는 하다. 유대인이 하는 방식을 생각하게 되는 시점이다. 이천 년이나 버텨오는 유대인의 방식이 있다. 유대인은 하나님을 매개로 해서 버텨왔지만 하나님이 없는 다른 민족들은 버티기가 쉽지 않지 않나? 아프리카계미국인이나 한국계미국인도 신앙은 있겠지만 유대민족처럼 강렬한 신앙이 되지 않으면 수천 년을 버티기가 난제일 것이다. 혹시 유대 말을 잊어버렸다면 독일에서 수난을 당하지 않았을까? 재일교포들도 고민하는 부분이다. 아무래도 아이가 태어나면 엄마, 아빠를 마마, 파파보다 먼저 가르칠 것 같은데 갓난아이가 혼란스러울 것이다. 진짜로 간단한 문제가 아니다. 처음부터 두 나라말을 가르치나? 생각지도 않은 문제에 이수자 여인은 직면했다. 결혼을 연습하고 하는 것도 아니고, 아이를 연습하고 낳는 것도 아니고, 아이를 키우는 것도 연습하고 키우는 것도 아니고, 답이 묘연하다. 세 아이를 낳아 이런 방법, 저런 방법을 돌아가면서 실험을 해보나? 이천 년을 유대인들은 연구를 했다는 것이 아니냐? 그러니 어느 정도는 답을 아는 것이다. 인디언들은 일만 년이나 들소를 잡았지만 기를 생각은 없었지 않나? 소고기를 인공으로 배양할 생각도 하지 않았지 않나? 생각은 했겠지만 실천이 없었을 수도 있지 않을까? 그리고 보니 라면의 소고기 스프도 대단한 발명이다. 몽골의 전사들이 소고기를 말려 가루로 만들어 일찍이 전투식량으로 이용을 했으니 많이 앞섰던 방식이다. 몽골이 대제국을 건설하는데 말린 소고기 가루가 약간은 도움을 준 것 같기도 하다. 몽고가 칭기즈칸 때 벌써 사용한 방법이네. 우주식량으로도 개량이 될 수도 있다. 미래식량으로 곤충을 말려 가루로 사용하면 되겠기도 하겠다. 밀가루나 콩가루가 식량이니 고기류의 단백질가루도 당연히 식량이다. 단백질가루와 탄수화물가루를 사람의 영양균형에 맞추어 돌덩이처럼 단단하게 만들어 오래 저장이 가능하면 흉년이나 식량부족 때에 대비가 가능하기도 하다. 이수자 여인은 많은 자식을 낳아 자식들이 긴 세월 동안 저장된 돌덩이 식량으로 잘 살도록 해 줄 수가 있을까? 그렇기도 하다. 돌덩이 식량으로 건축물을 지어놓으면 최악의 경우에 건축물을 깨트려 먹고 살면 되기도 한다. 돌덩이 식량이 시멘트처럼 일백 년이나 이백 년이 간다면 도시전체가 식량창고가 아닌가? 건축물의 재료가 식량으로 만들어진다. 인디언의 식량창고인 들소들은 일만 년이나 충실히 기능을 했다. 이수자 여인은 일만 년이나 돌덩이로 된 건축 재료로 변한 식량도시를 만들 수 있을까? 들소와 밀이 도시로 변형이 되어 사용된다. 곤충과 쌀이 도시로 변형이 되어 사용된다. 돌의 성질을 가진 식량이 나타나면 좋은 일인가? 저장성이 대단한 것이므로 환영은 받을 것이다. 일백 년이나 이백 년을 변질되지 않는 식량이라면 대단한 것이 아니냐? 먹을 양식을 일백 년이나 이백 년 분량을 저장하고 있거나 가지고 있다면 인류는 다른 세상을 살게 되나? 그렇게 되면 사람이 살지도 않아도 너무 많은 건축물이 세워지지 않을까? 사막이나 황무지에 만들어 두면 되지 않나? 그러면 사람이 살아가는 데 의식주 중에 두 가지가 해결이 되어 있으면 살기가 무척 좋아지나? 건축물 안의 실내온도만 잘 조절되면 옷이 필요 없이도 살 수 있지 않나? 식량으로 지어진 건물 안의 온도가 사람이 살기에 춥지도 덥지도 않아 옷이 필요치 않을 정도라면 의식주 세 가지가 다 해결되는 것이 아니냐? 이수자 여인의 아이들이 만나게 될 세상인가? 과잉으로 생산되는 식량을 처리하기 어려우면 돌덩이 식량으로 변형을 해서 도시를 만들면 되지 않나? 식량생산의 과잉문제를 대처할 방법이기도 하다. 노동자들이 일거리 없어지는 일이 줄어들 수 있다. 식량도시를 자꾸 만드니. 굴속에서 수도하는 스님이 밥을 지어먹는 것이 부담이 되어 한 달 치의 밥을 해놓고 조금씩 먹으면서(겨울에 얼어서 저장이 되므로) 수도하는 데만 시간을 할

애할 수 있었다고 하는데 일백 년이나 이백 년의 식량을 준비하여 밥을 해 놓고 조금씩 먹으면 그 남는 많은 시간을 다르게 이용하는 사람들이 될 것이다. 통조림도 처음에 병조림으로 나폴레옹 시대에 전쟁의 산물로 나왔다. 군인들이 간편하게 시간도 줄이고 보급도 잘 하려다 알아낸 방법이었다. 통조림이 건축물로 바뀌는 것이다. 더 나은 방법으로 통조림이 변형되는 신기한 방법들이 나타날 것이다. 그렇게 되면 이수자 여인은 아이들이 많이 태어나도 심각한 걱정거리들이 줄어든다. 남편이 돈을 벌어오지 않아도 별 걱정도 없다. 아이 낳는 일이, 양육이 부담이 덜 되면 피임이나 부부관계를 마다할 이유가 없다. 성생활을 마음껏 즐기면서 낳을 수 있을 때까지 아이들을 낳게 되는 일이 벌어질 지도 모를 일이다. 자녀양육비가 제로가 되는 세상이 오지 않을까? 그러면 남편이나 아내나 힘들지 않은 세상이 아니냐? 그렇지만 현실의 이수자 여인은 아이를 낳기 위해 남편에게 도움을 꼭 받아야만 한다. 양육을 위해서도 꼭 도움을 받아야 한다. 남편이 도움을 주지 않는다면 어떻게든 도움을 받아야 한다. 전쟁 통의 후진국 한국이 아닌 선진국인 미국이 어떤 답을 줄까? 아이가 태어나면 미국에서는 새끼줄에 숯과 고추를 달아 대문에 매달지는 않는데 어떤 다른 방식인지 궁금하기도 하다. 남편에게 물어봐야 하지만 영어도 서툴고 영어로 대답을 들어도 쉽게 이해가 될까? 영어로 남편에게 한국의 문화를 설명해야 하는데 쉽나? 그림으로 그려서 알려주나? 산후조리나 미역국이나 잉엇국이나 할 말은 많지만 의사소통이 어려우니. 해 본 적이 없는 일이지만 잘 해내는 것이 능력이기도 하다. 본능적인 일이니 안 해 보았지만 할 수 있는 일이기도 하다. 아기가 기기 시작하고 걷기 시작하고 말을 하는 것은 거의 본능적으로 하는 일이다. 이수자 여인이 아기를 낳는 것도 남편과 결혼한 것도 본능적으로 하는 일이다. 사람이 사는 일이 기초적으로는 본능이 먼저지만 인간이 만든 사회가 얼마나 큰 역할을 하는지 모르지 않는다. 초등학교 입학 전에 열까지 셀 줄 모르는 꼬마가 뒷집 아이가 놀러와 열셋까지 세니 그 자리에서 열셋까지 배워서 초등학교에 입학하는 것이다. 그 이후로 선생님과 인간사회가 얼마나 가르쳤는지 그 꼬마는 교육을 통해 상당한 수학 실력을 배양한다. 사람이 모여서 만들어내는 세상이 이루어내는 대단한 결과이다. 꼬마가 사람이 사는 사회에서 배웠기 때문이다. 동물과 살았다면 분명히 일백까지도 셀 수 없었지 않을까? 제 이름이나 겨우 쓸 정도의 언어능력으로 초등학교를 입학하지만 그 아이는 세상의 도움으로 시인도 되고 소설가도 되는 것이다. 결과적으로 세상의 도움으로 그렇게 되는 것이니 그 모든 것을 세상으로 되돌려 주어야 하는 것이 필연적인 결과가 아닐까? 이수자 여인은 한국에서 남편의 도움으로 집안의 살림살이에 꽤 도움이 되었다. 한국보다는 월등히 나은 환경인 미국이 생존을 위해서는 더 나은 점을 모를 리가 없다. 세상의 도움이지 다른 것일까? 더운 여름 날씨에 에어컨을 이용하는 것은 사람이 만든 세상이 가능하게 한다. 이조시대에는 불가능한 일이었지만 현재는 가능하다. 에어컨이 없는 사회와 누구나 에어컨이 있는 사회는 많이 달라진 사회이다. 개미들이 에어컨 시스템을 가장 잘 이용해서 개미집을 열대지방에 만든다고 한다. 사람도 집을 개미처럼 지으면 너무나 시원한 집을 가지게 된다. 개미의 사회가 만든 시스템이 사람보다 나은 경우도 있다. 이산화탄소를 잘 이용하는 방법들이 자꾸 만들어지니 에어컨으로 야기되는 문제들도 차차 해결이 날 것이기도 하다. 20세기 미국의 일반가정은 한국보다 네 배의 전기를 사용한다. 집이 너무 넓어 집집마다 수영장이 있고 자동차도 많고 필요한 전기가 많다. 단순히 비교하면 한국은 현재 사용하는 전기량의 열여섯 배의 전기를 쓸 수 있어야 지금의 미국 가정의 삶이라 볼 수 있지 않나? 집집마다 수영장이 있는 대저택을 넘어서 20세기 미국의 수준의 네 배까지 더 나아져야 하니! 사회가 다르니 전기사용량도 매우 다르다. 개미나 꿀벌도 대단히 발전된 사회조직이다. 서너 살 된 꼬마 아가씨가 꼬물거리는 개미를 재미있게 바라보다가 장난삼아 발로 개미를 밟아가며 놀고 있다. 한참 그렇게 놀다가 싫증이 나면 개미를 쳐다보지도 않는다. 대단한 사람이지만 우주에서는 사람이 개미 같은 존재이기도 할 것이다. 이수자 여인도 영어로 열까지도 못 세다가 점점 실력이 늘어나고 이름도 겨우 영어로 쓰다가 이제는 점점 나아진다. 타고르처럼 '기탄잘리'를 지을지 모르는 일이다. 영어로 지은 '기탄잘리', 영어로 지은 이수자의 '기탄잘리'도 나올 지도 모른다. 알래스카의 에스키모들도 영어를 잘 한다. 아주 옛날처럼 러시아의 영토였다면 러시아 말을 잘하게 되었을 것인데. 북극의 툰드라 지역의 원주민 러시아인들도 러시아어를 잘 한다. 소수민족의 언어가 있지만 큰 나라에 편입되면 국가의 말을 배우게 된다. 어찌 보면 일제강점기의 조선이 일본어를 배우듯이 일어나는 일일까? 영국의 식민지인 인도로서는 영어를 싫더라도 배워야 하지 않았나? 노인이 되면 치매도 오기 시작한다. 치매를 예방하려면 늘 하던 방식과는 전혀 다른 방식을 배우는 것이 도움이 된다고 한다. 한 번도 배워 본 적 없는 다른 언어를 노인이 되어 배우면 매우 좋은 효과가 있다고 한다. 이미 배운 언어는 덜 효과가 있고 완전히 처음 배우는 언어가 좋다고 한다. 노인이 되어 다른 나라 말들을, 한 번 인생에서 해보지 않았던 새로운 일들을 해보나? 이수자 여인은 노인이 아닌 팔팔한 젊은 나이에 생존을 위해 해야만 한다. 뇌세포가 활성화가 되는 좋은 점은 있다. 사람은 뇌가 행복하다고 생각하면 행복하다고 한다. 행복은 물질보다는 뇌가 느끼는 데에 따라 행복해진다. 이수자 여인도 남편이 총각이라 생각할 때는 무척 행복했는데 뇌가 유부남이라 인식하자 완전히 달라지고 말았다. 뇌도 운동을 할 때는 반응이 묘하기도 하다. 마라톤을 할 때 처음 30분 정도는 무척 괴롭고 힘들지만 40분 정도 넘어가면 몸의 육체적 통증이 마비되어 즐거운 기분이 된다. 몸에서 천연 마약 성분이 몸에 흐르게 되어 육체적 통증을 못 느끼고 오히려 더 행복해진다. 죽을 때까지 계속되지 않고 어느 정도 시간이 지나면 효력이 떨어진다. 이수자 여인도 행복의 호르몬이 좀 오래 지속되면 좋으련만! 너무 짧다. 이 짧은 행복감을 뇌를 어떻게 마비를 시켜야 일평생을 가게 하나? 서너 살 된 예쁜 꼬마 아가씨가 개미를 밟아 죽이는 놀이를 무심코 한다. 동영상을 찍어 어른이 됐을 때 보여주면 당황할지, 당황하지 않을는지 모르는 일이다. 이수자 여인도 꼬마 아가씨처럼 모르면 좋은데. 많이 아는 것이 불편한 면도 있다. 개미를 밟아 죽이는 취미를 가져보나? 서너 살짜리 아이가 아니니 그것도 취미나 놀이가 되기 어렵다. 영어 단어를 수십 만 개를 외워보는 취미를 가져 보나? 영어 책을 수만 권 읽어보는 취미를 가져 보나? 그렇게 되면 영어로 '기탄잘리'를 쓴 타고르보다 더 좋은 '기탄잘리'가 나올 지도 모른다. 마음에 들지 않는 남편 덕분에 타고르가 되게 되나? 시원찮은 남편과는 이별하고 힘든 생활고이지만 '해리포터'로 뒤바뀌는 조앤 롤랑이 되나? 이수자 여인이 선택하는 취미로 인해 전혀 다른 세상이 열릴 수도 있다. 마음에 들지 않는 남편이 새로운 돌파구를 만들어 주는 꼴인가? 남편보다는 이수자 여인이 답답하니 우물을 파야 할 사람은 그녀 자신이다. 우물을 파다보면 우물이 생기거나 안 생기거나 할 것이다. 화병을 다른 것으로 바꾸는 것이다. 이십대 초반에 화병이라니 기가 찰 노릇이다. 화를 분출하여 활화산이 되든지 화를 삭여 식은 재가 되든지 선택을 하는 것은 그녀이다. 활화산도 식은 재도 아닌 무엇을 만들지 궁금하다. 올림픽 성화는 활활 타는 것이 정도이다. 성화가 꺼지는 것은 일어나지 않아야 하는 일이다. 식은 재는 연탄이 타고 나면 나오는 부산물이다. 나무가 타고 나도 숯이나 식은 재가 나온다. 이수자 여인은 활활 타고 있다. 얼음이 많은 북극이나 남극에 가야 하나? 화형을 당하는 사람은 불길에 활활 타게 된다. 잔다르크는 불길에 활활 타고 말았다. 사람은 죽게 되면 매장을 하거나 화장을 한다. 이제는 화장이 훨씬 많다. 죽어서는 많은 사람이 활활 타게 된다. 시체가 활활 불에 탄다. 에밀레종에 어린아이가 활활 타들어 갔다. 이수자 여인이 활활 타면 에밀레종을 만드나? 깨끗한 어린아이가 아닌데 가능하나? 사람들이 무엇을 활활 태우더니 북극이나 남극의 얼음이 녹는다. 원자폭탄으로 활활 태우면 결말은 어떻게 되나? 우라늄으로 천천히 태우면 전기가 된다. 그녀가 불을 천천히 태우면 전기가 되나? 무엇이 되나? 그녀가 불이 아니라 얼음을 꽁꽁 얼리면 어떻게 되나? 얼음을 천천히 얼리면 어떻게 되지? 불을 천천히 태우든지 얼음을 천천히 얼리든지 하는 방법이 사실 가장 현실적인 방법일 것이다. 너무 빨리 활활 태우든지, 너무 빨리 꽁꽁 얼리면 탈이 난다. 천천히 하면 덜 위험하다. 천천히 얼리는 일은 남편이나 아이의 문제에 대응하고, 천천히 태우는 일은 자신의 앞날의 문제에 대응하면 하루하루가 조금 나아지나? 반대로 문제에 대응하나? 냉정함과 뜨거움을 모든 문제에 동시에 적용할 정도의 놀라운 능력이 있나? 생존을 위해 스스로 신비한 능력을 만들어 가야 한다. 조앤 롤랑이 일주일에 일만 오천 원의 영국정부의 보조금으로 살려니 아이에게 우유 대신에 맹물을 데워 먹여야 할 지경까지 이른다. 아이에게 해 줄 수 있는 능력이 동화를 지어 아이가 읽을 수 있게 해주자고 한 일이 '해리포터'가 되어 엄청난 부자가 되었다. 한 달에 육만 원으로 미혼모가 살았다니 기아선상의 삶이지만 놀랍게도 '해리포터 시리즈'가 나온다. 이수자 여인의 '해리포터 시리즈'도 나올 것이 아닌가? '킹콩' 영화를 본 사람들은 고릴라를 무섭게 생각한다. 실제의 고릴라는 온순한 동물이다. 평생을 채식만 하는 동물이다. 소처럼 온순하지만 새끼를 위협하면 보호본능으로 힘을 발휘하여 나무를 뽑기도 할 것이다. 남편이나 이수자 여인도 온순한 고릴라이다. 평생 채식을 하지는 않으니 동물을 죽여 섭취하는 사람이다. 고릴라는 동물을 식량으로 전혀 이용하지 않는다. 소나 코끼리처럼 풀만 먹는다. 이수자 여인은 '킹콩'이 아니다. 영화의 '킹콩'으로 변하는 것이 아니라 '기탄잘리'나 '해리포터'나 다른 무엇으로 바뀌어야 한다. 지구상에서 사람만큼 덩치 큰 동물들을 사냥하는 기술이 발전한 동물이 없다. 놀라운 일이기도 하다. 더 놀라운 사실은 사람은 동족을 전쟁으로 몇 백만 명이나 몇 천만 명을 죽이는 유일한 지구상의 동물이다. 많이 이상한 동물이다. 사람의 이는 맹수의 이빨과는 다른 데 더 맹수 같다. 맹수와 닮은 이는 송곳니가 전부이지만 모든 치아 중에서 송곳니의 비율만큼만 육식을 하면 되는데 그 선을 넘는 것이 인간의 문제이다. 사람은 생물학적으로 부여된 송곳니의 역할보다도 엄청난 송곳니의 일을 하는 알 수 없는 행동을 많이 한다. 송곳니의 변형인 칼을 가진 것이 사람이다. 송곳니의 변형인 망치를 가진 것이 사람이다. 뼛속의 골수를 발라먹으려니 돌이 망치로 변하는 것이었다. 동물이 잘 못하는 영역이다. 독수리는 높은 하늘에서 떨어뜨려 이 방법을 이용하고 원숭이 중에 약간이 돌을 사용하는 정도이다. 원숭이는 돌을 던지기도 한다. 돌을 던지는 동물은 거의 없다. 사람의 부실한 송곳니가 도구로 인해 상어가 일생동안 이만 사천 개의 이빨을 갈듯이 그런 능력이 되지만 사실은 상어보다 더 많이 이를 갈게 되는 것이다. 이수자 여인도 칼이나 망치를 사용하여 송곳니의 역할을 늘이듯이 그런 재주를 찾아내면 신통방통한 여인이 되지 않나? 사람이 늙어서 송곳니의 역할이 부실해지고 음식도 치아가 시원찮아 죽처럼 먹게 되면 이빨 빠진 호랑이처럼 힘을 못 쓰게 된다. 아직 그녀는 노인이 아니다. 닳아질 송곳니이지만 아직은 날카롭다. 사람의 발톱은 사자나 호랑이의 발톱이 아니다. 사람의 발톱은 칼이나 총이나 무기로 변형이 되어 있다. 사람이 변형된 자신의 이와 발톱으로 자신을 물어뜯고 할퀴면 자멸이 된다. 이수자 여인도 마음이 너무 독해지면 스스로를 물어뜯고 할퀴다가 죽게 되는 비극이 일어날 수 있다. 상어가 사람을 잡아먹은 것은 일 년에 열 명도 다섯 명도 아니지만 사람이 상어를 잡아먹는 것은 수백 만 마리일까? (일 억 마리라고 한다.) 상어는 부레가 없어 금방 가라앉기 때문에 가라앉지 않으려고 끊임없이 움직여야 한다. 그러다보니 바다에서 가장 상위포식자가 되고, 이빨을 이만 사천 개나 갈지만 사람의 송곳니에 속수무책으로 당하는 것이 상어가 아닌가? 중금속에 가장 오염이 된 상어가 아닌가? 물고기를 잡아먹고 잡아먹으니 물고기 몸속의 중금속이 모두 상어에게 가고 그 상어가 사람의 송곳니에 씹혀 입안으로 들어가니! 이수자 여인은 상어를 잡으러 바다에 가지 않으나 상어고기는 먹을 수 있다. 사람이 이루어 놓은 사회가 제공을 하니 말이다. 임산부는 상어고기를 즐기지 말라고 한다. 독수리는 위속에 쇠를 녹이는 위산을 분비한다. 독수리는 위속의 위산이 콜레라균도 죽이고 전염병의 균도 죽인다. 사람은 독수리만큼 위가 앞서지 못한다. 썩은 고기도 소화시키는 독수리이다. 사람도 상어고기를 먹어왔으니 독수리만큼이나 되어야 하지 않나? 중금속을 녹이는 사람의 위가 되어야 하지 않나? 사람이 먹는 젓갈은 썩은 고기인가? 삭힌 고기인가? 젓갈이 치즈보다 더 나은 면이 있다고도 한다. 썩은 채소인 김치인가? 삭힌 채소인 김치인가? 김치도 장수식품이라고 하지 않나? 돼지는 독사에게 물려도 두꺼운 지방층 때문에 기절했다가 일어나면 독이 해독이 된다고 한다. 아예, 독사를 잡아먹는다. 잡아먹고는 한숨 자고 일어나면 아무 탈이 없다. 독사의 독에 면역이 되어 있다. 그래서 돼지를 사람들이 사람이 사는 집 주위에 키우면서 독사를 잡아먹으라고 이용하였던 측면이 있다. 독사의 독은 돼지가 막아주고, 콜레라균이나 전염병의 균은 독수리가 막아주고 상어는 무엇을 막아주나? 세렝게티 초원의 독수리들은 물에 빠져 죽은 누의 사체를 먹어치워 사람들의 전염병을 예방해 준다. 이수자 여인은 태어날 아기에게 무엇을 막아주나? 입덧으로 아기에게 흡수될 위험요소를 차단하긴 했지만 입덧이 더 나타나지 않으니 위험요인이 없나? 달이 차면 아기는 태어난다. 아기가 태어나면 젖을 물려야 한다. 젖을 물리면 하루에 10킬로미터를 달리는 운동효과가 있다니 살도 잘 빠질 것이다. 갓난아기가 젖을 빨아주는 것이 엄마에게는 10킬로미터의 운동이니 서로가 좋은 일이다. 일주일에 사흘 이상을 15킬로미터를 달리면 마라톤 풀코스 42.195킬로미터를 달릴 수 있는 기초운동량이 된다. 아기가 젖을 매일 빨면 엄마는 마라톤을 할 정도의 놀라운 사람이 되는 것이다. 아기가 젖을 빨아주면 엄마는 마라토너 정도의 능력을 가지게 되는 것이다. 놀라운 점이다. 그 놀라운 힘을 조물주는 아기를 키우는데 집중하게 한다니 신비로운 사실이다. 엄마는 아기를 낳아 젖을 물리면 마라토너 정도의 신체조건이 된다는 것이 아니냐? 갓난아기는 젖을 빨아 엄마를 매일 10킬로미터나 뛰게 하는 것이다. 아기는 엄마의 마라톤 코치인 셈이다. 젖을 십 년 물리면 10년이나 마라톤을 한 것이 아니냐? 젖을 물리면 엄마는 대단히 건강해진다. 그 건강을 아기가 또 보상을 받지 않나? 아기의 생존이 더 잘 되게 엄마는 자연적으로 몸이 그렇게 변형이 되는 모양이다. 이수자 여인은 아이를 자꾸 낳아 젖을 물리면 몸이 건강해지니 일부러 아이를 낳지 않을 이유가 없어지나? 그러면 사람만이 아니라 다른 포유동물도 비슷한 생체원리가 작용하는 것은 아닐까? 갓난아이 엄마는 모유수유만으로 운동이 상당하나 아기의 아빠는 노동을 하든지 아니면 매일 10킬로미터를 달려야 아내와 비슷한 몸의 상태가 되지 않나? 아기 엄마는 젖을 먹이면 저절로 운동이 되고 아빠는 저절로 운동이 되지 않는다. 아기가 먹을 것과 아내가 먹을 것을 구하기 위해 밖에서 사냥이나 일을 하면 저절로 운동이 되는 원리인가? 그런 것 같기도 하네. 아기를 낳아 젖을 먹이지 않는 여인이라면 젖을 먹이는 여인 정도의 운동을 일부러 해주어야 하나? 아기에게 젖을 먹인다는 것은 젊은 여성이면 자연적으로 피임도 된다. 모유수유가 끝나면 다시 임신이 된다. 매일 10킬로미터를 달릴 수 있는 기초가 모유수유이니 갓난아기와 엄마는 대단히 건강한 상태이다. 신비로운 자연의 힘이다. 그러면 젊은 남성은 아기 엄마보다 더 먼 거리를 매일 달리고 있어야 한다는 대칭점이 발생하나? 피임을 하지 않고 12자녀나 14자녀가 출생하면 아버지는 마라톤을 하는 것만큼이나 더 이상의 노력을 경주하여 가족을 부양해야만 하니 늘 마라톤을 하는 셈이다. 그러면 아이를 낳지 않는 여성이나 폐경기 이후의 여성은 매일 10킬로미터의 운동을 어떻게든 해야 하는 일이 일어나지 않나? 자식이 없는 남성도 그와 같이 엄청난 양의 운동을 해야 하지 않나? 자동차, 사무실 근무, 현대인의 생활은 운동이 없는 삶이다. 아이를 자연적으로 많이 낳고 모유수유를 하면 자연적으로

운동을 하지만 그와 반대로 여성들은 살고 있다. 이수자 여인은 아직까지 아기를 낳아 보지 않았기에 아기에게 젖을 물린 적이 없다. 곧 아기를 낳으면 젖을 물리게 된다. 쌍둥이나 세쌍둥이가 젖을 빨면 엄마는 젖이 모자라나? 이론적으로는 세쌍둥이가 젖을 빨면 엄마는 하루에 무려 30킬로미터씩이나 달리고 있지 않나? 세쌍둥이도 태어나는 것은 엄마가 매일 30킬로미터씩 달릴 수도 있다는 간접증거일 수도 있다. 동물이 대부분 자기 성장기의 다섯 배를 수명으로 가진 것을 보고 사람도 120세를 살 수 있다고 추정하다가 이제는 현실이 되고 있는 상황이기도 하다. 사람이 지구상에 나온 지 4백 만년, 혹은 2백 만 년이 되어서야 120세나 140세를 현실로 느끼는 시점이다. 과거의 사람은 너무 빨리 죽었다. 사람보다 지구상에 빨리 온 동물보다 적응력이 무척 낮았다는 것이 아니냐? 매일 30킬로미터를 이동할 수 있는 자연적 능력이 사람에게 있다고 해도 자신의 근거지를 매일 바꿀 수는 없을 것이다. 매일 바꿀 수 있었다면 하늘을 나는 새처럼 멀리 멀리까지도 이동하여 살았을 사람들이 아니었을까? 새들을 하늘을 날아가면서도 잠을 잘 수 있다고 한다. 잠을 자면서도 비행방향이 틀리지 않고 오랜 시간 날아서 멀리까지 가는 것이다. 새처럼 날지 못하지만 이수자 여인은 비행기를 타고 미국까지 왔다. 인디언은 걸어서 왔지만 그녀는 도구를 이용했다. 황인종은 아프리카를 걸어가지는 않았고 유럽은 조금 간 듯하고 오세아니아나 아메리카는 걸어서 갔다. 백인종은 유럽에만 머물다가 도구를 이용해 움직였다. 흑인종은 타의에 의해 움직였다. 그런데 육상부문에서는 흑인들이 월등히 앞선 능력을 올림픽이나 운동경기에서 보여준다. 올림픽이나 운동경기가 일부의 뛰어난 사람들의 무대이기도 하여 일반화가 쉽지는 않지만 표피적으로 그렇게 느껴진다. 사람도 새처럼 걸으면서 잠을 잘 수 있나? 하늘을 나는 새는 방해되는 것이 없으니 가능하지만 땅에서는 장애물이 많지 않나? 새처럼 땅에서도 잠을 자면서 걸으면서 장애물을 피할 수 있다면 새처럼 멀리 더 멀리 돌아다니는 사람들이 될 것이다. 장애물을 피하는 무인자동차나 무인비행기가 곧 선보일 시대이기도 하다. 새처럼 되는 일이 많이 다가와 있다. 이수자 여인은 아이를 한 명을 낳을 확률이 가장 높지만 쌍둥이나 세쌍둥이를 낳을 희박한 확률도 있다. 아이를 낳다가 아이가 죽을 지도 모르는 일도 발생할 수 있다. 가장 무난한 것은 하루에 10킬로미터를 달리는 모유수유이다. 아기가 태어나는 것은 대단한 축복이다. 예수님이 태어난 것은 대단한 축복이 아니었나? 석가모니가 태어난 것은 대단한 축복이 아니었나? 아기가 미국 땅에서 태어나는 것이다. 태어나는 나라가 그래도 가장 지구상에서 살기가 좋은 나라이다. 아니, 아기가 미국 사람이 아닌가? 아니, 아기가 한국 사람이 아니게 되네! 그 참 묘한 기분이네! 미국에 계속 살게 되면 아이들은 모두 미국 사람이 된다니! 아이의 조국이 바뀐다. 이수자 여인도 차차로 국적이 미국으로 바뀌고 미국 사람이 될 것이다. 인디언도 미국 사람이지만 어딘지 거부감이 있는 듯도 하지만 이수자 여인은 거부감이 크지 않다. 해방 전에는 일본 사람이었다. 해방되자 한국인이었다. 한국전쟁 이후로는 미국인이 된다. 이수자 여인은 국적이 세 번이나 바뀌는 것이다. 그리 긴 인생도 아니지만 세 번씩이나 일어난다. 가장 원했던 조국은 한국이었지만 한국이었을 때 가장 힘든 전쟁이 있었다. 이수자 여인은 세 나라 말을 할 수 있다. 이수자 여인은 세 나라의 문화를 어느 정도 안다. 세 나라 중에 한국이 가장 약하다. 케네디의 말처럼 '조국이 나를 위해 무엇을 해줄 지 바라지를 말고, 내가 조국을 위해 무엇을 해줄 지 고민하라.' 참 좋은 말이지만 이수자 여인은 가장 약한 한국을 위해 할 수 있는 일이 거의 없다. 살다보니 세 번 째 조국이 된 미국에서 많은 것을 얻어야 생존이 가능하다. 무엇을 얻으려고 온 곳이 미국이다. 사회조직이나 나라의 조직체계가 각각의 개인이 개인의 이익을 위해 살아가지만 결과적으로는 사회나 나라 공동체가 잘 사는 방향으로 작동되면 양쪽이 다 좋은 일이 된다. 이수자 여인은 개인적으로 많은 자식을 낳아 자식들이 잘 살면 행복하다. 개인적인 욕망을 이루는 일이다. 결과적으로는 나라도 인구가 줄지 않고 많은 인구가 잘 살면 부강한 나라이다. 나라를 위해 고민하지 않았는데 결과는 나라를 위해 고민하여 좋은 일이 된 듯하다. 개인이 잘 살려고 만든 창의적인 물건이나 방법들을 사회가 더 많은 보상을 해주면 서로가 좋은 일이 된다. 사람에게 필요한 동식물을 번성하게 해주어도 사람에게는 도움이 된다. 사람의 기준에서 크게 필요하지 않은 동식물이라도 미래를 위해 잘 보존해주는 일도 매우 중요한 일이다. 이수자 여인은 조국이 도대체 어디인가? 일제강점기에 태어난 조국은 식민지 조국이었으니 본심의 조국과 형식의 조국이 달랐다. 미국이 조국으로 변하는 상황인데 남편의 문제가 찜찜한 조국으로 형성되게 만든다. 남편을 위해 무엇을 해주는 것이 좋은가? 좋은 일을 해주기 싫어졌지만 그래도 해주는 것이 맞지 않나? 그런 마음을 가지는 것이다. 일본을 위해 좋은 일을 해주고 싶을까? 그렇지가 않다는 점이다. 한국을 위해서는 좋은 일을 하고 싶지만 아기 낳는 일만 해도 너무나 벅찬 지금이다. 벅차고 힘든 일이고 축복이지만 지구상의 여인이면 누구나 하는 일이므로 해낼 수 있는 일이다. 그리 특별한 일은 아니다. 아기가 태어났다. 딸이 태어났다. 이수자 여인은 첫아이를 낳았다. 이제 처녀는 아니고 아기의 엄마가 되었다. 나보다는 더 행복한 삶을 살아야 할 아기가 아닌가? 내가 아기를 행복하게 해주고 싶다. 나보다 세상이 더 아기를 행복하게 해준다면 받아들여야 하지 않나? 남편의 능력에 전적으로 의지하는 이수자 여인과 갓난아이이지만 미국의 힘이 보태지는 상황이니 그리 놀랍도록 어렵지는 않다.

남편과 그녀의 축복을 받고 축복을 해주는 많은 사람에게서 축복을 받은 아이가 태어났다. 아이는 행복의 시작을 한 오늘이다. 마냥 행복한 오늘이지만 남편이 양육의 책임을 져버리면 이수자 여인 혼자 떠맡아야 한다. 혼자 키울 수 있는 여건이 된다면 아기는 그리 불행한 것은 아니다. 이수자 여인이 자신이 낳은 딸을 키울 수 없는 환경이 된다면 피눈물이 나는 나날이 된다. 딸을 고아원에 맡긴다면 가슴이 찢어질 것이다. 내 품에 품은 딸을 어떤 어려움이 있어도 내손으로 키울 것이라고 다짐하지만 그 다짐이 무너지면 이수자 여인은 흔들리는 인생의 걸음들을 걸어야 한다. 전쟁터인 한국 땅에서 부모를 잃어버린 불쌍한 전쟁고아들을 많이 보았다. 이수자 여인이 마음을 굳게 먹지 못하면 태어난 딸은 전쟁고아나 다름없는 신세가 된다. 남편이 자신을 전쟁고아처럼 여겨서 미국으로 데려온 것일까? 아주 조금은 그런 측면이 포함되어 있는 것을 강력하게 부인하지 못하는 아쉬움이 있다. 풍요로운 미국에서 자신의 딸과 자신이 전쟁터의 이별을 맞이하리라고 생각하지 않지만 전혀 일어나지 않는 일은 아니다. 이수자 여인은 갓난아기를 키우면서 부업을 할 무엇을 찾으려 하는 억척여인이 될 시점이다. 마음과 몸이 편안하기가 쉽지 않고 마음과 몸이 독기가 올라 무엇이든 해야만 할 입장이다. 갓난아기를 들쳐 업고 할 일이 마땅찮다. 더욱이 영어는 되지도 않으니. 미혼모가 살아갈 수 있는 사회라면 상당히 따뜻한 사회이다. 미혼모가 살아갈 수 없는 사회라면 아주 차가운 사회이다. 사생아가 태어나 살 수 있는 사회라면 숨을 쉴 수 있는 사회이다. 사생아가 태어날 수 없고 살기 어려운 사회라면 숨이 막히는 사회이다. 남녀의 분별이 심한 이슬람 사회에서도 사생아가 태어나는데 북한에서는 사생아가 이슬람권보다 태어나기가 더 어렵다고 한다. 숨이 막히는 세상은 매우 힘든 곳이다. 이수자 여인이 숨이 막힐 지경으로 내몰리지 않는 것이 답이 아니냐? 남편이 없는데도 많은 자식을 키워낼 수 있다면 부계사회에서 다시 모계사회로 되돌아 간 것이 되나? 어린 아기들이 살아가기에는 부계사회보다 모계사회가 더 좋은가? 이수자 여인은 딸을 낳았지만 전혀 스트레스를 받지 않았다. 아들을 낳아야만 하는 문화가 아닌 세상에 왔기 때문이다. 딸을 낳아도 아무런 압력을 받지 않는다. 그 참 좋은 세상이다. 딸을 차별하지 않는다. 아들을 우선으로 치지 않는다. 한국과는 많이 다르다. 그렇지만 인종차별은 있으니! 여성의 권리도 한국과는 비교할 수 없을 만큼 높다. 여성을 하대하지 않는다. 참말로 살기 좋은 세상이다. 처음 느껴보는 대단한 감정이다. 그런데 이수자 여인이 몸에 배인 삶의 흔적을 자신의 딸에게 전달하지 않고 미국식으로 바꾸어 낼 수 있을까? 딸을 아들처럼 대우하고 그 딸이 존중받는 사람으로 살게 그렇게 의식이나 행동이 나와 줄까? 그렇게 변하여야 다른 세상에 온 사람이 된다. 아기의 이름도 할아버지가 지어주는 것이 아니라 이수자 여인이 지으라는 것이다. 아기의 이름은 집안어른들이 짓는데. 아기 엄마가 지어야 한다. 둘째 부인은 호적에도 올려주지 않는 것이 한국이어서 어쩔 수 없이 첫 부인의 호적에 자신이 낳은 자식의 이름을 올려야 하지 않나? 둘째 부인은 유령인간이 되지 않나? 그래서 머리가 아프고 인생이 고달프게 여겨졌는데. 그런 고달픔과 차별도 없는 듯하다. 고민스런 부분이 자꾸만 줄어든다. 이수자 여인은 유령인간이 되지 않아도 되니 서러운 일도 생기지 않네. 아직까지 시작은 계속 나쁘지만은 않다. 불행하다고 느끼던 뇌가 덜 불행하다고 느끼기 시작한다. 무언가 숨통을 조이는 부분이 줄어드니 말이다. 활을 쏘는 사수가 멀리서 과녁을 응시하면서 정신집중을 늘 하다가보니 어느 날엔가는 과녁의 한복판이 앞산만큼이나 커져 보인다면 도사가 된 시점이다. 이수자 여인도 노력을 하다보면 그녀의 앞날이 전자의 사수가 본 과녁처럼 된다면 즐겁고도 즐거운 인생이다. 과녁이 약간 커져 보이는 시초가 아닌가? 과녁이 커져 보이고 바람의 세기와 방향, 햇빛의 비침과 반사, 자신의 숨소리와 가슴 소리, 활의 감각까지 모든 것들이 조정되는 정도라면 명중이 될 것이다. 이수자 여인도 그렇게 되나? 그렇게 되어야 한다. 아직까지는 순조로운 나날이다. 레이디스 앤 젠틀맨이란다. 여자가 앞에 나온다. 여자가 먼저라니! 신사숙녀 여러분!이 아니다. 숙녀신사 여러분!이란다. 젠틀맨 앤 레이디스가 아니다. 그런데 이름은 약간 다르다. 남편 이름이 샘 행비이다. 이수자 여인은 수자 행비가 된다. 딸은 아름답다는 의미의 이름으로 '아름'이라 하니 아름 행비로 된다. 남편의 성을 아내는 따른다. 자식들도 남편의 성을 따른다. 한국이라면 아내의 성이 남아 있는데 서양은 아내의 성이 바뀐다. 수자 행비, 아름 행비로 이수자 여인과 딸의 이름이 호적에 올라가는 미국시민이 되는 상황으로 나아간다. 미국사람이다. 이수자 여인과 딸은 미국인이다. 본부인과 호적이 겹쳐지지 않는다. 그렇지만 이수자 여인의 호적에는 남편의 칸이 비어 있으니 이상한 것은 맞다. 그러나 이수자 여인과 딸이 유령인간이 되지는 않았다. 한국에서는 유령인간이 되는 것이다. 중국에서 한 자녀만 낳으라고 법을 정하니 둘째나 셋째로 태어난 사람 중에는 유령인간이 되어 무려 호적에 올라가지 않은 유령인구가 오천만 명에 이르니 한국의 인구와 맞먹는다고도 한다. (중국 인구통계국의 공무원은 유령인구가 1,500만이라고 한다.) 13억 6,748만 명이 중국의 인구이다. 지구촌 73억의 인구 중에 엄청나게 많은 사람이 중국인이다. 13억 6,748만 명에 오천만을 더 보태야 하나? 말아야 하나? 이수자 여인은 유령인구가 되지 않았다. 유령인구가 아니니 복지혜택을 받을 수 있다. 모자가정이고 갓난아기의 엄마는 노동력을 사용하지 못하므로 당연히 보살펴야 하는 것이 맞는 방향이다. 불법으로 국경선을 넘은 모든 사람도 보호해야 하나? 그것은 아닌 것 같기도 하고. 살기가 어려운 나라의 사람들은 살기가 좋은 나라로 몰래 국경선을 넘는다. 합법적으로 이민을 가기도 하지만 제한적이므로 국경을 몰래 넘는 일이 일어난다. 한때 아프리카 대륙에서 가장 경제성장률이 높았던 서아프리카의 코트디부아르에로 이웃나라의 많은 사람들이 몰려들었다. 이웃나라들은 살기도 힘들고 사하라사막 근처에서 물도 거의 없어 고통이지만 코트디부아르는 강도 많고 살기가 아주 좋으니 이웃에서 사람들이 국경을 넘었다. 라인 강의 기적, 한강의 기적, 코트디부아르의 많은 강 이름 중에서 하나를 따 코트디부아르의 기적이 일어나야 했는데 주저앉고 말았다. 미국은 오대호의 기적인가? 세계 4대 문명발상지는 모두 강을 끼고 있다. 미국은 오대호를 끼고 있다. 독일은 라인 강, 한국은 한강, 코트디부아르는? 라스베가스처럼 없는 강을 인공으로 만들면 되기도 한다. 두바이처럼 없는 스키장을 인공으로 만들면 되기도 한다. 아름 행비는 시작이 매우 좋다. 리우올림픽의 206개의 참가국과 난민 대표의 참가까지 207개의 나라 중에서 가장 시작이 좋은 미국처럼 아름 행비는 가장 출발이 좋다. 한국전쟁 중에는 세계에서 한국이 제일 불행한 나라이고 불행한 지역이었는데 수자 행비는 이젠 반대가 되었다. 한국전쟁 중의 북한이나 전쟁 후의 북한이 가장 불행한 지역이고 나라가 된 셈이다. 북한은 자업자득이지만 남한은 이게 무엇인가? 이스라엘이 애굽의 노예에서 벗어나 가나안으로 가는 도중에 맞닥뜨린 시련과 같나? 광야에서 40년을 방황하던 그런 일이냐? 1,945년에 해방된 한국이 40년이 지나면 1,985년이다. 1,988년 한국은 올림픽으로 비약적으로 한 단계 올라선다. 한국의 신군부가 민주주의를 짓밟고 권력을 찬탈하여 1,980년에 등장한다. 한국의 기독교 지도자들은 광주민주화운동을 총칼로 짓밟은 전두환 독재자를 조찬기도회에서 모세의 뒤를 이은 여호수아라 칭하며 축복의 기도를 해준다. 그래서 올림픽이 잘 되었나? 여호수아! 전두환이 대통령이 되기 전 서울의 점쟁이들에게 전두환이 대통령이 되겠느냐고 물으니 아무도 될 것이라고 답을 하지 않았다. 그러자 정보부로 점쟁이들을 끌고 가서는 혼을 내준다. 그래서 지레 겁을 먹었나! 목사님들이! 교회를 다니지 않는 사람에게 예수님이라 말해주면 농담인줄 알면서도 일이 이상하게 벌어진다. 예수님을 자꾸 알아보는 것이다. 아무리 생각해도 예수님처럼 살기는 불가능하다. 아름 행비는 살다보면 별의별 소리를 듣게 될 것이다. 살인마라느니, 여호수아라느니, 예수님이라느니, 멍청이라느니. 네 살 된 아이가 의붓아버지의 학대로 늘 고통받다보니 사람들이 아이의 이름을 묻자 멍청이라고 답을 하는 것이다. 늘 멍청이라고 들어왔으니 이름이 멍청이인줄 인식한 것이다. 아름 행비는 아름 행비이다. 수자 행비는 한국전쟁에서 샘 행비에게 많은 축복을 해주었다. 언제 죽을지 모르는 불확실한 상황에서 사랑의 반려자가 되어주었으니 그 보상이 미국행이었나? 중공이 건국될 때 4억이던 인구는 한자녀 정책까지 폈지만 14억에 육박한다. 그 당시 소련은 자신의 인구보다 네 배나 많은 중국을 견제할 수단을 늘 고민했다. 갈수록 고민은 더 심할 뿐이다. 이제 중국은 한자녀 정책을 포기했다. 미국은 자녀의 수를 제한하는 이상한 일도 없다. 챠

우세스쿠가 루마니아 국민들에게 한 여성이 다섯 자녀를 낳으라고 강요하다가 자신이 총살당하고 만다. 수자 행비는 한 자녀만을, 다섯 자녀를, 어떤 강제나 법도 없지만 이래저래 고민을 할 수밖에 없다. 수자 행비는 아름 행비를 키워보니 그렇게 고통스러운 일이 없다. 순조롭게 잘 진행되는 것이다. 전쟁터도 아니고 빈곤한 한국도 아니고 풍요로운 미국이고 분위기도 평화로운 세상이다. 여자를 잘 대접해주는 문화이니 수자 행비도, 아름 행비도 무시당할 일도 없다. 그렇지만 인종차별은 분명히 있는 곳이다. 한국에서는 전혀 없는 일이다. 일본에 대한 반감은 있었다고 여겨지나 그 이상은 없었다. 올림픽 마지막 날 시상대에는 마라톤 입상자들이 메달을 받는다. 올림픽의 28종목이나 32회의 33종목이나 마지막을 장식하는 것은 마라톤이다. 말자하면 마라톤을 좀 예우해주는 것이다. 올림픽의 발상지인 그리스도 예우를 해준다. 그리스, 그리스도, 그리스도 예수, 그리스, 크리스트, 지저스 크리스트, 리우올림픽에는 거대한 예수상이 사람을 압도한다. 한국에서 34시간을 비행기를 타고가야 만나는 땅이다. 아름 행비가 나중에 무슨 일을 할지 알 수 없다. 키워봐야 알 수 있다. 올림픽 구경을 갈지, 선수가 될지 알 수가 없다. 이란은 마라톤을 싫어한다. 이란은 올림픽도 썩 마음에 내키지 않을 수 있다. 그리스가 앞장 선 올림픽이고 가장 관심을 가진 것은 마라톤처럼 보이고 매우 찜찜하다. 아름 행비나 수자 행비도 마음에 들지 않은 무엇이 있을까? 그렇다. 미국에서 가장 마음에 들지 않는 부분이 인종차별이다. 인도의 카스트제도와 무엇이 다른가? 인도 사람들은 희한하게도 소고기를 먹지 않는다. 소고기를 먹어 기골이 장대해진 네덜란드 사람과는 다르다. 네덜란드는 올림픽에서도 성적이 매우 좋다. 인구는 적지만 대단한 성적을 올린다. 조선에 온 사람들도 네덜란드 사람이고 일본에도 먼저 온 사람들이 네덜란드인이다. 배를 타고 세계로 앞서 돌아다 닌 사람들인 모양이다. 일본도 천황이 소를 잡아먹지 못하게 긴긴 세월을 금지하여 키 작고 왜소한 사람이 왜인이며 일본인이었다. 이제는 작지 않 은 일본인이다. 서양인은 개를 잡아먹지 않는다. 개를 잡아먹지 않으면 문 명인이고 소를 잡아먹으면 이것도 저것도 아닌가? 인도에서는 큰 문젯거리 일 것이다. 아기가 미국사람으로 살아간다. 아기는 처음 시작부터 미국사람 이다. 수자 행비도 미국사람이다. 태어날 때의 사람의 모습은 나이에 따른 변화 외에는 변화가 없지만 인위적으로 국적을 선택하는 것은 엄청난 변화 를 초래한다. 다른 나라의 사람이 된다. 한국전쟁이 만들어 준 대단한 변화 이다. 병자호란으로 인해 환향녀가 생기고 이태원이 생기는 조선이었지만 미국은 조선과는 다르지만 거주하는 구역이 약간 구분되기도 한다. 태가 다르다. 아비가 다르다. 씨가 다른 아이들이 모인 동네. 이태원으로 몰아 넣은 조선이다. 병자호란의 비극이 만든 불행이었다. 미국에 온 수자 행비 도 할렘의 거주민이다. 흑인들이 많이 모여 사는 동네의 사람이다. 부자가 많지 않은 동네이다. 남편은 부자가 아니다. 인디언보호구역도 아니다. 할 렘은 양반이 사는 양반촌은 아니란 것이 아니냐! 백성이 사는 백성의 마을 인가? 천민이 살던 향소부곡 같은 기분인가? 인도의 불가촉천민은 아니겠 지! 수자 행비는 상류층에 편입이 된 것은 아니다. 하층민으로 편입이 된 것이다. 시작은 하층민이다. 한국전쟁의 한국은 상류층에서 하류층으로, 하 류층에서 상류층으로의 신분이동이 순식간에 한 세대 안에 아주 쉽게 일어 나는 사회이다. 견고하지 않은 사회이다. 그러나 미국은 너무나 견고하고 안정적인 세상이다. 신분상승이나 신분하강이 쉽게 일어나지 않는다. 하류 층에서 상류층으로의 이동이 삼대가 걸려야 가능한 세상이다. 할아버지에서 아버지를 거쳐 손자에 이르러야 겨우 신분이동이 일어난다. 수자 행비는 자신의 손자나 손녀가 지금의 상태에서 변화가 생긴다는 의미이다. 정말로 그렇게 힘들까? 할렘을 탈출하기가 그렇게 어렵나? 약간 마음이 안정되었지만 실상을 조금씩 알아갈수록 벽이 그녀를 막아서는 느낌이다. 흑인들이 모여 사는 미국의 빈민촌에 터를 잡고 있는 것이다. 미국의 상류층에로의 편입은 90년이 걸린다고 한다. 수자 행비가 죽고 나서야 겨우 일어날 일이라니! 아니, 내일 당장 일어나야 하는 일이 아니냐! 모세가 광야를 40년을 헤매었는데 그 두 배를 넘는 세월을 견뎌내라니! 수자 행비는 어떻게 대응을 하나? 43대 미국대통령이 흑인으로 등장한다. 44대도 버락 후세인 오바마이다. 45대는 처음으로 여성대통령이 될 듯이 흘러가다가 백인 남성 대통령이 탄생했다. 버락 오바마의 엄마는 백인이다. 오바마는 반만 백인이고 반만 흑인이다. 완전한 흑인은 아니다. 아름 행비는 반만 황인이고 반만 흑인이다. 미국에게 전쟁을 걸어온 나라는 일본밖에 없었다. 청일전쟁, 러일전쟁에서 일본은 이겼다. 청나라, 러시아를 이겨본 나라이다. 미국에 싸움을 거는 것이다. 그런데 미국에게는 지고 만다. 필리핀에서 미군과 필리핀 연합군 7만을 포로로 잡고, 싱가포르에서 영국군 9만 명을 포로로 잡은 일본이었지만 지고 만다. 맥아더는 필리핀에서 패하여 호주로 물러섰지만 일본을 항복시켜 일본에서 황제의 자리에 앉아 일본을 통치했다. 청나라, 러시아, 일본보다는 센 나라가 미국이다. 한국전쟁의 16나라 중에 미국이 가장 주축이다. 수자 행비가 그 먼 길을 따라 온 것이 힘 센 미국이었기 때문이 아닐까? 그러고 보니 남편 샘 행비가 힘이 센 사람인가? 그런가 보다. 그러나저러나 수자 행비는 살아가기가 쉽지만은 않은 할렘의 생활이다. 이태원도 아니고, 게토도 아니고, 포로수용소도 아니고, 할렘이다. 할례가 아니고 할렘이다. 할례가 무엇인지 남편에게 설명을 해주나마나? 할래가 아니고 할렘이다. 공부할래, 놀이할래, 축구할래가 아니고 할렘이다. 할렘, 할례, 할래 남편이 구분하기는 어렵다. 수자 행비는 구분하기가 쉽다. 이차 대전에 참전한 인디언들을 극소수이지만 상당히 공을 세운다. 자신들의 언어를 아는 사람이 없다. 미군의 암호를 인디언의 언어로 사용하여 전쟁에 도움을 준 것이다. 암호해독을 적국이 못해내는 것이다. 반대로 연합군은 적국의 암호를 해독해내는 것이다. 인디언의 부족언어가 엄청난 빛을 발하는 순간이었다. 제주도 사투리로 암호문을 만들면 한국 사람도 쉽지 않겠지만 제주도 사람이라면 너무 쉽게 해독이 되기도 할 것이다. 인디언의 부족언어는 정말로 알기가 쉽지 않지 않나? 수자 행비는 할렘의 언어를 알아야 하고 알게 되는 순간들이다. 할렘의 언어 중에 숨어 있는 아프리카 부족의 언어를 알아낸다면 수자 행비는 암호전문요원이 될 수준을 넘어서게 되나? 수자 행비와 아름 행비는 할렘과 한국의 암호를 잘 해독해낼까? 할렘의 아프리카 암호를 잘 해독해낼까? 환경이 달라지면 적응을 하는 것이 모든 동식물이 겪는 일이다. 사람도 예외일 수 없다. 수자 행비는 세 나라 말에다가 세 나라의 문화를 체득하고 있다. 좀 피곤한 부분은 있지만 무지 막지하게 고통스러운 것은 아니다. 미국이 역사는 길지 않지만 힘이 무척 세다. 국력이 대단하고 미국인들의 자부심도 매우 높다. 수자 행비의 딸인 아름 행비는 자랄수록 콧대가 세어질 상황이 벌어지기도 할 것이다. 대통령 중에 미국 대통령이 가장 콧대가 셀 것은 너무나 분명해 보인다. 백악관은 노예들이 지은 건물이다. 혜택을 누리기는 계속하여 백인 대통령들이 누리다가 세월이 흐르고 흘러 흑인 대통령이 그 혜택을 누리고 있다. 할렘에 흑인들이 힘을 누리다가 세월이 흐르고 흐르면 할렘을 찾아온 흑인 아닌 사람들이 덕을 볼 날도 오지 않나? 미국서부의 철도건설에는 중국인들도 많이 와서 노동력을 제공했다. 난공사가 많았던 서부의 철도는 중국인 노동자들의 땀과 눈물이 많이 들어 있다. 록키산맥을 맨손으로 뚫었을 정도라니! 정과 망치로만 길을 내었나니! 현대적인 건설장비가 없던 시절이니! 많은 나라의 사람들이 미국으로 몰려왔지만 인디언들은 자꾸만 오지로 더 오지로 숨어들어가야만 하는 미국이다. 온갖 것들이 뒤섞인 미국이다. 강 하류의 바다와 접한 지역은 바다나 강에 사는 물고기와는 다른 소금물과 민물의 양쪽에 적응이 된 물고기들이 있을 것이다. 뱀장어라든가, 연어라든가. 수자 행비는 동서양의 물을 마시고도 배탈이 나지 않는 사람이다. 배탈이 덜 나도록 진화가 되어가는 중인가? 민물이나 바닷물에도 사는 물고기처럼 사람도 변하는 것이 아닐까? 너무 어린 아이를 자꾸 이사를 다녀 친구도 지속적으로 생기지 못하게 되고 고향도 헷갈리게 되면 좋지 않은 일은 아닌지. 역으로 좋은 일이 되는 경향도 있는지. 수자 행비는 이제는 완전히 노는 물이 달라진 셈이다. 우물물을 먹다가 수돗물을 먹으면 입맛으로 금방 알아차린다. 물이 다르구나. 여자를 편안하게 해주는 미국의 물은 정말로 많이 다른 물이다. 아직 피부로 확연하게 느끼진 못했지만 자유스러움도 다른 물맛이다. 사람을 많이 풀어주는 듯하다. 소에게 코뚜레를 끼우지 않는 듯 그런 느낌이 있다니. 멍에를 씌우지 않는 듯, 고삐를 죄지 않는 듯, 그런 느낌들이다. 아무리 온순한 소이지만 한국의 소는 멍에와 코뚜레와 고삐를 비켜갈 수가 없다. 미국의 소는 좁은 외양간도 아니고 넓은 초원이고 멍에, 코뚜레, 고삐가 없다. 사람도 그렇다는 것이냐. 인디언들이 소를 사냥할 때의 들판의 소들은 자유가 무척 많았나. 사람이 잡아먹기는 하지만 거의 자연 상태로 북미를 주름잡고 있었지 않았나. 인구가 늘어나고 도시가 생성될수록 소가 살 땅은 축소되었다. 아프리카의 야생지역만이 누떼가 자유를 누리고 있다. 한국전쟁 후의 궁핍한 한국이지만 미국과 같은 자유로움이 넘친다면 살기 좋은 땅이 아니냐. 자유의사로 정부를 선택할 수 있고 자유롭게 정치적 의사를 표현할 수 있다는 것이 얼마나 좋은 일인가. 그런 곳이 그렇게 많지 않으니 말이다. 경찰국가나 독재국가가 아니란 말이니 그것이 다른 물맛이다. 찬성이나 반대를 허용하는 것이 가능한 곳이다. 정치적 의사를 표현하는데 암호를 쓸 필요가 없다. 한국전쟁의 상황에서는 너무나 어려운 일이었는데 미국은 너무나 쉽다. 사람이 살기에 좋은 땅이 있는 것이 현실이다. 사람이 살기에 좋지 않은 땅이라면 살기에 좋도록 변화시켜야 하는 것도 사람이 할 일이기도 하다. 곰들은 연어가 올라오는 길목을 지키고 있다가 연어를 실컷 잡아먹는다. 좋은 목을 놓치지 않는 곰들이다. 사람도 연어가 올라오는 길목을 지키고 그 길목을 언제나 지키고 싶다. 사람도 살기가 좋은 땅을 지키고 잃지 말아야 한다. 사람도 자유가 넘치는 땅을 지키고 잃지 말아야 한다. 자유가 넘치지 않는 땅이라면 변화를 시도해야 하는 것이 사람이 해야 하는 일이 아닐까? 연어가 올라가는 길목을 사람들이 댐으로 막지 않는다면 곰들은 그들의 잔치를 계속할 수 있다. 사람들이 댐으로 막으면서도 물고기들이 다닐 수 있는 길을 만들어주면 곰들은 그들의 행복을 지킬 수 있다. 물길을 따라 연어가 올라오는 길이 막히지 않는 세상, 사람이 사는 땅에 자유의 공기가 막히지 않는 세상, 곰이나 사람이 원하는 세상이다. 소떼들도 자신들이 뛰노는 들판이 없어지지 않는 세상을 원한다. 사람들도 자신이 살아가는 낙원이 없어지지 않기를 바란다. 그렇지만 낙원이 파괴되는 일을 늘 일어나는 역사적인 일들이다. 무너지면 다시 세우는 일이 반복된다. 과거의 흔적들을 살펴

보면서 더 나은 답을 찾아내려고 한다. 그러나 과거의 인류문명을 모두 이해할 수는 없다. 이집트의 그림문자가 새겨진 벽들에는 헬리콥터나 잠수함이나 현대의 모습들이 새겨져 있는데 설명을 해내지 못하는 사람들이다. 인도의 모헨조다로 유적에서 방사능으로 파괴된 도시의 흔적들을 발견하고도 설명을 못하는 사람들이다. 남미의 건조지대의 땅바닥에 거대하게 그려놓은 그림들도 잘 알지 못한다. 외계인이 왔었나? 아주 발달된 선진문명이 있었나? 핵무기를 사용하여 망했다가 다시 세워진 인류의 문명인지? 지구의 문명인지 잘 알지 못한다. 수자 행비는 자신의 살아온 짧은 생애는 그런대로 잘 알고 있다. 앞으로 살아갈 남은 인생은 잘 알지 못한다. 아름 행비의 일생은 더더욱 잘 알지 못한다. 점쟁이에게 점을 쳐보는 사람이다. 무당은 사람의 과거와 미래를 아는 희한한 사람 중의 한 사람이다. 완벽하게 정확하지는 않으나 어렴풋하게 맞힌다. 수자 행비는 할렘을 떠날 계획을 짜야 하나? 짜지 않아야 하나? 할렘이 하루아침에 가장 상류층이 사는 동네보다 더 변신이 되어 있으면 좋으련만! 요술을 부리지 않는다면 현실로 접근하여 방법을 구해야 한다. 시카고의 한복판을 교도소로 만들자! 계획에 의하여 이루어진다. 할렘의 한복판으로 어떻게 하나? 요술이 아니면 계획에 의하여 바꾸어야 한다. 수자 행비는 남편과 계속 살아가면 아이는 자꾸 생긴다. 아이들에게 각각의 왕국을 지어주려면 아무리 계획을 짜도 왕궁은 불가능의 영역일 것이지만 그래도 엉터리라도 계획을 짜야 근처에 갈 것이 아닌가? 무계획이지만 저절로 그렇게 되어 질까? 가장 좋은 일이건만 너무도 어려운 일이다. 미래를 알 순 없지만 한국보다는 분명히 나은 미래를 약속해주는 듯하다. 이 예감이 빗나가면서 한국이 미국보다 더 나은 세상이라면 미국으로 온 보람도 없고 선택이 올바르지 않았다 이렇게 되겠는데 그런 일이 일어나나? 핵을 잘못 쓰면 인류는 멸망한다는 것을 사람들은 잘 안다. 핵의 원료인 우라늄이 북한에 엄청나게 많다. 이것이 축복인가? 재앙인가? 축복으로 가도록 만들어야 하는 것이 사람들의 몫이다. 재앙으로 가도록 만드는 것도 사람이 선택하는 일이다. 수자 행비가 할렘을 벗어나는 일은 이사만 하면 간단하게 할 수 있는 일이다. 이사만 한다고 상류층이 되는 것은 아닐 것이다. '쓰레기통에서 장미를 구하는 것과 같다.'라고 하던 한국에서 정말로 장미를 구했다. 한국이 민주주의를 이루어내었다. '할렘에서 낙원이 태어난다.' 정말로 낙원이 태어나는 것이다. '할렘에서 왕궁이 만들어진다.' 할렘이 엄청나게 변할 것이다. '기업인을 왕으로 모십니다.' 일자리가 많이 생기게 되나? 수자 행비가 할렘을 낙원이나 왕궁으로 만들려고 생각하고 그렇게 실천하면 그런 일이 일어난다. 그러면 아름 행비는 낙원이나 왕궁에 사는 일이 저절로 일어난 것과 같이 된다. 태어나서 살아보니 그런 곳이다. 다들 그렇게 말한다. 어머니가 만들어 주었기에 일어난 일이다. 부레가 없는 상어는 몸을 움직이지 않으면 살 수가 없다. 가라앉아 버리므로. 무엇인가 부족하고 없는 수자 행비는 상어처럼 움직이다가 낙원을, 왕궁을 만들어내어 버리지 않을까? 하루 만에 일천자로 된 시를 짓지 못하면 목이 달아나니 하루 만에 머리가 하얗게 세면서 천자문을 만들어 버린다. 목이 달아나지 않게 된다. 글을 모르는 사람에게 하루 만에 일천 자로 된 시를 지으라면 지을 수가 없을 것이다. 기초적으로는 밑바탕이 전혀 없다면 이루어질까? 수자 행비가 가장 낮은 정도의 능력은 무엇일까? 그것이 어떻게 핵폭발을 할까? 할렘이 변할 수 있는 기초가 시작된 것이다. 수자 행비가 할렘에 왔기 때문이고 아름 행비가 할렘에 있기 때문이다. 하나님의 아들딸이라는 말과 할렘의 아들딸이란 말에서 후자가 전자보다 더 무엇이 끌려야 할 텐 데 쉽지 않은 일이다. 유대인은 하나님의 아들 딸이라는 말이 무언가 작동하여 다른 결과를 도출하는 듯 느껴지나 할렘의 아들딸은 신비함이 무척 적다. 어떻게 하나? 샘 행비가 알아내고 만들어 내나? 어떻게 하지! 할렘의 하늘엔 무지개가 늘 떠 있게 만드나? 눈비나 폭풍우가 몰아쳐도 할렘의 하늘에는 무지개가 떠 있게 하자! 일 년 내내 무지개 뜨는 곳! 할렘! 할렘! 할렘! 일곱 색깔 무지개의 땅! 할렘! 하늘에 무지개, 땅에 무지개, 벽에 무지개, 마음에 무지개, 버스의 광고에 무지개, 할렘을 무지개로 만든다. '할렘은 무지개다.' 하루가 다르게 변하는 것이 세상이다. 아름 행비가 젖을 먹고 하루가 다르게 쭉쭉 큰다. 할렘이 하루가 다르게 변한다. 무지개가 많아지는 할렘이다. 일곱의 색깔이 행운을 가져다 준다. 일곱의 행운이 할렘에 왔다. 무지개에서 일곱 가지 색만이 아니라 일흔 일곱 가지의 색을 볼 안목을 가진다면 또 다른 신세계를 만나는 것이다. 누구나 무지개에서 일곱 가지 행복을 찾아낼 때 수자 행비는 일흔 일곱 가지 행복을 찾아내는 것이다. 할렘의 모든 사람들이 일곱 가지 행복을 넘어서 일흔 일곱 가지 행복을 찾아내는 것이다. 할렘은 행복하고 살기 좋은 곳이다. 배고픈 일곱 명에게 음식을 나눠주다가 배고픈 일흔 일곱 명에게 음식을 나눠주면 더 기쁘지 아니한가? 웃음을 잃은 일곱 명에게 웃음을 되찾아주면 일곱의 웃음이지만 웃음을 잃은 일흔 일곱 명에게 웃음을 되찾아주면 더 좋은 웃음이 아니냐! 할렘에서 빛이 나온다. 그 빛이 자꾸만 다른 곳으로 퍼져 나간다. 잡히지 않고 잡을 수 없는 언덕 위의 무지개, 하늘 위의 무지개가 사람의 마음속에서는 아름답게 잡히는 것이다. 아름답지 않은 무지개가 없지만 할렘의 무지개가 가장 아름답다. 수자 행비와 아름 행비는 할렘의 무지개가 찬란함을 증명하는 일을 할 것이다. 무지개는 하늘에 만들어진다. 하늘의 기운인가? 천기가 발동한 것인가? 하늘의 기운이 무지개라면 땅의 기운에도 무지개가 전연 관련이 없는 것은 아닌 듯하다. 땅의 기운 지기가 또 다른 역할을 해주나? 카톨릭 수장인 교황은 다른 나라를 방문하면 땅에 엎드려 입을 맞추는 의식을 한다. 하나님의 대리자이지만 땅을 몹시 중요시한다. 땅을 가질 수 없었던 유대인, 지기를 누릴 수 없었던 유대인, 그들은 천기, 하나님, 하늘을 택할 수밖에 없었다. 농경사회에서 가장 중요한 땅은 없지만 허공인 하늘을 찾아 더 좋아지다니! 허공인 우주는 사실 가장 큰 재산이 아닌가? 땅을 의미하는 지구가 값이 많이 나간다고 하지만 허공인 하늘이 우주가 더 큰 값이다. 무지개도 허공 같은 느낌이다. 무지개는 우주 같은 허공은 아닌데. 그러면 '할렘은 허공을 차지할 것이다.' 그렇게 말해 보나? 빈 하늘이 가장 비지 않은 하늘이라니! 수자 행비는 하늘을 나는 천사의 날개를 어떻게 구하여 아름 행비에게 달아줄까? 아름 행비를 세뇌하나? 너는 천사의 날개를 달고 태어 낳으니 하늘이 너의 것이 된다고 그렇게 정신훈련을 하나? 아기 천사의 날개라고 추켜세우나? 동화속의 내용이 너무 아름다운 것은 실제 사람의 삶이 그렇게 아름답지 않다는 것을 보여주는 리트머스 시험지는 아닌지. 하나님이나 부처님이 될 수 없기에, 그 영광이 놀랍고도 놀랍기에 사람들을 성인을 우러러 보지 않나? 아름 행비의 하늘은 우여곡절이 있어도 천사의 하늘이 되어야 수자 행비의 설움이 풀리나? 황제 펭귄이 모인 땅은 그들만의 천국이다. 할렘도 할렘에 모인 사람들의 천국이 아니냐. 이태원에 모인 여인과 자식들도 그들만의 천국이었나? 아우슈비츠에 모인 유대인들도 그들만의 천국이었나? 가창골에서 학살당한 사람들도 그들만의 천국이었나? 간토 대지진에서 학살 당한 조선인들도 그들만의 천국이었나? 손가락 끝의 소량의 피를 빨아들여 당뇨 혈당치를 재는 시험지는 환자의 건강상태를 알려주는 신호이다. 할렘의 무지개는 얼마나 건강한 것이냐. 할렘의 무지개는 무슨 신호를 보내고 있나? 아프리카의 영혼을 어떻게 재정립을 하나? 흑인들은 유전적으론 가장 적응력이 강하다. 할렘은 병에 가장 강한 곳이다. 할렘은 가장 뜨거운 태양을 느꼈던 사람들이다. 열대의 시원한 스콜을 맛보았던 사람들이다. 하루에 한 번 스콜이 사람을 견뎌내게 한다. 할렘의 사람들은 스콜을 만들 줄 아는 사람들이다. 하루에 한 번은 천국을 만드는 재주를 가지고 있다. 아름 행비는 살아 있을 긴 인생동안 하루에 한 번씩 천국 같은 스콜을 반복적으로 누리는 행운이 있을 것이다. 스콜 다음에는 또 무지개가 뜨지 않나? 하루에 한 번씩 스콜과 무지개는 대단한 환희의 호르몬이고 천연의 마약이고 들뜬 축제이다. 몹시 더운 세상이지만 스콜과 무지개가 사람을 견뎌내게 한다. 스콜과 무지개는 사람이 만들지 않지만 결국은 사람이 그 맛을 알게 되어 사람이 사는 세상을 그렇게 만들어가게 되는 것이 아니냐! 셈 행비는 대단한 행복유전자를 타고난 사람이다. 실제로는 스콜과 무지개가 잘 생기지 않는 땅이라 해도 맛본 느낌을 간직하고 살아갈 동안 어려운 상황도 극복하지 않나? 수자 행비는 자신도 모르는 사이에 스콜이 몸에 배인 사람으로 둔갑되어 있다. 그 시원한 물맛이 몸에 와 닿는 것이다. 할렘이 이렇게 좋은 곳이었더냐! 오르가즘에 몸을 부르르 떨며 교성을 지르는 여인이여! 오르가즘에 몸을 부르르 떨며 교성을 지르는 유인원들의 암컷들이여! 음부가 벌겋게 부풀어 오른 유인원들의 암컷들이여! 열대의 땅에서 사람이나 동물도 다 같이 시원한 스콜이다. 더운 날씨에 꺼리던 남녀의 교합이 스콜이 내리면 꺼려지는 일이 아니게 되네. 추운 겨울 날씨가 남녀에게 꺼려지는 밤이 아니듯이. 더운 날 스콜과 추운 날 밤은 상관성이 있어 보이네. 열대 지방의 뜨거운 태양은 한대 지방의 펄펄 내리는 눈과 같도다. 열기와 한기가 남녀를 부둥켜안게 만든다. 유독 열기와 한기가 강한 온대 지방이라면 일 년에 두 계절이 좋은 시절이네. 아니, 네 계절이 좋은 시절인가? 열대·한대·온대 지방이건 지구상의 어느 곳이라도 그 특징적 놀라움들이 숨어 있다. 각각의 지방색에 사람들이 잘 적응하여 있기에 세상은 넓고도 호기심을 자극하는 곳이다. 할렘의 꽤 큰 집단에 한국인 여인이 한 사람 들어가서 약간의 변화가 일어나는지. 수자 행비의 존재감이 할렘에 흡수되어 아무런 영향력도 없는 것인가? 할렘의 문화를 전혀 바꿀 수 없다. 수자 행비는 1%의 부분도 차지하지 못하는 실정이다. 일천분의 일도 못 되고 있다. 흑인이 미국의 6분의 1의 영향력을 가진다면 한국인은 너무나 적은 수이니. 할렘의 분위기에 눌러버린 수자 행비이다. 인종의 용광로, 할렘의 용광로에 푹 빠져 버린 수자 행비는 어디에 녹아버렸나? 한여름에 용광로 옆에서 일하는 것은 아프리카 열대에서 일하는 것보다 더 힘들 것이다. 아프리카 열대에서도 용광로는 불을 지필 것이다. 쇠를 녹이는 일은 계절이 어떻든 하는 일이다. 사람이 사랑을 하는 일도 계절이 어떻든 하는 일이다. 지역이 어떻든 하는 일이다. 샘 행비와 수자 행비의 두 사람의 마음이 움직이는 대로 둘 만의 용광로도 불이 열기가 쉬이 식지 않을 것이다. 쇳물이 펄펄 끓고 있다. 사람의 사랑도 쇳물처럼 펄펄 끓고 있다. 여인의 질 안이 펄펄 끓어도 남자의 생식기가 삶기지 않는 것은 무슨 조화일까? 바닷가 뻘에 박힌 말뚝이 빠지지 않는 조화같이 두 남녀가 붙어 떨어지지 않는 것은 사랑인가? 뻘이 말뚝을 물고 놓아주지 않는 것은 정액을 빨아들이는 작용인가? 할렘이 수자 행비를 놓아주지 않나? 수자 행비가 할렘을 놓아주지 않나? 양자가 조화를 부리고 있는 것을 모르지는 않을 것이다. 남녀가 일생동안 일천 번의 교접을 하면서 개인차는 있겠지만 일천 번이 모두 오르가즘이라도 일천 번이다. 남자는 일천 번이 최대치이다. 한 번에 한번이니. 여자는 한 번에 여러 번을 반복할 수도 있으니 일천 번의 몇 배도 가능하다. 둘이 발가벗기를 일천 번은 한다. 샘 행비는 두 여인을 끝까지 놓치지 않는다면 이천 번은 되나? 이천 번에 28명의 자식이 생기나? 한국의 날씨에서 일 년 중에 일백 일 정도가 비가 온다는 예보가 된다. 십 년이면 일천 일 정도가 된다. 열대 지방에서 스콜이 일 년 내내 내린다면 일 년에 삼백 일이 넘는다. 십 년이면 삼천 일이 넘는다. 비가 올 때마다 지하에 빗물을 저장하면 어마어마하게 모을 수 있다. 지구의 지하에 모은 빗물이 흘러가는 인공의 지하의 강을 끊임없이 수력발전을 하게 설계하면 어느 정도의 전기가 만들어지나? 사람이 일천 번의 교접으로 이루는 감정과 몸의 들뜸을 집적하는 이상한 기계를 만들어 그 에너지를 지하수력발전으로 얻은 전기로 증폭하여 그 즐거움을 되새김질하는 물건이 만들어지지는 않나? 할렘에서 만들어내나? 수자 행비를 매개로 하여 만들어내나? 번개를 잡아 전기로 이용하자는 말도 안 되는 주장처럼 말도 안 되는 일이 일어날까?

수자 행비는 아기를 안고 할렘 강으로 산책을 나간다. 강물이 흘러내리는 모습은 어디나 다르지 않다. 강가로는 사람이 앉을 수 있는 벤치도 있다. 한국의 강에선 본 적이 없는 벤치이다. 그렇다. 강에는 사람이 앉을 수 있도록 벤치를 만들어 놓을 수가 있는데! 처음 보니 신기할 따름이다. 경치 좋은 곳에 정자를 만들어 놓듯이 만들이 놓으면 되는데! 강의 절벽에 우뚝 서 있던 정자는 보이지를 않는다. 할렘 근처로는 돌아다닐 곳이 무척 많다. 허드슨 강도 곁에 있다. 이스트 강도 있다. 콜롬비아 대학도 있다.

센트럴 파크도 있다. 맨해튼도 있다. 유엔 본부도 있다. 아기를 데리고 산책해 볼 곳이 수두룩하다. 뉴욕을 훑어보는 것이다. 레나페족 인디언이 오천 명 거주하던 곳을 영국 탐험가 헨리 허드슨이 네덜란드 동인도 회사 배를 타고 와 1,609년 강을 발견하고 허드슨 강이라고 이름을 붙인다. 1,664년 영국 함대가 뉴암스테르담을 강제 점령하고는, 영국 왕 제임스 2세 (요크 공)의 이름을 따서 뉴욕으로 개칭한다. 1,700년까지 레나페족 인구는 200명까지 감소한다. 수자 행비가 한국전쟁 후에 인디언의 숫자에 한 사람을 보탠다. 2,000년 할렘에는 33만 오천 명의 흑인이 거주한다. 2,000년 뉴욕에는 한국계가 14만 명으로 뉴욕 인구의 1.2%이다. 인디언은 0.4%이다. 수자 행비가 14만으로 불어났다. 인디언은 14만의 3분의 1이다. 14만의 3분의 1중에 레나페족이 있다. 아름 행비는 흑인계인가? 한국계인가? 수자 행비는 돈이 생기지는 않으나 무척 바삐 뉴욕을 아기와 돌아다닐 일이 일과이다. 가는 곳마다 평생 처음 밟아보는 땅이다. 아기는 엄마 덕에 업히거나 들려서 둘러보지만 무의식중에 뉴욕이 입력이 되고 있나? 뉴욕도 먼저 온 사람들이 네덜란드 동인도 회사나 암스테르담처럼 네덜란드이다. 땅보다 낮은 곳, 해수면보다 낮은 땅, 네덜란드이다. 바다보다 낮으니 언제 바다에 잠길지 모르니 제일 빨리 다른 곳으로 움직이는 사람들이다. 물에 빠져 죽지 않으려고 제일 빨라진 사람들이 네덜란드 사람들이다. 물에 빠지지 않으려니 배를 가까이 하고 배를 타고 바다를 다니다가 육지를 지구상의 어디든지 가장 먼저 발견하는 퍼스트무브의 행동이 나온다. 바닷물에 가장 먼저 뛰어드는 펭귄의 모습이 연상된다. 네덜란드가 바다가 주 무대였지만 영국도 함대를 이용해 미국을 차지하곤 했고 지금은 미국이 많은 항공모함으로 세계를 쥐락펴락한다. 미국은 영어를 사용한다. 네덜란드가

득세했다면 네덜란드어가 미국의 언어가 되었을 것이다. 인디언 레나페족의 언어는 어떻게 되었나? 오천 명에서 이백 명으로 줄어들었던 레나페족이 그들의 언어를 지켜내었을까? 매우 궁금한 부분이다. 미국에 있는 한국인의 후손들은 혀가 꼬부라져 한국말이 되지를 않지 않나? 할렘 강은 흑인들이 그들의 이름을 지켜냈다. 그들이 강의 이름을 만들었다. 레나페족의 강 이름은 사라지고 말았다. 허드슨 강은 영국의 탐험가의 이름으로 남았다. 동인도 회사의 배는 사라지고 말았다. 네덜란드 사람들은 해운회사를 잘 만드는 모양이다. 회사가 인도라는 거대한 나라를 삼키기도 한다. 배나 회사는 네덜란드이고 미국이나 인도를 점령하는 쪽은 늘 영국이다. 수자 행비는 배도 없고, 회사도 없고, 함대도 없고, 군대도 없고, 아무것도 없다. 아기와 같이 뉴욕을 둘러보고 있다. 매우 재미있는 일이다. 그렇지만 꼭 훤한 대낮에만 돌아다닌다. 저녁에 둘려보려면 꼭 남편과 동행해야만 한다. 밤이 되면 칠흑같이 어두운 한국의 밤은 아니지만 뉴욕의 밝은 밤도 수자 행비가 아기와 돌아다니기에는 부담스럽다. 아름 행비는 낮과 밤을 잘 구별하는지! 아기라지만 감각이 있지 않나? 동물들도 3세나 4세 아이 정도의 지능이 있어서 훈련을 시키면 문자를 약간 알게 된다고 하지 않나? 아름 행비는 아직 3, 4세도 아니니! 수자 행비는 가는 곳마다 아기에게 말을 한다. 여기가 어디다. 아기와 쉬지 않고 말을 한다. 아기는 듣고 있는지, 자고 있는지, 듣기만 하고 있는 것 같은데 알아듣고 있는지! 한국말을 했다가, 짧은 영어를 했다가, 뒤죽박죽이다. 여기는 허드슨 강이야. 여기는 콜롬비아 대학이야. 여기는 센트럴 파크야. 여기는 유엔 본부야. 여기는 이스트 강이야. 여기는 할렘이야. 여기는 할렘 강이야. 여기는 맨해튼이야. 아니, 여기는 유색인종 출입금지 식당이야. 여기는 유색인종 출입금지 공원이야. 마지막 두 곳은 무엇이 잘못된 것 같아. 아기야! 땅 위로 다니는 철길이 아니라 땅 밑으로 다니는 철길도 있는데, 출입이 금지된 곳도 있다니 뭔가 이상하네! 아기야, 기차가 땅 밑으로 다닌단다. 그런데 교회나 성당은 문이 잘 열려있네! 아가야, 교회나 성당은 출입이 금지가 아니네. 아름 행비가 다닐 곳은 수자 행비가 다 가보아야 하는 곳이기도 하다. 자꾸 돌아다니다 보니 일자리 광고가 눈에 들어오기 시작하지만 갓난아이를 돌보야 줄 사람이나 시설을 알아보아야 하지 않나? 시간이 지나면 그런 곳들도 사람도 알게 되지 않을까? 뉴욕이구나! 뉴! 욕! 욕은 한국말로 알겠지만! 뉴! 영어로 새롭다고. 새로운 욕이라고! 이 도시가 새로운 욕이라고! 이 도시가 새로운 요크 공이라고! 한국을 새한국하는 식이라고! 대구를 새대구하는 식이라고! 수자를 새이수자 하는 식이구나! 이 도시에 살자면 새롭게 욕을 많이 보게 되나? 여기는 피부색이 하얀 것이 대접받는 곳이라나? 그것은 타고나는 것인데. 근본적으로 해결하기가 쉽지 않네. 수자 행비는 돌아다녀 보니 하얀 얼굴들이 도시에 가장 많은 사람들이다. 아닌데, 유색의 사람들도 많은데. 낮에는 시간이 많지만 아기와 거의 다 보낸다. 밤이 되면 심각한 문제가 발생한다. 남편이 매일 밤에 오는 것이 아니다. 부인이 둘이니 말이다. 각오는 되어 있었지만 희한한 체험의 나날이다. 결혼하면 남편을 독점하는 것이 당연하거늘 그것이 아니란다. 정신에 분열이 생기는 정말로 정신이 혼미해지는 느낌이다. 새로운 욕을 본다드니 이것이 새로운 욕이구나! 아니! 남편을 밤마다 만나지 못한다. 이게 무엇이람. 현실이다. 유색인종 출입금지 같은 욕이구나! 뉴욕에 와서 새로운 욕보는 일이 두 가지가 생기는구나. 허드슨 강가의 벤치에 앉아 생각을 하다 보니 나도 남편을 두 명 가져보나! 그것이 쉬운 일이냐! 동양적 사고로는 일어날 수 없지만 뉴욕은 서양이니 다른 생각도 불쑥 생기는 것이다. 수자 행비는 유교적 가치관이 충돌을 한다. 유교의 가치가 지배하는 동양이 아니다. 이곳은 허드슨 강이고 서양인 것이다. 아기를 안은 여인을 어느 남자가 쳐다보나! 남자와 여자가 다른 점이 있지 않나! 여자는 아기가 딸려 있단 말이다. 그렇다. 아름 행비가 있다. 젖을 먹여야 하는 젖먹이가 있다. 여러모로 남자보다 불리한 측면이 있다. 유색인종처럼 답이 잘 나오지 않는 영역이다. 수자 행비는 이런저런 생각을, 조용히 생각을 해보지만 아기가 보채면 금방 잊어버린다. 밤에 남편과 뜨거운 밤을 보내면 그냥 잊어버린다. 그런데 혼자 있는 밤이면 무언지 불만이 쌓이는 것이다. 혼자 있는 밤에는 무슨 좋은 방법이 없을까? 뉴욕, 새로운 욕보는 일을 뉴욕에서. 혼자 있는 밤에는 뉴욕을 그려볼까? 뉴욕을 써 볼까? 한국어로 쓰고, 영어로 다시 번역하고, 뉴욕을 써 보는 것이 어떨까? 한국어도 잊어먹지 않고, 영어도 실력이 늘어나고 나쁘지 않은 방법이다. 할렘 강, 허드슨 강, 이스트 강, 맨해튼, 유엔 본부, 센트럴 파크, 콜롬비아 대학, 할렘, 뉴욕 바다, 미국, 한국, 흑인, 백인 등등 쓸 것이 무척 많다. 레나페족 인디언의 언어를 잊어먹지 않는 것이다. 그렇구나! 그렇게 슬픈 밤을, 긴긴 밤을 이겨보면 되네. 새로운 남자 애인을 만들어 보나? 이번에는 백인 남자를 꼬셔보나? 날이 갈수록 생활비나 돈이 무척 큰 얼굴로 다가온다. 물질이, 돈이 있어야 덜 고생하지 않나? 사랑에 굶주리고 거기에다가 돈에 굶주리는 이중고가 뉴욕에서 새롭게 욕보는 일이 되네. 부족한 돈을 메꿀 방법이 마땅하지 않다. 남편의 적은 월급을 두 가정에 나누어야 하니 답답한 나날을 느끼지 않을 수 없다. 수자 행비가 돈을 버는 것도 쉽지 않지만 아기를 돌보아 줄 사람에게 지불해야 하는 비용 이상을 벌어야만 답이 나온다. 이래저래 묘안은 없지만 일거리를 자신의 입장에 맞추어 찾아내야 한다. 뉴욕의 하늘 아래에서 고생문이 활짝 열리고 있다. 한국의 전쟁터보다는 나은 고생이겠지. 한국의 대가족제도에서라면 할머니들이 아기를 돌보거나 많은 식구 중에 여성들이 아가를 돌볼 수도 있는데. 아기를 무보수가 아니라 돈을 지불하고 돌볼 사람을 구하여야 하고 자신이 일을 해서 돈의 계산이 잘 들어맞아야 실제로 생활이 제대로 돌아갈 수 있다. 무조건 아름 행비를 맡기는 돈 보다는 훨씬 더 많이 벌어야만 한다. 돈을 벌지 않고 살면 좋으련만! 수자 행비의 행복은 여기까지가 한계인 모양이다. 그래도 일백 세가 넘은 노인의 인지상태가 아닌 것은 다행이다. 일백 세 넘은 노인의 75%가 돈 계산을 못하는 것이다. 2,015년 한국의 일백 세 넘는 노인 삼천 명 넘는 사람 중에 사분의 삼이 돈 계산을 못하니 말이다. 아직은 아기를 키울 수 있는 총기가 있다. 치열하게 일생을 살고 일백 세를 천운으로 넘기지만 돈 계산도 안 되니 사회생활이 거의 되지 않는다는 것이 아니냐! 돈 계산을 못하면 누가 대신 해주어야 한다. 일백 세가 넘으면 조력자가 필요하다는 반증이기도 하다. 수자 행비도 돈 계산을 못하면 남편인 샘 행비의 조력을 받아야만 한다. 한국 돈이 아니라 달러를 알아야 한다. 달러가 수자 행비에게 쉽게 주어지지 않을 것이다. 수자 행비에게 땅도 쉽게 주어지지 않을 것이다. 미국의 농민들은 비행기로 씨를 뿌리고 어마어마하게 넓은 농장들을 가지고 있다는데 수자 행비는 해당사항이 없다. 미국 중서부의 개인 집들은 매우 넓고 수영장이 딸린 집들인데 수자 행비에게는 해당사항이 없다. 그와 마찬가지로 샘 행비도 해당사항이 없다. 10.03km² 넓이의 할렘에 33.51만 명(2,000년)이 거주하고 있다. 3백 만 평 조금 넘는 면적에 33만 넘는 인구가 일인당 아홉 평 조금 넘게 차지하고 있다. 건물의 층수가 있으니 보유할 수 있는 공간은 더 되겠지만 평지로 환산하면 아홉 평이 고작이다. 수자 행비는 거대한 농장도, 수영장이 딸린 대저택도 없는 것이다. 매우 고달픈 미국이다. 날이 갈수록 돈 계산을, 앞으로의 계산을 따지니 보통 노력으로 해결이 날까? 의문스럽다. 미군은 징병제도가 있기도 했지만 지원병 제도가 있으니 돈을 벌려고 군에 간 샘 행비라면 답답한 축의 미국인이다. 샘 행비도 수백 만 평의 농장이나 수천 평의 대저택을 갖고 싶었겠지만 가지지 못한 사람이다. 수자 행비와 같이 나날이 고달픈 사람이다. 수자 행비는 아기와 같이 뉴욕을 돌아다니보니 뉴욕에는 거지도 많은 것이다. 살기가 좋은 세상인데도 거지가 있다. 사람의 몰골이 거지의 몰골이나 도인의 몰골이 언뜻 보면 비슷해 보인다. 겉모습을 보고 사람을 완전히 파악하긴 어렵지만 대충은 알아맞힌다. 수자 행비와 아름 행비의 몰골은 좀 초라한 것으로 비칠까? 콜롬비아 대학의 광고판에 붙은 단순 일자리와 임금을 열심히 체크하고 베이비시터의 비용을 꼼꼼히 분석하는 수자 행비는 궁색한 사람이 맞다. 수자 행비는 아가에게 미안한 마음이다. 초등학교 입학 전까진 같이 붙어 지내는 것이 좋은데. 세살도 되기 전에 엄마와 아기가 낮에는 떨어져 지내나? 엄마가 부자가 아니라서. 아빠가 부자가 아니라서. 삼년은 눈을 질끈 감고 일을 하지 않고 아가와 붙어 있어 보나. 엄마와 붙어 있어 봤자 아기는 영어만 더 못하고 미국의 생활에 적응이 더 어려워지나? 그래도 엄마와 같이 있어야 하지 않나? 그런데 앞으로도 계속 이런 식으로 살아야 한다니. 아이들이 생기면 이렇게 일이 진행될 수밖에 달리 방법이 없다. 샘 행비가 부자가 되지 않는 한 바뀌지 않는다. 미군에 계속 복무하면 달리 특별한 방법이 없다. 다른 직업으로 엄청나게 성공해야 나아질 뿐이다. 수자 행비가 엄청난 부자가 되면 되지만. 그게 잘 될까? 운이 좋은 것인지,

운이 좋지 않은 것인지 수자 행비는 콜롬비아 대학교의 여자청소부기 된다. 아기는 일이 끝나면 베이비시터로부터 돌려받아 집으로 간다. 일하러 가기 전에는 베이비시터에게 아기를 맡긴다. 대학교 청소 일을 그렇게 어렵지도 않고 견딜 만하다. 작업장인 일터는 너무 좋은 공간이다. 임금이 그리 많지 않은 것은 할 수 없다. 이왕이면 콜롬비아 대학의 학생이거나 교수이면 더 좋을 텐데. 수자 행비에게 돌아온 그녀의 행복의 몫은 콜롬비아 대학의 청소부 일꾼이다. 안창호 선생님 같은 청소부가 되나? 안창호 선생은 미국에서 가정집의 청소부로 취직이 되어 화장실을 너무 깨끗이 청소하고 너무 일을 정성으로 잘해 주어 주인아줌마로부터 칭찬을 듣고 한인의 이미지를 좋게 하여 실업자인 한인들의 일자리를 하나씩 얻어 갖게 해주었다. 수자 행비도 안창호 선생 같은 대단한 능력을 보이면 콜롬비아 대학의 청소 일자리를 한인들이 한둘 자꾸 차지하게 될지도 모른다. 수자 행비가 안창호 선생 같은 높은 감각을 지녔다고 보기도 어렵지만 그리 되는 일도 벌어지는 것이 인생사이다. 오리나 백조가 물에서 헤엄을 치는 것은 보이지 않는 물속에 물갈퀴를 쉬지 않고 움직이기 때문이다. 안 선생 같은 분이 한국인을 열심히 정성으로 살도록 앞을 개척했기에 미국에 한인들이 발을 붙이고 있는 것이기도 하다. 코트디부아르에도 안 씨 성을 가진 의사분이 지극정성으로 봉사활동을 벌이고 계신다. 수자 행비는 콜롬비아 대학에 무슨 전설을 남기게 되나? 아직까지는 아무런 전설이 만들어지고 있지 않다. 뉴욕은 매우 큰 도시이고 세계적인 곳이다. 가장 시골에서 자라고 가장 세계적이지 않은 곳에서 살던 수자 행비는 반대의 세상에서 일을 하고 있다. 수자 행비는 대학교의 혜택을 조금 누릴 수 있다. 약간의 수고를 하면 학교의 도서관에서 한국어 책을 빌려서 볼 수 있다. 한국과 거의 모든 것이 끊어질듯 하였지만 대학 도서관에는 한국과 관련된 것이 있기 때문이다. 아무래도 호기심이 많아 의문점들을 풀어야만 했다. 콜롬비아 대학교와 콜럼부스는 이름이 거의 비슷하다. 콜롬비아는 콜럼부스의 이름에서 유래된 단어이다. 콜럼부스는 죽을 때까지 자신이 발견한 땅을 인도라고 믿었다. 아메리카는 아메리고 베스푸치의 이름에서 온 것이다. 콜롬비아라는 나라 이름도 콜럼부스의 나라라는 콜럼부스라는 자신의 이름에서 유래된 것이다. 컬럼비아도 미국을 의인화하는 것이고 미국을 여성적으로 의인화하여 표현한 이름이다. 컬럼비아 대학은 여성적인 면을, 콜럼부스라는 인물의 영향을 지닌 것이다. 바하마의 산살바도르 섬(구세주의 섬)이 콜럼부스가 처음으로 도착한 섬으로 여겨지는데 미국 플로리다의 아래이다. 콜럼부스나 아메리고 베스푸치 두 사람 다 이탈리아 사람이다. 반도인인지라 그런지 바다를 좋아한 사람이다. 신대륙의 항로를 발견하고도 인도라 믿고 죽어버린 콜럼부스, 서인도제도는 인도로 오인한 콜럼부스의 산물이다. 컬럼비아 대학의 이름에는 콜럼부스도 들어 있고, 미국도 들어 있고, 여성도 들어 있고, 숫자 행비도 들어 있나? 스페인 이사벨 여왕이 허락하지 않았다면 아메리카 대륙은 유럽에 등장하지 않았을 것이다. 콜럼부스가 39세부터 시작해 네 번이나 먼 바닷길을 건너왔다. 자신이 발견한 땅에서 총독이 되고, 그 땅에서 얻은 총수익의 10%를 가지겠다는 조건을 내세워 나선 항해이다. 남북아메리카의 총독이 되고, 그 넓은 대륙의 10%를 가지겠다. 대륙이 얼마나 큰지를 몰랐지 않나? 죽을 때까지 인도로 오인까지 했으니! 기독교의 운영법칙에도 십일조가 있다. 10% 엄청난 것이지 않나? 그렇다. 행비라는 남편의 성이 이수자 여인과 이아름 딸에게 스며들어 있다. 콜럼부스를 컬럼비아라고 여자로 변신을 시킨 것이다. 이탈리아 사람들이 멀리까지도 와서 그들의 이름을 새겨 놓았다. 수자 행비는 도서관에서 많은 것들을 참고할 수 있다. 이탈리아, 네덜란드, 영국, 아프리카, 한국, 인디언 등등이다. 수자 행비는 시간도 제한되어 있고, 능력도 제한되어 있지만 도서관의 자료를 통해서는 너무 넓은 세계를 맛볼 수 있다. 아기와 청소부 일과 자신의 경제적 능력과 현실에서 조화되는 점을 잘 찾아야 하는 지혜를 발휘해야 하건만 쉽지 않은 일들이다. 미국 땅에 발을 디딘 나도 콜럼부스가 아닌가? 콜럼부스처럼 달걀을 세운 것이 아닌지 아리송하다. 수자 행비는 시간을 철저하게 잘 분배하여 알차게 보내야만 자신의 목적이나 앞날에 발전을 이룰 수 있다. 살아갈 인생에서 낭비할 시간이 전혀 없다. 아무리 일생을 알차게 보낸다고 해도 결과는 신통치 않을 수 있다. 그래도 노력과 정성을 다하지 않으면 안 된다. 자신의 노력과 정성의 결과물이 아름 행비를 행복하게 해준다면 너무나 기쁘기 때문이다. 왕창 성공하여 고국의 피붙이까지 도움을 줄 수 있다면 금상첨화이다. 비행기로 씨앗을 뿌리는 농장은 미국인이지만 아무나 가지는 것이 아니라는 현실을 알고 있는 수자 행비이다. 그렇지만 그 넓은 농장 덕분에 식량이 풍부하여 살기가 좋은 것도 잘 알고 있다. 그렇기도 하다. 농장 주인을 만나 결혼하면 그 농장의 부를 공유하는 것이기도 하다. 현실은 샘 행비가 남편이다. 남편인 샘 행비가 돈을 많이 벌면 상황이 바뀌기도 하지만 쉽게 바뀌기가 어렵다. 콜럼부스처럼 엄청난 모험을 하여야 하나? 수자 행비는 어디 가서 이사벨 여왕을 만나나? 미국에서 공짜에 가까운 듯이 보이는 소뼈를 이용하는 무슨 방법이 없나? 소뼈를 가루로 만들어서 만든 도자기가 엄청나게 비싼 물건인데. 소뼈 가루로 비싼 도자기를 만드나? 소뼈 가루로 무슨 우주선 재료를 만드나? 버려지는 소의 부산물로 새나 물고기의 먹이를 만드나? 옥수수 부산물과 소의 부산물을 섞어서 물고기 먹이나 닭 모이를 만들면 안 되나? 수자 행비는 별의별 생각을 해보는 것이다. 생각만으로 그쳐서는 진전이 없다. 도서관의 자료를 찾아보고 실제로 사업성과 부딪혀 보아야 한다. 사실, 용기가 나지 않는 것이다. 청소부 일이나, 아기를 돌보는 일도 벅차기 때문이다. 세라믹, 사료, 사업 등등이 자꾸만 눈앞에 아른거린다. 수자 행비는 변해야 하고 사업이나 앞날의 길에 대해서 미쳐야만 한다. 그래야만 다른 길이 열린다. 남편을 잘 설득하여 같이 일을 벌이도록 해낼 수 있을까? 수자 행비는 혼자하기가 너무 힘이 들어 보이기 때문이다. 샘 행비는 직업군인으로 잘 지내고 있는데 모험심을 발휘할까? 수자 행비는 직업을 청소부에서 사료공장이나 도자기공장으로 바꾸어야 할 판인데 그것부터 실천을 해야 하나? 한국에서는 직업을 찾는 일이 무척 힘들지만 미국은 직업을 스스로 바꾸는 것이 불가능한 영역이 아니다. 융통성이 매우 넓다. 콜롬비아 대학의 교정을 버리고 공장이나 농장으로 가는 것이 좋은 것인가? 그런 물음을 수자 행비는 하게 된다. 돈을 벌려는 목적이 앞서는 것이 아닌가? 수자 행비는 많이 변해 있다. 한국에서도 돈을 버는 것을 중요한 일이라고 생각했지만 미국에 와서는 사업적으로 사람이 바뀌고 있는 듯하다. 비행기로 씨를 뿌리는 농장을 갖고 싶고 그 농장에서 소도 키우고 사료공장이나 도자기공장까지 만들어 보고 싶기 때문이다. 꿈만 가지고 있어서는 꿈으로 끝나므로 일을 벌여야만 앞으로 나아갈 수 있다.

수자 행비도 자신의 내부 에너지가 무엇인지 잘 모르지만 그런 열정이 일어나는 것이다. 어느 날 수자 행비는 스스로 놀라게 된다. 어느새 그녀는 소뼈를 갈고 있고, 소 부산물과 옥수수 부산물을 섞어서 사료를 만들고 있는 것이다. 콜롬비아 대학의 교정의 청소부에서 다른 영역으로 이

동해 와 있다. 소뼈 가루는 도자기의 재료로 세라믹의 형태로 변해 값어치가 엄청 올라가 있는 것이다. 세라믹의 재료로 영국으로 수출을 하는 일이 일어난다. 고급 영국도자기의 재료로 공급이 되는 것이다. 수자 행비는 평생 처음으로 달러를 끌어 모으기 시작한다. 사료 사업도 동시에 일어난다. 달러를 많이 모을수록 남자들이 그녀에게 달려들기 시작한다. 샘 행비보다 훨씬 멋진 남자들이 수자 행비를 자꾸 집적이는 것이다. 이제 수자 행비는 어떻게 해야 하나? 두 번째 부인의 자리를 버려 버리나? 샘 행비가 본부인을 버리고 수자 행비에게로 달려오는 것은 또 어떻게 해야 하나? 이제는 인간적인 고민이 그녀를 괴롭힌다. 샘 행비가 찾아오지 않은 밤들이 괴롭던 날들이라면 이제는 샘 행비를 멀리하고 다른 남자를 맞이하려는 그녀의 이 마음은 또 다른 그녀의 모습이다. 아니, 수자 행비는 한 남자가 아니라 두 남자를 차지하는 일이 일어나지 않나? 이걸 어떻게 잘 조율을 해야 하나? 머리가 아파지는 하루하루의 밤이다. 이성문제에 있어서 남자든 여자든 한 사람이 두 사람을 사랑하기란 불가능한 영역이다. 한 남자가 두 여인을, 한 여자가 두 남성을, 수자 행비와 샘 행비는 전세가 역전되고 말았다. 수자 행비는 자신이 사업수완이 있는 줄을 전혀 몰랐다. 달러가 벌리는 것을 보고는 사업가 기질이 있는 것이 아닌가? 느낌을 받고 있다. 자신의 적성을 모르고 살아온 것이다. 한국이 아니라 미국이라서 그렇게 되었나? 원래 숨겨진 적성이 발휘된 것일까? 수자 행비는 아름 행비를 생각하지 않을 수 없다. 아름 행비의 생부는 샘 행비이지만 샘 행비만을 바라보지 않는 자신의 현재 모습과 딸의 미래가 겹치기 때문이다. 아름 행비는 아버지가 바뀌지 않는 것이 행복일지 모르지만 수자 행비 자신은 샘 행비를 대신할 남성이 그녀 앞에 와 있다는 사실이다. 샘 행비를 그리던 밤이 이제는 멀리하여야 하는 반대의 상황이 놀라울 따름이다. 엄청난 경제력의 향상이 그녀의 인생을 뒤바꾸고 있다. 사연 많은 첫 남편에게 거리를 두어야만 하는 새로운 날들이 오니 말이다. 수자 행비는 사업이 그렇게 잘 풀리리라고는 믿지 않았는데 너무나 잘 풀리고 있다. 정말로 인생의 축복일까? 오르막을 올라가는 수레가 아니라 내리막을 내려가는 수레처럼 잘 가고 있다. 내리막을 달리는 속도를 늦추어야 하나? 두 남자를 차지하는 것도 매우 어려운 영역이다. 남자가 두 여자를 차지하듯이 신경을 쓸 일이 많고 스트레스도 있다. 완전히 샘 행비와는 인연을 끊어야 하나? 결단성이 발휘되지 않는 나날이다. 미국에서 아는 사람도 많지 않은 데 샘 행비와의 영역에서 일어난 인연을 모두 끊어버리면 넓은 미국 땅에서 무엇이 남나? 수자 행비는 경제적으로 여유가 생기게 되니 한국에 있는 남동생을 미국에 불러들여 인연의 끈과 사업의 확장에 따른 위험을 분산시키고 싶어진다. 샘 행비에 버금가는 역할을 할 피붙이를 멀리서 데려오고픈 것이다. 어쩌면 인지상정이고 일반적으로 이루어지는 성공의 순탄한 길의 연장이다. 한국에 있는 모든 가족을 불러올 수도 있지만 모든 가족이 미국으로 올 생각이 있지도 않다면 그것도 문제이므로 가능한 일부터 해야 한다. 오고 싶거나 데려올 만한 사람을 우선적으로 불러들이는 것이다. 수자 행비가 고국으로 송금해주는 달러는 이수자 여인의 한국 가족들을 부유하게 만드는 기초적인 돈이다. 수자 행비의 덕을 톡톡히 보는 한국의 가족들이다. 미국으로 가는 데 의심이나 불평의 싹을 없애버리는 아주 좋은 처방전이 송금해주는 달러이다. 이수자 여인은 남동생이 미국에 오자 천군만마를 얻은 듯이 힘이 난다. 부유하고 넓으며 거대한 미국에서 심리적으로 가장 편한 사람이 있다는 것이 무척 안심이다. 첫 남편이나 두 번째의 애인이나 언제 틀어질지 모르지만 남동생은 틀어지더라도 심리적 충격이 다르지 않을까? 이다. 동생만이 아니라 한국 교포들도 공장으로 끌어들이니 더욱 마음이 편안해진다. 샘 행비의 사람들도 전연 없는 것은 아니다. 할렘과의 연결고리도 꼭 필요하다. 남동생이 오고부터는 수자 행비는 새 애인과의 사이의 사랑의 결실인 아이도 가질 마음의 여유가 생긴다. 사업의 성공을 위해 온 정신을 쏟아왔지만 이제는 여자로서 본연의 행복인 아기를 키우고 싶기 때문이다. 이수자 여인은 두 번째 아이를 잉태한다. 어려움을 느낄 때 갖는 아이와 성공의 절정에서 갖는 아이는 또 다른 감정이다. 요번에 태어날 아이가 가장 여유 있고 나은 아이가 될까? 기분은 그렇다. 그렇지만 미래는 알 수 없는 영역이다. 이왕이면 이번에는 친정 엄마나 친정 언니나 누구를 미국으로 불러들여 한국식으로 해산을 하고픈 마음이다. 그렇게 할 수 있는 능력을 갖춘 이수자 여인이 되었다. 그 멀고 먼 길을 친정 엄마나 친정 언니가 오게 하는 것이 맞는 일인가? 할 수 있으면 하는 것이 사람들이기도 하다. 그러나저러나 얼마나 많은 사람들이 한국에서 오거나 미국에서 태어나야 할렘처럼 커지거나 한인 타운이 된단 말인가? 차이나타운은 늘 보이는데 코리아타운은 시간이 더 걸리겠지. 할렘이 하루아침에 만들어진 것이 아니다. 이수자 여인 같은 수많은 성공이나 실패가 누적이 되어야 무엇이 만들어진다. 이수자 여인은 상당히 운이 좋은 경우이다. 미국에서의 성공가능성이 쉬운 일은 아니다. 완전한 미국사람이 되어가는 듯이 가다가 돈이 많이 생기니 도로 한국식으로 되돌아가려 하는 일이 일어나는 미국에서의 나날이다. 중국인이 고집하는 차이나타운의 문화처럼 이수자 여인도 미국식을 덜 받아들이는 사람으로 분위기를 탄다. 대대로 부를 이어온 대단한 갑부도 아니고 갑자기 성공한 졸부이지만 양반적인 무엇이 있으면 좋겠다는 소박한 마음의 소용돌이이다. 이수자 여인은 할렘을 매우 빨리 벗어나 버렸다. 어느 정도는 계획을 했지만 예상 밖으로 시간이 적게 들었다. 미국은 엄청나게 큰 시장이지만 한국도 작은 시장이 아니다. 미국에서 보니 시장은 전 세계를 상대할 수 있는 것이다. 이수자 여인은 새로운 애인의 능력을 완벽하게 알 순 없지만 같이 일을 할 수 있으니 많이 편하다. 남동생도 있고 아기의 행복을 더 챙겨줄 수 있어 좋다. 틈이 나면 사업에 대한 생각을 종종 해볼 수 있다. 가벼우면서 단단한 무엇, 더 오래 저장할 수 있는 사료, 사업 영역을 더 넓히는 일, 시장을 더 넓히는 일, 그러면 일만 생각하나? 더 많이 놀고, 더 많이 여행하고픈 욕망도 있다. 공부도 더 하고 싶은 마음도 있고, 감당하기 어려운 지경으로 할 일이 많다. 도자기는 그릇이다. 도자기는 예술품이다. 그릇이며 예술품이다. 그릇을 만들어야 음식물을 담아 먹는데 그릇이 없이도 먹을 수 있는 음식물을 만들면 그릇은 필요성이 없다. 그릇을 만들지 않게 할 방법은 없나? 소뼈 가루로 그릇을 만들지 않으면 수입이 생기지 않지만 그릇 없는 음식물은 정말로 불가능 할까? 봉지에 담긴 음식은 그릇 없이 봉지를 손으로 잡아서 먹는 데 봉지라는 쓰레기가 생긴다. 그러면 봉지가 쓰레기가 아닌 다른 무엇이 되게 고안하면 되지 않나? 음식물 봉지가 동물의 먹이나 식물의 거름이 되게 하면 쓰레기가 아닌데. 일일이 모아야 하는 불편이 있지 않나? 일일이 모으지 않고 먹이나 거름이 되게 하는 방법이 없나? 자꾸만 찾아가면 그릇이 없이 살 방법이 나온다. 그런데 사람은 왜 그릇을 만들었나? 음식물에 흙이 묻지 않게 하려고 그랬나? 음식물을 담아두려고 그랬나? 그릇이 없으면 설거지도 안 해도 된다. 비닐이 그릇을 많이 대용하지만 그릇이 없어지지는 않고 있다. 비닐이 친환경적인 재료로 바뀌지만 더 좋은 어떤 방법이 없나? 동물은 그릇이 없다. 그러면 동물처럼 후퇴하는 삶으로 가잔 말인가? 그것은 아닌 것 같은데 그릇이 없게 어떻게 한다는 말인지. 사람의 위는 한계가 있다. 사람의 밥그릇도 한계가 있다. 사람은 위에 채우는 음식물을 제한하면 더 오래 산다고 한다. 먹는 양의 삼분의 일을 줄이면 30년 가까이 수명이 연장이 된다니. 알지만 실천하기는 그리 호락호락하지 않다. 그릇을 줄이는 일과 위에 들어가는 음식의 양을 줄이는 것은 연관되는 점이 없지만 무엇을 알아보려는 것인가? 여자는 임신을 하면 자궁 속의 아기가 자꾸만 커지면서 임산부의 불룩한 배가 된다. 포유동물의 암컷은 똑같은 현상이 일어난다. 음식물의 섭취가 많아진다. 음식물의 섭취를 줄이면 안 되는 상황이다. 몸이 비만인 사람은 음식물의 섭취가 임산부처럼 된다는 것이 아닐까? 아기도 가지지 않고 자꾸만 임산부처럼 음식물을 더 섭취하게 되는 것이 무슨 이유일까? 이수자 여인은 사람의 식성이나 동물의 식성이나 아는 것이 많지 않다. 그렇지만 가축의 사료를 만드는 일이 사업상의 일이다. 좀 아는 것이 없다. 순록은 소금을 먹는다. 그래서 순록을 사육하는 일이 소금으로 순록을 조종하는 것이다. 그런 정도다. 염소가 소금을 먹는다. 소금을 주면 염소가 졸졸 따라온다. 김치, 된장, 고추장, 간장, 소금이 안 들어간 음식이 없다. 소금을 과잉으로 먹는 한국인이다. 순록이나 염소와 같은 속성이 사람도 있다는 것이 아니냐? 바닷물에는 소금이 있다. 어류도 소금과 관련이 없을 수가 없는 듯하다. 가축의 사료에는 소금이 소량 들어갈 것인데 양을 아는 것도 중요한 일이다. 이수자 여인은 두 번째 애인에게 얼마의 소금이 가장 알맞은 양인지, 어떤 그릇이 가장 알맞은 것인지, 어떤 봉지가 가장 알맞은 것이지, 알면 좋지만 알려고 노력하는 일이 힘이 드는 일인 것은 분명하다. 그렇게 잘 알지 못하지만 돈이 벌려서 인생이 환하게 펼쳐지는 것도 인생의 한 단면이다. 이수자 여인은 뱃속에 채워 넣고 싶은 음식이 많다. 자녀 양육, 사업의 성장, 공부를 더하고 싶은 욕망, 그리고 수많은 버킷리스트, 등등이 있다. 이 많은 음식을 고루 섞어서 위로 보내야 하고 위를 잘 작동시켜 몸이 건강하도록 만들어야 한다. 음식의 양을 정말로 삼분의 일을 줄여야 하나? 삼분의 이만 통과하게 하나? 모든 목표를 삼분의 이로 줄이나? 아니면 사람의 위가 아닌 정신의 영역이니 그대로 뇌로 통과시키나? 아름 행비는 그녀에게 죽을 때까지 같이 갈 요소이지만 샘 행비는 거의 지워지고 있다. 새 애인이 샘 행비의 부분을 새롭게 차지하고 있다. 그녀의 위와 뇌에는 샘 행비가 사라지고 새로운 애인이 들어서고 있다. 군인이 군장의 무게를 지고 갈 때는 몹시 괴롭다. 25킬로그램이나 30킬로그램이 사람을 죽을 만큼 고통스럽게 한다. 임신으로 배가 자꾸 부르고 몸이 무거워지면 임산부도 많이 힘들다. 비만인 사람도 자신의 몸무게에 군장만큼이나 더 살이 찌면 문제가 심각하다. 이수자 여인은 군살이 불어났나? 줄어들었나? 임신으로 늘어난 살만이 아니라 마음으로 늘어난 살도 무척 많아졌다. 돈이 잘 벌려서 기분이 좋아 상쇄된 면이 많지만 기본적으로 많이 불어난 지금이다. 군인이 견디는 인내심이나 책임감이 모든 일이든지 감당할 수 있으리라는 자신감을 심어주지만 사회에서는 그대로 적용이 되면 좋지만 똑같게 적용이 되지 않으므로 인해 젊은이들이 군에서 닦은 것들이 좋을 때도 있지만 100%로 치환되지 않아 우울할 수도 있다. 사업으로 인한 자신감이 이수자 여인을 많이 앞서게 해주었지만 만능의 해결사는 아니다. 군살을 빼야 하나? 새 애인이 그녀의 군살을 빼주는 데 도움을 줄까? 아니면 골칫거리인 새로운 군장으로 군인을 고달프게 하는 역할을 할까? 새 애인이 가벼운 봉지처럼 역할을 하는 그릇일까? 고급의 비싼 식기류의 그릇의 역할을 할까? 순록이나 염소에게 작용하는 소금처럼 새 애인이 그녀에게 적용될까? 아니면 반대로 그녀가 새 애인에게 순록이나 염소에게 작용하는 소금일까? 아름 행비나 잉태하고 있는 뱃속의 아이는 당연히 수자 행비에게 순록이나 염소에게 적용되는 소금처럼 그녀를 끌고 가고 만다. 남녀의 섹스도 어쩌면 순록이나 염소가 거부하지 못하는 소금일 것이다. 로마 병사의 월급이 샐러리, 즉, '솔트' 소금이다. 현대인도 샐러리, 즉 소금, 월급이 없으면 살지 못한다. 소금, 샐러리, 솔트에 목을 매고 일터로 가는 것이다. 맛이 짠 소금은 과거에 중요한 생필품이었다. 주로 국가가 관리하는 품목이었다. 소금은 독일어로 잘쯔이다, 영어로는 솔트이다. 독일어 잘쯔부르크는 소금성(城)이다. 소금성의 많은 소금은 많은 순록과 염소와 무엇을 유혹하는 중요한 요소였다. 사람의 땀이나 오줌에는 소금성분이 섞여 배출된다. 몸에서 빠져 나가니 채워 넣어야 한다. 사람은 사랑은 나누어 주고 나누어 주어도 모자라지 않게 되나? 사람은 사랑은 받고 받기만 하면 탈이 나나? 사랑도 주고받는 것이 어느 정도의 균형이 있어야 하나? 사람 몸속의 소금은 균형이 유지되어야 한다. 동물도 비슷하지 않을까? 동물도 어미가 새끼를 사랑하는 것은 사람과 별반 다르지 않다. 아름 행비의 동생은 아름 행비와 잘 지내야 하지만 아버지가 다르다는 사실을 두 자녀는 곧 알게 될 것이다. 어머닌 이수자 여인 자신이다. 태어날 아이가 아무래도 아름 행비보다 더 좋은 환경일까? 아름 행비는 너무 어려서 아버지의 존재가 달라져도 어느 시기까지는 인지하지 못하는 나날일 수 있다. 본능적으로 아버지가 다른 것을 표현하는 날들이 이어지면 가정의 평화는 약간 위태위태해진다. 아이와 엄마는 끈이 매우 질기지만 엄연히 다른 인격체이다. 태어나는 순간부터 인생이 다른 것이 사람의 숙명이다.

이수자 여인은 이제 많이 단련이 되었다. 남편이 꼭 틀에 박힌 총각이어야만 한다는 고정관념이 없어져 버렸다. 이미 두 아이를 만날 순간까지 왔으니 자신의 상태가 처녀가 아니니 남자를 꼭 총각으로 고집할 이유도 사라져 버렸다. 정직성이나 순결성에 목을 매야 할 고통을 탈출했다. 참으로 단순한 문제가 되었건만 불과 얼마 전만 해도 견디기 어려운 영역이었다. 아름 행비도 아버지가 친아버지가 아닌 것으로 마음고생을 할 날이 오겠지만 어느 정도의 세월이 지나면 아니, 무척 오랜 세월이 지나면 아무런 문제가 되지 않을 날이 올 것이다. 이수자 여인은 그날까지 오래 참고 기다려야 할 운명이다. 딸아이가 이겨내야 하는 인생사이다. 그녀도 죽는 날까지 꼬리표가 달라붙는 인생의 흔적일 것이다. 수자 행비는 지금 이룬 성공을 허공에 날려버리지 않기 위해 갖은 노력을 할 것이다. 그 노력이 자신의 피붙이를 행복하게 한다고 믿는 사람이다. 경제적 바탕을 제로로 하고 앞길이 보장되지 않는다고 믿는 지금이다. 그녀가 한국의 고향에서 집을 나설 때는 제로로부터 시작이 되었지만 그 길을 다시 시작하지는 않을 각오로 살아가는 그녀이다. 미국이라는 세상은 가진 것을 나쁘게 보지 않는 건전한 측면이 많은 세상이다. 물론, 정당하고 노력하여 일군 것에 대한 인정하는 문화가 있다. 신분이 고정된 시대라면 개인이 노력한들 불가능한 문제들이 있었다. 그런 곳에서는 가진 것에 대한 반감이 있을 수 있다. 사는 것이 매우 안정적이니 잉태한 아이를 출산하고 나면 또 아이를 가질 것은 거의 확실하다. 자식에게 물려줄 것이 아무 것도 없는 부모가 아니라 태어날 아이마다 무엇을 어느 정도까지 줄 것이 있다는 것이 매우 기쁘다. 물질보다는 더 좋은 것을 더 주고 싶지만 줄 수 있는 물질이 있는 것도 축복의 한 풍경이다. 인간의 지혜가 딥 런닝으로 무한대에 가까운 능력을 보유한 알파고라면 이루어내지 못하는 영역이 거의 없게 될 것이다. 그래도 해결이 안 되는 일들도 있겠지만. 사람은 알파고처럼 되지도 않고 딥 러닝도 잘 안 된다. 사람의 문화 중에서 그릇이 없어지는 일을 알파고가 알아내도록 해 보나? 도자기 만드는 일이 없어지는 세상이 언제 오나? 그러면 소뼈 가루는 다른 용도로 쓰여야 하지 않나? 우주선의 제작 재료로 쓰이나? 그녀는 쓰잘머리 없는 일에 왜 신경을 쓰나? 갑갑한 현실로 어려움에 처한 그녀는 아니지만 그래도 공상을 하는 즐거움도 있어야 하지 않나? 삶이 고달프면 현실을 외면하고 싶어진다. 과거에 만약 노예로 태어난 신분이라면 상상 속에서라도 노예상태를 탈출하고 싶을 것이다. 노예상태가 아닌 사람들인데도 현실을 떠나 비현실의 세상을 노래한다. 꼬마 아이나 치매가 걸린 노인은 현실을 잊어버려 상상의 날개가 더 높이 난다. 24시간 중에 30분 정도만 상상의 나라를 돌아다니면 탈이 나지는 않을 것이다. 24시간 중에 30분 정도만 명상을 하여도 자녀가 엄청나게 많은 어머니도 그 가정을 잘 꾸려나간다고 한다. 자녀가 15명이나 20명이 되어도 하루 중에 30분 명상이 그 집안을 제대로 돌아가게 하였다니 놀라운 명상의 30분이기도 한데. 상상의 30분은 또 다른 일이 일어나게 해줄까? 명상은 정신을 맑게 하여 삶을 대처하게끔 하지만 상상은 정신을 풍부하게 하나? 아니면 혼란스럽게 하나? 시간을 쪼개야 할 일이 많다. 한국어에도 30분을 할애해야 하지 않나? 아예, 할애하지 않고 버텨보나? 한국말을 잊어버리면 안 되는데. 늙어서 치매가 걸리면 저절로 잊어버리면 된다. 상상도 하지 않아도 된다. 명상도 하지 않아도 된다. 그러면 죽은 목숨이지 않나? 이수자 여인의 기탄잘리는 사업이나 돈으로 와 버렸단 말인가? 그녀는 생각을 한다. 자신의 기탄잘리는 돈은 아닐 것인데……

세상에는 강이 많다. 가까이 허드슨 강, 할렘 강, 이스트 강이 있다. 러시아에도 많은 강이 있다. 볼가 강, 예니세이 강, 레나 강, 돈 강, 아무르 강, 송화 강, 수많은 강이 있다. 이수자 여인은 무슨 강이 있나? 어떤 강이 있을 것이다. 그 강물에 기탄잘리를 뿌려 넣어야 하나? 강물이 흐르지 않는 사막은 물이 흐르는 강을 너무나 좋아한다. 자유가 없는 곳의 사람은 자유가 넘치는 곳을 너무나 좋아한다. 강물을 사람이 만들어내기는 매우 어려운 영역이다. 이수자 여인은 할렘을 사막에서 강물이 흐르는 곳으로 바꿀 마음을 먹었지만 어느 순간에 그곳을 벗어나 있는 자신을 발견한다. 한없이 양지로만 옮겨가는 인간의 모습이다. 추운 땅에서 얼어 죽지 않으려면 따뜻한 곳으로 이동을 하든지 추운 땅을 춥지 않게 조치를 취해야 한다. 자유가 주어지지 않으면 자유로운 곳으로 이동을 하든지 자유롭게 되도록 변화를 주어야 한다. 할렘을 벗어난 자신의 얼굴에서 이기심으로 가득 찬 그녀의 본바탕이 민낯으로 드러나는 느낌을 강하게 받는다. 돈과 황금만을 쫓아왔나? 돈과 황금만을 찬양하는 기탄잘리를 만들려고 이렇게 멀리 왔나? 소뼈 가루와 사료만을 만들려고 이리로 왔나? 따뜻하고 배부르고 평화로운 곳으로 왔지 않나? 잘못한 것은 없는데 약간 잘못하고 있는 것 같다는 애매한 기분이다. 이런 황홀한 순간이 곧바로 옹이에 마디 같은 나날로 바뀌길 원하지는 않는다. 큰 강이 흐르고, 그 옆으로 큰 호수가 있고, 더 하여 지하에까지 지하호수가 있으면 더 좋지 않나? 너무 큰 욕심인가? 새로운 욕을 볼 듯 했던 뉴욕은 강이 세 개나 근처에 있고, 바로 그 옆에 대서양이 있다. 그래서 그녀는 그렇게 잘 풀리는 것인가? 한없이 양지로만 그녀 혼자만이 아니라 뉴욕의 사람들이 거의 다 몰려 왔지 않나? 뉴욕을 버리고 누가 사하라사막이나 고비사막으로 갈까? 추운 시베리아로 가겠나?

레나 강이나 에니세이 강이 흐르는 추운 러시아 땅으로 가겠나? 그러면 할렘을 즉시 빠져나온 것은 그리 나쁜 일이 아니다. 그렇게 해주면 되나? 할렘으로 되돌아간다거나, 한국으로 되돌아가는 것은 너무나 선택하기 어려운 문제다. 지금 만난 새 애인도 헤어진다면 그것도 받아들이기 쉽지 않은 문제다. 어떤 이상한 사람이 있다. 사하라사막에서 일 년을 살고, 시베리아에서 일 년을 살고, 고비 사막에서 일 년을 살고, 또 남극에서 일 년을 살고 그런 사람이 있다고 한다. 누구일까? 이수자 여인이라는 것이다. 아니, 이수자 여인의 반대이지 않나? 너무나 무거운 범죄로 인해 사형이나, 종신형을 사는 사람 중에 평생을 감옥살이하다가 죽는 사람이 그런 경우랄까? 종신형을 살 것인가? 아니면 사람이 살 수 없는 극한의 땅에서 살 것인가를 택하라면 극한의 땅을 택할 사람도 있지는 않을까? 스스로의 선택으로 아무런 잘못도 없는 사람이 극한의 땅을 선택한다면 그것도 인간이 선택하는 자유의지인가? 억울하게 게토로 끌려가고 마지막은 가스실로 간 유대인들은 무슨 잘못을 한 것이란 말인가? 원치 않아도 극한의 땅이 아니라 비교가 안 되는 곳으로 가게 된다니! 사람이라면 게토로 간다는 것이 성립이 되지 않는 일이지 않나? 인간이 생지옥을 만든다니 잘 알 수 없는 인간이다. 이수자 여인의 마음의 저 아주 깊은 밑바닥에는 한국이나 할렘이라는 이상한 게토를 탈출하려고 한 것인가? 그러면 한국인이나 할렘의 사람들은 무엇이 되나? 끔찍한 논리전개가 아닌가? 게토를 탈출하고 싶은데 탈출하지 못한 영혼들은 얼마나 힘든 인생이었나? 수자 행비는 샘 행비의 도움을 받았나? 받은 듯하다. 그래서 할렘에 대한 부채의식을 느끼나? 중국은 만리장성을 쌓았다. 침략 받지 않으려고 그런 일을 한다. 게토가 되지 않으려고 만리장성을 쌓아야 하나? 만리장성을 쌓으면 만리장성 밖의 사람들은 그 만리장성 안으로 들어가고 싶은데 들어오지 말라고 하니? 할렘도 할렘보다 더 어려운 나라에서 사는 사람에게는 무척 들어가고 싶은 땅이다. 이수자 여인은 정체성이 혼돈스럽다. 할렘을 낙원으로 만든다고 하다가 너무나 약삭빠르게 벗어나 버리고 다시 생각하니 미안한 마음이 일고 혼돈스럽다. 시골집을 버리고 서울에 살다가 늙어 힘이 빠지니 고향집이 그리워 다시 돌아 가고파도 현실적으로 어려움에 봉착하는 한국인 같다. 미국인이 선조들이 살았던 유럽으로 돌아가기는 어렵다. 아프리카계 미국인이 선조들이 살던 아프리카로 돌아가긴 어렵다. 유대인들은 게토로 절대로 돌아갈 수 없다. 만 년이 지나도 새로운 성경책에 게토가 언급될 것이다. 사람이 만 년 후에 사라지지 않는다면 사람이 살았던 기록은 전해질 것이다. 한국인이 기록한 이조실록처럼 이어질 것이다. 이수자 여인의 기탄자리에는 할렘을 벗어난 일이 어떤 관점에서 기록이 될까? 기록하는 자의 마음에 유리하게 기록되나? 아니면 불리하게 기록되나? 객관적으로 잘 기록이 된다고 보아야 하나? 가장 큰 원인은 사업이 성공했기 때문일 것이다. 돈, 황금 때문이란 말이 아니냐이다. 황금을 좋아한 여인, 황금을 갖게 되었다. 이렇게 시작하나? 남자를 좋아한 여인, 두 남자를 갖게 되었다. 그렇게 시작하나? 황금과 남자를 좋아한 여인, 그녀는 누구다. 그녀는 한국의 가족을 위해 희생한 사람인가? 처음에는 그녀의 희생으로 집안에 꽃이 피어난 듯했다. 그 다음의 미국에서의 성공이 희생으로 핀 꽃이 아니라 영광의 꽃이 되었다. 아들을 성공시키기 위하여, 농촌에서 도시로 공부하러 간 아들을 위해, 가족 중에 누이나 여동생이나 할머니나 누군가가 아들을 위해 뒷바라지를 했다. 도시의 단칸방에서 한 사람을 위해 인고의 세월을 거친 많은 이름 없는 희생 위에 아들의 작은 성공이 있었다. 딸을 위해 그런 일은 드물었다.

외동딸이거나 부잣집 딸이 아니면 일어나지 않았다. 이수자 여인의 성공은 가족의 희생 위에 일어나지도 않았다. 가족들에게 부채의식도 전혀 없다. 하늘 아래 많이 당당하다. 마음이 떳떳하니 하루하루가 즐겁다. 이렇게 잘 살아도 되나? 명문귀족은 아니지만 차차로 명문귀족처럼 잘 살게 되나? 이리저리 생각하던 그녀는 재산의 절반을 교회에 기부하고 싶어졌다. 누구와 상의를 하면 그녀가 하는 일을 막을 것 같은 마음에 혼자 결정하기로 하니 마음이 출렁거린다. 그래도 그 길이 가장 마음에 편하다는 느낌이 온다. 그러면 그전에 남동생이나 샘 행비나 새로운 애인이나 한국의 가족이나 아름 행비에게 무엇을 정해두고 결정해야 하지 않을까? 그건 그렇다. 황당해 할 주위의 사랑하는 사람들이 많이 있으니 말이다. 그러면 재산의 삼분의 일을 사랑하는 사람들에게 전하고, 삼분의 일을 교회에 기부하고, 삼분의 일을 자신의 몫으로 정하면 되겠다 싶다. 그렇게 유언장 비슷한 서류를 변호사를 통하여 만들면 된다. 재산분할을 법적으로 인정하는 공증을 하면 된다. 그리고는 모든 이들에게 알려주면 된다. 수자 행비는 자신의 결정을 아주 행복한 마음으로 하고는 실천에 옮긴다. 나는 이 세상에 빚이 없다. 정말로 빚이 없다. 너무 홀가분하고 흡족하다. 어째 죽기 전의 노인의 모습 같나? 그렇게 정한 자신이 대견스럽다. 법률사무소에서 변호사를 통하여 공증을 하였다. 다음날 즐거운 마음으로 그녀는 새 애인과 아름 행비와 같이 타를 타고 가까운 야외로 가다가 큰 트럭과 충돌하여 교통사고가 났다. 수자 행비는 병원에서 깨어보니 두 다리가 부러져 깁스가 되어 있고, 어깨도 그렇다. 일어나지도 못하는 신세이다. 사고의 소식을 들으니 정말 죽지 못한 것이 한스러울 지경이다. 새 애인과 아름 행비는 사망했다고 한다. 이럴 수가! 이럴 수가! 하나님이 원망스럽다. 그렇게 착하게 살아가고 있다고 생각하고 마음이 편안했는데 왜 이런 하늘의 벌이 일어나나! 알 수 없는 세상이다. 행복의 결실인 딸은 하늘나라로 갔다. 사랑하는 새 애인은 죽어 버렸다. 그렇게 가혹하신 하나님이라면 자신의 목숨을 거두지 않은 것은 또 무엇이냐? 당연히 뱃속의 아이도 어떻게 되지 않았을까? 다행히 잉태한 새 생명은 살아 움직이고 있다. 불행 중 다행인가? 하나님이 왜 뱃속의 아기는 살리시는가? 그녀는 두 사람의 장례식에도 갈 수 없었다. 새로운 땅 뉴욕에서 정말로 큰 욕을 보고 있다. 사람이 너무 충격을 받으면 실성을 한다. 이수자 여인도 실성하기 직전이다. 전쟁이 일어난 것도 아니다. 공장이 불타버린 것도 아니다. 사랑하는 사람들이 교통사고로 죽은 것이다. 인간세상에서 일어날 수 있는 일이다. 과거의 원시시대라면 공룡에게 밟혀죽은 꼴이거나 호랑이에게 잡혀 먹힌 꼴이다. 하나님이 해결을 해주지 않는다. 유대인들이 가스실에서 죽건만 하나님이 살려주지 않는다. 두 다리와 어깨가 부서졌지만 뱃속의 아기는 살아있으니 가장 큰 현실의 문제는 어떻게 탈이 나지 않고 새 생명을 출산하느냐이다. 보통 문제가 아니다. 산모와 아기가 같이 죽느냐? 산모만 살고 아기는 죽느냐? 아기는 살고 산모만 죽느냐? 또 죽음과 마주대해야 한다. 이수자 여인은 아기를 낳다가 죽을 확률이 많은 고로 또 유언장을 작성해야 할 판이다. 유언장이 한 번으로 족하지 않다니……. 그녀의 기탄잘리는 비극으로 끝나나? 그녀의 기탄잘리는 이제 어떻게 전개되나? 그녀의 주위에는 살아있는 남동생, 멀어졌던 샘 행비, 고국의 언니까지 있다. 생지옥의 날이 있었지만 계속해서 생지옥의 날은 아니다. 그녀를 치료하고 있는 의료진도 있다. 부러진 다리와 깨진 어깨로 아이를 낳을 수 있나? 정말로 죽을 지경의 상황이다. 인간은 약하지만 아기는 태어나고 아기를 위해 모성은 위대하게 빛난다. 그녀는 죽더라도 아기는 살아야 한다는 마음이지만 이런 시련이 그녀에게 해당되나? 자동차가 많지 않은 한국이었다면 일어나기가 쉽지 않았을까? 먼 미래에는 자동차가 아니라 우주선 교통사고가 많아지나? 두 번째 유언장은 쓰기가 싫다. 쓸 정신적 여유도 사실 없다. 그래서 유언장을 정신이 맑을 때 쓴 것을 인정하는구나! 가만 놔두어도 법적으로 정한 대로 되니 문제될 것도 없지만 그녀의 상태는 말이 아니다. 병원에서 일어나는 일도 희한한 경우도 많다. 의사의 진단이 몇 개월 후에는 죽을 것이란 사람도 예외적으로 죽지 않는 일도 있다. 현대의학으로 진단내린 일이 뒤집히는 극소수의 일들이 있다. 이수자 여인이 교통사고에서 살아난 것이나 뱃속의 아기가 멀쩡한 경우도 있으니 말이다. 가장 즐겁던 날의 다음날이 가장 끔찍한 날이라니! 그러면 가장 끔찍한 날의 다음날은 가장 즐거운 날이 되나? 그러면 얼마나 좋으랴……. 아름 행비와의 즐겁던 날들이 꿈처럼 펼쳐진다. 새 애인과의 사랑의 날들이 무지개처럼 펼쳐진다. 꿈과 무지개가 두 다리의 부서짐과 어깨의 부서짐을 치료해주나? 뱃속의 아기의 발길질이 그녀를 죽지 못하게 한다. 아기를 위해서 죽을 수가 없다. 그녀는 태어날 아기를 위해 죽을 수가 없다. 죽지 않아야 될 확고한 명분이 있다. 그것이 희망의 사다리이고 천국의 계단이다. 아! 그렇구나. 희망의 동아줄을 잡고 있고, 천국으로 올라가는 길목에 왔구나! 새 생명이 그녀에게 에너지를 준다. 새 생명이 그녀에게 죽지 말라고 한다. 새 생명이 자신을 돌보아달라고 한다. 이런 상태에서 도와주어야 할 대상이 있다. 이런 상태에서도 도와줄 수 있어서 행복한 것이 아니냐이다. 죽지 않아야 할 이유가 분명히 존재하니 살 의욕도 있는 것이 아니냐. 아름 행비를 지키지 못한 엄마의 한을 이제는 다음의 너를 위해 꼭 지켜야지. 하나님이 또 너를 하늘로 데려가도 원망하지 않게 될

진 모르겠구나. 부서진 사람의 뼈가 하루 만에 붙지는 않는다. 그러니 병원의 의사 선생님도 힘이 드는 것이다. 산모의 뼈가 하루 만에 붙어야 하는데. 이수자 여인의 몸속에서는 자신의 몸과 뱃속 아이의 몸과 둘을 모두다 살려낸다고 하나? 이수자 여인의 정신은 둘 다 살리는 것이지만 정신이아닌 그녀의 몸은 어떻게 할까? 남녀가 육체적 사랑을 하는 것도 정신이수반되는 일이기도 하다. 사랑하는 마음이 들어가지 않으면 강간이 아니냐. 강간으로도 임신이 되기는 한다. 이차대전 때 망하기 직전과 직후의 독일은 수많은 소련군들에게 독일여인들이 강간을 당했다. 아버지가 소련인인아이들이 많이 태어났다. 소련과의 전쟁에서 잡은 많은 포로들을 죽이고유대인을 죽이더니 결국은 독일여성들이 나중에는 욕을 본다. 원하지 않은출산을 한 여인들도 많았다. 이수자 여인은 원하는 출산이건만 몸이 말이아니니 문제다. 아이가 태어나는 일은 자연적인 일이다. 사람이 죽는 것도자연적인 일이다. 하나님이 어떻게 하는 일은 없어 보이기도 한다. 아이를낳다가 죽느냐 사느냐 이것이 문제로다. 의료진은 자연분만으로 아이를 낳을 계제가 아니고 낳다가 산모와 아이가 다 죽을 수도 있으니 산모의 배를가르고 아이를 꺼내는 출산을 하자고 한다. 그렇게 밖에 다른 묘수가 없다고 한다. 이수자 여인은 받아들일 수밖에 다른 선택이 없다. 마취제에 취하여 오랜 시간을 이 고통을 잊어버리자! 마취제에 목숨을 의탁하자! 의료진은 그녀와 신생아를 살려낸다. 인간의 목숨이 질기기도 하다. 하찮은 목숨이다가 이렇게 질긴 목숨이다. 아기는 큰 문제가 외면적으론 없는 듯 보이나 산모는 죽기 직전의 상태이다. 뼈가 아물어 붙고 살이 아물어 붙으면되지만 하루아침에 이루어지지 않으니. 대소변도 처리 못하는 자신이 민망하기도 하다. 갓난아기처럼 몸을 뒤집지도 못한다. 그래도 아기의 얼굴은 누워서 볼 수 있다니……. 사랑하는 남녀가 이 년 정도의 불꽃을 태우지만 자녀와는 이십 년을 불꽃을 태운다니 앞으로 이십 년은 아기와 같이 행복할 수 있다. 신혼부부 뇌파의 흐름이 사랑으로 뜨거울 이 년 동안 나타나는 모습과 아이를 양육하면서 부모가 나타내는 뇌파의 흐름이 시간적으로 열 배나 차이가 난다. 양육 기간 이십 년 동안 부모의 뇌파는 신혼부부의 첫 이년 동안의 뇌파의 흐름과 같기 때문이다. 수자 행비는 이런 무지막지한 상황의 사람이지만 신생아를 이십 년 동안 키우면서 엄청난 행복을 누릴 수 있다. 이상하게도 자녀를 키우는 것이 부모가 행복하기 때문이라니! 부모가 낳을 수 있을 때까지 가장 많은 나이까지 자녀를 낳아 기르면 행복의 시간이 더 길어지는 원리도 숨어 있다. 새로 태어난 아기가 스무 살이 지나서 또 아기를 낳아 이십 년을 행복하게 아이를 키울 수 있을까? 전혀 불가능하지는 않겠지. 이십 년은 미성년이 성인으로 되는 기간이다. 그 긴 시간을 희생과 사랑으로 밑받침하는 것이 신혼부부의 첫 이 년과 같은 행복으로 보이는 뇌파가 인간에게 나타난다니. 놀라운 자연의 일이다. 이상도 하다. 무조건적으로 자기의 것을 다 내어주는 이십 년이 가장 행복한 사람의 일생이라니! 첫 아이와 마지막 아이가 나이 차이가 이십 년이면 사십 년이 인생에서 가장 행복하다니! 이수자 여인은 이십 년이 지나도 꼭 아기를 낳고 싶지만 지금은 몸도 움직이지 못한다. 그런데 왜 싱글로 사는 사람들은 자꾸 늘어만 가나? 사람들이 행복한 인생으로 스스로 포기하는 것인가? 인간의 지혜로 만들어낸 피임법이 도리어 행복을 앗아가나? 자신의 모든 것을 가져가 버리는 자식이 많을수록 행복한데 자꾸 자식을 줄이고 자식을 낳지 않는다고 하니 잘 모를 일이네……. 부서진 다리, 부서진 어깨, 꿰맨 뱃가죽을 가지고 몸을 되돌리지도 못하건만 유방에서는 아기의 젖이 나온다. 아주 소량이지만 나온다. 건강한 임산부만큼의 젖은 아니지만 젖이 나온다. 신생아의 체중이 몸에 부대끼기도 하지만 그래도 젖을 먹이는 엄마이다. 다 죽을 지경의 환자가 새 생명에게 젖을 준다. 젖은 적고 젖 동냥도 해야 되고 분유도 먹여야 한다. 정말로 아기는 아무 이상이 없을까? 가슴 졸이면서 얼마의 시간을 지나봐야 아무런 이상이 없는 것을 확신할 수 있나? 약물에 취한 엄마의 몸에서 나온 젖이 아기를 이상하게 만들지 않나? 온갖 불안이 생각난다. 이수자 여인의 몸속에 스며든 독한 약들이 아기에게 수직으로 전달되는 것은 아닌가? 아기에게 젖을 주지 말아야 하나? 아기에게 젖꼭지를 물리지 말아야 하나? 아기에게 젖을 줘야 하나? 말아야 하나? 의료진에게 묻고 싶지 않은 이수자 여인이다. 산모에게 아기를 안고서 젖을 먹이는 일을 못하게 하는 것도 몹시 가슴 아픈 일이다. 새 생명을 낳다가 둘 다 죽으면 이이름 행비의 묘 옆에 묻어달라던 주문도 헛일이 되었다. 새 생명을 낳다가 자신이 죽으면 아름 행비의 묘 옆에 묻어달라던 주문은 하늘로 사라졌다. 새 생명을 낳다가 새 생명이 죽으면 아름 행비의 묘 옆에 묻어달라던 주문은 어딘가로 날아갔다. 이제는 새 생명의 새로운 이름을 지어야 한다. 기적적으로 살아났으니 기적이라고 지어 보나? 미라클! 기적! 미라클! 기적! 기적이라고 하니 기저귀 같은 어감이 든다. 아이들이 나중에 기저귀라고 놀리면서 별명을 만들어 버리진 않을까? 그렇다. 할렘의 기적. 할렘의 기저귀라고 지어보나? 미라클 할렘, 할렘 미라클, 기적 기저귀, 기저귀 기적이라고 지어보나? 아기의 이름은 원래 천하게 지어야 하지 않나? 가장 한국적인 아기의 이름으로 개똥이라 하듯이……. 그러면 기저귀 기적이 틀리지 않는 이름이다. 미국이고 하니 할렘도 섞어서 기저귀 할렘이라 하나? 예쁜 아기를 하나님이 하늘로 데려가시니 기저귀 할렘이라 하자! 기저귀를 하늘로 가져가진 않겠지. 매우 안심이다. 몸이 성하지 않으니 기저귀 할렘의 똥 기저귀를 빨 수도 없다. 똥 기저귀를 빨면서도 그렇게 행복하다는데 지금은 똥 기저귀를 빨 수 없다. 기저귀 할렘이 잠을 잔다. 기저귀 할렘이 웃는다. 기저귀 할렘이 운다. 기저귀 할렘이 꼼지락거린다. 기저귀 할렘이 기저귀에 똥을 싼다. 기저귀 할렘이 기저귀에 오줌을 싼다. 하는 일이 똥 싸고, 오줌 싸고, 잠을 자고, 반복이다. 젖을 빨기도 한다. 이수자 여인의 그 많은 슬픔이 기저귀 할렘이 다 없애 버린다. 기저귀 할렘은 태어나자마자 젖배를 곯다니 순탄치 않은 시작이다. 일부러 유모를 구할 수도 있지만 유모 없이 기저귀 할렘은 이 과정을 넘어가고 있다. 병원의 다른 산모들이 조금씩 젖을 먹여주니 행복한 기저귀 할렘이다. 아픈 엄마 대신에 건강한 다른 엄마의 젖을 얻어먹는 기저귀 할렘이다. 아기의 이름을 물을 때 한국에서 갓난아이의 이름을 험하게 짓는 이유를 설명하면 이름에 대해 납득을 한다. 기저귀 할렘이 포동포동하다. 기저귀 할렘은 영양실조에 걸릴 일이 없다. 심봉사가 심청이의 젖동냥을 하러 다니는 대신에 이수자 여인의 언니가 아기의 젖동냥을 하러 병원을 돌아다닌다. 봉사의 몸으로 딸의 젖동냥이 쉽지 않았을 것이다. 동생의 아이를 위해 젖동냥을 하는 것도 낯선 풍경이기는 하다. 아기가 젖을 먹지 못하면 죽을 수밖에 없다. 심봉사는 불쌍한 심청이를 살리기 위해 죽을 정도의 힘을 다해야만 했다. 이수자 여인은 봉사는 아니지만 할 수 있는 일은 다해야 할 지경이다. 움직일 수 없으니 언니가 대신한다. 언니나 심봉사나 무한봉사를 한다. 테레사 수녀 효과가 나올 지도 모른다. 약한 사람을 도우면 스스로가 위로받아 아주 행복한 사람이 된다니. 젖을 물려주는 병원의 산모들도 스스로가 행복해진다. 테레사 효과가 공명을 울리니.

병원은 무척 행복한 곳이다. 기저귀 할렘은 많은 산모들의 행복한 마음과 젖을 받아먹는 덩달아 행복한 아기이다. 젖배를 곯는 것이 아니라 젖배를 곯지 않고 더 많은 행복을 받아먹고 자란다. 기저귀 할렘은 젖을 먹여준 많은 산모들을 기억해내지는 못할 것이다. 이수자 여인이나 언니가 말을 해주어야 알게 될 것이다. 말을 알아들을 기저귀 할렘은 나이가 어느 정도 들어야 한다. 사람말도 아직 못 알아듣는 아기지만 젖을 먹고 행복하게 웃는 모습은 천사가 따로 없다. 이수자 여인은 아기 때 엄마 젖을 맛있게 먹었을 것이 분명하지만 그 맛을 기억해낼 수가 없다. 기저귀 할렘도 어른이 되어 맛있게 먹었던 산모들의 젖의 맛을 기억하지 못할 것이다. 대단히 똑똑한 사람이지만 그것을 기억하지 못하는 맹추 같은 면이 있다. 엄마는 아기가 자궁 속에서 열 달을 있던 것을 기억하지만 아기는 영원히 기억하지 못한다. 아기로 하여금 엄마로부터 받은 사랑을 되갚기가 너무 어려우니 기억나지 않게 하여 아기의 부담을 줄이는 것이 그 답인지. 아기는 엄마 젖을 먹고도 잘 자라지만 분유를 먹고도 잘 자란다. 동물원의 동물들은 인간이 만들어주는 젖을 먹고도 잘 자라기도 한다. 엄마의 젖이 아니어도 살아남는 사람이고 동물이기도 하다. 그렇지만 엄마 젖의 위대함을 낮잡아 보아서는 안 될 것이다. 병원의 나날들은 하루하루의 연속이다. 밝은 햇볕이 들어오는 아침이 시작되고 곧 어두운 밤이 이어진다. 기저귀 할렘은 늘 아침을 느끼게 한다. 밤은 이수자 여인의 현재 모습이지만 나날이 그 밤의 모습이 아침으로 바꿔지고 있다. 건강이 악화되지 않고 점점 호전되기 때문이다. 엄마는 곧 너를 업을 수 있단다. 엄마는 곧 너를 데리고 산책을 할 수 있단다. 엄마는 곧 너를 목욕시킬 수 있단다. 엄마는 곧 너를 위해 맛있는 이유식도 만들어 줄 수 있단다. 엄마는 곧 너를 위해 무엇이든 할 수 있단다. 엄마는 너를 위해 이십 년을 행복하게 희생할 수 있단다. 엄마는 너를 위해 아무 것도 하지 못한단다. 엄마가 병원 침대에서 일어나지 못한 다면. 이 병원을 벗어나는 것은 할렘을 탈출하는 것보다, 지옥을 탈출하는 것보다 더 열심히 할 것이다. 그리고는 엄마의 기탄잘리를 만들어 버릴 것 이야.

5. 마리안느의 눈물

흐릿한 하늘에 차가운 바람이 얼굴에 스친다. 바람은 사람이 만드는 것이 아니다. 따뜻한 바람도 사람이 만들 지 못한다. 사람의 몸이 적응하는 수밖에 없다. 너무 추우면 돌아다닐 수 없는 사람들이다. 그녀의 핏속에는 추운 겨울을 견뎌내는 유전인자가 숨어 있을 지도 모른다. 마리안느는 벽난로의 불길이 그립다. 어린 시절 늘 할머니와 같이 살았다. 어머니와 산 기억이 없다. 아버지와 같이 보낸 날도 없다. 아버지에 대한 증표가 하나도 없었다. 어머니는 아버지에 대한 그녀의 질문에 답한 적이 없다. 할머니는 아리송하게 답하기만 했다. 그녀는 아버지가 죽었을까, 살아있을까 정확하게 알지 못한다. 마리안느는 이차 세계대전이 끝난 후에 태어났다. 아마 어머니는 전쟁 통에 원치 않은 임신을 한 것이 아닐까 추측을 할 수 있게 된 마리안느이다. 그녀도 나이가 차츰 많아짐에 따라 세계대전 직후의 일들을 많이 수집하게 된다. 혹시 아버지가 비밀경찰이었나? 혹시 아버지가 소련 군 병사였나? 여러 모로 따져 보니 떳떳한 신분은 아니었지 않나? 그런 느낌이다. 어린 딸이 성장하는 동안에 아버지의 존재를 알려주지 않는 것이 더 나았다는 것을 알 수 있다. 범죄자였을까? 아버지가? 마리안느의 반쪽을 만든 사람이 존재하지 않는 긴 세월이었다. 그녀의 출생을 축복하지 못한 분위기였단 것을 알게 되어가는 마리안느이다. 어째 사람의 처음 시작이 으스스하다. 더욱이 독일의 날씨는 으스스한 날이 많다. 바닷가의 날씨

는 더 한층 으스스하다. 전후 독일에는 젊은 남자는 부족하고 젊은 여자는
넘쳐났다. 전쟁터에 끌려가지 않은 젊은 여자들이지만 끌려가버린 젊은 남
자들로(430만 명 전사) 인해 결혼도 못하고 노처녀가 될 세상이니 세상의
분위기가 으스스한 것도 무리는 아니었다. 마리안느는 늘 최대치가 아니라
늘 최저치로 살아왔다. 그런 그녀에게 동양인 남자가 앞에 나타났다. 북조
선 청년이다. 처음 보는 동양인이자 남자이다. 북조선 청년도 처음으로 만
나는 서양인 여자이다. 멀고 먼 평양을 떠나 여기까지 왔다. 두 사람이 이
야기를 나누다가 공통점이 발견되었다. 전쟁 통에 태어난 사람들이다. 김윤
철은 한국전쟁 중에 미혼모인 엄마에게서 태어났다. 마리안느는 이차 세계
대전 후에 태어났다. 살기 힘든 전쟁의 와중에도 아기들은 태어났던 것이
다. 유럽이건 한반도건 관계가 없이 새 생명은 이어진 것이다. 마리안느가
훨씬 빨리 세상에 나왔다. 로스토크의 날씨는 우중충하지만 두 사람의 날
씨는 맑은 날씨이다. 맑은 날씨의 두 사람이 이야기를 나누다가 또 한 번
더 놀란다. 마리안느는 이제껏 아버지를 본 적이 없다고 말한다. 김윤철도
이제껏 아버지를 본 적이 없다고 말한다. 두 남녀는 생물학적인 아버지를
만난 적이 없는 것이다. 두 사람은 급속도로 정서적인 면에서 가까워지는
듯하다. 아버지의 모습이 없는 두 사람이다. 두 사람 다 정서적인 결함인자
가 있다는 말이 아닌가? 생물학적인 아버지가 없이도 아이들은 성장을 할
수가 있기는 한데 무언가 빠진 것 같지 않느냐이다. 두 사람은 남매지간처
럼 동질감을 서로가 느낀다. 마리안느는 자라면서 늘 곤란을 당한 일이지
만 또 그런 상황이 일어난다. 자기의 집에 친구를 데려오면 너희 집에는
할머니뿐이야?라는 물음을 당했던 것이다. 김윤철도 이런 상황을 잘 아는
것이다. 당연히 할머니뿐이지. 두 사람은 예수님이 태어난 것과 같지는 않

을 것인데 그런 상황이다. 동정녀 마리아로부터 예수님이 탄생했지만. 두 사람은 동정녀 어머니로부터 태어난 것은 아니다. 가까워질수록 두 사람은 로스토크 곳곳을 돌아다닌다. 두 사람이 로스토크를 반기는 것인지 로스토크가 두 사람을 반기는 것인지 두 사람과 도시는 서로가 연인처럼 반기는 것이 되어가는 듯하다. 바다와 배는 서로가 서로를 필요로 한다. 항구는 배와 바다를 이어준다. 로스토크라는 바다 위에 마리안느라는 배와 김윤철이라는 배가 떠다니고 있다. 두 배가 기항하는 항구는 어디인가? 그 항구는 사랑이라는 항구일까? 두 사람의 눈빛이 불타오르면 으스스한 날씨는 으스스하지 않다. 유럽의 배와 동양의 배가 동시에 닻을 내리는 곳은 사랑의 항구, 두 사람의 항구인가? 파란 눈과 까만 눈, 하얀 피부와 누런 피부, 노란 머리카락과 까만 머리카락, 사랑의 항구에서는 사랑의 빛깔로 보인다. 잡은 두 사람의 손에서 전기가 흐른 뒤로는 흐르는 전기를 끊을 수가 없다. 바닷물이 흐르는 것처럼 전기는 흘러야 한다. 발틱 해의 차가운 물은 북해를 거쳐 대서양에 섞인다. 두 남녀는 발틱 해의 바닷물을 바라보고 있다. 로스토크 북부의 외곽 지역인 바르네뮌데는 하얀 모래로 이루어진 해변이 사람들을 사로잡는다. 푸른 바닷물과 하얀 모래가 두 사람의 피부색과 더불어 색감을 고조시킨다. 평양에서 조금 이동하여 황해를 구경했던 김윤철은 발틱 해에서 마리안느와 같이 바르네뮌데의 백사장을 같이 걷고 있다. 김윤철은 올 여름에 화들짝 놀랐다. 남녀노소 누구나가 햇볕이 좋은 날에는 홀딱 벗고 일광욕을 하는 모습에 정신이 어질어질 했다. 젊은 여자들이 홀딱 벗고 부끄러워하지 않고 너무나 자연스럽게 햇볕에 몸을 태우는 광경은 대단한 충격이었다. 알고 보니 날씨가 너무 우중충하니 햇볕이 좋은 날을 그냥 보낼 수가 없는 이유가 있었다. 눈이 오는 날 강아지들이 들판에서 눈을 보고 좋아 날뛰는 것과 다를 바 없어 보였다. 해가 늘 구름에 가려 있는 세상에선 해가 구름에 가려지지 않는 날이 축제의 날이니까? 구름이 끼던, 구름이 끼지 않던 두 사람의 하루하루는 날마다 축제이다. 오늘은 바로노프 강가로 간다. 바닷가보다는 사람들의 모습이 드물다. 강가에서도 바람은 따뜻하지 않다. 강을 따라 계속 올라가면 바다도 나온다. 바다가 가까워올수록 바람은 더 거세다. 이렇게 바람이 거센 날은 아무도 일광욕을 하지 않는다. 김윤철은 마리안느가 일광욕을 하는 모습을 아직 보지 못했다. 여름부터 만나지 않았기 때문이다. 가을이 되어서야 처음으로 두 사람이 만났기에 그렇다. 김윤철은 여름날 일광욕을 하던 처녀애들의 모습에서 애써 마리안느의 모습을 만들어 넣어 본다. 그러다가 정신이 번쩍 들면 아니 바로 곁에 마리안느가 있다. 로스토크의 여름과 가을의 마리안느에서 김윤철은 꿈속에 벌거벗은 마리안느가 자꾸 나타난다. 평양에서 볼 수 없었던 강렬한 풍경이었다. 몸이 휘청거리는 놀라움이었다. 김윤철은 동독으로 공부하러 온 것이 축복인가? 마리안느는 맥주를 마신다. 마리안느에겐 맥주가 매일 마시는 물이다. 김윤철도 매일 맥주를 마신다. 물이니까? 물을 마신다. 매일 술을 마신다. 아니 매일 물을 마신다. 맥주는 숭늉이다. 구텐 모르겐, 굿 모닝, 좋은 아침을 바라는 인사이다. 아침이 늘 우중충하므로 좋은 아침을 인사로 만들었다. 식사하셨습니까? 아침을 늘 굶어서 그런지 밥을 먹었는지 물어보는 인사다. 안녕하십니까? 별로 안녕하지 못한지 늘 평안하고 탈이 없는 지를 묻는다. 날씨는 좋지 않지만 마음은 늘 좋은 아침이길 원한다. 중독성이 있는 인사이다. 죽는 날까지 얼마나 많이 반복을 하나? 안녕, 평안하고 질서가 잘 잡힌 세상을 원한다. 마리안느와 김윤철은 두 사람 다 좋은 아침이고, 평안한 아침이다. 김윤철에게는 로스토크와 바르노프 강, 바르데뮌데 해수욕장, 발틱 해도 낯설지 않고, 그 모든 것이 좋은 아침과 안녕이라고 매일 인사할 수 있는 요소로 등장하는 지금이다. 일주일 내내 붙어 있는 두 사람은 로스토그 시내, 바르노프 강, 바르데뮌데 해수욕장, 발틱 해를 빙빙 돌고 있다. 같은 장소를 몇 번 돌고부터는 두 사람이 서서히 숨을 장소를 물색하고 있다. 남의 눈에 덜 띄는 곳을 찾는 것은 두 사람이 더 가까워지고 있다는 증거이다. 은밀히 할 일이 생기는 것이다. 하고 싶은 일을 숨어서 해야만 행복하다. 잡은 두 손을 놓기 싫다든지, 마주친 입술이 스스럼없이 다음 순서를 원한다. 두 연인이 방해받지 않고 마음껏 지낼 공간을 몹시 구하고 있다. 두 사람 곁에는 부모들이 없다. 두 사람이 결정하면 두 사람이 같이 사는 문제가 실제의 상황으로 변한다. 김윤철은 동독에서 영원히 살 수 있나? 북한으로 돌아가야만 하는 사람이다. 마리안느는 북한으로 갈 수 있나? 매우 어려운 일이다. 현실은 같이 있고 싶고, 같이 살고 싶지만, 미래는 이루어지기가 지난한 일이란 것이니 이게 두 사람을 미치게 만들 일이 아닌가? 동독인과 북한인이 같이 살면서 아기들을 키우고 평생 해로하는 것이 불가능하다는 것이 아니냐? 발틱 해의 바람이 그렇다고 하는 것인가? 그렇지 않다고 하는 것인가? 두 사람이 뜨거워지면 아기는 열달이 지나면 태어난다. 너무나 당연한 시간적 흐름이다. 아기를 어떻게 키우나? 김윤철은 아무런 능력이 없다. 마리안느가 전적으로 떠맡아야 하는 일이 된다. 하루하루가 즐겁고 행복한데 곧 감당해야 할 일들이 예삿일이 아니다. 김윤철은 동독에 오래 있을 수가 없는 사람이다. 마리안느는 오래 있을 수 있지만, 김윤철은 동독에 계속 머무르지 못하고 북한으로 돌아가면 영원한 이별이 된다. 마리안느가 북한을 방문하는 것도 그리 손쉬운 일은 아닐 것이다. 두 사람의 시작은 너무나 어렵고 그 다음은 더욱 어렵다. 시작이 반이 아니라 시작이 고통을 암시한다. 마리안느는 어머니와 아버지를 통해 고통을 이겨내는 내성이 매우 잘 발달되어 있다. 또 그와 같은 길을 가야하는 이상한 운명은 무엇이냐? 히말라야 고봉을 오르고 돌아와서는 또 죽을 지 모르는 히말라야 고봉으로 가는 사람과 같은 심리인가? 왜 김윤철과 마주치게 되었나? 별다른 설명을 할 수가 없다. 산이 있기에 산으로 가듯이 그 남자가 있었기에 만나게 되었나? 김윤철은 동독에서 만날 수 있는 여인은 동독의 여인뿐이었다. 북한 여인은 동독에 없었다. 두 사람이 손을 잡지 말아야 했는데. 이제는 지나간 일이다. 두 사람의 몸과 마음이 행복해질수록 마리안느의 배는 불러온다. 아기를 키울 돈을 모아야 한다. 두 사람은 공부보다 아기 양육비와 생활비가 더 급하다. 김윤철은 답을 찾기가 매우 어렵다. 자신이 이렇게도 무능한 사람일까? 정말로 너무 바보스럽다는 것에 환멸이 느껴질 정도다. 할 수 있는 일이 없다니. 쥐꼬리만한 벌이를 하려해도 마리안느의 도움이 없이는 해 볼 재주가 없다. 궁하면 통한다드니 두 사람이 풀칠할 일거리를 만들어 내는 데까지 이른다. 이제부터가 시작인데 북한유학생이 실종이 되어야 하는 일이 아닌가? 외모가 너무 특이하니 숨을 수가 있나? 로스토크는 생각보다 어마어마하게 큰 도시가 아니다. 밤중에 동백림으로 도망을 가나? 동베를린은 좀 넓고 숨기가 낫지 않을까? 아니야. 로스토크의 외곽이 더 숨기가 쉽지 않나? 머리카락은 염색을 하지만 낮은 코와 까만 눈은 숨길 재주가 없다. 얼굴을 가리고 살아야 한다고. 시골로 더 시골로 숨어 들어가나? 마리안느는 어머니와 본 적이 없는 아버지를 떠올린다. 김윤철이 숨어야만 하는구나. 아기도 숨어야만 하는구나. 김윤철은 숨는다고 해도 아기를 숨길 방법은 없지 않느냐이다. 마리안느는 왜 이런 선택을 하고 이런 사랑을 하게 된 것인가? 잠시 몸과 마음이 김윤철에게 푹 빠져버린 것이 원인일 뿐이다. 바르데뮌데 해수욕장의 모래가 너무 하얗게 빛이 나서 그 빛에 눈이 잠시 멀어서 그랬을 뿐이다. 발틱 해의 하늘이 우중충해서 잠시 기분이 가라앉아 의외의 선택을 했을 뿐이다.

아기를 낳으려니 할머니의 도움이 절실하다. 할머니 곁을 떠날 수가 없다. 그 근처에 김윤철도 숨을 수밖에 없다. 김윤철은 잡힐 확률이 너무나 높다. 마리안느는 어머니를 찾지 않을 수가 없다. 어머니를 통해 김윤철을 독일의 깊숙한 산골에 숨겨야하기 때문이다. 북한으로 송환되지 않으려면 독일 어느 곳에 꼭꼭 숨어야만 한다. 김윤철은 독일의 깊은 산골에 숨어버린다. 북조선 사람이 아니라 중국인이나 일본인으로 둔갑을 할 결정을 또 해야 한다. 김윤철은 중국인으로, 중공인으로 둔갑을 하는 것이다. 중화인민공화국의 가오찬으로 살아가는 것이다. 로스토크로 유학을 왔던 사람이 아니라 동백림으로 유학 온 중공인으로 신분을 바꾼다. 가오찬은 너무나 외롭고 무섭다. 일주일을 산속에 있다 보니 산새의 울음소리가 귓가에서 들리기 시작한다. 열흘을 지나니 벌레소리, 바람소리들이 들리기 시작한다. 사람과 대화를 하지 않고 자연과 대화를 하고 있는 자신을 발견한다. 이렇게 산속에서 수십 년을 고립된 채로 살게 된다면 인간의 언어를 잊어버리는 것은 아닐까? 그렇지만 평생을 들어보지 못한 아버지의 음성이 환청으로 들리는 듯하다. 가오찬은 아버지의 음성을 모른다. 환청으로 들리는 것은 상상속의 아버지 음성이다. 산새 울음소리나 풀벌레소리나 바람소리, 등등은 독일이나 북조선이 그 소리가 그 소리 같다. 자연의 소리는 지구상의 어디에나 같다는 것이다. 사람의 소리가 다르다. 사람의 소리도 자연의 일부이다. 매미의 소리는 매미의 소리이다. 매미의 종류에 따라 조금 다를 것이다. 사람의 소리도 지역이 달라서, 사람의 종류가 달라서 사람의 소리가 다르냐? 사람이 내는 소리도 기본적으론 비슷하지만 지역에 따라 다른 말을 쓰니 다르게 들리는 것이 아니냐? 마리안느의 소리가 들린다. 마리안느 할머니의 소리가 들린다. 태어날 아기의 소리는 아직 들리지 않는다. 아기는 보살펴 주지 않으면 생존이 불가능하다. 아기는 배가 고프거나 배변으로 인해 불쾌한 상태이면 울기 시작한다. 어머니가 재깍 젖을 주고, 오줌이나 똥을 싼 기저귀를 갈아준다. 그러면 울음을 그친다. 아기는 젖을 달라. 오줌 싼 기저귀를 갈아 달라. 똥 싼 기저귀를 갈아 달라고 운다. 말을 하는 것이다. 가오찬도 말을 해야 한다. 나를 살게 해달라고 말을 해야 한다. 그러면 어머니가 달려와야 하나 어머니는 달려오지 않는다. 아기는 젖을 달라고 울고, 배변으로 불쾌한 상태를 개선해달라고 우는데 어머니가 응답을 하지 않으면 아기는 어떻게 되나? 아기는 엄마에 대한 신뢰를 잃어버린다. 이 아기는 세상을 원망할 것이다. 아기의 엄마는 아기가 세상을 원망하지 않게 즉각적으로 반응하여 아기를 보살핀다. 지극정성으로 아기를 키운다. 매미가 운다. 수매미가 운다. 암컷을 애가 타게 부른다. 가오찬도 수매미가 되어 가는 듯하다. 가오찬도 갓난아기가 되어 가는 듯하다. 엄마를 애타게 부른다. 하늘의 별과 달이 가오찬의 울음소리를 듣고 있다. 곧 한 달이 다 되어 간다. '도적놈의 기침만한 식량이' 곧 떨어진다. 마리안느의 어머니가 식량을 구해다 주지 않으면 스스로 식량을 구해야 한다. 생존의 문제까지 위기의식을 느껴야 한다. 가오찬의 귓가에서 소리가 들린다. 식량을 구해야 한다고 환청이 아니라 실제로 소리가 들린다. 겨울이 닥쳐오는데 내년 봄까지의 식량을 준비해야 한다. 원시인은 사냥이나 채집으로 양식을 장만했다. 가오찬은 숨어사는 형편이라 여러모로 여의치 않은 상황이다. 내년 봄부터는 농사도 짓고 가축도 기를 수 있을까? 아니면 대도시로 숨어드나? 마리안느 어머니가 겨울양식을 준비해주지 않으면 가오찬은 좀도둑이 되어 식량을 훔치는 일까지 저지르게 되나? 장발장은 빵을 훔쳤다. 빵 한 조각이라 하지만 작은 빵 한 조각이 아니다. 그 당시에 그 빵은 매우 크고 물에 불려서 일주일 정도를 먹을 수 있는 식량이었다. 사실, 정확하게는 일주일이나 열흘 치 정도의 식량을 훔친 것이다. 상황이 최악으로 나빠지면 장발장 같은 일이 벌어질 것이다. 사람은 두 달 정도 굶으면 죽고 만다. 가오찬은 마리안느의 출산을 도와주어야 할 남편이지만 자신의 생존이 더 시급한 지경의 사람이다. 가오찬의 귓가에 자꾸 환청이 들린다. 마리안느의 어머니가 오지 않으면 장발장이 되어야 하나? 가오찬의 눈이 번득이기 시작한다. 독일의 깊은 산속에서 식량이 될 만한 것들을 찾기 시작하는 가오찬이다. 겨울을 넘길 양식을 만들어내어야 한다. 살짝 미쳐버리기 직전의 가오찬이다. 장발장이 되어 독일 교도소에서 십 년 넘는 세월을 보내나? 장발장이 되지도 못하고 북한으로 북송이 되지 않나? 수십 년을 동독에서 무슨 재주로 숨어 사나? 정말로 중공의 가오찬이 되어야만 된다는 것이 아니냐. 가오찬으로 부족하면 일본의 하리모토도 되어야 한다. 중국어와 일본어를 중국 사람이나 일본 사람처럼 능수능란하게 하여 가오찬이나 하리모토로 완벽에 가깝게 변신이 되어야 한다. 식량에 목을 매지만 두 나라의 말도 공부해야 하는 압박도 있다. 이럴 수가! 조선의 말을 숨기고 버려야 하다니! 상하이의 가오찬으로, 오사카의 하리모토로 어떻게 잘 피해 다니는 인생이 되나? 김윤철이 가오찬도 하리모토도 아닌 것을 잘 아는 사람은 마리안느, 마리안느 어머니, 마리안느 할머니가 있다. 날씨가 점점 추워진다. 가오찬은 겨울을 넘길 땔나무도 매일매일 준비하는 바쁜 나날이다. 한심한 가오찬이다. 마리안느를 위해서는 아무 것도 못한다. 태어날 아기를 위해서도 아무런 일도 못한다. 귓가에 마리안느의 어머니가 그를 찾아오는 환청이 들리는 듯하다.

마리안느의 어머니는 북조선 출신의 동양인 사위를 생각해 본다. 딸의 앞길을 망쳐 놓았다. 도와주고 싶지 않지만 도와주지 않으면 딸인 마리안느가 슬퍼하고 사위는 북송되어 신변이 위태롭다니 어떻게 해야 하나? 양식을 갖다 주지 않으면 굶어 죽나? 그럴 가능성이 있다. 추운 겨울에 그럴 가능성이 다분히 있다. 김윤철이 아니라 중공인 가오찬을 도와야 한다. 마리안느는 어머니와 함께 양식과 살림살이를 준비해 가오찬을 찾아온 것이다. 가오찬은 아내를 다시 만나니 죽을 고비를 넘기는 것 같다. 불쌍한 마리안느의 할머니는 마리안느가 떠나 버려 너무나 외롭고 쓸쓸한 나날이 되고 있다. 이번 겨울을 마리안느의 어머니는 마리안느와 마리안느의 할머니, 두 사람의 집을 번갈아 가면서 도와주겠노라고 선언한 것이다. 마리안느의 어머니가 그녀의 어머니와 딸과 사위에게 천사가 되어주는 겨울이다. 가오찬은 세 사람의 여인으로부터 자신의 생명을 연장하고 있다. 세 여인은 왜 가오찬을 살려주는가? 왜 세 여인은 동양인 남자를 살려주는가? 마리안느가 불행해지는 것을 두고 볼 수 없기 때문일까? 네 사람의 가슴속에는 따뜻한 피가 흐른다. 아기가 젖을 달라고 울고, 기저귀를 갈아 달라고 울 때, 젖을 주고, 기저귀를 갈아주는 엄마이기 때문이다. 마리안느는 엄마가 되었을 때 아기에게 아빠를 잃어버리고 싶지 않다. 마리안느는 아빠를 잃어버리고 싶지 않다. 아빠의 환청을 듣고 싶은 것이다. 430만 명의 독일 젊은이가 전사하니 430만 명의 젊은 여인들은 어디 가서 짝을 찾나? 마리안느의 어머니는 운 좋게 짝을 구했을까? 전후 독일 미혼 젊은 여인들이 행복이 산산조각이 나고 말았다. 소련군 병사들에게 강간을 많이 당하고. 마리 안느가 태어날 당시의 상황들이다. 소련과 비슷한 상황이었던가? 소련의 한 마을에서도 젊은 남자가 스무 명 중에 두 사람만이 살아서 돌아왔는데 한 명은 정신병자가 되고, 한 명만이 온전한 상태였다. 이 온전한 한 명이 그 마을의 모든 여자들에게 씨를 뿌려 그 마을의 인구를 보존했다고 하는데. 그 꼴이 독일에서도 일어나지 않았을 수가 있나? 마호메트가 전쟁미망인이 많아 한 남자가 네 여인을 먹여 살리라고 한 것이 이제는 약간 변형이 되어 한 남자가 네 여인을 맞이하게 된 문화가 되었다. 마리안느의 아버지는 도대체 누구인가? 그녀의 어머니에게 또 답을 물어보나? 마리안느가 아이를 낳으면 아이는 너무나 분명하게 아버지가 동양인이라는 것이 드러난다. 동양인끼리 결혼하면 어느 나라 사람의 자식인지 구별이 어렵다. 유럽인도 유럽인끼리 결혼하면 어느 나라 사람의 자식인지 구별이 어렵다. 마리안느의 어머니도 마리안느가 아기를 낳고 난 뒤 어느 정도 안정이 되면 더 이상 딸의 일에 말려들고 싶지 않다. 젊은 남성의 성욕이 결혼으로 해결되지 않으면 어딘 가로 분출이 될 것이다. 젊은 여인들이 짝을 찾지 못하면 여인들의 성욕은 어디로 분출되나? 마리안느는 김윤철을 잃어버리면 새로운 김윤철을 또 찾아야 하나? 아니면 전후 독일 여성들처럼 답답하게 세월을 보내나? 아무리 산골이라도 세상의 소식은 전해지고 세상의 문물은 전파된다. 김윤철 부부가 살고 있는 독일의 산골에서 다른 독일인들의 시선을 몇 년 동안 피할 수 있나? 육 개월은 피할 수 있나? 단일 인종으로 살아가지 않고 다인종으로 살아가는 미국이 김윤철 부부에게는 환상의 나라처럼 보인다. 두 사람이 숨어서 썩혀 버릴 재주와 미래가 그 반대로 펼쳐질 수 있는 세상이 지구상에 없지 않다는 것이 희망이다. 불안한 동독에서 미국으로 도망할 묘수가 없을까? 먼저 서독으로 도망을 간 후 그 다음으로 가야하지 않나? 서독으로 가는 것이 성공만한다면 그 다음은 매우 쉽다. 산골에 숨어 지내면서 두 사람은 태어날 아기와 그들의 운명이 서독에서 시작하는 것이 훨씬 안전하다는 결론을 도출하지만 서독까지 가는 일이 또 목숨이 걸린 일이지 않나? 동독의 비밀경찰이 그렇게 허술하지는 않을 것이다. 동독에서 숨어 지내는 일도 길 수 없다는 것을 모르지 않는다. 이상한 동양인이 전혀 이상하지 않는 곳은 어디에도 없는가? 낮은 코는 성형으로 높이고, 까만 눈은 컬러 콘택즈 렌즈로 시선을 피하고, 피부는 화장으로 숨기나? 형편이 되고, 대도시라면 시도할 약간의 가능성은 있지만 먼산주름이 펼쳐진 산골에서 일어나기가 어렵다. 모든 것들이 다른 사람의 손을 빌려야 한다. 고립된 채로 살아갈 수 없는 사람이기 때문이다. 베를린 장벽만 넘어 서독으로 탈출하면 모든 문제가 일차적으로는 해결이 된다. 두 사람만이 아니라 마리안느의 어머니도 동의하는 방법이다. 마리안느의 할머니는 마리안느와 영원한 이별이 될 방법이다. 투명망토가 있다면 얼마나 좋으랴! 국경경비대의 눈에 보이지 않게 베를린 장벽을 넘을 수 있으니! 전기철조망이 또 문제냐? 전기가 통하지 않는 투명망토가 있으면 얼마나 좋으랴! 투명망토는 김윤철에겐 당장에 필요한 물건이다. 그것이 있다면 두 사람은 산골에 숨을 필요도 없다. 투명망토는 도둑이나 범죄자도 꼭 필요한 물건이다. 마리안느의 어머니와 마리안느의 할머니는 이미 김윤철 부부의 편이다. 국경경비대가 그들의 편이 되면 베를린 장벽은 허물어진다. 국경경비대가 그들의 조국인 동독을 배반하게 만들어야 하지 않나? 동독과 서독은 왜 갈라졌나? 서로가 억울한 면이 있다. 잘못을 한 원인도 있었지만. 국경이 잘 지켜지기 어려운 심리적 요인이 있다. 동서독의 국경은 허물어지기 좋은 조건을 가진 상태에서 운영되는 국경이다. 마리안느의 어머니의 고향이 서독이면 서독으로 가고자하는 마음을 막기가 쉬운 일인가? 국경경비대의 요원의 어머니도 서독이 고향이어서 서독으로 갈 마음이 많다면 국경을 지키는 병사는 마음이 흔들릴 수 있다. 비밀경찰이 신원조회를 철저히 했겠지만 사람이 하는 일에 한계가 있다. 사람은 빈틈이 많다. 사람이 빈틈이 없다면 기계와 같다. 기계도 오작동을 일으키기도 한다. 시골에서 사람을 만나지 않는 두 사람이지만 시간이 지날수록 사람들을 만나야 한다. 그러면 만나는 사람들이 그들의 마음속에서 투명망토가 작동되게 만들어야 하는 것이 두 부부의 벅찬 과제이다. 마리안느는 어머니와 아버지가 서독출신이어서 꼭 서베를린으로, 서독으로 가고 싶은 사람으로 다른 사람에게 인식이 철저히 되게 만들어야 한다. 그러면 좋은 면도 있겠지만 동독의 비밀경찰은 마리안느를 늘 관찰하게 되지 않나? 어렵다. 서독으로 여행이 자유로운 나라로 일차로 출국하여 이차로 서독에 입국하는 방법도 있다. 쉬운 방법이지만 김윤철의 신분을 완벽하게 변신시켜야 하는 어려움이 있다. 두 사람이 골똘히 이런저런 생각들을 한다. 시간이 지날수록 실제로 실천을 해야 하는 부담을 가진 현실의 문제들이다. 살기 위해서 스스로가 스파이처럼 변해가는 것이다. 인위적으로 스파이 교육을 받지 않았는데 자발적으로 스파이가 되어가는 공부를 너무 치열하게 한다. 생존의지를 꺾을 수는 없지 않나? 전후 독일 여성들이 짝이 없다고 자신의 생존을 멈출 수는 없지 않았나? 잘 구해지지 않는 남편을 어떻게든 구한 여성들이었을 것이다. 동독에선 죽고 없어진 김윤철이 되어야 김윤철은 살 수가 있다. 서독으로 탈출하기 전까진 가오찬이어야 한다. 가오찬은 투명망토를 찾고 있다. 가오찬은 전기철조망에 감전되지 않는 투명망토를 만들고 있다. 서독으로 도망갈 돈을 만들어야 한다. 마리안느와 태어날 아기를 행복하게 해주어야 한다. 가오찬은 목표가 뚜렷해진다. 그 다음은 그 목표를 절대로 실패해서는 안 된다. 실패는 죽음과 거의 비슷하기 때문이다. 최악의 경우 실패할 때는 죽지 않으려고 노력해야 한다.

열차는 블라디보스톡을 지나고, 광활한 시베리아를 거치고, 모스크바에 당도하고, 다시 유럽으로 들어서서 찾고 찾아 로스토크까지 온 김윤철이다. 이젠 모든 방법을 다 동원해서 서베를린으로 넘어가야 한다. 비밀스럽게 조심조심 알아본 결과 서독으로 넘어가는 것이 불가능한 것만은 아닌 상황이다. 아무리 막아도 국경은 뚫리고 있는 것이 세상의 이치였다. 아무리 인위적으로 막아도 남녀 사이에 아기가 태어나는 것처럼 자유를 막아도 또 막아도 자유를 찾아가는 사람들이다. 최악의 경우를 생각해보아도 사형까지는 당할 것이 아니라는 점도 유혹의 손길이다. 제일 재수 없기로는 국경수비대의 총에 맞거나 전기철조망에 애꿎은 죽음을 당하지 않으면 승산이 있다는 점이다. 국경수비대만 매수한다면 너무나 답이 훤히 드러나 버린다. 국경수비대가 매수는 당하지 않더라도 같은 마음의 한편이면 저절로 해결이 된다. 후자의 행운이 하늘에서 떨어지면 좋겠는데! 사실, 두 사람이 동베를린으로 오더라도 누구도 그렇게 주목하지는 않는다. 두 사람이 심리적으로 위축될 대로 위축되어 겁을 잔뜩 먹고 있어서 일이 잘 되지 않는 측면이 더 강하다. 어느 누가 그 두 사람이 철조망을 넘을 것이라고 생각하나! 털끝만큼의 의심도 사실은 없다. '도둑이 제 발 저리다'고 두 사람이 절절 겁에 떨고 있을 뿐이다. 사람의 심리적 요소가 대단히 큰 면으로 작용을 한다. 그 부문만 마비되면 일의 진행은 기계적으로 잘 이루어진다. 꼬마들이 놀이하듯이 담을 넘고 철조망을 건넌다고 믿으면 국경탈출이 아니라 그냥 놀이로 바뀐다. 그냥 일상의 놀이터의 놀이가 아니니 두 사람이 지레 미칠 지경이다. 전쟁터의 군대가 싸워보지도 않고 상대적국의 힘에 눌려 두 손을 들어버린다면 싱거운 전쟁이 된다. 배가 불러진 마리안느이지만 두 사람이 싸움을 포기하지 않으면 서독이 그들에게 새로운 날을 보장한다. 실패한다면 김윤철은 북한으로 송환되어 죽을 지도 모를 일이지만 마리안느는 죽기까지야 하겠나? 암환자 중에도 잘 죽지 않는 경우도 많다. 의사의 진단에는 육 개월이나 일 년을 넘기기 어렵다는 진단이 나와도 죽지 않고 멀쩡한 사례들이 적지 않다. 국경을 넘어간 사람이 꽤 있다는 것이 증명을 하는 것이다. 억울한 측면은 두 사람 다 잃을 것이 전혀 없는 벼랑 끝의 사람들이라면 이 선택에 주저할 이유가 없고 당차게 뛰어들어 버릴 것이지만 평범하고 아무런 잘못이 없는 사람이었는데 이런 일을 감행하게 되는 현실이 너무나 가혹하고 서글프다는 것이다. 어쩌면 사람이 세상에 태어나는 것이 축복과 아울러 가혹한 운명이라는 점도 동시에 가진 것이 아니냐이다. 일백 살을 살아남고 죽느냐? 아기 때 죽느냐? 최고로 쳐도 일백 년의 차이이지만 마지막의 죽음은 가혹하게 아니면 당연히 받아들여야 하는 것이 사람이다. 가장 억울하게 쳐보아도 칠십의 나이에 죽을 것을 이십 대의 나이에 죽는다는 것이다. 그것만 뛰어넘는다면 두려움이 많이 사라진다. 두 사람은 서로가 이렇게까지 사랑하고 있었나? 놀라울 따름이다. 저 세상을 같이 갈 각오가 너무나 명백하다. 누가 막을 수가 없는 상황이다. 세상의 인위적인 무서운 법률이나 조국의 문제까지를 넘어서 버린 것이니 답은 두 사람이 찾아가고 있다. 날씨가 으스스하고 우중충해도 사람이 그 현상을 다르게 느끼면 달라지는 것이 정말로 맞나? 사람이 만든 이 모순적인 것들을 깨부수어야 다음에는 두 사람이 당하는 고통이 사라질 것이 아니냐이다. 김윤철이 동독 여성과 결혼하는 것이 아무런 잘못이 아닌 날이 오늘 당장에 이루어져야 하지 않나? 동서독이 국경을 마주할 이유가 없지 않나? 참말로 사람들이 미칠 지경으로 되는 이 현실이 왜 지속이 되어야한단 말인가? 평상시에는 많은 물이 흐르지 않던 강에서 여름철 홍수 때에는 어마어마한 강물이 급물살을 이루며 무섭게 흘러간다. 쿵쾅거리면서 온 세상을 집어삼킬 듯이 흘러가는 그 강물이 두 사람이 넘어야 할 장벽을 뭉개버리면 얼마나 좋으랴! 십만 명이 장벽 앞에서 뭉개버리라고 외친다면 십만 명을 모두 죽이기는 어렵지 않나? 십만 명을 체포하기도 어렵지 않나? 십만 명을 교도소에 가두기도 어렵지 않나? 두 사람을 위해서 그런 일이 일어나? 동서독 모든 국민들을 위해 그런 일이 일어나지 않나? 사실, 김윤철도 포함되니 전 세계 사람들이 원하고 있지 않나? 김윤철이 겪은 한반도도 마리안느가 겪고 있는 동서독도 같은 문제를 갖고 있네. 두 사람의 일이 아니다. 전 세계의 일이다. 두 사람의 결과물이 아기에게도 절대로 예외가 될 수 없는 일이다. 홍수 때의 강물이 아니라 발틱 해의 바닷물이 장벽을 뭉개버리면 더 좋겠다. 이 문제는 사람들이 응답을 하고 있는 일이다. 우주와 자연까지 응답을 해주는 일이기도 하나? 사람도 우주자연의 한 일부분인 티끌이기도 하지 않나? 태어날 아기는 두 사람의 아기이지만 인간세계의 영원한 이음줄이고 자연의 이음줄이지 않나? 인간이 만든 도로가 동물의 이동로를 차단하듯이 인간이 만든 장벽이 인간의 이동로를 차단하니 동물처럼 고통을 받고 있지 않나? 목숨을 걸고 싸우는 약한 두 사람이지만 많은 사람들이 보이지 않게 응원하고 있다니 마음이 덜 괴롭다. 마음이 많이 안정된다. 두 사람은 얼굴을 가리고 자꾸 장벽 앞으로 가보고 있다. 살기 위하여 스파이가 되어 모든 정황들을 꼼꼼히 살피고 있다.

무섭지만 장벽 앞으로 다가서고 있다. 맹수들이 약한 동물을 사냥할 때 주의를 기울이듯이 장벽을 넘을 준비를 차곡차곡 하는 두 사람이다.

날이 밝았다. 희망의 새날이 밝았다. 그러나 현실은 정반대로 이어진다. 마리안느의 건강상태가 말이 아니다. 너무 긴장하고 힘든 나날들이 그녀를 혼절하게 만들었으니! 김윤철은 절망을 맛보는 기분이다. 하늘이 우리 편이 아닌 것인가? 두 사람 다 젊은 사람들이니 곧 힘을 차릴 것이라 긍정을 하지만 눈앞이 캄캄해지는 순간이다. 올림픽 출전을 위해 사 년을 준비했는데 하루아침에 사고로 인해 출전하지 못하면 실망감이 이만저만이 아닐 것이다. 성공하여 서독에 갈 확률도 있지만 당연히 실패할 확률도 높은 것이다. 마리안느가 최악의 실패를 막아주고 있다면 오히려 좋은 일이 아닌가? 정말로 새옹지마인지는 세월이 지나봐야 알 일이지만 현재는 이 위기를 잘 넘겨야 한다. 마음이 약해진다면 언제 또 기회를 만드나이다. 김윤철은 숨어있자니 답답하기가 독일의 산골보다 더 심하다. 언제까지 숨어야 하나? 태아는 엄마의 자궁 안에 숨어서 열 달을 잘 견딘다. 태어나서 죽을 때까지 자궁 속에서 숨어서 산 사실을 알지만 그 느낌은 낯설다. 느낄 수 없는 망각의 시간이 되었는데 지금도 망각의 시간이 되면 좋으나 망각이 되지 않는 시간들이다. 엄청난 고통의 시간은 빨리 망각될수록 좋다. 사람은 살기 위하여 저절로 망각이 되기도 한다. 전쟁이 터지면 처음 두 달 정도는 사람들이 초긴장상태로 보내지만 두 달 정도 지나면 사람의 생체반응이 초긴장상태를 받아들일 수가 없다. 전시이건만 두 달이 지나면 일상적인 결혼식이나 일상의 일이 벌어지는 나날로 사람들이 복귀를 해버린다는 것이다. 시장도 가야하고, 아이들이 동네의 공터에서 뛰어놀기도 하는 것이다. 아무리 긴장의 나날들을 보내지만 두 사람은 두 달이 넘으면 숨기보다 오히려 일상적인 행동들을 할런 지도 모른다. 두 사람은 시간이 지나 장벽도 넘지 못하고 그저 평범하게 일상적으로 살아가게 돼 버릴까? 그러면 서독으로 가지 않고도 이리저리 살고 만다는 것인가? 장벽 앞에서 되돌아가나? 이성계처럼 위화도에서 회군을 해 버리나? 아니면 루비콘 강을 시저처럼 넘어버리나? 시간상으론 마리안느가 기력을 회복하면 그대로 진행되는 일이다. 마리안느보다 최악의 상황은 김윤철이 더 참담하다. 가오찬이 더 참담하다. 아니, 김윤철보단 가오찬이 여러모로 덜 참담해지지만 얼마나 가오찬으로 살아갈 수 있느냐 문제이다. 두 사람은 눈에 곧바로 보이지는 않지만 그림자가 움직이고 있다는 것을 본능적으로 느끼는 지금이다. 오도가도 못하고 숨어 있는 그들을 찾으려 동독에 있는 북한 공작원들이 활동을 하고 있다. 김윤철을 찾아내야 한다. 그것이 이들이 하는 일이다. 동독의 국경수비대는 두 사람이 장벽을 넘지 않는다면 아무런 조치를 취하지 않는다. 동독의 경찰이나 군인보다 두 사람은 북한의 체포조를 더 두려워하고 있다. 마리안느는 해당사항이 없지만 그녀는 김윤철을 잃고 싶지 않기 때문이다. 두 사람은 길에서 동양인을 만나는 것이 가장 가슴이 철렁하는 일이다. 김윤철이 아닌 가오찬은 반가워해야 할 동양인이 거꾸로 가장 무서운 지금이다. 터질 일이 터지고 만다. 가오찬은 동양인 남자들에게 붙잡히고 만다. 가오찬이라고 중국말로 아무리 소리쳐도 그들은 가오찬을, 김윤철을 놓아주지 않는다. 마리안느는 또 혼절하고 만다. 그녀가 깨어나서 정신을 차려보니 김윤철은 보이지 않고 병원이다. 마리안느의 어머니가 병간호를 하고 있다. 두 모녀의 눈물이 끊임없이 흘러내린다. 오늘도 날씨는 으스스하고 우중충하다. 동백림의 겨울이 더 더욱 뼛골에 스며든다. 마리안느의 뱃속에 있는 아기의 신세가 말이 아니다. 울고 있는 마리안느에게 딸이 태어날까? 아들이 태어날까? 언제 다시 마리안느는 김윤철을 다시 만날까?

　마리안느는 남편의 생사도 모른 채 서러운 나날을 보내다가 출산을 하게 된다. 예쁜 딸이 태어났다. 축복이 아닐 수 없다. 고통의 연속이지만 웃음이 피어나는 날로 바뀌지는 듯하다. 동서양이 조화된 모습이다. 딸은 동양과 서양을 같이 품고 있는 피조물이다. 만날 수 없는 남편이지만 가오찬도 아니 김윤철도 자식이 태어난 사실을 느낄 수 있으리라 여겨진다. 실제로는 마리안느가 딸을 키우지만 김윤철도 상상 속에서 딸을 키우고 있다. 마리안느가 바라는 가장 좋은 길은 김윤철이 체포조에게서 달아나 다시 자기에게로 돌아오는 것이다. 가장 나쁜 길은 김윤철이 죽었다는 것이다. 그것보다 덜 한 일은 북송되어 살아있는 것이다. 왜 세상에는 비밀경찰이 많이 있나? 왜 세상에는 국경선이 있나? 왜 세상에는 민족마다 거리감을 두고 섞이지 못하나? 아리안족이 최고라고 하더니 결국은 430만 명의 독일 청년들이 죽고 말았다. 600백 만 명의 유대인을 아예, 독일 병사로 만들었다면 오히려 더 강한 군대가 되지 않았을까? 몰이성적이고 비합리적인 면에서 동물보다 더 살육을 잘하는 인간들이다. 이렇게 예쁜 딸을 남편이 볼 수 없다니 억울하다. 이렇게 예쁜 딸을 남편과 같이 키울 수 없다니 억울하다. 600백 만 명을 사랑하여 독일의 군대로 만들었다면 어떤 일이 벌어졌을까? 유대인 대신에 슬라브족이나 영국인이나 프랑스인에게 그 화살이 돌아갔을까? 20세기 후반이나 21세기로 오니 유럽은 국경선이 없어지고 만다. 마리안느와 김윤철에게 원수 같던 국경선이 없어진다. 21세기까지 국경선이 거의 무너지고 말았는데 유독 한반도만이 국경선이 가장 첨예하게 유지되고 있다. 인터넷이나 비행기나 인간의 문명이 자꾸 국경선을 무너뜨린다. 속도가 너무 빠른지 국경선을 다시 첨예하게 하려고 되돌리려는 일도 벌어진다. 한국의 시골은 예전이나 지금까지도 집에 울타리나 담장이 없는 경우가 많다. 국경선이 없는 것과 같은 느낌이다. 외형적으로 울타리와 담이 없지만 내면적으로는 도둑질을 할 수는 없는 경계는 있다. 외형적으로 국경에 군대가 없어서 국경을 마음대로 넘어갈 수 있어도 내면의 국경은 또 존재하는 것이 세상이기도 하다. 마리안느와 김윤철은 국경선을 싫어한다. 그렇지만 국경선을 좋아하는 사람도 많지 않나? 국경선이 없어지면 군대와 경찰은 어디로 가나? 우주로 가야 하나? 농사를 짓기 시작하고부터 양식을 저장하게 되고 사람들은 재산이 생기기 시작했다. 농사를 시작하기 전엔 저장할 양식이 없으니 재산도 없었다. 저장한 양식을 빼앗기 위해 전쟁이 일어나고 국경선이 생기고 피바람이 일고 있다. 컵에 물만 부으면 미생물이 하루 만에 성장하여 먹을 양식이 된다면, 양식을 공기나 물처럼 사람들이 갖게 된다면, 국경선이 없어질까? 물 때문에 전쟁이 나기도 하지만 공기 때문에 전쟁이 나기는 쉽지 않다. 양식이 공기처럼 마음대로 먹을 수 있으면 마리안느와 김윤철은 다시 만날까? 그래도 국경선이 존재할까? 먹을 양식이 풍부한 왕자들끼리 죽이는 일은 또 다른 전쟁의 모습이지 않은가? 먹을 것이 서로가 충분한 데도 다른 왕자의 것을 빼앗는 것은 인간의 추악한 또 다른 면이 있다는 것이 아닌가? 그러니 국경선은 영원히 없어지지 않을 것인가? 국경선은 군대와 경찰을 만들어 낼 것이고 그것은 폭력이 영원히 존재한다는 것이 되나? 동독이나 서독은 아예, 폭력을 가지기 힘든 지금이다. 동독에는 소련군이, 서독에는 미군이 힘을 가지고 있다. 마리안느는 김윤철을 만날 수 있는 힘을 가지고 싶다. 김윤철은 북송되지 않을 힘을 가지고 싶다. 두 사람은 그 힘이 없다. 그 힘을 가져야 두 사람이 행복할 수 있다. 독일과 프랑스가 쉽게 한 나라가 되지 않는 것처럼 한반도의 북한이나 남한이나 강대국에 섞여지지 않는 속성이 있다. 작은 나라가 힘센 나라에 잡아먹히지 않는 것은 국경선의 문제에서 어떤 의미일까? 힘센 쪽이 억지로 국경선을 없애는 것과 약한 쪽이 온힘을 다하여 국경선을 없애는 것은 어떤 차이일까? 마리안느와 김윤철은 약한 힘으로 국경선을 없애려는 일이 아닐 수 없다. 동물원에 갇힌 동물은 사람에 의해 갇힌 경우다. 사람은 국경선에 의해 갇힘을 당하고 있다. 동물은 힘이 모자라 동물원에 갇혀 산다. 사람은 힘이 약해 국경선에 갇혀 살지만 그 국경선을 넘으려는 시도를 하고 성공하여야 한다. 멕시코에서 미국으로 목숨을 걸고 넘어간다. 북한에서 남한으로 목숨을 걸고 넘어온다. 동독에서 서독으로 넘어가는 것이다. 사람이 사는 이상향이 많지는 않지만 살기가 더 좋은 곳으로 목숨을 걸고, 아니면 인생을 걸고 국경선을 넘듯이 넘어가는 것이다. 아기를 키우는 모성은 간혹 불가능한 일을 이루어낸다. 트럭이 아기를 덮치면 엄마는 그 트럭을 막아서서 아기를 구한다. 놀랍게도 엄마도 죽지 않고 멀쩡한 경우가 있다. 과학으로써는 설명이 불가능하다. 마리안느와 김윤철도 과학으로써는 설명이 안 되지만 딸이 태어나고 서독으로 가는 길을 찾아가는 중이었다. 불가능을 가능하게 만들어가던 중이었다. 한 마디로 미친 길을 가고 있었다. 사람이 치르는 전쟁도 미친 짓을 하는 일이다. 그런데 두 사람이 가는 길은 미친 길이 아니고 사실은 정상적인 길이 아닌가? 전쟁은 미친 길이지만. 정상적인 길을 가는 마리안느이지만 왜 이렇게 불안하고 슬퍼진단 말인가? 정상적인 길을 가는 김윤철이지만 왜 이리 험악한 앞길이 펼쳐질까? 갓난아기는 걸을 수 없다. 갓난아기가 걷기 시작하면 온 집안의 사람들이 좋아한다. 갓난아기는 걷기 전에 반드시 기기부터 먼저 한다. 아기가 기는 모습은 아름답고 귀엽기도 하지만 한심하기도 하다.

저렇게 한심한 모습이 나였지 않나? 정말로 하늘아래에서 한심하기는 마리안느 부부이다. 한심한 한 사람이지만 일백 년을 살게 되면 어마어마한 나날들을 보내게 된다. 일백 이십 살을 살게 되면 기네스북에 오를 지경이 된다. 21세기가 되니 120세를 살게 된다고 말하는 일을 목격하게 된다. 일백 세를 말하다가 일백 이십 세를 말한다. 통계자료들이 인간의 평균수명을 90세로 잡기 시작한다. 과학으로도 평균수명이 90세에 이르는 것이 불가능하다고 하다가 불가능하지 않다고 말하고 있다. 국경선이 없어지는 것은 결국에는 가능한 일로 바뀐다는 것이 아니냐이다. 마리안느의 딸이 평균적으로 90살을 산다. 그러면 70살은 넘기는 것이 너무 쉽다는 것이고 아주 운이 좋으면 일백 십 세도 산다는 것이 느껴지지 않나? 마리안느의 딸은 국경선이 없는 세상을 보게 되지만 그전에 국경선을 넘어야 하지 않나? 김윤철이 살아있다면 훗날의 긴 세월이 덜 고통스럽지만 죽어버렸다면 그 고통은 길게 이어진다. 마리안느의 딸은 얼마 지나지 않아 걸을 것이고 상황은 더 좋아져 달릴 것이고 너무 나이가 많이 들면 지팡이를 짚을 것이다. 마리안느도 지팡이를 짚는다는 사실은 아직 와 닿지 않는 감정이다. 마리안느의 딸은 기저귀가 몸의 일부이다. 마리안느의 딸이 어엿한 어머니가 될 즈음이면 마리안느는 지팡이가 그녀의 몸의 일부가 될 확률이 높아진다. 보행기나 지팡이는 나이에 따라 맞추어지는 물건이다. 기저귀나 보청기도 나이에 따라 필요한 물건이다. 영영 만나지 못하는 남편으로 인해 그녀는 알코올이나 마약을 가까이 하게 될까? 알코올중독이나 마약중독이 될까? 마리안느는 딸이 어느 정도 자랄 때까지는 어머니의 양심상 알코올이나 마약은 가까이 하지 않을 것이다. 아기가 조금 성장하고 난 뒤에 남편이 없다면 그렇게 될까? 슬픔을 인위적으로 마비시키려는 인간들이 만들어내는 문화는 어떤 것들이 있을까? 인간의 감정 중에서 슬픔이 느껴지지 않게 되면 수명이 많이 늘어날까? 슬픈 인생이지만 모질게도 오래 사는 사람들도 많지 않나? 남북한의 사람들 중에서 남한 사람들은 의료보험이 잘 되어 있어서 2,030년에 태어나는 여자아이나 남자아이는 세계에서 가장 오래 산다고 하지 않나? 여아는 평균수명이 90세에 이른다고 하니! 그 때는 남북이 통일이 되어 있을지 모르나 통일이 되지 못한 슬픈 감정이 공존하는 사회이지만 그렇게 오래 살지도 모를 일이다. 그러면 슬픔과 수명과의 관계보다는 의료의 질이 사람을 더 오래 살게 한다고 하면 슬픈 인생이라도 빨리 죽는 것은 아닌 듯 어째 아리송하다. 가장 앞선 분야인 과학도 늘 틀리고 무엇이 제대로 맞나? 모순투성이의 인생이 아닌가? 200년을 사는 거북이를 멀지 않은 미래에 사람이 따라 간다고 할 수 있을까? 마라톤에서도 늘 인간의 한계이므로 더 이상의 시간단축은 없다고 하다가 또 단축이 되고 만다. 그러면 과학적으로 불가능한데 불가능하지 않네. 그런 말을 한다. 그러다가 사람이 마라톤 풀코스를 한 시간에 달린다는 일이 미래에 일어날까? 만약에 일어난다면 거북이처럼 200년을 사는 사람만큼이나 놀라운 일이 일어나는 꼴이 될 것이다. 마라톤 풀코스를 한 시간에, 사람의 수명이 200년을 사는 것보다는 쉬운 일이 남편이 살아 돌아오고 같이 서독으로 가는 일이 아니냐. 모순덩어리 자체가 인간이고 모순덩어리의 일생이 사람의 삶인데 비꼬아진 모순 속에서 일이 풀릴 지도 모른다. 뒤엉킨 삶을 풀어내려면 스트레스가 이만저만이 아니니 술을 가까이하거나 다른 무엇을 가까이하게 될 것이다. 아기는 어쩔 수 없이 가까이 있으니 나쁜 유혹을 막아주는 방패막이기도 하다. 하다가 안 되면 결국은 신을 찾아 신앙을 가질 지도 모른다. 마리안느는 정신을 차릴수록 하루하루가 끔찍하다. 생존이란 것이 너무 자신을 옥죄어 온다. 갓난아이인 딸은 생존 앞에 너무 무력하다. 엄마인 마리안느도 또한 똑같다. 행복해야 할 시간인데 세상이 원망스럽다니. 지극히 모순덩어리다. 육지와 바다는 서로가 모순인가? 적도 지방과 극지방은 서로가 모순인가? 남한과 북한은 서로가 모순인가? 동해와 일본해는 서로가 모순인가? 동독과 서독은 서로가 모순인가? 결혼과 이혼은 모순인가? 밤하늘에는 별들이 떠 있다. 밤하늘에는 인공위성도 떠 있다. 밤하늘에 인공위성이 떠 있는 것을 아는 세월이 길지 않다. 수백 만 년의 인간의 족적에서 과거의 인간들이 밤하늘에 인공위성이 떠 있다는 사실을 알 수 있었던 아주 극소수의 사람도 없지는 않았을 것이다. 달에는 토끼가 방아를 찧고 있다고 생각할 수 있었으니 밤하늘에 무엇이든 많았다. 수많은 별자리가 인공위성의 대체물이 아니었든가? 김윤철이라는 인공위성이 생겼는데 정말로 밤하늘의 인공위성이고 별이 되어버렸다. 마리안느의 딸은 김윤철이라는 인공위성을 찾아갈 수 있으려나? 마리안느의 어머니가 마리안느의 아버지를 평생 말하지 않았으니 마리안느도 딸에게 김윤철을 말하지 않을 것일까? 그렇지는 않아 보인다. 그녀는 딸에게 분명히 밤하늘에 김윤철이라는 인공위성을 말할 것 같다. 현존하는 70억, 80억 명의 사람들의 별이 하늘에 떠 있다. 누구나 그 별을 사랑한다. 옛날에 죽은 사람들의 별, 앞으로 태어날 사람들의 별, 상상하기 힘들게 많은 별들이 하늘에 있게 될 줄이야? 모순덩어리의 별인지, 사랑하는 별인지 무수한 별이 있다고 느껴진다. 인공위성이 많은 나라는 힘이 세다. 인구가 많은 나라는 힘이 세다. 기름이 많은 나라는 힘이 세다. 인공위성이 많은 나라는 힘이 센 것은 분명 맞는 것 같지만, 인구가 많거나 기름이 많아서 힘이 센 것은 정확하게 맞지는 않고 대충 맞는 것 같다. 마리안느는 인공위성을 만들 힘이 없다. 불가능하지만 가능하다고 생각할까? 그러면 미친 사람으로 취급을 받을 것이다. 이미 미친 사람이라는 소리는 들었었다. 김윤철과 사랑하고부터는 많은 사람들로부터 미친 사람 취급을 받았다. 지금 마리아느는 미칠 지경이다. 차츰 미쳐가고 있는 중인지도 모른다. 미치지 못하게 막는 요소가 딸이다. 딸을 양육하려면 엄마가 미쳐버리면 안 되기 때문이다. 딸이 태어난 것은 미쳐버렸기에 행복의 표시로 태어났는데 키울 때는 미쳐버린 상태로 키울 수가 없으니 말이다. 엄마와 갓난아기는 서로가 끌어당기면서 그당김을 놓지 않는다. 하루이틀이 아니라 아기가 성인이 될 때까지 서로가 붙들고 있다. 마리안느와 갓난아기는 왜 서로가 붙들고 있나? 과학적으로 설명이 안 되는 부분이다. 사람은 지구에서만 살아야 하고 우주로 가면 죽어버리듯이 엄마와 아기는 같이 살 수 있는 그곳에만 붙어 있어야 하나? 사람은 우주에 가서 죽지 않고 살 수 있는 이상한 일을 한다. 엄마와 아기도 사람이 우주를 가는 것처럼 서로가 붙어 있지 않고 떨어져 살 수 있나? 살 수는 있지만 누가 그렇게 하겠나? 아주 갓난아기는 어머니를 알 수가 없다. 어머니는 자기가 낳은 아기를 모를 수가 없다, 엄마는 아기를 끌어당길 수밖에 없다. 그렇게 끌어당기면 평생을 숙명처럼 서로가 끌어당긴다. 김윤철의 소식을 알지 못하는 마리안느는 정신상태가 맑을 수가 있을까? 험한 소식이 전해지면 마리안느는 딸을 잘 끌어당길 수 있을까? 마리안느가 정말로 미쳐버리면 그녀의 딸을 그녀에게서 떼어내어야 하는 아픔이 생긴다. 사람은 정말로 미쳐버릴 수 있다. 수사자는 자신의 새끼가 아니면 죽여버린다. 늙은 수사자를 쫓아낸 젊은 수사자는 늙은 수사자의 새끼들을 죽여버리고 암사자에게 자신의 씨를 뿌려 자신의 새끼를 암사자가 다시 낳게 한다. 사람은 그렇게까지는 하지 않지만 친자식과 의붓자식의 차이가 일어날 수도 있다. 김윤철의 목숨이 하늘로 가버려도 마리안느는 아직 젊기에 자식이 생겨날 수 있다. 사람은 벌이나 지렁이 없이는 살 수가 없다. 벌이 수정을 해주지 않으면 식량을 만들 수 없다. 지렁이가 토양을 기름지게 해주지 않으면 농사를 지을 수 없다. 김윤철이 해주지 못하면 다른 남자를 통해 해야만 하지만 다른 남자를 통하지 않고도 해내면 될까? 바람처럼 살다가 저 세상을 가든지, 벌이나 지렁이처럼 살다가 저 세상을 가든지, 저 세상으로 가고야 만다. 수사자에게 물려죽는 새끼는 안 되어야 할 마리안느의 딸이다. 마리안느의 시간을 모두 뺏어가버리는 딸이다. 마리안느의 모든 에너지를 뺏어가버리는 딸이다. 마리안느의 모든 미래를 뺏어가버리는 딸이다. 마리안느의 시간을 모두 행복으로 채워주는 딸이다. 마리안느의 모든 에너지를 충전시켜 행복하게 해주는 딸이다. 마리안느의 모든 미래를 행복하게 이어주는 딸이다. 사람은 다른 동물과 마찬가지로 구더기와 미생물에게 죽은 자신의 몸을 보시하는 것인가? 그렇게 해서 지구의 흙이 모자라지 않게 도와주나? 식물의 밥이 되어주나? 화장을 하면 아무것도 해주는 것이 없지 않나? 그러면 화장이 사람들이 선택하는 가장 합리적인 방법이지만 지구에게는 별 도움이 되지 않나? 묘지를 만들지 않아 자연에 도움이 되나? 대단한 사람이지만 너무 보잘것없기도 하다. 전쟁터에서 죽으면 시신조차 유가족에게 돌아오지 않는다. 전사통지서가 오거나 실종이라면 생사를 알지 못한다. 유대인들은 생사확인을 할 유가족이 없어져 버렸다. 600만 명이 모두 유가족이 없어 인류가 유가족이 되어 주어야 할 판이 되어버렸다. 독일의 청년 430만 명은 유가족은 있었다. 김윤철의 유가족은 있지 않나? 김윤철을 아직은 그 단계까지는 아니지 않나? 사람이 살다가 장가나 시집을 가지 않으니 유가족이 없어지자 유대인이 유가족이 없는 것과는 다른 상황이지만 한심하고 서글프고 울고 싶은 일이 일어난다. 마리안느는 딸을 잘 키우면 유가족은 있게 된다. 김윤철은 있는 유가족도 없는 유가족 같은 상황이 벌어질 수도 있다. 그렇게 희생하고 사랑하면서 자식을 키우는 것이 유가족을 만들어 장례식을 치러달라고 하는 것이었나? 이상하게 여겨지지만 사실 그런 측면이 존재한다. 그린란드 상어처럼 오백 년을 살지 못하지만 사연이 많은 사람이다. 마리안느는 하루의 시간 중에 갓난아기를 위한 일이 더 중요하다. 삶의 축이 이동하는 경우다. 이런 경험은 처음 해보는 일이다. 그런데 자신의 모든 것을 가져가 버려도 사랑스럽고 귀엽고 아름다우니 대단히 놀라운 일이다. 그린란드 상어가 오백 년을 먹고살려면 엄청난 수의 물고기를 잡아먹을 것이다. 오백 년을 아기가 엄마에게 먹을 것을 달라고 해도 웃을 수 있을까? 지금은 웃을 수가 있다는 것이다. 묘한 일이다. 슬픔을 잊어먹게 해주는 가장 좋은 천연마약이 아기이다. 갓난아기를 양육하는 일은 쉬운 일이 아니다. 잠을 자지 못하는 날도 생기고 가슴을 졸이는 날도 생긴다. 갓난아기를 하루라도 굶길 수는 없다. 한끼라도 굶길 수도 없다. 가족의 힘은 무섭다. 오십 년을 살아도 사흘을 굶을 수가 없다. 사흘을 굶으면 가족들이 가만두지 않는다. 사흘을 음식물을 먹지 않는 것을 방관하지 않는다. 혼자 사는 사람이라면 자의에 의해 사흘을 굶어볼 수 있으나 가족이 있으면 가족의 관심에 의해 사흘을 굶는 것이 일어나지 않게 된다. 가족이 정상적이라면 가족 중에 사흘 굶는 사람이 나타나지 않게 강력한 조치를 취한다. 물론, 사람의 의지가 약해 사흘을 굶지 않는 속성도 있지만 사흘을 굶게 집안을 유지하지 않는다는 것이다. 마리안느도 딸이 사흘을 굶도록 방치하는 일은 없도록 적어도 이십 년을 할 것이 분명하다. 현대인들은 굶는 일이 거의 없다. 마리안느도 굶을 일이 없다. 딸도 그렇다. 그렇지만 전쟁이 터지면 그렇지가 않을 수가 있다. 전쟁은 가족을 헤어지게 하는 일을 하기 때문이다. 그린란드 상어는 오백 년이나 먹을 것이 있었단 말인가? 그런 모양이다. 사람도 평균수명이 90살이라면 90년 동안 먹을 것이 있다는 증명의 표시이다. 사흘을 굶지도 않고 90년을 먹고산다는 것이 아니냐이다. 전쟁이 일어나서는 안된다는 전제가 있어야 되는 일이다. 이래저래 김윤철만 서글프다.

마리안느도 생존의 고민이 나날을 엄습한다. 어머니가 언제까지 도움을 줄지 막연한 지금이다. 딸이 조금만 더 자라도 마리안느는 일거리를 찾아 생활비를 벌어야하는 나날을 맞게 된다. 피할 수 없는 삶의 과정이다. 자신이 낳은 열 세 명의 자식이 모두 노예로 팔려가는 슬픔을 겪는 노예의 신분은 아닌 마리안느이다. 그리 옛날도 아닌 미국에서 흑인 여자 노예는 자신의 분신 열 세 명을 모두 빼앗겨야 했다. 정말로 사람이 아닌 동물의 대우였다. 돼지나 개가 낳은 새끼를 사람이 가축시장에 내다 팔아버린 경우와 같다. 노예는 사람이 아니라 물건으로 취급을 받았다. 노예제도나, 유대인의 학살이나, 그리 멀지 않은 과거의 일이라니 치가 떨린다. 굶어죽는 일도 흔히 일어나는 지구촌이다. 마리안느는 노예는 아니다. 그렇지만 태어나기 얼마 전에 독일에는, 유럽에는 유대인이라고 사람을 동물처럼 아니 동물보다 더 처참하게 죽이는 일이 버젓이 일어났다. 그 잘못의 대가가 동서독의 분할이니 참담한 경우이나 아직도 자신이 더 벌을 받아야 하는지 눈물이 난다. 가축을 잡아먹지 않는 스님이 가장 마음이 좋은 사람인가? 수백 만 년을 가축을 잡아먹도록 유전자가 맞춰진 인간이지만 가축을 잡아먹지 않는 이상한 사람들이 있기는 하다. 유목민은 가축을 잡아먹지 않고는 살 길이 없는데 어떻게 하란 말인가? 유목민에게 놀라운 방법을 가르쳐주면 되지만 아직 그 방법이 나오지를 못하니 말이다. 양이나 말이나 소의 젖에 미생물만 첨가되면 하루에 한 달 치의 사람이 먹을 젖이 부풀어 만들어진다면 가축을 죽일 이유가 없지 않나? 그런 일이 일어나면 굶는 일이나 가축을 죽일 일은 없어지지만 노예제도는 또 어떻게 없애나? 사람의 힘든 일을 대신하는 로봇으로 대체하나? 그러나저러나 마리안느가 필요한 김윤철은 어떻게 되돌려 받나? 노예는 아니지만 사람이 교도소에 죄인으로 잡혀 수감되면 그 생활이나 정신이 많이 괴로운 것은 당연한 일일 것이다. 마리안느나 그녀의 딸은 남편이나 아버지가 없다는 마음의 감옥을 지금부터 가지게 된다. 유대인을 죽인 마음의 감옥을 가진 그들의 마음에 추가되는 감옥이다. 전생에 업보가 있구나! 마리안느는 불교도가 아니다. 전생에 업보가 없는데도 현생에 업보가 생기는 것인가? 전생도 모르고 미래의 생도 모르지만 현생은 쉽지가 않다. 스님이 고기를 먹지 않아 동물이 살게 되는 것은 좋은 일 같지만 식물이 스님들을 위해 소비되는 것은 아무런 죄의식을 느끼지 않아도 되지만 그것 또한 맞는 일일까? 태양 대신에 LED 불빛으로 식물을 생산하면 죄의식을 덜 느껴도 되고 전혀 그런 마음의 부채를 지지 않아도 되나? 자연에서 식물을 채취하지 않고 인간이 스스로 만들어 먹는데 무슨 마음의 빚을 진단 말인가? 콩고기를 만들어 먹든지 인조고기를 만들어 먹으면 동물을 먹이로 삼지 않는 사람이 될 수 있다. 아예, 물이나 공기만 먹고 사는 사람으로 진화를 하면 더 좋은 일인가? 물이나 공기를 지금 사람이 먹는 음식물의 영양분이 들어가 있게 잘 만들어낸다면 불가능하지 않다. 물이 없는 지역의 식물이 안개를 먹고 자란다거나 사막의 식물이 뿌리를 일백 미터나 길게 땅속에 뻗쳐 살아가는 방식처럼 사람도 인공의 물과 인공의 공기 속에 모든 영양분이 가미되게 설계하여 살아간다면 동식물을 건드리지 않고 생존하는 미래의 인류를 만날 수도 있을 것이다. 그러면 그때는 국경선이 없는 세상일까? 물과 공기는 주어지는 것이다. 사랑과 자식도 주어지는 것이어야 하지 않나? 물과 공기를 빼앗기는 것은 상상하기 싫은 영역이다. 사랑과 자식도 빼앗기는 것은 상상하기 싫은 영역이다. 바닷물을 차지한 바다의 물고기, 하늘의 공기를 차지한 나는 새들, 국경선이 없어 마음대로 다른 땅으로 움직이는 사람들, 그중에서 사람이 가장 제약을 많이 받다니 이럴 수가! 고래나 알바트로스나 그린란드 상어나 신천옹(알바트로스)처럼 살고 싶어라! 국경선을 버리려면 아리안족이 최고라던가, 각각의 나라가 내세우는 정체성이나 우월감이 아무런 가치가 없어지는 일이 벌어진다. 각각의 나라가 그것을 버리지 않는다. 그것을 버리면 개별국가의 존재가 허물어지니 말이다. 국경선을 지키는 군대보다 더 힘세고 더 나은 것들을 가지게 되면 국경선을 유지할 수 없을 것이다. 마리안느는 그런 것을 무슨 수로 가지게 되나? 전 세계의 돈과 은행을 없애버릴 비트코인이란 가상의 화폐도 만들어지는 21세기이다. 레이더망을 뚫을 수 있는 스텔스 비행기를 자전거 한 대 만큼의 헐값으로 각각의 개인이 가질 수 있다면 국경선은 무의미해진다. 마리안느는 비트코인과 스텔스 비행기를 기지고 있나? 시간이 많이 지나면 가지게 될 날도 올 것이다. 현재 개인이 가진 스마트폰 용량의 컴퓨터 성능으로 달나라로 갔다니 불가능의 영역은 아니다. 놀랍지 않나? 달나라를 처음 가던 정도의 능력을 가진 컴퓨터가 개인의 스마트 폰에 내장이 된다니. 우주로 가는 성능의 컴퓨터 용량이 조만간에 아니면 꽤 시간이 지나서 각각의 개인이 가진 스마트 폰이나 아니면 각각의 사람 몸속에 깨알같이 작게 내장이 되어 사용하는 날이 오지 않겠나. 그러면 국경선은 무의미해지나? 사람은 자꾸만 고래나 신천옹의 능력을 넘어서가고 있다. 현실은 마리안느가 자신의 남편을 체포조에게서 돌려받아올 힘이 없다는 것이다. 열 세 명의 자식이 노예시장에서 팔려가도 저항할 힘이 없는 여인의 눈물이 얼마나 슬프냐이다. 홍부 부부는 열두 명의 자식이 노예로 팔려가지는 않았다. 미국에서 흑인노예는 재산이므로 재산적 가치로 이용을 했지만 유대인은 재산이 아니라 죽여야 하는 살육의 대상이었다. 사람이 재산이나 살육의 대상이다니! 사람이 슈퍼컴퓨터의 용량을 깨알같이 작게 몸속에 박으면 재산이나 살육의 대상이 되지 않게 될까? 아메리카 인디언은 그들의 국경선이 있었는가? 부족 간에는 부족의 경계가 있었을 것이다. 지금은 미합중국의 국경으로 변경이 되었다. 국경선은 늘 변한다. 사람이 치는 울타리는 그렇게 오래 가는 울타리가 아니다. 동서독의 울타리도 길게 갈 울타리는 아니지만 고통스럽다. 중국이 차(茶)나 도자기를 지키기 위해 국경선을 굳게 지키고, 만리장성으로 이민족의 침입을 막았지만 자꾸만 허물어졌다. 어쩌면 국가의 폭압에 저항하던 사람들이 모인 미국이 힘이 세어졌듯이 마리안느와 같은 사람들이 모이면 좀 더 나은 세상을 만들지도 모른다. 노예가 되기 싫은 사람들이 모여 나라를 만들었다. 미국에서 노예로 살다가 아프리카로 되돌아가 나라를 만들기도 했다. 노예에서 돌아와 만든 나라라면 세계에서 가장 힘세고 좋은 나라가 되어야 하지만 꼭 그렇지도 않다. 마리안느는 어떤 기적을 만들어야 하나? 자유와 해방을 뜻하는 말을 합성하여 라이베리아를 세운 흑인노예의 나라가 잘 살아야하건만. 남한보다 조금 넓은 땅에서 행복하여야 하건만. 마리안느에게도 딱 맞는 말이다. 자유와 해방을, 자유와 해방이 필요하다. 자유는 서독으로 가는 자유를, 해방은 남편이 돌아오는 해방을, 더 좋은 일도 생기면 더 좋겠지만. 김윤철이 북송되지 않을 자유는 당연한 자유이지만 주어지지 않는다. 국제결혼이 허용되지 않는 이상한 나라도 있을까? 전혀 없지는 않는 것인지! 어린 시절 아이들은 대부분이 자신의 나라가 가장 좋은 나라라고 교육을 받지만 나이가 들수록 꼭 그렇지는 않다는 진실을 마주하게 된다. 자신의 집이나 부모가 가장 멋진 사람인 줄 알았는데 꼭 그렇지 않다는 진실을 마주하게 된다. 자신의 역량이 대단하지 않다는 것도 자세하게 알게 된다. 너무 심하게 알게 되면 살아갈 의욕조차 없어질 이상한 경우도 일어날 수 있다. 자존감이 너무 세어도 탈이지만 너무 곤두박질쳐도 문제로 등장한다. 어마어마하게 힘센 코끼리가 어릴 적부터 쇠말뚝에 묶여있으면 성장하여서도 그 쇠말뚝이 자신을 묶는 것으로 인식한다. 분명히 뽑아버릴 수 있는 힘이 있는 다 자란 코끼리가 쇠말뚝을 뽑지 않는 것이다. 그렇게 사람에게 순종한다. 코끼리의 뇌가 안 된다고 돼 버린 것이다. 사람도 날 때부터 노예라고 각인을 코끼리처럼 시키면 코끼리 같은 행동유형이 나올까? 그럴 수도 있고 너무 코끼리와는 반대로 의식을 심어주어 다른 폐단이 나올 수도 있지 않나? 우리나라의 정기를 끊으려고 명산의 곳곳마다 쇠말뚝을 박던 일제의 이상한 행동도 코끼리에게 적용하던 방식인가? 자유를 찾는다거나 해방을 찾는 사람의 마음이나 행동을 코끼리에게 적용하듯이 사람에게 적용하여도 사람은 치열하게 저항을 할 것이다. 헌법에 조차도 저항권을 인정하고 사람의 행복추구권을 인정한다. 영리한 코끼리이고 힘이 센 코끼리이지만 어릴 적부터 사람이 꼬집어 댄 쇠꼬챙이와 묶어둔 쇠말뚝으로 인해 코끼리는 자신의 모습을 잃게 된다. 사람도 긴 세월 동안 사람에게 치러진 쇠꼬챙이와 쇠말뚝으로 인해 인간성이 많이 파괴되었다. 코끼리와 코끼리끼리 잔인한 정도보다 사람과 사람끼리가 더 잔인하다고 하는 이 보기 싫은 장면은 무엇일까? 국경선은 주로 전쟁에 의해서 변경이 일어난다. 전쟁은 사람이 사람을 죽이는 일이다. 죽이는 과정을 거치지 않고 순순히 국경선이 바뀌는 일이 좋은 일이지만 피가 흐르는 경우가 많다. 국경선을 맞대고 있는 나라들은 서로가 가장 비슷하면서도 차이를 만들어낸다. 자연적으로 만들어진 차이일 가능성도 크다. 한 부모에게서 태어난 자식들도 각기 다른 모습으로 살아가는 것인데 나라라고 하면은 많은 사람들이 모였으니 다른 점이 드러날 것은 분명하다. 그렇지만 근본적인 다름은 아닌 약간의 다름일 것이다. 동독과 북한은 공산권이라는 동질감으로 이어지는 나라들이다. 사실, 인종적으론 동질감이 없는데도 이념적인 동질감으로 살아가는 면에서 친구인 것이다.

마리안느도 지칠 대로 지쳐가는 나날이지만 정신을 차리고 살아가고 있다. 아기가 어른이 될 때까지 아기 앞에서 울음을 보이지 않을 것을 다짐하는 엄마이다. 아이 앞에서 울지 않는 엄마, 울고 싶지만 울지 않는 냉정한 엄마가 되어가는 중이다. 엄마와 아빠를 동시에 하여야 하니 여성성이 적어지고 아버지 역할의 남성성이 들어가는 나날로 변모한다는 것이다. 엄마이지만 아빠의 성격이 들어가는 엄마, 약간 이상한 엄마가 된다. 편모의 역할인데 아버지 상을 섞어해야하니 복잡한 역할의 엄마이다. 마리안느는 이제껏 중성적인 엄마로부터 양육된 것임을 이제야 알아채게 된다. 환경적 요인에 의해 사람이 약간 복합적 성격이 되는 것이다. 어머니이지만 아이들의 남편이 없으니 어머니에게서 남자의 모습이 들어가는 것이다. 부드러운 엄마이기보다는 거센 엄마로 비치는 것이다. 남자이거나 여자이거나 사람의 내면에는 거친 야성이 있다. 남자가 외모적으로나 내면적으로 거친 야성이 보이지 않으면 남자로 취급하기를 꺼려하는 사회적 불문율이 있다. 마리안느는 자신의 어머니와 자신에게까지 이대에 걸쳐 남성적인 요소가 섞여지는 날로 채워진다는 예감을 느낀 것이다. 사냥은 하지 않고 먹이만 먼저 가로채먹는 수사자의 역할이 아니라 고생하면서 사냥만 죽으라고 하는 암사자가 되어야 한다니. 하는 일이 없어 보이는 수사자이지만 수사자가 하는 일도 물론 있다. 영역을 지키고 가족을 지키고 임신을 시키는 일들을 한다. 초등학교에 남자 선생님이 없어서 꼬마들이 남자의 역할을 모르는 일이 벌어지는 지금의 세상이기도 하다. 모방을 하고 열심히 배우는 6년 동안에 여성의 모습으로 교육을 받으면 어느 정도는 문젯거리도 될 수 있다. 그래도 어쩔 수가 없는 것이 흐름이다. 마리안느의 갓난쟁이 딸이 조화로운 가정의 맛을 느끼지 못하는 안타까움이 있다. 왕자의 교육과 왕세자의 교육은 차이가 난다. 왕세자는 다음의 왕이 되기 위한 교육을 받는다. 봉건시대에는 그랬다. 민주주의 시대에는 민주적 절차에 따라 가장 적절한 사람을 고르고 골라 뽑는다. 마리안느는 자신의 주변사람들이 일반적으로 선택하는 사람보다는 특이한 선택을 했다. 김윤철을 선택한 것이다. 그러니 그 과정을 통하여 앞으로 가는 길에서 특이한 일들이 벌어지는 것은 이치상으로는 당연한 일들이다. 그런 줄 알면서 그렇게 사는 것이 사람이다. 죽는 줄 당연히 알면서 오래 살고 싶어 하는 사람이다. 사랑하여 아기가 태어나면 아기가 성인이 될 때까지 전심전력으로 양육해야 한다는 것을 너무나 잘 안다. 잘 알지만 망각을 잘 하는 사람이다. 마리안느는 김윤철을 망각해버리면 좋다. 그런데 망각이 일어나지 않는다는 점이다. 학교공부에서 잊어먹지 말아야 할 것은 잘 잊어먹지만 기억하지 않아도 좋을 일들도 기억을 잘 하는 사람이다. 모순덩어리인 사람이니 모순적인 모습들이 얼결에 드러난다. 마리안느는 아직 일상생활을 잘 못할 지경의 미친 사람은 아니다. 너무 남편을 생각하다가 실성을 할 수도 있다. 실성을 한 엄마에게서 아기는 자랄 수 없다. 아기 때문에도 실성을 할 수가 없는 마리안느이다. 아기는 잠을 자지 않는 경우에는 늘 젖을 문다. 갓난아기에게 젖을 물려주어야 하는 엄마이다. 오른쪽, 왼쪽 젖이 마리안느의 갓난쟁이 딸의 몫이다. 이 젖이 아기를 위해 있었던 것이구나! 이 몸이 아기를 위해 만들어져 있었구나! 가슴에 있는 유방이 나를 위한 것이 아니라 아기를 위한 것이구나! 너무나 당연한 일을 이제야 잘 알게 되다니! 내 몸의 상당한 부분이 아가의 것이구나! 그런데 그 상당한 부분의 아가를 위한 나의 몸 부분이 남편이 없으면 작동이 일어나지 않는다는 사실이구나! 남편의 사랑으로 그 일들이 일어난다는 것이네. 너무나 당연한 일이지만 이제야 더 확실해진다. 망각이 아니라 더 또렷해지다니. 남편은 없는데 어떤 날을 너무나 강해진 성욕으로 인해 긴 밤을 뒤척이기도 한다. 동물의 암컷이 발정을 하듯이 미칠 지경이 되는 날이 있으니 이를 어쩌나! 너무 남편이 그립다니. 살을 맞대고 싶은 날이 있으니. 망각이 아니라 몸이 말을 하고 반응을 한다. 아기를 위한 몸이지만 남편도 찾는 몸이다. 암컷이 수컷이 그리운 날이 있다니. 젊은 마리안느이다. 살아있는 마리안느이다. 마리안느는 펄펄 살아있는데 살아있는 춤이 없나? 혼자 추는 춤도 있지만 같이 추는 춤을 추고 싶은 것이다. 마리안느는 어머니의 춤을 본 적이 있나? 늘 여자 혼자 추는 춤만 이제껏 보아오지 않았나? 엄마와 아빠가 같이 추는 춤을 본 적이 없는 마리안느이다. 수많은 새들이 함께 하늘을 나는 춤은 너무 보기가 좋다. 한마리의 새가 하늘을 나는 춤은 매우 외로워 보인다. 동물들은 군집을 이루어 살고 멋을 부리고 힘을 모은다. 마리안느와 마리안느 어머니와 할머니 그녀들은 군무를 추지만 왠지 서글프다. 마리안느의 딸과 마리안느와 마리안느 어머니와 할머니 무려 4대가 서글픈 군무가 되다니. 매우 특이한 일이다. 거의 일어나지 않는 경우의 가정이다. 사실, 마리안느는 할아버지를 본 적이 없다. 이런 일이 일어날 수가 있나? 확률적으로 매우 희귀하다. 너무 남자가 없는 집안에서 김윤철은 남자였는데 그 시간이 너무 짧다. 집안에 남자가 너무 없었으니 이제는 쉽게 남자가 집안으로 들어올까? 아니면 모르는 이상한 기운이 남자를 밖으로 밀어내 버리는 것일까? 자신이 살고 있는 곳에서는 자신의 기운을 잘 알지 못하지만 낯선 곳의 사람이 방문하면 그 다른 점이 확연히 느껴지는 것을 알 수 있다. 마리안느는 집안의 분위기를 잘 알 수가 없다. 다른 집안이나 다른 곳이나 다른 나라의 집안을 방문해 보아야 알 수 있는 일이다. 자신의 내면을 사람들은 자신이 가장 잘 본다고 하지만 그래도 외면으로 보이는 것은 자신이 잘 판단할 수가 있을까? 다른 곳을 여행 해보면 나의 외면의 모습이나 내가 사는 지역을 더 잘 볼 기회가 되지 않나? 동양이라면 어떻게든 남자를 집안에 입양하여 대를 이으려고 하지 않았을까? 서양이라서 일부러 남자를 집안에 입양하여 대를 이으려고 하지 않았단 말인가? 그래서 그런 일이 일어났나? 김윤철을 통하면 잘 설명을 받아볼 수 있는데 지금은 곁에 없다. 집안의 대(代)를 잇는다고 난리법석을 본 적이 없는 마리안느이다. 동양에서도 한국에서는 집안의 대(代)가 끊어지는 일은 일어날 수가 없는 것이다. 남자로 또 남자로 이어지는 일이 너무나 당연한 일이기에 마리안느의 집안 같은 일이 벌어지지 않는 것이다. 그러나 지금은 또 달라지는 세상이다. 남자의 대(代)가 끊어지기 쉬운 김윤철이 동양의 한국에서라면 남의 집안에 들어가기가 거의 불가능 했을 것인데 그것이 가능한 동독이었다. 동독은 서양이다. 김윤철이 받아들여지는 서양이다. 참 좋은 곳이 아니냐이다. 남녀의 차별이나 집안의 유교적 수직적 질서를 꼭 지킬 필요가 없는 열린 세상이다. 좀 더 개방적인 세상이다. 이 좋은 세상인데 김윤철은 누리기도 전데 싹이 잘리고 말다니.

집안의 대(代)를 잇는 일에 적합하지 않는 동양인이지만 받아들여지는 놀라운 문화가 아닌가? 그런 훌륭한 문화적 요소가 있는데 왜 유대인을 배척했을까? 풀리지 않는 의문이다. 서독은 왜 수많은 이민자를 받아들여 노동력으로 이용하나? 독일은 이차대전 전에 약간 정신이 돌아버린 것이 맞다. 그 좋은 바이마르 헌법을 히틀러의 수권법으로 뭉개버리고 미쳐버렸다. 독일은 수권법에 된통 혼이 나서 헌법재판소의 권위를 매우 높여 다시는 히틀러 같은 일을 못하게 하고 있다. 헌법재판소가 히틀러 같은 인물의 출현을 막는 제도적 장치이지만 독일 국민들이 스스로 막아내는 힘이 있어야 가능하다. 여성을 집안의 문제에서 차별하지 않는 좋은 나라에 김윤철은 왔건만 자신의 혈육을 만날 수 없다. 동독의 문제가 아니라 전적으로 북조선공화국의 문제가 두 사람을 곤란하게 만드는 것이다. 자국국민을 잘 보호하는 것도 좋은 일이지만 자국국민을 잘 놓아주는 것도 또한 매우 중요한 일이기도 하다. 자국국민이 모두 선진국으로 가버리면 나라가 없어지지만 선진국도 한계치 이상으로는 이민을 받아주지도 않을 것이다. 아무리 못사는 집안이지만 가족을 부잣집으로 보내고 싶지는 않다는 심정의 문제도 있다. 헌법재판소의 대포는 생뚱맞지만 법을 지키기 위한 상징물로 나와 있는 대포, 전쟁을 치르는 한이 있어도 법을 지키겠다는 의지이다. 헌법을 파괴하는 세력에게는 대포를 쏘겠다는 헌법재판소. 다시는 히틀러의 수권법이 독일에 발을 붙이지 못하게 될까? 대포를 이용해서 동서독의 국경선을 부셔버리면 좋겠는데. 마리안느와 김윤철은 실제로 딸을 지켜내야만 한다. 현재로서는 지킬 힘이 반으로 줄어들었다. 두 개의 콩팥이 작동하는 몸이 아니라 한 개의 콩팥으로 살아가는 사람처럼 마리안느 혼자 떠 맡아야하는 힘든 날들이다. 마리안느의 딸에게는 동양의 피가 섞였다. 법대 교수님의 말씀이 생각난다. 히틀러는 유대인의 피가 몇 분의 몇이 섞여 있다. 세상이 가까워지면 자꾸만 이민족의 피는 섞일 것이다. 유대인의 피가 섞이는 것은 절대로 인정할 수 없었던 히틀러. 늑대의 소굴에서 소련과 첨예한 전쟁을 치르는 과정에서도 독일군 장교들의 결혼식 상대자 여성의 신상을 살피던 히틀러. 점령지 여성과 결혼하는 장교의 시시콜콜한 문제는 간섭하고 정작 중요한 소련과의 전투는 소홀히 하는 이상한 행동을 보인 히틀러. 군 장교의 결혼 상대자를 알 필요가 있나? 적국과 교전을 하고 있는 최전선에서. 마리안느가 독일 장교였다면 히틀러 때문에 김윤철과는 결혼이 불허된다는 것이 아닌가? 개개 국민의 결혼에까지 간섭을 하는 이상한 나라를 사람들은 싫어할 것이다. 동독은 거의 간섭을 안 하는데 북조선은 심하게 간섭을 한다. 문제가 꼬인 것은 그것이다. 순수한 아리안족의 피를 너무 중요시하다가 미쳐 버린 독일 제3제국이었다. 사람은 사람 자신이 완전하게 잘 알지를 못한다. 유전자지도를 작성하여 세밀히 파악을 하지만 그래도 잘 알지는 못한다. 유전자지도의 해독은 사람을 자꾸만 오래 살게 만들어 준다. 위험성이 있어 쉽게 유전자 편집을 허용하지 않는 세상이지만 유전자 편집을 허용한다면 놀라운 일이 벌어지지 않나? 선천적인 질병 정도만 허용을 해주지만 모든 것을 허용해준다면 엄청나게 개량된 인간을 만난다는 것인데. 국제결혼은 저절로 유전자 편집으로 인해 개량을 자연적으로 일어나게 해주는 역할이기도 한데. 사람들이 가축은 수도 없이 인위적으로 사람을 위해 개량을 해왔지만. 사람 자신에게는 겁이 더럭 나는 것이다. 자연적으로 적응하기 위한 더 좋은 방법은 여성들이나 남성들이 한 사람과 결혼하는 것이 아니라 여러 사람과 이리저리 결혼하는 것이 더 좋다는 것이기도 하지만 양육에서 복잡한 일이 일어날 수도 있다. 도덕이 무너지는 것이 좋다는 것인지 아리송하다. 자녀를 열 명 이상이나 낳으면 좀 섞이는 것도 큰 탈이 나지 않는 듯이 느껴지나 단 한 명만 낳는 경우에 이르면 또 달라진 세상의 문화가 나타나지 않나? 김윤철과 영원히 만나지 못하는 마리안느는 최소한 다른 남편을 만날 가능성이 매우 높다. 사람이 오백 살을 살게 되면 한 명의 배우자와 계속 사는 사람도 많겠지만 배우자가 바뀔 일도 많이 일어날 것이다. 마리안느와 김윤철은 두 사람 모두 그들의 신상이 정확하게 잘 알 수 있어야 다음 단계의 인생이 설계가 되는데 그렇지 못하면 오리무중의 인생들이 이어진다. 50년이 지나서 다른 배우자에서 난 자식들을 줄줄이 달고 나와서 만나게 되는 어색한 장면이 나올 수 있다. 분단국가인 남북한에서 일어나는 희귀한 일이다. 전 세계에서 한반도에서만 발생한다. 그 시초가 마리안느와 김윤철에게도 보일 조짐이다. 마리안느의 딸이 50살이 된다. 마리안느의 딸도 자식들을 줄줄이 데리고 살게 될 것이거나 단출한 자식들이 생길 것이든지 할 것이다. 지구상에 분단국이 그리 많지 않다. 21세기가 되니 동서독이나 월맹과 월남도 한 나라가 되었다. 유독 한반도만이 한 나라가 되지를 않고 있다. 이별을 받아들이는 사람으로 변해야 한다. 마리안느나 김윤철은 왕도 아니고 왕비도 아니지만 이별을 해야 할 판이다. 조선조의 중종은 얼결에 중종반정으로 왕이 되었다. 연산군의 폭정에 반대한 신하들에 의해 왕위를 이었다. 그러나 신하들이 왕비 신씨와의 이혼을 강요하자 이혼을 하게 된다. 치마바위에 왕비 신씨가 붉은 치마를 놓아두면 궁궐에서 그 치마를 보고 왕비를 생각하곤 했다. 왕비 신씨의 가문이 연산군 쪽에 가깝다는 신하들의 요구에 굴복한 것이다. 38년 2개월이나 왕이었건만 신하들의 힘에 눌려 부인까지 잃은 힘없는 왕이기도 했다. 왕이 되는 일은 좋았으나 아내와는 38년 2개월 같이 살 수가 없었다. 마리안느와 김윤철은 치마바위도 만들 수가 없나? 마리안느는 김윤철의 유품을 조금이라도 챙길 수 있지만 김윤철은 아무 것도 챙길 수가 없는 환경이다. 아무 것도 남길 수는 없지만 예쁜 딸을 남겨두기는 했다. 딸이 커 갈수록 딸의 모습에서 두 사람의 모습을 보는 것은 불문가지이다. 치마바위 전설은 딸이 대변을 해주는 것이다. 마리안느는 남편이 볼 수 있게 할 방법이 없다. 무슨 치마를 골라도 어떻게 보여주나? 중종이 그렇게 바보 같은 왕이었나? 세종대왕만 보아온 사람들에게서는 참 한심해 보이는 왕이기도 하다. 세종의 손자는 더 한심하지만 말이다. 삼촌에게 죽임을 당하는 단종이 세종대왕의 손자가 아닌가? 손자를 죽이는 사람이 세종의 아들이 아닌가? 세종의 아들과 손자가 많이 답답하다. 그런데 마리안느에게는 아버지도 할아버지도 안 보이고 이제는 남편도 보이지를 않는다. 남편이야 새 남편이 생길 수도 있지만. 김윤철도 운이 좋아 새 아내가 생기나? 김윤철도 죽을 만큼 큰 죄를 지었나? 그럴 정도는 아니라면 북조선에서 다시 살아날 수는 있는데. 국경선을 넘다가 잡히면 무조건 죽는 것인가? 그러면 두 사람의 헤어짐은 대단한 일도 아니고 아무 것도 아닌가? 일상적으로 일어나는 가정의 찢어짐에 좀 국제적인 요소가 섞여 있다는 정도인가? 전개되는 공간이 무척 넓기는 하다. 또 잘 일어나지 않는 사랑이기도 하다.

　딸이 옹아리를 튼다. 맘마만 불러대다가 파파도 옹얼거리는 것이다. 없는 파파를 말로 배우는 중이다. 아버지가 없다고 아버지라는 단어를 가르치지 않을 순 없다. 어차피 가장 먼저 배울 수밖에 없는 단어이다. 딸이 말을 한다. 아직 말을 하지 못한다. 세 살은 되어야 쫑알쫑알 말을 하지. 삼 년을 가르쳐야 좋알거리지. 아버지가 있으면 한국말도 할 수 있게 될 것인데. 조선말도 할 수 있게 될 것인데. 조선말을 좋알거리는 딸. 동독에서도 서독에서도 아주 신기한 딸일 텐데. 서양 사람에게 영어로 말하다가 서양 사람이 한국말을 잘 알면 대단히 신기하고 편하게 되는 일이 일어난다. 움찔 놀라기도 한다. 딸이 한복을 입을 수도 있고 한국적인 것들을 많이 하게 될 것인데. 마리안느 혼자 알아내어서 해야 할 일이 된다. 시간이 지나고 있다. 아기가 자꾸만 커가고 있다. 잠만 자는 아기인데 무럭무럭 자란다. 잠을 자지 않는 깨어 있는 시간도 많다. 너무 너무 귀엽다.

소식을 알아보려고 무척 노력을 하다가 보니 소식이 들리기 시작한다. 그런데 이런 소식이 들린다. 가장 서글프고 무서운 소식이 들리는 것이다. 김윤철이 죽었다는 것이다. 김윤철, 마리안느의 남편이 하늘나라로 갔다는 소식이다. 마리안느는 전혀 예상하지 않은 일은 아니지만 가장 가슴이 아프고 석연찮은 일이다. 체포조에게 잡혔는데 죽은 사람이 아니라 산 사람으로 잡혔는데 왜 죽었다는 것이며 죽었다면 왜 유가족을 부르지 않았는지 아리송한 일이다. 북조선 대사관의 공식적인 확인이 번복되지는 않을 일인데 더 자세히 알아보려 하지만 더 이상의 친절한 설명은 없다. 정식부부로 신고가 된 사람도 아니니 법적으로는 유가족도 아니니 더 이상의 아무런 답도 없다. 어떤 과정에서 죽었는지 시신은 어떻게 되었는지 아무런 답을 얻지 못하는 답답한 마리안느이다. 유가족이 있건만 유가족이 되지 않는 기막힌 일이 벌어졌다. 유대인처럼 유가족이 없는 것은 아니나 없는 것과 진배없는 상황이 현재진행형이다. 마리안느와 어머니와 할머니는 김윤철의 사망을 받아들이지 않을 수 없는 시점이다. 기가 막힌 한 영혼이 저 세상으로 갔건만 너무나 원통하다. 전쟁터에서 어떻게 죽었는지 파악이 되지 않는 실종자의 죽음과 같다. 잡혀 갈 때는 분명히 목숨이 붙어 있었는데 도대체 무슨 일이 일어났단 말인가? 북송과정에서 불미스러운 일이 일어났다는 결론밖에 나오지를 않는다. 이 문제를 대처하려니 마리안느는 힘에 겹다. 양심적인 단체나 사람들의 도움을 받아야만 할 일이다. 개인적으로 고민만 하고 있다. 심신이 괴롭지만 시간은 자꾸만 흘러간다. 남편이 죽은 일을 인정하고 받아들이는 과정이 쉽지 않다. 사람은 죽었다. 옆에 없다. 장례식이나 시신도 없다. 도무지 실감이 나질 않는다. 예쁜 딸이 가슴을 더 쓰라리게 한다. 혼자만 볼 수 있고 사랑하는 남편이 딸을 볼 수 없다니! 어쩌면 꿈속에서 김윤철을 만나 꿈속에서 헤어지고 말았다. 한바탕 꿈이었건만 예쁜 딸은 꿈이 아닌 현실로 매일 마주대하고 있다. 희망이 무너져 내린 나날이라 실망으로 살아가서는 안 되지만 악착같은 마음도 그리 쉽게 단단해지지도 못하는 일상이다. 죽은 사람이 다시 살아오는 경우는 예수님이 죽은 지 사흘 만에 부활했지만 이 세상에는 없는 일이다. 그래도 마음속에 미련이 있는 것은 시신을 보지 못했고 장례를 치르지 않았으니 완전한 죽음은 아니겠지 그렇게 마음으로 살아있길 바라는 미련이다. 북조선 대사관의 말을 믿지 않기도 힘든 일이기도 하다. 죽은 것은 맞는 것 같으나 믿기지는 않는다. 마리안느에게 희망고문을 한다. 애인이 떠난 것은 맞는데 혹시 미련이 남아있는 것은 아닐까? 딸이 옹아리를 하면서 아버지를 부른다. 그러면 아버지가 곁에 있어야 맞는데. 죽은 사람을 죽은 사람으로 인식하지 못하는 딸이 가엾다. 딸은 몇 살이 되면 아버지의 죽음을 받아들일 수 있을까? 보지도 못하고 느끼지도 못한 아버지를 죽은 사람으로 다시 인식해야 하는데. 가엾은 딸이다. 고종이 육십이 넘어 만난 덕혜옹주처럼 사랑할 마음이 철철 넘친 김윤철이건만. 고종이 네 명의 딸을 강보에 쌓인 채 다 죽고 난 뒤에 만난 덕혜옹주인지라 사랑하지 않을 수 없었는데. 마누라도 죽고 옹주의 어미도 죽고 없는 딸. 마리안느의 딸은 사대 째 딸이 가문을 이어가고 있다. 현대사회에도 모계사회의 원형이 남아 있다는 말인가? 프랑스는 출생자의 60%내지 70%가 결혼상태가 아닌 상황에서 남편이 없이 아이가 태어난다니 모계사회로 회귀하고 있나? 남편이 없어도 아이를 기르는 일이 불가능하지 않다는 반증이기도 하다. 4대 째 딸만으로 이루어진 가정도 남편이 없어도 삶이 이어진다는 결론이기도 하다. 그러니 아무런 도움을 줄 수 없는 김윤철을 선택해도 생존이 가능한 세상인 셈이기도 하다. 김윤철이 없어도 마리안느와 딸은 무너지지 않는 것이다. 그렇지만 안타깝고 서럽고 그립다. 마리안느와 딸에게 기적은 일어날까? 라인 강의 기적, 한강의 기적, 마리안느의 기적이 일어날까? 그런데 기적이 일어나고 만다.

김윤철이 마리안느 앞에 나타난 것이다. 마리안느는 어안이 벙벙하다. 너무나 행복하지만 이 행복이 달아나지 않아야 하건만. 또 이상한 일이 벌어질까 두렵다. 죽은 사람이 어떻게 살아서 돌아왔나? 정확한 결론은 죽지 않았다는 것인데 정말로 죽지 않았나? 예쁜 딸은 이 사람이 자신의 아버지인 것을 아직도 잘 인식하지 못하는 어린 딸이다. 이제는 김윤철의 말을 들어보아야 한다. 마리안느의 궁금증을 풀어줄 사람은 남편이다. 김윤철은 자신이 체포되어 낯선 곳에 갔더니 자신과 비슷하게 생긴 동양인의 시신을 마주했다고 한다. 억울하게 죽은 사람은 중공인 팽가이라고 했다. 팽가이는 김윤철로 오인 받아 체포조에게서 필사적으로 도망을 가다가 체포조에게 붙잡힐 순간에 다리위에서 강물로 뛰어내려 익사하고 말았다는 것이다. 익사자를 건져서 김윤철이라 여기고 몸을 수색하니 중공인 팽가이의 신원확인만 됐다는 것이다. 이런 난감한 상황에 접한 체포조가 곧바로 김윤철을 잡았단 것이다. 죽은 팽가이는 너무나 불쌍하지만 체포조와 김윤철은 서로가 살아남을 궁리를 하게 된 것이라는 것이다. 체포조가 김윤철을 팽가이로 살아가게 풀어주는 대신에 죽은 팽가이는 화장을 하여 김윤철의 신상명세 유품과 함께 북한으로 가져갔다는 것이다. 이제는 팽가이가 되어버렸다는 것이다. 동독 땅에서 김윤철은 없고 팽가이가 되어 살아가야 하는 것이다. 김윤철은 죽어서 북한으로 가고 없는 것이다. 불안한 팽가이는 빨리 동독을 떠나야 한다. 체포조는 왜 김윤철을 풀어 주었을까? 마땅한 방법이 그들도 없었다. 팽가이를 잘못하여 죽인 죄를 추궁받기 싫었을 것이다. 천하에 억울하기는 팽가이다. 누가 팽가이를 위로해줄 수 있을까? 팽가이 문제를 잘 해결하지 못했다면 체포조도 김윤철처럼 동독에서 도망을 가고 말았을까? 다행히 김윤철이 잡히므로 돌파구가 마련되었다. 너무도 불쌍한 영혼 팽가이가 김윤철에 들어와 김윤철은 팽가이가 되어야 한다. 북조선의 김윤철을 아는 사람들은 팽가이를 불쌍한 김윤철로 알고 슬퍼할 것이다. 팽가이의 중공의 고향사람들은 팽가이가 동독에 잘 있는 줄로 알 것이다. 마리안느는 눈물이 줄줄 흐른다. 기쁨의 눈물이 줄줄 흐른다. 팽가이를 생각하면 슬픔의 눈물이 줄줄 흐른다. 기쁨과 슬픔의 눈물이 동시에 줄줄 흐른다. 김윤철도 마찬가지이다. 기쁨과 슬픔의 눈물이 범벅이 되어 흐른다. 며칠 동안 마리안느 가족은 너무도 조용하다. 심신이 받아들이는데 시간과 고요함이 필요하다. 정말로 원치 않았는데 비밀이 생기다니! 체포조나 김윤철은 긴 세월동안 거짓말을 하게 될 것이다. 생존을 위해 거짓말을 하고 살 것이다. 북한 대사관의 말은 틀린 것이 없다. 김윤철은 죽었고 화장한 시신이 북한으로 간 것이다. 마리안느는 법적으로 유가족도 아니니 시신을 보여줄 의무도 없었다. 김윤철, 팽가이와 마리안느는 법적으로 부부가 되기도 현실은 쉽지가 않다. 지금은 살아있는 것만도 행복이다. 차차로 다음 문제들을 해결하면 되기 때문이다. 세월이 지나면 김윤철은 중국어를 팽가이처럼 잘하게 될까? 팽가이도 하루 빨리 동독을 떠나야 한다. 마리안느와 딸과 팽가이는 일단 스위스로 몸을 옮긴다. 동독보다는 덜 어색한 스위스에서 서독으로 넘어가야 한다. 팽가이 부부는 운좋게도 서독까지 왔건만 쉽게 일이 풀리지는 않는다. 이제는 팽가이가 아니라 김윤철이라 해도 금방 풀려나지 못한다. 김윤철이나 팽가이가 서독에서 확인이 잘 되지를 않으니 말이다. 마리안느와 딸은 금방 풀려났지만 김윤철은 아직도 풀려나기를 못하고 계속 조사를 받아야하는데 확인이 그리 쉬운 일이냐? 마리안느 가족은 도대체 얼마나 떨어져 지내야 다시 합쳐질까? 우여곡절 끝에 자유의 땅으로 오긴 했으나 아직은 완전한 자유는 아니다. 시간이 걸리는 자유이다. 김윤철은 마음이 몹시 흡족하고 공포스러운 감정이 없어졌다. 온몸을 짓누르던 이상스런 공포가 사라졌다. 사형수가 사형당할 공포를 늘 느끼다가 사형을 당하고 나면 공포를 느낄 이유가 없을 것이다. 김윤철을 닮은 팽가이의 시신을 마주한 김윤철은 그때부터 공포가 사라진 것일까? 죽은 팽가이가 김윤철을 살리고 있나? 팽가이가 죽어 김윤철을 살리는구나! 김윤철이 죽어 누구를 살리게 될까? 그것은 모르는 일이다. 바보같은 팽가이는 왜 죽었나? 바보같이 왜 강물에 뛰어들었나? 김윤철은 마음은 편안해졌는데 갇힌 공간에서 팽가이에 대한 빚을 자꾸만 생각하게 된다. 팽가이는 무엇인가? 팽가이는 예수님인가? 팽가이는 하나님인가? 팽가이는 도대체 무엇인가? 팽가이! 팽가이! 갇힌 공간에서 무수한 얼굴들이 떠오른다. 고향의 어머니, 아버지, 형제자매, 마리안느의 어머니, 할머니, 고향산천, 팽가이, 아아! 갇히니 더욱 그리운 것이 사람이다. 왜 서독에 와 있나? 왜 아직도 마리안느와 딸과는 같이 지내지 못하나?

슬픔에 잠긴 김윤철의 가족들은 이 상황들이 마음에 와 닿지 않는다. 앞길이 구만리 같던 젊은이가 한 줌의 재가 되어 돌아오다니. 어차피 사람이 나고 죽는 것은 정한 이치이지만 그 가혹한 일이 우리 집안에 일어나나이다. 죽게 된 내막들이 왠지 석연찮기도 하다. 동독 여자를 사랑하다가 조국으로 돌아오지 않아 일이 생기고 그 과정에서 달아나다가 물에 빠져죽었다는데 곧이 믿기가 쉽지가 않다. 달리 방법은 없고 그렇게 인정하고 믿을 수밖에 없는 현재이다. 나라에서 하는 일이 대부분이 맞는 일이고 잘하는 듯해도 전혀 경우에 맞지 않는 일도 허다하게 일어나기 때문이다. 소련으로 가려면 두만강을, 중공으로 가려면 압록강을 건넌다. 두만강(豆滿江)은 콩을 가득 실은 강이고, 압록강(鴨綠江)은 오리가 푸른 강물에 노니는 강인가? 콩의 원산지가 한국이고 오리가 압록강을 수놓았나? 김윤철은 강물에 뛰어들었다. 전생에 오리였다면 물에 빠져 죽지 않았을 텐데. 전생에 콩이었다면 두만강을 못 잊어 물에 빠졌나? 한국의 인삼이, 산삼이 약효가 가장 좋고 콩이 가장 한국의 풍토에 적합하고 두만강이 그 증명을 하고 있다면 김윤철이 빠진 강은 무슨 이름의 강인지도 궁금하기도 하다. 김윤철은 오리도, 콩도, 산삼도, 아닌 김윤철이다. 김윤철은 물귀신이 되었다. 김윤철은 물고기 밥이 되었다. 압록강이나 두만강이 아닌 어느 강의 물고기의 밥이 되었다. 화장을 하여 재로 온 것을 보니 물고기 밥이 되려다가 돌아온 것이다. 오리는 물고기를 잡아먹기도 하고 물풀을 뜯어먹기도 한다. 도대체 콩이 얼마나 많이 배에 실렸기에 두만강이 되었을까? 아! 그렇구나. 물귀신이 김윤철을 잡아먹었구나. 물귀신 때문에 김윤철이 죽었다. 귀신 때문에 김윤철이 죽었다. 사람이 죽을 때는 귀신이 잡아가지 누가 잡아가나? 강물의 물귀신인지 바다의 물귀신인지 생각하다보니 강물의 물귀신이다. 압록강에는 오리가 많다. 두만강에는 콩이 많다. 김윤철은 콩과 오리를 좋아했나? 팽가이는 콩과 오리를 좋아했나? 팽가이는 콩과 오리를 싫어했나? 김윤철은 오리와 콩을 이용한 요리를 좋아했나? 팽가이는 오리와 콩을 이용한 요리를 좋아했나? 김윤철은 콩으로 만든 요리를 좋아했나? 팽가이는 오리로 만든 요리를 좋아했나? 남미의 소목장들이 중국인의 요구에 의해 콩을 재배하는 농장으로 변하고 있다. 14억 명의 사람이 먹는 식량의 재료에 따라 목장에서 소를 키워 소고기를 수출하던 나라가 농장으로 바꾸어 콩을 키워 콩을 수출하고 있다. 70억 명의 사람들이 콩고기를 먹으면 콩은 전 세계에서 많이 재배하게 된다. 팽가이는 오리고기를 좋아했을 것이다. 팽가이는 콩도 좋아했을 것이다. 팽가이는 두만강도 압록강도 좋아했을 것이다. 팽가이는 남미의 소목장도 좋아했을 것이다. 소목장은 콩을 키우는 농장으로 변했으니까. 두만강이 남미의 소목장으로 이동을 했다. 팽가이 때문인가? 중국사람 때문인가? 김윤철 때문인가? 물귀신 때문인가? 압록강의 오리는 북경의 요리점으로 갔다. 서른 가지의 오리 발바닥 요리로 변신을 했다. 김윤철은 죽었다. 김윤철의 흔적은 사라졌다. 사람들이 달력은 사용하기는 일천 년이다. 사람들이 김윤철의 죽음을 기록하여 날짜를 따지는 것은 최근의 일이다. 일천 년 전에는 사람이 죽어도 달력이 없으니 정확한 기록이 불가능했다. 그 먼 곳에서 죽은 김윤철이 조국으로 돌아온 것만도 다행이기도 하다. 김윤철과 팽가이는 무슨 인연이 있나? 두 사람이 만난 것은 죽은 자와 산 자로 처음 마주했다. 죽은 자와 산 자가 대면하는 일은 장의사가 시신을 마주하는 경우와 같이 특이한 일이다. 요리사는 자주 요리의 재료 중에 동물을 마주하기도 한다. 전 세계 어느 나라이건 간에 그 나라의 강에는 물고기가 산다. 독일의 강에도, 한국의 강에도, 중국의 강에도 물고기가 산다. 물고기가 사는 곳에는 물귀신도 산다. 물귀신은 사람을 잡아먹는다. 물귀신은 김윤철을 잡아먹는다. 물귀신은 팽가이를 잡아먹는다. 김윤철은 강물이 두렵다. 그렇지만 김윤철은 이미 조선의 땅에서는 없는 죽은 사람이다. 이 얼마나 모순인가? 김윤철은 서독의 감옥에서 가족들을 그리워하는데 조국에 있는 가족들은 김윤철을 죽은 사람이라고 슬퍼하고 있다. 독일의 강물이나 북조선의 두만강이나 압록강의 강물이 바다에서 만나기는 수 천 년이 걸리겠지만 서로의 소식을 정확하게 전할 수는 있을런 지. 지금은 서로가 오해하고 있는 이 사실을 죽은 팽가이가 옳게 알 수 있도록 힘을 써 줄 수가 있을까? 죽은 팽가이가 이 일을 해준다면 김윤철의 가족들은 행복한 마음으로 춤을 추면서 팽가이를 안타까워 할 것이다. 팽가이의 영혼이 김윤철의 가족들을 편안하게 해줄까? 아니면 불편하게 해줄까? 사람들이 귀신에게 대접을 잘 할 수밖에 없는 상황이 일어나는 것이다. 귀신의 원(怨)과 한(恨)을 달래주어야 한다. 팽가이의 원과 한을 달래야 한다. 유대원의 원과 한을 달래야 한다. 김윤철의 가족은 김윤철의 원과 한이 아니라 팽가이의 원과 한을 달래야하건만 그 반대로 한다. 독일인들은 유대인의 원과 한을 달래야 한다. 김윤철은 팽가이에 대한 빚을 늘 생각하지 않을 수 없다. 생명의 은인과 진배없다. 김윤철의 가족들이 울지 않아도 될 울음을 우는 것은 김윤철을 위한 울음이지만 그 내면의 울음은 팽가이에 대한 울음으로 옮아가야하건만 그런 일이 일어나지 않는 것은 인간이기에 당해야 하는 아픔일까? 마리안느의 눈물은 줄어들지만 김윤철의 가족들은 눈물이 더 많아진다. 울어야 할 팽가이의 가족들은 한 방울의 눈물도 흘리지 않고 있다. 팽가이의 가족들은 독일에 가 본 적이 없다. 두만강의 콩을 실은 배도 압록강의 오리를 본 적도 없다. 김윤철을 만날 일도 없지만 김윤철이 언젠가는 그들을 만나러 갈 이유는 있다. 북한에선 죽은 김윤철이, 중공으로 살아있는 김윤철로, 팽가이가 살아있다고 믿고 있는 중공의 팽가이의 가족으로 죽은 팽가이의 소식을 전하려 가는 일이 일어날 나중의 일이다. 선후를 정하여 일을 하는 것은 사람이기에 당연히 하는 일이다. 그러나 죽음의 문제는 선후가 따로 없다. 유전자지도를 잘 이용하여 죽음의 시간을 늦추는 사람들이지만 죽음의 시간에 대해 확고한 정답이 없는 사람들이다. 2,300년에는 150살을 사는 사람들이 나오리라고 추측을 하는 정도이다. 80살을 살면 호상이니 죽은 이의 딸조차도 울지 않는다고 한다. 김윤철은 얼마의 나이까지 살지 모른다. 팽가이는 아까운 나이에 저 세상 사람이 되었다. 얼굴이 닮은 죄밖에 없었다. 김윤철은 숙명을 안고 팽가이의 가족을 찾아 가야하는 인생의 빚이 생겼다. 팽가이가 예수님처럼 죄를 뒤집어 쓰고 죽었기에 김윤철은 살아났다. 인생의 고뇌를 대신 져주는 사람은 세상에 없지만 예수님은 그렇게 해준다고 한다. 그러니 대단한 예수님이 아닌가? 팽가이의 높고 큰 은덕이 한 사람을 각성시킨다. 감옥에서 자꾸만 사색을 하게 되는 김윤철로서는 세상을 위해 정말로 뜻있는 일을 하다가 죽어야 한다는 소명의식이 깨어난다. 본의 아니게 제대로 철이 드는 김윤철이다. 코끼리 무덤에는 수많은 코끼리 뼈가 쌓여 있다. 코끼리는 왜 무덤을 스스로 정하여 생을 마감하나? 코끼리는 가족들이 헤어지지도 않는다. 암컷으로 이루어진 코끼리 무리는 절대로 혼자 살지 않는다. 마리안느의 가족도 그런 것인가? 하루에 열일곱 번의 똥을 누는 코끼리. 사람이 하루에 열일곱 번을 똥을 눈다면 사회생활이 매우 불편해지나? 엄청나게 화장실 문화가 발전을 할 것이다. 감옥에 갇힌 사람은 모든 것이 제한되고 자유가 구속된다. 그러나 영혼은 구속되지 않는다. 김윤철은 팽가이를 늘 만날 수 있다. 팽가이나 김윤철은 코끼리 가족처럼 살지 못하고 있지만 영혼으로는 그렇게 살고 있다. 코끼리가 사람들처럼 감옥을 만들어 죄지은 코끼리들을 분리하여 통제하려면 어마어마하게 큰 감옥을 지어야 한다. 하루에 열일곱 번의 똥을 싸는 코끼리들을 위해 코끼리 화장실은 얼마나 첨단으로 만들어져야 하나? 김윤철은 마리안느와 하루에 열일곱 번을 입맞춤을 하고 싶지만 현실로는 불가능이다. 김윤철은 딸과 하루에 열일곱 번을 뽀뽀를 하고 싶지만 불가능하다. 상상으로는 가능하다. 상상(想像)으로는 가능하다. 코끼리를 생각해보는 것으로는 가능하다. 인도는 코끼리를 늘 보아서 잘 알지만 중국이나 조선은 코끼리를 만나기가 어려웠다. 중국이나 조선은 코끼리를 본 사람이 묘사한 것으로 코끼리를 아는 것이고 그것은 상상(想像)이다. 코끼리를 생각해보는 그것이 상상이다. 연암 박지원이 중국에서 코끼리를 보고 묘사한 글로 조선의 사람들은 코끼리를 보는 것이다. 코끼리 무덤의 코끼리 뼈를 보고 코끼리 모습을 복원하기도 하는 것이다. 남편과 이혼하여 자녀들 하고만 산 독일의 여성이 다시 태어나면 코끼리처럼 살고 싶다고도 한다. 코끼리 가족은 절대로 헤어지지 않으니 그런 삶은 다시 살아보고 싶다는 염원을 나타냈던 것이다. 사실, 코끼리는 암컷이 무리를 이루고 새끼들과 같이 살고 성인 수컷 코끼리는 혼자 산다. 같이 살지 않는 가장 덩치 큰 수컷 코끼리는 암컷 무리들이 가장 곤란한 경우에는 나타나서 도움을 준다. 암컷 무리 전체가 건기에 물을 찾지 못해 수백 킬로미터나 떨어진 우물을 찾으려 가거나 할 때 가장 나이 많은 암컷 코끼리가 과거의 경험을 살려 우물을 찾아내어 무리를 살려낼 때 같이 살지 않던 수컷 코끼리도 나타나 결정적인 역할을 해 준다. 수컷도 물을 먹어야 살 수 있으니. 메카를 향하여 하루에 다섯 번을 절을 하는 이슬람이나 하루에 열일곱 번을 똥을 싸는 코끼리나 하루에 정하여 꼭꼭 하기는 매우 힘든 일이다. 마리안느와 김윤철은 하루에 다섯 번이나 열일곱 번을 같이 하는 일이 있나? 그런 일은 없다. 감옥의 창살이 없는 상상을 많이 하지만 창살이 사라지지를 않는다. 마리안느와 딸이 옆에 와 있는 상상을 많이 하지만 늘 옆에 없다. 코끼리 무덤에는 코끼리의 영혼이 모여 있다. 김윤철과 팽가이도 코끼리 무덤이라면 같이 묻히는 행운이 일어나나? 두 살 난 딸이 불치병으로 죽을 날을 기다리자 아버지는 딸의 무덤을 파놓고 곧 죽을 두 살 짜리 딸과 같이 무덤에 하루종일 누워 딸과 이별을 준비하는 아버지는 가슴이 얼마나 아플까? 코끼리가 집단 무덤을 안다는 것은 사람이 죽음 이후의 사후세계를 인식하는 것처럼 코끼리도 그렇다는 것인가? 그런 것같기도 하다. 백년해로를 꿈꾸는 사람들. 이백 년 해로는 있을 수 없는 일이니! 동물원 우리에서 수명이 두 배로 늘어나는 동물들. 야생에서보다 인간이 돌보아 주는 동물원에서 두 배의 수명을 누리는 동물원 동물들. 사람보다 더 상위의 예수님이나 부처님이 사람들을 사람 동물원에 가두어 두고 살게 하면 사람의 수명이 두 배로 늘어나 이백 살은 넘기게 된다고 하면 그런 인생을 받아들이는 사람들이 있을까? 감옥에 갇혀서 이백 년을 살기보다 자유롭게 일백 년을 살고 싶어할 사람들이기도 하다. 이백 살을 사는 거북은 동물원에서 사백 살을 살게 되나? 그린란드 상어는 오백 살을 사는데 동물원에서 일천 년을 살게 되나? 팽가이는 그린란드 상어로 환생해서 동물원을 택하여 일천 년을 살아야 하지 않나? 사람은 중력의 힘을 받는다. 거북이나 그린란드 상어는 중력에다가 높은 수압까지 받는다.

그렇지만 물속의 중력은 땅위의 중력보다 약하다. 하늘에서 누르는 힘을 더 많이 받는 생물이 더 오래 사나? 마음과 어깨에 짐이 더 많은 김윤철은 더 오래 살게 되나? 사람의 마음에 내리누르는 고통의 무게와 사람의 육체에 내리누르는 고통의 무게가 많은 사람이 더 오래 산다고! 코끼리는 숲이 있어야 살 수 있다. 코끼리는 인간이 만들어 놓은 도시에서는 살 수가 없다. 코끼리가 인간의 도시에서 살려면 어떻게든 코끼리의 식량을 지하식물공장에서 만들어 내어야만 한다. 인간의 도시에서 코끼리가 살게끔 지하식물공장에서 먹이를 조달하고 지하에 거대한 코끼리의 무덤을 만들 수 있게끔 해주어야 한다. 인간의 도시에서 코끼리가 엄청나게 번식하여 살게 하려면 사람들은 어마어마한 지하세계를 만들거나 엄청난 지상 고층도시를 만들어야 한다. 김윤철 가족이 살 수 있게, 팽가이 가족이 살 수 있게 하려 해도 힘이 드는데 코끼리 가족까지 살게 하려면 힘이 더 든다. 사람들이 마음과 어깨에 코끼리 가족이 엄청나게 많이 살도록 하는 무거운 짐을 진다면 거북이보다, 그린란드 상어보다, 더 큰 중력과(물속의 중력은 땅위의 중력보다 약하다.) 수압이 있기에 사람들은 이백 년이 아니라, 오백 년이 아니라, 일천 년을 거뜬하게 살게 되지는 않을 지! 마리안느와 김윤철은 지금 마음의 짐은 가벼워졌고 흐르는 눈물은 줄어들었다. 마음과 어깨의 짐이 많이 가벼워져 있다. 그러면 앞으로 살 날이 더 늘어나는 것이 아니라 줄어드는 것인가? 링컨은 노예의 눈물을 무겁게 받아들임으로 인해 이백 년 미국 역사상 가장 위대한 대통령이 되었다. 흑인 노예의 고통을 짊어짐으로서 인류사에 빛나는 업적을 남기게 되었다. 링컨의 수명은 더 없이 길어졌다. 한반도의 분단의 고통을 온전히 받아내는 그 누구는 어느 날 링컨처럼 수명이 길어질지 모른다. 팽가이는 어떤 지점에 있는 것인가? 김윤철은 어디에 서 있다는 것인가? 마리안느는 어디를 차지하고 있나? 김윤철은 감옥을 나와야 한다. 그러나 탈옥을 계획하지 않고 있다. 동독에 있을 때와는 전혀 다른 태도이다. 서독을 너무 믿고 있는 것은 아닌가? 마리안느와 김윤철이 감내할 수 있는 정도는 어느 수준일까? 일 년 아니면 이 년, 감내할 수 없는 30년이나 50년이면 탈옥을 계획해야 하지 않나? 세상의 모든 일들이 인간의 수명을 기준으로 계획되고 만들어져 있다. 일평생을 감옥에 있게 된다면 헛수고일 뿐이다. 그런 일은 절대 일어나지 않을 것이란 확신에 가까운 신념을 가지고 있지만 불안한 한 구석이 마음에 남아 있다. 감옥은 육신을 가두는 곳이다. 정신을 가둘 수는 없지만 이래저래 불편한 곳이다. 우리는 지구를 불편한 곳이라 생각하고 지구보다 더 좋은 곳을 찾아가려해도 거의 불가능하기에 지구에 적응하여 살아간다. 우리는 먼 훗날에 지구를 불편하다고 여기고 더 나은 곳을 찾아내는 신인류를 만나는 날이 언젠가는 올 수도 있을 것이다. 김윤철은 불편한 감옥을 빨리 벗어나는 대단한 재주가 있나? 딱히 그런 재주는 없다. 마리안느도 신출귀몰한 재주는 없다. 조선에 서양인으로 온 박연이나 하멜은 돌아가거나 조선에 남는 방법밖에는 다른 방법이 없었다. 박연은 남았고 하멜은 돌아갔다. 네덜란드 사람들은 모험심이 대단했다. 지금도 유럽의 관문은 네덜란드이다. 그 지역이 무역으로 유럽에서 가장 부유하다. 룩셈부르크는 국민소득이 십만불에 이른다. 김윤철은 혼자이다. 혼자서 네덜란드나 룩셈부르크의 영광을 만들어낼 수 있나? 불편한 곳을 넘어서는 지혜와 용기는 새로운 세상을 만들어 준다. 새로운 세상으로 가는 길목에 잠시 만난 어려움이 서독의 감옥이다. 해수면 아래의 땅인 네덜란드. 필연적으로 탈출을 늘 생각할 수밖에 없다. 단점이 늘 발목을 잡으니 그 단점을 극복하기 위해 노력하는 과정에서 자꾸만 앞서가게 되는 역설이 일어난다. 감옥은 해수면 아래의 땅과 비슷하다. 감옥을 벗어나야 한다. 배를 타고 재빨리 해수면을 벗어나야 한다. 불안과 공포가 없는 곳으로 바꾸어야만 한다. 박연과 하멜은 마리안느와 김윤철은 빨리 상황을 바꾸어야 했다. 당뇨환자는 병을 치료하기 위해 운동을 열심히 해야 한다. 운동이 습관이 되어 어느덧 당뇨환자가 아닌 때보다 더 운동을 잘하는 상황으로 역전이 되는 일이 발생한다. 마리안느와 김윤철은 그들이 견뎌낼 수 없는 조건이나 상황으로 일이 나아간다면 또 놀라운 노력과 집중을 쏟아부어야 한다. 부부가 마음대로 아무 부담없이 북조선을 들락거릴 수 있는 날이 내일이면 올까? 아니면 죽는 날까지 불가능할까? 후자가 아닌 전자이길 원하는 두 사람이지만 그 길이 얼마나 어려울까? 김윤철을 감옥에서 고향을 찾아간다. 마리안느와 어린 딸을 데리고 고향을 찾아간다. 어머님을 만난다. 친척들을 만난다. 고향산천을 둘러본다. 대동강물에 발도 담궈본다. 너무나 자연스럽게 일어나는 일이다. 그런데 가지 못했다. 감옥안에서 눈에 헛것이 보이는 것이다. 헛것이 아니라 당연히 실제의 일이어야 하건만 헛것으로 나오는 것이다. 마음속의 그림은 너무나도 아름답게 그릴 수 있다. 마음속의 말은 너무나도 아름답게 할 수 있다. 감옥안에서 말은 하지 않고 있다. 혼잣말로 지껄이면 정신이 나간 사람으로 인식할 수 있으니 말이다. 아직 완전히 미친 단계는 아닌 것이다. 서서히 미쳐가는 단계이다. 앞으로 족히 삼십 년은 눈물을 흘릴 일이다. 박연처럼 옷소매가 철철 젖을 때까지 울 것이 분명하다. 김윤철이 팽가이의 가족에게 사실을 말하지 않으면 팽가이의 가족은 덜 울지도 모르나 김윤철이 소식을 전하는 날에는 팽가이의 가족들도 옷소매가 철철 젖을 때가지 울고 울 것이다. 김윤철이 먼저 해야 할 일은 인편으로 북조선의 가족에게 자신이 죽지 않고 살아있음을 전해주어야 하는 일이다. 그러면 체포조는 어떻게 되나? 곤란한 일이 벌어진다. 체포조가 피해를 입지 않게 잘 전해져야 하는 문제가 있다. '발 없는 소문이 천리를 가는데' 결국에는 소식이 전해지는 것인데. 참 고마운 체포조이다. 그들도 다른 방도가 없긴 없었기에 그랬을 것이기도 하다. 위험을 무릅쓰고 김윤철을 살려준 것이다. 베트남 전선에서 훤한 달밤에 한국군과 베트콩이 일대일로 총을 들고 만나자 서로 말없이 되돌아 가버렸다는 일도 있었다고 참전용사가 하는 말은 서로가 죽기 싫어 총구에 불을 당기지 않았다는 것을 말하기도 한다. 그날 서로가 총을 쏘았다면 둘이 다 죽거나, 한 사람이 죽거나, 한 사람은 죽고 한 사람은 부상이거나, 두 사람이 부상이거나 그런 일들이 일어났을 것이다. 감옥안에서 꿈속에나마 김윤철은 고향을 자주 간다. 팽가이의 고향은 그림이 떠오르지 않지만 정말로 상상의 그림을 만들고 있다. 김윤철은 팽가이에게 한없이 작아지는 자신을 보게 된다. 인간이기에 느끼는 인간의 울음이다. 인간이기에 뿌리치지 못하는 사랑의 인드라망이다. 감옥안이건만 성스러운 일을 집행하는 기도소처럼 변하는 느낌이다. 팽가이를 생각하면 그렇게 해야 하고 그리 되는 것이 당연지사이기도 하다. 절을 짓거나 교회를 세우는 일이 그래서 생기는구나. 위로를 해야 할 영혼은 너무도 많다. 사람이 육적인 존재만이 아니라 영적인 존재임을 부정할 수가 없는 이유같다. 팽가이의 육신은 가고 없지만 팽가이의 영혼이 김윤철을 지배하는 것이다. '이 세상이 팽가이의 뜻대로 되게 하소서.' '이 세상이 부처님의 뜻대로 되게 하소서.' '이 세상이 하나님의 뜻대로 되게 하소서.' 김윤철은 무당이 아니지만 자주 팽가이와 접신을 하는 일이 감옥안에서 일어나는 것이다. 북조선의 고향과도 접신이 일어나기도 한다. 그런 날은 가슴이 쓰리고 눈물이 그렁그렁해진다. 자유를 찾게 된 것은 신나고 기운찬 일이지만 기운이 덜 나는 날도 있게 된다.

마리안느는 눈물이 펑펑 쏟아지는 일도 그렇다고 웃음이 콸콸 쏟아지는 것도 아니다. 많이 차분하다. 자유를 찾은 것은 엄청나게 들뜨는 감정이었지만 지금은 가라앉았다. 남성이 사정으로 느끼는 쾌감보다 서른 배는 더 강할 지도 모르는 여성의 오르가즘이 여성으로 하여금 아이를 키우는 일을 감당하게 해주는 일부분의 요소일까? 사람에게 마약의 강도가 서른 배나 강하게 작용한다면 중독이 심하게 되겠지만 그 긍정적 작용도 놀라울 수 있다. 남북한의 경제적 격차는 서른 배가 넘는다. 남한을 경험하는 북한 사람들은 남한을 붙잡을 수밖에 없다, 예전의 한국과 미국도 서른 배가 넘는 차이가 있었다. 그럴 때는 한국 사람들이 미국을 얼마나 동경했나? 성적 쾌락의 대가가 서른 배 이상이라면 사람도 인위적으로 남성이 아니라 여성으로 바뀌고 싶어 할까? 조물주가 무엇 때문에 그런 차이를 만들어 주었을까? 아이를 임신하고 키우는 것이 남자보다 서른 배나 더 재미있다고 자연적인 세뇌를 하여 인간의 멸망을 막는 작용인가? 늙은 할머니들이 할아버지보다 더 오래 사는 것도 손자손녀를 할머니들이 더 잘 돌볼 수 있는 능력이 있음으로 인해 자연적인 우생선택이라고도 한다. 마리안느는 무엇이 다른 사람들보다 서른 배나 차이지는 것이 있나? 아무리 잘 훈련된 미국 해병대도 한국전쟁의 장진호전투에서 열 배가 넘는 중공군 앞에서 초죽음을 당할 수밖에 없었다. 한국의 해병대도 전투력이 일반 육군보다 네 배이고 방위병보다는 열 배를 넘어서지만 서른 배의 힘을 발휘하지는 못한다. 마리안느와 김윤철 부부는 일반적인 부부보다 서른 배의 특이한 힘을 나타내는 어느 날이 있을까? 서른 배의 쾌감의 감도를 느껴보지 못하고 죽어야 하는 남성들은 어쩌면 여성들보다 불행한가? 흑인 노예들이 흘린 눈물은 백인 농장주들보다 서른 배는 많았지 않았을까? 자본주의 세상에서는 부의 불균형이 서른 배가 넘는 경우가 허다하다. 성적 쾌감과 경제적인 부는 상관관계가 미약하지만 경제적인 영역도 서른 배 이상이면 무슨 조치를 해야 하지 않나? 남한과 북한을 동시에 경험하는 사람이라면 누구나 서른 배 이상의 경제적 부를 누리는 세상을 선택할 것이다. 마리안느는 서독에 옴으로써 서른 배 이상의 무엇이 있었나? 정확하게 수량화하기도 어렵지만 언뜻 떠오르지는 않는다. 인구가 서른 배 차이나는 나라라면 이미 소국과 대국으로 구분이 되고 만다. 인구 오천 만의 나라의 서른 배는 인구 십오억의 나라가 서른 배이다. 알 수 없는 영역이기는 하나 어째서 여자가 남자보다 서른 배나 더 좋은 무엇을 가지게 되는 것일까? 흰긴수염고래는 몸길이 최대 30미터, 몸무게 최대 150톤으로 지구상에서 가장 큰 동물이다. 이렇게 큰 어류가 지구상에 존재하고 있다. 크릴새우를 먹고 산다. 고래의 똥이 플랑크톤을 먹여 살린다. 플랑크톤은 크릴새우의 먹이이다. 먹이사슬이 돌고 돈다. 여성의 성적쾌감이 서른 배나 남성보다 강하다면 그것은 종족보존이나 먹이사슬의 경우처럼 설득력이 있어는 보인다. 젖을 먹는 포유동물인 고래는 바다에서 숨을 쉰다. 물고기와는 다른 종이다. 알로 번식하는 것이 아니라 교미를 하는 것이다. 수컷 고래의 생식기가 몸 밖으로 나와 암컷 고래와 교미를 하는 것이다. 평상시에는 수컷 고래의 생식기는 헤엄치는 데 불편하므로 몸속에 숨겨두는 것이다. 고래도 포유류이므로 암컷 고래가 수컷 고래보다 성적쾌감이 얼마나 더 높은지를 알 수 있다면 좋은 흥밋거리가 될 것이다. 언젠가는 사람들이 알아내고야 말 것이다. 쥐가오리 수컷이 물위로 뛰어오르는 것이 구애의 표현이라고 알아내듯이 알게 되면 좋다. 마리안느의 눈물이 서른 배나 줄어드는 나날이 지금 정상적으로 펼쳐지고 있나? 흰긴수염고래의 똥은 바다 생태계에서 매우 중요하다. 코끼리의 똥도 아프리카 생태계에 중요하다. 사람의 똥은 생태계에 무슨 영향을 미치지 않나? 마리안느와 김윤철과 딸의 똥은 생태계에 무슨 영향을 미치나? 마리안느의 눈물이 줄어드는 것은 사실, 큰 사건이다. 사람의 눈물이 줄어들고 웃음이 늘어나는 것은 좋은 일이다. 어린아이처럼 웃을 수만 있다면 인생은 너무나 행복하다. 웃음이 서른 배나 늘어나면 너무나 행복하다. 흰긴수염고래가 30미터의 길이를 자랑한다. 항공모함은 300미터의 길이를 자랑한다. 그러나 바다 밑으로는 들어가지 못한다. 사람들이 고래보다 서른 배나 긴 항공모함을 만들고부터 엄청난 쾌감을 느끼고 있나? 잠수함이 고래보다 서른 배 길면 정말로 더 웃으면서 쾌감을 느끼나? 300미터가 넘는 항공모함을 가진 나라는 엄청나게 웃으면서 쾌감을 느끼고 강대국이다. 그러면 나중에는 300미터의 항공모함보다 서른 배나 더 긴 배를 만들어내는 사람들이 있게 되나? 9킬로미터의 배를 만든다고! 사람이 사는 지구는 자연생태계이다. 남성과 여성이 성적쾌감의 감도가 서른 배나 차이가 정말로 난다면 사람이 하는 일이기에 지금의 항공모함보다 서른 배나 더 큰 배도 나올 수도 있지 않을까? 마리안느는 자유가 서른 배나 많아졌나? 마리안느는 재산이 서른 배나 많아졌나? 마리안느는 눈물이 서른 배나 줄어들었나? 마리안느는 9킬로미터의 배를 타보게 되나? 항공모함에 오천 명이 탑승하는데 서른 배의 배는 십오 만 명의 사람이 타지 않나? 배가 아니라 하나의 도시가 아닌가? 마리안느는 이 배를 타고 눈물을 흘리는 것이 아니라 놀라워서 눈이 휘둥그레지는 것이 아닐까? 이 배를 '자유의 배'라고 한다면 수많은 '자유의 배'가 서독의 바다를 떠다니나? 아니면 전 세계의 바다를 떠나니나? 아니, '자유의 비행기'가 서독 하늘을, 전 세계의 하늘을 떠다닐 것이 아닌가? 자유의 배! 자유의 비행기! 자유의 배와 자유의 비행기가 바다와 하늘을 수놓을 때 마리안느의 눈에서는 슬픔의 눈물이 사라지고 기쁨의 눈물이 펑펑 쏟아날 것이다. 김윤철과의 사랑으로 쾌감의 눈물도 쏟아질 것이다. 자유의 배와 자유의 비행기를 마리안느는 딸에게 보여주면서 환희의 눈물을 흘릴 것이다. 정말로 십오 만 명이 타는 배나 비행기를 사람들이 운용한다면 그 배나 비행기에는 코끼리를 태워 같이 살 수도 있다. 고래까지 태워 살 수도 있지 않을까? 왜 흰긴수염고래를 배나 비행기에 태우나? 그들은 너무 좁은 곳에 갇히는 감옥살이일 텐데? 이상한 사람의 욕심이 고래를 가두게 되지 않나? 고래는 또 마리안느 부부처럼 더 넓은 바다로의 탈출을 꿈꾸게 되지 않나? 고래들은 바다로 돌아가는 자유를 찾아 부단히 인간과 불화가 생길 것이다. 길이 30미터, 150톤의 고래를 애완동물로 기르고 싶어 하는 사람. 항공모함을 만들고부터 생기는 사람의 확장성 사고는 그 끝을 알 수가 없다. 마리안느는 김윤철이 감옥을 나오는 날에는 기쁨의 눈물이 흐를 것이다. 김윤철이 감옥에서 나오지 못하면 슬픔의 눈물이 흐를 것이다. 김윤철과 방사하는 날에는 쾌감의 눈물이 흐를 것이다. 아니, 방사하는 날에는 쾌감의 애액이 흐를 것이다. 서른 배의 쾌감을 김윤철에게도 전하고 싶지만 아직은 남성의 신체구조가 그렇게 진화를 하지 않고 있다. 두 사람의 공간은 떨어져 있다. 두 사람의 공간이 떨어져 있음은 정당한 일이 아니지 않은가? 하루라도 빨리 같은 공간에 있어야 한다. 하루에 만보를 움직여야 건강에 좋다고 하니 만보를 움직이는 것도 같이 같은 공간을 움직이면 더 좋다. 면회를 가야만 잠시 만날 수 있다. 면회를 가면 남녀의 잠자리를 같이 허락해주는 교도소나 그런 교도행정을 하는 나라라면 더 좋겠지만 거기까지의 행복은 없다. 완벽하게 공개된 면회가 잠시 허용되는 것이 최대의 선물이다. 적응을 하는 수밖에 없다. 어리고 귀여운 딸과 같이 세 식구가 만나는 일인데 면회하는 날을 절대로 놓칠 수가 없다. 한 공간에 가족이 모이는 것이다. 한 공간에서 부부는 살이 맞닿게 된다. 교도소의 면회 공간은 잠자리를 같이 할 수 있는 공간은 아니다. 인사와 말만 할 수 있는 것이다. 아무리 사랑하는 사람들이지만 인위적으로 떨어져야 하는 것이 감옥이다. 감옥은 무척 싫은 공간이다. 두 번 다시 가고 싶지 않은 공간이다. 감옥을 직장으로 가진 사람은 직장을 사랑하니 늘 출근을 하여야 한다. 사람이 살다가 원하지는 않지만 경험하는 일들이 많다. 그런 일이다.

마리안느는 눈물을 거두고 웃을 일들을 차곡차곡 준비해나가야 한다. 김윤철을 다시 만나고 그 다음 단계로는 미국으로 이동을 하고, 모든 상황이 허락하면 어머니와 할머니까지 서독이나 미국으로 데려오고. 어머니와 할머니는 고향인 동독에서 남은 생을 마감하는 것이 더 좋은 일일 수도 있지 않을까? 그런 생각이 들기도 한다. 눈물은 눈에서 나오는 것이지만 가슴에서 나오는 것일까? 마음에서 나오는 것일까? 마음은 가슴에서, 심장에서 일어나는 작용으로 느끼지만 마음은 뇌의 작용이라니 직접적으로 와 닿지 않는 감정이다. 모든 감정과 인간의 느낌과 정신작용이 심장의 고동에서 생기는 것이 아니라는 과학적 관찰의 결과물은 사람을 조금은 허탈하게 만든다. 뇌 세포가 일천 억 개인데 이 일천 억 개의 뇌 세포가 십의 백만 승으로 조합을 이루는 것이 마음의 작용이라니 어마어마한 마음의 조각들이다. 한 사람의 뇌에서 그런 정도의 작용이 일어나니 70억이나 80억 사람이 모두 느끼는 마음은 알파고에게 물어봐도 감이 잘 느껴지지 않을 정도이다. 예전에 죽은 사람과 미래에 살 사람까지 치면 산술적인 마음의 양이나 질을 알 길이 막막하다. 마리안느와 딸이 가슴이 아니라 뇌에서 알 수 없는 양과 질로써 마음이 상호작용을 하는데 어찌 보면 사랑이라는 단 한 가지 마음뿐이지 않나? 가장 주목하는 것은! 자꾸만 생각이 나는 것은 사랑이라고 사람들은 말한다. 눈을 감거나 눈을 감지 않아도 머릿속에서 가슴속에서 자꾸만 생각나는 것은 사랑이다. 자꾸만 남자는 여자가, 여자는 남자가 생각나면 그것은 사랑이라는 것이다. 자꾸만 누군가가 생각이 나면 그것은 사랑이라는 것이다. 마리안느의 마음에 자꾸만 나타나는 사람은 사랑하는 사람이다. 마리안느를 자꾸만 울게 만들거나, 자꾸만 웃게 만드는 것도 사랑이다, 그녀를 울게 만드는 어머니나 할머니, 그녀를 웃게 만드는 딸, 모두가 사랑이다. 그녀가 끊임없이 그리워하고 생각하는 김윤철, 그는 사랑하는 그녀의 남편이다. 사람이 사랑하는 식물은 성장이 남다르다고 한다. 사람이 사랑하지 않는 식물은 성장이 무척 더디다고 한다. 어째서 식물이 사람의 사랑을 알아차릴까? 놀라운 일이다. '사랑과 재채기는 숨길 수가 없다'고 한다. 마리안느는 김윤철을 사랑하는 것을 숨길 수가 없었다. 역으로 생각하면 사랑하는 것을 숨길 수가 없는 것과 마찬가지로 미워하는 것도 쉽게 드러날 수밖에 없을 것이다. 여자의 육감을 능가하지 못하는 남자들도 사랑과 미움은 잘 알 것이다. 아니, 잘 모를 수도 있을 것이다. 서른 배나 둔감한 능력을 나타내는 부분도 있을 수 있느니 말이다. 일만 배나 후각 능력이 사람보다 뛰어난 개들은 그들의 유전자 속에 인간을 가까이하려는 유전자가 있다고 한다. 사람도 개처럼 그런 유전자가 발현된다면 코끼리나 고래를 가까이 하려하고 그래서 코끼리와 같이 살거나 고래와 같이 살게 되어 아프리카 숲 같은 마당과 태평양 바다 같은 수영장을 가지게 될까? 사람들은 최근에 스스로 놀라게 되는 유전자를 본다. 무기를 너무나 무시무시하게 만들어 내는 인간의 요상한 유전자를 보고 있는 것이다. 스스로 겁이 나서 핵발전소를 줄이려고 한다. 유전자 지도를 해독하듯이 사람들이 언젠가는 아니, 아주 가까운 장래에 일천 억 개의 세포가 십의 일백 만 승으로 조합하는 사람의 뇌의 활동을 알아내면 그때는 사람의 마음을 모두 볼 수 있는 마음의 유전자지도가 세상에 나타날 것이다. 마리안느의 눈물은 모두가 해석이 되고 만다. 마리안느의 사랑은 모두가 풀리고 만다. 이런 날이 진정 좋은 날인가? 수많은 알파고가 서로 연결되어 거대 알파고 인드라망을 만들면 개나 코끼리나 고래의 마음까지 더불어 사람의 마음까지 알게 되면 그 세상에서 흘리는 마리안느의 눈물은 너무도 해석이 잘 되어 있어 동물들도 적절한 반응을 하게 되나?

세상의 모든 사람들이 전생과 미래를 알 수 있는 귀신들이 되어 귀신이 사는 세상이 미래의 세상이냐! 마리안느도 귀신 팽가이를 너무도 잘 알고 귀신과 사귄다면 원과 한이 녹아내린 멋진 신세계도 펼쳐질 것이다. 나를 위해 누군가가 기도를 하고 있다. 남을 위해 나는 기도를 하고 있다. 일어나는 일이다. 전쟁이 일어나기를 기도하는 사람이 있나? 전쟁이 일어나지 않기를 기도할 것이다. 누구를 위해 기도하는 것은 사랑이다. 누군가가 기도해주는 것을 받아들이는 것은 사랑을 받는 것이다. 식물이 사람의 사랑을 받고 사랑의 무엇을 해내듯이 사람도 사랑과 기도를 받으면 식물처럼 훌륭한 반응이 나온다. 마리안느와 김윤철은 사랑을 했나? 두 사람은 서로가 사랑을 했다. 두 사람은 자유도 사랑했다. 자유를 찾으려고 깊은 기도도 했다. 사람들이 사랑과 자유에 대한 헌신들이 반응이 오면 정말로 살맛이 난다. 그 반대로 진행되면 힘이 빠진다. 한 여름에 달리는 사람이나 걷는 사람이 서너 시간 만에 그늘을 만나거나 한 모금의 물을 먹거나 잠시 앉을 수 있으면 지친 육신에 다시 힘이 생긴다. 한 여름에 일고여덟 시간 만에 그늘을 만나지 못하거나 한 모금의 물을 마시지 못하거나 잠시 앉을 수 없다면 사람은 쓰러지고 만다. 그리워하고 사랑하는 세월이 없는 인생은 사막에서 오아시스 없이 살아온 인생처럼 쓰디쓴 일생이지만 그리워하고 사랑한 세월이 있는 인생은 사막에서 오아시스를 가진 인생은 달콤한 일생이다. 아기가 엄마의 젖을 빨아먹는 달콤한 시간은 그리 길지 않다. 그 달콤한 시간을 가지지 못하면 아기는 살 수가 없다. 그 달콤한 시간을 아기에게 헌신한 엄마는 일생이 행복하다. 마리안느는 딸에게 사랑을 주고 있다. 딸이 엄마에게 사랑을 가르치고 있는 것일까? 하얀 설산과 하얀 소금산은 멀리서 보면 똑같이 하얗게 아름답다. 겨울에 내린 하얀 눈에 먹는 하얀 소금을 적당히 섞으면 눈물처럼 비슷한 액체를 만들 수 있다. 일천 년을 흘릴 마리안느의 눈물을 인공으로 만들 수 있다. 마리안느가 흘릴 일천 년의 눈물은 인공이 아니라 마리안느의 일생을 통해 만들어질 수도 있다. 사람의 수명이 사천 년이 되거나 일만 년이 되면 한 번 슬픈 일이 망각이 일어나지 않으면 긴 세월 동안 마르지 않는 눈물이 될 수 있다. 마리안느는 배가 고파 젖을 달라고 운 어린 날이 있었지만 망각하고 있다. 사람이 저 세상으로 가기 전에 치매가 걸리는 것은 망각의 기쁜 면도 있지만 산 사람이나 죽을 사람이나 고통이기도 한 측면도 있다. 마리안느는 영원히 울지 않게 되기는 어렵지만 지금은 덜 울고 있다. 우는 일이 거의 없어지고 있다고나 할까? 마리안느의 딸이 해맑게 웃고 있다. 딸이 웃고 있다.

6. 유중필의 작은 성공

앨도라도주 스핑크스시로 유중필의 가족이 이사를 왔다. 유중필은 주지사를 목표로 선거를 치르려고 한다. 대단한 성공을 원하지만 그 꼭대기에 올라가기가 쉽지만은 않을 것이다. 앨도라도주는 미국의 52번 째 주이다. 오이를 많이 먹으면 비만인 사람은 살이 쪽 빠진다고 한다. 오이만 먹고 다른 것을 먹지 않으면 영양불균형이 일어나지만 살은 금세 빠진다고 한다. 52번 째 주가 앨도라도주이다. 앨도라도주는 그 땅이 오이처럼 길쭉하게 뻗친 주이다. 오이주이다. '오이로 담근 술'이라거나 그냥 오이주라고도 한다. 오이주에는 인디언도 많고, 아시아계도 많고, 흑인도 많고, 히스패닉도 많다. 그래도 백인의 비율도 높다. 선거는 '민주주의의 꽃'이라고 하는데 꽃이 피려면 정성이 무척 필요하다. 유중필의 밑천은 대단하지 않다. 태산명동서일필(泰山鳴東鼠一匹)이지만 그렇지 않다고 해야만 한다. 황금과 사자와 온갖 것이 섞인 이곳에서 쥐만은 아니고 싶다. 혹시 유전자편집을 자꾸 하여 사람을 무서워하지 않는 애완 쥐가 이 도시를 애완견보다 더 많이 법석이게 될까? 알 수는 없다. 황금이나 땅은 사람을 불러들이는 요소이다. 무엇이 유중필을 움직이게 했을까? 그에게 잠재돼 있던 권력의지는 왜 발현이 되어 행동으로 나타나게 되는 것일까? 짧은 일생에서 그를 이 길로 오게 하는 요인이 분명 있을 것이다. 적성이나 성격이나 환경 때문일까? 팔자가 이 길로 가게 만든 것일까? 가장 직접적인 원인은 미국에 왔기 때문이다. 미국에서 새로운 삶을 살아가다가 그 길에서 맞닥뜨린 결정이다. 앨도라도주를 지상낙원이 되게 만들어보자는 것은 큰 꿈이지만 실현가능성이 완벽할 순 없다. 그렇지만 앨도라도주를 조금 좋게 만들어보자는 마음은 진정성이 내포된 것이다. 엠티비 여전사 매향아씨와 많은 대화를 통해 앨도라도주를 미국에서 가장 멋진 주로 세계에서 많은 사람들이 부러워하고 이민을 오고 싶은 곳으로 변화시킬 계획들을 짜내야 하는 것이다. 앨도라도주는 너무 넓어 자전거로는 둘러보기가 불가능한 영역이다. 자전거에 날개를 달지 않고는 일어날 수 없는 일이다. 자전거에 날개를 다는 것이다. 자전거이자 비행기인가? 비행기이며 자전거인가? 자전거로는 일주일을 가야 하는 거리일지라도 비행기로는 한 시간이면 가능하다. 현실은 일주일이 걸리는 자전거길이지만 마음속에서는 한 시간 만에 가야 하는 길이다. 이 모순이 앨도라도주, 여기에 사는 사람들이 풀어야 할 문제이다. 곰곰이 생각하면 문제는 풀린다. 곰곰이 생각해도 문제가 풀리지 않을 수도 있다. 앨도라도주의 인구는 몇 명인가? 한 명인가? 이십 억 명인가? 정말로 앨도라도주의 인구는 중국이나 인도보다 많은가? 52번 째 주는 왜 이렇게도 인구가 많을까? 아니면 너무 적을까? 인구가 많으면 땅이 넓은 것이 과거의 공식이었다. 미래의 공식은 인구가 많아도 땅이 넓지 않거나 좁을 수도 있다. 유중필은 전쟁의 땅에서 미리 학습해본 일이다. 앨도라도주는 좁은 땅에 많은 인구이지만 답답하지 않게 살 수 있는 지혜를 활용하는 곳이면 가장 마음에 드는 곳이 된다. '물 좋고 정자 좋은 곳은 없다.'라는 속담을 거역하는 곳이 앨도라도주가 될까? '젖과 꿀이 흐르는 땅' '가나안 땅'을 찾은 사람들이 아직도 찾아가고 있는 땅인데 '젖과 꿀이 샘솟는 땅' '젖과 꿀이 샘솟는 이상의 땅' 누구나 원하는 앨도라도주이다. 유중필이 만드는 것이 아니라 앨도라도주의 사람들이 만들어내는 것이다. 불을 잘 피운 사실이 인간과 동물의 구분이었다. '젖과 꿀이 샘솟는 그 이상의 땅'을 만드는데 성냥불을 잘 긋는 사람은 인간과 동물을 구분 짓는 기준에서 인간의 자리에 서게 된다. 담뱃불을, 성냥불을, 가스불을, 불을 잘 일으키면 된다. 불을 만난 인간이 불씨를 잘 가져와 불을 지키면 동물을 넘어서는 것이다. 똑같이 자연에서 불을 만난 인간과 동물이 불씨를 가지고 놀지 않았다는 단순한 차이가 아닐까? 불씨가 꺼지지 않게 가지고 논 이 단순한 차이를 인간의 문명이라 하는 것은 좀 그러나? 이 일이 그렇게 대단한 진보로 이어져서 세상이 개벽하지 않았나? 앨도라도주의 불씨가 무엇인지 잘 몰라도 그 불씨를 가지고 놀 유중필이 이 앨도라도주를 어떻게 바꾸어 갈지 잘 알수가 없어! 자연에서 일어나는 불은 늘 일어났다. 불기가 조금 남아있는 불씨만 모아서 계속 불이 꺼지지 않게 온갖 노력만하면 동물을 이기는 것이 아니었나? 단지, 개가 사람을 피하지 않는 유전자가 전해져 사람 곁에 살듯이 인간도 불을 싫어하지 않는 유전자로 인해 불을 가지고 장난을 좋아하다가 일어난 일이 아닌가? 원자폭탄, 중성자폭탄, 수소폭탄, 사람들은 불을 매우 좋아한다. 더럭 겁이 날 정도로 불을 좋아한다. 이제는 동물처럼 불을 무서워해야 하나? 아니면 그전과 마찬가지로 동물과 반대로 불을 계속 좋아하여 원자폭탄이나 중성자탄이나 수소탄보다 더한 불을 가지고 노는 것이 맞나? 사실, 유중필이 의도하거나 인도하지 않아도 앨도라도주의 사람들은 스스로 불을 더 잘 이용하는 일이 계속 될 것은 불문가지이지만 그 끝을 잘 모르는 사람들이다. 불은 전쟁과도 아주 밀접하다. 대부분이 불을 이용하는 전쟁이다. 이제는 불을 이용하는 전쟁 대신에 다른 전쟁을 하기는 한다, 불보다 더 무서운 전쟁을 할 사람들이지만 그렇게 하지 않을 사람들이기도 하다. 동물들처럼 무서움을 알고 있기 때문이다. 사람이 사는 지구에서 꽤 먼 우주에 사는 우주인이 지구 하나쯤은 없어져도 아무런 문제가 아니라 생각하면 지구에 온갖 불을 시험 삼아 붙여보는 해괴망측한 일이 일어날 수도 있다. 불을 끄는 데는 물을 부으면 꺼진다. 지구에는 물이 무척 많다. 바닷물은 매우 많다. 사람이 아무리 불장난을 해도 바닷물이 그 불장난을 막는지는 공부를 한다 해도 잘 알 수가 있을까? 알파고에게 물어보나? 알파고가 유중필의 앨도라도주 주지사 선거 도전이 백전백패라고 하면 당장에 그만둘 유중필일까? 백전백패이지만 엠티비 여전사 매향아 씨가 도와주면 물러서지 않고 계속 불씨를 지펴 나가는 유중필이 되나? 불과 같이 물도 가지고 노나? 물을 가지고 놀면 불의 위험을 줄이지 않나? 물은 어떻게 가지고 놀 수 있나? 수영장을 많이 만드나? 양어장을 많이 만드나? 지하호수를 많이 만드나? 지하수력발전소를 많이 만드나? 지하 바다를 만들 수 있나? 지하 바다를 만들 수 있다고 불씨를 지피나? 일백 톤짜리 고래 수 억 마리를 이용하면 가능하지 않을까? 사람이 손으로 삽을 이용 하듯이 고래도 고래의 몸에 맞는 사람의 삽 같은 도구를 장착하거나 사용할 수 있게 하여 육지의 지하를 파헤치게 하면 지하 바다가 고래의 노동력으로 만들어지지 않나? 그러면 지구는 사람의 지구인가? 고래가 지배하는 지구인가? 공룡이 지배하던 지구처럼 고래가 지배하는 지구가 되지 않나? 고래나 공룡이 지배하는 지구가 될지언정 사람이 그 고래와 공룡을 통제할 수 있다면 다른 세상이기도 하다. 그래서 앨도라도주 지하에는 고래가 만들어 놓은 지하 바다가 있는 유일한 미국의 52번 째 주가 되나? 지하철을 건설하는 현장에서 지하의 터널을 뚫는 기계는 인간이 도구와 장치를 장착한 고래가 육지의 밑을 파헤치는 일과 유사한 일을 한다고 볼 수 있다. 고래에게 소에게 씌운 멍에와 코뚜레를 고래에게 맞추어 사람이 다시 적용하는 아주 나쁜 일이기는 하지만. 일꾼으로 이용되는 코끼리처럼 고래가 그렇게 되는 일이니 좀 미안한 일이다. 말을 부리는 사람은 마부, 소를 부리는 사람은 카우보이, 고래를 부리는 사람은 고래부리라 하나? 뭐라 해야 하나? 앨도라도주에는 고래를 부리는 고래부리라는 사람들이 만약에 수억 명이 있다면 '젖과 꿀 그 이상이 샘솟는 땅' 앨도라도주가 눈앞에 보이는 것이 현실일까? 엠티비 여전사 매향아씨가 설명해 주는 앨도라도주는 매우 놀라운 곳이다. '못 살겠다. 갈아보자.'가 아니라 '고래부리 수 억 명의 일자리를 만들고 지하 바다를 만들겠다.' 유중필의 앨도라도주 주지사 선거구호이다. 검증을 하는 사람들이 검증을 잘 해야 하는데. 이 선거구호를 믿어도 되나? 수 억 마리 고래의 먹이는 준비가 잘 되어 있나? 수억 명의 고래부리 사람들이 고래의 등에 타고 바다 속에서 하루에 몇 시간의 노동을 한단 말인가? 아니면 수억 명의 고래부리 사람들이 육지에서 원격조종을 한단 말인가? 육지에서 원격조정을 할 사람은 그렇게 하고 스릴을 맛보면서 일할 사람은 바다 속에서 일하고 마음대로 선택하는 선택사항인가? 뭐 그렇게 하나? 고래들끼리 무리를 지어 일하게 하고 고래부리 사람들은 놀면서 월급을 타면 되지! 고래들이 지능도 높으니 스스로 일하게 하고 사람들은 놀면서 월급을 받지 뭐! 가장 후자의 것이 가장 좋네! 이것을 선거구호로 정한단 말인가? '고래가 일하고 사람은 놀자!' 선거구호로서는 너무 심하지 않나? 50년이나 족쇄를 차고 있던 코끼리에게서 그 족쇄를 벗겨주자 코끼리의 눈에서 눈물이 줄줄 흘렀다고 한다. 고래들도 그런 일이 일어나지 않나? 고래는 포유류이니 동물이다. 동물을 학대하는 일이다. 그러면 앨도라도주 사람들이 고래들 이용하기보다는 고래로봇을 만들어 고래같이 일하는 고래로봇으로 해결하면 고래를 학대하는 동물학대는 사라진다. 고래부리는 고래로봇을 다루는 사람으로 다시 재정립하면 된다. 고래로봇 수억 마리를 만들 일거리를 주겠다. 고래부리 수억 명을 채용하겠다. 좀 더 인간적인 구호들이 된다. 고래가 살판나게 된다. 족쇄 찬 코끼리, 멍에 멘 소 때문에 고래는 운 좋게 그런 일을 당하지 않게 하려는 사람들의 노력으로 동물복지 혜택을 톡톡히 보게 된 셈이다. 자동차를 왜 만드나? 비행기를 왜 만드나? 우주선을 왜 만드나? 크게 문제 삼지 않는다. 당연하게 만든다. 고래로봇을 왜 만드나? 지하 바다를 왜 만드나? 당연하게 되나?

섬진강 십 리 매화 꽃길의 아름다움과 향기는 사람들을 봄의 남도로 끌어들인다. 매화 향기의 기억을 잊지 못해 매향아씨로 이름 지은 매향아씨, 엠티비 여전사. 십리 매화 꽃길을 자전거로 달리는 기분은 한없이 즐겁다. 오이주에서 일주일 내내 매화 꽃길을 달릴 수 없지만 만약에 일주일 내내 매화 꽃길과 매화 향기를 맡으면서 그 길을 달린다면 즐거움도 있겠지만 지루함도 동반할 것이다. 오이주의 수도, 스핑크스시에 피는 매화꽃과 매화 향기, 섬진강의 매화들이다. 미국의 수도, 워싱턴에 피는 벚꽃, 일본이 미국에 준 것이지만 그 원산지는 한국의 제주도에서 시작된 왕벚꽃나무들이다. 워싱턴의 벚꽃, 스핑크스시의 매화, 제주도와 섬진강의 산물이다. 사계절 중에서 봄과 가을은 사람들이 선호하는 계절이다. 봄에는 꽃이 피고 새가 울고, 가을에는 곡식이 익고 겨울을 준비한다. 계절을 사람이 이렇게 저렇게 할 수 없었지만 지하도시나 지하국가를 건설하고는 사람들이 계절을 제어하는 능력이 축적된 것이다. 문명이 앞서고 문화가 앞서면 그 앞선 문명과 문화를 섭취하여 자기 것으로 흡수내지 동화시키는 일을 하는 것이 사람들이다. 오이주가 세계에서 가장 문명이나 문화가 앞서가면 저절로 많은 사람들이 오이주로 모이는 것은 너무나 당연한 결과물이다. 오이주의 봄은 제주도와 섬진강의 봄과 별반 다르지 않다. 온대성 기후이므로 적응하는 데 있어서 그리 힘든 일은 아니다. 모든 인종이 모인 앨도라도주를 모든 인종이 마음을 하나로 묶을 수 있는 것을 제시하면 묶여지는 그러한 세상을 만난다는 것은 필연적인 일이고 꼭 일어나야 하는 세상사이다. 그 길에서 유중필이 불을 가지고 노는 불장난을 좀 하는 사람이 되고자 하는 일이다. 더 앞선 문명과 문화라면 불장난이 아니라 물장난을 하여야 하나? 물과 불은 모순이지만 서로가 서로를 물고 가는 물건 같기도 하다. 제주도와 섬진강은 남해 바다로 서로가 떨어져 있지만 하늘의 구름과 바람은 아무 제약 없이 왔다 갔다 한다. 워싱턴과 스핑크스시는 멀리 떨어져 있지만 구름과 바람은 역시 잘 교류를 한다. 빛의 속도로 움직이는 통신은 거리 개념을 없애버렸지만 아직까지 일상생활에는 거리 개념이 남아 있다. 제주도의 왕벚나무, 섬진강변의 매화를 사람들이 미국으로 가져와 버렸다. 미국의 자유와 미국의 개방성을 제주도와 섬진강에 심어 버렸다. 이것이 역설적이게도 한국전쟁이라는 비극에서 출발을 한다. 한국전쟁은 아프리카의 에티오피아까지도 자유를 지키기 위해 한국에 오게 만들었고 숭고한 인류애를 보여 주었다. 힘들고 어려운 한국을 도왔지만 에티오피아 그 자신은 더 힘들고 어렵게 지내왔다. 전쟁이 지구 전체를 이어주고 교류가 끊어지지 않게 연결한 역설의 진실도 같이 묻혀 있다. 아프리카 사람들로서는 한국의 겨울 날씨가 '하늘에서 얼음이 떨어지는 것 같다.'고 느낀 추위였다. 한겨울에 달리는 군용트럭을 타고 사주경계를 서면 볼이 얼어붙는 느낌이 들기도 한다. 불이 얼어붙는 느낌에서 교대를 하지 않고 한 사람이 계속 사주경계를 서면 볼이 얼어붙어 감각이 없어질 것이다. 유중필도 북한의 겨울과 포로수용소 거제도의 겨울바람을 맛보았다. 에티오피아군은 한 사람의 포로도 생기지 않게 운영된, 한 사람의 시신도 한국 땅에 버려지지 않은 놀라운 군대였다. 싸운 전투마다 모두 다 이긴 한 번도 패한 적이 없는 군대였다. 황실근위대라서 그런지 놀라운 군대였다. 유중필은 그런 대단한 군인이 아니었다. 서울에 있다가 인민군에게 잡혀 강제로 인민군이 되었다가 국군에게 포로로 잡혀 거제도 포로수용소에 있다가 풀려나 미국으로 이민을 온 사람이다. 황실근위대 같은 자존감이 하나도 없는 군인이었다. 정말로 강제로 잡혀가서 억지로 인민군이 되었을 뿐이다. 앨도라도주의 주방위군은 무슨 기준으로 선발하나? 강제징집은 없다. 군인은 지원하는 것이고 직업이다. 월급을 받는 군인이다. 생소한 월급쟁이 군인들이다. 전시에는 상황이 달라지기는 한다. 지원이 아니라 징병이 일어난다. 미래에는 사람은 전쟁터에 투입되지 않고 전쟁을 수행하는 전쟁로봇만이 투입되는 전쟁으로 바뀌는 날도 올 것이다. 유중필은 앨도라도주의 모든 일들을 감당하려면 혼자의 능력으로는 불가능하다. 다만 주지사가 된다면 그 역할을 무리 없이 수행하면 된다. 그 역할을 수행하기 적합하다고, 앞으로 내놓는 방향들이 좋다고 열심히 설득을 잘 해야 하는 단계이다. 말하자면 지원으로 이루어진 주방위군이 실제 전투에는 참가하지 않고 로봇군인들을 조종하는 일만 하게 미래의 군대를 지금보다 빠른 시간 내에 적용하도록 하겠다는 구호로 설득을 잘 해야 하는 것이다. 군대에 갔는데 생명의 지장이 없다. 죽을 일이 없는 군대라니 이상한 군대라고 할 것이다, 앨도라도주에는 이상한 일들이 많다.

사실, 이상한 일들은 사람들이 진짜로 간절히 바라는 일들이다. 꿈속의 일들이 대부분이다. 꿈속의 일들을 꿈속의 일이 아닌 실제의 일로 일어날 때 사람들은 기적이라고 한다. 기적 같은 일들도 일상적이면 기적처럼 보이지도 않는다. 수십 만 년 전에 이미 사람들이 지금의 사람들보다 더 정교한 핵에너지를 사용한 흔적을 발견하면 사람들은 혼란스럽다. 아니, 아니, 믿기가 쉽지 않다. 인간의 선조가 그랬나? 외계인이 왔다가 갔나? 지금의 과학능력으로 검증하여 분명이 맞는 일이지만 설명을 못해내는 것이다. 그러면 사람들이 불을 가지고 이런 문명을 만들었다고 하지만 사람이 아닌 다른 포유류가 핵을 고도로 이용하다가 멸절이 되었는가? 개가 그랬단 말인가? 침팬지가 그랬단 말인가? 앨도라도주의 주지사 선거에서 유중필이 당선되어 앨도라도주를 이끌어 가면 많은 사람들이 놀라게 될 것이고 외계인이거나 인간의 선조가 고도의 핵사용 능력을 보여준 것 같은 아리송함에 빠질 것이다. 설마, 그 정도로까지 놀라지는 않을 것이다. 뜨거운 불, 불, 그 불, 사람만이 좋아했을까? 사람이 아닌 동물 중에도 불을 좋아한 동물이 없었을까? 사람이 가장 불을 좋아했다면 지금의 과학이 발전하는 속도를 볼 때 이미 지금의 사람들 이전에 사람들이 지금보다 더 발전한 핵시설이나, 덜 발전한 핵 시설에서 한 번이나, 아니면 두 번이나 지구전체로 멸망한 적이 있진 않았을까? 지금의 문명은 불을 가지고 살다가 여러 번 화를 당하고도 다시 화를 당하려고 가고 있는 중은 아닐까? 그 증거나 인류의 역사를, 지구의 역사를 잘 알아내면 의문이 풀리기도 할 것이다. 유중필이 매향아씨와 더불어 스스로 방법을 찾아내던지, 과거의 성공사례를 찾아내던지, 과거의 실패 사례를 찾아내던지, 미래의 방법을 예지력으로 끌어내던지 하면 된다. 드리마일, 체르노빌, 후쿠시마 등의 일들이 수십 만 년 전에 일어났다고 한들 사람들이 찾아내지 못하면 모르는 일이다. 히로시마, 나가사키의 일들이 기록이 없어질 정도로 대규모로 지구상에 일어났었다면 찾지를 못하는 후손들일 수도 있다. 지구 전체의 바닷물이 100도 이상으로 끓어 모든 바다생물이 죽었던 일들이 많이 일어났나? 불장난이 심하여 일어났을까? 원자폭탄이 터진 땅에도 시간이 지나면 식물이 살아나고 동물도 살아난다. 핵이 오염이 된 지역도 많은 시간이 지나면 동식물이 보이는 것은 부인할 수 없다. 인류의 조상들이 핵전쟁을 이미 치러 보았다고 가정을 하면 지금의 인류는 핵이 오염된 이후에 나온 사람들일까? 유중필은 불바다가 된 한국전쟁에서 불을 피하여 불이 잘 일어나지 않는 미국 땅으로 온 사람이다. 앨도라도주는 불이 가장 잘 일어나지 않는 곳으로 만들어야 사람들이 가장 잘 모이는 곳이 된다는 것을 너무나 쉽게 알 수 있다. 누구나 잘 아는 사실이다. 이상한 사람들도 있기는 하다. 불이 붙어 있는 곳에 화약을 짊어지고 들어가는 사람도 있다. 앨도라도주의 지하에 지하 바다를 만들면 불이 일어났을 때를 대비하거나, 불이 일어나지 않게 하는 가장 큰 보험이 되나? 보험치고는 많은 돈이 들어가는 보험이다. 희한하게도 높은 빌딩들은 대부분이 보험회사들이다. 인간의 불안에 대한 방어책이 고층빌딩을 점령하는 것이다. 희한하게도 대형건축물은 종교건물이다. 인간의 마음에 대한 불안이 종교건물을 가장 웅장하게 만든다. 가장 큰 구조물들이 대부분 인간이 감당하기 어려운 불안과 공포로부터 나온다는 점이다. 핵폭탄도 독일이나 일본이나 이탈리아의 나쁜 일들에 대한 불안에 대한 대비책으로 나온 것이다. 핵폭탄 자체가 또 불안이니 이에 대한 대비책으로 사람들이 고안해내는 것이 빌딩, 거대한 종교건축물, 핵폭탄이 아닌 무엇으로 나타날까? 지하 바다로 나타난다는 것이냐? 러시아 모스크바의 지하철, 북한 평양의 지하철은 핵전쟁에 대비한 측면이 존재한다. 미국의 지하수력발전소도 핵전쟁에 대비한 산물이다. 지하도시, 지하국가는 핵전쟁의 산물임이 일부 드러난다.

핵의 오폭발에 대한 사람의 대응은 지구를 떠나 우주로 가거나, 지구의 지하나 지구의 바다나, 딱히 대응할 공간이 많지 않다. 그러면 태평양 심해의 물고기가 가장 핵전쟁에 안전하나? 그럴지도 모를 일이다. 앨도라도주는 심해의 물고기가 사는 환경에도 사람들이 즉시 대피할 수 있는 구조를 만들자는 것인가? 수심 일만 미터까지 단 일 분이나 몇 십초 만에 대형 잠수함이 잠수하여 수십 년을 살 수 있게 설계하자는 것인가? 그렇게까지 앨도라도주가 재빨리 변해 갈 수 있으려나? 지상으로 일천 미터를 올라가는 건물을 짓는 사람들이다. 지하로 일천 미터를 내려가는 건물도 지어볼 수 있다. 핵전쟁은 지상의 일천 미터 높이의 건물보다는 지하의 일천 미터 깊이의 건물이 더 안전해 보인다. 그런데 앨도라도주는 아예, 지하 일천 미터나 더 깊은 지하에 지하 바다를 만들자고 하면 잘 먹혀들까? 핵을 가진 미국에 대한 반응이 소련은 모스크바 지하철, 북한은 평양의 지하철, 중공은 한국전에서 밤에만 이동하고 낮에는 숨는 유격전, 핵을 무서워하는 것이다. 불을 무서워하는 것이다. 미국과 같이 불을 만지고 싶다. 결국은 불을 만지게 된다. 핵보다 더 무서운 불은 결국에는 지하로 깊이 들어가는, 깊이를 더 깊게 하게 되나? 더 깊은 깊이에 불을 이기는 물까지 준비되어야 한다고 말을 하나? 말 같지 않지만 말 같은 느낌이다. 어마어마하게 깊은 지하철, 그 많은 병력이 밤에만 움직이는 일들을 실제로 만들어 내었다. 독일보다 더 질기게 저항하던 일본도 항복하게 만들었다. 핵전쟁이 아닌 재래전에서도 땅굴은 위력이 있다. 베트남이 살아남은 것은 땅굴의 덕이 크다. 원래는 땅위에 사는 사람들인데 살기 위해서 지하로 내려가는 것이다. 지상의 물이 오염되면 지하에 오염되지 않은 물을 가지고 있는 것은 보물을 가지고 있는 것과 같다. 지구가 멸망할 때를 가정하여 미국대통령이 살기 위해 가지고 있는 지하수력발전소, 사실, 가장 비싼 물건이다. 유중필은 지하수력발전소를 가질 수 있을까? 앨도라도주에 지하 바다를 만들면 앨도라도주의 사람들은 미국대통령의 힘을 능가하는 힘을 가지게 된다. 누가 만들어야 하나? 앨도라도주의 사람들이 만들어야 한다. 유대인들은 마사다에서 물을 가지고 있었지만 식량은 떨어지고 결국은 자살을 택한다. 로마가 이기는 일이 벌어졌다. 마사다에서 유대인들이 그 물을 가지고 식물을, 식량을 만들 수 있었다면 상황은 달라졌을 것이다. 미국대통령의 지하수력발전소도 그것을 이용하여 지하식물공장이나 식량을 만들어내지 못하면 긴 세월동안 살아남는 것은 불가능하다. 앨도라도주의 지하 바다가 식량을 공급하면 인간의 생존의 기간은 매우 길어질 것이고 아마 영원할 정도까지도 이어지지는 않을까?

선거공약이 자꾸 늘어난다. 지하식물공장에서 식량을 만들겠다. 선거에서 내건 공약들이 모두 잘 이루어지면 사람이 사는 세상은 자꾸만 지상낙원으로 발걸음을 옮겨가고 있는 현재진행형이 된다. 미래과학자가 말하는 세상을 모든 사람들이 잘 이해하지는 못해도 앨도라도주를 이끌어 가려면 잘 이해하려고 노력하고 잘 이해해야 한다. 미래과학자의 미래를 전적으로 믿기도 어렵지만 무시할 수는 없는 것이 현실이다. 너무 황홀한 경우도 많지만 너무나 무섭고 두려운 것도 많은 것이다. 시커먼 구름과 세찬 바람만 불어도 나약한 사람들은 두려움을 느끼고 심한 비바람 잠깐 맛보아도 감기에 몸살로 고생을 하는 신체적으로 약한 인간들이다. 젊은 시절엔 감기를 무서워하지 않지만 중년을 넘어서고 노년으로 가는 나이이면 감기를 예사롭게 보지 못하는 자신의 건강기준에 스스로 놀라는 것이다. 밤새워 놀겠다. 밤새워 춤을 추겠다. 밤새워 공부하겠다. 그런 행동이나 마음이 쏙 사라지는 것이다. 불이 활활 타오르는 정열이 줄어들다가 사라지는 것이다. 젊은 남녀는 복상사를 생각지도 않고 생각할 필요도 전혀 없다. 노년의 사람들은 격렬한 성행위로 복상사 당하는 위험을 생각하기도 하는 것이다. 늙은 할아버지가 어린 소녀와 즐기다가 복상사로 죽는 것이 골골 병고에 시달리는 것보단 행복한 죽음일 수 있지만 부끄럽기도 하다. 어린 소녀는 놀라 기절할 일이 아닌가? 늙은 할머니가 어린 소년과 즐기다가 복상사 했다는 이야기는 듣기도 힘들고 그런 일은 잘 일어나지 않는 일인가? 남녀 노인의 성욕에는 약간의 차이가 발생하나? 할아버지와 할머니, 소녀와 소년의 관계에서 복상사의 일이 거론된다고 보면 극히 이례적이고 드문 일이다. 선거공약에 노인의 복상사를 줄이겠다는 괴상한 공약도 포함시키나? 세상이 미래로 갈수록 희한한 일들이 그렇지 않게 변하는 과정들을 많이 보게 된다. 인간의 수명이 늘어나는 것은 노인을 잘 보살펴야 한다는 명제도 동반한다. 무슨 사유로 죽었는지 기록을 하는 사망원인에서 복상사로 죽었다고 진실로 기록하기는 좀 민망할 것이다. 혹은 복상사로 죽는 것을 대단한 영광이나 좋은 문화로 만들어진 사회의 문명이라면 어린 소녀들이 감당해야 하는 업보는 또 무엇일까? 앨도라도주는 낙원을 느끼게 하는 곳이므로 낙원으로 가는 과정에는 인간의 무한한 욕망을 채워주는 부분이 없지는 않다. 할아버지가 복상사로 행복하게 생을 마감한다고 사람들이 만약에 좋아한다면 그와 상응하게 할머니들도 그런 보상을 받고 싶어 하지 않을까? 수면욕이나 식욕은 해결하기가 성욕보다는 쉬운 측면이 있다. 사람이 잠을 자고 싶은 것을 강제로 방해하는 요소는 그렇게 많지는 않다. 식욕을 채우지 못해 굶어죽는 일이 다반사였던 과거의 문명에서 이제는 배고파 죽는 일이 없어지는 문명으로 이동하고 있고 해결이 가능한 영역이기도 하다. 반면에 성욕을 보다 더 잘 해결해주는 세상은 그리 당겨오고 있는 것은 아닌 듯하다. 식량은 국가가 무척 신경을 많이 쓰는 부분이다. 남녀의 애정문제도 인구의 측면에서 무시하지 못하는 부분이다. 잠을 잘 자는 일은 국가가 고민하는 부분에서 빠져도 무리 없이 잘 해결되어 가는 것 같다. 먹고, 자고, 배설하는 일은 가장 기본적이고 늘 해야 하는 일이고, 알게 모르게 가장 중요한 부분이다. 신생아는 잠을 아주 많이 잔다. 노인은 잠을 적게 잔다. 노인이 신생아처럼 잠을 많이 자면 신생아가 되나? 그렇지는 않다. 신생아는 엄마의 젖을 먹는다. 노인은 젖을 먹지 않고 음식을 먹는다. 노인이 아기의 젖을 먹으면 어떻게 되나? 신생아는 배설을 스스로 처리하지 못한다. 노인은 배설을 스스로 처리하나 치매에 걸리면 처리가 곤란해진다. 배설은 신생아처럼 되지 않아야 하고 잠이나 음식은 신생아처럼 하고 싶다. 아니, 잠도 음식도 청년처럼 하고 싶다. 아니, 배설을 청년이나 처녀처럼 하고 싶다. 선거공약이 실현가능성이 있어야 하는데 노인에게 청년이나 처녀 같은 배설을 하게 해주겠다는 것은 속임수이고 거짓말 공약이 되지 않을 수 없다. 앨도라도주이므로 그런 공약도 연구한다는 것인가? 앨도라도주의 유권자들은 진시황이 되는 것인가? 너무 말이 안 되는 공약이 나오지 않게 되나? '여러분을 진시황이 되게 해 주겠다.' 하여튼 할아버지와 할머니의 성욕이 청년들처럼 되지는 않아도 지금보다 향상되거나 미래에는 그렇게 되도록 해 주겠다는 공약이 나온다는 사실이 아닌가? 오래 살게 해주고 늙지 않게 해 주겠다. 오래 사는 것은 조금씩 늘어나는 것은 맞지만 늙지 않게 해주기는 쉬운 영역이 아니다. '성욕이 떨어지지 않게 해 주겠다.' '늙은이도 방사를 즐기고 밤에 청춘의 향연을 하도록 해 주겠다.' 그런, 이상한 공약을 만들어 간다니!

유중필은 지구상에서 전쟁이 없으면 가장 좋지만 그 전쟁이 없어지지 않는다면 이런 것도 만들어 보고 싶은 것이다. 한국전쟁에서 고통 받은 그로서는 앨도라도주에서 꼭 실천하기를 원한다. 자신도 전쟁터에 이곳으로 와서 팔자가 피었으므로 '팔자 피는 법'을 공약으로 내거는 것이다. 전쟁터의 사람들은 전쟁터에서 벗어나 앨도라도주에 살 수 있는 '팔자 피는 법'을 성사시켜 전쟁으로 고통 받는 사람들을 구제하는 것이다. '팔자 피는 법'의 혜택을 보는 사람이 한 사람도 없으면 전쟁이 없는 지구이고 자꾸 많아지면 전쟁이 없어지지 않는 지구이다. 전쟁으로 고통 받는 사람이 많아지면 앨도라도주의 인구는 많아지고 앨도라도주가 더 힘이 많아진다니 역설이 존재하는 꼴이다. 유중필의 팔자는 앨도라도주에서 끝없이 펼쳐지고 있다. 아무도 그가 앨도라도주 주지사에까지 출마한다고 예상을 하지 못하지 않았나? '복상사 방지법', '팔자 피는 법', '고래부리 육성법', '지하 바다 조성법', 등등 많은 법들을 만들어 간다. 따져보면 하나같이 돈이 너무 많이 들어가는 것들이다. 가장 급한 것이 '없는 돈 만들어내는 법' 아닐까? '없는 세금 만들어 내는 법' 아닐까? 공기를 마시고 있으니 '공기세', 바람이나 비를 맞고 있으니 '바람세', '비세', 바다를 이용하니 '바다세' 무수한 세금이 만들어져야 가능해진다. 평화롭게 잘 살고 있으니 '평화세', 남녀가 잘 살며 사랑하고 있으니 '사랑세', 등등이다. '복상사 방지법'은 사랑세의 재원으로, '팔자 피는 법'은 평화세의 재원으로, '고래부리 육성법'은 공기세의 재원으로, '지하 바다 조성법'은 바다세의 재원으로 이용하는 것이다. 온갖 방법으로 앨도라도주를 좋게 만드는 것은 불가능하지 않다. 앨도라도주는 인간이 할 수 있는 모든 행복을 이루기 위한 방법들을 찾아내고 실천을 위한 틀을 마련하는 것이다. 사람이 하는 일이 신이 하는 일로까지 다 다른다면 너무 좋은 일이지 않은가? 우주로 가는 길을 연 사람들이고 우주 에까지 가서 살 궁리를 하는 사람들이고 없는 방법을 잘도 찾아내는 사람 들이므로 가능성이 없다고 그만둘 수는 없다. 없는 가능성도 만들어내는 능력이 사람들이 모르는 가운데 가지고 있으니 말이다. 유중필은 미국에 와서 절실히 더 느낀 것은 전쟁이 없는 세상, 자유로운 세상, 서로 다른 사 람들이 서로 어울리는 세상. 그런 세상이 좋다. 그런 마음이다. 너무나 당 연한 일들이다. 전쟁이 없게, 자유스럽게, 서로 어울리는 나날, 이런 것이 이루어지는 앨도라도주이다. 완벽하게 전쟁이 없게 만들기는 너무 어렵기 도 하다. 전쟁이 마지못해 일어나도 가장 최소한의 피해만 발생하게 하는 방법을 찾아 놓자. 무한대의 자유는 누리기가 매우 힘들다. 그렇지만 가장 무한대의 자유에 근접하게 자유를 누려 보자. 엄마와 아기 같이 너무 잘 어울리는 세상은 그리 쉽지 않다. 엄마의 무한 희생을 통해 아기가 살아가 는 세상 같이 그런 정도로 서로 어울리는 세상의 모습으로 가까이 가 보 자. 어려운 일이 어렵지 않게 매향아씨가 도와주니 너무 실망을 하지 말고 계속 일을 해보는 것이다. 일이 너무나 앞날을 좋아지게 하는 일이라 즐거 운 마음으로 할 수 있으므로 삶이 윤택할 수 있다.

어떻게 동료들이, 동지들이 구름같이 모일 수 있을까? 어떻게 동료들이, 동지들이 하늘의 별같이 모일 수 있을까? 구름이나 별이 모이는 것 같이 모이면 되지만 사람들이 적응하는 방식은 또 다르지 않나? 동료보다는 친 구들이 더 가까운 개념일까? 친구들이 더 가깝다고 하니 그 친구가 되는 것은 그리 쉽지 않아 보이기도 한데 어떻게 친구같이 모이나? 친구가 너무 되고 싶은데 친구로 받아주지 않으면 마음이 아프다. 애인이 되고 싶은데 애인으로 받아주지 않으면 짝사랑에 괴로움을 느낀다. 친구로 받아들이기 어렵고 애인으로 받아들이기 어려우면 거절할 수밖에 없다. 앨도라도주의 많은 사람들이 유중필을 받아들이면 유중필의 성공은 대성공이 된다. 그의 뜻이, 선거공약이 잘 받아들이지 않는다면 좌절을 맛보면서 짝사랑을 계속 해야 할 마음의 아픔이 있게 된다. 유중필과 앨도라도주의 유권자들의 선택이 서로가 잘 이루어지면 서로가 즐겁고 행복하고 미래가 아름답게 보이는 기쁨을 누릴 수 있다. 유중필의 독심술의 깊이는 어느 정도에서 불이 일어나서 불꽃이 피나? 유중필의 사랑의 깊이는 어느 정도에서 하늘로 올라가나? 남녀가 서로 사랑하면 당연히 자식도 생기고 이리저리 인생이 펼쳐진다. 남녀가 한 쪽이 응하지 않으면 결과가 발생하지 않는다. 음과 양이 통하지 않으면 불통으로 끝나고 만다. 이번에 유중필과 유권자 통하면 빨리 결정이 날 수도 있고, 여러 차례 거쳐서 결정이 나면 시간이 많이 들어가야 한다. 시간이 많이 들어도 결실이 일어나지 않으면 미래의 일이 되거나 추진할 수 없다. 부딪히고 앞으로 계속 나가 보아야 한다. 조화로운 앨도라도주의 나날들을 만들기 위해 서로 사랑하는 모임, 서로를 보담아 주는 모임을 많이 만들고 실제로 좋은 일들이 벌어지고 일상사가 되어야 한다. 유권자의 마음을 얻기 위해 다가서는 노력을 무한대로 해야 하지만 사람의 마음에는 게으름이 숨어있기도 하다. 자신이 하는 일이 소명의식이 없으면 꿋꿋해질 수 없지만 매우 당당한 일이라면 훨씬 일을 하기 좋다. 스스로 세월이 지나면서 소명의식이 마음속에서 그림을 잘 잡으면 긴 인생에서 행복하게 나날을 보낼 수 있다. 앨도라도주를 위한 일이 그런 정도로 마음에 절실히 와 닿으면 힘든 정치역정이 아니라 기쁜 날로 채워지는 멋진 세상이 된다. 자신의 행복과 아울러 타인의 행복도 같이 책임을 지면 마음이 너무 흡족해 미친 듯이 활짝 핀 큰 길을 달리는 쾌감을 느낄 것이다. 그런데 선천적일 만큼 사람과 사귀는 일에 힘이 들고 괴로움을 느끼는 사람에게 그와 반대 성향의 일들이 매일 주어지면 견디기 어려운 고통을 호소하기도 할 것이다. 유중필의 성격이 바뀌어 버렸다는 것을 이제는 알아차릴 수 있다. 많은 사람과 접촉하는 것을 즐기고 있는 성격의 사람으로 비쳐지는 것이다. 그러니 사람들을 모으고 어떤 지향점을 가게 길을 만드는 것이 예사스럽게 일어나니 정치적인 사람으로 많이 탈바꿈 한 것이 맞다. 다양한 인종이 모여 사는 스핑크스시, 앨도라도주, 가장 마음에 들고 능력을 펼치기가 좋은 장소이다. 다른 것을 더 다른 것이 되게 할 수도 있고, 다른 것을 모아 더 같게 만들 수도 있고, 여러 가지 조합을 해볼 수 있는 좋은 묘목시험장과도 같다. 깊이 따지면 사람이라는 똑같은 묘목일 수밖에 없다. 앨도라도주라는 땅에서 뿌리를 땅에 뿌리박은 묘목이 아니라 뿌리를 마음대로 옮기면서 살 수 있는 사람의 묘목들이다. 나무처럼 인내심이 대단하지 않은 앨도라도주 사람들일까? 나무들이 거대한 숲을 이루면 사람들이나 동물들이 보기에 매우 멋지다. 사람들도 거대한 도시나 사람들이 만든 공동체가 있는데 식물들이나 바람이나 해와 달이 보고 어떻게 느끼는 것일까? 귀엽고 예쁘고 사랑스러운 여인을 몹시도 좋아하지만 그 여인이 친구로 대해주지 않으면 가슴이 너무 아파 찢어질 지경이 된다. 그렇다고 하루하루를 고통 속에서만 살 수도 없는 실정이다. 너무 보고 싶어 실성할 지경이라면 심각한 수준이다. 앨도라도주를 애인처럼 사랑할 수 있을까? 앨도라도주의 사람들이 앨도라도주를 애인처럼 사랑한다면 앨도라도주는 사랑스러운 곳이다. 앨도라도주의 사람들이 유중필을 사랑하게 만든다면 유중필은 당연히 당선되어 주지사의 일을 할 수 있다. 무작정 앨도라도주의 사람들이 그를 사랑해주면 너무나 좋겠지만 그런 일은 일어나기가 쉽지 않다. 그러면 사랑을 받을 행동거지를 해야만 사랑의 징표가 일어난다. 앨도라도주를 어떻게 사랑해야 하나? 스핑크스시를 어떻게 사랑해야 하나? 하나님을 사랑하거나, 이웃을 사랑하거나, 가족을 사랑하거나, 세상을 사랑하는 것은 감을 배우면서 살아온 사람들이지만, 앨도라도주나 스핑크스시를 사랑하려니 언뜻 길을 찾기가 아리송하다. 청춘남녀가 사랑하듯이 사랑을 하나? 선거구호를 또 보탠다. '앨도라도주를 사랑하자!' '스핑크스시를 사랑하자!' 선거구호 중에 가장 좋은 느낌이다. '동료를 사랑하자!' '친구를 사랑하자!' 친구를 만들어 사랑하고 싶은데 친구로 끼워주지 않고 사랑하려 하지 않음에 가슴이 쓰라리게 된다. '한 사람의 아내만을, 한 사람의 남편만을 사랑해라.' '수많은 아내를, 수많은 남편을 사랑해라.' 전자는 허용되지만 후자는 허용되지를 않는다. 전자와 후자의 경계선 상에서 갈등과 고통과 세상사가 벌어진다. 앨도라도주나 스핑크스시를 아무리 사랑해도 남녀 간의 사랑처럼 느낌이 오지는 않을 것이다. 앨도라도주나 스핑크스시를 아무리 사랑해도 부모와 자식 간의 사랑 같은 느낌은 오지 않을 것이다. 남녀의 애정, 부모와 자식 간의 사랑은 감을 잡는 사람들이지만 앨도라도주와 스핑크스시에 대한 사랑은 또 다른 느낌의 사랑이다. 동료 간의 동료애, 친구 간의 우정, 동료애가 우정을 넘으려니 간격이 벌어지는 것을 어찌 하겠나? 우정이 남녀 간의 사랑을 넘으려니 또 다른 장벽이 있다. 동료애와 동지애는 엄청나게 많은 차이가 발생을 하나? 하늘에 구름이 모이는 형태는 기상조건에 의한 것이지만 사람의 마음에 따라 구분을 지으면 구름의 모임들은 어떤 모습으로 다시 재탄생하나? 동료들의 모습으로 모인 구름, 동지들의 모습으로 떠 있는 구름, 친구의 모임으로 뭉친 구름,

냠녀의 애정의 표현으로 하늘에 떠 있는 구름, 부모와 자식 간의 사랑으로 합쳐진 구름, 그 구름의 모습들을 화가는 어떻게 그림으로 그릴까? 사진기가 찍는 구름은 이 구분들을 무슨 수로 밝혀낼 수 있나? 그러면 이런 저런 감정들이 뒤섞인 구름은 또 무엇인가? 동료이면서 애인이 같이 떠 있는 구름, 친구이면서 부부인 사람들의 구름, 많은 조합들이 이루어진 구름들도 하늘에 있을 것이다. 유중필이 만들어내는 구름은 어떤 면에서 만난 사람들이 만들어내는 구름일까? 유중필이 만들어내는 구름이 앨도라도주를 온통 덮고 있다면 그 구름이 앨도라도주에 내릴 때는 축복의 빗물이 되어야 할 텐데! 가문 날씨에 대지를 적시는 비로 내려지는 구름이어야 하건만! 홍수를 일으키고 세상을 물바다에 빠지게 만드는 구름이라면 원치 않는 구름이다. 유중필이 모아서 만드는 사람들로 하늘에 올라간 구름이 비가 되어 내릴 때는 단비가 되기를 간절히 바란다. 우박이 되기를 거부한다. 태풍이 되기를 거부한다. 그러나 유중필의 뜻대로 만은 되지 않을 것이다. 가뭄에 인공강우도 하는 세상이니 유중필도 더 멋진 인공구름이 모이듯 사람들을 모으는 재주를 부려보나? 구름이 많아지면 비가 된다. 누구나 알 수 있는 하늘의 기상현상이다. 사람이 많이 모이면 무슨 일이 벌어진다. 누구나 예측할 수 있는 일이다. 서로 사랑하는 사람이 많이 모이면 좋은 일이 벌어진다. 누구나 알 수 있지 않나? 앨도라도주에, 스핑크스시에, 많은 사람들이 서로 사랑하고 그런 사람들이 많이 모이면 세상은 엄청나게 좋아지겠지! 좋아지는 것이 당연한 일이지 않나! 동료이면서, 친구이면서, 애인이고 싶어요! 정말로 동료이면서, 친구이면서, 애인이고 싶어요! 서로 같이 그렇다면 얼마나 좋으랴!

　한여름의 날씨는 사람을 지치게 만든다. 하늘에서 뜨거운 태양빛이 대지를 펄펄 끓게 만든다. 사람도 가마솥에 담겨서 푹푹 고아지는 수육이나 소 뼈처럼 흐물흐물 삶기고 있는 것은 아닌지! 태양빛이 센 열대지방의 사람들은 한낮에는 움직이는 것이 힘든 일이어서 대부분 쉬게 된다. 낮잠을 자면서 기력을 잃지 않으려고 조심한다. 열기가 식어지는 밤에 더 돌아다니고 활동량이 많아진다. 앨도라도주와 스핑크스시를 너무 사랑하다보면 힘에 겨워 지치는 사람들이 많아지지는 않을 런 지. 수은주의 온도가 대부분 사람의 체온과 비슷해지는 순간부터 견디기가 매우 힘들다. 사람의 체온은 언제부터 일정하게 지금과 비슷한 지 잘 알 수가 없다. 수백 만 년 전에도 지금과 같은 지 알 길이 없다. 기후는 많이 변하여 왔지만 사람의 체온의 변화는 잘 알지를 못한다. 사막은 비를 만나기가 하늘의 별따기이고, 건조지대에도 비를 만나기는 어렵다. 구름이 흘러가는 곳은 비가 많은 열대지방이 가장 많이 보이는 것인가? 앨도라도주에 사람이 많이 모이는 것은 일차적으로 기후적인 요소가 크다. 아무리 사람을 사랑해도 사막이면 모일 수가 없다. 남극이나 북극이면 모이지가 않는다. 유중필이 아무리 사람을 사랑한다고 해도 한계성의 영역이 있다. 그러면 사람의 노력에도 안 되는 곳이 있다는 것이 아니냐! 물론, 앨도라도주가 고래부리를 많이 생기게 할 정도라면 기후까지도 통제가 가능한 세상이기도 하지만 일차적인 사람들의 생각은 거기까지는 가지 않는다. 사람의 체온을 넘는 온도는 극히 주의를 요하지 않을 수가 없다. 바깥의 기온이 영하로 내려가기 시작해도 신경이 몹시 쓰이기 시작한다. 추운 날씨와 더운 날씨는 사람을 모으기가 어려운 환경이다. 직접 사람이 모이지 않는 방식으로도 많은 사람이 서로를 만나보는 다양한 방법들이 많으므로 사람을 옥외에서만 모을 필요는 없다. 간접적으로 만나는 방법이 매우 발달한 세상에 유중필은 살고 있다. 빛의 속도로 서로에게 정보가 전달되지만 가장 많은 정보량을 송출하는 사람은 가장 권력이 센 사람이다. 대부분의 경우가 그렇다. 유중필이 필사적으로 노력하는 부분도 많은 사람에게 자신의 정보가 전달되기를 원하는 것이다. 그 싸움이 쉬운 길이 아니다. 세상에서 유중필의 이름을 많이 불러주어야 답이 풀리는 일이다. 앨도라도주와 스핑크스시에서 가장 많이 불리기를 원하는 싸움이 곧 선거이다. 동료들이 유중필을, 친구들이 유중필을, 사랑하는 사람들이 유중필을, 모르는 사람들이 유중필을, 세상에서 유중필을 불러주어야 한다. 많은 사람들의 마음속에, 눈 속에 들어가고 귓가에까지 가 있어야 한다. 방향은 알지만 그리 되는 일이 만만하지가 않다. 놀라운 과학자가 희한한 발명을 한다면 쉬워질 지도 모른다. 태양빛에 유중필의 신성명세를 모든 사람에게 전파하여 사람들이 알게 만드는 것이다. 태양빛이 신문이고 방송이 되게 만드는 방법이다. 태양빛이 인터넷이고 편지이고 전화가 되게 만드는 것이다. 태양빛에 실려 보내 유중필을 알리는 새로운 통신방법이다. 태양빛을 사람들이 감지하면 유중필의 모든 것을 알 수 있다. 태양빛이 방송국이 되고 전달자가 된다니 편리한 방법이다. 태양빛이 이글이글 타는 날이 아니라면 서로가 소식을 주고받지 못한다면 불통의 시간이 된다. 비가 오거나, 눈이 오거나, 바람이 불거나, 우중충하거나, 맑은 날씨만이 아닌 날에도 비를 통하여, 눈을 통하여, 바람을 통하여, 어떤 날씨에도 소식이 전달되는 통신의 방법으로 유중필은 그의 마음을 다른 사람에게 보낼 수 있다. 앨도도라도주의 사람들을 만나는 데 있어서 장소나, 시간이나, 날씨의 문제를 뛰어넘는 최첨단의 소통 수단을 이용하는 사람으로서 선거는 너무 쉬운 일이 될까? 가장 마지막 관문은 사람들의 마음이 열려야 하므로 그 문제를 해결하는 것은 더 고차원의 문제이다. 마음의 문이 조금 열리다가 나중에는 활짝 열려야 한다. 유중필이 해야 할 궁극의 단계는 마음의 문을 열도록 해내는 것이다. 그 열린 마음의 문을 모두 모아 새로운 세상으로 앞서나가는 것이다. 은행의 비밀금고는 사람이 접근하기 어렵게 되어 있다. 독재자의 비밀 공간은 일반인들이 보기가 어렵다. 진시황의 병마용은 긴 세월이 지나서야 사람들에게 보였다. 유중필은 한 사람, 한 사람의 마음속의 공간도 보는 것이 어렵다. 앨도라도주의 사람들도 자신의 마음속을 보는 것이 거의 불가능에 가깝다. 신체의 반응은 더운 것을 시원하게, 추운 것을 따뜻하게 해주면 커다란 반응이 오고 신체적인 것을 넘어 심리적인 행복감까지 느낄 수 있다. 유중필은 언젠가는 앨도라도주의 사람들의 마음을 달래줄 수 있는 능력이 생겼으면 좋겠다. 더 행복한 앨도라도주와 스핑크스시가 되기 위해서이다. 몹시 더운 날 분수대의 물줄기는 오아시스의 물이다. 온몸에 떨어지는 분수의 물줄기는 세상에서 가장 좋은 것으로 느껴진다. 추운 겨울 날 따뜻한 방안에서 마시는 차 한 잔에는 가장 행복한 미소가 일어난다. 앨도라도주의 사람들, 스핑크스시의 사람들에게, 여름에는 분수의 물줄기로, 겨울에는 따뜻한 차 한 잔으로 변신이 되는 유중필이 되고 싶다.

선거는 정해진 기간 동안 상대방과 더불어 이루어가는 정치행위이다. 경쟁할 대상이 없다면 싱거운 단독후보의 승리로 끝나고 만다. 정정당당한 과정을 거쳐 유권자의 심판을 받는 행위이다. 앨도라도주와 스핑크스시를 위한 가장 합당한 일꾼을 가리고자 하는 일이다. 일꾼이 되고자 하면서 반칙을 사용하면 그 일꾼은 일꾼이 될 자격이 상실될 위기로 내몰린다. 종이에 후보자를 찬성하는 표시를 하거나, 스크린 터치를 통하여 후보자에게 찬성을 표하는 행동이다. 마음속의 뜻을 가시적으로 나타내는 형식이다. 많은 사람들의 마음을 공식적으로 드러내는 일을 벌이는 일이 선거이다. 지금껏 사람들이 만들어 온 방식 중에서 아직까지는 더 개선된 방법을 찾아내지는 못하고 있다. 빅데이터나 알파고가 이 영역의 수고로움을 도와줄지도 모른다. 여러 명의 후보 중에서 가장 나은 사람이라면 확률이 높겠지만 상대방의 실수로도 덕을 볼 수 있는 것이 선거판이다. 유중필은 같이 가는 사람의 숫자가 그리 많지 않다. 거의 단독에 가까우나 약간의 동지들로 일을 하고 있다. 비슷한 사고를 하는 동지들만이 모여 집단사고를 통한 오류에 빠질 만한 정도의 사람도 없는 선거조직이다. 집단사고의 오류를 방지해 줄 만한 인재들이 모여 있는 정도의 상당한 조직도 아니다. 어쩌면 당선되기 위해 나온 것이 아니라 떨어지기 위해 나온 감이 드는 초라한 규모이다. 단, 한 사람만이 출마하는 공산당의 인민투표는 아니다. 복수의 출마자가 나오는 민주적 방식이다. 일반 국민에게 선거권이 주어진 역사가 그리 길지 않다. 여자에게 선거권이 주어진 역사가 길지 않다. 요식 행위의 투표가 아니라 적어도 민주적인 투표가 이루어진 세월이 길지 않다. 투표를 하기까지 역사적인 긴 기간이 필요했다. 오랜 시험을 거친 뒤에 배나 비행기가 운항을 하듯이 유중필은 선거의 시험을 많이 거친 제도가 앨도라도주에 정착하자 그 시험대에 올라가 자신의 꿈을 실현시키고자 노력하는 중이다. 미합중국의 국민으로서 미합중국을 위해 열심히 살아가려고 하는 것이다. 꼭 오십 이 개 주의 하나인 앨도라도주에서 성공하여 52명 중의 한 사람의 주지사가 되고 싶은 것이다. 선거일이 가까워질수록 선거전의 칼춤은 더 날카로워진다. 시퍼런 칼날이 춤을 춘다. 공격의 강도가 자꾸만 세어진다. 정당한 공격이나 방법에서 벗어나고픈 유혹도 강해진다. 끝까지 정정당당하게 가야 한다. 실제의 전쟁이나, 가상의 전쟁이나, 제한을 정해둔 선거전이나 시간이 지날수록 지치고 가진 것은 줄어들기 마련이다. 막바지에 이를수록 승리의 쾌감이나, 패배의 쓰라림을 예견하며 준비를 하여야 하지만 승리와 패배의 차이가 미세할 때는 오히려 더 답답하기만 하다. 뚜껑을 열었을 때 전혀 예측하지 못한 결과라면 허탈해하는 쪽과 환호하는 쪽은 극명하게 갈린다. 유중필은 정해진 계획표대로 마지막 힘을 쏟고 있다.

매향아씨와 더불어 이제는 자전거로 앨도라도주를 돌고 싶어 그렇게 진행표를 만들고 시간을 지킨다. 골치 아프던 스트레스가 싹 가셔지는 시간이다. 마지막은 자전거부대로, 엠티비 여전사 매향아씨가 전개해주는 선거 방법을 접목하니 심신이 많이 좋아진다. 사람은 동물의 속성이 있으므로 자전거를 타고 돌아다니는 것은 몸과 마음에 좋은 효과가 있다. 걸어다나는 것보단 빠르지만 비행기를 이용할 선거에서 숨을 편히 쉬고 싶어 천천히 가는 것이다. 열 명이 달리는 자전거 행렬, 수 천 명이 달리는 자전거 행렬, 수십 만 명이 한꺼번에 움직이는 이색적인 자전거 행렬, 많고 많은 사람들이 줄지어 자전거로 달리면 인공위성에서 만리장성을 인식하듯이 자전거 행렬을 알아차릴 수 있다. 앨도라도주는 만리장성만큼 길지 않다. 세발자전거 행렬은 전체 자전거 행렬의 속도를 매우 떨어뜨린다. 정해진 방향으로 가지 않고 되돌아가거나, 옆으로 가거나 길을 혼란스럽게 한다, 그러면 선거를 위해 모여서 움직이는 자전거 행렬은 하늘로 날아 세발자전거 행렬을 추월하나? 아예, 꼬마 천사들처럼 아무 목적 없이 놀이처럼 놀고 있는 자전거 행렬이 되어 버리나? 세발자전거 주인공들은 긴 시간을 자전거로 놀지 못하고 곧 다른 놀이를 하거나 세발자전거에서 벗어날 것이다. 그 시간만큼만 꼬마들처럼 놀아보자! 어른 꼬마들이 즐거운 시간을 보낸다. 목적이 없는 자전거 타기, 목적이 없는 하루, 아이가 되어 보는 하루,

꼬마들이 노는 것을 해보는 하루, 일생에서 자주 있으면 즐거운 일이 아니냐! 놀이공원에 어른을 위한 세발자전거 놀이터를 만들면 호기심에 장사가 될까? 어른 체격에 맞춘 세발자전거, 느리고 느리게 자전거를 타면서 놀아보는 시간은 돈으로 일부러 사야 하는 것이 아닐까? 유중필은 매향아씨와 자전거 행렬의 모임과 같이 세발자전거와 하루를 같이 보내고 다음 날은 동물들과 같이 자전거를 타는 것이다. 자전거를 탈 수 있는 동물들도 많으므로 그 동물들과 같이 자전거로 앨도라도주를 돌아다니는 것이다. 동물들도 꼬마들처럼 신이 나서 즐겁게 자전거를 탄다. 세발자전거, 네발자전거, 두발자전거, 외발자전거, 온갖 자전거를 동물들도 타고 사람들도 탄다. 동물에게 놀이수단이나, 교통수단으로 자전거를 주지 않았는데, '동물에게 놀이수단이나 교통수단으로 자전거를 제공한다.'는 새로운 공약도 발표하나? 동물에게 교통접근권과 이동의 권리를 보장해준다는 것인가? 사람만이 자전거를 타야한다는 편견을 갖고 살아온 인류가 아닐까? 자전거가 독일에서 처음 발명된 것이 200년 정도이니 동물에게까지 가기에는 시간상으로 너무 짧아서일까? 나무바퀴로 가는 자전거가 타이어로 가게 되자 기적 같은 일로 받아들여졌다. 인류가 살아온 기간에 비하면 자전거를 탄 지가 너무 짧다. 동물들은 사람이 배려를 하지 않으면 탈 수가 없다. 선거를 한 지는 더 짧다. 동물과 같이 자전거를 탄 역사는 인류역사상에 처음이다. 유중필은 매향아씨와 더불어 지구에서 처음 있는 일을 앨도라주에서 해보았다. 꼬마들과 세발자전거를 타면서, 동물들과 같이 자전거를 타면서 꼬마들과 동물들을 속일 수가 없고 도와주어야만 한다는 사실을 잘 알게 됐다. '도와주자'라는 선거구호도 필요 없고, 유권자를 설득할 필요도 없고, 절로 도와주어야 한다는 것을 알게 되는 것이다. 저절로, 스스로 깨닫게 하여 일이 진행되면 너무나 좋은 일처리 방법이다. 앨도라도주의 사람들이, 스핑크스시의 사람들이, 유중필이 꼭 필요하다고 저절로 스스로 깨달아 선택하면 얼마나 좋으랴! 유중필이 그런 정도로까지 선거를 잘 하고 멋진 인간일까? 동네고아는 동네사람들로부터 보살핌을 받는다. 국제고아는 국제사회로부터 보살핌을 받는다. 유중필은 앨도라도주의, 스핑크스시의, 고아일까? 부모도 피붙이도 없다. 원래는 부모나 피붙이가 없는 사람은 없다. 고아는 시간이 지나면서 상황이 달라져서 일어나는 일이다. 오이주는 시작부터가 고아의 표상은 전혀 아니고 부잣집 자녀 같은 출발이다. 선거전에 뛰어든 유중필은 언뜻 보이기에 부잣집 자녀는 아니고 고아의 표상처럼 보이나? 선거전에서 마지막 판의 시간은 매우 급박하지만 자전거로 유세하는 유중필은 너무 편안하게 놀고 있는 듯 느긋한 선거의 막바지이다. 마라톤주자의 마지막 지점에서의 표정이 아니라 처음에 달리는 기분 좋은 표정이다.

유중필과 매향아씨를 즐겁게 해주는 일이 일어난다. 한국전에 참전한 노병들이 유중필을 아무 조건 없이 도와주는 것이다. 지구의 자유를 지키기 위해 일어섰던 그 분들이 한국전쟁에서 고생하다가 미국에 정착하여 성공을 거두고 오이주의 주지사에 도전하는 유중필을 열렬히 지지하는 것이다. 진심으로 우러나와서 하는 일이니 너무나 감동적이고 고마울 따름이다. '세상은 넓고 할 일은 많다.' 늘 말이 맞는 것인지, 아니면 '세상은 좁고 할 일은 그리 많지 않다.'가 맞는 것인지 서로가 가장 적절하게 마음이 꿀떡같이 맞아떨어지는 경우이다. 생사의 문제가 백척간두처럼 위태롭던 날을 같이 보낸 친구들, 전장의 친구들이다. 죽음을 골똘히 같이 고민했던 친구들이다. 이제는 앨도라도주의 미래를 같이 고민하고 있다. 미국의 도움으로, 자유세계의 도움으로, 살아난 대한민국이며 유중필이었다. 한때 고조선이 엄청난 나라로서 중국의 한족보다 앞선 문명을 이루었지만 중국은 자신보다 더 나은 나라였던 고조선의 존재자체를 거부하다가 실제의 사료들이 고고학적으로 발견되자 반박을 할 수 없으므로 무척 곤란한 지경에 빠져 있다. 중국 이외에는 과거 역사에서 모두 야만족이고 못난 나라들이라 여겼건만 그런 고조선의 문명을 받아들여 후에 중국이 세워진 것이 드러나니 난감하기 그지없는 것이다. 중국에 앞서 있었던 고조선, 이집트의 피라미드보다 더 먼저 만든 고조선의 피라미드, 더 큰 규모, 이런 고고학적 사실을 중국은 어떻게 해결해야 하나? 개개 나라의 민족주의 때문에 문젯거리가 발생하는 것이다. 아무리 고조선이 중국보다 앞선 문명이었지만 풍전등화의 위험으로 인해 멸망으로 치닫다가 겨우 회생한 대한민국이다. 앨도라도주에서 영광이 재현된다면 고조선의 불꽃이 피는 것인가? 이집트보다 더 오래된 피라미드이지만 산처럼 보이니 그렇게 긴 세월동안 산으로 알고 지냈던 것이다. 사막의 피라미드는 산으로 변하지 않고 사막에 우뚝 서 있으니 쉽게 드러난 것이다. 지구의 불가사의인 이집트의 피라미드보다 더 앞서 이루어진 고조선의 피라미드는 이집트의 신비를 더 넘어서는 것이건만 역사적으로, 눈에 실제적으로 잘 보이지 않음으로 인해 망각하고 만 것이다. 동이족이, 한민족이, 이집트보다 더 먼저 피라미드를 만들고, 중국의 문명보다 앞서 있었던 문명이라니 그 후손이 앨도라도주에서 과거의 영광을 재현할 지도 모를 일이다. 중국 서안의 고조선이 만든 피라미드는 그 방식이 고구려의 방식과 동일하다는 것이다. 중국과 일본이 하는 방식은 아니라는 것이다. 북미의 인디언들이나 중미까지 더 멀리까지도 인디언들이 만든 온돌은 한민족이 만든 온돌과 흡사하다고 한다. 온돌은 중국인이나 일본인은 만들지 않는 구조이다. 인디언의 피는 한민족이고, 동이족이라는 것이다. 그러니 아메리카 대륙에서 다시 영광을 이루어내는 것은 너무 당연한 역사적인 귀결이 아닐까? 천연우라늄이 한반도의 북쪽에 세계에서 가장 많이 매장된 것은 우연의 일이겠지만 혹시 다른 이유가 있었던 것은 아닐까? 과거의 인류 역사에서 가장 앞섰던 지구인이 한반도에서 엄청나게 앞선 문명인 핵의 시대를 살면서 남긴 흔적은 아닐까? 증거를 입증하지 못 하므로 답이 맞지는 않겠지만 그런 상상을 해보는 것이다. 이집트의 피라 미드가 외계와 교신한 증거라면 서안의 고조선이 세운 피라미드는 더 앞서 서 외계인과 교신한 것이 되나? 남미의 흔적들도 외계인과 교신한 한반도 인, 고조선의 후예들이란 말인가? 아즈텍의 인디언 문명에도 한국인의 언 어와 많이 닮은 단어들이 발견되기도 한다. 시장의 집안에서 자라거나, 도 지사의 집안에서 자라거나, 빵집의 집안에서 자라거나, 아버지나 할아버지 가 하는 일을 보면서 자라온 후손들은 아무래도 부모의 직업을 닮을 확률 이 높고 거의 절반은 부모의 일을 할 만큼 근접해 있을 경우가 많다. 유중 필은 중국 서안의 고조선이 만든 피라미드, 중미의 아즈텍 문명, 남미의 인 디언, 조상의 숨결이 닿지 않은 곳이 없다. 앨도라도주가 아주 낯선 곳이라 인식했던 것은 잘못된 학습에 의한 것일까? 아니면 올바른 학습에서 기인 한 것일까? 21세기 미국의 핵항공모함은 예전보다 열 배나 오래 연료공급 없이 다닐 수 있다. 2년에서 20년으로 늘린 것이다. 건조비용은 5조에서 15조로 세 배나 많이 든다. 핵을 이용해 생산하는 전기는 세 배나 많다. 앨도라도주는 52분의 1의 힘을 가지고 있나? 더 적게 가지고 있나? 더 많 이 가지고 있나? 핵항공모함이 열 배나 연료의 문제에서 앞서 있다면 폭발 했을 때 핵의 오염이나 위험성은 열 배로 줄어들어 있는지는 잘 모른다는 것이다. 고조선의 피라미드가 이집트보다 더 크다면 거기에 동원된 노동력은 결국 사람들의 고통이나 고생이 아닐는지, 이집트 피라미드 건설노동자는 노예들이 아니고 상당한 대접을 받은 사람들이라고 하는데, 고조선의 피라미드 건설노동자도 그런 대우를 받았을까? 한반도의 북쪽에 매장된 우라늄은 불을 만지기에 가장 많은 재료를 가지고 있는 셈이다. 그렇지만 석탄이나 석유가 이제는 제값을 받기가 어려워지는 상황으로 이전해 가듯이 우라늄도 그런 운명이면 중요성이 줄어든다. 새로운 황금을, 불을 찾아내는 사람들이다. 앨도라도주에서 꼬마들의 세발자전거, 동물들이 타는 자전거, 한국전에 참전한 용사들의 자발적인 도움, 이런 것들이 또 다른 불꽃을 지피고 있다. 꼬마들이 팽이놀이를 하려면 쉼 없이 팽이채로 팽이를 쳐야 한다. 불꽃이 꺼지지 않게 잘 다루어야 한다. 넘어지지 않는 팽이는 꼬마의 노력여하에 달린 것이다. 앨도라도주의 가장 큰 팽이는 무엇이고, 가장 큰 팽이채는 무엇일까? 핵항공모함이 팽이이고, 팽이채는 20년 간 사용할 수 있는 핵항공모함의 원자로인가? 한반도 북쪽의 우라늄은 인류가 수백 만 년을, 수천 만 년을 살기 위한, 팽이와 팽이채의 역할을 해주는 것이면 얼마나 좋으랴! 우라늄보다 훨씬 더 좋은 것들을 찾아내면 무용지물이 되나? 베링해협이 얼어붙어 있지 않았다면 아시아와 아메리카는 이웃이 되기 무척 어려웠다. 이제는 배와 비행기가 그 간극을 메꿔주고 있다. 아시아와 아메리카를 이어주는 한국전참전 노병들, 그들은 베링해협의 얼음이 되어 가교역할을 하고 있다. 베링해협 건너 무엇이 있다고 생각하여 사람들은 그 길을 갔을까? 무작정 간 것일까? 되돌아온 사람이 없으면 정보교환은 거의 없는 셈이다. 아주 드물게 되돌아온 사람들이 사정을 전하여 주기도 하지 않았을까? 얼어붙은 베링해협은 고속도로이고, 작은 배를 타고 태평양을 건너는 것은 목숨을 걸고 하는 일이었으리라! 핵항공모함을 타고 바다를 누비는 것은 세계를 제패하는 일이다. 핵항공모함이 바다 속으로, 하늘로 날아오르는 날이, 또 다른 고조선의 건국이 된다. '앨도라도주엔 온돌문화를 되살려 놓겠다.' '앨도라도주엔 고조선의 피라미드를 몇 개, 복원해 놓겠다.' '앨도라도주에 한국전쟁을 잊어먹지 않는 무엇도 만들겠다.' 할 일이 자꾸만 늘어나는 선거판이다. 아무 일도 하지 않겠다. 그런 선거구호는 없지만 그런 선거구호가 먹혀들어가는 세상은 어떤 모습일까? 이미, 에덴동산이 되어있거나 천국이나 극락이면 가능하다. 확연히 만져지지 않는 이상향을 만들어주겠다는 달콤한 유중필의 말을 귀가 밝게 듣고 있는 앨도라도주 유권자들이 환상을 깨는 데는 어렵지 않을 것이다. 극락에는 비가 오지 않는 가뭄은 없을 것이다. 천국에는 비가 많이 오는 홍수는 없을 것이다. 이상향에서는 핵폭탄 때문에 고통을 받지 않을 것이다. 어디에도 없을 이상향, 어디에나 있을 이상향, 사람 스스로가 있거나 없게 만들지 않나? 즐거운 시간은 거의 다가고 당락이 발표되는 날이 가까워오고 있다. 고조선의 영광을 섬세하게 다시 펼칠 주인공, 유중필이 그 일을 하게 길이 열리나! 열린다. 안 열린다. 단, 두 가지 경우뿐이다. 당선이 되면 유중필에겐 과분한 일이고, 떨어지면 당연한 일이라고 단정지우나? 정해지면 발표할 성명서의 내용이 단 두 가지이므로 훨씬 편하다. 여러 가지 경우의 수일 때는 더 많은 성명서를 준비해야하므로 수고가 더 들어간다.

행운이 찾아왔다. 유중필은 당선 발표문을 읽을 수 있게 된 것이다. 고조선의 영광이 앨도라도주에서 시작되는 일인가? 이집트의 피라미드보다 더 큰 피라미드를 이제야 앨도라도주에서 재현하게 되는구나! 절제되고 세련된 언어로 발표하는 당선 성명서이지만 깊은 내면의 울림은 이집트의 피라미드보다 더 크고 멋진 것을 세우겠다는 것이 아니냐이다! 사람의 귀로 들는 내용이 뇌에서 재해석을 하면 재해석을 거친 내용이 현실에 적용되는 모순 같은, 아니 모순 아닌 일이 벌어지나! 많은 다양한 사람들이 모여 사는 앨도라도주에서 고조선의 색채를 너무 띠게 되는 것은 정치적인 미숙함의 표현이기도 하지만 사람들의 마음속에는 이집트의 피라미드보다 더 큰 것에 대한 막연한 기대감도 존재한다. 전시를, 선전을 중시하는 후진국가, 나라를 영화관처럼 만드는 영화국가, 그런 것을 좇아가는 유중필, 그렇지 않다고 완강하게 부인하지 못하는 면이 있다. 피라미드가 앨도라도주의 사람들에게 행복을 가져다주는 물건인가? 딱히 그런 효과는 없다. 이스라엘에는 무장한 군인들이 도시에 많다. 테러범을 의식한 때문이다. 테러범을 제압하기 위한 기초적인 방어체계로 인해 소매치기와 일반강도는 자취를 감추고 만다. 총을 멘 군인들이 이스라엘 도시의 소매치기와 강도를 근본에서 없애버렸다. 엘도라도주의 더 큰 피라미드는 그런 역할을 하나? 심리적으로 그런 영향이 있다. 이스라엘, 유대인의 선민사상이 그토록 유대인을 결합시키는 요인이 되는 것과 같이 중국 서안의 이집트보다 더 웅장한 고조선의 피라미드는 동이족인 한민족에게 그런 마음을 이어주니 중국으로서는 엄청나게 다루기 힘든 요소이다. 겨우 통일하여 중앙집권의 중국을 이루었는데 소수민족들이 이런 대단한 것에 대하여 자부심을 가지면 14억 명의 단결이 조각나니 정말로 받아들이기 어려운 주제가 된다. 아예, 미국처럼 해왔다면 답이 달라지지만 미국 같은 중국은 아니다. 미국의 가장 큰 피라미드는 핵항공모함인가? 현대적인 기준치로 재해석, 재평가를 하면 그런 측면이 있다. 앨도라도주의 피라미드는 지하 바다가 아닌가? 지하 바다는 분명 피라미드가 맞다. 유중필은 한국전쟁과 피라미드와 지하 바다를 연결시켜 보니 연결점을 찾기가 매우 어렵다. 어쨌든 많은 사람이 필요하다. 국가적 차원의 많은 사람이 있어야 한다. 강력하게 일을 밀고 나가야 하는 정치적인 존재가 있어야 한다. 어찌 보면 쓸데없는 일 같아 보이기도 하고 바보스러운 사람의 내면의 측면도 도사리고 있는 듯하다. 인간의 역사가 심심하면 피라미드를 만들거나. 전쟁을 치거나. 쫄딱 망하거나, 그런 일들이 많다. 앨도라도주도 지하 바다를 열심히 만들고, 그렇게 번영하다가, 어느 순간에 쫄딱 망하여 수십 만 년 동안 아무런 흔적이 발견되지 않는 것은 아닌지? 많은 역사서에 고조선이 언급되어 있어도 애써 그 사실을 인정하지 못하는 사람들이지만 고고학적 자료가 나오는 대로 인정을 하지 않을 수 없게 되는 것처럼 앨도라도주의 지하 바다도 그 존재나 시작하는 일들이 인정을 받기 어려운 부분임은 사실이다. 왠지 소설속의 상상의 일인데 현실이라니 믿을 수가 없다. 유대인의 노벨상 수상자가 일반국가보다 일백 배나 많은 것을 믿기가 쉽지 않다. 히틀러는 이렇게 놀라운 자질을 가진 사람들을 왜 그렇게 싫어하고 죽여야만 했는지 매우 아리송하다. 왕이 되려니 왕 자신보다 못한 사람이 그렇게 많지 않고 대부분이 비슷하거나 더 훌륭하니 왕이 되는 후보에게 탈락시키는 방법에서 합당한 절차를 밟지 않고 가장 야만스런 방법으로 사람을 죽여 버리는 선택을 한 것이란 말인가? 오이주는 민주주의가 참으로 발달한 주이다. 유중필이 주지사가 되는 과정은 가장 합당한 방법으로 절차적 오류가 없이 이루어지고 이 과정을 사람들이 정상적으로 잘 받아들이고 있기 때문이다. 오이주의 민족주의는 단일민족이 아닌 다민족이므로 다민족주의라는, 결국은 다양성에 기초한 민주주의를 할 수밖에 없는 산물이다. 징기즈칸이 인정한 다종교주의의 모습과 비슷한 전개양상이 한반도의 남쪽이나, 미국이나, 오이주에서 일어나기 때문에 유중필이 살아나고 힘을 얻는 근거가 된다. 하늘과 가장 가까이 높이 올라가는 사람이 신과 외계인과 교통을 하고 땅과 가장 가까이 밑으로 가는 사람은 신과 외계인과 교통을 멀리하는 것일까? 물론, 하늘로도 가야하지만 지구의 바다 밑으로도 갈 길이 매우 많은 앨도라도주의 사람들이다. 하늘이든, 지하이든, 바다의 밑바닥이든, 그 길을 여는데 일백 배나 일천 배로 재능을 보이는 많은 사람들을 모으고, 훈련시켜 앨도라도주의 앞을 열어가는 책무가 유중필에게 있고 그 일을 열심히 잘 처리하면 된다. '끊임없이 질문을 하고 끊임없이 토론하는' 유대인의 공부 방법을 이용하는 것이다. 유엔 전 사무총장을 페이스 북 친구로 만나 교신을 하고나서도 진짜 유엔 전 사무총장일까? 의구심을 일반인들은 가지게 된다. 진짜 도지사가 전화를 해도 공무원은 장난전화가 아닐까? 여겨 전화를 끊어버리기도 하는 것이다. 로또 복권에 당첨된 사람이 얼떨떨하다가 진짜 돈을 통장에 받아보아야만 현실임을 감지할 것이다. 앨도라도주에서 유중필이 주지사가 된 것은 현실인데 현실 같지 않다고 사람들이 즉각적으로 믿기를 힘들어 하고 있다. 식민지의 사람이 너무 잘 나고 멋있을 때 지배하는 사람의 입장에서는 받아들이기 싫은 것이다. 최근 미국에서도 흑인 여검사를 백인 경찰이 교통과잉단속을 하다가 맞닥뜨렸을 때 태도가 애매모호해지는 것이다. 신분증을 제시하라니 제시하는 신분증에 여검사로 나타나니 당황할 수밖에. 주지사는 백악관으로 가는 사다리 역할을 할 수 있다. 백악관으로 가는 사다리 없이도 가는 특이한 사람도 있지만 매우 드물다. 인도는 불가촉천민에서 대통령이 나오고 있다. 두 후보 모두 불가촉천민에서 한 명이 당선되었다. '접촉하지 말아야 할 사람' 뱀이나 시체나 사람이 접촉하기 꺼리는 것처럼 사람에게 서로 가까이 하지 말라니, 엄청난 무시이고 사람에 대한 모욕이다. 투표는 세상을 바꾸는 무기이다. 앨도라도주의 사람들이 무기를 사용한 것이다. 피 흘리지 않는 방법으로 사용한 것이다. 이성적인 판단으로 세상을 점차 개선시키는 사람들이다. 전문적이고 천재적인 사람들이 모여 만든 백과사전보다도 수많은 많은 사람들이 만들어내는 백과사전인 위키피디아가 브리태니커 백과사전을 넘어서는 것이다. 앨도라도주의 태양빛이 섭씨 35도나 40도를 넘어서면 사람들은 지하로 들어갈 것이고, 겨울날 날씨가 영하 5도나 더 밑으로 내려가도 지하로 들어갈 것이다. 앨도라도주의 지하에서 행복하게 살 유권자들이다. 한 여름이나 한 겨울이 아니면 땅위에서 즐겁게 지낼 것이다. 지구의 지하는 내려갈수록 기온이 올라가므로 에어컨이 필요하지만 온풍기는 쓰임새가 줄지만 다른 방법을 찾을 수도 있을 것이다. 북극과 남극의 얼음이 지금은 사람들이 채취를 하지 않지만 지구의 지하 깊숙이 사람들이 많이 거주하면 더워서 북극이나 남극의 얼음을 비싼 돈을 주고 사먹게도 될 것이다. 시베리아의 얼음들이 지구의 깊은 지하로 많이 들어갈 것이다. 시베리아의 차가운 공기를 지하의 깊은 도시에 비싼 값에 팔 수 있을 것이다. 시베리아의 찬 공기와 얼음은 지하국가나 지하도시에 많이 필요할 것이다. 앨도라도주의 깊은 지하에도 알래스카의 찬 공기와 얼음이 공급될 것이다. 지구의 지하의 더운 공기는 시베리아나 알래스카의 사람들에게 공급될 수 있다. 재주가 뛰어난 기상과학자가 지구의 깊은 지하의 공기와 열을 시베리아나 알래스카로 보내고, 그 반대로 시베리아나 알래스카의 찬 공기와 얼음을 지구의 깊은 지하로 보내면 살기가 좋아지는 지구가 된다. 앨도라도주가 가장 먼저 성공하면 그 기쁨은 하늘로 올라가고 앨도라도주의 피라미드는 더 높아지고 웅장해진다. 개미가 열대지방에서 거대한 개미집을 지어 온도를 조절하는 시스템을 인간도 지구상에서 개미처럼 해내는 일이 될 것이다. 개미의 개미집은 인간이 만든 아파트보다, 그들의 몸집에서 키 크기를 기준하면 사람보다 더 높은 것이고 에어컨이 없이 냉방이 되는 인간보다도 더 앞선 자연적인 구조이다. 앨도라도주의 깊은 지하에 에어컨이 없이 시원하고 시베리아나 알래스카의 지상에서 온풍기 없이 따뜻해야 겨우 개미의 지혜를 넘어서는 것이 되는 사람이 된다. '끊임없이 물어야 한다.' '개미보다 더 나은 주거환경을 만들자.' 하찮은 개미가 하찮은 존재가 아니다. 웅장한 피라미드를 뭉개어 쓰러뜨리는 것도 개미이다. 개미가 아파트를, 산을 뭉개는 것이다. 우습지만 그런 일이 사실이다. 개미를 잡아먹는 천적이 꼭 있어야 하는 이유가 있게 된다. '개미를 배우자.' 자존심이 상하지만 개미를 알아야 한다. 지하국가나, 지하 바다는 개미에 대한 더 철저한 공부를 해야 한다. 개미가 지하국가나 지하 바다를 구멍 내면 나라가 망하니 말이다. 지하 바다의 성공과 동시에 개미에 대한 연구도 동시에 많은, 아주 많은 성공이 있어야 한다. 사람들이 개미 같이 일하여 만든 피라미드를 개미들이 뭉개고, 사람들이 개미 같이 일하여 만든 지하국가, 지하 바다도 개미들이 뭉개고, 개미들을 연구하지 않으면 안 되는구나!

앨도라도주는 선거공약을 이행하기 위해 앨도라도주의 지하를 파내려 간다. 지하공간을 파내면 그 흙과 돌은 히말라야 산맥을 만들 정도로 많아진다. 개미와 그 모든 것들, 핵공격에도 무너지지 않는 인공의 산, 인공의 아파트로 변한 산, 인공으로 만들어진 히말라야 높이의 인공 도시가 정교하게 만들어져야 한다. 지하 바다의 깊이가 히말라야 산의 높이만큼 깊어지는 만큼 지상에도 그 만큼이나 높아지는 인공의 도시로 만들어지는 산이 있게 된다. 일만 미터의 인공의 산으로 이루어진, 인공으로 만든 도시에 일 년에 일천 밀리미터의 강수량이라면 일 년에 일 미터의 물을 저장하지만 모두 저장할 수 없으므로 만약에 일만 미터나 저장하려면 정말로 일만 년이 더 걸리나? 그러면 물은 하늘에서 내리는 물로는 채우기가 너무 더디므로 바닷물을 가져와 채워야 하지 않나? 인공 산의 경사가 45도라도 흙과 돌의 부피는 반이므로 두 배의 기초로 삼을 땅이 필요하고 경사도를 사람이나 운반수단이 올라가기 편하게 10도로 잡으면 더욱 넓은 기초로 삼을 땅이 있어야 한다. 언덕의 경사도가 10도만 되어도 자전거로 타고 올라가기가 쉽지 않다. 스핑크스시의 면적보다 어마어마하게 더 넓은 땅을 기초로 삼아 경사도 10도나 그 이하로 산을 쌓아간다. 자꾸 높이 올라갈수록 스핑크스시는 초라한 느낌이 들 것이고 오이주의 수도, 스핑크스시는 쌓아 올라가고 있는 인공의 도시, 인공의 산으로 이동이 되는 변수가 발생한다. 스핑크스시는 높이가 자꾸 낮아지는 상대적 느낌이 있어도 옛날 그대로 존속을 시킬지 아니면 새로 만드는 도시와 같은 높이를 따라가게 할 것인지를 결정해야 한다. 일부러 사람들이 일거리를 만드는 것이 아닌가? 원자력 발전소를 힘들여 만들었다가 다시 없애는 일을 힘들여 한다. 인공의 히말라야 산과 같은 도시를 만들었다가 나중에는 다시 허물어 인공의 지하 바다를 다시 메우나? 그럴 지도 모른다. 원자력발전소를 줄이면 그 기술을 재활용하기 위해서는 지금의 자동차에 원자력 항공모함에 원자력을 사용하듯이, 이십 년을 움직이게 설계하듯, 자동차에게도 한 번 장착하면 이십 년을 연료로 쓸 수 있게 안전한 방법의 자동차의 에너지원이 되는 원자력을 만들면 많은 돈을 벌고, 여러모로 편리한 것도 있지 않을까? 똑같은 가격이나 더 싼 가격의 자동차에 이십 년이나 원자력으로 움직이게 하면서도 석유나 전기를 사용하지 않게 하고 그 비용이 싸다면 전 세계의 자동차는 원자력 자동차가 되지 않나? 가장 큰 문제는 안정성이 문제가 되지만. 이십 년을 움직이는 에너지원인 자동차의 원자력이 폭발에도 아무런 해가 없고, 공해도 없고, 안전하다면 원자력 자동차의 시대도 열리지 않나? 핵의 오염도 없고, 안전한 자동차용 원자력, 가정용 원자력, 공장형 원자력, 등등을 오이주는 연구해야 하지 않나? 원자력 핵항공모함에는 가능한데, 다른 데는 왜 가능하지 않은지? 작고 작은 핵에너지를 잘 결합하여 탈 없이 이용한다면 히말라야 산맥같이 이루어진 인공의 도시도 지하 바다로 엘리베이터가 내려가듯이 지하 바다 속으로 잠기게도 할 수 있지 않을까? 히말라야 산맥 같이 큰 인공의 도시가 바다에 잠기면 그 만큼의 바닷물이 채워지는 지하의 빈 공간을 인간이 만들어 둘 수 있을까? 무엇 때문에 이런 일들을 해본다는 것인지? 이 정도로까지 된다면 지진도 막아낼 정도로 인간의 기술력이나 과학의 정도가 발전하는 것은 아닌지? 핵폭탄이 터지는 힘을 인공의 히말라야 산맥 같은 도시가 지하와 지상으로 이동하는 에너지로 써보는 것이다. 바닷물을 밀어서 인간이 만들어 놓은 지하의 빈 공간에 인공의 히말라야 산맥 같은 부피의 바닷물을 저장해보는 것이다. 핵폭탄이 터지는 힘이 이런 힘으로 안전하게 치환되게 하는 일을 오이주는 정확하게 해보는 것이다. 폭발을 느리게 함으로써 거대한 에너지를 잘 이용하듯이, 느리게 무엇을 해보는 것이다. 사람이 일백 년을 산다면 일백 년 동안 먹는 음식을 모두 모으면 엄청나지만 일백 년을 하루에 세 번씩 쪼개어 먹으면 한 끼의 양은 많지 않다. '티끌 모아 태산'이 되는 것이다. '태산을 티끌로'가 원자력발전소이다. '태산을 티끌보다 더 티끌이 되게' 하면 자동차의 에너지원이 되는 것이다. 20년 동안 연료 주입 없이 운행하는 원자력 자동차는 성공만 하면 천문학적인 돈을 벌 수 있다. 전 세계에 이런 자동차를 십억 대나 보급해 놓았는데 이런 차 십억 대가 동시에 폭발을 하게 하는 희한한 재주를 만들어내면 더 큰 재앙이 되나? 동시에 폭발하는 일을 막는 데 물이 어떤 작용을 하나? 지하 바다의 크기는 치환되어 지상에 세워지는 인공의 히말라야 같은 도시로 보이게 된다. 처음에는 사람들이 그런 정도를 가늠하지 못하지만 자꾸만 흙과 돌이 쌓이는 일이 일어나는 것이 오이주의 일상이다. 동물은 도구를 이용하지 않고 땅을 팠다. 원시적인 도구를 이용하기도 할 것이다. 사람도 처음에는 동물처럼 땅을 팠다. 이제는 확연히 다른 방법으로 땅을 파고 있다. 과거에 석탄을 캐기는 어려웠다. 석유를 채굴하기도 어려웠다. 금을 캐기도 어려웠다. 다이아몬드를 채굴하기도 어려웠다. 이제는 어렵지 않다. 사람이 지하로 내려가지 않아도 모든 채굴이 가능하다. 지하 바다도 사람이 지하로 내려가지 않아도 만들어지는 일이 일어나고 있다. 지상의 히말라야 높이의 인공의 도시도 사람이 올라가지 않아도 만들어지고 있나? 지하와 지상은 약간의 차이가 있다. 지하는 무섭기에 무조건 내려가지 않는 방식에서 진행을 하지만 지상은 지하만큼은 무서워하지 않는 사람들의 심리적 태도로 인해 작업에 조그마한 차이가 있는 것이다. 쉽게 인공의 히말라야 산을 오르듯이 지하의 지하 바다도 방문을 할 수 있는 것이 앨도라도주의 내일의 일이다. 사람이 지구의 지각작용을 해낸다니 거짓말도 센 거짓말이지만 원자력과, 그것보다 더 한 에너지들이 가능하게 해주는 날이 우리의 미래이기도 하다. 사람이 실수가 많으냐? 로봇이 실수가 많으냐? 사람이 실수가 더 많으니 어쩌나? 힘들게 인공의 히말라야와 인공의 지하 바다를 만들지만 사람은 없고 로봇만이 돌아다니면서 건설하는 곳이 진정으로 사람의 혼이 들어간 것인가? 의문이 되지 않나? 남녀가 정신적이거나 육체적으로 교류하지 않고 시험관에서 아기가 만들어지고 인공으로 생긴 아기가 또 닭장에서 닭을 키우듯이 사람도 그렇게 키워진다면 과연 사람이라고 해야 하나? 도시의 아파트에 오밀조밀 살고 있는 사람들도 닭이 닭장에서 생존하듯이 아파트라는 닭장에서 생존하는 것은 아닌지 서글프다. 인공의 히말라야 같은 거대도시를 만들고, 지하에 지하 바다를 만들면 닭장이 아니라 그 닭장의 일백 배나 넓은 곳이므로 자유를 만끽하나? 지상 일만 미터, 지하 일만 미터이면 도합 이만 미터이다. 5미터를 사람이 사는 공간이라 하면 이만 미터이면 사천 배나 넓은 공간을 차지하는 효과가 발생하지 않나? 아파트 한 채로 평생을 살아야 하고 그 한 채의 아파트도 구하지 못하는 많은 사람들에게 오이주에서는 그 아파트를 사천 채나 제공한다니 거짓말도 너무 센 거짓말인가? '꿈을 꾸는 것이다.' 꿈을 꾸지 않으면 실현될 날은 오지 않는다. 꿈을 현실화시켜 실천하여 실행하고 이루어내면 현실이 된다. 사천 배의 넓은 땅을 왜 못 만들겠는가? 사람이 만들어내는 것이다. 오이주의 실험이 아주 거대한 규모이지만 안 되는 일이라고 볼 수도 없다. 짧은 시간에 우주로 진출하는 인간의 놀라운 진취성이나 불가능한 영역들이 불가능하지 않게 되는 사례들이 힘을 실어준다. 정확한 수치는 모르지만 고등어나 꽁치가 갑자기 상어처럼 커지는 일이 일어나나? 체르노빌에서 원자력사고가 일어나고 난 뒤 사람들이 접근하지 않자 오염지역의 메기들이, 메기를 잡아먹는 천적인 인간이 사라지자, 그 크기가 어마어마하게 커져 상어같이 커졌다고 한다. 메기가 상어가 되는 것이다. 사람도 사용하는 공간이 아파트 한 채에서 사천 채로 불어나는 일이 일어날 수도 있다. 바다에서 고래의 크기나 지상에서 과거 공룡의 크기가 어마어마한 것은 사람도 고래나 공룡이 차지하는 정도의 땅을, 변형된 인공의 도시를, 인공의 지하 바다를 가질 수 있다고 생각해 보는 것이다. 사람에게도 천적이 없는 것과 마찬가지이다. 천적이 없으므로 메기가 상어같이 커지듯이 사람도 코끼리 같이 커지고 아파트 한 채가 아니라 사천 채를 소유하고 사는 사람으로 변신이 되는 일을 없다고 할 수 없다. 체르노빌 지역은 원자력의 피해 때문에 일어난 일이지만 오이주에서는 무슨 특이한 상황이 발생하지 않았는데 사천 배의 차이가 일어난다는 것일까?

'시작이 반이다.' 또는 사람의 생각이 다른 국면을 초래하기 때문이다. 사람들이 우주로 진출하려고 마음먹고 일을 하기 시작하니 인간의 공간 영역은 이미 사천 배를 넘어서는 것이다. 태평양 바다로 진출하고, 바다 밑으로 잠수함을 타고 들어가고부터 사천 배의 땅은 그 시작이 보이는 것이다. 마음, 정신, 생각이 불꽃을 일으키고 행동을 통해 가능성에 가까워지는 것이다. 오이 한 개의 부피로 오이를 한 개라고 하다가 오이의 두께가 사천 배로 두꺼워지면 한 개의 오이가 사천 개의 부피를 가지면 한 개의 오이에서 엄청난 변신이다. 오이가 아니라 다른 것이다. 오이 한 개가 아니라 오이 사천 개가 쌓여있는 형상이거나 경사도를 생각하면 또 다른 모습이다, 일만 미터의 수직절벽을 가진 오이주가 관광가치가 더 있나? 경사도 10도의 오이주가 관광가치가 더 있나? 일만 미터 수직절벽으로 지하 바다에서 끌어올린 물을 떨어뜨리면 수력발전의 양과 질은 얼마나 되나? 경사도 10도의 일만 미터 산의 정상에서 흘러내리는 물의 수력발전도 어마어마하지 않나? 수직 일만 미터에서 떨어지는 물을 받아내는 터빈은 도대체 얼마나 튼튼해야 하나? 사람이 수직 일만 미터 상공에서 추락해도 다치지 않는다면 터빈도 탈이 나지 않지만 수력발전 용량은 낮아지나? 사람이 새처럼, 아니 새보다 더 하늘에서 떨어지는 것을 두려워하지 않는다면 사람이 아니지 않나? 사람이 입고 있는 의복이 일 미터에서 넘어질 때, 일만 미터에서 떨어질 때 높이가 높을수록 에어백 기능이 더 좋아지는 특수의복이라면 가능하다. 독수리 날개보다 더 좋은 의복을 사람이 입고 다녀야 가능한 일이다. 일 밀리미터의 얇은 옷이 수십 미터의 날개로 변하는 기술을 발휘해야 한다. 0.1밀리미터의 얇은 옷이 수십 미터의 날개로 변해 일만 미터에서 떨어져도 아무런 부상이 없다. 그러면 사람이 아니라 비행기가 아닌가? 비행기를 탈 필요가 없지 않나? 그러면 일만 미터의 도시를 만드는데 노동자들이 무서워 할 이유가 없어진다. 떨어져도 죽지 않으니 남녀노소 누구나가 일을 할 자격도 가질 수 있다. 일만 미터 아래의 수력발전소의 터빈이 얇은 일 밀리미터의 철판이지만 수십 미터의 날개처럼 펴져 힘을 받아낼 수 있다면 일만 미터 높이에서 떨어지는 물도 받아내어 수력발전을 할 수 있다. 얇은 옷이건, 얇은 철판이건, 수십 미터의 날개로 변신하는 일이 오이주에서 일어나면 좋겠다. 비행기는 중력과 날개에 대한 연구이고, 로켓은 중력과 추진력에 대한 연구이다. 일만 미터의 인공산도, 지하 바다도 중력에 대한 철저한 연구가 있어야 한다. 무너지면 만사가 헛일이다. 수십 미터의 날개로 펴지는 얇은 옷이나 철판이 층층마다, 필요한 공간마다 한없이 숨어있어서 일만 미터의 인공산과 일만 미터의 지하 바다가 무너지지 않게 해주어야 한다. 오이주 한 개 주가 사천 배로 통통해지는 일이 일어나니 얇은 옷이나 철판도 사천 배로 에어백 기능을 한다면 사천 배의 충격을 받아들일 수 있다는 것인지! 교통사고라는 말이 사라지게 되나? 음주운전이라는 말이 사라지나? 먹는 오이에 대한 언어적 의미도 변형이 일어나나? 에어백 기능이 완벽한 옷이라면 사람들이 일만 미터의 인공산을 만드는 현장에 돌아다녀도 사고가 나지 않으므로 '공사장에 외부인 출입금지'라는 푯말은 사라지고, 공사장이 위험하다는 것도 없어지는 세상으로 변화를 할런 지도 모른다. 건물공사나, 인공산을 만드는 일이나, 지하 바다를 만드는 시간이 엄청나게 단축될 수 있다. 낙하산의 성능이 너무 좋으니 사람들은 하늘에서 많은 시간을 보내면서 살지도 모른다. 하늘에서 날개를 펼치고 하루 종일 이리저리 놀거나, 경치를 구경하거나, 공부를 하거나. 일상적인 일들을 하게 될 세상이 오지 않나? 그러면 굳이 일만 미터의 인공산을 만들 필요성조차 없어지기도 하는데. 지하 바다를 만들어야 하므로 어쩔 수 없이 만들어야 하나? '옷이 날개'에서 옷이 대형풍선처럼, 열기구처럼, 하늘에 떠서 사람들을 즐겁게 해주는 꼴이 된다. 일만 미터 하늘에서 활공해서 땅으로 내려오는 사람들! 일만 미터 하늘에서 활공해 내려오는 일이 가능하면 반대로 땅에서 일만 미터 하늘로 올라가는 일도 되지 않나? 얇은 옷이 일만 미터를 오르내릴 수 있도록 해주면 사람들을 하늘로 올라가지 못하게 하려면 옷을 입히지 말아야 하나? 겨울에 옷을 입지 않으면 추워서 어쩌나? 옷을 입지 않고 땅에서 발가벗은 채로 살 수가 있나? 얇은 옷의 기능을 오이주 사람들만 누리고 사람 지역의 사람들은 누릴 수 없다면 오이주는 너무 특별하게 되지 않나? 오이주의 사람들은 그들의 옷을 도둑맞게 되지 않을까? 오이주 사람들이 옷을 도둑맞게 되어 발가벗은 채로 살아가게 되나? 얇은 철판도 모두 도둑맞게 되어 오이주는 울상이 되나? 황금을 찾아온 피사로 때문에 멸망한 남미의 인디언, 얇은 옷과 얇은 철판을 찾아온 사람들 때문에 멸망하는 오이주, 어쩌면 오이주 사람들은 발가벗김을 당하게 되는가? 다이아몬드를 가지고 있으려면 다이아몬드를 지킬 힘도 있어야 한다. 유대인들은 이천 년이나 늘 **빼앗기다** 보니 가장 값나가는 다이아몬드를 최후의 비상수단으로 여기고 다루다보니 전 세계의 다이아몬드 시장을 좌지우지 한다. 모든 것을 **빼앗기고** 내몰릴 때 다이아몬드만 챙겨

다른 세상에서 그 다이아몬드를 바탕으로 재기를 하는 것이다. 마지막 다이아몬드 한 알을 지켜내어 다시 빈손에서 시작하는 것이다. 땅은 소유할 수가 없다. 동산만 가질 수 있다. 돈만 만질 수 있다. 돈도 늘 **빼앗긴다.** 다이아몬드로 숨통을 찾을 수밖에 없는 구조가 되니! 다이아몬드 박사가 되는 것이다. 오이주 사람들은 다 빼앗기고 나면 무엇을 숨겼다가 다시 살아날 방도를 찾나? 마지막 다이아몬드 한 알이라도 남아야 새로운 땅에서 숨을 쉴 수 있지 않나? 새카만 콩 한 줌을 가지고 사지에서 탈출을 하는 것이다. 그 까만 콩 속에 한 알의 다이아몬드가 숨어 있다면 그 까만색의 칠을 벗기고 낯선 타국 땅에서 바꾸어 생명을 이어가는 것이다. 그렇지 않으면 이 나라, 저 나라에서 보고 듣고 느끼고 공부한 것을 바탕으로 재기할 수밖에 없다. 오이주 사람들은 여러 나라 말을 아나? 여러 나라, 여러 지방의 정세나, 무역에 필요한 정보를 잘 아나? 이천 년이나 줄기차게 수집을 했나? 이방인의 눈으로 면밀히 관찰했나? 이천 년 전의 책 한 권, 골동품 하나가 삶을 이어주는 매개물이 되는 것이다. 다이아몬드보다 더 강한 신앙이 앞길을 열어주는 힘이 된다. 얇은 옷과 얇은 철판은 **빼앗기고** 벌거벗고 처량하게 된다. 인공산은 무너지고 지하 바다는 매몰된다. 오이주에서 쫓겨난다. 그러면 어떻게 이 상황을 모면할 것인가? 생각을 해보지 않으면 안 되는 문제다. 절대로 일어나서는 안 되지만 인간 세상에는 상상하기 힘든 일이 일어나기 때문이다. 전쟁, 노예, 학살 이런 일을 만나지 않으려면 철저하게 대비를 할 수밖에 방법이 없다, 다이아몬드보다 더 강한 신앙심, 다이아몬드, 이런 것을 생각하지 않을 수가 없다. 이제는 어찌된 셈인지 남자의 정자수가 감소하여 위험이 닥치는 듯하다. 40%나 감소되었다니 자꾸 정자수가 줄어들면 저절로 인간의 멸종이 나타나지 않나? 오이주 남자들의 정자수가 감소하는 것부터 막아야 할 판이다. 인간수명이 늘어나고 살기는 좋아지는데 정자수가 줄어드는 것은 반대의 현상이지 않나? 선거공약에서 중요한 하나가 빠진 것이 이제야 드러난다. '오이주 남성의 정자수를 예전의 수준으로 늘이는 일이 우선'이라는 것이다. 부인이 남편 몰래 외간남자와 바람을 피우면 남편의 정자수가 늘어난다고 하는데 지금의 결혼한 부부 중 아내 쪽에서 남편 몰래 외간남자와 바람을 덜 피워서 그런 일이 일어나나? 어째서 부인이 바람을 피우는데 남편의 정자수가 늘어날까? 참 희한한 자연의 법칙이다. 그것을 어떻게 남편의 몸이 알고 반응을 한다는 것인지 놀라울 따름이다. 마지막까지 죽지 않기 위해 다이아몬드 한 알을 준비하는 것과 같이 남자도 부인의 외도에 대해 정자수가 늘어나는 자연법칙이 있는 모양이다. 남성의 정자수를 어떻게 원래 수준까지 늘이나? 말도 안 되지만 옛날의 부인들이 외도를 더 많이 했단 말인가? 말도 안 되는 이상한 이야기지만 부인이 외도를 할수록 남편의 정력은 세어진다는 것인가? 오이주는 최악의 경우에 망하는 날을 대비하여 무엇을 준비해 두어야 하나? 다이아몬드 한 알, 정자수를 늘이는 일, 무엇을 해야 하나? 어째 맞는 말 같기도 하다. 정자의 수는 건강을 계속 유지하는 것이고, 다이아몬드는 살기 위해 경제력을 갖추고 있어야 하니!

남자의 정자수가 문제이면 여자의 배란도 문제가 아닌가? 북한의 여군들은 생리가 없다고 한다. 너무 먹는 것이 부실해 영양실조에다가 훈련이 고되니 가장 젊은 여인들이지만 생리가 멈추고 만다는 것이다. 젊은 여성이 생리가 없게 될 지경으로 내몰린다는 것은 초긴장상태와 너무 열악한 식량 사정 때문일 것이다. 남자죄수들도 극도로 영양을 제한하면 남성이 남성이 아니라 여성화된다고도 한다. 이차대전에서 유대인들이 나치의 감옥에서 경험한 일이다. 게오르규의 25시에도 일부 내용이 나오기도 한다. 남자나 여자나 극도의 영양제한은 남성이나 여성이 아니라 중성화 되어버린다는 것이다. 오이주에선 일어날 수 없는 일이고 절대로 일어나선 안 되는 일이다. 유대인들이 나치의 감옥에서 겪었던 정도의 고통을 북한의 여군들이 겪고 있다는 말이기도 하다. 그런데 인위적으로 중성이 된 조선의 내시들은 수명이 엄청나게 길어졌다. 내시들에게는 영양의 부족은 없었고 남성성이 없어졌다. 그러면 남자가 아닌 여자가 내시들처럼 아이를 낳지 않게 인위적으로 내시 같은 일이 일어나면 수명이 엄청나게 길어지나? 아직까지 인간인 여성을 상대로 실험을 할 수는 없었다. 내시는 아시아 권역에서 일어난 일인가? 데이터가 없으니 증명을 할 수 없지만 내시의 경우를 보고 여자들도 질이 막혀 내시 같이 성생활이 불가능하다면 수명이 길어지지 않을까? 추측을 할 뿐이다. 30대에 이른 여성이 성경험이 한 번도 없는 것은 의학적으로도 거의 불가능에 가까운 일이라고도 한다. 결혼한 부부가 아이가 생기지 않으면 행복한 인생이 행복하지 않는 대단한 고통으로 다가온다. 내시는 심적 고통이 몹시 크지만 살기는 오래 살았다. 아기가 생기지 않고 오래살기는 참으로 심적 고통이 큰 세월이다. 오이주에서는 오십 이 세의 여인들도 아이를 잘 낳을 수 있게 해주는 특별한 방법을 찾아내면 좋다. 삼십 오 세면 이미 노산으로 치는데 오십 이 세에 아기를 아무 탈 없이 잘 낳을 수 있다면 여인들의 행복이 늘어나나? 북극곰도 환경호르몬 때문인지 암컷이 낳는 새끼의 수가 적어지고 있다고 한다. 사람이 갈 수 없는 북극이지만 그 곳에서 먹이사냥을 하는 북극곰이 영향을 받는다니! 과학의 발전이 오히려 인간들의 출생아 수를 조절하여 매우 적게 낳고 있다. 행복인지 불행인지 사람이 너무 자연의 법칙을 이기려고 하는 것이 아닌지! 과거의 여인들보다 현대의 여인들은 아기의 출산에서 십분의 일밖에 수고를 하지 않는다. 출산과 양육에서 십분의 일의 노력만 하고 십분의 구는 다른 곳에 힘을 쏟는데 그것이 진정으로 좋은 일인지도 잘 모르는 일이기도 하다. 북한 여군이나, 이차대전 중의 유대인 죄수나 그들이 겪었던 중성화의 길이 이제는 전 세계의 모든 남성과 여성들에게 적은 자식의 출산이라는 형태로 변형되어 인위적으로 강요되는 것은 아닌지! 오이주는 모든 남녀의 출산력을 인위적으로 조절하지 않고 모두 태어나게 하는 문화나 법률을 만드나? '낙태의 자유', '피임의 자유'를 강제로 막는 과거의 세상으로 되돌아간다는 것인가? 그럴 수도 없는 노릇이고 답이 묘연하다. 오이는 남성의 심벌같이 보이는 물건이다. 여성의 클리토리스(음핵)도 처음에는 남자의 심벌과 같은 역할로 임신 중의 여성의 자궁에서 생겼지만 남녀로 구분되면서 남자 아기는 남성 생식기로, 여자 아이는 클리토리스로 변하면서 클리토리스의 뿌리는 남자 아기의 남성 생식기와 유사하게 여자의 몸속에 들어가 있다는 것이다. 클리토리스는 남자 생식기의 귀두 같은 역할이고 그 뿌리는 남자의 생식기 같이 뿌리가 여성의 클리토리스로 연결되어 있는 구조라니 여성은 그래서 남성보다 성감의 강도가 센 이유인지 모를 일이다. 남성의 심벌인 오이는 겉으로 눈에 보이는 구조이고, 여성의 클리토리스에 붙은 뿌리는 몸속에 있으니 보이지 않는 구조일 따름이다. 오이주의 보이지 않는 클리토리스의 뿌리 같은 것은 무엇이 있나? 지구상에서는 많은 동물들이 멸종하거나 다시 생기거나 했다. 사람도 지구상에 존재하는 동물의 한 종류일 것이다. 정자수가 줄고 출생아 수가 줄면 당연히 인간의 수도 줄고 멸종이라는 단계를 피할 수 없다. 과거 인간이 자꾸 진화되어 왔지만 멸종의 위기도 있었다. 오이주에서는 어떻게 남성의 귀두와 여성의 클리토리스가 오르가즘의 상태를 넘어서 멸종의 길로 가지 않게 막아낼 수 있을지 고민하는 것이다. 남녀의 성교 없이 인간을 불리는 방법은 시험관 아기를 생산하면 되지만 임신을 할 여성은 있어야 한다. 대리모마저 없다면 대리모를 인공으로 만들어야 하거나, 대리모를 대체할 대상을 찾아야 한다. 대리모를 사람이 아닌 영장류에서 찾게 된다면 끔찍한 느낌이다. 대리모를 사람에게서 찾는다 해도 어려움은 매우 크다. 앞서 간다고 하는 오이주이지만 쉽지 않은 분야이다. 오이주에서 오이는 사십 배로 불어났다. 여성의 클리토리스는 2.5배까지는 불어나지만 40배로 불어날 수는 없다. 일생 동안 생산하는 난자를 다 이용해도 400명 정도의 자녀를 생산할 수 있다. 대체로 열 명이 넘어서면 대리모가 필요하다. 클리토리스의 8천 개의 신경세포가 2.5배로 불어나 오르가즘을 느낀다. 일생 동안 30명의 자녀를 여성이 낳기는 힘이 든다. 난자와 대리모를 잘 이용하면 400명의 자녀를 낳는 일은 일어날 수 있는 현재의 최대치이다. 멸종을 막기 위해선 제일의 단계가 난자 400개를 보존하는 일과 정자가 가장 건강할 때 보존하는 일이 먼저일 것이다. 그 다음의 일은 대리모를 구하는 일이다. 건강한 정자와 난자를 보관하는 일과 대리모를 합리적으로 활용할 수 있는 방안을 가장 먼저 오이주에서 방법을 찾아내면 기초적인 단계의 대비책은 마련하는 것이 된다. 정자와 난자를 보관하는 일은 엄청나게 어려운 일이 아니지만 대리모를 찾아내는 일은 쉬운 작업은 아니다. 온갖 지혜를 짜내면 차차로 좋은 수가 나올 것이지만 당장은 묘수가 없다. 사람이 아닌 동물이 대리모가 되는 기괴한 세상, 그런 세상이 앞선 선진 세상일지도 모르는 일이 일어나나? 동물이 대리모의 역할을 할 수 있다면 인간의 증가는 엄청나게 많아질 수 있다. 전혀 멸종을 걱정할 필요가 없을 것이다. 그러면 대리모로 이용한 동물의 대우를 어느 정도로 해주어야 하나? 고민사항이다. 사람과 같이 대접하나? 사람과 가장 가까운 유인원을 잘 이용하여 성공한다면 400개의 난자를 책임질 유인원이 한 명의, 한 마리의 유인원이 10개의 난자를 책임져도 40명의 대리모가 생기지 않나? 40명의, 40마리의 유인원 대리모를, 사람으로 인정할 수 있을 정도라면 너무 많은 인구가 불어나지만 오이주는 감당을 해낼 수 있나? 유인원과 사람의 아주 작은 유전자의 차이를 어떻게 극복하면서 대리모로 가능해질까? 실험을 해볼 수밖에 방법이 없다. 좀 꺼림칙하지 않나? 사람의 뱃속이 아니라, 사람의 자궁이 아니라. 원숭이나, 오랑우탄이나, 침팬지나, 유인원의 뱃속이나, 유인원의 자궁에서 사람이 태어나는 세상을 사람이 받아들이게 될지 의문이다. 왕의 피를 이은 사람이나, 노예의 피를 이은 사람이나. 귀족의 피를 이은 사람이나, 하층민의 피를 이은 사람이나, 태어난 아기가 자라 사람이 되는 데는 별반 차이가 없다. 이런 일처럼 유인원인 동물을 대리모로 태어난 사람도 별반 차이가 없다면 그런 세상도 미래에 올 수도 있지 않나? 사람의 생명연장을 위한 약을 시험하는 대상으로 원숭이들이 많이 사용되었다. 예전에는 아예, 사람을 생체실험의 대상으로 이용했다. 중국의 밀림에서 발견된 사람과 돼지의 형상을 한 요괴를 보고 사람들은 기절을 할 지경이 된다. 이런 점에서 매우 무서운 일이 아니냐이다. 원숭이와 사람의 중간인 동물인지, 사람인지 끔찍하지 않나? 사람과 유인원의 수많은 조합에서 생기는 괴상한 사람들이랄까? 동물들이랄까? 미래를 알 길이 없다. 수많은 괴물이 만들어지나? 코끼리의 힘에 인간의 지혜를 겸비한 괴물이 나오나? 사람의 기준으로는 나와서는 안 되지만 지구나, 우주의 기준으로서는 나와야 하는 것이 맞지 않나? 지구나 우주가 사람의 기준으로 꼭 맞는 것은 아니지 않는가? 사림만이 주인은 아니라고 하는 지구나 우주의 기준이면 괴물이 출현하는 것은 틀린 것이 아니기도 하다. 사람보다 더 뛰어난 괴물이 나올 수 있다. 그 괴물을 사람들은 매우 싫어한다. 원숭이가 사람들을 매우 싫어하지만 사람들은 지구상에 있는 것이다. 지구의 미래를 지배할 종은 무슨 종일까? 호모사피엔스가 아닌 무슨 종이 지구를 차지하게 될까? 오이주에서 호모사피엔스가 아닌 다른 종이 만들어지나? 개량된 종이 나오나? 지금의 호모사피엔스를 계속 이어가게 만들어지나? 호모사피엔스의 멸망, 호모사피엔스의 지속, 개량된 호모사피엔스, 더욱 개량된 괴물, 어떤 종이 지구를 덮을 것인지 궁금하다. 가장 긍정적으로 생각하여 호모사피엔스가 계속 지구상에서 번성하는 것을 우리는 바란다. 유중필은 너무 어려운 일을 하기는 싫다. 쉬운 일을 하고 싶지만 대비책을 만들지 않을 수 없기 때문이다. 사람과 가장 가까이 있는 동물은 반려동물들이다. 여름휴가 기간에는 가차 없이 버려지기도 하지만 그 동물들이 사람을 통해 얼마나 많이 배워서 길을 개척하고 있나? 사람들은 그들의 능력을 아예, 무시한다. 유인원 중에 사람의 능력을 배워 사람을 넘어서게 될까? 그렇게 되려고 하면 호모사피엔스, 사람들은 그 동물을 가장 잔혹하게 죽이지 않을까? 사람은 신의 권능을 탐하지만 동물이 사람의 권능을 탐하는 것을 사람은 절대로 받아들이지 않을 것이다. 이조시대 천주학은 사람이 모두 평등하고 하나님이 신이고 하나님이 왕보다 더 위라고 하니, 이조의 왕들은 하나님을 인정할 수가 없는 것이다. 중국의 황제는 이조의 왕보다 위인 것을 어쩔 수 없이 인정하지만 새로운 황제, 하나님을 받아들일 수 없는 것이다. 원숭이가 사람이고, 사람이 원숭이가 되는 뒤바뀌는 세상을 사람들은 받아들일 수 없을 것이다. 원숭이가 사람으로 올라오는 세상도 받아들일 수 없을 것이다. 유럽의 왕들은 장자에게 권력을 물려주고 장자 이외의 자녀들에는 상당한 재물을 물려주었다. 장자로 이어진 왕은 계속 권력을 누렸다. 장자 이외의 자녀들에게서 이어져온 후손들도 상당한 힘을 가지고 그들이 나중에는 시민계급의 중추세력이 되어 유럽을 뒤바꾸는 신사계급으로 왕을 이기게 된다. 왕의 피가 섞였으나 긴 세월을 견뎌 자리를 차지하게 되는 것이다. 유럽의 신사계급은 상당한 힘을 가지고 오랜 세월을 그 힘을 축척하여 겨우 자리를 차지한 것이다. 원숭이가 대리모 역할로 힘을 키워 언젠가는 사람의 자리를 차지할 것이다. 그런 일이 일어날 것이다. 그렇게 생각하나? 오랑우탄이 대리모 역할로 힘을 키워 언젠가는 사람의 자리를 차지할 것이다. 그런 일이 일어날 것이다. 그렇게 생각하나? 오이주에서 일어날 것이다. 정말로 그렇게 되나? 남자의 정자수를 늘이지 않으면 어쩔 수 없이 일어날 일일 지도 모른다. 한국전쟁에서 미군은 흑인병사와 백인병사의 혼성부대를 운영했다. 이차대전 중에도 못하던 일을 성공했다. 오이주의 사람들은 다인종이고 군대도 다인종군대이다. 대리모 어머니가 원숭이고, 대리모 어머니가 오랑우탄이라도 같이 살 수 있다. 그런 세상까지 간다. 그렇게 될까? 그렇게 되나!

　의학실험용 원숭이만이 아니라 인간의 대리모로 역할을 할 암컷 원숭이가 대량으로 마련되고 최고의 대우를, 사람에 가까울 정도의, 동물이 아닌, 인격의 대우를 받는 대리모를 할 암컷 원숭이들이 사는 동네가 마련된다니! 격세지감의 오이주이다. 한국전쟁이후에 한국에서는 엄청난 아기들이 태어나 베이비붐세대가 생겼다. 그들을 먹여 살리고 공부시키려고 부모들이 고생을 많이 했지만 그 과정에서 경제가 살아나고 그 바통을 베이비세대가 이어받아 고도성장과 부를 축적했다. 그런데 그 다음의 세대에서는 아기를 적게 낳으니 오히려 나라가 위태로울 지경으로까지 치닫는 것이다.

불과, 한 세대 뒤의 상황을 다루지 못하는 사람들이다. 적게 낳아야 한다고 하다가 망하게 될 지경으로 이르니 더 낳아야 한다고 하고 있는 어처구니 없는 현상이 일어난다. 아이를 키우고 교육시킬 힘이 없기 때문에 아이를 낳지 않는 것임을 누구나 잘 알고 있다. 아이를 키우고 교육시키는 일을 개인의 능력으로만 감당하게 하지 않고 인간의 공동체가 해낼 수 있는 구조를 잘 정비하면 심리적인 불안이나 경제적인 불안에서 벗어나 마음대로 아기를 낳을 수 있을 것이다. 태어난 아기가 일생 동안 잘 살 것이라는 너무나도 정확한 미래가 보여야 아기를 마음 놓고 낳지 않을까? 아기를 낳는 행복도 많지만, 아기를 낳는 원천적인 고통을 원숭이 대리모가 다 지도록 해버리면 그것은 여성의 행복을 빼앗는 이상한 결과로 가게 되는 것은 아닌지! 원숭이 대리모가 자신이 낳은 아기에 대한 모성애를 강제로 빼앗는 것은 인격적으로도, 동물적으로도 상당히 가슴 아픈 부분이기도 하다. 아기가 태어나는 것이 하나의 새로운 우주가 생기는 것과 같은 느낌을 받은 부모라면 아기를 늘 사랑할 것이다. 원숭이 대리모도 자신이 낳은 인간의 아기를 빼앗기는 순간에 가슴이 찢어질 것이다. '창자가 끊어진다.'라는 말은 실제로 원숭이어미가 잡혀간 새끼가 죽자 슬픔으로 인해 원숭이어미의 창자가 끊어져 있던 일에서 생긴 말이다. 사람보다도 더 슬픔을 깊게 느끼는 원숭이인 모양이다. 원숭이나 사람이나 유전인자가 매우 비슷하다. 사람이 아무리 발전을 해도 원숭이를 이용한 대리모는 가능하지만 알파고를 이용한 대리모는 어렵지 않을까? 알파고가 고도의 능력을 발휘해 기계의 영역에서 생물의 영역까지 감당해내는 기계적 생물, 생물적 기계로까지 발전을 할까? 중국에서 알파고에게 '중국의 공산당은 어떠냐?'고 물으니 '썩었다.'고 답을 하고, '가장 중국인이 원하는 일이 무엇이냐?'고 물으니 '미국으로 이민을 원한다.'는 답을 하자 알파고의 사용을 중단하고 말았다. 알파고가 맞는 말을 하지만 사람은 두려운 것이다. 바둑 9단이나 10단의 신의 경지까지 오른 고수들을 이기는 알파고에게 사람들은 왠지 이게 무어냐! 이게 무어지! 놀란다. 원숭이가 대리모가 되는 날도 알파고 같은 충격이 올 것이다. 오이주에서 유중필이 주지사가 되는 것도 큰 충격이었다. 남자에서 예쁜 여자가 되어 결혼을 하니 아기를 낳으려니 또 자궁을 이식할까! 까지도 고민을 하는 지금의 사람들이다. 원숭이가 대리모가 되는 일이 너무 멀리 있는 일은 아니다. 아주 가까이에 다가와 있다. 한국전쟁에서 핵폭탄을 사용하지 않은 미국의 대통령이었지만 3차 세계대전에서는 서로가 사용을 하여 인류가 멸망할까? 1,300여 년 전의 역사를 우리는 잘 알지 못한다. 앞으로의 일백 년의 역사도 알기 어렵다. 알파고가 잘 알려주나? 알파고가 만약에 한국이 중국과 일본을 지배할 것이라고 한다면 알파고는 중국이나 일본에서 좋은 대접을 받지 못할 것이다. 징기스칸이, 징기즈칸이, 발해의 인물이다. 고구려 왕가의 서자 집안이다. 이런 말이 나오고 있다. 징기즈칸에 대한 뚜렷한 인물정보가 없다보니 연구 끝에 나온 일이다. 일본천황은 백제의 후손이라고 스스로 말을 한다. 인디언은 고조선에서 넘어간 사람들이라고도 한다. 한중일과 아메리카대륙까지 유중필의 선조가 연결되어 있는 듯하다. 더 올라가면 원숭이와도 연결되니 어쩔 수가 있나? 알파고가 인류가 살아오면서 소멸해버린 수만 가지, 수십 만 가지의 언어를 복원해낼 수 있다면 과거를 너무나 잘 알 수 있을 것이다. 1,300년 전이나 그 이후의 29개 나라 정도의 언어를 잘 알게 되니 징기스칸이, 징기즈칸이 발해의 후손으로 드러나는 것이다. 알파고가 아니라 사람도 대단한 능력을 발휘하는 것이다. 한국인이 뿌리인 유중필이 아리안족이 최고라고 하는 히틀러의 광기나, 유대인이 하나님의 자녀라고 믿는 신앙이나, 이런 식의 민족 의식에 너무 빠지면 좋은 일로 나아가나? 탈이 되어 낭패를 보나? 민족주 의가 일어나는 것을 원천적으로 막기는 어려우나 지구의 차원에서는 별로 좋은 것은 아닌 느낌이다. 너무 정직하게 말하는 알파고에게 사람들은 반 감을 가진다. 너무 정직하게 알려주는 유전자검사는 사람들이 두려워한다. 어느 정도 사람들이 죽는 날을 알아채지만 너무 정확하게 알면 마음이 편 치는 않다. 처녀의 미래를 알파고가 알아내어 '당신은 평생 혼자 살게 되 요.'라고 한다면 처녀는 어쩌나? '짚신도 짝이 있다.'는 말이 더 마음에 와 닿는 것이다. 원숭이 대리모가 자식을 낳아주면 자식이 없는 늙은이도 없 게 되는 세상을 맛볼 수 있다. 원숭이 대리모가 고마운 존재로 자리매김을 하는 것이다. 평생을 좁은 철창에 갇혀 살면서 인간에게 쓸개(웅담)를 빼앗 기는 곰, 이런 동물학대를 금지하고 있지만 원숭이 대리모도 이런 꼴이라 면 답이 틀린 경우이다. 달걀을 낳기 위해 닭장에 갇힌 닭, 너무나 당연히 그렇게 키우지만 자꾸 생각을 하게 만든다. 가축을 키우던 공간은 도시에 서 사라진다. 사람들이 도시에 가득차고 가축은 시골로, 시골로 숨어든다. 원숭이 대리모는 어느 시골에 숨어들어 있게 될까? 한국에서 양공주들은 미군의 정액을 열심히 받아내는 일을 했다. 몰도바 여성들은 아니지만 필 요악이 존재하는 세상이다. 한국에 거주하는 미군 가족의 일상을 너무나 잘 파악하는 북한, 주한미군 가족이 미국으로 돌아가는 날을 너무나 정확 하게 알고 있고, 알려고 하는 북한, 자신이 전쟁을 일으키는 것은 자신이 잘 알지만, 미군이 전쟁을 일으키는 것은 미군군속 가족들의 미국으로의 소개령으로 알아채는 북한이다. 원숭이 대리모들도 그들의 역할이나 존재 가치를 스스로 알아차리지 않을까? 원숭이가 돈의 가치를 알게 되면 사람이 되어가는 과정이 아닐까? 원숭이가 사람보다 돈을 더 잘 벌고, 더 잘 쓴다면 사람보다 더 부유한 삶을 사는 것이 아닌가? 인간이 만든 돈도 그 나라의 힘이 없으면 별 쓸모가 없다. 힘센 나라의 돈만이 돈 구실을 한다. 원숭이 대리모들은 그들이 돈을 만들 수는 없지만 힘센 사람의 돈을 많이 모아가지고 일을 벌일지도 모를 일이다. 일본 국민들이 개인적으로 세계에서 가장 많은 달러를 가지고 있다. 알파고가 답을 한 것과 마찬가지로 중국에서 미국으로 가려면 달러가 필요하다. 오이주는 52번 째 주이지만 달러와 다른 주에서 쓸 수 있는 오이주 화폐를 만들어 보나? 중앙정부에서 허용하지 않을 것이다. 원숭이 대리모들이 사용할 수도 있고 오이주 사람들도 사용할 수 있는 새로운 화폐를 만들어보면 안 되나? 이 화폐를 원숭이 대리모들도 사용할 수 있으면 원숭이 대리모도 다음의 단계로는 투표권을 부여하는 길을 가야 하나? 원숭이 수컷도 활용할 수 있지 않나? 암컷으로 성전환을 하고 자궁을 이식하면 대리모의 역할을 할 수 있으니 말이다. 원숭이 대리모가 사람의 인구만큼이나 많아지고 나중에는 사람보다 더 많은 세상을 우리는 보게 되지 않을까? 원숭이 대리모들이 사람의 아기를 키우려고 하고, 사람보다 더 잘 키워낸다면 이제는 어떻게 해야 하나? 아기의 양육권을 원숭이 대리모가 가지게 되나? 법률이 더욱 복잡하게 진화되지 않을까? 야생의 원숭이가 아니라 사람이 먹는 음식을 먹는 사람과 비슷한 원숭이, 사람이 하는 말을 따라 하는 원숭이, 그렇지만 사람과 절대로 똑같게 해서는 안 되고 무언가 다르게 해야 하는 어려움, 차이를 두려는 사람들이 존재한다. 오이주는 변화하는 세상을 두려워하지 않고 받아들이려고 노력을 하지만 그래도 어려운 일들이 연속적으로 일어난다.

어려운 일을 대하여 감당하지 못할 때 사람들은 좌절을 느낀다. 예상을 뛰어넘는 일이 늘 오이주를 이끌어 가는 사람들에게 스트레스를 주지만 견디는 수밖에 없다. 살아가는 일이 늘 풍족하고 기쁨으로 가득차면 좋겠지만 죽지 않을 만큼의 임금이 주어지는 상황에서 낙담하지 않고 견디고 있는 나날일 것이다. 최저생계비를 벌지 못하는 답답한 사람들도 많다. 오이주라고해서 특별나게 그런 어려움이 없는 주는 아니다. 오이주가 이끌어 가는 일들이 너무나 가슴 뿌듯한 일들이 많지만 하루하루가 힘든 사람들은 오이주에 대해서 나날의 삶에 대해서 그렇게 즐거울 수만은 없다. 신용이 나락으로 떨어져 경제적 파탄에 이른 나라가 더 적은 임금을 주어도 일을 하는 나라로 일거리를 맡기는 현실의 세상에서 하루가 쉽지 않은 사람들이 많다. 한계상황에서 헤어 나오지 못하는 사람들, 부의 축적이 아니라 남은 일생을 어떻게 버틸까? 고민을 하지만 답을 못 찾는 사람들이 오이주의 하늘을 보면 먹구름이 끼어있다고 생각할 것이다. 하늘은 맑고 청명하지만 마음속은 맑고 청명하기가 쉽지 않으니 마음속을 맑고 청명하게 바꾸어주는 세상이 가장 멋있는 세상일 것이다. 오래 살 수 있고, 전쟁이 일어난 지 오래됐고, 굶주리는 나날은 아니지만 한없이 만족스러운 나날은 아니기 때문이다. 자신의 마음에 드는 이성으로부터 사랑받는 느낌이라면 이 세상이 빛날 것이다. 잠시 동안은 배고픔도 고통도 미래에 대한 불안도 사라질 것이다. '쥐구멍에도 볕들 날이 있다.'는 말은 희망의 세상을 열어주는 말이다. 오이주에서 힘든 사람들의 쥐구멍 같은 일상에도 볕이 들어야 한다는 명제를 모르는 바는 아니다. 쥐는 번식력이 매우 높다. 토끼도 번식력이 매우 높다. 동물 중에 약자들이 새끼를 매우 많이 낳는다. 그런 논리라면 자식을 낳지 않거나, 아주 적게 한 명만 낳은 사람들이 가장 강자란 말이냐? 강자여야 하는데 힘이 약해서 자식을 많이 낳지 못하는 현상은 정반대가 아닌가? 먹이사슬의 가장 윗 단계의 사람이라면 매우 적어야 하건만 어마어마하게 많기만 하다. 이래저래 잘 맞지 않는 듯하다. 쥐의 털 빛깔도 시궁창 쥐는 검고 들쥐는 덜 검다. 살고 있는 환경에 따라 조금 다르다. 오이주에서 생활에 곤란을 받는 사람들은 다른 주의 사람과는 엄청나게 다른 환경일까? 오십 이 개 주마다 약간씩의 차이점은 발생할 수 있다. 당나라는 한반도에 안동도호부를, 베트남에 안남도호부를 만든다. 그렇게 힘을 발휘하니 고구려나 한반도의 후손들은 자신의 존재를 드러내지 않고 숨기기를 택하는 경향이 많았을 것이다. 징기스칸은 선조가 잘 드러나지 않고 묘도 없고 숨기기를 많이 했다. 퍼즐을 맞추고 맞추어보니 발해의 사람이란 점을 찾아낸 것이다. 고구려의 후손이니 당나라에서 오래 숨겨야 했던 모양이다. 오이주에는 전 세계에서 몰려온 많은 사람들이 징기즈칸처럼 드러내 놓기를 좋아하지 않는 것인가? 너무 화려한 족보도, 너무 미천한 족보도 둘 다 드러내 놓기가 거북한 일이다. 오이주에는 이질적인 요소가 많다. 사람이 사는 세상에서 사람의 숫자만큼이나 다른 인격체들이니 복잡한 세상임은 틀림없다. 같은 요소는 오이주의 사람이다. 오이주에서 행복하기를 원한다. 생명의 안전과 자유와 먹을 것이 있다면 오이주를 싫어할 이유도 없다. 다만, 오이주에서 하류층이 되어 불만이다. 하루하루가 힘들어 불만이다. 여름에는 매미처럼 울고, 겨울에는 툰드라의 순록처럼 썰매를 끌고, 봄가을에는 나름대로 열심히 사는 오이주 사람으로 살지만 알파고가 물으면 어떤 대답을 할지 궁금하다. 오이주는 어떠냐? 오이주 사람들은 무엇을 가장 원하나? '오이주는 썩었다.'거나 '오이주를 떠나 다른 나라로 이민을 가고 싶다.' 이런 대답이 나오면 어쩌나? 알파고의 대답을 존중해야 할 것이다. 독재자라면 알파고의 말을 무시하고 알파고를 감옥에 가둬버릴 것이다. 좋다고 하는 오이주이지만 살아가기가 어려운 오이주일 수도 있는 사람들에게는 더 살기가 쉬운 오이주로의 변신이 이루어져야 한다. 오이가 몸에는 좋지만 맛도 별로고 먹고 싶어 하지 않는 사람도 있다. 오이주가 별로인 사람도 있는 것이다. 오이주가 별로다. 자기가 사는 나라가 별로다. 자기가 사는 나라가 지옥이다. '헬조선'을 심각하게 생각하고 젊은이를 보살펴야 하는 것이다. '오이주는 지옥이다.' 유중필이 받아들이기 어려운 일이지만 지옥이 되지 않게 해야 할 의무가 있다. 유중필의 어깨가 무거워진다. 달콤한 소리에 기운도 나고 즐겁기도 하지만 쓴 소리와 어깨가 축 처지는 소리도 잘 들어야 한다. 오이주가 지옥이 되지 않게 알파고를 이용하여 많은 방법을 찾아내어야 한다. 아픈 사람을 치료하기 위한 약을 찾아내듯이 찾아내어야 한다. 진시황이 불로초를 찾듯이 찾아내어야 한다. 열심히 찾는 사람은 징기스칸이 누구인지, 징기즈칸이 누구인지, 고조선이 무엇인지를 찾아내고야 만다. '오이주는 지옥이다.'라고 하면 오이주는 지옥이 아니게 되는 길을 찾아내어 그 길로 맹렬하게 나아가야 한다. 박쥐는 피를 빨아먹고 살지만 박쥐끼리는 피를 빨아먹지 못하고 돌아온 동료에게 자기가 먹은 피를 나누어주는 놀라운 박쥐이다. 굶주린 동료를 굶지 않게 배려를 한다. 박쥐처럼 살면 오이주는 지옥이 될 수 없다. 동굴 속의 박쥐, 밤에만 활동하는 박쥐, 음침하게 보이는 박쥐들이 그렇게 협동적일 수가 없다. 지구촌의 식량은 사람들이 먹고 살기에 부족하지 않지만 박쥐처럼 나눠먹지 못해 탈이 나는 지구이다. 사실, 박쥐만도 못한 사람들이다. 박쥐라고 하는 것을 보니 생김새가 쥐와 비슷한 것 같다. 쥐가 고양이에게 달려든다. 일어나지 않는 일이 일어나는 것이다. 오이주에서 어떤 경우가 이런 것일까? 오이주는 박쥐나 보노보노 원숭이처럼 살고 싶지만 사람은 박쥐도 아니고 보노보노 원숭이가 아닌 지라 똑 같은 행동패턴이 나오기는 어렵다. 어렵고 힘들 때 오이주는 이것을 이겨내는 오이주의 방법을 스스로 터득하는 수밖에 다른 방법은 없다.

유중필 치열하게 살아오고 있지 않은가? 유중필은 얼마나 성공하고 있는가? 오이주는 더 치열하게 살아오고 있는 것은 아닌지. 오이주는 얼마나 더 성공하고 있는지. 유중필보다는 오이주가 더 성공하여야 하지 않는가? 오이주 사람들 한 사람, 한 사람의 성공이 워낙 크다면 그 큰 성공의 모임이 오이주의 성공이 아닌가? 그러니 유중필의 성공은 한없이 커도 무방한가? 불나방은 불을 보고 불속에 몸을 던진다. 유중필은 불나방처럼 성공을 위해 성공의 불속에 몸을 던지고 있는 성공의 불나방인가? 예쁜 처녀에게 달려드는 불나방 청년, 멋진 총각에게 달려드는 불나방 처녀, 불나방 같은 본능이 사람에게도 있지 않나? 유중필이 행하는 불나방 같은 일은 무엇이지? 오이주가 오이주 사람들을 위해 하는 불나방 같은 것은 무엇인지! 불나방은 불을 피하는 동물들과는 반대의 속성이 나타난다. 사람은 불나방 같이 불을 좋아하고 불을 잘 다루어 사람이 되었다. 동물들이 보기에는 사람들은 불나방 같이 행동하는 동물로 보일 수 있다. 불을 피우고, 불로 모든 것을 하니 불나방 보다 더 불나방인 것이 사람으로 보이지 않나? 사람이 불나방을 보고 미친 것처럼 보이지만 동물들에게는 사람이 불나방보다 더 미친 것으로 보이는 것은 아닌지 궁금하다. 다시 생각해보니 사람이 불나방보다 더 불나방 같다. 불나방이 불을 보고 미친 듯이 춤을 추는 것이나 사람이 한밤중에 불을 켜고 춤을 추고 노는 것이나 무엇이 달라 보이나? 동물의 눈으로 보면 더 미친 것은 사람이 아닌가? 사람의 눈으로 보아도 더 미친 듯이 춤을 추는 것은 사람이 아닌가? 아름다운 처녀가 미친 듯이 추는 춤에 청년의 숨이 넘어가지 않나? 아리따운 밸리 댄서가 추는 춤에 눈에 콩깍지가 쓰이는 남자들이 아닌가? 오이주가 밸리 댄서처럼 춤을 추면, 유중필이 밸리 댄서처럼 춤을 추면, 오이주의 사람들은 기쁘고 살기 좋아질 것이다. 오이주의 성공은 더 커지고, 유중필의 성공도 더 커진다. 아아! 아름답게 춤을 추는 밸리 댄서! 그녀의 춤이 사람을 살게 만든다. 유중필도 불나방이 되어 오이주를 춤추게 만든다. 너도 나도 춤을 추고 행복한 오이주가 된다. 불만이 가득한 사람들도 조금은 즐겁고 신이 나는 세상을 맛볼 것이다. 아아! 아름답게 춤을 추는 밸리 댄서! 그녀의 춤이 사람을 살게 만든다.

유중필은 오이주를 위해 열심히 달려왔다. 그 길에서 고마운 사람들도 만났다. 엠티비 여전사 매향아씨, 한국전 참전 용사들, 유중필을 지지한 많은 유권자들, 그를 지지하지 않은 많은 유권자들, 그들 모두를 위해 조그만 일을 해보는 것이다. 인공산을 만들어가면서, 인공의 히말라야 산맥 같은 도시를 만들면서, 자전거로 갈 수 있는 길을 만들고, 꼬마와 노인과 장애인들이 갈 수 있는 자전거 길을 만들고, 참전 용사들이 죽은 뒤에 묻힐 묘지도 만들고, 지지하거나 반대한 유권자들을 위한 자유의 길도 만들고, 할 일을 차곡차곡 하는 것이다. 많은 사람들이 걷게 되면 큰길이 된다. 많은 사람이 모여도 자연적으로 큰길이 생긴다. 오이주에 길이 자꾸 생기는 것이다. 앨도라도주의 길이 촘촘해진다. 스핑크스시의 길이 더욱 촘촘해진다. 사람이 다니지 않으면 길은 잡초가 무성해지고 길이 사라진다. 오이주가 만들어가는 오이주의 길, 민주주의의 길도 자꾸만 사람이 걸어야 잡초가 생기지 않는다. 너무 일을 많이 했는지 유중필은 몸살이 난다. 강제로 쉬어야 한다. 지친 몸을 쉬며 생각하니 힘들고 어려운 길을 그 자신이 걸어왔다. 걸어갈 수 없다고 여겨지던 길이지만 견디면서 걸어왔다. 무언가에 미쳐 이제껏 잘 걸어왔다. 몸살이 나으면 앞으로도 미쳐서 잘 걸어가야만 한다. 사람은 시간 앞에 항상 약자의 모습을 보이게 된다. 그렇지만 오이주의 미래는 약자의 시간이 아니라 강자의 시간처럼 매우 길어 보인다. 앨도라도주, 스핑크스시, 새로 만들어진 모든 길들이 유중필보다 시간의 싸움에서 이긴 승자처럼 보인다. 유중필은 작은 성공을 했나? 무척 큰 성공을 했나? 과거 공룡이 걷던 길은 공룡의 발자국 화석으로 알 수 있다. 유중필도 짧다고 볼 수 있는 사람의 일생을 보내고 나면 공룡의 발자국처럼 남아 있을 발자취가 있나? 인민군의 모습으로의 유중필, 거제도 포로수용소의 포로로서의 유중필, 거지꼴로서의 유중필이 미네소타주에 정착할 때, 서글프고 서러운 유중필이 있었다. 서글프고 서러운 유중필은 한국전쟁과 연관이 깊다. 그는 아무런 영향을 끼치지 않았는데 왜 한국전쟁에서 비참한 삶을 맞게 되었나? 한국 땅에서 생존했다는 이유일 것이다. 앨도라도주, 오이주에 있는 사람이 이런 일을 겪게 된다면 유중필의 책임이 아주 크게 된다. 한국에서는 한국의 주인이었고, 미국에서는 미국의 주인이다. 그런 측면에서는 한국국민이었을 때 주인의 도리를 잘 하지 못했다고 할 수밖에 없다. 한국전쟁의 고통은 유중필이 주인으로서 역할을 잘못했기에 일어난 일이므로 유중필에게 책임이 있는 것이다. 유중필은 나이가 많아지고 노인이 되어가는 것인지 그 책임이 자기에게 있다고 여겨지는 것이다. 사람이 죽기 전에 철이 든다고 하더니 이제야 제 정신인 모양이다. 한국전쟁은 유중필이 잘못하여 일어난 전쟁인 것이다. 그러므로 무한책임을 지고 싶다. 곰곰 생각하니 그 정도로 책임을 지는 것은 합당하지 않은 듯도 하고! 한국전쟁에 연관된 전 세계 모든 사람들 중에 한 사람으로서의 한 사람 분만큼의 책임이 있다. 그렇게 책임을 쪼개니 합당하게 책임이 나누어지는 듯도 하다. 오이주, 앨도라도주의 주지사가 되니 오이주가 전쟁에 빠지면 그의 책임은 어마어마하게 큰 것으로 여겨진다. 그러면 인민군이 되지 않으려고 목숨을 걸고 노력하지 않은 것을 설명하시오? 그는 설명할 자신이 없다. 그러면 앨도라도주 주지사가 되려고 목숨을 걸고 노력한 것을 설명하시오? 목숨을 걸고 까진 한 것은 아닌데! 그런 말을 할 수는 있을 것 같다. 평생을 살아오면서 유중필은 목숨을 걸고 무슨 일을 한 적이 한 번도 없는 것 같다. 아주 열심히 한 일은 있지만 그 이상은 없었다. 그렇지만 한국전쟁의 전쟁터에서 목숨이 위태로웠던 적은 수도 없이 많았다. 죽을 고비를 맞은 것은 유중필 자신의 책임이고 그 자신이 잘못해서 그런 것일까? 그렇다고 말해야 달관한 노인인데 그것까지는 또 그렇게 말이 나오지를 못한다. 전쟁터에선 그저 생존본능으로 버텼던 것뿐이다. 총알이 날아오면 엎드리고, 포탄이 날아오면 귀를 막고 피하고, 저절로 신체반응이 움직이는 대로 전장을 누볐던 것이다. 목숨이 붙어 있었던 것은 운이 좋은 것이었다. 고향의 어머니가 기도를 많이 하고, 조상의 음덕이 그를 죽지 않게 했다. 그렇게 얼버무리는 것이다. 그러면 죽은 동료들은 고향의 어머니의 기도가 부족하고, 조상의 음덕이 부족해서 그런 것인가? 그것은 아니고 운이 없었다고 하나? 한국은 억세게 운이 좋다. 이차대전 후의 식민지에서 독립이 되어 원조 받는 나라에서 원조를 해주는 나라로 된 유일한 지구촌의 국가이다. 그러니 그 억세게 좋은 운이 앨도라도주에서 또 불이 붙어 유중필의 성공이 되었다. 그렇게 생각하나? 징기스칸, 징기즈칸, 몽고, 원나라는 억세게 운이 좋아서 그렇게 되었나? 고조선, 고구려, 발해라는 뿌리가 있었기에 가능했고, 그 뿌리가 한민족, 한국으로 이어진 것이 아닌가? 발해국의 왕족의 서자 집안에서 징기스칸이 나왔다나? 유중필이 앨도라도주, 오이주의 주지사가 되니 온갖 신상명세를 찾아보게 된다. 유중필은 앨도라도주를 위해, 미국을 위해, 전 세계를 위해, 한국을 위해, 정직하고 성심껏 살아가면 된다. 몸살이 이제 많이 풀렸다. 어깨에 진 짐이 무거웠던 모양이다. 아무 생각 없이 어린이처럼 아침부터 저녁까지 놀기만 하면 좋으련만! 아무 생각 없이 멍을 때리고 있으면 정신건강에 매우 좋을 것이련만! 몸살이 걸리니 강제적으로 쉬면서 멍을 때리고 시간을 보낼 수밖에 없었다. 유중필 주지사가 멍을 때리고 쉬어도 부주지사가 일을 보고 있기 때문에 앨도라도주가 우왕좌왕하지는 않는다. 무리할 정도로 일을 너무 많이 하면 부주지사는 무슨 일을 하나? 유중필 주지사가 아프면 부주지사의 일은 많아진다. 몽골제국이 징기스칸, 징기즈칸 한 사람으로 지탱이 되었겠나? 앨도라도주가 유중필 한 사람으로 지탱되는 것도 아니지 않은가? 모두가 다 열심히 해야 하는 일일 것이다. 앨도라도주에는 황금이 많은가? 그렇다. 황금이 많다. 아니다. 황금보다 다이아몬드가 더 많다. 그런가? 다이아몬드가 더 많구나! 그런가? 알쏭달쏭하다. 황금이나 다이아몬드는 잘 변하지 않는 성질을 가진 물질이다. 오랜 시간이 지나도 그대로인 상태가 사람을 놀라게 하는 것이다. 일백 년을 지나면 으스러지는 사람이지만 으스러진 사람의 시체 옆에서 반짝거리는 것이 황금과 보석과 다이아몬드이다. 일백 년이면 썩어 문드러지는 육신 대신에 황금과 보석과 다이아몬드는 더 오래 썩어 문드러지지 않는다는 것이 사람들에게 보물로 되는 것이다. 사람들은 이제 진주조개의 진주의 비밀을 알아내어 진주를 인공으로 많이 만들 수 있다. 인공의 뼈나 인공의 치아로 사용할 진주를 대량으로 만들려고 한다. 오이주에서 인공의 황금과 인공의 보석과 인공의 다이아몬드를 대량으로 만들어 사람의 뼈를 인공진주로 만들 듯이 대체를 하면 사람의 시체는 모두 다가 다이아몬드가 되지 않나? 인공의 진주로 만든 뼈로 견디다가 더 늙어지면 결국에는 몸의 뼈가 인공의 진주로 대체된 상태에서 죽게 되므로 시신은 모두 진주로 된 뼈가 아닌가? 그 진주로 된 뼈가 인공의 다이아몬드로 대체가 되면 시신은 썩어 문드러지면 다이아몬드 뼈만 남지 않겠나? 앨도라도주는 정말로 황금이 많다. 스핑크스시는 정말로 사자가 많다. 사람의 묘지를 파기만 하면 시신은 황금의 뼈로 되어 있다. 체세포 복제된 사자가 많다. 오이주에는 황금으로 만든 오이가 많다. 오이주에는 다이아몬드로 만든 오이가 많다. 진주조개는 스스로 진주라는 보석을 만든다. 생물체가 보석을 만드는 것이다. 황금을 만드는 생물체가 인공으로 만들어질까? 생물체가 다이아몬드를 만든다. 다이아몬드를 만드는 생물체가 인공으로 만들어질까? 앨도라도주의 사람들은 노인이 되면 더 늙은 노인이 되면 몸속의 뼈는 진주로 된 인공뼈로 견딘다. 견디다 견디다가 죽으면 시신에서 인공진주로 만든 뼈는 긴 세월을 사람의 형체를 잃지 않고 견디고 있게 된다.

7. 휴 전 선

　무성하게 우거진 나뭇잎들을 하나둘 떨어뜨리다가 홀랑 자신의 몸매를 드러내기 시작하는 나무들이 겨울의 초입에서 살아남으려고 변신을 거듭하고 있다. 여름에는 잘 보이지 않던 북쪽의 모습들이 더 철저히 벗겨지고 있다. 첫눈이 내린다. 눈발이 심해질수록 또 다시 북쪽은 보이지 않는다. 보이거나 보이지 않거나 하지만 갈 수는 없는 곳이다. 초겨울의 찬바람은 남쪽과 북쪽을 마음대로 넘나든다. 북한군의 뺨이나 남한군의 뺨에도 칼날 같은 서슬 퍼런 차가움을 안겨준다. 머리부터 발끝까지 공기 중에 드러난 부분은 없다. 가장 얇게 덮여진 부분은 오른손 집게손가락 세 마디이다. 가장 시린 부분이다. 오른손 가운데 손가락으로 최대한 감싸고 있다. 자신의 생명을 보호하기 위하여 가장 빠른 시간 안에 방아쇠를 당겨야 할 임무를 맡은 오른손 집게손가락 세 마디이다. 왼손 집게손가락 세 마디 중의 살점이 낫에 떨어지던 일이 생각난다. 토끼풀은 낫으로 베어야 하고 오른손으로 낫질을 했으니 탈이 난 것은 왼손 집게손가락이었다. 몸속의 간이 툭 떨어지는 느낌이었다. 왼손잡이여서 오른손 집게손가락을 쓰지 못할 정도로 베었다면 휴전선으로 오는 일이 금지 되었을 것이다. 토끼풀을 베다가 다친 그날만큼 간이 툭 떨어지지는 않지만 오른손 집게손가락은 너무 시리다. 낫이 살을 베는 느낌은 한 번 당해 봤지만 총알이 몸을 뚫고 나가는 느낌은 아직 실제로 당하진 않았다. 그 느낌을 절대로 당하기 전에 오른손 집게손가락을 재빨리 놀려 적군이 당하게 해야 하는 일이 그가 하고 있는 일이다. 두꺼운 방한화를 신고 있건만 발가락이 시리다. 발가락과 손가락을 자꾸 꼬물거린다. 시린 손가락과 발가락이 자꾸 심장에서 뜨거운 피를 보내달라고 요청하고 있다. 휴전선은 춥다. 나라를 위하여, 고향의 가족을 위하여, 이 따위 추위는 추위가 아니다. 그런 이성적인 생각이 잘 떠오르지 않고 온통 춥고 몸이 떨리는 기분만이 그를 옥죄어 온다. 본능이 꿈틀대고 있을 뿐이다. 얼어 죽으면 안 된다. 얼어 죽으면 안 된다. 발가락과 손가락을 꼬물거리던 동작이 더 커지고 온몸을 더 꼬물거린다. 북쪽을 바라보는 눈길이 덜 매서워진다. 추운 몸을 더 신경 써야 할 판이다. 교대병사가 왜 빨리 오지 않나? 빨리 와라! 빨리 와라! 그는 누구를 오랜 시간 동안 쳐다본 적이 이제껏 없었다. 휴전선으로 배치 받은 이후로는 북쪽을 하염없이 바라보는 삶으로 자신이 변해 있게 되었다. 살아오면서 부모님의 사랑을 받아온 것은 기억이 나지만 남을 세밀하게 살펴본 적이 전혀 없었다. 북쪽을 살피고 있다. 휴전선(休戰線)이란다. 전선이 쉬고 있다고 하니! 전선(戰線)이 쉰다. 쉬고 있다지만 북쪽을 살피는 것은 쉴 수가 없다고 하니! 탄창에는 실탄이 꼽혀 있다. 오른손 집게손가락만 갖다 대면 총알이 발사된다. 총알을 한 번도 쏘아보지 못했을 때는 총알을 쏘아보는 것이 바람이었지만 실제로 총알이 장전된 총은 그렇게 반가운 것이 아니다. 실제의 생명을 죽일 수 있다는 것이 현실이니 이게 무슨 일이지! 섬뜩한 나날이지만 그것이 쉬고 있는 전선(戰線)이다. 교대를 하면 몸을 좀 녹이지만 눈을 치우는 일도 끔찍하다. 눈을 치워주는 로봇이 없나! 성능이 무한대인 화염방사기가 없나? 손가락과 발가락을 따뜻하게 해주는 획기적인 장갑과 신발이 없나? 눈을 재빨리 치우지 않아 계단에 얼어붙으면 초소까지 오르내리는 일은 너무 위험해진다. 다리가 부러지거나 허리가 부러질 일이 너무 쉽게 일어나면 고통의 시간만 길어지니 무슨 수를 쓰더라도 눈을 재빨리 치워야 한다. 계단이나 도로나 길의 바로 밑에 열선이 깔려 있으면 눈이 와도 강추위가 닥쳐도 얼지 않아 다행이지만 현실은 그렇지 않다. 눈을 치워야만 한다. 눈이 내리는 초소의 계단을 오르내리다가 절대로 미끄러지면 안 된다. 눈이 내리는 겨울은 조심할 일이 더 많아진다. 눈이 내리는 동안은 그래도 기온이 확 떨어지지 않지만 눈이 그치고 나면 기온은 더 밑으로 내려간다. 눈이 허벅지까지 내린다. 그냥 걸어가기도 벅찬 눈의 깊이이다. 눈앞에 무엇이 보인다. 눈 속에 움직이는 물체가 있다. 망원경으로 보니 훨씬 잘 보인다. 네 마리의 노루가 움직이려고 안간힘을 쓰고 있다. 뿔이 달린 수컷이 앞장을 서고 어린 새끼 두 마리가 한참 떨어져 겨우 버티고 있다. 그 바로 뒤에는 어미인 암컷이 있다. 새끼 노루 두 마리가 아비인 수컷 노루를 따라 붙이지 못하고 있다. 노루 가족이 최대의 위기를 맞은 듯하다. 계속 살피는 것이 그들의 일이지만 그도 살기 위해선 교대병사와 교대를 해야 한다. 꼭대기의 초소를 내려온다. 네 마리의 노루가 죽지 않아야 할 텐데. 사람이 살지 못하는 곳에 삶의 터전을 잡은 동물들이지만 겨울은 그들에게도 혹독하다. 동물사냥을 좋아하는 사람이라면 노루를 잡아 배불리 맛있게 노루고기로 잔치를 벌이겠지만 휴전선에서는 총을 쏠 수도 없고 노루를 사냥하러 비무장지대로 들어갈 수도 없다. 살펴만 보는 것이다. 행동을 할 수가 없고 관찰만 하는 것이다. 지뢰밭에서도 간신히 생명을 잘 유지하고 있는 동물들이다. 지뢰를 묻은 동물은 한 마리도 없다. 지뢰는 인간이 묻은 것이고 인간이 만든 물건이다. 노루가족은 남으로도 북으로도 가지 못하고 철책선 안에만 갇혀서 인간의 사냥에서는 벗어나 있지만 인간이 묻어 놓은 지뢰에서는 벗어나지 못하고 있다. 지금은 하늘에서 내린 눈으로 인해 목숨이 위태롭다. 교대병사가 돌아오면 꼭 노루가족의 소식을 물어봐야지 다짐을 한다. 내무반의 온기는 극락에 온 기분이다. 지옥과 극락을, 지옥과 천당을 왔다 갔다 하는 기분이다. 하루 종일이나 한 나절을 쉴 수도 없고 눈을 치우는 일을 해야 한다. 눈을 치우는 전투를 해야 한다. 내린 눈을 치우는 것이 중장비로도 해결이 나지 않으니 사람이 해야 하는 골칫거리이다. 넓은 길이나 중장비로 가능한 곳을 제외한 곳은 사람이 일일이 눈을 치워야 한다. 휴전선의 초소는 가파르고 높고 골이 깊고 사람이 다니기가 불편한 곳들의 집합체이다. 고산지대에 사는 산양이 돌아다니기 좋은 곳이니 사람이 산양처럼 진화해야 하건만 언제 그렇게 될 수 있나? 절벽을 타고 살아가는 산양이 아닌 사람들이 산양처럼 살아가려니 고생문이 훤하다. 산양의 몸에 화염방사기를 착용시켜 눈이 쌓인 길들을 훤하게 치우는 좋은 방법이 고안되지 않나? 산양 덕에 좀 나은 나날이 이어지면 좋으련만! 교대병사가 돌아오기에 노루가족의 안부를 물어보니 슬픈 소식을 전해 준다. 아비 수컷 노루와 새끼 두 마리와 같이 있던 어미 노루와 두 패로 갈라져서 이산가족이 되고 말았다는 것이다. 새끼 두 마리와 어미 노루는 더 이상 움직이지 못하고 그 자리에서 멈추게 되고 수컷과는 생이별이 되었다는 것이다. 그러면 수컷만 겨우 살 확률이 있고 세 마리는 죽거나 암컷이 극적으로 살아남을 것인지? 상황이 그렇다는 것이다. 눈구덩이가 노루의 묘지가 되는가? 봄이 되어야 눈이 녹고 그때까지는 시신이 썩지는 않아 잘 냉동이 되어 있겠지. 겨울동안에 독수리가 날아와 썩지 않은 노루의 사체를 뜯어 먹을까? 다음날 초소를 지킨 병사들의 말이 독수리 떼가 달려들어 눈 속을 파헤쳐 세 마리의 노루를 갈기갈기 뜯어먹고 있다고 한다. 새끼

두 마리와 어미 노루는 독수리 떼의 양식이 되고 말았다. 그도 얼어 죽으면 독수리 밥이 되는데. 그는 쉽게 얼어 죽지 않을 것이다. 만주 벌판의 혹독한 추위는 노숙자들이 얼어 죽는 일로 연결된다. 하룻밤만 지나면 시체가 땅에 얼어붙어 떼어놓지 못하므로 노숙자나 행려병자가 죽자마자 화장장(火葬場)으로 실어가는 것이 아니라 맹견의 먹이로 실어가서 개의 밥으로 이용한다니 사람의 값어치가 개밥으로 떨어지는 한심한 일도 일어나는 세상이다. 아무리 그래도 사람의 시신이 개밥이라니! 독수리 밥이 더 인간적인 것인가! 자연법칙으로는 사람이 개밥이나 독수리 밥이 되는 것이 잘못된 것은 아니다. 그렇지만 인간의 법칙으로는 있을 수 없는 일이다. 그렇지만 인간의 법칙으로 총구에서 총알이 뿜어져 나와 인간이 서로 인간을 죽이는 일은 전쟁이며 인간법칙인데 이것은 인간법칙으로 맞단 것인가? 휴전선은 지금 전쟁을 멈추고 있다. 북쪽을 바라보고 있다. 노루와 독수리의 땅인 비무장지대이다. 노루가 죽지 않으면 독수리는 먹을 것이 없다. 사람이 죽어 장례를 치르지 않고 시신을 산에 들에 방치하면 독수리는 숫자가 불어난다. 사람이 죽어 장례를 치러 시신을 방치하지 않으면 독수리는 숫자가 불어나지 않는다. 전쟁터에도 시신이 방치되면 개들이 사람의 시신을 뜯어먹는다고 한다. 전쟁보다는 그래도 휴전이 더 낫다. 휴전보다는 평화가 더 낫다.

교대 순번이 되어 꼭대기 초소에 올라가 망원경으로 아무리 살펴도 노루의 흔적은 전혀 없다. 노루의 사체는 깨끗이 치워졌다. 눈이 오지 않는 겨울이 되면 좋겠다고 생각하지만 열대지방의 겨울이 아닌 이상 겨울은 춥고 눈이 온다. 눈을 전혀 싫어하지 않는 북극곰도 있다. 북극곰은 동면을 하지 않는다. 암컷은 새끼를 낳으려고 겨울에 휴면(동면)을 한다. 동물원의 곰은 먹이가 풍부해 동면을 하지 않는다. 온대 지방이나 대부분의 곰은 동면을 한다. 사람도 겨울에는 여름처럼 활동을 많이 하지 못한다. 동장군은 전쟁도 어렵게 한다. 나폴레옹의 군대가 러시아로 가다가 추워서 실패하고, 독일군도 소련을 침공하다가 추워서 탈이 나고, 왜군도 북상하다가 추위에 탈이 나고, 미군도 한국전쟁에서 추위로 인해 철수를 결정했다. 추우면 공격이 쉽지 않다. 추우면 방어도 쉽지 않은 것인가? 그러면 추위에 완벽하게 적응하는 방법은 없나? 남극의 펭귄이면 가능한데. 사람이 펭귄으로 변하는 것이 쉽지 않은 일이다. 추위와 더위는 첨단장비로 전쟁을 치는 일까지도 어려움에 직면하게 만든다. 전자장비가 강력한 추위와 더위에 오작동을 일으키기 때문이다. 사람도 추위와 더위로 인해 오동작이나 탈이 난다. 꼭대기 초소에서 로봇이 보초를 서 주면 좋겠는데. 아직까지는 사람이 로봇처럼 보초를 서야 한다. 로봇보다 더 진화한 드론이 보초를 서 주면 더 좋겠는데. 독수리나 펭귄을 잘 이용하여 동물부대를 만드나? 로봇, 드론, 독수리, 펭귄이 전선을 지키고 사람은 뒤로 빠지면 좋은데 아직은 사람이 보초를 서야 한다. 북극곰은 겨울 동안 몸속에 비축한 지방으로 긴 겨울을 버틴다. 사람도 곰과 비슷한 포유류이니 겨울 동안 지방으로 추위를 이겨야 하지만 사람이 만든 난방시설로 버티기도 한다. 하여튼 겨울에는 와구와구 많이 먹어야 하는 계절이다. 먹은 것이 없으면 추위는 실제보다 더 춥게 느껴질 것이다. 곰이 추위를 이기려고 털을 가진 것처럼 사람도 여러 겹 껴입은 방한복으로 인해 동작이 곰처럼 둔하다. 북쪽을 망원경으로 보면 북한군도 남쪽을 살피고 있다. 북한군은 추운 겨울을 남한군보다 세 배나 다섯 배나 길게 견뎌야 한다니 더욱 곰에 가까운 습성이 있을 것이다. 굶주린 채로 겨울을 넘기는 산골의 사람들에게 멧돼지나 노루는 가장 맛있는 양식이다. 동물의 사체나 고기를 좋아하는 독수리 떼만큼이나 멧돼지나 노루는 산골의 사람에게도 환영받는 음식이다. 남북한의 병사들이 스님으로 구성되었다면 멧돼지나 노루고기를 반기지 않을 것이지만 스님으로 구성된 병사들은 아니다. 철책선 안으로 마음대로 들어갈 수가 없어서 독수리 떼에게 넘겨주었지만 철책선 안으로 들어가는 것이 가능했다면 아마 남북한의 병사들은 노루의 사체를, 산 노루까지도 그냥 두었을까? 보급품이 넉넉한 군대는 질서가 잘 유지되고 탈도 적게 날 것이다. 보급품이 조달되지 않는 군대는 어떻게 되나? 굶어죽지 않으려면 약탈을 하게 될 것이다. 다리가 부러진 사자에게 달려드는 하이에나 떼는 다리가 부러진 사자를 잡아먹어 버린다. 굶주린 군대는 하이에나 떼보다 더 무서울 것이다. 인류는 굶주림에 저항을 하며 살아오다가 이제야 겨우 굶주림을 약간 면하는 새로운 세상에 도달했지만 아직도 굶주림에 고통 받는 사람들이 많다. 북한병사나 남한병사가 노루고기를 독수리에게 양보할 만큼 그렇게 배가 부를까? 날씨는 춥고 오르락내리락 가파른 고갯길은 많고 눈을 쉴 새 없이 치워야 하고 살이 찔 일이 없다. 방한복으로 인해 뚱뚱하지 모두 날씬한 병사들이다. 북한군은 뚱뚱한가? 뚱뚱해지기가 쉽지 않을 것이다. 황소 한 마리를 잡아먹는 모습을 양쪽의 군대가 망원경으로 보게 되면 어떤 일이 벌어질까? 휴전선에서 소를 잡을 수는 없지만 만약에 한국군이 그렇게 한다면 북한군도 그렇게 할까? 아니면 서로가 과잉자극으로 사건이 터지게 될까? 총알이 날아올 수 있는 거리에서 위험한 일을 하진 않을 것이다. 비무장지대에는 황소나 물소가 살지 않는다. 지뢰밭을 서로가 만들지 않았다면 황소나 물소가 살도록 할 수는 있다. 좁은 국토를 가진 남북한이 지뢰밭을 없애고 황소나 물소가 살게 농장을 만들면 어마어마하게 큰 농장이다. 그러면 남북한 병사들은 고기를 마음껏 먹어보나? 그러면 병사가 아니라 목동으로 바뀐 신분이 되나? 군사훈련과 눈을 치우는 대신에 소똥을 치우고 소를 돌보는 일이 일어나게 되나? 병사에서 목동으로 변하면 소고기를 정말로 많이 먹게 되나? 춥고 배가 고프면 따뜻한 아랫목과 뜨끈한 국물과 밥을 원한다. 날씨가 약간 포근해지고 우중충해지는 것이 또 눈이 올 징조이다. 눈이 내린다. 북쪽의 모습이 보이지 않는다. 보이지 않는 모습을 보는 것은 귀신에 가까운 일이다. 사실, 귀신에 가까워졌다. 너무 많이 보았기에 보이지 않지만 북쪽의 모습이 그대로 보이는 것이다. 북쪽의 모습 중에 겉으로 드러난 것만 보이고 땅 밑의 모습은 모른다. 북한군은 한 자리에서 남한군보다 세 배나 다섯 배를 더 보았다면 남한 쪽 초소를 더 잘 안다. 눈이 내려 앞이 보이지 않아도 북한군은 남한군의 초소를 다 보고 있다. 북한군은 남한군의 초소에 올라오는 병사가 세 번이나 다섯 번 바뀌는 동안 그 자리를 지키니 사정을 잘 알게 되지만 무언가 불만이 생긴다. 남한군은 집으로 간 것인가? 다른 부대로 전출이 된 것인가? 북한군은 아직도 군사복무 중인데 남한군은 군사복무가 끝난 것이 아니냐? 군사복무를 오래하여 총도 더 잘 쏘고 남한군(국군) 초소의 실정도 더 잘 알지만 빨리 고향으로 보내주지 않는 북한군에 대한 원망이 쌓인다. 멧돼지나 노루고기 맛이라도 봤으면 싶다. 남한군(국군)은 북쪽을 보고 있다. 북한군보다는 더 빨리 고향으로 간다고 좋아하고 있다. 남한군(국군)이나 북한군이 징집병이 아니라 직업군인이어서 한 달의 월급이 상당히 괜찮다면 뭐 그리 고향으로 빨리 가려고 할까? 월급으로 실컷 고기를 사 먹을 수 있다면 멧돼지나 노루고기에 침을 흘릴 이유가 있나? 세계 어느 나라 군대도 징집병을 없애고 직업군인만으로 군대를 유지하기가 힘에 겹지 않나? 북한군은 직업군인인가? 남북한의 군인이 직업군인이라면 휴전선은 일을 하는 일터가 아닌가? 논리가 이상하게 전개되지만 싸움터가 일터인 경우인 직업군인에겐 휴전선이 일터로 이상하게 해당되는 사항이다. 일터를 계속 유지해야 하는 것이 아니라 일터를 하루빨리 없애야 하는 모순적인 연결고리이다. 그렇지만 남녀의 성비에서 출생할 때 남자 아이가 여자 아이보다 3% 정도 많은 것이 정상이라는데. 3% 정도의 남자 아이는 싸움터에서 전쟁을 치다가 죽으라는 것과 일맥상통한다고도 하는데. 꼭 그렇지는 않지만. 그래서 군대가 없어지지 않나? 그래서 휴전선이 없어지지 않나? 오늘도 북쪽 하늘을 바라보고 있다. 북한 병사도 남쪽 하늘을 바라보고 있다. 한 해에 태어나는 인구가 일백 만 명이면 3%는 3만 명이다. 십 년이면 30만 명이다. 오 년이면 15만 명이다. 남북한은 너무 많은 군인을 보유하고 있지 않나? 은행나무는 엄청나게 긴 세월 동안 지구상에 살아남아 왔다. 이제는 사람들이 열매를 맺는 암나무를 베어내고 있다. 열매의 냄새가 고약하다고 그런 일을 하고 있다. 과거에는 암나무와 수나무가 상당히 클 때까지 암나무인지 수나무인지 몰랐으나 이제는 유전자해독을 하여서 구별이 가능하다보니 아예, 암나무의 숫자를 줄이고 있다. 사람이 은행나무의 성비를 완전히 뒤바꿀 수 있을까? 사람들도 사람 스스로가 남녀의 성비를 은행나무처럼 바꾸려든다면 무언가 불안하지 않나? 이제는 사람이 은행나무의 미래를 좌지우지 할 단계에 온 것이다. 사람도 자연현상인 남녀성비에서 이상한 조작을 통해 군인으로 역할을 할 남성이 덜 출생하게 연구하여 전쟁이 없어지게 할 황당한 일이 벌어질까? 무엇 때문에 남자아이가 더 많이 태어나나? 사람은 사람의 기준에서 은행나무의 암나무를 줄이고 수나무는 그냥 둔다. 그런데 자연의 기준에서는 남자아이가 더 많이 태어나야 한다고 하는데 사람이 만든 기준으로 그것을 고쳐보는 것이 전혀 불가능할까? 아니, 여자아이가 지금보다 3% 더 출생하게 하는 것이 안 되나? 자연적으로는 안 되지만 인위적으론 되나? 북쪽을 바라보고 있다. 북한군은 한 번도 여군이 꼭대기에 올라온 적이 없다. 북한군은 남쪽을 바라보고 있다. 남한군은 한 번도 여군이 꼭대기에 올라온 적이 없다. 남한군도 북한군도 여자를 보기가 하늘의 별따기처럼 어렵다. 강제로 스님의 행세를 하고 있다. 하고 싶어서 하는 스님의 일과나 행동이 아니다. 원숭이 무리나, 꿀벌이나 개미의 무리처럼 사람도 큰 무리를 이루며 살고 있다. 여자가 거의 없이 남자로만 무리를 만들어 살고 있다. 약간인가? 아니면 무척 심한 것인가? 정상은 아니지 않나? 정상이기도 한가? 헷갈리는 일이다.

그는 망원경으로 북쪽을 본다. 늘 하던 일이다. 그런데 오늘은 무엇이 잘못되었는지 어제와 다른 것이 보인다. 꼬마 아이들이 강아지와 같이 눈밭에서 즐겁게 놀고 있다. 꼬마아이들과 강아지가 눈밭에서 뒹굴며 놀고 있다. 무엇이 즐거운지 웃음을 지으며 잘 놀고 있다. 너무나 행복한 모습이다. 아니, 또 다른 모습도 보인다. 너무나 아름다운 광경이다. 어여쁜 아가씨들이 눈싸움을 하고 있다. 모두 다 아가씨들이다. 천국에서 아가씨들이 즐겁고 행복하게 눈싸움을 하고 있다. 눈덩이를 굴려 눈사람을 만들고 있다. 많은 눈사람을 만들어 놓고 있다. 아가씨들이 눈밭에서 놀고 있다. 눈밭에는 노루도 있고, 사슴도 있다. 사슴이 끄는 수레도 있고, 노루가 끄는 수레도 있다. 아가씨들이 노루와 사슴이 끄는 수레를 타고 다닌다. 그런데 이상하게 남자는 한 사람도 없다. 북한군도 보이지 않는다. 망원경이 고장이 났나? 망원경을 치우고 맨눈으로 본다. 맨눈으로 보아도 남자는 없고, 북한군도 없다. 꼬마들과 강아지들, 아가씨들, 노루와 사슴들, 수레가 보인다. 그는 꿈속에서 보고 싶은 것만 보고 있는 것일까? 눈을 감고 있어야 상상 속의 것이 보일 것인데 눈을 뜨고 있는데 상상 속의 것이 보이다니. 북한군이 만약에 그들의 눈 속에 남한군의 숫자가 지금보다 몇 백 만 배로 많이 보인다면 전쟁이 일어나지 않고 저절로 항복할 것이다. 북한군의 눈이 한국군의 숫자를 잘못 볼 수 있을까? 지금 보고 있는 놀라운 광경들을 북한군도 보고 있나? 사실, 북한군도 이 광경을 보고 있지만 믿을 수가 없다. 이조시대의 사람들이 현재의 모습을 보면 이 세상을 믿을 수가 없을 것이다. 지금 보는 모습은 가까운 미래에 일어날 일이 분명하다. 그렇지만 지금은 서로가 서로의 눈을 의심한다. 이조시대의 사람들도 현재의 휴전선을 알지 못하고 상상할 수 없었다. 또 눈이 내린다. 아무 것도 보이지 않는다. 내리는 눈 때문에 아무 것도 보이지 않으니 눈을 잠시 감아본다. 아까 본 황홀한 모습들이 떠오른다. 아름다운 아가씨의 모습이 가장 강하게 뇌리에 각인된다. 그가 보고 싶은 것은 무엇보다 가장 아름다운 여인인 모양이다. 눈이 계속 내리고 있다. 아무 것도 보이지 않는 시간이다. 전시상황이라면 앞으로 나아가려고 연막탄을 터뜨린다. 눈이 내려 앞이 보이지 않으면 연막탄을 터뜨린 효과와 동일하다. 지뢰밭만 없다면 앞으로 나아갈까? 현실과 다른 모습이 앞에서 보인다면 보초를 서는 것이 헛일이 되고 만다. 눈이 내리고 있는 북쪽을, 뜨거운 여름날 해수욕장의 비키니를 입은 여인들로 가득한 것으로 보인다면 문제는 심각하다. 보고 싶은 것을 보고 싶어 하는 병사의 내면을 뒤바꿀 수는 없다, 마음속에서 보고자 하는 것과 현실에서 보이는 것은 차이가 너무 크다. 현실은 조금도 바뀌지 않은 그대로의 모습들이다. 도대체 휴전선이 얼마나 오래갈까? 천 년을 가나? 천 년을 가지는 않을 것이다. 백 년은 가나? 백 년을 갈듯이 시간이 꽤 지났다.

백 년 동안 꼬마들도 강아지도 아가씨도 수레도 보이지 않는단 말인가? 백 년 동안 보이는 것은 남한군과 북한군이다. 백 년이면 비무장지대의 동물들도 사람을 약간 다르게 인식할까? 길고 긴 자연의 시간에선 백 년이 긴 것이 아닐 것이다. 백 년 동안 남한군과 북한군은 서로를 쳐다만 보고 있다면 너무 긴 시간이다. 백 년 동안 마주보는 사람이 바뀌었지만 만약에 바뀌지 않고 서로가 백 년을 바라보았다면 또 다른 결과가 나오지 않았을까? 초긴장 상태로 백 년을 마주보는 이유가 뭘까? 한반도가 짊어진 고통의 무게가 만만하지 않다. 1,950년 이후로 오른손 집게손가락으로 방아쇠를 당길 준비를 늘 하고 있다. 왼손잡이라면 반대인가? 왼손잡이를 위한 총은 없지 않나? 왼손잡이는 총을 왼손에 쥐면 되지 않나? 비무장지대 안에는 사람은 없다. 지뢰는 있다. 동물과 식물은 있다. 꼬마들과 강아지와 아가씨들이 비무장지대에 있어야 하지 않나? 무장(武裝)되지 않은 곳이니 가장 보호받을 사람들이 있어야 하지 않나? 꼬마들과 강아지들은 무장을 하지 않는다. 그러니 비무장지대(非武裝地帶)에 살아야 하지 않나? 아가씨들은 무장을 하나? 무장보다는 화장(化粧)을 하지 않나? 남자들에게 예쁘게 보이려고 화장을 하지 무장을 하지 않지 않나? 화장(化粧)도 남자를 무너지게 하려는 무기화(武器化)가 된 무장(武裝)이 아닐까? 여자의 아름다움과 화장(化粧)도 여자의 무기일 수 있다. 남한군이나 북한군도 힘든 훈련이나 군사적 실력보다는 미인계(美人計)에 더 잘 무너질 지도 모른다. 전혀 볼 수 없는 여인들을 남북한의 병사들이 휴전선에서 볼 수 있는 것은 마음 속의 바람 때문일 것이다. 북구라파의 어느 나라처럼 남녀 병사들이 한 내무반을 같이 사용한다면 눈 속에 아가씨들이 수레를 타고 있는 꿈들을 보지 않을 것이다. 한 내무반은 아니라도 이스라엘 군인들처럼 남녀가 같이 군복무를 한다면 눈 속에 여인들이 보이는 꿈을 꾸지는 않을 지도 모른다. 출생성비를 따진다면 여군이 없어야 하나? 그렇지 않아야 하나? 남북한 군인들이 휴전선 초소의 꼭대기에 여군이 올라오면 정신없이 망원경으로 여군만 쳐다볼까? 한 번도 해보지 않은 일이니 호기심은 대단할 것이다. 중년의 예비군을 초소의 꼭대기로 보내면 어떤 일이 또 일어날까? 젊은 병사가 아니라 오십대의 군인들이 초소를 지키는 것은 어떤 모습일까? 오십대의 남녀 예비군 군인들이 휴전선을 지키는 일도 일어날까? 어느 나라든지 군인은 새파랗게 젊은 남자가 대부분이고 간혹 새파란 여자도 있다. 젊은 군인은 군인이고 중년의 군인은 군인이 아닌가? 중년의 군인들은 눈이 내리는 휴전선에서 무슨 바람을 꿈속에서 나타낼까? 아내와 자식들이 눈밭에서 눈사람을 만드는 것이 보일까? 자식들이 행복하게 눈싸움을 하는 것이 보일까?

오십대의 중년 나이의 군인들이 휴전선으로 왔다. 월급을 받는 군인들이다. 세상을 반 백 년을 살았으니 전쟁이 터져 죽더라도 이십 대에 죽는 군인들보다는 덜 원통하다. 젊은 군인들보다는 혈기가 덜 왕성하지만 초소근무를 하는데 별 지장이 없다. 늙고 힘이 빠지면 경비원의 일만 주어지는 현실과 비교하면 오십대의 군인은 설득력이 약간은 있어 보인다. 젊은 시절의 이력은 보장받지 못하고 경비원이 되는 노년의 직업에서 그 전단계의 나이에서 휴전선의 초병이 된다는 것이 절대로 일어날 수 없는 일일까? 그는 오십대의 병사들과 같이 휴전선에서 북쪽을 바라보고 있다. 아버지와 같이 국방의 일을 하고 있다. 아버지가 군인이 되지 말라는 것도 실상은 너무 오래부터 이어져온 편견일 수도 있다. 평균수명이 짧았던 옛날에는 맞는 일일지 몰라도 사람이 일백 살 넘어 더 오래 산다면 중년의 군인도 틀리지 않는 세상이 오지 않을까? 칼이나 육박전을 하는 옛날의 군대가 아니라 전자장비로 만들어진 무기를 사용하는 군대라면 중년의 나이이지만 감당할 수 있는 군대생활이지 않을까? 어느 분야이거나 간에 남녀노소가 어울려 사는 세상이고 군대에도 나이가 든 아버지 나이의 군인들이 아들 나이의 군인과 같이 근무한다고 색안경을 낄 필요가 있을까? 젊은 남자군인들이 가장 원하는 내무반은 젊은 남녀군인들이 같은 내무반을 사용하는 군대생활이 아닐까? 군대의 전투력이 엄청나게 올라가나? 부작용보다 긍정적인 작용이 월등히 많은가? 젊은 남녀가 한 내무반을 사용하는 군대라면 지원병이 너무 많아지나? 동양적 사고로는 받아들이기 어려운 일을 유럽의 나라들 중에는 받아들이고 있다. 휴전선을 사이에 두고 있는 남북한군이 서로의 내무반에서 남녀 군인이 같은 생활공간을 사용하는 군대로 어느 날 바꿀 수 있을까? 그러면 휴전선의 찬 겨울바람은 춥지 않은 봄바람이 되나? 휴전선에 젊은 여인들이 들끓는 세상이 오늘 오나? 망원경으로 북쪽을 바라보고 있다. 북쪽 꼭대기 초소에 여군이 올라온다. 그는 잠시도 망원경을 눈에서 뗄 수가 없다. 하도 신기하여 상관에게 보고한다. 다음날 다른 병사도 똑같은 일을 보고한다. 북쪽이 이상하다. 여군이 득실거린다. 초소 근무를 서는 남한군들은 북쪽이 왜 그러는지 잘 알 수가 없다. 북쪽은 휴전선에 남자군인과 여자군인을 똑같은 비율로 채웠다는 것이다. 더욱 놀라운 것은 같은 내무반에 젊은 남녀군인이 생활을 한다는 것이다. 정신이 돌아버린 북한군이다. 정신이 너무 맑아져서 최고의 정신 상태를 유지하는 북한군이다. 남한군은 북한군보다 더 나은 방향으로 앞서가야 하는데. 그러면 남한군은 내무반에 결혼을 한 부부 병사들이 휴전선을 지키게 하나? 미혼 남녀가 아니라 기혼 남녀가 휴전선을 지키면 안 된다는 법칙이 있었나?

사람이 일반적으로 생각하던 것과 너무 차이가 많이 나면 적응이 불가능하지 않을까? 남한의 병사들은 어떻게 군대생활을 참고 할 수가 있을까? 휴전선이 이상하게 돌아간다. 휴전선이 야릇하게 돌아간다. 휴전선이 젊은 남녀가 연애를 하는 곳이 되어간다니. 북한 여군은 임신과 동시에 후방으로 배치되나? 북한 여군은 늘 피임을 하나? 북한 남군이 늘 피임을 하나? 남한군인들은 짜증이 폭발해 망원경으로 북쪽을 살피지 않게 되나? 서서히 남한군이 돌 지경이 되지 않나? 그러면 남한군도 같은 내무반에 남녀군인이 살도록 조치하게 되나? 그러면 남북한의 휴전선은 사랑이 꽃피는 휴전선이다. 남한군이 먼저 같은 내무반에 젊은 남녀군인이 군대생활을 하게 하면 북한군도 어쩔 수 없이 따라하게 되나? 북한군보다는 남한군이 먼저 해야 된다고 주장하는 남한사람들이 많아질까? 시작은 북한군이 먼저였지만 남한군이 더 좋은 진행방향을 찾는다면 남북한의 휴전선은 괜찮은 휴전선이다. 휴전선에 유엔본부가 오기 전에 먼저 남북한 군인들이 남녀가 혼성인 내무반 생활을 하게 해주는 것이 더 아름답지 않을까? 휴전선의 내무반은 젊은 남녀가 결혼하러 가는 곳이 된다. 남북한의 젊은 남녀는 휴전선이 결혼하러 가는 곳이 된다. 북쪽을 바라본다. 남녀 병사가 꼭대기로 올라온다. 남쪽을 바라본다. 남녀 병사가 꼭대기로 올라온다. 휴전선의 지뢰밭만 없으면 휴전선이 아니다. 휴전선의 철책만 없으면 휴전선이 아니다. 젊은 남녀병사가 초소근무를 하는 곳에 중년의 남자병사도 초소를 지킨다. 중년의 여성병사는 초소를 지키지 않나? 중년의 여성병사도 초소를 지킬 수 있다. 편견을 걷어내면 될 수 있는 일이다. 남자와 여자가 결혼을 해야 하고 동성끼리는 결혼이 불가하다는 것이 조금씩 무너지는 일이 일어나는 세상이 지금이다. 중년의 남성과 중년의 여성도, 오십대의 남자와 오십대의 여자도 같은 내무반에서 군대생활을 하는 휴전선이 되지 말란 것이 절대불변의 법은 아닐 것이다. 그는 오늘 하루 동안 다양한 군인들을 보았다. 망원경이 아니라 요술경이 요술을 부린 날이다. 망원경도 사람이 만들었지만 요술경도 사람이 만드는 것이다. 요술경이 제일 좋은 것이 아니냐이다. 북쪽을 바라보고 있다. 북쪽의 모습이 그의 마음속의 그림대로 바뀌어 보이는 것은 누구도 알 수가 없다. 그렇지만 북쪽을 바라보는 그나 남쪽을 바라보는 북한병사도 마음속의 그림은 같은 그림일 수 있다. 같은 그림인데 왜 같은 그림을 그릴 수 없을까? 같은 그림을 그리게 되지 않을까? 바람이나 눈이나 햇볕은 남북한의 휴전선에 거의 비슷하게 작용한다. 남북한군은 생김새도 비슷하다. 같은 말을 한다. 그런데 조금 다르다고 한다. 아니, 무척 다르다고 한다. 북쪽을 바라본다. 남쪽을 바라본다. 바라보는 것은 같은 일이다. 고향으로 돌아가길 원한다. 같은 내무반에서 젊은 남녀병사가 같이 근무하기를 바란다. 남북한 병사의 망원경이 같은 망원경일지도 모른다.

독수리가 날아다닌다. 누가 죽었나? 어떤 동물이 죽었나? 추운 휴전선이지만 독수리에게는 덜 추운 아니면 따뜻한 휴전선이기에 먼 몽골에서 날아오지 않나? 영하 사십 도나 오십 도의 몽골초원에 먹을 것은 없고 살기 좋은 휴전선으로 날아온다. 이렇게도 춥고 힘든 휴전선이 독수리에는 그렇지 않다니 동물마다 적응하는 능력들이 놀랍고 놀라운 지경이다. 북한군은 휴전선이 가장 따뜻한 남쪽이 아니냐? 남한군의 제주도와 동일한 느낌으로 다가오지 않나? 독수리의 날개와 독수리의 소화능력은 사람에게는 부럽기 그지없는 요소이다. 하늘을 차지할 수 있는 것은 커다란 권력이다. 하늘을 차지할 수 있는 것은 커다란 꿈이다. 휴전선 꼭대기 초소에서 그는 얼마나 커다란 권력과 얼마나 커다란 꿈을 가지고 있나? 하늘을 차지할 수 있나?

권력과 꿈을 가진 것이 맞을 지도 모른다. 휴전선에 젊은 남녀가 근무하는 내부반이나, 휴전선이 놀이마당으로 변하거나, 목장으로 변하거나, 유엔본부로 변하거나, 새롭게 되는 일을 볼 수 있는 꿈과 미래가 있다. 너무나 확연하게 보이는 것이다. 귀신같이 볼 수 있는 일이 아닌가? 지금 보이지 않는 것을 너무나 잘 보고 있지 않나? 초소에 올라 북쪽을 바라보다가 알게 된 투시능력이지 않는가? 초소에 올라 남쪽을 바라보다가 알게 된 투시능력이지 않은가? 그런데 내가 오른손 집게손가락 세 마디가 시리다면 상대방도 오른손 집게손가락 세 마디가 시린 것은 당연한 일로 알 수 있으니 투시능력까지는 아니기도 하다. 휴전선을 깨부술 묘안을 한반도에 살고 있는 상당히 많은 사람들이 긴 세월 동안 알아내거나 실천하지 못한 것은 투시능력이 너무 없어서 그런가? 투시능력은 충분한데도 하지 못하는 것은 어떤 이유들 때문일까? 독수리 한 마리가 있다는 것은 죽은 짐승이 있다는 것을 나타낸다는 것을 초소 꼭대기에서 알게 되지 않나? 손가락이 시리면 발가락이 시린 것도 본능적으로 알게 되지 않나? 사람들은 철저하게 독수리 밥이 되지 않으려고 한다. 예외적으로 히말라야 고산족들은 독수리에게 죽은 사람의 시신을 잘게 잘라 보릿가루를 섞어 장례를 치르는 의식을 치른다. 독수리 밥을 만들어주는 사람들이 있다. 시신을 매장할 땅이 없는 히말라야 산꼭대기에서 생긴 장례방법이다. 고인돌이 많은 곳은 고대인들이 장례를 치를 때 매장할 땅이 넓고 돌이 많은 곳이었다. 히말라야 산 꼭대기는 사람이 죽는 날이 독수리의 잔칫날이다. 휴전선 초소 꼭대기에서는 장례를 치르지도 않는데 독수리가 있는 것은 휴전선에서 동물이 죽기 때문이다. 휴전선에는 지뢰(地雷)가 많다. 사람은 자신들이 묻은 지뢰의 지도를 가지고 있다. 적군의 지뢰 지도는 모르지만. 동물들은 지뢰 지도가 없다.

휴전선의 지뢰가 독수리에게는 히말라야 산꼭대기의 사람들이 만들어주는 진수성찬과 같은 역할이다. 초소 꼭대기에서 북쪽을 바라보다가 자꾸 귀신이 되어 가나? 지뢰가 독수리를 유인하는 한 가지 약한 이유가 될 수도 있지 않나? 안 보이는 것을 보게 된다. 겨울의 몽골초원을 떠난 독수리들이 휴전선에 지뢰가 있다는 것을 안다니 놀랍다. 지뢰는 그들의 식량창고의 역할을 보조하니 말이다. 동물은 먹이가 있는 곳에, 사람은 식량이 있는 곳에 진실이 있지 않나? 휴전선 초소 꼭대기에는 무슨 식량이 있나? 북쪽을 바라본다. 북쪽 산꼭대기 초소에 식량이 있나? 남쪽을 바라본다. 남쪽 산꼭대기 초소에 식량이 있나? 식량은 없는데. 무엇이 있나? 남한군은 남한의 식량을, 북한군은 북한의 식량을 지키나? 그렇게 접근하면 논리가 맞아떨어진다. 휴전선의 꼭대기에 식량이 없다면 남북한의 병사들은 꼭대기 초소에 올라올 수 없다. 꼭대기 아래의 주둔지에 식량이 있기에 꼭대기를 올라올 수 있다. 그러니 주둔지에 식량이 있음은 꼭대기에 식량이 있음과 동일하다. 식량을 산꼭대기로 일백 년 가까이 조달하고 있는 남북한군인이다. 비정상적으로 지뢰를 사랑하는 듯 느껴지는 사람들이 모인 휴전선, 정상적으로 지뢰를 사랑하는 듯 느껴지는 독수리들이 모인 휴전선. 지뢰로 인해 병사들이나 독수리에게 식량이 제공되고 있다니 지뢰가 특이한 물건이다. 지뢰는 땅에 묻는 물건인데 하늘에 묻는 아니 하늘에 띄우는 천뢰(天雷)는 병사들이나 독수리에게 식량을 제공하지는 않을까? 하늘에 띄우는 휴전선의 천뢰는 어떤 것이 되어야 하나? 그는 휴전선의 하늘에 천뢰를 띄울 수 있을까? 천뢰에는 평화가 들어가나? 사랑이 들어가나? 비둘기가 들어가나? 큐피트의 화살이 들어가나? 지뢰를 묻는 사람들이지만 천뢰를 묻을 수 있는, 띄울 수 사람들이기도 하다. 그는 산꼭대기 초소에서 천뢰를 띄운다.

북쪽의 북한병사도 하늘에 천뢰를 띄운다. 그러면 휴전선은 천뢰가 터지는 축복의 땅이 아닌가? 천뢰가 터지면 비둘기와 하늘의 천사가 날아다닐까? 그럴 것이다. 그것이 지뢰(地雷)가 아닌 천뢰(天雷)가 아닌가? 천뢰가 평화와 사랑을 터뜨려주는 것이라면 하늘을 향하여 천뢰를 맞혀야 한다.

　맑은 날씨의 하늘에 천뢰가 있나? 도대체 천뢰는 언제 보이나? 눈이 오는 날, 비가 오는 날, 진눈깨비가 오는 날이 천뢰가 뜨는 날인가? 그런 날은 북쪽이 보이지 않는 날이다. 또한 남쪽도 보이지 않는 날이다. 그런 날에 보이지 않는 천뢰를 맞혀 떨어뜨리면 세상이 좋아진다니 방아쇠를 당겨보나? 하늘에서 떨어지는 천뢰를 맞는 행운은 누구에게 오나? 자연적으로 천뢰를 맞거나 인위적으로 총의 방아쇠를 당겨 천뢰들 떨어뜨려 맞거나 천뢰를 맞은 아가씨를 만나고 싶다. 천뢰는 지뢰가 터지는 것이나, 터진 것을 상쇄시켜주는 능력이 있으므로 천뢰는 지뢰보다 더 많다. 눈 오는 날, 비 오는 날, 진눈깨비 내리는 날, 남북한의 병사들은 눈에 보이지 않는 천뢰를 향해 총의 방아쇠를 당긴다. 그러자 휴전선의 지뢰도 덩달아 터진다. 천뢰가 지뢰를 없애준다. 독수리들은 이 현상이 달갑지 않은데 사람들이 독수리를 위해 무슨 일을 해주어야 하나? 천뢰가 터지는 날, 천뢰가 떨어지는 날, 독수리도 행복하게 해주는 일을 해보자. 의학도의 해부용 시신으로 자신의 사후 사체를 기증하는 운동이 독수리의 밥으로 기증하자는 운동이 일어난다면 독수리도 즐거운 세상이 된다. 천뢰가 자꾸 터지니 휴전선(休戰線)이 평화전선(平和戰線), 애전선(愛戰線)으로 바뀐다. 휴전선 초소 꼭대기의 남북한 병사들의 눈에 들어있던 살기가 많이 줄어들었다. 방아쇠를 당기는 오른손 집게손가락 세 마디가 갓난아기를 다루는 엄마의 손길 같다. 그에게도 오지 않을 것 같던 일들이 오고 만다. 아리따운 아가씨가 휴전선 초소 꼭대기를 찾아온다. 망원경으로 북쪽을 바라보니 거기에도 아리따운 아가씨가 올라와 있다. 북한병사도 싱글벙글 웃고 있다. 천뢰가 터져 아가씨들에게 떨어진 모양이다. 무엇이 그녀들을 이리로 오게 했을까? 지뢰가 아닌 천뢰 때문이다. 이야기를 들어보니 천뢰를 맞은 아가씨들이 많다는 것이다. 휴전선은 아가씨들이 천지인 세상이 된다는 것이다. 거짓말이 아닐까? 바보같이 속아주어야 하나? 지뢰만을 알고 지낸 병사들에게 천뢰는 매우 생소하지만 천뢰가 흔한 세상이 우리들의 세상이어야 하지 않나? 그를 찾아온 아가씨가 집으로 돌아가지 않겠다니 어떻게 하겠다는 것인가? 같이 내무반 생활을 하자는 것인가? 진짜로 천뢰가 작용을 하게 되니 고민스런 일들이지 않나? 너무나 행복한 고민이지 않나? 이스라엘 군이 되어가네! 북구라파의 군이 되어가네! 앞의 나라들은 천뢰가 터지거나, 천뢰가 떨어지지도 않았는데 가능한 일인데 천뢰가 기능하는 휴전선 초소 꼭대기라면 더 좋은 일들이 일어나야 순서상의 펼쳐짐이 맞지 않나? 천뢰를 맞은 아가씨들이 휴전선에 구름같이 몰려오고 있다. 지뢰야 가라! 지뢰야 가라! 지뢰야 가라! 천뢰야 오너라! 천뢰야 오너라! 천뢰야 오너라! 사람들은 천뢰를 진심으로 원한다. 총의 방아쇠와 오른손 집게손가락 세 마디는 천뢰를 찾으려고 이제껏 참아온 것이었다. 천뢰가 자꾸 넘쳐날수록 사후에 독수리 밥으로 시신을 기증하는 사람들도 늘어나고 있다. 이게 정상적인 사회현상이라고 받아들여야 하나? 그는 눈 내리는 휴전선 초소 꼭대기가 떠나가기 싫은 삶의 보금자리로 둔갑하는 나날을 맞이하고 있다. 어쩌면 지뢰에게 감사해야 할 지 모른다. 지뢰가 천뢰를 만들어주었기 때문이다. 천뢰가 지뢰를 도리어 만들어주었나? 스스로 독수리 밥이 되기로 한 히말라야 고산족들은 삶의 지혜로 생겨난 일이지만 천뢰로 인해 일어난 일도 지혜의 산물이냐? 오늘도 북쪽을 바라본다. 오늘도 남쪽을 바라본다. 지뢰가 제거된 휴전선은 달라진 휴전선이다. 천뢰를 맞히는 총이고, 천뢰를 맞히려고 방아쇠를 당긴다면 싫어할 사람은 없다. 천뢰를 맞은 여인! 천뢰를 맞은 여인! 천뢰를 맞은 여인! 그 여인들이 휴전선에 있다. 천뢰를 잘 맞히는 병사는 더블데이트도 해도 되지 않나? 그러면 안 되는가?

　휴전선이 아닌 평화전선, 애전선(愛戰線)으로 사람이 몰려온다. 전 세계의 사람들이 몰려온다. 천뢰를 맞히는 관광 상품도 인기가 많다. 여름에는 하늘의 풍선에서 총알을 맞고 시원한 물이 떨어지고, 겨울에는 하늘의 풍선에서 총알을 맞고는 따뜻한 눈이 떨어진다. 병사들은 하늘에 풍선을 띄우는 관광을 위한 일을 하는데 그렇게 쉬운 작업은 아니다. 군사적인 훈련을 하는 만큼까지는 힘들지는 않아도 좀 힘든 일이다. 휴전선에는 농사를 지을 수도 목축을 할 수도 없었으므로 돼지나 소나 양을 키울 수가 없었다. 농경민족은 돼지나 소를 키우기가 적합하지만 유목을 하는 유목민족은 양이나 소나 유목에 적합한 가축을 길렀다. 돼지는 먹이로 곡식도 필요하고, 풀만 자라는 유목 환경에서는 먹이가 부족하고, 풀을 찾아 먼 길은 이동하기도 불편한 가축이다. 그래서 유목민은 돼지를 싫어하는 경향이 있다. 전선은 농경도 목축도 일방적으로 할 수는 없고 두 가지 다 할 수는 있지만 대규모로 하기는 적합하지 않다. 현재 휴전선에 있는 사람과 관광객이 소비할 정도의 고기를 만드는 일도 벅찬 곳이다. 먹이를 적게 먹고, 사람의 손이 적게 들어가고, 많은 고기를 생산하는 것을 가장 좋아하는 사람들이다. 가파른 비탈로 이루어진 스위스의 농가에서 가축들은 겨울동안 사람과 같이 한 집에서 산다. 땅도 부족한 곳이어서 가축들은 넓은 초원을 가질 수가 없는 형편이다. 스위스의 산골보다는 가축들이 살기가 편한 휴전선이다. 휴전선의 서쪽인 서부전선은 농사도 가능한 평지이다. 대도시의 지하철은 인위적으로 땅굴을 판 경우이다. 휴전선도 땅굴이 있다. 사람과 가축이 살 정도의 땅굴은 아니다. 사람의 식량과 가축의 먹이를 생산할 정도의 땅굴은 아니다. 할 일이 많은 것이다. 사람과 가축이 살 정도의 땅굴을 만드는 것이 얼마나 힘이 드는 일이며, 사람의 식량과 가축의 먹이를 생산할 정도의 땅굴을 만드는 것은 무척 어려운 일이다. 젊은 병사들이 전쟁을 위한 훈련은 매우 적게 하고 지하를 사람과 가축이 사는 곳으로 만들려면 매우 많은 일을 해야 할 것이다. 155마일의 휴전선을 남쪽과 북쪽에 같이 파서 연결을 하면 310마일의 지하철이 된다. 동쪽을 약간 높게 하여 동해안의 바닷물을 서해안으로 지하철 밑으로 흘러 보내면서 자연적으로 수력발전이 되게 하면 155마일 두 개의 긴 강이 지하철 밑으로 흐르면서 전기를 만들 수 있다. 풍부한 전기의 힘으로 휴전선의 지하를 더 개발하여 식물공장으로, 목장으로, 놀이공간으로, 도시로 만들어 간다면 일거리가 많아지는 휴전선이 된다. 310마일의 바닷물이 흘러가는 물길은 바닷물고기나 바다의 산물을 키우는 해양목장이 될 수도 있다. 추운 겨울 스위스의 산골에서 아래층에 사는 가축들의 몸에서 나는 열기가 위층에 사는 사람들에게 따뜻함을 선사하고 가축들은 추운 바깥에서 겨울을 보내지 않아 서로가 좋다. 휴전선이 전쟁의 공간이 아니라 평화의 공간으로 변하면 모두에게 좋은 일이다. 휴전선의 지하가 개발되면 춥지도 덥지도 않은 곳에서 잘 살 수 있다. 북한에서도 과거에 소를 겨울에는 사람이 사는 집안에 들여와 겨울을 나는 것과 같다. 한 집에서 소와 사람이 같이 겨울을 나는 것이 북한의 집구조이고 스위스와 비슷한 경우이다. 스위스는 산이 가팔라 이층으로 한 것이고, 북한은 일층으로 한 것이 차이가 난다. 휴전선의 지하로 10마일에 하나씩의 수력발전소를 만들면 31개의 수력발전소가 생긴다. 동해의 바닷물이 서해로 흘러가면서 새로운 휴전선의 역사를 쓰게 된다. 31개 지점의 휴전선 지하에 거대한 지하 호수도 부수적으로 만들어야 하는 매우 힘든 일도 생기지만 도전해 볼만한 일이다. 호수마다 염분의 농도를 인위적으로 조절하는 시설을 설치하면 사해 같은 지하 호수도 만들고, 그 반대의 담수 호수도 만들 수 있다. 염분의 농도를 조절하지 않으면 원래대로의 바닷물이 꽉 찬 지하 호수가 된다. 동해의 바닷물은 너무나 많으므로 31개 지하 호수에서 더 깊은 지하로 50미터 정도만 내려가서 지하 도시를 만들어도 50미터의 낙차에서 수력으로 얻는 전기는 자꾸만 많아질 수 있다. 스위스 사람들이 정밀한 시계를 만들 듯이 정밀한 지하 도시를 휴전선의 지하에 만들어가는 것이다. 휴전선의 지상에 지어지는 건물들은 여름에는 시원하고 겨울에는 따뜻하게 될 것이다. 휴전선의 지하에서 올라오는 공기가 여름과 겨울을 사람이 살기에 어렵지 않게 해줄 것이기 때문이다. 물과 전기와 식량이 너무 풍족한 세상으로 변하면 사람들이 게을러지게 되나? 많은 사람들이 생존을 위해 노동을 하지 않는 세상이 온다는 것이 아닌가? 많은 사람들이 생존을 위해 사냥을 하지 않아도 된다. 많은 사람들이 생존을 위해 농사를 짓지 않아도 된다. 많은 사람들이 생존을 위해 굳이 직업을 구하지 않아도 된다. 휴전선이 만들어내는 새로운 세상인가? 휴전선의 남북한 군인들은 군인도 아니고 직업도 없어도 되고 그러면 좋은 일인가? 스위스는 영세중립국이지만 국방을 튼튼히 하고 국방비도 꽤 쓴다. 남북한은 국방을 과도하게 튼튼히 하고 국방비는 무리하게 많이 쓴다. 영세중립국이 아니라 곧 전쟁을 치를 듯이 행동을 많이 한다. 스위스는 용병으로서 교황을 지킨다. 교황청이 가장 신뢰하는 군대이다. 죽음 앞에서 도망을 갈 수도 있었지만 스위스 용병들은 도망을 가지 않고 교황을 죽음으로 지킨 신의 때문에 교황을 지키는 군사로 발탁이 된 것이다. 남북한의 병사들은 그들의 국민을 위해 죽음 앞에서 도망을 갈 수도 있는데 도망을 가지 않고 죽음을 맞이하면서 자신의 국민을 위해 죽을 수 있을까? 분대장이 필요 없는 군대가 아닌가? 전시에 분대장은 분대원의 생사여탈권을 가질 수 있다. 전시상황에서 도망을 가면 즉결처분으로 분대원을 죽일 수 있는 권한이 주어진다. 스위스 용병은 분대장의 즉결처분권이 없어도 되는 특이한 군인이었다. 시계처럼 정확하게 임무를 완수하는 사람들이다. 크기가 작은 시계이지만 우주의 이치가 담긴 시계일 것이다. 휴전선의 지하도 우주에서 보면 조그만 시계에 불과하다. 그렇지만 아주 정밀한 스위스 시계처럼 잘 만들어야 한다. 죽음 앞에 도망가지 않는 스위스 용병처럼 철저하게 휴전선의 지하를 사람이 잘 살 수 있는 곳으로 변화를 시켜야 한다. 용병이란 돈을 받고 전쟁을 대신 치르는 군대인데 돈을 적게 주면 전쟁을 적당히 치른단 말인가? 그렇다면 돈을 많이 주면 화끈하게 전쟁을 치르나? 휴전선에 온 남북한의 병사들은 한 사람도 용병이 아니라고 한다. 그런데 휴전선의 지하를 개발하는 일에 내몰리면 군인이 아니라 일꾼 같고, 용병 같아지나? 스위스는 교황의 신임을 받는 스위스 사람으로 이루어진 스위스 용병이 있다. 스위스에는 돈 많은 독재자들의 돈이나 부자들의 돈이 많이 들어온다. 스위스 용병의 전통을 믿고 돈을 맡기는 것과도 같은 점이 드러난다. 남북한이 첨예하게 대립하고 있는 휴전선에 전 세계의 무력이 겨루고 있다. 이 무력 대신에 휴전선의 지하를 개발하는 청사진을 보고 선 세계의 돈과 사람이 몰려올까? 휴전선에 살게 되면 젊은 여성들이나, 어떤 여성들이라도 천뢰를 맞게 되고 그런 사람으로 변화된다면 수많은 남성들도 덩달아 휴전선으로 올 것이다. 천뢰 맞기를 싫어하는 여성은 드물 것이다. 천뢰를 맞으면 그 천뢰를 맞은 여성을 너무나 좋아하는 남성들이 그 여성을 가만두지 않을 것이니 여성이나 남성들이 스스로 휴전선으로 몰려오는 기적이 일어나지 않을까? 사람은 시계처럼 정확할 수 없고 천뢰를 맞는 것도 시계같이 정확성을 가지고 일어나는 일은 아니다. 그런데 우주의 일들은 모두가 너무나 정확한 시계처럼 돌아간다. 사람이 시간개념을 알아차리고 보니 해와 달과 별이 우연으로 이루어진 것 같은 것이 아니라 너무나 질서가 잘 잡혀 있어 놀라게 되는 것이다. 휴전선에서 일어나는 일들이 우연 같아 보여도 그렇게 가는 질서가 해와 달과 별이 운행하는 질서와 같은 것이 되고 휴전선의 지하도 그런 질서로 개발되어 사람을 위한 일이 된다고 하면 시간의 공식에서 우연이 아니라고 억지를 부려보고도 싶은 것이다. 하늘의 별이 움직이는 길은 정말로 몇 년이나 똑같았나? 수만 년이 아니라 수십 만 년인 것 같기도 하고 수억 년인 것도 같지 않나? 헤아릴 수 없는 시간동안 변화가 없다고 보는 편이 합당할 것이다. 지구가 45억 년인가? 지구의 자리를 지키고 있으니 45억 년이나 변화가 없다는 증거이지 않나? 그런데 휴전선에서 너무나 빠른 변화를 하고 있지 않나? 지구가 있어온 세월처럼 휴전선이 10억 년이나 지속이 되는 일이 벌어지나? 지구와 달이 만나지 않아야 하는 것처럼 남북한이 지구와 달 같은 원리로 만나지 말아야 하나? 지구와 달이 만나지 않은 세월이 어마어마한데 사람이란 존재가 이제는 지구와 달을 이어주려고 한다. 휴전선에서 일어나는 일과는 반대의 일이다. 지구와 달을 이어주는 사람과 우주선처럼 남북한을 이어주는 매개물이 있을 것이고 휴전선이 달라지는 무엇도 있지 않겠나? 지구에서 달로 가는 사람이 한 사람, 열 사람, 나중에는 상당히 많은 사람이 가겠지! 휴전선에도 사람이 오게 되고, 세월이 많이 지나면 폭발적으로 올 지도 모르는 일이다. 상황이 나쁠 대로 나빠져서 한반도나 휴전선이 사람이 살 수 없는 핵으로 오염된 곳으로 바뀌는 현상도 일어날 것이다.

한국전쟁을 치른 이후 휴전선은 전 세계의 모든 사람이 다닐 수 없는 길이 되어 버렸다. 바람과 구름과 하늘을 나는 새는 마음대로 다닐 수 있지만 사람이나 사람이 이용하는 탈 것으로 오고 갈 수 없는 곳이 되었다. 달을 가는 길이나 태양이나 별이 운행하는 길을 사람이 거의 절대적으로 갈 수 없는 것과 같은 현상이 일어났다. 사람 스스로가 서로의 발목을 비틀어 오고 가지 못하게 만들었다. 동물들도 덩달아 오고 가지 못하게 되었다. 북극의 얼음 위의 북극곰과 남극의 펭귄처럼 서로가 만날 수도 오고 갈 수도 없는 상황이 벌어졌다. 펭귄은 남극에도 남아프리카에도 있다. 아주 먼 옛날에 남아프리카와 남극이 붙어 있었거나 남극의 펭귄이 남아프리카로 떠내려갔거나 했을 것이다. 중국의 묘족은 고구려의 후손이라고 한다. 지금은 한국과 묘족은 1,300년이나 떨어져 있다. 전 세계에서 가장 저항이 강한 종족이 유대인과 묘족이라고 한다. 강한 세력에 동조하지 않는 유대인과 묘족이다. 당나라와의 전쟁에서 패한 고구려의 보장왕과 유민 20만 명이 끌려가서 생긴 일이다. 두 개의 큰 강 황하와 양자강을 건너 중국의 남방까지 끌려온 전설이 묘족에게 전해온다. 휴전선의 지하에 만드는 두 개의 강은 고구려 유민이 끌려가면서 건넌 황하와 양자강이 아닌 젊은 청년과 처녀들이 만든 지하의 강이다. 북극의 흰곰이나 한국의 반달곰이나 연해주의 갈색곰이나 모두 곰이지만 지리적인 연유로 인해 약간의 차이가 있다. 700만 고구려의 인구 중에 20만 명이 어마어마하게 먼 길을 끌려갔다. 고구려와 묘족 간의 거리는 너무나 멀다. 남북한은 왜 고구려와 묘족이 그렇게 멀리 떨어져 1,300년이나 한을 안고 살아가는데 그와 비슷한 길이 되는 휴전선으로 갈라서서 또 다시 1,300년을 떨어지려고 하나? 너무나 바보 같은 일이 아니냐이다. 힘이 약한 신라가 당나라와 연합하는 일로 인해 고구려도 버티지 못하고 묘족으로 뒤바뀌는 일을 당하기도 했다. 백제의 의자왕과 유민들, 고구려의 보장왕과 유민들은 당나라로 끌려갔다. 신라의 상층부는 온전히 한반도에 남게 되었다. 고구려를 잊지 못해 다시 고려가 생겼다. 휴전선은 고구려를 망하게 하여 당과 신라가 갈라버린 영토의 경계선처럼 한반도를 갈라놓고 있다. 일제강점기를 거치고 해방이 되어 독립을 원하는 한민족에게 신탁통치 5년은 얼마나 굴욕적인 사건인가? 일제강점기를 잊어버릴 수 없는 한민족이 정말로 바보처럼 노예의 굴종 같은 5년의 신탁통치를 받아들였다면 남북한으로 쪼개지지 않았을 수도 있지 않나?란 주장이 가느다랗게 나오기도 한다. 휴전선으로 이렇게 한민족이 찢어져 있는 것이 더 큰 불행을 막아준다고 가느다랗게 위안을 해야 한다는 것인지! 유대인이 바빌론 강가에서 고통의 노래를 불렀듯이 묘족도 황하와 양자강을 건너면서 고통의 노래를 불렀을 것이다. '바빌론 강가에서 우리는 울었다.' '황하와 양자강 강가에서 우리는 울었다.' 우리는 남북한 휴전선의 지하에 만든 두 개의 강에서, '두 개의 강에서 우리는 웃었다.' 그런 행복의 노래가 생길 것이다. 북쪽에 만든 강을, '자유의 강', 남쪽에 만든 강을 '평화의 강'이라고 이름 짓고 우리는 두 개의 지하의 강에서 영원토록 웃어야 한다. 한강이 서울을 만들고, 대동강이 평양을 만들고, 금호강과 낙동강이 대구를 만들고, 낙동강이 부산을 만들고, 압록강과 두만강이 한반도를 만들고, '자유의 강'과 '평화의 강'이 고구려와 백제를 찾아오고, 묘족을 찾아오고 한반도를 웃게 만들 것이다. 처음에는 자연적인 강이 사람이 사는 도시를 만들었지만 이제는 사람이 인공으로 만든 강이 자유와 평화와 도시를 만드는 것이다. 세계 4대 문명이 강을 따라 이루어지듯이 이제는 세계의 문명이 지하에 인공으로 만드는 강에 따라 생겨나는 것이다. 세계 2대 신문명인 자유와 평화의 문명이 휴전선에서 시작되는 것이다. 남아프리카의 펭귄과 남극의 펭귄이 서로가 이별을 하지 않게 될 미래처럼 남북한의 두 강도, 두 문명도 이별을 해서는 안 된다. 두 문명이 아니라 하나의 문명이다. 1,300년 전 고구려 인구보다 늘어난 묘족, 중국 남방에 700만, 해외에 200만이 살고 있다. 그들이 모두 한반도의 휴전선으로 온다면 1,300년이나 살아온 중국의 남방은 너무 쓸쓸해지고 마나? 55개의 소수민족이 독립을 해버리면 중국은 56개의 나라가 된다. 펭귄이 56곳으로 분산이 되는 꼴 같다. 북극은 땅도 없다. 땅도 없는 얼음 위에 살고 있는 북극곰, 땅을 가질 수 없었던 유대인, 그들도 땅도 없이 2,000년을 버텨왔다. 지하의 강이나 지하도시도 땅이 없이는 만들지 못한다. 사람의 재주가 북극곰보다는 더 낫다고 생각하면 사람도 얼음 위에나 사막 위에도 도시를 만들 것이 분명하다. 바다 위에도, 바다 밑에도 도시를 만들지 않을까? 북극곰이 해내는 일을 사람도 해내지 않을까? 같은 포유류이고 지능은 훨씬 더 뛰어나기 때문에 말이다. 지구는 세 개의 큰 바다를 건너고, 몇 개의 큰 산맥을 넘고, 몇 개의 큰 강을 건너면 지구가 아니라 하나의 동네가 되고 만다. 지하에 강을 만들고, 지하에 바다를 만들면, 지구는 하나의 동네가 아니라 하나의 집에 있는 안방처럼 된다. 휴전선에서 일어나는 일이다. 바빌론 강가의 달빛이나, 황하나, 양자강의 달빛이나, 달빛은 사람이 느끼는 감정에 의해 눈물의 의미가 약간은 다를 것이다. '자유의 강'이나 '평화의 강'에는 달빛이 직접 내리지는 못해도 간접적인 방법이나 인위적인 방법으로 달빛을 맛볼 수 있다. 달빛이 심금을 울리는 휴전선이다. 달빛이 젊은 남녀를, 남녀노소를 휘어잡는 날이다. 태양빛이나 달빛이나 별빛을 공유하는 사람과 동물들, 식물들, 지구상의 만물들이 있다. 박쥐는 사람과 달리 빛에 대응한다. 지하에 살게 될 사람들도 차차로 빛에 대하여 달리 대응하게 되는 세상이 오나? 황하와 양자강을 건너던 눈물을 이제는 휴전선의 지하의 강에서 기쁨으로 승화하여 같은 별빛과 달빛이며 태양빛이지만 또 다른 빛으로 새로운 세상을 만나는 것이다. 보장왕이나 의자왕이 되고 싶지 않지만 그렇게 되는 일도 생기는 것이 사람이 사는 일이다. 낙동강 1,300리는 1,300년을 넘게 흘러가고 있다. 강물이 일 년에 일 리를 흘러가는 일은 없지만 그렇게 천천히 흘러간다면 썩은 물이 되나? 일 년에 400미터 움직이는 강은 죽은 강이 될 것이다. 강물은 흐르지 않으면 죽는다. 동물은 움직이지 않으면 죽는다. 가만히 있는 식물이지만 뿌리로 물을 빨아들이고 잎으로 햇볕을 받아 광합성을 하지 않으면 죽는다. 낙동강이 흘러가듯이 금호강도 흘러간다. 금호강물이 낙동강에 물을 보태주지 않으면 낙동강도 힘이 줄어든다. '자유의 강'과 '평화의 강'에 동해 바닷물이 보태지지 않으면 죽은 강이 된다. 바빌론 강에 유대인의 눈물이 스며들지 않고, 황하와 양자강에 고구려 사람의 눈물이 스며들지 않으면 바빌론 강이나 황하나 양자강도 죽은 강이 될 것이다. '자유의 강'과 '평화의 강'에 남북한 젊은이의 웃음과 남북한 남녀노소의 웃음이 담기지 않으면 죽은 강이 될 것이다. 독일에 간 이미륵이 압록강을 그리워하면서, 더 깊이 그리워 한 사람은 어머니였다. 이국 만리, 독일에서 고향으로 보낸 편지에 대한 첫 답신으로 받은 편지가 어머니의 죽음에 대한 소식이었다. 아! 그립고 그리운 어머니, 아아! 잊을 수 없는 압록강. '압록강은 흐른다.' 압록강은 흐르고 흘렀다. 고구려 유민들이 받은 편지에도 어머니의 죽음이 전해졌을 것이다. 쓸 수도 없고, 보낼 수도 없는 편지였지만, 그 편지에는 똑같이 어머니가 돌아가셨을 것이다. 휴전선에서 청춘을 보내는 젊은이들에게도 기쁜 소식과 더불어 슬픈 소식도 들려올 것이다. 어머니도 돌아가시고, 아버지도 돌아가시는 것이다. 대구의 금호강에는 어떤 기쁜 소식이 전해질까? 달구벌 대구에는 새벽녘에 언덕에 올라온 장닭(수닭)이 기쁜 울음을 우나? 달구벌에는 닭이 많나? 닭이 달구똥을 누고 닭 새끼, 달구새끼, 병아리가 삐약삐약거리는 금호강 근처에서 슬픈 일은 저 멀리 사라지고 기쁨만이 충만하나? 더운 여름날 매미가 울듯이 서럽게 금호강가에서 조상들을 찾을까? 닭이 봉황이 되면 천지개벽을 한 일이라 볼 수 있다. 대통령의 문장에는 봉황이 새겨진다. 두 마리의 봉황이 대칭을 이루면서 멋을 낸다. 휴전선의 두 강은 봉황을 문장으로 사용하나, 아니면 두 마리의 용을 문장으로 사용하나? 봉황이나 용의 모습에 동해와 서해를 상징하는 무엇을 가미하나? 봉황이나 용이 눈물을 흘리는 모습을 그려 넣나? 봉황이나 용이 눈물을 동해바닷물이나 서해바닷물 만큼이나 많이 흘리는 모습을 어떻게 그려 넣나?

휴전선을 걷어내기 전에 지뢰를 모두 없애야 사람이나 동물이 마음 놓고 돌아다닐 수 있다. 천뢰를 사용해 단 하루 만에 모두 제거를 할 수 있으면 너무나 좋겠지만 21세기 초반의 기술로는 매우 긴 시간이 걸리는 골칫거리이다. 단, 하나의 지뢰라도 남기지 않고 제거가 되어야만 사람이 비무장지대로 들어갈 수 있다. 지뢰밭을, 휴전선 전체를 지하에서 파낸 흙과 돌로써 30미터 정도의 높이로 덮어버리면 지뢰는 묻히고 임시방편으로는 해결이 난다. 지하에서 지하 강을 만들려면 그 정도의 흙이 나온다면 그런 식으로라도 처리할 수 있다. 가장 빠르고 비용이 적게 들고 사람이 다치지 않는 방법으로 지뢰를 제거하는 재주를 만들어내어야 한다. 가장 느리고 비용이 많이 들고 사람이 다치는 방법으로 지뢰를 제거하는 재주를 만들어 내는 사람들은 아닐 것이다. 전쟁을 이기려고 하는 식이라면 상대방이 후 자의 방식으로만 지뢰를 제거하게끔 유도하는 길을 떠넘기는 상황이 일어 날 것이다. 정말로 '마름쇠를 삼킬 놈'을 찾아내야 한다. 정말로 '지뢰를 삼 킬 로봇'을 만들어내어야 한다. 쏜살같이 달리던 말이 마름쇠를 만나면 말 은 발바닥이 아파서 나딩굴고 만다. 기병은 기병이 아니라 아무 짝에도 쓸 모없는 군인이 되고 만다. 지뢰를 스스로 찾아내 삼켜서 전기를 만들어내 는 희한한 로봇이 사람의 힘을 들어줄 것이다. 고래는 바다에서 효율적인 방법으로 새우를 먹이로 삼아 생존을 한다. 지뢰 로봇이 고래처럼 지뢰를 삼켜 새로운 무엇으로 재창조를 하면 휴전선은 깔끔하게 정비가 된다. 한 국전쟁 이래로 긴 세월을 휴전선이라 명실상부하게 이름값을 하게 했던 지 뢰가 사라지는 날은 전쟁의 그늘이 사라지는 날이다. 지뢰가 사라지는 날 동시에 핵무기도 사라진다면 인류에게는 대단한 축복의 날이다. 사람과 흡 사하게 만든 로봇이 지뢰밭으로 걸어 들어가 지뢰를 밟고 죽게 만드는, 지 뢰와 같이 자폭하는 지뢰제거 자폭로봇이 늘 사망하는 일이 지뢰를 제거하 는 시간과 사람의 목숨을 많이 건져줄까? 임당수에 몸을 던지는 심청이처 럼 지뢰밭에 몸을 던지는 지뢰제거용 사람을 닮은 로봇이 휴전선을 지뢰가 없던 그 옛날의 땅으로 환원을 시켜주는 행운을 우리는 맞보는 날이 올 것 이다. 남북한의 젊은 군인들은 지뢰제거용 로봇을 열심히 만드는 기계공장 의 직원이 되고 마는 일이 벌어지는 휴전선이다. 지뢰의 숫자만큼이나 많 은 전사자가 나오는 지뢰제거용 로봇이면 소모성이 너무 커서 감당이 불감 당일 것이다. 일당백을 넘어 일당천은 되어야 일거리가 줄어들지 않나? 지

뢰 일천 개를 혼자서 끌어안고 자폭할 수 있는 놀라운 성능의 로봇을 우리
는 원한다. 일천 개의 지뢰를 감당해내는 로봇, 일천 발의 총알을 맞고도
죽지 않는 군인과 진배없다. 사람의 팔다리나 신체조건보다 일천 배를 넘
어서서 일만 배보다 더 단단한 로봇이어야 하지 않나? 이런 로봇이 지하
강이나 지하도시를 만들 때도 기둥이 되고, 일꾼이 되고, 건축의 자재로 사
용되면 중력을 거부하는 대단한 건축 재료로 사용이 될 것이다. 지하에서
무너지지 않는 재료로 합당한 성능이 증명이 되기 때문이다. 하루가 다르
게 휴전선은 변화를 수용하고 탈바꿈의 칼춤을 추게 된다고 보면 되지 않
을까? 한국전쟁에서 효율적으로 짐을 나르던 지게부대의 지게처럼 지뢰를
제거하는 한국 실정에 맞는 물건이 탄생할 것이다. 지게 없이는 보급품이
공급되지 않는 것이다. 지게부대 없이는 전쟁 물자를 공급하지 못해 전쟁
을 치를 수 없기 때문이다. 히말라야 등반가들도 현지의 짐꾼의 힘으로 정
상을 정복하는 것이다. 사실, 짐꾼이 더 능력이 뛰어나다. 열악한 조건과
짐을 지는 힘든 상황에서도 정상을 정복하고 길을 안내하니까 한 수 위일
수 있다. 고산족이라 이미 산소가 희박한 고산기후에 적응한 사람들이므로
더 앞선 등반가이다. 히말라야 산을 귀신같이 타는 히말라야 네팔 원주민
구르카 용병들은 대단한 능력을 전투에서 발휘하기도 했다. 아무리 강력한
훈련을 한 군대의 병사들도 히말라야 네팔 원주민 구르카 용병을 이기지
못한 경우가 있었다. 고산기후에 적응이 되어 날래고 빨라도 숨이 차지 않
지만 아무리 강한 군대의 병사라도 높은 산에서 숨이 차서 전투를 제대로
못하는 것이다. 새롭고 더 새로운 지뢰제거용 로봇이 자꾸만 나올 것이다.
이 기술이나 지뢰제거용 로봇은 지하에 강을 만들거나 지하에 어떤 도시를
만들 때에도 요긴하게 쓸 수 있다. '필요는 발명의 어머니다.'는 말이 적용

되는 경우다. 원전을 자꾸만 건설하다가 이제는 원전을 해체하는 기술을 익히는 것과 비슷하다. 휴전선에 적응한 젊은 남북한의 군인들이 이제는 평화로 이행하는 일에 익숙해져야 하는 것이다. 세상이 자꾸 변화의 춤을 추고 있으므로 적응력을 키워가야 한다. 대개, 일반적인 세상이라면 평화와 전쟁의 두 가지 이외에는 없는 것처럼 보이지만 남북한과 같이 평화와 전쟁의 중간지대도 있는 것이다. 휴전선이 평화와 전쟁의 중간지대이다. 누구나가 원하는 것이 평화지대로의 이동이다. 시험문제의 답은 이미 정해져 있다. 평화지대로 가자. 평화지대로 가는 발걸음이 늘 꼬이는 것이 휴전선이다. 힘들고 꼬이는 일을 혹은 전쟁을 히말라야의 네팔 구르카 용병처럼 시원하게 해결해주면 얼마나 좋으랴! 구르카 용병들이 사용하는 쿠크리 칼로 시원하게 난마처럼 얽힌 것을 쳐 내버리면 좋으련만! 한 양동이의 물과 한줌의 땔감을 구하기 위해 히말라야 설산을 맨발로 타고 오르고 내리고 하루하루의 삶이 가혹하기 짝이 없다보니 가장 혹독한 특수부대보다 더 훈련을 매일 하는 상황이고 고산기후에 적응하여 폐활량이 너무나 강하고 단검인 쿠크리 칼로 고도로 훈련된 전사이기 때문이다. 히말라야가 그들을 키운 것이다. 휴전선도 젊은 군인들을 강하게 키워내는 곳이다. 쿠크리가 총을, 미사일을, 핵을 이길 정도이고, 히말라야가 모든 것을 이기는 곳이 되는 것이다. 히말라야에서 생존하는 것은 특수부대 이상의 훈련을 요하는 지형적 산물이 있기 때문이다. 휴전선의 긴장상태는 히말라야와 비슷한 점이 있지 않나? 히말라야 설산에서 한 양동이의 물과 한줌의 땔감을 구하기가 너무나 어려우니 스님들이 스스로 몸을 따뜻하게 만드는 재주를 터득하여 몸을 덥힌다고도 한다. 수련이 높은 승려의 명상 때 나오는 뇌파는 하버드 대학의 교수들이 집중적으로 연구할 때 나오는 뇌파와 동일한 뇌파가 나온다고 한다. 대단한 수도의 수준이다. 살아남기 위한 처절한 노력이 상상을 초월하는 힘을 발휘하게 하는 모양이다. 고구려의 유민 출신인 고선지 장군도 당나라에서 혁혁한 전공을 세우고 파미르고원이나 정복하기 힘든 곳들을 많이 차지하여 놀라움을 안겨주는 장군이다. 북한의 개마고원이나 백두산 근처는 정복하기 힘든 지역들이기도 하다. 전쟁은 히말라야 산맥도, 파미르 고원도, 개마고원도, 정글도, 바다도 어디건 통과하여 전투가 일어나는 일이다. 가장 좋은 일은 휴전선에서 영원히 전쟁이 일어나지 않는 일이다. 전쟁은 일어나지 않지만 휴전선은 허물어져야 하는 것이 문제이다. 중국과 인도는 히말라야라는 장벽이 서로를 넘보기가 힘들게 작용을 했지만 갈수록 인간의 능력이 향상되고 있으니 히말라야산맥도 장벽으로서의 구실이 약해지면 서로가 으르렁거리며 큰 탈이 날까? 히말라야 산맥이 휴전선으로의 기능이 상실되는 날은 언제일까? 히말라야 산맥이 휴전선의 기능이 아니라 평화와 선린의 교역로나, 고속도로로 변신이 어느 날 일어날까? 휴전선도 아닌 국경선인데 한반도의 휴전선처럼 차가워지는 곳이 있다. 이스라엘과 팔레스타인, 미국과 멕시코, 국경선이나 휴전선은 긴장이 감도는 지역이다. 국경선이 바다인 일본과 한국, 영국과 프랑스도 편하지 않은 날들이 있었다. 그래도 편한 날이 더 길고 더 길었다. 그 편하고 편한 날이 휴전선을 넘어서는 날들이다. 휴전선이 풀리는 날, 베링해협이 연결되고 히말라야에 고속도로가 건설되어 중국과 인도가 쉽게 교류하지 않을까? 베링해협을 연결해 미국과 러시아가 교류하고, 히말라야에 고속철이 건설되어 중국인과 인도인이 기차로 히말라야를 넘어서면 서로가 살기 좋은 세상이다. 그런 일이 일어난 후보다는 그 전에 남북한의 휴전선이 열리어야 하지 않나? 휴전선이 열리는 날이 오지 않는다고 할 수 없지 않나? 휴전선은 열리고 말 것이다. 너무나 당연한 일이지 않나!

당연한 일이 너무 당연하지 않게 오래되니 많이 이상한 세상이다. 그렇게들 생각하지 않을 수 없다. 이상스런 세상이지만 세월은 흐르고 사람들은 살아간다. 지구가 이어져 오는 시간에서 자연이 사람을 가로막아 서기도 했지만 인간 스스로가 서로의 길을 가로 막아서서 다툼을 벌이는 곳이 지구의 역사이고 나날이었다. 국경이 가까운 나라일수록 차이점이 적지만 국경이 멀어질수록 차이점은 아주 많아진다. 특이하게 디아스포라로 쪼개진 민족들은 아주 멀리 떨어져 있어도 동질감이 많이 남아있기도 한다. 멀리 생이별을 하게 되어 멀어진 것이 아니라 가까이 있으면서 생이별을 인위적으로 맞고 고통을 당하는 사람들이 한민족으로서 휴전선을 경계로 피눈물을 흘리고 있다. 과거 고구려는 아주 큰 나라였던 것이 사실이다. 조선시대 초기의 인구인 500만보다 많은 700만 정도의 인구를 지니고 있었으니 작은 나라는 아니었다. 남한은 조선 초기의 열 배나 많은 인구를 가진 21세기 나라이다. 임란 당시의 조선은 일천 만 정도, 일본은 일천 이백 만 정도라 한다. 그런데 중국은 14억을 넘고, 인도는 곧 중국의 인구를 넘어선다고 한다. 14억을 넘는 인구 중에 묘족이 700만을 차지하고 중국 소수민족 55개 중에 다섯 번째로 많은 인구를 지닌 소수민족이다. 6천 만 명이 넘는 화교 중에 200만 명의 묘족 화교가 북미의 캐나다와 미국에 분포한다. 중국 화교 전체에서 묘족이 차지한 비율은 매우 높다. 14억 인구 중에 7백 만의 묘족 인구와 대비하면 6천만 중에 2백만은 비율적으로 아주 높은 비율이다. 특히 미국에 4백만 명의 화교와 캐나다에 150만의 화교가 있는데 북미에 총 550만의 화교이다. 북미의 550만 화교 중에 2백만 명이 묘족인 것이다. 북미의 화교, 200백만 명이 고구려의 후손이다. 연변과 동북3

성과 중국에도 재중동포가 270만 명이 있다. 14억 명의 중국 본토 인구 중에 묘족과 재중동포까지 일천만 명 가까운 한민족의 핏줄이 있다. 그 옛날 1,300년 전의 고구려 인구보다 많이 중국에 있다. 지금의 중국 인구는 14억 명을 넘고, 화교는 6천 만이 넘는 거대한 중국이다. 한국의 재외동포도 7백만으로 그 옛날의 고구려 인구 만큼이다. 한민족의 디아스포라는 비율적으로 전 시계에서 두 번째이다. 이스라엘이 가장 높고 그 다음이 한민족이다. 강대국에게 가장 저항하는 민족이 유대인과 묘족인 것이 디아스포라의 비율로도 간접증명이 되는 셈이다. 휴전선이 이스라엘의 DNA을 투사하고 있다는 말인가? 북한이 비대칭전력으로 핵무기를 보유하려는 것도 이스라엘이 아랍권을 상대로 핵무기를 가지고 있는 것과 아주 미세한 면으로 공통적 요소가 드러나기도 한다. 유대인은 기독교라는 종교의 힘이 있지만, 한반도는 그런 면에서는 아주 특이한 구조이다. 남한은 세계에서 가장 종교에 관대하여 모든 종교가 활성화되는 징기스칸의 몽골제국과 비슷하지만 북한은 가장 폐쇄적인 김일성을 믿는 듯한, 김일성 종교를 가진, 종교라고 하기 어려운 희한한 종교 체제를 유지하고 있다. 이스라엘의 핵무기 앞에 이란은 끝까지 핵무기로 맞서려다가 주춤하고 있다. 휴전선이 열리는 날은 세계의 곤란한 문제들이 많이 풀려지는 날이다. 재중동포 270만 명은 한국이 중국과 무역을 하는데 있어서 너무나 고마운 사람들이다. 일본은 중국을 침략한 원죄로 인해 재중일본인이 생길 여지도 거의 없었고 지금은 과거의 잘못으로 인해 한국과 같은 우군이 중국에 존재하지 않는 것이다. 많은 화교들이 전 세계에 퍼져 있는데 한국에는 화교가 극소수이고 있던 화교마저도 남아서 살아남기가 가장 힘든 곳이 한반도라니 한민족이 중국에 대한 과거의 고통이 심해서인지 아리송한 영역이다. 유대인들은 미국에 가장 많이 있다. 그들은 유럽에서 히틀러에 의해 엄청난 핍박을 받았지만 미국에서 터전을 마련하고 있다. 유대인들은 미국이 그들이 견디기에 가장 좋은 곳인 모양이다, 미국도 이제는 45대 트럼프가 당선되자 이민자를 힘들게 하고 있다. 독일계 후손인 트럼프이다. 묘족이 캐나다와 미국에 2백만 명이 살고 있다. 중국에서 온 중국계로 분류될 것이다. 한민족도 북미에 240만 명이 살고 있다. 한국계로 분류될 것이다. 그렇지만 뿌리가 같은 사람이 미국과 캐나다를 걸쳐 4백 40만 명이 된다. 3억 2천 5백만의 미국 인구 중에 많지는 않다. 한국의 휴전선이 전 세계의 디아스포라를 받아들일 수만 있다면, 그들 모두를 받아들일 정도의 지하에 땅을 마련하고 삶의 터전을 지하에 당당하게 구하고 있다면 미국을 능가하는 초강대국으로 발돋움을 할 것이다. 바빌론 강가에서 울지 않게. 황하와 양자강에서 울지 않게. 전 세계의 모든 강에서 울지 않게 하고, 휴전선의 '자유의 강'과 '평화의 강'에서 웃게 해준다면 휴전선은 정말로 좋은 곳이다. 누가 만들어가는가? 천뢰를 맞은 처녀들이 해내는 일이고, 천뢰를 쏘는 청년들이 해내는 일이다. 남녀노소 누구나가 천뢰를 맞거나 천뢰를 쏘게 되면 할 수 있는 일이다. 전 세계의 누구라도 천뢰를 맞거나 쏘게 되면 할 수 있는 일이다. 일천만 명이 넘는 외국인을 받아들여 번영을 누리고 있는 나라가 독일이다. 유대인을 6백만 명이나 학살했지만 그들도 430만 명의 독일 젊은이가 전사하게 되었고 부족한 사람들을 다시 받아들이는 수고를 반복한 것이다. 미국은 이민으로 이루어진 나라이고 그 힘으로 초강대국이 되었다. 이민자를 힘들게 하려는 것을 보면 미국이 초강대국의 지위를 잃어가는 첫 징조일 수 있다. 휴전선에 독일이나 미국보다 더 많은 사람들을 받아들여 살아가게 해주고, 잘 살게 해준다면, 그들 스스로가 노력하여 잘 살게 된다면 인류에게도 축복이다. 한반도에 축복이 내리는 것이다. 그 첫 징조가 한반도의 허리에 있는 휴전선이 된다는 것이 오늘의 기쁨이다. 기쁘고 기쁘면 춤을 추는 행동은 당연하게 일어난다. 아리따운 아가씨가 춤을 추면 젊은 청년은 넋이 나간다. 오전에는 달리기를 하여 행복호르몬이 나오고, 오후에는 춤을 추어 행복호르몬이 나오고, 하루 종일 행복호르몬에 중독되어 날마다 같은 행동을 반복하게 되면 너무 행복하게 살아가는 인생인가? 고통스럽다고 여기는 히말라야의 삶도 하루 종일 산을 누비는 행동이 평지에서 오전에는 달리기로, 오후에는 춤으로 극한까지 힘을 쏟아 행복호르몬이 나오는 것이라면 네팔의 구크리 용병들이 그들의 고향에서 살았던 일상의 일들이 행복호르몬이 하루 종일 나오는 패턴은 아니었는지 아리송한 측면이다. 오전에는 마라톤에서, 오후에는 마라톤에 버금가는 춤에서, 오전에는 한 양동이의 물을 구하러 마라톤보다 더 가파른 산을 타고, 오후에는 한줌의 땔감을 구하기 위해 이산저산을 헤매고 그러는 중에 행복호르몬이 흘러늘 행복한 것인가? 휴전선 철책을 마라톤 하는 힘을 들여 오르내리고, 눈을 치우는 일을 구크리 용병처럼 하는데 하루 종일 행복호르몬이 흘러내리지 않는다면 이유가 무엇일까? 생체반응으로는 행복호르몬이 나와야 하는데 그렇지 않다면 정신적인 요소로 인한 것일까? 산골의 소년과 소녀이면 산골에서, 들판의 소년과 소녀이면 들판에서 하루 종일 놀기만 한다. 정신적인 고통을 가하는 사람이나 요소가 없다면 그 자체로 행복하게 하루를 보내는 소년과 소녀들이다. 휴전선의 젊은이들도 꼬마들의 행동양식이나 스스로 즐기는 삶을 사는 사람의 행동방식이면 행복할 텐 데! 전시를 생각하고, 적을 생각하고, 징집된 군인이라는 것이 즐거움을 앗아가는 것은 아닌지! 전시를 평화시로 생각하고, 적이 아닌 아군으로 생각하고, 징집된 군인이 아니고 지원병이라 생각하면 되겠지만 그렇게 마음을 뒤바꿀 수 없는 한계점이 있다. 한국 사람이 생각하는 한강이나, 압록강이나, 두만강이나, 낙동강은 알게모르게 밑그림이 있다. 중국인들도 그들의 황하와 양자강의 느낌이 있다. 그런데 묘족이 느끼는 황하와 양자강, 유대인이 느끼는 바빌론 강은 많이 다르다. 다르게 느껴지는 휴전선을 뒤바꾸기는 쉽지가 않다. 이미륵이 느끼는 압록강으로까지 승화되는 날이 오지 않을까? 한국 사람이 그렇게 독일어를 잘 쓸 수 있나? 압록강을 너무나 사랑했기에 일어난 일이 아닐까? 휴전선을 얼마나 사랑하면 그런 일이 일어나나? 휴전선을 어머니처럼 그리워하면 일어나는 일일까? 휴전선을 애인이라면 일어나는 일일까? 인위적으론 어려울 것이다. '총은 제2의 생명이다.' '총을 사랑하라.' 병사들에게 주입을 시키지만 잘 주입이 되지 않는 일이다. 춤꾼에게 '춤은 제2의 생명이다.' '춤을 사랑하라.'라고 한다면 어느 정도는 주입이 되지 않겠나? 그 춤꾼이 사랑하는 여인이라면 말이 또 바뀌지 않을까? '춤은 제1의 생명이다.' '춤을 사랑한다.' '휴전선은 제1의 생명이다.' '휴전선을 사랑한다.' 이런 말로 바뀌는 것은 휴전선이 축복받는 날이다. 전 세계의 디아스포라에게 휴전선을 삶의 터전으로 제공하여 그들이 자유와 평화를 누리면 행복 호르몬을 발산하면서 하루하루를 살게 된다면 당연히 '휴전선은 제1의 생명이다.' '휴전선을 사랑한다.'라는 말이 나올 것이다. 알파고에게 물어도 '휴전선은 제1의 생명이다.' '휴전선을 사랑한다.'라는 말이 나올 것이다. 스챤 대지진에서 알파고는 25초 만에 지진경보를 발령하고 지진 지역의 지도를 만들어내었다. 휴전선에 대하여 사람들이 알파고보다 더 빨리 24초 만에 '휴전선은 제1의 생명이다.' '휴전선을 사랑한다.'라는 말이 나올지 모른다. 그렇게 되는 세상을 우리는 염원한다. '휴전선은 제1의 생명이다.'

'휴전선을 사랑한다.'

　휴전선에 꽃이 핀다. 야생화가 핀다. 보살펴주는 사람은 없지만 스스로 알아서 핀다. 벌과 나비는 사람이 키워주는 곤충들이 아니다. 스스로 살아가는 자연의 일부이디. 벌은 인간이 꿀을 얻기 위해 일부러 키우기는 한다. 벌과 나비가 열심히 식물들의 결혼을 이어준다. 사람으로 치면 중매쟁이 역할을 한다. 휴전선이라고 해서 벌과 나비가 없을 수 없다. 식물과 동물은 더 없이 잘 번성한다. 사람이 간섭을 하지 않으니 식물은 천국이다. 벌과 나비와 야생화도 그들의 천국이다. 열대지방이라도 원시 밀림은 그늘이 져서 몹시 덥지는 않을 것이다. 원시 밀림에서는 사람이 주인공이 되지 못한다. 사람은 종속적인 위치를 차지한다. 밀림은 아름드리 나무와 식물들이 더 자신의 존재가치를 드러내는 곳이다. 휴전선도 사람이 주인이 되지 못하고 식물과 철조망과 지뢰가 주인공이 되는 자리이다. 영화에서 주인공이 아니더라도 출연을 하는 사람은 많다. 연기를 전공하는 학과를 졸업하고 처음 받는 배역이 포졸 6번으로, 여섯 번째의 포졸로 처음 무대를 선 뒤에 평생을 한 번도 주인공의 배역을 맡아보지 못하는 연기자도 수두룩하다. 포졸이 6명이 넘었기에 처음으로라도 출연이 되었을 것이다. 전쟁 영화라면 출연하는 군인이 수백 명이 되었기에 그 배역 하나를 맡았을 것이다. 진짜 군인처럼 수만 명의 병사가 투입되는 전쟁이라면 얼굴이 아니라 군인들의 대열에 섞여 보이지도 않을 것이다. 평생 주인공일 수 없는 인생이 대부분이다. 휴전선의 주인공은 사람이 더더욱 아니기에 어떻게 가장 중요한 주인공이 사람이라고 뒤바뀌는 세상을 만들어 보나? 자유와 평화가 주인공이 되면 또 다시 사람은 뒤로 물러서게 되나? 휴전선에서 사람이 주인공은 아닐지라도 초소를 지키는 군인이 빠지면 휴전선이 되지를 못한다.

드론이나, 비행접시나, 로봇이 휴전선을 지키게 되면 더더욱 휴전선의 그림이 달라지나? 정말로 사람이 구름같이 휴전선으로 몰려와야 사람이 휴전선의 주인이 되고, 주인공이 된다. 과거의 전쟁에서 장수는 앞장을 서야 하고 가장 먼저 화살을 맞아야 했다. 상대방을 마주보고 싸우는 전쟁이었다. 이제는 상대방의 장수를 볼 필요도 없고 보이지 않는 곳에서 전쟁의 성패를 좌지우지 한다. 휴전선에서도 전쟁을 치르지만 아주 멀리 떨어진 곳에서 전자장비로 미사일을 쏴서 싸움의 큰 줄기를 처리하고 만다. 그래도 휴전선은 싸움의 제일선임을 부정하지 않는다. 드론을 개량하여 인조비둘기로 전선을 돌파하는 전쟁이라면 가장 앞에 서있는 휴전선도 의미가 많이 퇴색해진다. 비둘기가 하늘에서 떼를 지어 날아온다. 그러더니 인조비둘기들이 도시의 하늘에서 중요한 각각의 빌딩으로 날아가서 머리를 처박고 죽어버린다. 자폭을 해버린다. 비둘기 떼가 아니라 폭탄이다. 그 인조비둘기 폭탄이 소형의 원자폭탄이라면 그 피해는 상상을 초월할 정도가 될 것이다. 정말로 휴전선은 주인공이 되지 못하고 철저히 조연으로 떨어지는 꼴이다. 버드 스트라이크를 막기 위해 공항 활주로에서 온갖 수고를 마다하지 않아도 새를 막아내는 일이 여간 부담스럽지 않다. 어마어마하게 많은 새떼를 인조비둘기 마냥 초소형원자탄을 내장한 폭탄이라고 하면 잡아내기가 무척 어렵다. 휴전선으로 막아보아야 별 볼일 없는 일이 될 것이다. 미사일이 인조 새로 모두 변형이 되면 가장 먼저 이런 식으로 개발을 하는 쪽이 훨씬 유리할 것이다. 휴전선 초소 근처의 인조참새들이 날아다니다가 적들이 쳐들어오면 초소형 원자폭탄이나 수면제폭탄이 되어 적들을 처리하는 것이다. 인간적인 면에서는 원폭으로 죽이는 것보단 수면제폭탄으로 일주일이나 잠을 자게 만들어 생포하는 것이 가장 낫다. 인조참새 수만 마리나 수십만 마리, 수백만 마리로 휴전선을 지키면, 가장 효율적으로 사람이 죽지 않게 된다면, 전쟁이 전쟁이라기보다는 범죄를 막는 경찰보다도 수십 배 더 신사적으로 적을 제압하는 일이 된다. 훈련을 받은 정예 병사들이 일주일을 잠만 잔다면 그 잠자고 있는 지역을 통과하기는 '식은 죽 먹기'보다 쉬울 것이다. 휴전선에 꽃이 핀다. 야생화가 핀다. 꽃이, 야생화가 화생방의 역할을 하면 전쟁은 무척 쉬워진다. 인조참새나 인조비둘기가 뿌린 꽃의 씨가 자라 인조꽃으로, 인조야생화로 어느 날 몇 시에 피어나면 그 인조꽃이나 인조야생화에서 풍겨 나오는 좋은 향기가 일주일이나 이주일 동안을 적군이 잠을 자게 하는 수면제라면 일주일이나 이주일 안에 적군이 지키는 지역을 저항 없이 점령할 수 있다. 휴전선에는 인조참새나, 인조비둘기나, 인조꽃 씨앗이나, 인조야생화 씨앗이 많이 있으면 해결이 나는 곳으로 변한다면 피를 흘리지 않는 전쟁이 된다. 구르카 용병들은 쿠크리 칼을 한 번 뽑으면 피를 보지 않으면 안 된다고 한다. '반드시 피를 보아야 한다.'는 일종의 불문율이 있다. 쿠크리 칼을 한 번 보여 달라는 기자의 요구에 결국은 칼을 뽑아서는 피를 보아야 하므로 자신의 손가락을 살짝 베어 피를 보고는 다시 칼집에 꽂는 것이다. 휴전선의 병사들은 '절대로 피를 보지 않아야 한다.'는 불문율을 통해 반드시 인조참새나 인조비둘기를 이용하든지 하여 잠을 일주일 동안 재워야 하는 것이다. 일부러 생포를 하려고 힘을 들이지 않아도 될 경우로까지 발전도 할 것이다. 일주일 잠을 자게 해놓고 또 일주일을 잠을 자게 하면 늘 잠을 자는 꼴이니 적군은 군인이 아니라 일 년 내내 잠만 자는 상태가 되기 때문이다. 사람이 일 년 내내 잠만 자면 죽을 수도 있기 때문에 적절하게 죽지 않을 정도로만 잠을 재워야 할 것이다. 정말로 이런 것들이 현실화되면 적국을 마음대로 점령할 수 있는데 어떡해야 하나? 사람이 정상적으로도 하루에 한 번 씩 밤이 되면 잠을 자야만 하는데 그 기능을 너무나 활발하게 만들어 거의 잠만 자게 만들어버리면 전쟁이 이상하게 쉬운 전쟁으로 변하고 세상의 패러다임이 달라져서 새로운 적응을 해야 하지 않나? 휴전선에서 사람들은 정말로 희한한 방법이나 희한한 생각으로 쉬어야 하는 모양이다. 하루에 삼분의 일을 잠을 자야 기능을 하는 사람이니 휴식은 사람의 기본적인 생리체계이다. 휴전선에서 전쟁을 잊고 쉬면 좋으련만! 그럴 수 없는 것이 현실의 문제이다. 쉴 수 없는 휴전선이다. 전쟁을 잊어먹으면 안 되는 휴전선이다. 망각하지 않으려는 것이 대단한 고통이다. 병사들이 전쟁을 망각하지 않아야 하므로 늘 긴장과 고통이 지배하는 휴전선이다. 긴장과 고통을 인조꽃이나, 인조야생화, 인조참새, 인조비둘기에게 부담시키고 사람은 덜 긴장하고 덜 고통스럽게 지내고자 하는 것이다. 사람의 능력이 월등하게 차이나지 않는다는 점에서 남한군이 이런 전략을 쓰면 북한군도 머지않아 비슷한 전략이 나올 수 있다. 원자탄을 만드는 일이 대학생 정도의 능력에서도 가능하다고 하니 엄청나게 앞선 것이었지만 따라잡는 사람들이다. 우주로 가는 우주비행선도 세월이 지날수록 따라잡는 나라들이 나오는 것이다. 따라 잡히기 전까지는 독보적인 나라로 세계를 이끌어가는 초강대국이 되는 것이다. 휴전선에서 일주일이나 잠을 자게 만드는 재주를 가지고 있으면 세계 최고의 초강대국이 되는 것은 자명하다. 단지, 후발국가가 얼마나 빨리 따라 잡느냐에 따라 상황이 달라진다. 휴전선을 지키는 젊은이들이, 후방에 있는 젊은이들이, 그 누구든지, 전 세계의 누구든지, 만들어낸다면 사람이 죽지 않는 전쟁으로 세상을 바꿀 수 있어 다행일지 모를 일이다. 휴전선에 꽃이 핀다. 야생화도 핀다. 향기를 맡았는데 일주일이나 잠에 빠져 버렸다. 이게 무슨 일이지!

휴전선은 전쟁을 멈추고 숨을 고르고 있는 것이다. 전 세계에 퍼져 있는 화교의 숫자를 통해서도 한국과 중국이 고구려 이래로 휴전을 하고 있는 듯한 통계치들이 나타난다. 6천만 명의 화교 중에 미국에 4백만, 캐나다에 150만의 화교가 있다. 그 중에서 북미에 즉, 미국과 캐나다에 묘족 출신 화교가 무려 2백만 명이다. 묘족은 고구려의 후손이다. 그런데 한국에 있던 화교들은 엄청나게 줄었다. 해방 당시에 60만 명이던 한국에 있던 화교가 20만으로 줄었다가 이제는 4만에 불과하다. 요사이 중국에서 새로 한국에 귀화한 과거의 화교와 약간 다른 중국인 유입이 2만 9천 명 정도이다. 1,300년이나 중국과 한국은 휴전을 밑바탕으로 한 숨겨진 전쟁을 치르고 있는 듯하다. 1,300년이나 뿌리를 잊어먹지 않는 것이 드러난다. 유대인을 따라가는 것을 넘어선다는 것이 빈 말이 아닌 듯하다. 미국에서 유대인들이 장사가 되지 않는다고 떠난 지역을 한국인들이 그 뒤를 이어 들어간다는 것이다. 손해를 보면서까지 들어간다는 것이다. 장사를 엄청 잘하는 화교들이 돈을 잘 벌지만 한국에서는 살기가 어려웠는지 떠나고 말았다. 해방 전에는 남북한이 분단되지 않아서 화교들이 한국에서 견디기가 나았는지 많았지만 한반도가 분단되고부터는 어마어마하게 줄어들고 말았다. 휴전선이 화교들을 한반도에서 떠나게 한 요인으로 많이 작용하는 것 같다. 휴전선이 한반도인인 한국인들에게도 고통이지만 해방 전부터 살고 있던 화교들에게는 더 큰 고통으로 작용한 듯하다. 일제강점기에 조선으로 왔던 일본인들은 모두 떠나고 말았다. 어쩔 수 없이 일본인들은 떠나야 했지만 화교들도 많이 떠났다. 알파고에게 중국인들이 가장 바라는 꿈이 무엇이냐 물으니 '미국으로 이민을 가는 것이다.'라고 답을 한다. 그 핵심이 묘족이고 고구려 후예들이다. 1,300년이나 간직하고 있는 꿈이다. 유대인의 2천 년이나 '시온으로 돌아가리라!' 하고 외치는 것과 다를 바 없어 보인다. 대국 중국의 취약성이 드러난다. 미국도 이민을 꺼려하는 취약성이 드러나고 있다. 묘족은 중국에 7백만, 북미에 2백만, 도합 9백만인데 평균적으로 무려 9명 중에 2명이 북미로 간 것이다. 고구려로 가고 싶었지만 어쩔 수 없어 북미로 가지 않았겠나! 황하와 양자강을 건너던 눈물만큼이나 또 다른 눈물을 삼키며 태평양을 횡단한 것이다. '시오니즘'만이 세상에 있는 것이 아니라 이것을 무엇이라 명명해야 하나? '고구려 졸본성으로', '고구려 국내성으로', '고구려 평양성으로', 무엇이라 해야 하나? 해방이후 곧바로 일본에서 한국으로 돌아온 이들도 많지만 머뭇거리다가 한국전쟁이 일어나자 한국으로 돌아오는 것이 더 어려워져 결국은 오지 못한 재일동포들도 많다. 전쟁 중인 고향으로 차마 오지 못하고 세월만 가 버린 한 많은 인생이었을 것이다. 일본에도 90만 명의 재일동포가 있다. 재일동포로 사는 것이나, 묘족으로 사는 것이나 비슷한 점이 있지 않나? '자이니치'로 사는 한도 매우 크다. 전쟁은 사람이 만든 것이고 휴전선도 사람이 만든 것이다. 전쟁이나 휴전선은 사람이 매우 불완전한 존재임을 증명하는 요소들이다. 휴전선은 전쟁이 있다는 것을 암시하는 가장 직접적인 증거물이다.

휴전선에 불완전한 사람이 살고 있다. 가장 불완전한 전쟁을 염두에 두고 주둔하고 있다. 그러나 휴전선의 식물들은 완전하게 살고 있다. 동물들은 지뢰와 철책선의 부자유가 있지만 사람보다는 더 완전하다고나 할까? 그런 상태로 살고 있다. 왜 사람이 휴전선에서 가장 불완전한 모습일까? 무생물인 물이나 바람이나 흙이나 돌들은 휴전선에서 완전하게 그들의 존재가치를 차지하고 있다. 사람만이 불완전한 존재가치를 인간 스스로가 만들어 가지고 살아가고 있다. 엄연히 자연에 대한 배반을 사람이 하고 있다. 자연의 일부분이고, 지구의 일부분이고, 우주의 일부분인 사람이 그 존재가치를 부정할 때, 자연의 역습이, 지구의 역습이, 우주의 역습이 사람에게 미칠 것이다. 사람이 고도로 인지가 발달하여 우주로 진출하기 전까지는 지구의 법칙을 거역하면 안 될 것이다. 동물의 이동통로를 막는 것은 자연을 거스르는 인간의 오만한 행동이다. 휴전선이 가로막고 있다. 이것은 자연을 어기는 행동이고 지구의 역습을 초래하는 일일 것이다. 자연의 일부라고 할 수 있는 사람의 이동도 막는 것은 자연에 대한 배신이고 잘못된 일이다. 이것도 결국에는 자연의 역습을 끌어들이는 요인이 될 것이다. 물론, 사람이 고귀하고 인격권을 가진 존재이지만 자연을 홀대할 특권을 지구로부터 부여받은 것은 아니다. 지구의 생태를 변형하는 것은 매우 잘못된 일일 것이다. 지구의 한 축을 지탱하는 사람도 동물과 같이 지구를 돌아다녀야 한다. 바닷물속의 물고기가 바다를 돌아다니듯이 사람도 육지를 돌아다녀야 한다. 그 육지의 길을 막는 것은 바다의 고래가 태평양을 반으로 나누어 반쪽만 돌아다니는 것과 다를 것이 있나? 고래가 스스로 태평양을 반으로 나누어 반쪽만 돌아다니면서 일백 년을 사는 바보스러운 일을 하지 않는다. 사람은 그런 일을 하고 있다. 매우 지구에 맞지 않는 일은 하는 사람이다. 휴전선은 어찌 보면 사람 자신이 우리는 동물보다도, 식물보다도 지구상에서 못한 존재임을 스스로 증거 하는 행위인지도 모른다. 차차로 우리 인간은 핵전쟁을 통해 지구를 망하게 하고 인간도 멸종하고자 한다고 지구나 우주에 대해 선포하는 행동인지도 모른다. 휴전선을 걷어내게 될 때 몽골초원의 독수리가 자기들끼리 남하하는 하늘을 막아서 남쪽으로 오지 못하게 하는 이상한 일을 벌이지 않는 것과 동일한 것이 되지 않나? 독수리가 동아시아의 하늘을 공유하고 날아다니는 것은 지극히 당연한 일이다. 고래가 태평양을 공유하는 것은 지극히 당연한 일이다. 사람이 얼마나 위대한지는 몰라도 우주에서는 독수리나 고래 같은 존재 정도가 아닐까? 왜 사람은 그들이 오고가야 하는 길을 공유하지 않고 막아서고 있을까? 독수리나 고래가 생각하기에 사람은 매우 멍청하다고 보지 않을까? 멍청한 정도가 아니라 미친 종자로 보일 것이 아닌가? 독수리가 보기에는 사람이라는 존재가 총을 가지고 자신들을 잡아 죽이니 무서운 존재임을 알아차리지만 남북한을 오고가지 못하고 하늘을 날지 못하는 것을 보고 능력이 떨어진다고 여기지는 않을까? 왜 지척의 거리를 두고 왕래하지 않는지 궁금증을 많이 가지지 않을까? 독수리 자신들이 새끼를 기를 때 절벽을 안전지대로 여겨 그곳에서 기르는 것처럼 사람들도 휴전선을 안전지대로 여겨 사용한다는 것인가? 독수리는 높은 하늘에서 생각한다. 절벽은 우리의 안전이 지켜지는 곳이고 아무도 올 수 없다. 그렇구나! 인간들도 휴전선에는 남북으로 서로가 구역이 정해지고 출입이 가능한 사람만이 다니는구나! 우리의 절벽과 같구나! 그런데 아기는 키우지 않고 아기를 키우는 여성은 없나? 그것은 우리와 다른 점인데. 독수리는 하늘을 날면서 더 이상 생각을 많이 하다가는 떨어질지도 모르니 생각을 더 깊게 하지는 않는다. 절해고도에 새끼를 치는 새들, 안전지대로 여기기 때문이다. 절해고도의 절벽에 북극곰이 나타나서 절벽을 기어오른다. 아사 직전까지 이른 북극곰은 새들의 알이라도 먹으려고 절벽을 기어올라 새들의 알을 먹는다. 그렇게까지 생명을 이어가는 북극곰이다. 휴전선이 북극곰이 선택한 굶어죽기 직전의 절벽인가? 새들의 알이라도 못 먹으면 죽고 만다. 휴전선이 그런 역할을 한단 말인가? 휴전선에서 서로가 총질을 하면 서로가 죽는다는 것을 너무나 잘 안다. 북극곰은 절벽에서 한 발짝만 헛디디면 떨어져 죽는다. 한 번 바다표범을 잡아 10만 칼로리의 영양분인 지방을 뱃속에 채우면 일주일을 버틴다. 새알을 얼마나 먹어야 배가 차나? 새알을 얼마나 먹어야 10만 칼로리를 채우나? 성인 남성이면 2,400칼로리를 하루에 먹어야 한다. 산악을 등반하는 등반가라면 6,000칼로리를 하루에 먹어야 한다. 네팔 구르카 용병들은 히말라야 산에서 하루에 6,000칼로리를 먹으며, 더 이상을 먹어야 히말라야 산을 누비고 다닐 수 있는데 그런 많은 영양소를 섭취할 환경이 되나? 히말라야의 절벽과 북극곰이 얼음이 녹아버려 먹을 것을 찾지 못해 새들이 새끼를 치는 절벽에 올라 굶주림을 견디고 있는 모습이 휴전선과 겹쳐지나? 히말라야 산에는 모든 것이 열악하다. 단지, 히말라야 사람에게 강인한 체력과 정신력이 수천 년을 넘어 유전자에 투입되어 있다. 북극곰은 얼음이 녹아버려 죽을 지경이지만 얼음이 다시 얼기를 학수고대하면서 여름날의 하루하루를 버티고 있다. 남북한의 병사들도 휴전선에서 버틴 세월이 너무 길다. 부작용이 드러나기 시작한다. 아무리 강건하고 씩씩한 군가를 불러도 힘이 나지 않는데 도리어 군가와는 성격이 전혀 다른 달콤한 사랑노래에 맥이 풀리고 눈이 뒤집힌다. 히말라야의 바람, 북극의 눈보라, 휴전선의 달빛이 그곳에 있는 것들에 대하여 말을 한다. 힘들지만 우리는 견디고 있다. 수영 영웅 마이크 펠프스는 매우 많은 금메달을 목에 걸었다. 하루에 일만 이천 칼로리의 열량을 필요로 했다. 거의 북극곰의 수준이다. 북극곰이 하루에 90킬로미터를 수영을 한다는데 마이클 펠프스가 섭취했던 열량도 놀랄만한 수준이다. 휴전선에서 고생하는 남북한의 병사들이 북극곰처럼 90킬로미터를 헤엄칠 수는 없다. 마이클 펠프스도 아니니까. 그렇지만 힘든 일들을 하고 있는 것은 사실이다. 휴전선에서 싸우는 것은 히말라야도 북극도 아니고 사람이 인위적으로 만든 철조망으로 인한 싸움이다. 올림픽을 위해 싸우는 것도 아니다. 아무리 생각해도 싸움이 지나치다는 느낌이 든다. 일부러 북극의 얼음이 녹는 환경 같은 상황을 왜 만들어야 하나? 일부러 히말라야의 찬바람을 맞아야 하나? 칼로리 섭취량을 삼분의 일을 줄이면 수명이 20년이나 30년이나 길어지는데 고산의 등반가처럼 6천 칼로리나, 마이클 펠프스처럼 일만 이천 칼로리를 섭취할 만큼 몸을 움직이면 수명이 길어지지도 않는데. 마음속으로는 북극곰처럼 하루에 90킬로미터를 헤엄치고 싶지만! 90킬로미터를 달리는 사람은 볼 수 있지만, 수영으로 90킬로미터를 가기는 어려운가? 수컷 북극곰은 몸무게가 700킬로그램이 나가는 거구이다. 몸무게로 따지면 마이크 펠프스의 열량섭취는 어마어마하다. 북극곰은 동면을 하지 않는다. 암컷은 겨울에 눈 속에 들어가 휴면을 한다. 새끼를 1킬로그램 정도로 서너 마리 낳아 10~15킬로그램까지 키운다. 이 동안 최대 8개월 동안 암컷은 아무 것도 먹지 않는다. 몸무게가 수컷의 반 정도인 암컷 북극곰이 새끼를 낳아 몸속의 지방을 녹여 서너 마리에게 젖을 먹여 10~15킬로그램까지 키우면서 8개월을 먹지 않고도 살아남는 것은 놀라운 생존능력이다. 사람이라면 쌍둥이를 낳아 키우면서 8개월을 먹지 않고도 버틸 수 있다는 것이 아니냐! 극한의 북극에서 살아남을 수 있는 놀라운 능력이다. 사람도 극한에 몰리는 경우라면 휴전선에서 8개월을 먹지 않고 신생아를 키워낼 수 있나? 남자만 군대로 모으는 이유도 이런데 있는 것인가? 사람은 먹지 않고 2개월을 넘기기 어렵다. 추운 겨울에 땔감이 없어도 사람은 치명적이다. 겨울에 연료가 없어도 생존이 어려운 사람이다. 몸속에 곰처럼 지방을 저장하여 버티는 능력이 갈수록 원시인보다 퇴화를 하는 사람이다. 얼음이 녹아 바다표범을 사냥하지 못하는 여름동안 북극곰은 해초나 열매나 새알 등을 먹으며 생명을 지탱한다. 휴전선에는 사람이 철책선 안으로 들어갈 수도 없고, 농사를 지을 수도 없고, 먹을 것은 외부에서 공급되어져야 한다. 남미에서 원주민에게 행하던 방식을 취할 수는 없다. 백인 광산주가 원주민을 은을 캐는 작업에 투입하면서 물과 음식도 주지 않고 원주민이 스스로 조달하여서 해결하고 은을 캐면 은만 차지하는 식이었다. 원주민들은 코카 잎으로 허기를 달래고 코카 잎의 작용으로, 마약의 힘을 빌려 일을 해낸 것이다. 적게 먹고, 일은 잘하고, 원주민만한 광부가 없었다. 아프리카의 흑인노예나 다른 곳의 노예를 투입해도 원주민 광부만큼 일을 하지도 못하고 대부분 죽고마니 계속 원주민들만 광산의 노예로 일을 해야만 했다. 마약 성분의 코카 잎으로 버틴 것이다. 휴전선에는 코카 잎이 있나? 코카 잎이 없다. 해방 전에는 소나무의 껍질을 벗겨 먹고 버텼다. 휴전선에서 산삼으로 버티면 얼마나 좋으랴! 산삼은 맛을 볼 수 없지만 산삼배양근으로 버티면 좋으련만! 산산배양근으로 버틴다면 코가 잎으로 버티는 것보단 더 힘을 낼 수 있을 것이다. 아무 것도 없다면 히말라야의 고승처럼 수련을 하는 수밖에 방법이 없다. 그러면 추위에도 스스로 몸에서 열을 낼 수 있고, 공부를 할 때는 고승처럼 뇌파가 조성되면 천재적인 능력을 나타낼 수 있을 것이다. 하버드 대학의 교수가 집중적으로 연구할 때 나오는 뇌파가 나오니까 말이다. 차차로 북극곰 암컷만큼의 능력을 발휘할 수 있다면 8개월이나 먹지 않고도 살 수 있다는 것이 아닌가? 휴전선에서 배워서 실제로 사용할 정도가 되면 좋으련만! 대부분이 불가능에 가까운 일들이다. 히말라야에 거주하는 고승의 능력과 구르카 용병의 능력과 북극곰 암컷의 능력과 북극곰의 수영실력까지 모두 겸비할 수 있는 사람으로 휴전선에서 변한다면 휴전선은 얼마나 좋은 교육장인가? 세계 최고의 명문대학보다 더 낫지 않나? 휴전선으로 사람이 이런 것들을 배우러 너무 많이 오게 되어 받아줄 수 있는 한계를 넘으면 온 사람도 되돌려 보내야 하는 일이 일어날 것이다. 사람과 풀을 먹는 초식동물과는 소화체계가 다르다고 한다. 사람은 풀을 영양가로 변형을 하지 못하지만 초식동물들은 풀을 영양가로 바꿀 수 있다고 한다. 사람이 초식동물처럼 풀도 영양가 있게 변화를 할 수 있는 재주를 습득하면 휴전선에서 배를 얼마든지 채울 수 있다. 염소나 양이나 소나 말처럼 들판의 풀로도 음식이 되기 때문이다. 자연의 산물을 이용하는 면에서 사람이 농사를 지어서 앞선 것 같아도 초식동물들은 농사를 짓지 않아도 자연의 풀로 생존하는 면에서 사람보다 더 진화된 면도 있는 것 같다. 소금성분이 부족해 사람들에게 소금을 많이 의존하는 초식동물이기는 하지만 풀만으로 충분히 살 수 있다. 여러 가지 영양소 중에서 열량이 가장 높은 것은 지방이다. 북극곰은 가장 지방이 많은 것만을 가장 선호하고 그것으로 북극에서 버틴다. 초식동물은 가장 열량이 없는 풀로써 스스로 뱃속에서 열량을 만들어낸다. 사람은 잡식성이면서 중간의 길을 가는 듯하다. 휴전선이 현상유지를 잘 하다가 평화의 땅으로 바꾸기 위해서는 모든 지혜를 동원해야 하고 불가능한 영역의 일들도 풀릴 정도의 노력과 정성과 힘이 들어가면 답을 도출하여 새로운 세상을 열지 않겠나? 휴전선이 그 첫 관문을 통과하는 곳이길 모두는 바란다. 남북한 휴전선의 감시병들은 그들의 시야가 가리는 것을 허용하지 않는다. 앞이 시원하게 뚫려서 훤하게 보여야만 한다. 상대방을 일일이 세밀하게 볼 수 있어야 한다. 백로가 500미터 이상이나 훤히 뚫려 시야가 확보되지 않는 곳에서는 먹이사냥도 놀지도 않는다. 휴전선도 백로가 요구하는 상태로 유지되어야만 하는 곳이다. 사람은 백로가 아니건만 백로의 수법을 그대로 사용한다. 사람의 뱃속에 무엇이 들어가 있는지 알아보는 내과의사의 뱃속 사진을 판독하는 방법처럼 휴전선에서는 상대방의 뱃속과 마음속까지 들여다보고 있다. 속속들이 알아본 결과는 너무나 당연하지 않나? 배부르게 하는 것도 평화이고 마음을 편하게 하는 것도 평화인 것이라고. 평화(平和)를 중국의 방식으로는 화평(和平)이라는데 화평(和平)이 벼 화(禾)를 즉, 쌀을 입 구(口), 입으로 평평할 평(平), 공평하게 들어가게 한다. 음식을 공평하게 나눠먹는다는 것이라니 남북한의 휴전선을 지키는 병사들이 화평스럽게, 평화스럽게 먹어서 뱃속이 비슷하거나 똑같아야 하는데 그것이 문제이다.

빙어는 속이 훤히 보이는 물고기이다. 사람의 몸속은 빙어처럼 외관상으로는 보이지 않지만 의료기술을 통하여 볼 수 있다. 그리고 매일 먹는 식단을 통하여도 알 수 있다. 아시아인은 쌀을 많이 먹는다. 서양인은 밀을 많이 먹는다. 고기는 서양인이 더 많이 먹는다. 유목민은 유제품을 많이 먹는다. 자연환경과 역사적인 차이로 인해 지구인이 먹는 것이 똑같지는 않다. 평균적으로 서양인들이 골격이 크다. 서양인들이 덩치가 커진 것이 오래전의 일이 아니라고 한다. 불과 200년 정도라니 놀라울 뿐이다. 네덜란드에서 소고기를 먹기 시작하고부터 서양인들이 몸집이 매우 커졌다고 한다. 인도인들은 일부러 소를 신성시하고 잡아먹지 않으니 골격이 크질 이유가 많지 않다. 일본도 오랜 세월 동안 천왕이 소를 잡아먹지 못하게 하여 왜소한 체격을 오래 유지했다. 최근에는 육식을 많이 해 키가 작지 않은 일본인이다. 20세기 후반 인류는 육식 문화가 문제에 직면하고 있다. 적은 토지에 고기를 얻기 위해서는 가축에게 곡식까지 먹여야 하고 살코기를 얻기 위한 일이 많은 식량과 힘을 들여야 하는 일이기 때문이다. 대안으로 곤충이나 스피루니나, 클로렐라 같은 대용 식량을 찾아내려고 한다. 풀만 먹어도 코끼리는 거대하지만 사람이 코끼리처럼 거대해지면 사람이 먹을 식량을 스스로 지혜롭게 확보해야만 한다. 평화라는 것이 음식을 공평하게 먹는 것이라면 거기에 더하여 잠도 공평하게 자고, 성욕의 해소도 공평하면 더 평화로운 것이 아닐까? 잠을 공평하게 자는 것은 문제가 매우 심각하지는 않은 것 같아 보이기도 한다. 성욕을 공평하게 한다는 것은 너무 무리한 일이 아닌가 여겨지는 느낌도 있다. 먹는 것을 공평하게 하는 것은 그래도 해볼 수 있어 보이는 영역 같지만 매우 어려운 일이기도 하다. 국방비를 제일 많이 쓰는 미국은 그 다음으로 국방비를 쓰는 14개 나라를 합한 것보다 많은 국방비를 쓴다. 미국이 지출하는 국방비를 음식의 값이라고 환산을 한다면 이런 불공평이 있을 수가 없다. 많이 먹는 열 네 나라의 사람이 먹는 것보다 더 많이 먹는다는 느낌의 미국이다. 국방비를 따지면 사람이 먹는 식료품비는 해결을 하고도 남는 일이 된다. 평화란 것이 전쟁을 대비하는 것도 맞지만 국방비로 먹을 것을 공평하게 하는 일은 문제가 될 것도 없지만 국방비를 줄여 먹는 일을 공평하게 하자고 하지 않으니 평화가 오지 않는 것인가? 국방비를 가장 많이 쓰는 미국이 세계평화를 유지하고 있다고 한다. 세계경찰이 되어 지구를 화평하게 하고 있다고 한다. 지금은 세계경찰을 하기에 힘이 들어 주춤거리고 있다. 국방비를 모든 나라가 공평하게 지출하자! 불가능한 일이다. 예외적으로 코스타리카는 군인을 두지 않고 있다. 코스타리카는 주위의 나라들로부터 전쟁의 위협을 받지 않기 때문일까? 가장 마음에 드는 나라는 코스타리카이지만 가장 되고 싶어 하는 나라는 또 국방비를 가장 많이 쓰는 미국이다. 아니면 그 반대인가? 개는 사람과 2만 년 저부터 친숙해졌지만 덩치 큰 개의 이빨은 매우 무섭다. 사람들은 코스타리카는 무서워하지 않지만 미국은 매우 무서운 존재로 인식을 할 것이다. 휴전선은 코스타리카와는 정반대의 기운이 흐르는 곳이다. 휴전선은 미국을 상대로 악착같이 붙어서 싸우더라도 물러서지 않으려는 북한이 있다. 이스라엘군보다 더 오래 군사복무를 하는 북한이다. 코스타리카가 되지 못하는 것은 남북한의 책임이고 미국이 되지 못하는 것도 남북한의 책임이다. 그러면 휴전선 양쪽에서 고생하는 남북한의 젊은이들도 그들의 책임으로 인해 그런 고생을 하고 있는 것이다. 그렇게 설명을 해야 하나? 설명이 시원스럽지는 않다. 전 세계가 코스타리카가 되면 그런 세상을 만나게 된다. 전 세계가 미국처럼 힘을 가지려고 하면 부작용이 클 것이다. 우주로부터 공격을 받는다는 일은 거의 제로에 가깝게 느껴지지만 지구의 작은 세계에서는 언제든지 침략을 당할지도 모른다는 불안감이 있다. 침략을 하려는 검은 심보도 늘 있다. 고기를 먹으면, 소고기를 많이 먹으면 기골이 장대해진다는 것은 거의 증명이 된다. 소를 엄청나게 많이 키우면 되지만 소를 키우기가 여간한 일이 아니다. 소의 방귀는 이산화탄소도 엄청 많이 생산한다. 소 방귀의 이산화탄소를 모아 에너지로 만들고 소가 먹을 먹이를 요령 있게 많이 만들면 해결이 되지만 사람이 지혜를 쉽게 찾아내지를 못하고 있다. 과거의 일본처럼 소고기를 못 먹게 할 수도 없지 않나? 북한처럼 소를 잡아먹으면 사형을 시킬 수도 없지 않나? 고난의 행군시기에 배가 고픈 네 사람이 소를 잡아먹고는 잡혀서 사형을 당한 곳이 북한이라니 소고기의 값이 너무 비싸다. 먹을 것이 없어서 사람의 눈이 뒤집혀서 이성적인 판단을 하기가 어려운 지경이니 혼란을 막기 위해 극약처방으로 소를 잡아먹었다고 사형을 시키다니! 한국의 농가에서도 불과 얼마 전까지도 소는 재산목록 제1호였다. 북한에서 염소를 훔친 죄가 너무나 커서 북한에 살 수가 없어서 남한으로 도망을 치게 되었다고도 한다. 염소를 훔치는 일이 너무 중죄라 남한으로 탈출을 하고 소를 잡아먹으면 사형이니 고기를 먹기가 엄청 어려운 것이 사실인 모양이다. 그런데 소고기가 넘치는 곳이 미국이니 미국의 국방비가 전 세계에서 가장 많고 가장 강력한 나라가 되는 것을 부인할 수가 없다. 평화란 것이 소고기를 공평하게 먹어야 하는데! 공평하게 먹으려니 처음부터 차이가 너무 나니 말이다. 서양인은 개를 잡아먹지 않지만 인도인은 소를 잡아먹지 않는다. 사람이 사는 방식은 너무나 천차만별이다. 무슬림은 돼지고기를 먹지 않는다. 평화란 것이 공평하게 입에 먹을 것이 들어가야 하지만 문화가 너무 다르다. 문화에 따라 먹는 문제로서의 평화가 약간씩은 차이가 있다. 비교적 쉬워 보였지만 쉽지가 않다. 중국인들도 이제는 고기를 먹기 시작한다. 일본들은 고기를 먹기 시작한 지 좀 오래되어가고 있다. 한국인들이 삼겹살을 좋아하게 된 것이 일본 사람들 때문인가? 경제발전으로 일본이 잘 살게 되자 고기를 먹고 싶은데 돼지를 기르는 일이 매우 힘든 일이다. 옆의 한국을 보니 돼지고기 공급기지로 적합하게 떠오른 것이다. 일본자본으로 양돈을 하게 하여 한국은 돼지를 기르고 돼지고기의 등심이나 알고기를 일본으로 가져가고 일본인이 선호하지 않는 삼겹살이나 내장, 족발 따위가 한국에 남게 되니 그 허드레 돼지고기를 한국인의 몫으로 돌아온 것이다. 그것이 내장탕이며 족발이며 삼겹살이다. 돈 많은 일본인들은 돼지고기 알고기를 돈이 적거나 없는 한국인에게 삼겹살이 돌아온 것이다. 일제강점기 재일동포들이 일본인들이 버리는 돼지창자를 주워서 돼지곱창으로 먹었듯이 비슷한 일이 해방 후에도 재연이 된 듯하다. 돼지고기는 한국이 일본보다 경제력이 늦게 생겨서 일어난 일이지만 소고기를 미국처럼 먹으려면 소를 키울 목장이 한국에는 월등히 부족하다. 인도인처럼 한국인은 소를 신성시하지는 않는다. 곧 중국인들이 소고기를 먹기 시작하고 인도인마저도 소고기를 먹기 시작하면 콩으로 만든 인조소고기나 소를 키울 획기적인 방법을 고안해야 한다. 아니면 네덜란드에서 개발 중인 소고기를 배양하여 소고기 패티를 먹기 시작하면 된다. 평화스럽게 모든 지구인이 미국인처럼 많은 소고기를 먹을 수 있게 되려면 힘이 무척 드는 일이다. 그래야 평화라니! 평화의 해석을 지구의 사정에 맞게 세분하여 이런 경우, 저런 경우로 맞추어가야 하나? 평화에 쌀이 아니라 밀이나 육(肉)이 들어가면 기준을 밀이나 육(肉)을 고려하여 다시 해석을 해야 할 듯하다. 동양은 쌀을 기준으로, 서양은 밀과 고기를 기준으로 동서양을 비교할 때는 식문화적인 요소를 생각하기로 하는 것이다. 유럽인은 알코올에 강하고, 서양인은 고기를 많이 먹어도 몸에 탈이 적지만 동양인은 술에 약하고, 고기를 많이 먹으면 배탈이 늘 난다면 또 기준을 다시 세워야 하지 않나? 채식 위주로 살아온 사람들은 유목민들처럼 우유를 잘 소화하는 능력도 떨어진다. 그렇지만 서양인은 채식에 익숙하지 않다. 휴전선에서 전 세계인의 먹는 것을 평화스럽게 조화를 시키는 일이 어렵지만 해낸다면 세계는 평화스럽게 된다. 소고기를 마음껏 먹고 싶어 미국으로 갈 수도 있겠지만 김치에 익숙한 한국인은 소고기만 먹으면 입안이 개운하지 않는 이상증상을 느낄 수 있다. 오히려 김치를 먹어야 입안이 느끼하지 않는 상황이 벌어진다. 어릴 적부터 먹은 것이 달라서 생기는 현상이다. 아기가 처음부터 먹는 음식은 스스로가 택한 음식이 아니라 어머니가 정해준 음식이다. 그 음식이 입에 익숙해져 나이가 들면 바꾸기가 거의 불가능에 가깝게 되는 것이다. 엉뚱하게도 김치가 맛이 있는 것으로 둔갑이 되는 이상한 일도 있다. 그것도 한국전쟁에서 일어난 일이다. 낙오가 된 미군병사가 배가 고파 눈이 돌 지경이 되어 한국 산골의 김치단지에서 물컹물컹하고 매우 짠 김치를 실컷 먹고 배를 채우고는 너무 짜서 눈을 한 움큼이나 먹고 또 먹고 허기를 달랬다고 한다. 그 맛이 너무너무나 맛이 있어 잊지를 못했는데 그것이 나중에 알고 보니 김칫독의 한국김치였다고 한다. 굶어죽을 지경에 김치를 퍼먹고 겨우 배를 채운 것이다. 고기가 아닌 김치가 그렇게 맛있을 수가 있나! 미군병사에게! 평생에 처음 먹어본 김치였고 모르고 먹은 것이다. 이와 비슷한 경우로 허기진 동양인이 소고기를 먹고서는 미군병사와 같은 반응이 나올 수 있다. 그렇지만 어릴 적에 입에 밴 입맛은 바꾸기가 어렵다고 한다. 미군에 배속된 카츄사들이 늘 고기를 먹어도 개운치가 않고 김치를 찾게 된다고 한다. 평화스럽게 미국과 같은 고기를 많이 먹지만 김치를 그리워하고 김치가 없는 밥상이 낯설기 때문이다. 아무리 고기가 많아도 다른 나라에 온 느낌을 받기 때문이다. 동양인이 자꾸 식단이 서양인으로 변하면 비만이 될 확률이 많아지고 당뇨병으로 이어진다. 옛날의 보리밥을 먹어야 당뇨가 생기지 않을 텐 데 당뇨가 왔는데도 식단은 보리밥으로 바꾸기가 매우 어렵다. 주위의 사정이 그렇게 쉽게 옛날로 돌아가지 않는다. 카츄사는 보리밥을 달라고 할 수가 없다. 음식점에서 보리밥집이라고 보리밥을 팔면서도 완전한 보리밥이 아니라 절반이나 삼분의 일이나 사분의 일의 보리밥이 제공될 뿐이다. 겨우 보리밥집 음식점을 찾아가도 꽁보리밥이 나오지를 않는다. 그러니 당뇨병을 고치기가 쉽나? 아예, 보리농사도 짓지 않는다. 이모작이면 보리를 지을 수도 있지만 수지타산도 맞지 않고 보리를 생산하지도 않는다. 당뇨병 환자라고 해도 집에서조차 보리밥 제공이 벽에 부딪히고 보리밥집 음식점에서 조차 사분의 일의 보리밥이고 꽁보리밥이 나오지를 않는다. 초가집에 살고 싶다고 해서 초가집에 살 수가 없는 것이다. 아파트로 가야만 하는 것이다. 보리밥이 먹고 싶다. 당뇨가 있으므로 그래도 적용이 안 되는 집이라니 환자를 학대하는 수준이 아닐까? 김치와 된장이 먹고 싶다고 미국에서 찾아먹기는 매우 힘들 것 같은 느낌이다. 미군포로들이 된장국을 먹어 내지 못해 영양실조가 다른 포로들보다 더 많아지고! 먹기가 정말로 어려웠을 것이다. 터키군 포로나 국군포로들은 먹기가 그렇게 불편한 음식은 아니지만! 꽁보리밥과 된장국이 옛날의 음식이고 당뇨가 예방되는 아주 좋은 음식이건만 집에서조차 만들지를 않으니 이를 어쩌나! 음식점을 찾아가면 사분의 일 보리밥이 나오기만 하고! 당뇨병 환자 스스로가 꽁보리밥을 지어먹어야 하니 쉬운 일이 아니다. 당뇨병은 병으로 치지 않는다는 것이기도 하다. 곧 죽게 될 병은 아니다. 그런 모양이다. 휴전선은 곧 죽게 될 것은 아니지만 서서히 죽을 지경이다. 정말로 골골 많은 사람들을 죽게 하는 것이 아닐 수 없다. 꽁보리밥을 먹고 싶은 시절로 갈 수 없듯이 휴전선이 없던 시절로 가는 것이 정말로 안 되는 것일까? 휴전선을 치우려고 하건만 치워지지 않는 것은 남북한의 사람들의 의지력이 부족한 것은 아닌지! 당뇨병에서 벗어나려면 스스로 꽁보리밥을 지어먹을 수밖에 없다. 휴전선이 없던 옛날로 돌아가려면 남북한의 사람들이 스스로 돌아가려고 애를 쓰고 힘을 쏟는 수밖에 없다. 수고스럽지만 보리쌀을 구하고 꽁보리밥을 먹어야 한다. 동양인은 서양인보다 인슐린이 적게 분비되는 체질인 것을 부정할 수 없다. 그러니 고기보다는 꽁보리밥이 몸에 맞는 사람이 더 많은 것인데 자꾸 육식이 많아지니 서서히 탈이 나는 것이다. 꽁보리밥 음식점조차 꽁보리밥이 나오지를 않으니! 휴전선은 우리 것이 아닌데 끝까지 우리 것이라고 가지라고 하니 돌 지경이다. '휴전선은 먹어 보니 꽁보리밥이 아니다.'휴전선을 꽁보리밥처럼 해 달라!'해주지를 않는다. 그러면 당뇨 환자는 어떻게 해야 하나! 그러면 남북한의 사람들은 어떻게 해야 하나! 스스로 꽁보리밥을 지어야 한다. 휴전선을 만든 것이 결국은 우리들 자신, 남북한의 사람들이라고 내 탓을 해야지 남 탓을 하면 해결이 되겠나? 영원히 되지 않을 수도 있지 않나?

휴전선에도 사계절이 지나간다. 휴전선에도 세월은 지나간다. 오고가지 못하는 길이지만 오고가고 싶은 마음까지 막을 수는 없다. 남북한의 마음까지 막을 수는 없다. 신라가 삼국을 통일하고서는 고구려가 떨어져 나가고 결국에는 발해를 빠트리자 한반도는 자꾸만 쪼그라든다. 징기스칸이 발해국 왕족의 서자 집안의 사람이라는 연구결과로 볼 때 아주 황당하다고 할 수는 없는 주장처럼 들린다. 중국 사람은 아니다. 몽고족이라지만 집안 내력이 상세히 밝혀져 있지 않다. 캐고 캐어보니 발해와 관련이 있다. 그런 내용이다. 휴전선은 한반도를 또 쪼개는 일이다. 더 쪼개지면 발칸반도의 유고슬라비아가 갈라지는 꼴로 간다. 과거의 소련은 나라가 크니 갈라져도 갈라진 나라도 매우 큰 나라가 많은 지경이지만 한반도는 더 갈라지면 너무나 왜소한 나라들로 만들어진다. 남한의 경상도 사람들도 디아스포라를 경험했다. 신라가 통일하여 고향을 떠난 경험이 백제나 고구려보다 적었지만 일제강점기에 일본인들이 경상도에 많이 살게 되니 경상도 사람들이 일본이나 중국으로 많이 이주하게 되었다. 로마제국을 일으킨 이탈리아반도와 유고슬라비아를 조각낸 발칸반도가 우리 앞에 보였다. 휴전선은 그 길에서 어느 길을 가야 하나? 남북한의 사람들은 이탈리아반도를 원하지만 전 세계의 사람들이 발칸반도를 원한다면 또 어떻게 해야 하나? 남북한의 사람들이 발칸반도를 원하는데 전 세계인이 이탈리아반도를 원하면 또 어떻게 해야 하나? 남북한 사람들이 이탈리아반도를, 전 세계인이 이탈리아 반도를 원하면 가장 바라는 답이 된다. 남북한이 발칸반도를, 전 세계인이 발칸반도를 원하면 가장 싫은 답이 된다. 휴전선에는 바닷물이 들이치지는 않지만 지하의 '자유의 강'과 '평화의 강'에는 바닷물이 들이친다. 남해로는 태평양의 바닷물이 들이친다. 압록강과 두만강으로는 대륙의 바람이 들이친다. 휴전선에서는 느끼기가 쉽지 않아도 그 모든 것들이 휴전선으로 모여져서 오는 것이다. 태평양의 고래들이 남해나 동해로 몰려오고 몽골의 독수리가 휴전선으로 몰려오듯이 사람들도 남북한을 드나든다. 자유와 평화와 전쟁은 서로가 서로를 물고 늘어지는 사이이다. 전쟁은 평화와 같이 가는 존재이다. 자유는 부자유와 같이 대립을 이룬다. 평화는 전쟁을 싫어한다. 전쟁은 평화를 싫어한다. 서로가 싫어하지만 조화를 잘 이루어야만 한다. 휴전선에서 방아쇠를 당길 준비를 하고 있는 남북한의 병사들이 가장 당기고 싶은 방아쇠는 아리따운 아기씨에게 사랑의 방아쇠를 당기는 일일 것이다. 천뢰를 쏘고 싶을 것이다. 전 세계의 모든 사람을 향해 천뢰를 쏘고 싶을 것이다. 그들에게 그렇게 하도록 해주어야 한다. 그것이 휴전선을 넘나드는 바람과 구름과 하늘의 태양과 밤의 달이 말하는 것이다. 몽골의 독수리가 마음대로 한반도로 날아오고, 태평양의 고래가 마음대로 동해나 남해로 오게 하는 것이 맞는 일이다. 사람들도 그렇게 마음대로 오고가야 한다. 그것이 맞는 일이다. 지뢰가 터지는 휴전선이 아니라 천뢰가 터지는 휴전선이 맞다. 휴전선은 자유와 평화가 살아 숨 쉬는 곳이 되어야 그것이 맞다. 휴전선에서 계절이 바뀐다. 휴전선에서 세월이 흘러간다. 아! 아! 휴전선! 무엇이 휴전선을 아름답게 만들까?

한국전쟁 언저리

발 행 일 : 2,025년 10월 20일
지 은 이 : 남 원환
발 행 처 : 사라출판사
폰 번 호 : 010 5583 3568
우편번호 : 41162
주　　소 : 대구시 동구 화랑로75길 35-4
인 쇄 처 : 동아인쇄문화사

가　　격 : 21,000원
이 메 일 : namweon13@hanmail.net
I S B N : 978-89-94566-56-6